Ernstfried Protzmann
KAUZENLUDWIG

ERNSTFRIED PROTZMANN

Kauzenludwig

Der Kölner Krieg
oder
vom Betbruder zum Raufbruder

DEUTSCHE LITERATURGESELLSCHAFT

Die Deutsche Nationalbibliothek verzeichnet diese Publikation in der Deutschen Nationalbibliografie; detaillierte bibliografische Daten sind im Internet über http://dnb.d-nb.de abrufbar.

Ernstfried Protzmann:
Kauzenludwig. Der Kölner Krieg oder vom Betbruder zum Raufbruder

ISBN 978-3-03831-071-6
© Copyright 2016. Alle Rechte beim Verlag.
Deutsche Literaturgesellschaft
Fasanenstr. 61, 10719 Berlin
Sie finden uns im Internet unter
www.Deutsche-Literaturgesellschaft.de

Ein Imprint der
Europäische Verlagsgesellschaften GmbH.

Impressum: Alle Rechte, insbesondere das Recht der Vervielfältigung und Verbreitung sowie der Übersetzung, vorbehalten. Kein Teil des Werkes darf in irgendeiner Form ohne schriftliche Genehmigung des Verlages reproduziert, vervielfältigt oder verbreitet werden.

Inhalt

Prolog 7

1 Die Flucht 17

2 Köln 107

3 Kölner Krieg 1588 203

4 Soldknecht im Kölner Krieg und in den Niederlanden 229

5 Von Brüssel nach Lüttich 391

6 Diebe, Gauner, krumme Wege, ein neuer Kauzenludwig 429

Prolog

Die Burg des edlen Ritters Karl Kauz auf Speck vom Sylenstein war eigentlich keine Burg, wie man sie sich schlechthin vorzustellen gewohnt war. Sie war aber auch größer als eine Motte[1]. Das alte Gemäuer glich einem, auf Sandsteinfundamenten errichteten, großen Fachwerkhaus, einem stattlichen Bauernhof, ohne Wall, Graben und Mauern. Nur das bruchsteingemauerte Torhaus konnte von der Ferne einige Festigkeit vortäuschen. Der Eindruck verflüchtigte sich indessen vollends, wenn man die Torflügel betrachtete, die, halb verfault, sich mühsam an die eisernen Angeln klammerten, die ihnen noch einige Zeit ein Überleben gewährten.

Der Landbesitz derer vom Sylenstein glich dem Zustand der Burg, obwohl diese keineswegs tatenlos und Bescheiden lebten. Er war mühelos in einer Stunde zu umreiten, ohne dem Reitpferd mehr als einen gemütlichen Schritt abzuverlangen. Da die Burg – in der Ebene stand der sie umgebende alte Eichen- und Buchenwald nur wenige hundert Schritt von ihr begann, konnte Herr Karl mit Fug und Recht von seinem Besitz behaupten, dass er, selbst von der höchsten Zinne seiner Burg, die es freilich nur in seiner Phantasie und in seinen Erzählungen gab, die aber durch drei kleine Dachluken im Haupthaus seinen Ersatz fanden, sein Land nicht zu überblicken vermochte. So gesehen, war der Besitz recht bescheiden und hätte seine Herren zur Sparsamkeit mahnen müssen.

Aber gerade das waren Eigenheiten, die dem alten Kriegs- und Fahrensmann so fremd waren wie saubere Kleider. Der wackere Rittersmann hatte, standesgemäß, im zartesten Alter seinen Beruf zu erlernen begonnen und seine ritterlichen und kriegerischen Leistungen just zu einer Zeit vervollkommnet, als die ritterlichen Tugenden, zeitgemäß, zu wohlklingenden Sprechblasen ausgehöhlt und durch nackte Gewalt ersetzt wurden, als man Treu und Glauben nach

---

[1] Miniburg, umwallter Turm mit Wirtschaftshöfchen (sogenannte Motte)

dem eigenen Bedarf auszurichten pflegte, sofern man dazu die Macht besaß. Erstaunlicherweise überlebte er seinen Beruf in unzähliger Herren Dienste und auf allen kriegerischen Tummelplätzen Europas, wenn es hier und da auch ein paar Schrammen setzte, die er mit robuster Gesundheit überstand. So war er denn, nach mancherlei zweifelhaften Heldentaten, die er in trauter Runde und Weinseligkeit vor standesgemäßen Zechkumpanen vorzutragen wusste, letztlich im Alter von siebenundfünfzig Jahren auf die Burg seiner Väter heimgekehrt, nachdem ihn in der Ferne die Kunde vom Tode seines älteren Bruders, dem edlen Ritter Johann Wurst auf Speck vom Sylenstein, erreicht hatte. Für den Heimweg hatte er volle zwei Jahre benötigt. Immer wieder stockte sein Fuß, wenn er die Richtung zur Heimat, die für ihn überhaupt keine war, einschlug.

Aber endlich trabte er auf magerem Ross durch die morschen Torflügel der Burg und fand sich – beim ersten angeekelten Umsehen – inmitten der Enge, die er sein Leben lang gehasst, über Jahrzehnte gemieden hatte. Mist, Dreck und ländliche Kleinlichkeit umfing ihn mit dem Gestank des väterlich-brüderlichen Erbes. »So habe ich es mir vorgestellt!«, schimpfte er laut vor sich hin, als er, etwas steif, vom Gaul kletterte, denn man war ja nicht mehr der Jüngste.

»Heilige Maria und Josef!«, knurrte er übellaunig, als seine gespornten Stiefel bis über die Knöchel, im Hofmist versanken. Auch alles devote Verhalten der drei alten Reisige und des Burggesindes konnte zunächst seine Laune keineswegs bessern. Seine Miene hellte erst ein wenig auf, als er das Weibervolk der Burg eingehender musterte und dabei etliches junges Volk entdeckte. Doch ehe er noch mit saftigen Flüchen dem bescheidenen Elternhaus zuzustreben vermochte, trat ihm aus diesem eine junge Frau entgegen, die in Aufmachung und Haltung offensichtlich nicht zum Gesinde zählte.

»Potz Blitz! Wer seid Ihr? Ich dachte, und so war mir Kunde, mein Bruder sei ein arger Mucker, ein Weiberfeind gewesen!«, schrie er, wenig galant, der Frau auf dem sechs Stufen hohen Eingangspodest vor dem Haus zu. Die junge Frau sah streng und unnahbar auf den Wildling im Hof. Sie war beileibe keine Schönheit und ihre streng unter einem dunklen Haarnetz zurückgehaltenen Haare gaben ihre kühle Würde. Sie war nicht sehr groß und wirkte dennoch, trotz ihrer breiten Hüften, dürr und groß; jedenfalls kam es Herrn Karl so vor. Er wurde von ihr sogleich selbstbewusst belehrt, dass sie, die Alice von Schönbrink, das Mündel des verstorbenen Bruders, – Gott habe ihn selig –, sei, die hier seit fünfzehn Jahren lebte und allgemein auf der Burg als Herrin galt.

Solches geschah im Jahre des Herrn 1567, just zur Zeit, als der Herzog von Alba unter dem Wimmern der Glocken und Rollen der Heertrommeln in Brüssel einzog, um den »Rat der Unruhen« in Flandern zu errichten, den man alsbald den »Blutrat« nannte und dessen unselige Folgen das Heilige Römische Reich bis in die Grundfesten erschütterte, seine Auflösung einleitete. Herr Karl richtete sich im Folgejahr auf seinem väterlichen, vom Bruder ererbten Besitz, häuslich – und schicksalsergeben, oder was er darunter verstand – ein. Der Rumor aus den Niederlanden streifte sein unruhiges Kriegerherz, ohne es indessen zu neuen Kriegstaten anzustacheln; er hatte ein neues, für einen alten Fahrensmann nicht minder ergiebiges, Betätigungsfeld entdeckt. Seine Freude am Leben und seine Begierde und Lust beim Anblick eines jeden Weiberrocks, strapazierte die Geduld der Mitmenschen in Stadt und Land. So verwunderte es eigentlich niemand, als er, im Mittsommer 1568, seines verstorbenen Bruders Mündel, die stolze und herbe Alice von Schönbrink, in der kleinen Hauskapelle ehelichte.

Der Märzschnee des Jahres 1569 deckte jedoch gerade das Land, als auf der Burg Sylenstein die kleine Kapellenglocke ihre dünnen Töne über das Land schwingen ließ und der alte Alois, der Turmknecht, aus seiner verbeulten Trompete zum Turmluk hinaus jene Quäktöne presste, die die Geburt des jungen, des neuen Burgfräuleins Anna auf Speck vom Sylenstein verkündete. In den Bauernstuben der Umgebung nickte man sich schmunzelnd zu und sagte: »Der Herr ist schon etwas älter. Er muss sich beeilen. Darum war es wohl dieses Mal ein Siebenmonatskind.« Seine Standesgenossen – und die honorigen Herren in der Stadt – drückten sich hingegen, in Erinnerung seiner Erzählungen, ganz anders aus: »Der alte Bock hat die Zeit nicht abwarten können!«, oder »Aus dem alten Kauz ist, scheint's, ein rechter Uhu geworden. Nichts ist vor ihm sicher.« Mit nichts meinte man die Hälfte der Bevölkerung, die weiblich und noch begehrenswert für Herrn Karl sein konnte. Der Stadtrat der Kleinstadt warnte denn gar seine Bürger: »Wenn der Herr Kauz in die Stadt kommt, hüte ein jeder seine Töchter und Frauen. Seine Geilheit und Verführungskünste sind für alle Weibsleute – scheint's – wie der Honigtopf für die Bienen.«

Herr Karl ritt derweilen im Land auf und ab und pries allen, die es hören wollten – oder nicht –, seinen unübertrefflichen Nachwuchs. Nicht unübertrefflich war hingegen seine Wirtschaft. Sein Besitz ernährte mehr schlecht als recht die Bewohner der Burg, warf aber kaum einen blanken Heller ab. Das verdross den alten Kriegsmann hingegen nicht. Seine Ausritte beschränkte er nicht nur auf seinen Besitz oder zu den nachbarlichen Adelsherren, die sein Gehen lieber sahen – als sein Kommen, sondern er liebte es auch, in der Stadt zu erscheinen und in den verschiedensten Wirtshäusern ein gar lustiges Kriegsmannsleben aufzuführen. Dem wäre vielleicht nichts hinzuzufügen gewesen, wenn er nicht selten – ja fast immer– vergessen hätte, die Zeche zu bezahlen. Die Klagen der Wirte bei der Obrigkeit blieben ergebnislos, war man doch keinesfalls gesonnen, offen gegen seinesgleichen vorzugehen; die Weigerung der Wirte, ihm nicht vom Besten aufzutischen, verliefen für diese beängstigend ungünstig. Obwohl der »Arme Konrad« bereits über vierzig Jahre zurücklag und die derzeitige Wirtsgeneration das Grauen der Folgezeit überwiegend nur von Hörensagen kannte, reichte meist der Hinweis des Herrn Karl auf die vergangenen Ereignisse, um verstockte Wirte gefügig zu machen. »Eigenhändig habe ich einen Wirt geviertteilt!«, schrie er bei solchen Gelegenheiten und leckte sich genüsslich über die Lippen, die sein grauer Bart widerwillig freigab. Er vergaß danach auch nie, seinen übergroßen ledernen Hosenlatz zu streicheln und mit boshaften Grinsen darauf hinzuweisen, was damals mit den Witwen und Waisen der geschundenen Bauern und aufsässigen Bürger geschehen war[2]. »Für ein Stück faules Brot waren sie für alles gut!«, schleuderte er den entsetzten Zuhörern und Wirten ins Gesicht. Nein, Herr Karl machte sich weder bei den Bürgern noch bei seinen adeligen Standesgenossen beliebt oder gar Freunde, obwohl Letztere aus eigener Lebensart und Verhalten nichts Besseres zu bieten hatten – waren sie doch allesamt eine ungebildete, raubeinige, nur der Gewalt zugeneigte Gesellschaft.

Schlimm erging es dem Dutzend Bauernfamilien, die, die ihm leibeigen, seine Ländereien zu bestellen und alle Last zu tragen hatte.

Schlimme Drangsal musste auch der Bauer Franz Sydekum ertragen, war er doch eine landweite Rarität, ein, trotz allgemeinen Bauernlegens, übergebliebener zinspflichtiger Freibauer. Seine Freibauernschaft musste er jedoch, so gut es ging, ängstlich verbergen, denn der alte Alois Sydekum war 1527, obwohl er

---

[2] Bauernkrieg, Bauernbund, 1514 gegründet, 1525–1527 blutig niedergeschlagen, damit verbunden ein Bauernlegen, d.h. Kassieren freibäuerlichen Besitzes durch Klerus und Adel, sowie Überführung der Bauern in Leibeigenschaft.

nachweislich nicht zu den Aufrührern zählte, ja, sogar die Bauernhorden, die vorbeizogen, vom Brandschatzen des Sylensteins abgehalten hatte, von der allgemeinen Rache getroffen worden. Man hatte ihn geschunden und gequält und als er nach einigen Monaten nach seiner verschreckten Familie zurückkam, war er mehr tot als lebendig; er starb zwei Jahre später an den Folgen der grausamen Torturen. Seit dieser Zeit taten die Herren vom Sylenstein so, als sei das Land an der Äale, einem kleinen Bach, der den Besitz der Sydekums durchfloss, ihr eigen. Bauer Franz wurde als Nachfolger seines Vaters zur Fron gezwungen und unterschied sich von den anderen Leibeigenen der Herrschaft nur dadurch, dass er zwei Herren zu dienen hatte. In der Stadt wurden dennoch sicher die Dokumente aufbewahrt, die seine Freibauernschaft sicherten. Aber gerade darin lag das schwere Los des Bauern. Taten die Herrschaften auf dem Sylenstein so, als sei er ein Leibeigener, einer ihrer Hörigen, so war es andererseits die Stadt, die im Namen des Landesherrn ihn als Freibauern mit Abgaben und Lasten aller Art traktierten. Wahrlich, Bauer Franz hatte nichts zu lachen. Der verstorbene Herr auf Sylenstein, der wenig freundliche Johann Wurst, wurde nun schon der Gütige genannt und es war abzusehen, wann die Familie der Sydekums in Armut und Verzweiflung in tatsächliche Leibeigenschaft des Herrn auf dem Sylenstein fallen würde. Eine Meile nördlich der Burg öffnete sich der Wald zu einem lieblichen Wiesengrund, der von der Weiden umbuschten Äale durchzogen wurde. Hier hatte Johann Wurst, aus der Beute des »Armen Konrad«, den verwüsteten Hof des gehenkten Freibauern Kunzenjohann eingesackt und sein fürstlicher Lehnsherr – und das angrenzende Kloster der Benediktiner hatten der Annexion, ob der guten Taten, die der edle Ritter im Kampf gegen die Bauern aufzuweisen hatte, zugestimmt, wenn auch die frommen Brüder das Land lieber für sich behalten hätten. Nun, ein kleiner Teil, an der Furt, die den Bach schnitt, war ihnen zugesprochen worden. Sie waren damit zufriedengestellt, hatten sie, bei der Ehelosigkeit des Burgherrn doch die Hoffnung, nach dessen Ableben dereinst den ganzen Besitz einzusacken. Mit dem Ritter Karl rechnete man erst gar nicht, war er doch ein unruhiger Kriegsmann in weiter Ferne. Was konnte diesem auf seinen Heerwegen nicht alles geschehen. Nun aber war das Unwahrscheinliche nach vierzig Jahren eingetreten; der edle Ritter Karl hatte überlebt – und vermehrte auf eigenem Grund seine Nachkommenschaft. Die Brüder sahen es mit bitteren, finsteren Blicken und klagten über den gottlosen Mann. Ritter Karl ließ auf den Trümmern des Kunzenjohann-Hofes ein kleines Vorwerk, eine bescheidene Bauernhütte, errichten, von dem aus die Wiesen und die weniger brauchbaren Äcker im sauren Bachgrund bewirtschaftet werden sollten. Als Bewirtschafter schickte er, zur Verwunderung des Gesindes und der Bauern, den triefäugigen Stallknecht Maxi und die junge Magd Sophia. Doch das Rätsel wurde alsbald offenkundig. Die Magd brachte in den ersten Märztagen einen kräftigen Jungen zur Welt; der Kaplan taufte ihn auf den Namen Alois. Doch schon bald nannte man ihn, hinter vorgehaltener Hand, den »kleinen Kauz«. Herr Karl hörte natürlich davon, schmunzelte – und fand es keineswegs anstößig, wie man hätte glauben sollen – und so wurde der kleine Alois bald grundsätzlich der kleine Kauz gerufen. Weniger Freude zeigte indessen die Dame Alice, denn sie kam zwei Monate später ebenfalls erneut nieder. Dieses Mal schmetterte wieder die alte Blechtrompete, nur anhaltender, aus der Dachluke und das Kapellenglöckchen wimmerte dazu fast den ganzen Tag. Frau Alice brachte ebenfalls einen kräftigen Sohn zur Welt, der flugs auf den stolzen Namen Heinrich auf Speck vom Sylenstein getauft wurde. Bei dieser Gelegenheit wurde die Sophia mit dem Maxi getraut, um den bösen Reden der Mönche und der Leute zu entgehen; alles war im besten Einvernehmen. Auch die stolze Burgherrin Alice von Schönbrink auf Speck vom Sylenstein fand sich drein – schien doch damit ihre Ehre gerettet. Bei der Feier waren die burgherrlichen Nachbarn, der Abt des Benediktinerklosters und der Herr von Scharrenberg, Vogt des Landesherrn in der Stadt, ein aufrechter, standesbewusster Herr, zugegen, der sich an der Festtafel nicht verkneifen konnte, das Vaterglück des Burgherrn zu preisen und sanft zu ermahnen, doch fürderhin seine Zeugungsfreudigkeit, vor allem mit Blick auf sein vorgerücktes Alter, ausschließlich im engsten Familienkreis zu üben. Herr von Scharrenberg dachte dabei nicht nur an das Vorwerk und den kleinen Alois, das zählte er noch in den Bereich der Häuslichkeit. Nein, da gingen Gerüchte und heimliche Klagen mancher Ehemänner in Stadt und Land, die, trotz Abwesenheit in bewussten Zeiträumen, plötzlich glückliche Väter geworden waren oder wurden. Wie gesagt es waren nur Gerüchte. Genaues wusste man nicht – und diese Klagen kamen aus allen Schichten der Bevölkerung. »Potz Blitz!«, schrie Herr Karl auf die Anspielungen des Herrn von Scharrenberg entrüstet. »Ich bin alle Zeit ein rechter Ritters- und Fahrensmann gewesen. Soll so edles Blut dahindämmern und auf den Greisentod warten? Solange mir die Suppe schmeckt, werde ich sie löffeln. Da hilft auch kein hinterhältig löblich Spruch – Herr Gevatter!« Und mit schiefem Blick auf den Abt setzte er hinzu: »Und die Seelenfänger kommen auch nicht zu kurz. Habe ich doch in meinem Leben mehr Leben gespendet als vernichtet.« Dieser Ausspruch regte in der versammelten Festgesellschaft nur die notorischen Junggesellen zur Heiterkeit an. So wunderte sich niemand als zum Weihnachtsfest die Magd Anna und der Hofknecht Hannes aufs Vorwerk ziehen mussten; Anna war gesegneten Leibes. Im März, als noch der Schnee um das Vorwerk stob, kam auch sie mit einem Knäblein nieder, das schon in der Wiege recht eigenartig aussah. Man taufte den kleinen Franz, doch alle nannten ihn den »Schrullenkauz«.

Fast gleichzeitig gebar die achtzehnjährige Lene des Freibauern Sydekum den kleinen Ludwig, den man auch den »Kauz des Sydekum« nannte. Waren bisher die unleugbaren Abenteuer des Herrn Karl auf dem Kauzenhof untergebracht, so widersetzte sich Bauer Franz im Falle seiner Tochter der Gewalt des Herrn Karl entschieden. Herr Karl ließ es jedoch, wider Erwarten, nicht zum Streit kommen. Ja, er ließ in seinem Druck auf den Bauern Franz erheblich nach und genehmigte ihm am Äalebach den Ausschank von Pumparsch, einem Süßbier, an Fuhrleute und Reisende, die des Weges zogen, was die finanzielle und wirtschaftliche Lage des Bauern erheblich besserte, führte doch ein oft begangener, befahrener Weg am Hof der Sydekums vorbei. Herr Karl sorgte in gewisser Weise für seine Bastarde. Die Magd Anna wurde schnell mit dem Knecht Hannes verheiratet. Auf dem Vorwerk wurden im Sommer noch einige Hütten da zugebaut, was zu Spekulationen Anlass gab, und in der Stadt und auf dem Land, ja selbst im Kloster, sprach man von diesem Zeitpunkt an vom «Kauzenhof».

Die Burgherrin sah indessen immer herber und verdrossener drein. Sicher konnte sie sich über die ehelichen Zuwendungen und Pflichten ihres Gemahls nicht beklagen – doch sie musste den heimlichen und offenen Spott, das geheuchelte Mitleid der Nachbarn ertragen. Das irritierte Herrn Karl jedoch nicht. Er trieb es schlimmer denn je und wurde nun vollends zum Spekulationsobjekt und Weiberschreck der Umgebung. Im Frühsommer anno 1572 zog die Tochter des Leibeigenen Bruno, die Ätsche, auf den Kauzenhof und brachte den Friedolin zur Welt. Indessen hatte der Kauzenhof noch lange keine Ruhe. Als die Aprilschauer durch die langsam ergrünenden Wälder fegten, brachte die Magd Berta, gerade fünfzehn Jahre jung, den Hans zur Welt. Das brachte dem Herrn Karl, überraschend, und aus welchen Gründen auch immer, ein Mahnschreiben des Herrn Bischofs ein. Herr Karl, dem Lesen abhold, legte das Schreiben mit Gemütsruhe auf den Kaminsims; es muss wohl ein Windstoß gewesen sein, der das eminente Schreiben flugs ins Fegefeuer des Kamins riss.

Im Frühsommer ritt Herr Karl zur Jagd. Dabei überraschte er den Leibeigenen Michael Pernberger mit seiner Tochter Ille im Wald, wie sie Holz einsammelten, Bruchholz. Die Auseinandersetzung, falls man die Geschehnisse so zu nennen beliebt, verliefen so, wie Herr Karl sie anno 1525–27 gelernt hatte. Er erschlug den Bauern in Ausübung seiner Gerichtsbarkeit eigenhändig und auf der Stelle, nahm die schreiende Ille, ein vierzehnjähriges dürres Mädchen, kurzerhand mit auf die Burg. Man nahm es fürstlicherseits gelassen. Immerhin, es gab sogar ein Notizchen auf dem Pult des Vogtes, des Herrn von Scharrenberg, in der Stadt. Aber niemand hatte Lust, in die Gerichtsbarkeit des Burgherrn einzugreifen. Wer wollte ihn einer Bluttat bezichtigen? Wer ihn zur Rechenschaft ziehen? Nach einem halben Jahr wurde Ille auf den Kauzenhof geschickt und mit dem Jagdknecht Hubert verheiratet, denn sie war schwanger. Aber dieses Mal war es kein Knabe, sondern ein zierliches, kleines Mädchen, die auf den Namen Roswitha getauft wurde und das »Käuzchen« gerufen wurde. So wäre es wohl Jahr um Jahr fortgegangen – aber der Krug geht so lange zum Brunnen, bis er bricht! Dieser Krug wurde erheblich angeschlagen, als der arme Michael Pernberger sein Leben verlor, denn dieser hinterließ drei kräftige, erwachsene Söhne, die, nachdem die Mutter aus Gram um Tochter und Mann starb, Himmel und Hölle auf den Burgherrn herabflehten.

Herbstzeit ist Jagdzeit. Herr Karl ritt mit Horngeschmetter in den bunt verfärbten Oktoberwald. Eine kleine Hundemeute und drei Jagdknechte begleiteten ihn. Die Sonne schien vom wolkenlosen Himmel, machte das Herz des wilden Jägers trunken, vom Farbrausch und der Lust am Leben. Herr Karl genoss den Morgen in Hochstimmung und feuerte seine Begleiter an, möglichst einen Hirsch aufzustöbern. Ja, der Zehnender, der, der öfter in der Waldstrecke stand, der sollte es sein!

»Hussa! – Hussa!« Herr Karl und seine Jäger schrien sich die Kehlen wund; die Meute kläffte und tobte. Die Jäger trieben die Pferde im wilden Galopp durch den lichten Hochwald und durch die Dickungen. Der Hirsch blieb bei dem Spektakel, wie alles andere Wild, verschwunden. Endlich kam man, recht außer Atem, an eine Waldlichtung, auf der die Überreste einiger alter Kohlenmeiler, wild überwuchert von hüfthohem Gras und Gestrüpp, einer fernen Zeit zu dämmerten.

»Hier machen wir Rast.«, gebot Herr Karl und saß ab. Die Hunde tobten noch immer, zerrten an den Leinen und gebärdeten sich wie toll. Herr Karl schrie: »Bindet die Biester an! Sie machen die Pferde ganz närrisch. Sie müssen aber etwas zur Ruhe kommen. – Reibt sie gründlich mit trockenem Gras ab.« Das war in der Tat notwendig, denn die Tiere waren weiß vor Schaum. Die Jäger taten, wie ihnen geheißen. Herr Karl ging indessen zwischen den Meiler Resten umher, blieb bei dem hintersten Meiler stehen und schlug erhitzt sein drängendes Wasser ab. Niemand achtete auf ihn und so riefen die Jäger, eine kleine Weile später, nach ihrem Herrn, ohne ihn zu sehen und zu hören. »Wo mag er sein?«, fragten sie sich, aber Herr Karl tat oft Dinge, die sie nicht verstanden. Sie warteten geduldig. Erst als die Sonne zu sinken begann, wurden sie unruhig und fingen an, ihren Herrn rufend zu suchen. Sie holten die Hunde und siehe da, ihr Herr lag nahe bei ihnen, im Schutt des alten Meilers.

Doch ihr Schreck war groß! Der Kopf des Herrn Karl war säuberlich vom Rumpf getrennt. Ein Sensenhieb hatte ganze Arbeit geleistet. Einer der geübten Jagdknechte fand mit Hilfe der Hunde sehr bald Spuren, denen er mit den Hunden folgte, während die anderen die traurige Last verluden und diese zur Burg schafften. Die Spuren endeten schon sehr bald im Martinsbach. Niemand hätte mit letzter Sicherheit sagen können, wer dem edlen Herrn Karl den eigensinnigen Kopf abgeschnitten hatte, doch seit diesem Tage fehlte jede Spur der Gebrüder Pernberger – und so galten sie allemal als die Mörder. Herr von Scharrenberg schloss einige Tage später, aufatmend durch die Butzenscheiben seiner Amtsstube auf den Marktplatz spähend, wo gerade Stadtknechte einer Lügnerin am Schandpfahl, unter fröhlichen Spott und Geschrei der Gaffer, eine eiserne Schweinskopfmaske über den Kopf stülpten, eine Akte, mit der Aufschrift des Namens des verstorbenen Ritter Karl. Für ihn war der Fall erledigt, da man der mutmaßlichen Mörder nicht habhaft geworden war.

1
Die Flucht

Die Sonne goss ihren reinen Glanz, gerade über die Bäume im Osten lugend, vom makellosen blauen Himmel, über das spätsommerliche Land. Die Nacht war kühl gewesen und in den Wiesen glitzerte der Tau. Bauer Franz Sydekum hantierte bereits emsig in der halboffenen Scheune. »Ludwig!«, rief er nach dem Sohn seiner Tochter Lene, die seit einem Jahr mit dem ehemaligen Fuhrknecht Heinrich Meißel verheiratet war. Heinrich führte den Schankbetrieb und machte sich ansonsten, als gute Arbeitskraft, auf dem kleinen Hof nützlich. Heinrich war als Fuhrknecht weit herumgekommen. Er hatte die Lene, die er seit ihrer Kindheit kannte, nach ihrem Missgeschick mit dem Ritterbastard, geheiratet, obwohl – oder gerade – weil er neunzehn Jahre älter war und somit fast ihr Vater sein konnte. Heinrich war ein zäher, breitschultriger Mann, der nicht viele Worte machte und einfach zufasste, wo es notwendig war. Franz Sydekum hatte es darum begrüßt, als er seine Lene ehelichte, obwohl er, außer seinen guten Namen, nichts in die Ehe einzubringen hatte.

»Ludwig!«, rief der Bauer noch einmal energisch. Der Junge, der dem Ruf folgte, war für seine neun Jahre recht groß, aber spindeldürr. Er kam mit wenig Begeisterung aus dem Haus und maulte: »Was soll ich denn schon wieder, Großvater?« »Da fragst du noch!«, schnaufte Bauer Franz. »Du weißt, dass wir heute das Feld an der Bachbrache umbrechen wollen. Ich habe es dir gestern Abend gesagt. Beeil dich! Schirre das Pferd ein und komm hinter die Scheuer.« Der Bauer stampfte mit schweren Schritten um das wackelige Bauwerk, das er Scheuer nannte und eigentlich nur dann stabil war, wenn es mit Heu und Stroh gefüllt war. Gemeinsam hoben Großvater und Enkel den hölzernen, mit einer Eisenspitze bewährten Pflug auf den kleinen Zweiräderkarren. Sie zwängten sich zwischen das Arbeitsgerät, dann fuhren sie los.

Am Brunnen holten die beiden Frauen des Hofes, die Bäuerin Mathilde Sydekum und ihre Tochter Lene, Wasser für die wenige Wäsche, die der Haushalt hatte. Heinrich und der alte Hofknecht Oskar hatten mit Sonnenaufgang begonnen, aus dem halb aus der Erde gebautem Stall, der einige Schweine barg, auf einem kleinen Schubkarren Mist auszufahren und hinter dem niederen Stalldach auf einen großen Misthaufen zu kippen, der dort im frischen Morgen dampfte. Es war ein friedvoller Spätsommermorgen, wie er schöner nicht sein konnte.

Auf dem Wege, der von der Stadt herüberführte, ertönten die Rufe von Fußknechten, die Peitschen knallend ihre Pferde antrieben, denn es hatte in den Tagen vorher stärker geregnet und die ohnehin schlammigen, tief ausgefahrenen Wegspuren noch schwerer befahrbar gemacht. Zwei Reiter trabten dem Zug als Geleit voraus. Sie trugen lange Lederwämser und modische Pluderhosen, wie sie oft und gerne von Begleitreitern getragen wurden. Breitrandige Schlapphüte, die Wind und Wetter einigen Trotz und ihren Trägern Schutz boten, zierten ihre Köpfe. In den Sattelschuhen steckten drohende Hellebarden. »Heda! – Ist hier gut rasten?«, rief einer von ihnen Heinrich und dem Knecht zu. »Allemal ihr Leut!«, antwortete Heinrich in seiner bedachten, ruhigen Art, indem er die Ankömmlinge blitzschnell taxierte. Er wies auf das Haus: »Kommt nur her! Ein gutes Dünnbier darf geschenkt werden.« »Es ist wohl nicht das Rechte für einen wackeren Fahrensmann – aber sei es drum, wenn es den Durst stillt. Eure Wege sind eine arge Plag.« Sie saßen am Brunnen ab und tränkten ihre Pferde, die keineswegs angestrengt aussahen. Sie ließen sich auf Holzkloben nieder, die als Tische und Stühle unter der alten Linde aufgestellt waren. »Bringt tüchtige Humpen, Herr Wirt«, rief der erste Sprecher und wies hinter sich in Richtung Stadt.

»Wie ihr hört, kommt da sogleich unser Wagenzug mit zehn durstigen Seelen. Haltet auch für sie einen Tropfen bereit, denn unser Aufenthalt darf nur kurzer Dauer sein, wollen wir noch vor dem Abend unser Tagesziel erreichen.« »Es sei«, nickte Heinrich und eilte, dem Wunsche nachzukommen. Er rief dem alten Oskar zu, dass dieser nun, da er anderweitig beschäftigt sei, den Mist allein auszutragen habe. Heinrich brachte den beiden Reitern das Verlangte. »Ihr seid auf dem Wege nach Norden«, erkundigte er sich. »Sicher, bis Brügge geht der Weg«, gab einer der Reiter Auskunft. Es war ein großer, schlanker Mann, dem die Härte des Berufes tiefe Zeichen ins Gesicht geschnitten hatte. »Ich kenne die Wege«, sagte Heinrich bedächtig. »Bin sie selber oft gegangen, an die zwanzig

Jahre, denk ich.« »Jesus! – Bei der Heiligen Jungfrau! – Dann bist du vielleicht gar einer von uns?« »Nah, vielleicht nicht so. Ich war einer. Jetzt bin ich hier auf dem Hof. – Gut versorgt. Man muss wissen, wenn es genug ist.« »Recht hast du«, bestätigte der hagere Reiter. »Ich sitze schon zwölf lange Jahre für die Gesellschaft im Sattel. Weiß Gott, meine Knochen krachen, wenn ich in den Sattel klettere. Es wird auch für mich Zeit, eine Bleibe zu finden. Du hast es hoffentlich gut getroffen?«, erkundigte er sich. »Aber ja! Der Bauer Franz ist mein Schwiegervater und Freund zugleich. Da lässt sich gut arbeiten und leben.« »Das hört man gern und lässt einen selber hoffen.« »Da will ich Euch Glück wünschen«, bekräftigte Heinrich und nickte den Reitern verständnisvoll zu. »Glück ist gut«, brummte der Hagere. »Zunächst sind wir froh, wenn wir diese Reise gut hinter uns haben. Habe da so ein ungutes Gefühl, guter Mann. Ihr wisst sicher, was ich meine.« »Ich kenne das. Ihr zieht in verheertes Land.« »Ganz recht. In der Stadt ließ man uns wissen, das allerlei wildes Volk im Aufbruch ist. Kriegsknechte und Schnapphähne, böses Gesindel, das in und zwischen den Heeren auf Beute aus ist. Du weißt sicher, was das für einen Kaufmannszug bedeutet.« »Allerdings! – So mag Gott euch behüten«, versicherte Heinrich, der sich die Möglichkeiten ausmalte, die einem bei so einer Reise begegnen konnten. »Unserem Heiland und der Jungfrau Maria sei Dank, dass hier bei uns noch keine derartigen Gestalten gesehen wurden.«

»Da seid nicht sicher, lieber Mann«, rief der Hagere. »Zwei Tagereisen von hier trafen wir in den verschiedensten Dörfern und Städten Werber des Oraniers. In ihrem Gefolge sah ich manch mieses Gesicht. Nein, lieber Mann, sicher seid Ihr hier vor derartigem Volk nicht. Aber wo ist man das schon. Die Straßen des Reiches sind überall unsicher. Sind es nicht die Räuber, dann sind es die Vögte und Grundherren, die einen bedrängen und auspressen. Ich meine, es sind böse Zeiten und der Unfrieden wird immer größer, je mehr die Gelehrten über Gott und die Welt streiten. Zahlen müssen allemal die, denen der ganze Streit nichts angeht.« »Na ja!«, winkte Heinrich beschwichtigend ab. »Es waren schon schlimmere Zeiten, wenn ich so zurückdenke.« Der Hagere hob, Gleichgültigkeit ausdrückend, vielsagend die Schultern, nahm einen kräftigen Schluck und murmelte: »Ihr mögt recht haben – oder nicht. Wer weiß. – Da kommen unsere Leute!« Er sprang auf und winkte die schweren Frachtfuhrwerke heran. Es waren drei schwere Lastwagen mit je vier mächtigen Kaltblüter bespannt. Die

Wagen rumpelten heran. Hinter den Fahrzeugen ritt der Faktor mit zwei weiteren Geleitreitern, die sich nun mit Hallo zu den beiden ersten gesellten. Man rief laut nach Getränk. Heinrich hatte alle Hände voll zu tun, für jeden einen Krug zu füllen und herbeizuschleppen. Die Gesellschaft hielt sich nicht lange auf.

»Auf, Leute! – Die Rast ist um!«, rief der Faktor gebieterisch. »Wir haben heut noch ein gutes Stück Weges zu bewältigen. Eilt euch!« Die Fuhrleute strebten zu ihren Wagen und die Reiter saßen auf. Der Faktor wandte sich an Heinrich: »Was schulden wir Euch, Herr Wirt?« »Sechzehn gute Groschen, Herr.« Der Faktor kramte unter seinem Lederwams einen Geldbeutel hervor, aus dem er ein Silberstück des Wertes fischte. Er reichte es Heinrich. »Es ist braunschweigisch, aber guter Wert.« »Ist schon recht, der Herr. Kenne es. Wünsche Euch eine gute Reise, Herr.« »Danke! Auch Euch Gottes Segen, Herr Wirt.« Mit Hü und Hott und viel Geschrei setzte sich der Wagenzug quietschend und stampfend wieder in Bewegung, rumpelte durch die Furt des Äalebaches – und tauchte jenseits im Wald, Richtung Sylenstein, unter. Heinrich sah ihnen mit unbewegten Gesicht nach, bis die letzten Reiter verschwunden und die Geräusche des Zuges verklungen waren. Langsamen Schrittes ging er dem Wohnhaus zu.

Gerade wollte er durch die niedere Tür treten, als auf dem Wege von der Stadt abermals zwei Reiter erschienen. Ihnen folgte, dicht auf, ein Planwagen und dahinter etwas, was zunächst nicht richtig auszumachen war, sich aber bald als ein Haufen wilder, struppiger Kerle entpuppte, die dem Wagen zu Fuß folgten. Heinrich blieb abwartend an der Tür stehen und sah den Reisenden mit gemischten Gefühlen entgegen. Die beiden Reiter sahen den Hof und das kleine Schankhaus und gaben ihren Pferden die Sporen.

»Heda!«, schrie der erste Reiter schon von weitem. Er war offenbar der Anführer der Reisenden. Er sprengte vor das Schankhaus und brüllte, sein Pferd in die Hacken reißend ungebärdig: »He Wirt! – Lass auftragen, du Strolch. Hier kommen Vorzugsgäste!« Er lachte lauthals, als habe er einen originellen Witz gemacht.

Der zweite Reiter war indessen sofort auf das Wohnhaus zu gesprengt, vor dem Heinrich noch abwartend stand. Der Fremde parierte vor der Tür sein Pferd und saß mit einem Sprung ab. Dabei warf er Heinrich geschickt die Zügel zu, wie es Herrschaften häufig bei ihren Stallknechten taten.

»Holla! Was haben wir denn hier?«, brüllte er. »Einen ganzen Stall voll lustiger Glucken, Freunde. Das wird, scheint's, ein lustiger Tag.« Er war ein breiter, klotziger Mann mit einem Bartgestrüpp, hinter dem man nur schwer ein Gesicht ahnen konnte. Er trug die beim Kriegsvolk zurzeit modischen weiten bunten Pumphosen mit ledernem Latz. Ein abgeschabter, speckig brauner Lederkoller deckte den Oberkörper. Die dicht und schwarz behaarten Arme sahen muskelbepackt nackt bis zu den Schultern hervor. Ein langer Stoßdegen mit großen Korb hing ihm an einem Bandelier von der rechten Schulter herab und am handbreiten ledernen Leibriemen baumelte ein fußlanger Hirschfänger. Auf dem Kopf thronte ein modischer halbrunder Hut mit kleiner Krempe und einer buschigen Reiherfeder. Er stieß Heinrich brutal beiseite und versuchte, dessen Frau Lene zu fassen, die gerade aus dem Haus treten wollte, um zu sehen, was es gab.

»Weg da, du Bauerntölpel. Du magst mich nicht hindern! Will ich doch sogleich einmal nachsehen, welche Ernte hinter dem Mieder hängt!«

»Lass die Finger von meinem Weib!«, brüllte Heinrich und versuchte, den Fremden am weiteren Vordringen zu hindern. Aber da war auch schon der zweite Reiter da, der ihn von hinten am Hals zerrte und lachend schrie: »So, so! Das ist also dein Weib! Du Tattergreis! Dein Weib ist zu bedauern, alter Mann! Nun, heute trifft sie es gut. Wir wollen dich bei ihr recht gut vertreten. Sicher hat sie schon lange keinen vernünftigen Kerl auf dem Stroh gehabt.« »Sie wird jubeln und uns Dank sagen.«, feixte der Bärtige. Heinrich wehrte sich keuchend gegen den Mann, doch dieser war nicht nur jünger, sondern auch bedeutend kräftiger und größer als er. Der erste hatte die schreiende Lene ins Haus gestoßen und versuchte, ihr das Kleid vom Leibe zu reißen. Inzwischen waren auch die anderen mit dem Wagen herangekommen und stürzten sich mit Jubelgetöse ebenfalls auf alles, was sich bewegte. Zwei banden, auf Geheiß des Anführers, Heinrich wie ein Paket zusammen und warfen ihn vor das Haus.

Einige rannten schreiend hinter den Hühnern her; zwei andere schleppten den alten Oskar aus dem Stall herbei, indem sie ihn mit Fußtritten und wilden Flüchen traktierten.

Die beiden Reiter und der Fahrer des Fuhrwerks hatten sich indessen über die beiden Frauen, Mutter und Tochter, hergemacht, deren Schreien und Wimmern ging im Lustgebrüll der wüsten Kerle unter. Nachdem sie sich ihren Teil besorgt hatten, riefen sie nach den anderen Kerlen, die sich nun, einer nach dem anderen, über die Frauen hermachten. Unterdessen waren einige Kerle dabei, ein quiekendes Schwein aus dem Stall vorzuziehen und es abzustechen und nach kurzem Ausnehmen auf den Spieß zu schieben, den sie aus dem Planwagen herbeischleppten. Ein anderer Kerl hatte in Windeseile vor dem kleinen Schankhaus ein Feuer entfacht, über dem sie das Schwein zum Braten aufhängten. Es war ein furchtbarer Tumult.

Heinrich versuchte, sich verzweifelt aus den Fesseln zu lösen, aber es gelang ihm nicht. Sie schnitten nur noch tiefer ein. Als der bärtige Reiter es sah, lachte er roh und rief spottend: »Du hättest dein Weib jubeln hören sollen, Bäuerlein. Sie hat noch nie so viel Spaß gehabt, wie heute!« Heinrich lief vor Wut und Anstrengung rot an. Tränen der Ohnmacht traten ihm in die Augen, rannen ihm über das Gesicht. Doch der Reiter ließ keineswegs von ihm ab. »Du hast sicher an diesem Schank gut verdient, Bauer. – Wo hast du denn die goldenen Eier versteckt? – Ach! – Du magst es noch nicht sagen. Nun, du wirst bald die rechten Worte finden. Wir werden deinem Gedächtnis und deinen Worten Flügel verleihen.« Unvermittelt brüllte er in aufflammender Wut, wobei er Heinrich in den Bauch trat: »Pass auf, du Drecksbauer! Sogleich weist du uns den Platz.« »Ich habe nichts«, röchelte Heinrich. »Ich bin nicht der Bauer – und der hat auch nichts.« »Sieh da! – Du bist nicht der Bauer und der hat auch nichts«, äffte der Bärtige und begleitete seine Worte wieder mit einem kräftigen Tritt.

Da fiel sein Blick zufällig unglücklicherweise auf das Silberstück, das Heinrich zuvor von dem Faktor bekommen hatte und ihm bei der Überwältigung entfallen war. Es lag glitzernd neben ihm im Staub. Der Reiter hob es mit diabolischen Grinsen auf. »Das darf doch nicht wahr sein!«, höhnte er. Er hielt es dem Gefesselten langsam vor die Nase und zischte: »Wenn das so ist, dass die Knechte hier schon Silber haben! Wie muss da erst der Bauer sein? Du denkst wohl gar, du kannst uns verscheißern. Wo hast du, wo habt ihr die Dukaten verbuddelt, du alter Gauner?« Er sprang dem Gefesselten auf den Bauch und trampelte mit den derben Reitstiefeln brüllend auf dem Gefangenen herum: »Sag schon wo? Wo hast du die Silberlinge?« Ein erregter, brutaler Tritt schleuderte den Kopf des armen Heinrich zur Seite. »Du willst nicht!«, setzte er sein Zetergeschrei fort. »Nun, ich habe es allemal jedem aus den Zähnen gezogen, Bürschchen. Niemand kann sich rühmen, dem Taubenhans widerstanden zu haben!« Johlend zerrte er mit zwei herbeigeeilten anderen Kerlen den Gefangenen zu den Klötzen, die als

Sitze und Tische an dem Schankhäuschen standen. Sie warfen einen der Klötze um und zerrten den Gefangenen bäuchlings darüber.

»Einen Strick her!«, befahl der Bärtige. »Und dann macht ihm den Arsch. Wollen sehen, ob er darin sein Gold versteckt hat!« Sie zogen Heinrich den Bauernkittel wie einen Sack über den Kopf. Einer brachte einen fingerdicken Strick aus dem Stall herbei, in den er sogleich noch zwei Knoten knüpfte. Mit höllischem Gejohle, das mit dem grässlichen Schmerzgeheul des Gequälten eiferte, zogen sie den Strick wie eine Säge durch das Gesäß des Gefangenen. Diese grausige Lustbarkeit holte die letzten Kerle, die sich im Haus noch mit den Frauen verlustiert, eiligst herbei. Sie feuerten die Schandbuben zu neuen Quälereien an. Heinrich hatte das Bewusstsein verloren. Eilig rannte man zum Brunnen und holte einige Eimer voll Wasser, die man dem Ohnmächtigen über den Kopf goss, bis er wieder stöhnend die Augen aufschlug. Schon wurden von allen Seiten neue Quälereien vorgeschlagen.

»Hängt ihn mit allen Vieren an den Baum und streicht ihn mit Dornen, wie weiland die Römer den Nazarener«, meinte einer der Strolche, der im zerschlissenen Studentenhabit herumstand. »Was soll so etwas Lächerliches«, verwarf der Anführer den Vorschlag und sah den entlaufenen Studiosus mitleidig an. »Er muss uns erst seine Taler herausrücken, dann mag er den von dir vorgeschlagenen Heiligenschein bekommen, dann können wir ihn kaputt machen. Pah! Nazarener. Scheiß Pfaffengeplärr, kann nur so einem entlaufenen Scholarenhirn entschlüpfen. Bringt ihn ans Feuer. Wir wollen ihm die Füße schmoren. Wenn ihm heiß wird, singt er wie ein Vöglein und weist uns sein Versteck.« Sie schleppten ihr stöhnendes Opfer zum Feuer und der Anführer kommandierte: »Los, du Mistvieh! Wo hast du deine Schätzchen?« Heinrich war indessen wieder in Ohnmacht gefallen und der Wüterich zeterte: »Verdammt! Holt Wasser! So kommen wir nie hinter sein Versteck. Der Dreckskerl ist zähe, lässt sich viel Zeit, was ihm doch nichts nützen wird.« »Warum holen wir nicht einfach die Weiber!«, schrillte da ein Kerl.

»Ja die Weiber! – Verdammt! Darauf hätte ich auch selber kommen können!«, tadelte sich der Anführer und befahl: »Los! Holt schon die Weiber heraus!« Fünf Kerle rannten sogleich los, um den Befehl in die Tat umzusetzen. Laut johlend stürzten sie durch die Tür ins Haus. Derweil warf der Anführer und zwei seiner Gesellen Heinrich mit den Füßen in das Feuer. Der Schmerz fraß sich durch die Ohnmacht des Gefangenen. Sein nun schon tierischer Schmerzensschrei gellte in die Ferne, dann verlor er wieder gnädig die Besinnung. Da kamen die Kerle, die in das Haus gerannt waren, wieder wütend zurück.

»Die Weiber sind nicht mehr da! Sie sind fort!«, schrien sie fast gleichzeitig. Der Anführer hieb wild in die Luft und tobte grimmig: »Seid ihr toll? Wie ist das möglich? Los! Ihr Narren, sucht sie. Sie können nicht weit sein.« Die Meute vergaß ihr Opfer und stob nach allen Seiten suchend auseinander. Der Anführer warf sich auf seinen Gaul und umritt im Galopp den Hof. Als er auf die Rückseite kam, sah er, einige Steinwürfe weit vor sich, wie der alte Oskar, der sich irgendwie aus dem Getümmel herausgehalten hatte, gerade zwischen den Weiden am Bachgrund verschwand. »Warte, du altes Luder«, schnaufte er und preschte, seinen Degen ziehend, hinter dem Fliehenden her. Mit gewaltigem Schwung trieb er sein Pferd zwischen die Büsche. Im wadentiefen Bach stand der alte Oskar. Er zitterte am ganzen Körper, aber er war allein. Die Frauen waren nicht bei ihm.

»Wo sind sie?«, herrschte er den alten Mann an und hielt ihm die Degenspitze an die Brust. – »Wer?« »Die Weiber natürlich!« »Ich weiß doch nicht, Herr«, stotterte Oskar hilflos. »Ach, schon wieder einer, der nichts weiß«, fauchte der Reiter böse. Blitzschnell fuhr die Degenklinge über den Hals des alten Mannes. Das Blut spritzte. Oskar brach mit weit aufgerissenen Augen zusammen und fiel in den Bach. Der Reiter spuckte nach dem Opfer und knurrte: »Der Herr erbarme sich seiner stinkenden Seele.« Energisch riss er das Pferd herum und trieb es aus dem dichten Weiden- und Haselgesträuch. So sehr er auch spähte, von den Frauen war nichts zu sehen. »Die können sich doch nicht in Luft aufgelöst haben«, murrte er ungnädig. Er sah zu den armseligen Gebäuden hinüber. Dort hatte man wohl auch keinen Erfolg gehabt, denn seine Gesellen rannten herum, riefen sich Mut zu und stocherten gar in dem großen Misthaufen mit einer Holzforke herum. Sie kehrten das Unterste zu Oberst, doch die Frauen waren nicht zu finden.

Langsam ritt er spähend am Bachrand hinauf. »Sie können doch nur hier sein«, knurrte er ingrimmig. Die Frauen hatten sich, nach den fürchterlichen Vergewaltigungen, als die Kerle aus dem Haus liefen, voller Entsetzen, nackt wie sie waren, unter Mitnahme des Säuglings, des kleinen Jobst, zum Bach geschleppt und waren im Schutz der Weiden im Bachbett wenige Schritte bachauf gegangen. Oskar war ihnen gefolgt. Weil er aber nicht mehr so recht auf den Beinen war, hatte er den Anschluss versäumt und war so noch von dem Bärtigen gesehen worden.

Die Frauen lagen keine zwanzig Schritt von dem Ort, wo der Reiter den alten Mann niedergemacht hatte und zitterten vor Angst und Entsetzen. Der Reiter bemerkte sie, die in den hohen Ufergräsern lagen, nicht und ritt langsam am Bach aufwärts. Mutter Mathilde, die Bäuerin, schluchzte leise auf, als der Reiter außer Hörweite schien.

»Ich muss zum Oskar gehen. Er liegt so still. Er wird noch ertrinken.« »Um Gottes willen – Mutter. Bleib hier!«, bat Lene, die ihr Kind fest an sich presste. Es war fast ein Wunder, dass das Kleine bei all dem Höllenlärm nicht wach geworden war und die flüchtenden Frauen durch Weinen und Schreien verraten hatte. »Nein, ich muss nach ihm sehen«, beharrte Frau Mathilde. »Er hat sein ganzes Leben mit uns Freud und Leid geteilt. Da kann ich ihn doch nicht so liegen lassen.« »Vielleicht ist er längst tot«, zitterte, hoffte Lene, um die Mutter von dem wahnwitzigen Vorhaben abzubringen. Aber die Bäuerin flüsterte erregt: »Halt dich ruhig, mein Kind. Ich werde, nein, ich muss nach ihm sehen. Das bin ich seiner Treue schuldig. Heilige Mutter Gottes! Steh mir bei, amen.« Sie schlich sich, so gut sie vermochte, zu dem alten Knecht hinüber, der tatsächlich noch lebte. Sein Kopf hatte günstig gelegen und war nicht ins Wasser getaucht. Er blutete stark, aber offensichtlich war seine Halsschlagader nicht getroffen. Mathilde zog ihn weiter auf das Ufer, damit er nicht ertrinken konnte.

Da hörte sie den dumpfen Hufschlag. Der Reiter kam zurück. Sie warf sich eilig, ein paar Schritt weiter, den Schmerz nicht fühlend, in ein dichtes, hohes Brennnesselgesträuch. Der Reiter hörte das Rascheln des Gebüsches und knurrte: »Die Pest. Ich will nicht Willibald heißen, wenn da nicht jemand im Gebüsch steckt.« Wieder trieb er sein Pferd durch die Büsche in den Bach. Er sah, dass der alte Mann nicht mehr dort lag, wo er ihn niedergestreckt hatte. »Alter, du hast ein verdammt zähes Leben.« Er trieb sein Pferd näher an den Verwundeten heran. Bedächtig hob er den Degen und holte zum Stoß aus. Da fing hinter ihm, ein Stück im Bach aufwärts, der Säugling an zu weinen.

Überrascht hielt er inne. »Aha«, lachte er – und vergaß sein mörderisches Vorhaben. Er wendete sein Pferd im Bachbett, aber die niederen Weidenzweige hinderten ihn am Weiterreiten. Mit einem leisen Fluch schwang er sich aus dem

Sattel und hastete dem Weinen des Kindes entgegen. Schon nach wenigen Schritten sah er die arme Lene mit dem Kind im Arm.

»Sieh da! Das junge Täubchen«, schrie er unheilvoll und roh. »Siehst schon ganz schön gerupft aus, Mädchen. Aber verlass dich darauf. Das ist noch gar nichts gegen das, was du nun bekommst.« Er sprang sie wie ein Raubtier an. Lene hatte sich erhoben und wollte fliehen. Doch der Mann hatte sie schon nach wenigen Schritten eingeholt und riss sie brutal zu Boden. Das Baby flog ihr, von der Wucht des Aufpralls, aus den Armen und landete heulend im seichten Uferschlamm. Der Bärtige warf Lene zu Boden und presste sie roh in den Uferschlamm. Er grinste satanisch. »Bevor ich dich kaputt mache, du Biest, bist du erst noch einmal dran. Genieße es«, schnaubte er. Wuchtig warf er sich auf die Frau und versuchte, ihre Hände so zu drehen, dass sie sich nicht mehr zu wehren vermochte. Der Säugling schrie aus vollem Halse und das Pferd tänzelte nervös, erschreckt in den Büschen. Vom Hof gellte vielstimmiger Jubel herüber, der vom Knistern und Prasseln der Flammen übertönt wurde, das vom brennenden Hausgebälk und Dach herrührte. Der Hof stand in Flammen. Am Lagerfeuer, an dem das Schwein briet, starb Heinrich. Der ehemalige Studiosus hatte ihm den Schädel eingeschlagen.

Franz Sydekum pflügte mit seinem Enkel in der Brache. Eine größere Hecken- und Baumgruppe verdeckte die Sicht zum Hof. Müden Schrittes waren sie wieder mit dem Gespann zu der Wende gekommen, als aus der Ferne undeutliche Rufe und Schreie an ihre Ohren schlugen. »Großvater, hast du das gehört?«, fragte Ludwig, der das Pferd am Kopfgeschirr führte. Franz Sydekum wischte den Schweiß aus dem Gesicht. Er räusperte sich vernehmlich, sah grimmig zu dem nahen Wald hinüber und knurrte: »Das waren Stimmen, Ludwig, Kreischen, Lustgeschrei. Da ist sicher wieder eine dieser verdammten Gesellschaften der Burg im Walde. Seit die Herrin auf Sylenstein den Ritter von Eyken als Dauergast beherbergt, macht man sich dort wieder häufig schöne Tage. Wenn das der alte Ritter noch sehen könnte, es würde ihm gar den Ärger in den Hals stoßen.« Ludwig sah seinen Großvater zweifelnd an. »Großvater, es klang nicht nach Schreien bei der Jagd. Es kam mir vor, wie das Schreien des Mühlenhannes, als sie ihn vor der Stadt verbrannten«, beharrte der Junge und fing, in Erinnerung, an zu zittern, denn er war vor einem halben Jahr, mit dem Großvater zufällig Zeuge einer

Hinrichtung geworden, als sie aus der Stadt kamen, wo sie einige Erzeugnisse auf den Markt gebracht hatten. Man verharrte in angestrengten Lauschen.

»Ach was, Junge«, wurde der Bauer ungeduldig. »Komm! Wir müssen das Feld noch heute fertig pflügen. Die Wintersaat will in den Boden gebracht sein, ehe der Frost kommt.« Franz Sydekum schnäuzte sich vernehmlich. Er war mit seinen Gedanken bei der Arbeit. Was kümmerten ihn die Burgleute? Er betrachtete ihre Feste mit tiefem Argwohn, obwohl er seit Ludwigs Geburt von der Burgherrschaft unbehelligt geblieben war. Sie wendeten den Pflug und wollten gerade wieder mit Hü und Hott fortschreiten, als ein leiser, ferner, aber dennoch deutlich vernehmbarer klagender, entsetzlicher Schrei zwischen den Jubelrufen aufklang. »Großvater! Das kam nicht aus dem Wald, das kam vom Hof!«, rief Ludwig ängstlich. Nun wurde auch der Bauer unruhig. »Ruf nicht den Teufel herbei, Junge. Komm, steige dort bei den Büschen auf den Nussbaum. Von dort kannst du gut zum Hof sehen«. »So hast du es auch gehört. Es kam nicht aus dem Wald, Großvater.« »Lieber Himmel, nein! Ich habe etwas gehört, aber nicht, was und woher. Doch wenn ich dich so sehe! Heiliger Josef, sehen wir nach; es kann nichts schaden. Spring, Bub, damit wir wieder an die Arbeit kommen.« Ludwig rannte zu der Buschgruppe, aus deren Mitte einige leicht ersteigbare Bäume ragten. Ludwig mühte sich, aber er kam nicht an die unteren Äste und rief nach seinem Großvater, der murrend zu dem Jungen ging und ihn so hoch anhob, dass dieser die ersten Äste erreichte: »Musst schon noch etwas wachsen, Ludwig«, knurrte der Bauer, seinen Ärger über die Verzögerung hinunterschluckend. Ludwig hatte die Krone erreicht und spähte zu dem Hof hinüber:

»Was siehst du Junge?« »Qualm! Beim Hof muss ein Feuer brennen.« »Wird wohl sein. Denke, deine Großmutter und Mutter bereiten Essen oder backen Brot.« »Nein, Großvater! Es ist ein großer Rauch von einem großen Feuer.« »So komm herab«, erschrak der Bauer, dessen Sicherheit merklich schwand und in Unruhe umsprang. »Beeil dich! Wir werden nachsehen, was es am Hof gibt. Dein Vater ist ein gar umsichtiger Mann, der nötigenfalls auch mit ungebetenen Gästen fertig wird. Dennoch, wir müssen nachsehen, so schwer es mir fällt, die Arbeit liegen zu lassen.« Bauer Franz hatte zu viele Enttäuschungen und bittere Erfahrungen in seinem Leben sammeln müssen, um arglos zu bleiben. Ein größeres Feuer vor dem Hof konnte Funkenflug verursachen und da war es eine Kleinigkeit, bis die Strohdächer der Gebäude in Flammen standen. Zudem, wenn

Heinrich nicht in der Lage war, durchreisende Gäste am Entzünden eines derartigen Feuers zu hindern, musste er in Schwierigkeiten sein. Sie banden das Pferd, ohne den Pflug abzuspannen, in den Büschen an. »Sicher ist es nichts Gefährliches«, murmelte der Bauer selbst beruhigend, aber seine Stimme zitterte und verriet seine wachsende Sorge. »Ich kann ja schon vorlaufen«, eiferte Ludwig. »Nein, nein, Junge, wir wollen zusammen gehen.« Sie hasteten mit schnellen Schritten den Feldrain am Bach entlang. Je weiter sie kamen, umso lauter und bedrohlicher wurden die Schreie und Rufe. Gerade, als sie um die letzte größere Bachbiegung herumkamen, sahen sie einen Reiter, mit blitzenden Degen in der Faust, aus dem Bachbett reiten und auf sie zukommen.

»Gott, oh Gott! Was ist das? Maria und Josef, steh uns bei!«, stotterte der Bauer bestürzt. Blitzschnell fasste er nach dem Jungen und zerrte diesen mit sich in die Büsche. »Was ist das, Großvater?« »Um Gottes willen! Sei still. Gleich wird der Reiter hier sein. Wenn er uns sieht, bei Gott, ich glaub, dann ist unsere letzte Stunde gekommen«, raunte er dem Jungen mit heiserer Stimme zu. Franz Sydekum schob sich mit dem Jungen tief unter die Büsche. Er redete, um seine eigene Angst zu unterdrücken, leise auf den Jungen ein. Einem plötzlichen Einfall gehorchend flüsterte er: »Geh auf die andere Bachseite und halte dich unter den Büschen still wie ein Mäuschen, egal was geschieht, Junge. Geh!«, flüsterte er. Als Ludwig zögerte, knurrte er drängend: »Geh, Junge, nun geh.« Ludwig gehorchte zunächst zögernd. Der dumpfe Hufschlag auf dem Wiesenboden kam näher und näher. Das Pferd schnaubte und pustete leicht. Dann verstummten die Hufgeräusche.

Ludwig konnte den Reiter hinter den Büschen noch nicht sehen. Nach einer Weile des bangen Zitterns war der Hufschlag wieder da, aber nun entfernte er sich schnell wieder bachabwärts. Ludwig sah, wie sein Großvater sein Versteck verließ und eilig, aber vorsichtig am jenseitigen Bachrand weiterlief. Nun hielt es auch Ludwig nicht länger im Versteck. Zu Rufen wagte er nicht. – Was mochte da geschehen sein. Wieder drangen Jubelschreie und wildes Gebrüll zu ihm herüber. Er rannte, Beklemmung im Herzen, auf seiner Seite am Bach entlang, die kleinen und größeren Buschgruppen umgehend, dem Hof zu.

Da! Plötzlich, vor ihm im Bachbett, seinen Blicken noch entzogen, fing ein Baby an zu schreien. »Das ist Jobst!«, flüsterte er. Wie kam sein kleiner Bruder hier in den Bach? – Die Angst würgte ihn, denn nun hörte er die herzzerreißende

Stimme seiner Mutter. Es musste fast neben ihm sein – unter den Uferbüschen. Nun vernahm er auch die wilden bösen Worte eines Mannes, das Brechen von Zweigen und das Schnauben eines aufgeregten Pferdes. Nun wieder die röchelnden Laute seiner Mutter und das Schreien des Babys. Ihm sträubten sich vor Entsetzen und Angst die Nackenhaare. Er schob die Büsche und hohen Gräser beiseite und sah, keine fünf Schritt vor sich, wie ein wild aussehender Mann sich auf seine Mutter warf, die nackt im Schlamm des seichten Baches lag und sich weinend und stöhnend, mit Händen und Füßen zappelnd, gegen den Mann wehrte.

Der Mann kehrte Ludwig den Rücken zu und brüllte: »Ich hau dir den Schädel kaputt, wenn du nicht still hältst, du blödes Biest!« Ludwig sah entsetzt auf das schreckliche Bild. Kein Laut kam vor Entsetzen aus seinem Mund. Da fiel sein Blick auf das Wehrgehänge des Mannes. Der Dolch hatte sich aufgekippt. Sein Griff funkelte wie eine Aufforderung. Ludwig griff zu, riss an dem Griff. Der lange Spitzdolch kam federleicht frei. Der Mann drehte sich überrascht halb herum. Da traf ihn auch schon die eigene Klinge in die Brust. Ludwig hatte den Stoß mit beiden Händen geführt. Noch einmal riss er die Waffe aus dem Körper des Mannes und stieß wieder zu, als dieser sich, trotz der schweren Wunde aufrichten wollte. Doch durch die Bewegung geriet der zweite Stoß in andere Richtung. – Die Klinge schlitzte die Gurgel auf. Ein Blutstrahl fuhr heraus und färbte den Uferschlamm rot. Mit der Überraschung und Wut im erstarrten Blick, fiel der Mann nieder. Ludwig starrte sekundenlang auf seine Mutter, die ohnmächtig unter der Last des Toten lag, herab. Das Blut des Toten besudelte sie über und über – gab ihr den Anschein, als sei auch sie tot. Jobst plärrte irgendwo, für ihn unsichtbar, jämmerlich.

Das war zu viel für den Jungen. Rasende Angst, Panik, Entsetzen packte ihn und trieb ihn vom Ort des Grauens. Er nahm nichts mehr bewusst wahr. Er rannte und rannte – davon – in den nahen Wald – und weiter – immer weiter – nur fort, fort vom entsetzlichen Geschehen. Ein tränenverschwommener zufälliger Blick vom Waldrand zum Hof, peitschte die Panik nur weiter an. Der Hof stand in Flammen. Hoch prasselten sie gegen den Himmel. Eine dunkle Rauchwolke und brenzliger Geruch legte sich über die Landschaft und verkündete weit und breit ein Unglück. Doch Ludwig nahm von all dem nichts wahr.

Er lief. Er lief ohne Besinnung, ohne Wahrnehmung. Mutter war tot – alle waren tot – was war geschehen? Er begriff nichts und die Beine trieben ihn automatisch, bis es Abend wurde, die Dunkelheit hereinbrach und seine Kräfte plötzlich zerrannen. Erschöpft fiel er nieder. Die Natur hilft sich meist selbst. So auch dem Jungen. Er erwachte, als die Morgensonne schon hoch am Himmel stand und ihre Strahlen durch das noch ansehnliche Blattgrün der Baumkronen schickte. Es brauchte eine Zeit, bis er sich erinnerte. Wieder stiegen vor ihm die Bilder des gestrigen Erlebnisses auf. Mutter war tot! Der Hof verbrannt. Es würgte ihn erneut und dann brach ein Strom bitterer Tränen aus ihm hervor. Sie schwemmten die Panik, das Entsetzen etwas davon – beruhigte und nahm einen Teil der Last, die wie ein Mühlstein auf seiner Seele lag. Nur langsam konnte er sich wieder an die Reihenfolge der Dinge erinnern. Doch die Erinnerung brach mit dem Bild, als der Mann auf seine Mutter fiel, ab. Wo war er? Wie kam er hierher? Er versuchte, sich zu orientieren. Nein, hier war er noch nie gewesen. Überhaupt, Vater und Großvater hatten es tunlichst vermieden, je den Wald zu betreten, der zur Herrschaft gehörte. So viel er auch nachdachte, er konnte sich nicht erinnern, wo er hergekommen war. Alles, was nach den schrecklichen Ereignissen lag, lag im Dunkel. Er war gelaufen! Ja, aber wohin? Ludwig war ein aufgeweckter Junge und die harte Arbeit bei seinem Großvater, der ihn immer mit strenger Liebe behandelt, hatte ihn zur Selbständigkeit in den Fertigkeiten des täglichen Lebens auf einem Bauernhof erzogen, ohne indessen etwas für sein Wissen über die übrige Welt einzubringen. Alles drehte sich um den engen Lebensraum, in dem er gelebt hatte, der Hof, die Herrschaft und die kleine Stadt – und natürlich der Ausschank am Wege. Letzterer war es, der ihm unterbewusst mitgegeben hatte, dass es da, weit ab, noch andere Menschen und Dinge gab. Seine kindlichen Erfahrungen endeten jedoch an den Grenzen des großväterlichen Besitzes – abgesehen von den drei, vier Fahrten in die Stadt, auf den Markt. Heinrich, sein Stiefvater, hatte hin und wieder aus seiner Fahrenszeit berichtet und manches Gespräch mit Reisenden über ferne Gegenden geführt – aber, obwohl er gerne zuhörte, lag alles jenseits seiner Vorstellungskraft. Er hatte eigentlich nie viel davon verstanden; es war die Welt der Großen, der Erwachsenen. Nun stand er irgendwo im Wald, der seitens der Eltern und Großeltern mit vielen Verboten und noch mehr unheimlichen Erzählungen verknüpft war. Er wusste nicht, was er tun sollte. Zudem hatte er mächtigen Hunger. Die Jahreszeit war ihm günstig. Im langsamen Dahinwandern fand er Beeren und Pilze, die er kannte, die seinen schlimmsten Hunger stillten. An einem kleinen murmelnden Bach löschte er seinen Durst. Doch soweit er auch lief, von einem Weg war nichts zu sehen. Es wurde Abend. Am Fuße einer mächtigen Buche hockte er sich zitternd auf das Moos. Der Wald lebte mit seinen unzähligen nächtlichen Geräuschen und hielt ihn lange wach. Irgendwann schlief er dennoch ein. Aber mit den ersten Sonnenstrahlen war er diesmal wach. Er fühlte sich steif und zitterig, als er sich mühsam erhob. Wieder begann seine Herumirren und wieder endete der Tag, ohne auf einen Weg zu stoßen. Die nächste Nacht, o Wunder, war bereits Gewohnheit. Er grub sich in frisches welkes Laub ein und schlief.

Der nächste Morgen sah ihn frisch und jugendlich munter, wenn da nicht die Angst gewesen wäre, nie wieder aus diesem Wald zu finden. Sie verdrängte bereits die entsetzlichen Erlebnisse, die ihn in diese Lage gebracht hatten. Am späten Morgen stieß er endlich auf einen Pfad, der offenbar von Menschen getreten war. Dieser endete nach einiger Zeit auf einem von Pferd und Wagen befahrenen Weg. Es wurde auch Zeit. Er fühlte sich hungrig und durstig, denn so lange er auf dem Pfad gegangen war, hatte er keine Beeren und Pilze mehr gefunden. Zudem war die Sonne seit dem frühen Morgen hinter einer dicken Dunstdecke verschwunden und es fing leise an zu regnen. Als er nach einiger Zeit aus dem Wald trat, hatte sich die Landschaft in graue Regenschleier gehüllt. Der schmale Karrenweg führte nun zwischen Schlehen- und Weißdornhecken dahin, hinter denen sich Wiesen, kleinere und größere Felder befanden. Endlich erreichte er ein Dorf, dessen kleine, niedere, fast die Erde streichelnde Strohdächer, sich in eine Senke schmiegten. In der Mitte des Dörfchens ragte eine kleine steinerne, schindelgedeckte Kapelle mit Holzvorbau auf. Im Dorf war kein Mensch zu sehen. Zwischen den Hütten türmten sich die Misthaufen, teils höher als die Dächer. Schweine wühlten und grunzten in ihnen. Unter den Vordächern hockten Hühner. Die pfadartigen Wege zwischen den Hütten waren mit tiefen Schlamm bedeckt. Am Vorbau der kleinen Kapelle waren drei gesattelte Reitpferde angebunden, die missmutig die Köpfe hängen ließen und sich dicht aneinander drückten, um dem Regen zu entgehen. Die Misthaufen verbreiteten einen gut bekannten abscheulichen Geruch und dampften im Regen vor sich hin. Die Ruhe im Dorf war zu dieser Tageszeit, trotz des Regens, absonderlich und ließ darauf schließen, dass etwas Besonderes im Dorf geschehen sein musste. Diese Überlegungen stellten sich für Ludwig eben so wenig, wie die Tatsache, dass dieses Dorf ein Musterbeispiel von Schmutz und Verkommenheit war. Er trug, wie alle Bauern in jener Zeit, in der warmen Jahreszeit, kein Schuhwerk, dem der Matsch gefährlich werden konnte und seine Bekleidung, ein grober, brauner Kittel, wie er von nahezu allen Bauern getragen wurde, hatte weder etwas gegen Schmutz, noch war an ihm etwas durch den Regen zu verderben. Seine Überlegungen zielten auf seine dringendsten Bedürfnisse – Hunger, Durst. Er stand unweit der kleinen Kapelle und überlegte, an welcher Tür er anklopfen sollte. Aus der Kapelle vernahm er plötzlich eine laute predigende Stimme, der, nach einen kurzen Moment des Schweigens, ein lautes »Amen!« folgte. Ludwig bekreuzigte sich automatisch, wie es ihm die Mutter beigebracht hatte. Die schief in den Angeln hängende, alte Kapellentür wurde kratzend aufgestoßen. Zwei Dutzend Männer, Frauen und Kinder aller Altersgruppen drängten sich ins Freie, in den Regen hinaus. Sie eilten, gespenstisch still, zu ihren Hütten, ohne sich umzusehen oder gar von Ludwig Notiz zu nehmen. Diese Menschen sahen so ärmlich und erbärmlich aus, wie ihre Hütten, schmutzig, wie das ganze Dörfchen. Zuletzt traten drei Herren in landesüblicher Reisekleidung, wie sie von reisenden Kaufleuten getragen wurden, im leisen Gespräch aus der Kapelle und verhielten unter dem Vorbau. Ihnen folgte ein Mönch in einer schäbigen, kot- und dreckverschmierten braunen Kutte. »Sorgt für den Bildstock, Bruder Friedolin, wenn er am Wegkreuz errichtet ist. Ich möchte das Andenken an unseren Bruder sorgfältig betreut wissen. Wir werden jedes Jahr vorbeikommen und Eure Mühe lohnen«, verkündete einer der Männer mit befehlsgewohnter Stimme. »Ihr könnt Euch auf die einzig wahre heilige Kirche verlassen«, versicherte der Mönch, indem er sich verneigte und die Hände fromm aneinanderlegte. Der Fremde war davon offensichtlich wenig beeindruckt, denn er befahl weiter: »Und vergesst mir nicht die bezahlten Seelenmessen.« Er wies in die Runde und spöttelte: »Wenn Ihr um das Seelenheil eurer Schäflein so besorgt, wie um das Dorf, das doch zu eurem Kloster gehört, seid, Bruder, dann ist wohl kaum viel zu erwarten. – Lasst also Eure schönen Worte und tut, wofür Ihr bezahlt werdet. Das ist dann schon viel und uns genug. Wenn ich hier die armen Kreaturen sehe, meine ich, sie sind schon ein wenig mehr Nächstenliebe wert. – Meint Ihr nicht auch? – Aber lassen wir das! Sollten wir übers Jahr feststellen, das Ihr Eure Pflicht, die Ihr vor dem barmherzigen Schöpfer, unserem Heiland, gelobt habt, nicht ordentlich erfüllt habt, bekommt Ihr und das Kloster von uns keinen Pfifferling mehr.« Der Mönch beteuerte seine Dienstbereitschaft mit gedrechselten frommen Worten und herzzerreißenden Seufzern. Die Herren zeigten sich jedoch wenig beeindruckt. Sie zogen ihre Mantelumhänge enger um sich, wischten die Regennässe notdürftig von den Sätteln, ehe sie aufsaßen – und trabten dann, den Schmutz des Weges aufwerfend, ohne sich umzusehen, davon. Der Mönch sah ihnen seufzend nach. »Undankbares Volk!«, verkündete er missmutig und brummte leise etwas vor sich hin, dass er mit einem lauten »Amen!« bekräftigte. Als er sich wandte, fiel sein Blick auf Ludwig.

»Wer bist du denn?«, fragte er überrascht. »Ich bin der Ludwig, der Kauz des Sydekum. Ich bitte Euch schön, heiliger Mann. Ich habe Hunger und Durst.« Ludwig hatte sein dringendstes Anliegen eilig vorgebracht, bevor der Mönch noch weiter fragen konnte. Der verzog sein Gesicht in tausend Falten und rief: »Was essen und trinken, hier? – Wo, bei allen Heiligen und der Jungfrau Maria, kommst du her?« »Vom Hof des Großvaters, dem Sydekumhof«, stotterte Ludwig in der Gewissheit, dass man diesen kennen musste. Dabei kam ihm ins Bewusstsein, das dieser ja abgebrannt sein musste Tränen schossen ihm in die Augen und mischten sich mit dem Regen, der über sein verschmutztes Gesicht lief. »Ach Herrgott! Ich weiß nicht, Söhnchen, was deine Rede bedeutet. Ich kenne keinen Sydekumhof«, bedauerte der Mönch. Ludwig erzählte mit wirren Worten von dem, was er erlebt, oder glaubte, erlebt zu haben. So jung er war, war ihm doch bewusst, dass er vielleicht, ja wahrscheinlich, einen Menschen getötet hatte. Eine schreckliche Tat, die er keineswegs bedauerte, aber auch nicht zugeben wollte. Er verschloss diese Gewissheit tief in seinem Bewusstsein; er verschwieg sie dem Mönch. Dieser schüttelte ein über das andere Mal den Kopf, derweil ihnen der Regen ungehemmt von Kopf bis Fuß lief. »Von all dem, was du mir da erzählst, Bürschlein, weiß ich nichts. Es ist auch keine Kunde von einem Brand nach hier gekommen, doch das will nichts sagen.« Resignierend brummte er, für sich: »Wann erfahre ich hier schon etwas?« Laut fuhr er fort: »Du musst von weit her kommen.« »Ach, ehrwürdiger Vater, habt Ihr nicht etwas zu essen und zu trinken?«, bat Ludwig, dem der Magen nun gewaltig knurrte. »Mm, nun – ja! Ich kann dich, bei der Barmherzigkeit des Herrn und der Jungfrau Maria, hier nicht im Regen stehen lassen. Komm also mit mir. Habe ich auch selber nicht viel, so wird sich doch noch etwas finden lassen. Unser Herrgott wird es fügen.« Der Mönch strich dem Jungen über das triefend nasse zottelige Haar und bedauerte: »Bürschlein, Bürschlein, wie siehst du nur aus. Wohl habe ich nicht alles verstanden, was du da hergesagt hast; wohl kann es möglich sein, das du nur ein kleiner Herumtreiber bist.« Er sah Ludwig streng an, indem er ihn mit beiden Händen derb packte und so vor sich hielt, das er ihm in das erschrockene, entsetzte Gesicht sehen konnte. Er schnaubte befriedigt, schüttelte Ludwig und brummte ergeben: »Mag's wohl sein, wie es will. Dauerst mich, Bürschlein. Wenn es stimmt, was du erzählt hast, werden wir bald wissen, wo du zu Haus bist.« »Meine Mutter ist tot«, sagte der Junge tonlos. Dem Bruder gingen blitzschnell gar manche Geschichten durch den Kopf. Was war das nur für eine Welt, in der keiner seines Lebens sicher war. So manche böse Tat war ihm in den letzten Jahren untergekommen. Auch der Bruder der drei Reiter, die bei ihm die Messen bestellt hatten, wurde von Strauchdieben getötet und ausgeplündert. Die Tat war nur ruchbar geworden, weil ein Mitreisender Knecht den Bösewichten entwischen konnte. Er nickte ergeben und murrte, oder war es ein Gebet: »Der Herr hat's gegeben, der Herr hat's genommen – gelobt sei der Name des Herrn.« »Amen!«, sagte Ludwig, wie er es von seiner Mutter gelernt hatte. »Amen!«, schnaufte der Gottesmann. Hinter der Kapelle gab es eine kleine Hütte, die sich von keiner der Dorfhütten unterschied, es sei denn, in der Größe. Sie maß gerade sechs Schritte im Geviert. Hier hatte der Mönch sein ärmliches Domizil. Zwei unterschiedlich große Holzkloben in der Mitte des Raumes stellten Tisch und Stuhl. Eine unbedeckte, einfache Strohschütte in der linken Ecke bildete das Lager. Die rückwärtige Giebelwand bestand fast ausschließlich aus einer kaminartigen Herdstelle, in der an eiserner Kette ein Kupfertöpfchen baumelte. Neben der Herdstelle standen einige hölzerne und irdene Gefäße, die die Ausstattung der Unterkunft ausmachten. Unter dem Kochtöpfchen glomm ein bescheidenes offenes Feuerchen, das den Raum nicht heizte, wohl aber das Wasser im Töpfchen heiß hielt. »Wir werden uns erst einmal eine kräftige Kräutersuppe bereiten, damit wir wieder warm werden«, verkündete der Mönch und nahm aus einem der irdenen Gefäße eine kräftige Handvoll getrockneten Krautes, welches er in den Topf bröselte, das das Wasser leicht zischte. »Es muss noch aufkochen«, versicherte er, »dann wird es eine gar schmackhafte Suppe, die den Körper und den Geist belebt.« Das klang aufmunternd – und so roch es auch bald. Ob so ein Gebräu je einen Menschen gesättigt hatte, war beim Anblick des Bruders anzuzweifeln, denn seine zerschlissene Kutte bedeckte einen Körper, der überwiegend aus Haut und Knochen zu bestehen schien. Der Mönch zauberte deshalb aus einem der Krüge noch einen Kanten Brot hervor, den er sorgsam in zwei Teile zerbrach. Behutsam nahm er den Sud vom Feuer und schüttete ihn in zwei Näpfchen. Er reichte Ludwig eines der Brotstückchen und forderte ihn auf: »Nimm im Namen unseres Herrn Jesus Christus.« Er segnete Brot und Sud und ließ es sich dann recht wohl schmecken. Er kaute und schlürfte mit Ruhe und Behagen und mahnte Ludwig, er solle nicht wie ein Tier schlingen: »Du hast Schmacht, bist jung und unbesonnen. Das mag der Herr dir gut sehen. Doch es ist unserem Herrn nicht wohlgefällig, wenn wir seine gesegneten Gaben würdelos verschlingen.« Die Mahnung kam an das untaugliche Objekt, denn Ludwig hatte seinen Teil bereits hinter sich und rülpste vernehmlich, was den Mönch einigermaßen versöhnte, war es doch ein gutes Zeichen, dass es seinem ungebetenen Gast geschmeckt hatte. Er sah Ludwig nachdenklich an und erläuterte dabei seine Überlegungen:

»Was werde ich nun mit dir machen? – Ich weiß wirklich nicht, wo deine Eltern zu suchen sein könnten. Ihren Namen habe ich nie gehört – was jedoch nicht viel bedeutet. Ich bin mein Leben lang nicht von den Besitzungen des Klosters fortgekommen. Ich kenne die große verderbte Welt nicht – Gott sei Dank. Es wird das Beste sein, wenn du die nächsten Tage bei mir bleibst. Nach der Sonntagspredigt muss ich zum Kloster. Dahin magst du mitkommen. Meine Brüder in Ebelstein werden wissen, was zu tun ist. Sicher kennt man dort den Ort deiner Herkunft und kann dich zu den Deinen zurückbringen.« Ludwig war es recht. Er hatte ein Dach über dem Kopf, musste nicht wieder allein in den schrecklichen Wald zurück und der Mönch würde ihm Essen und Trinken geben. Aber die Angst, um das Geschehene, ließ ihn dennoch nicht in Frieden schlafen. Entsetzliche Bilder peinigten ihn. Immer wieder sah er die Mutter und den Bruder. Sie waren in Blut getaucht das, wie ein Kerzendocht, das Feuer nährte, das den Hof verzehrte. Immer wieder sah er das wilde Gesicht des Reiters und immer wieder stieß er mit immer größeren Dolchen nach dem schrecklichen Gesicht. Mit Angstschreien fuhr er nachts auf. Der Mönch beruhigte ihn wieder. Er hörte die wilden Phantasien des Jungen, die dieser in seinen Träumen ausstieß, doch er konnte und wollte ihre Zusammenhänge nicht ergründen. Bruder Friedolin hatte eine Abneigung gegen Gewalt und war stets bemüht, nichts davon zu hören. Freilich verschloss er nicht die Augen vor der Wirklichkeit. Ärger und Gewalt im Dorfe, ja, das ging ihn etwas an – aber alles, was weiter fort war, nein, damit sollte man ihn tunlichst verschonen. Dennoch bewegten ihn die nächtlichen Angstträume des Jungen mehr und mehr und sie erzeugten in ihm mehr Mitleid, als alle belanglosen Reden, die am Tage gewechselt wurden. Am dritten Tag, es war der Sonntag, lag der Junge mit Fieber auf der Strohschütte, die der Bruder zusätzlich in seine Behausung eingebracht hatte. Der Junge warf sich mit trockenem Mund und schweißnassen Körper unruhig auf dem Lager umher und lallte unzusammenhängende Worte. Bruder Friedolin kam bei diesem Anblick ins Schwitzen. »So kann ich mit dem Jungen nicht ins Kloster«, brummte er verdrießlich, dann schickte er ein Gebet zum Himmel, in dem er sich über die ihm auferlegte Prüfung beklagte. Endlich holte er einen Bauern, der sich auf die Heilung von Mensch und Tier mit allerlei Kräutern verstand und sagte: »Sieh zu, das er wieder auf die Beine kommt. Ich muss, wie du weißt, für eine Woche nach Ebelstein. Eigentlich wollte ich ihn mitnehmen, aber in dem Zustand geht das nicht. Du musst dich also kümmern.« Der Bauer war von diesem Auftrag wenig erbaut, bedeutete es doch, neben seiner Arbeit noch einen zusätzlichen Esser, wo man doch ohnehin nicht viel zu brechen und zu beißen hatte; der zudem krank war. Wer konnte schon sagen, was der Bursche hatte.

Das Dorf gehörte zur Wirtschaft des Klosters. Der Propst des Klosters führte ein strenges Regiment. Er hatte eine Abneigung gegen Bauern, denn er stammte aus einer ritterlichen Adelsfamilie, die, wegen ihrer Härte, gefürchtet war und von den Bauern anno 1525 arg dezimiert wurde. Er ließ den Bauern in seiner Klosterhörigkeit wenig genug zum Leben. Doch auch der Laienbruder, der das Dorf zu versorgen hatte, Bruder Friedolin, wurde nicht gerade mit irdischen Gütern gesegnet. Die kleine Hütte des Mönches stellte in ihrer kargen Bescheidenheit jede Klosterzelle im Kloster Ebelstein in den Schatten. So war denn Bruder Friedolin eigentlich der Ärmste der Armen im Dorf. Er machte sich, nach der Sonntagspredigt, die aus Hersagen einiger lateinischer Bibelsprüche, die niemand verstand und für die Zuhörer heilige, fromme Zaubersprüche waren – und Ermahnungen zur Gottesfurcht bestand, auf den Weg. Ludwig überließ er der Pflege des Bauern Michael. Dieser schaffte es, mit vielerlei Kräutersuppen und vor allem nahrhaftem Essen, diesen zwei Tage später wieder auf die Beine zu stellen. Natürlich nicht ohne Eigennutz: »Zusätzliche Mäuler haben wir nicht gern. Bis der Mönch wieder da ist, arbeitest du mit auf dem Feld. Dein Futter mag dabei verdient werden«, kommentierte er seine Anordnung. Obwohl Ludwig auch im Hüttenanbau des Bauern, wo dieser ihn untergebracht hatte, denn er wollte ihn nicht im Hause haben, phantasierte, stellte er keine Frage nach Woher und Wohin. Den Rest der Woche stellte sich Ludwig anstelliger an, als Michael erwartet hatte. So ließ er ihn, als Bruder Friedolin ihn vierzehn Tage später mit zum Kloster nahm, nur ungern ziehen.

Der Propst hatte in der Zwischenzeit Nachforschungen angestellt, was an den Erzählungen des Burschen wahr sein konnte. Die Kunde, die ihm durch einen Reisenden gemacht wurde, war nicht erfreulich. Gleich nach der Ankunft ließ Propst Leo den Jungen zu sich bringen. Mit betrüblicher Miene verkündete er Ludwig seine Entdeckungen: »Uns wurde Kunde, Bursche, das deine Eltern tot sein sollen. Die Schurken, die den Hof deines Großvaters abbrannten, wurden fast alle von den Knechten der Burgherrin auf Sylenstein gefasst und gehenkt.« Er schränkte bedauernd ein; »doch einige sollen in die Wälder entkommen sein. Gott sei den armen Menschen gnädig, wo sie wieder auftauchen. Sylenstein liegt nicht gar zu fern von hier, aber es führt kein Weg noch Steg nach dort. Das ist auch der Grund, warum uns die Kunde erst spät und ungenau erreichte. Wie es nun aber aussieht, scheint eine Rückkehr für dich auf den Hof, der nicht mehr existiert, der abgebrannt ist, sinnlos. Bei der Barmherzigkeit des Herrn, ich wüsste nicht, wie ich dich zurzeit nach dort auf die Reise schicken sollte. Man sollte wohl abwarten, ob Kunde von deinem Großvater kommt. So will ich denn, dass du vorerst im Kloster verweilst, bis sich eine Gelegenheit bietet, deine Familie wieder zu erreichen, so unsr Herrgott will. Du wirst dich im Haus und Garten, nach Weisungen der Brüder, nützlich machen, bis wir weitere Nachrichten haben – oder anders entschieden wird. Möge der Herr dir die Zeit gutschreiben und dich lehren, gottgefällig zu leben, wie es im Hause geboten ist.« Die Audienz war beendet.

Ludwig verblieb, so sehr es ihn schmerzte, im Kloster Ebelstein. Die Brüder behandelten ihn in gemessenen Abstand, wie es einem Hausboten zukam.

Nur einer der Brüder machte da eine Ausnahme. Er nannte sich Bruder Tivolio. Es war ein kleiner, unscheinbarer Mann, der, wenn er daher kam, wie ein Zwerg aus einem Märchen wirkte. Dennoch genoss er unter den Mönchen höchstes Ansehen und Achtung. Tivolio sprach makellos Latein und seine Gelehrigkeit über alle möglichen weltlichen Dinge wurde dadurch ergänzt, dass er als Muttersprache italienisch sprach, sich aber auch beanstandungslos Deutsch oder Französisch unterhalten konnte, wohl besser, als die meisten Kaufleute und Bauern der Länder, in denen diese Mundarten gesprochen wurden. Bruder Tivolio fand an dem Findling irgendwie gefallen. Vielleicht war es zunächst auch nur die Möglichkeit, dass er sein Wissen bei dem Jungen gut anbringen konnte, denn Ludwig lauschte den Belehrungen und Erzählungen des kleinen Mannes mit begieriger Hingabe.

»Woher wisst Ihr das nur alles, Vater«, staunte er und Bruder Tivolio verwies auf die Bücher. In Ludwig entstand so nach und nach eine Begierde nach Erzählungen und deren Ursprung, den Büchern. »Und das steht so alles in den Büchern«, vergewisserte er sich stets, wenn Tivolio seine Erklärungen, meist langatmige Belehrungen, abschloss. »Sicher«, antwortete der Mönch dann mit bedächtigem Kopfnicken, »das steht da alles drin. Jedes Buch, Junge, das merke dir, ist ein Schatz des Wissens.« So vergingen nur wenige Wochen, bis Ludwig den Mönch vorsichtig bat, ihm doch Lesen und Schreiben beizubringen, da er dann doch die Heilige Schrift selber lesen und Gottes Wort besser verstehen könne. Bruder Tivolio war von diesem Ansinnen angenehm überrascht und eilte umgehend zum Propst, um dessen Erlaubnis einzuholen. Propst Leo war von dem Ersuchen nicht sonderlich beglückt. Sein Latein war hart und mochte nicht gut sein, aber einiges hatte er doch aus den alten Schriften herausgelesen. Um Abhängige zu beherrschen, musste man sie in ihrer Unwissenheit belassen. Wissen führte zum Aufruhr, zur Widerspenstigkeit.

»Es ist nicht gut, wenn Bauern und Handwerker, Knechte und Gesellen lesen und schreiben. Sie sollen ihren Mistkarren schieben und die Schuhe nageln. Das ist ihre Art. Lesen verführt! Zeugt dumme Ideen – gar Ketzerei und Teufelsspuk. Muss ich dich, mein Sohn, erinnern? Zu viele Leute konnten nur deshalb in Irrglauben verfallen und die einzige wahre Kirche verlassen, weil sie den Schmutz der Verführer, diesen Luther und Calvin – und wie sie alle heißen, lesen konnten. Nein, nein! Schlag dir das aus dem Kopf. Der Junge mag für die Miste, von der er kommt, gut sein. Er soll tüchtig im Garten und Waschhaus zufassen. Da vergehen ihm bald die dummen Gedanken. In meinem Bereich soll kein Bauer, kein Knecht jemals ein Buch lesen können. Das ist mein Wille, Punktum.« Nun wäre die Audienz eigentlich erledigt gewesen. Bruder Tivolio gab sich jedoch noch nicht sogleich geschlagen: »Sicher habt Ihr recht, ehrwürdiger Vater. Aber ist es nicht denkbar, dass es der Wille des Herrn war, dass er den Knaben zu uns führte; ist es nicht denkbar, dass der Knabe im Kloster bleibt und ein nützliches Werkzeug des Herrn, statt ein dumpfer Ackersmann wird. Die Wege des Herrn sind unerforschlich.« »Amen! – Doch das kann nicht dein Ernst sein, mein Sohn.« »Aber doch, ehrwürdiger Vater. Ich habe den Jungen lange genug beobachtet. Er ist von überraschend schneller Auffassungsgabe.« »Was nicht gar zu verwunderlich ist«, schmunzelte jetzt der Propst zu Bruder Tivolios Erstaunen. Dieser dachte dabei an das, was ihm über den Jungen und dessen Herkunft inzwischen bekannt geworden war. Doch er teilte sich dem verblüfften Bruder Tivolio nicht mit. Abrupt entschied er: »Du willst es so, mein Sohn. Klage nicht, wenn du falsch geurteilt hast. In Gottes Namen, erteile ihm im bescheidenen Maße Unterricht. Vielleicht hast du Recht, vielleicht wird aus ihm wirklich ein brauchbares Glied unserer heiligen Mutter Kirche. Wie gesagt: Die Wege des Herrn sind unerforschlich, unfassbar. Gelobt sei der Name des Herrn. Amen.« »Amen«, echote Bruder Tivolio leicht verwirrt. Die Überraschung für Bruder Tivolio und die anderen Klosterbrüder war jedoch die Eintragung, die Leo in der Haushaltsliste vornehmen ließ, war da doch zu lesen: Ludwig, der Kauz des Sydekum. Was das bedeutete, war den Mönchen nicht ganz klar, führte aber stets zu leichtem Schmunzeln. So wurde aus dem flüchtigen Bauernjungen ein Klosterschüler besonderer Art.

Der Winter fegte in erbarmungsloser Härte über das Land. Die Kalksteinmauern des Klosters Ebelstein sahen grau gelb, fahl und schmutzig aus den Schneemassen. Es hatte seit Tagen unablässig geschneit. Die Dächer hatten dicke Schneekapuzen. Nach dem Schnee nahm klirrender Frost das Land in seinen strengen Griff und der weiche Schnee verharscht. Alles Leben schien erstarrt. Die meisten Fensterlöcher des Klosters, ohnehin winzig bemessene, karge Lichtquellen für das düstere Innere, waren mit Stroh verstopft. Nur die Stiftskirche, das Priorat und das Refektorium waren mit schönen, bunten, bleigefassten Glasfenstern ausgestattet. Am Priorat lagen die Wohnzellen der geistlichen Brüder. Sie kamen, mit den Räumen des Propstes, in den Genuss eines mächtigen, beheizten Kamins, der gleichzeitig einen Kelleranschluss zur Küche hatte. Die Schlafräume, Zellen der Laienbrüder und der hörigen Laien kamen nicht in diesen Genuss. Hatten die Laienbrüder noch die Gelegenheit, im mäßig warmen Refektorium, bei den

Mahlzeiten ein wenig Wärme zu erhaschen, so war diese Möglichkeit den Laien verwehrt, denn ihr Speiseraum, soweit man von einem solchen in dem kleinen windschiefen Fachwerkstall reden konnte, besaß keinerlei natürliche Wärmequelle oder Heizmöglichkeit. Lediglich die Kienfackeln erzeugten, neben dem Licht, ein wenig Wärme. Natürlich schlich sich dieser oder jener heimlich in die Küche, um dort für kurze Augenblicke am Kochfeuer des großen Kamins Wärme zu erhaschen, aber auch dies war überwiegend nur den Laienbrüdern möglich, denn die wenigen Laien, die in den Genuss kamen, ob ihrer benötigten Dienste, direkt in der Klosteranlage wohnen zu dürfen, genossen nur selten dieses Privileg. In der hintersten Ecke des Mauer umschlossenen Klostergartens befand sich, neben einem Brunnen, das Waschhaus des Stiftes. Dies war, zur Anzahl der Klosterbewohner, winzig klein und entsprach dem allgemeinen Reinlichkeitsbedürfnis seiner Bewohner. Dem Waschhäuschen angeklebt, fand sich ein aus Feldsteinen aufgemauerten Geräteschuppen mit einer windschiefen, halb morschen Bohlentür. Dieser Verschlag, nicht besser als ein Schweinekoben, diente als Unterkunft für den alten Gärtner, Veit Habernuss, und Ludwig. Ludwig befand sich schon im dritten Jahr im Kloster und hatte sich stark verändert. Aus dem unwissenden, robusten kleinen Bauernjungen war ein etwas blasser mittelgroßer, schlanker junger Bursche geworden. Seit einem Jahr hatte er die Vergünstigung, nicht mehr an der allgemeinen Hausarbeit teilnehmen zu müssen. Der Stiftspropst hatte ihn dem Bruder Kanzlei, dem Bruder Albert zugeordnet. Das kam nicht von Ungefähr. Zur großen Überraschung des Propstes hatte der junge Findling eine Lernbegierde in all den Jahren gezeigt, die zu manchen Hoffnungen Anlass gab. Ludwig besaß zudem eine kräftige, aber saubere, gute Handschrift, die allerdings derzeit nur für Abschriften und kleinere selbständige Arbeiten langte – doch Ludwig machte Fortschritte. Zudem hatte er in verblüffend kurzer Zeit so viel Latein gelernt, das er mit seinem Lehrer, Bruder Tivolio, fast ausschließlich in dieser Sprache verkehrte; eine Leistung, die nicht einmal der Propst zuwege brachte – von den anderen Brüdern gar nicht zu reden. Für die meisten Mönche der Zeit war Latein zwar Amts- und Umgangssprache, als Zeichen ihrer geistlichen Würde angeordnet, doch war man darin allgemein nicht sehr bewandert, pingelig, kleinlich. Die meisten kamen mit zwei, drei Dutzend auswendig gelernter Redewendungen und einem schauderhaften Gemisch von Sprachbrocken unterschiedlichster Herkunft, entsprechend ihrer eigenen Abstammung aus. So nahm niemand daran Anstoß, wenn die Sprache verhunzt und oft genug mit albernen, unpassenden Worten gespickt wurde, die niemand, außer seinem Benutzer, hätte übersetzen können.

Doch es gab im Kloster auch Ausnahmen, wenn sich diese auch nicht mit Bruder Tivolio messen konnten, der geistig weit über seinen Mitbrüdern und dem Propst stand.

Mit klammen, zitternden Fingern griff Ludwig nach der dürftigen kleinen Unschlittlampe und blies das Licht aus, dann legte er sich auf seine Strohschütte im Bettkasten, zog das Schaffell, so gut er vermochte, denn es war oben und unten zu kurz, über sich und versuchte einzuschlafen. Drüben, in der anderen Ecke, röchelte und grunzte der alte Veit im tiefen Schlaf. Der Schlaf wollte sich bei Ludwig nicht einstellen. Es war nicht die Kälte allein, die ihn wach hielt. Der Propst hatte heute beiläufig erwähnt, dass er ausersehen sei, ihn, den Propst, im kommenden März, mit samt einer Reihe auserwählter Brüder, auf eine Reise zu begleiten. Das war, im klösterlichen Einerlei, eine aufregende Neuigkeit. Der Propst hatte alljährlich mehrere kleine Reisen in benachbarte Klöster und Städte unternommen, meist aus alter Gepflogenheit und zur Wahrung der Interessen von Kirche und Kloster. Doch diese Reise sollte, so man heimlich flüsterte, in anderer Mission sein und weiter fortführen. Von der Wahrnehmung familiärer privater Interessen war beiläufig die Rede. Was mochte den ehrwürdigen Vater bewogen haben, gerade ihn, den unbedeutenden Klostersassen, für die Reise ausgewählt zu haben. Propst Leo, sonst eher schweigsam, hatte zu erkennen gegeben, dass diese Reise für ihn und das Kloster von Wichtigkeit sei. Das Private schien sich auf einen Besuch am Wegesrand zu beziehen, und zwar um eine Abtei, in der ein naher Verwandter, vermutlich als Abt, seine Existenz hatte. Lieber Gott – was mochte es da alles zu sehen und zu erleben geben. Bruder Tivolio hatte seinem Schüler nicht nur das Lesen und Schreiben beigebracht. Seine Unterrichte waren stets mit einer Unmenge Belehrungen über Land und Leute, über Handel und Wandel und Gewerbe – aber auch über Pflanzen, Tiere, Heilmittel – kurz allem, was einen gescheiten Menschen interessieren konnte, gespickt. Eigentlich gründete sich der Lehrerfolg des gelehrten Bruders darauf, dass er seinen Zuhörern, und deren gab es im Kloster unter den Brüdern nicht wenige, die alltäglichen Dinge unglaublich lebendig schildern konnte. Seine Erzählungen regten die Phantasie an – zumal bei einem Burschen wie Ludwig, dem eine gewisse Abenteuerlust – oder war es Wissbegierde, nicht abzusprechen war. Bruder Tivolio musste, wie viele seiner Zeitgenossen in den Klöstern, vor seinem Mönchsdasein, ein recht bewegtes Leben geführt haben, denn seine profanen Kenntnisse übertrafen noch die seiner geistlichen. So waren es oft gerade seine Reiseschilderungen, die in Ludwig ein Fernweh aufbauten, das ganz im Gegensatz zu seinem derzeitigen Klosterleben stand, ihn für ein Mönchsleben eher verdarben denn vorbereiteten. Wer nun dem guten Bruder Tivolio lauschte, wenn er die Welt in den schillerndsten Farben malte, konnte nicht verstehen, warum und wieso gerade er der Welt floh und sich hinter Klostermauern verbarg. Das war sogar Ludwig aufgefallen. Vorsichtig hatte er seinen Mentor auf seine Entdeckung aufmerksam gemacht und dieser hatte gelächelt und sinnend geantwortet: »*Vita somnium breve*[3], Ludwig.« Und leicht den Kopf schüttelnd fügte er hinzu: »Es ist gleich, wie und wo du ihn träumst. Wichtig ist, du behältst deine Träume. Sie weisen dir ein Ziel. Der Mensch, der keine Träume hat, hat auch kein Ziel. Die Träume in uns sind unsere inneren Augen. Sie wachen über das Gewissen und sie eilen unserem Handeln voraus. Sie sehen, was im Tagesgeschehen nicht zu erkennen ist. Sie verwalten deine Wünsche – aber auch deine Ängste. *Quod sensus ostindit, id credit animus*[4].«

Die Morgenandacht verlief, der Jahreszeit gemäß, bei noch völliger Dunkelheit. Die Mönche und das Hausvolk verliefen sich danach zur Tagarbeit. Ludwig stieg mit dem Bruder Kanzlei in die kleine Stube in der Frateria hinauf, die stolz Skriptorium genannt wurde. Bruder Albert ließ sich dabei von Ludwig mit einer kümmerlichen Unschlittlampe den Weg auf der Stiege leuchten. Das Lichtlein reichte nicht einmal aus, um den engen Aufgang auch nur annähernd auszuleuchten, und so waren beide überwiegend auf den Tastsinn angewiesen. In der Kammer angekommen, wurden verschwenderisch weitere Lämpchen gleicher Art angezündet, was dem Raum zwar wenig Licht, aber eine gute, gemütliche Atmosphäre verlieh, die allerdings durch die Kälte arg beeinträchtigt wurde. Bruder Albert suchte sodann einen Moment in seinem Pult und kramte schließlich einen kleinen Stapel Papiere aus dem untersten Fach, die er Ludwig hinüberreichte: »Wir haben hier immer noch die Aufstellungen der Brüder liegen, die im

---

[3] Das Leben ist ein Traum
[4] Was die Augen sehen, glaubt das Herz

Herbst im Hengstbachtal die Zählung bei den Bauern machten. Sieh her! Es ist hier jeder Acker, jede Stelle und jegliches Vieh aufgezählt. Du magst sie sorgsam in die Schätzliste eintragen.« Stirn runzelnd, tief bekümmert reichte er Ludwig mit gewichtiger Miene die reichlich zerknautschten und befleckten Papierschnitzel. Mit leichten Tadel an seine Brüder setzte er hinzu: »Schau sich dies einer an! Warum haben sie nur alles auf die vielen Zettel geschrieben. Eine Verschwendung ist das! Was würde wohl der ehrwürdige Vater sagen, wenn er dies sähe? Zudem! Es macht uns doch nur unsägliche Mühe. Ordne sie nur ordentlich, Ludwig. Du weißt, der ehrwürdige Vater legt den größten Wert auf eine sorgsame Reihenfolge und gute Übersichtlichkeit. Bring sie dann zu Buch und am Ende, vergiss es ja nicht, ist alles fein säuberlich zusammenzuzählen, just so, wie wir es für das Vorwerk Michelsberg auch getan haben.« Ludwig nahm die Papierschnitzel entgegen, konnte aber wegen des schlechten Lichtes so gut wie nichts erkennen, geschweige denn lesen. »Es ist fast nichts zu lesen, ehrwürdiger Bruder Albert«, beklagte er sich. »So! So, so, du kannst also auch nichts darauf entziffern. Ich dachte schon, meine Augen hätten mir den Dienst versagt. Weißt du, sie sind nicht mehr die besten; man wird, Gottes Wille geschehe, älter und hat gar manche kleine Sorge mehr.« Er wackelte bekümmert mit seinem Haupt, als könne er dadurch den Zustand seiner Augen bessern. »Nein, ehrwürdiger Bruder, es ist das schlechte Licht«, wiederholte Ludwig seine Beschwerde. Er nahm eine der Lampen und hielt sie nahe an eines der Papiere, um den Inhalt zu ergründen. Allein, es gelang ihm nicht recht, denn neben der schlechten Beleuchtung waren der Zustand der Zettel und das haarsträubende Gekritzel einfach nicht zu entziffern. »Lass es gut sein«, brummte der Mönch, »wir müssen eben noch etwas zuwarten, bis das Tageslicht besser wird. Komm, hock dich etwas zu mir.« Der Mönch hatte sich in die Ecke gekauert und winkte dem Jungen. »Hock dich dicht zu mir, dann mag man die Kälte nicht so spüren.« Ludwig drückte sich, wie ihm angeboten, zu ihm. Die beiden saßen und zitterten vor Kälte. Der Raum hatte keine Möglichkeit, beheizt zu werden. Die Lämpchen waren die einzigen Wärmequellen und so stand den beiden zitternden Schreibkünstlern der Atem wie eine Nebelwolke vor den Gesichtern. So hockten sie geraume Weile und harrten dem Morgen, der sich durch das kleine Butzenfenster ankündigen sollte. »Wir werden heute wohl ohnehin nichts zu Papier bringen können«, sinnierte der Mönch. Die Tinte wird gefroren sein – und die Finger sind zu steif. Steif wie

Bretter.« »Können wir nicht im Herrenrefektorium schreiben«, fragte Ludwig vorsichtig an. »Wo denkst du hin«, entrüstete sich der bescheidene Bruder. »Das Refektorium hat durch den großen Kamin wohl Wärme – aber es ist den Brüdern nicht zuzumuten. *Intra fortunam debet quiqe manere suam*[5].« So zitterten die Beiden, eng aneinander hockend, auf etwas Wärme vom anderen hoffend, vor sich hin.

Das aufdämmernde Tageslicht mühte sich auch nur zögernd durch die Butzenscheiben, die nun auch noch Eisblumen angesetzt hatten. Plötzlich wurden auf der Stiege schlurfende Schritte laut. Bruder Albert sprang hurtig auf die Beine. »Komm, komm! Steh auf«, zischte er Ludwig zu. »Es kommt wer und man muss uns nicht beim frevelnden Müßiggang antreffen.« »*Indignandum est*[6]«, feixte eine vergnügte Stimme. Bruder Tivolio steckte schmunzelnd seinen Kopf in das kleine Zimmer. »Wie man sieht, bemüht sich die Kanzlei, mit steifen Fingern und eingefrorener Tinte, ihre unermessliche, schwere Arbeit zu verrichten«, spottete der kleine Mönch. Bruder Albert eilte dem Ankömmling mit erhobenen Armen entgegen, doch ehe er noch eine Flut Entschuldigungen vorzubringen vermochte, winkte Bruder Tivolio schmunzelnd ab. »Lasst es gut sein. Es bringt heute gar nichts, wenn ihr hier vor Fleiß zittert. Helft mir lieber, dieses herrliche Buch auf das Pult zu legen.« Bruder Albert versuchte dennoch, seinen Schein zu wahren und rief: »O Bruder Tivolio, Ihr seid es! Der Herr sei mit Euch!« »Und mit Euch, amen«, schmunzelte Tivolio. Der Kanzleibruder zog ein saures Gesicht. Von Bruder Tivolio ging keinerlei Gefahr aus, dennoch fühlte er sich in seinem ureigenen Bereich ertappt, durchschaut – wie unangenehm. Sogleich sprach er eilig weiter: »Was bringt ihr da für ein dickes Buch?« »Nun, ich habe heute in der Bibliothek herumgestöbert. Da fand ich, in einer der verstaubten Kisten, wer weiß, wo die einmal hergekommen sein mag, dieses herrliche Werk. Es ist eine Kostbarkeit sonderbarer Art für ein Kloster. Wer es ausgerechnet hierher brachte, muss einen besonderen – oder gar keinen Grund dafür gehabt haben. Einen besonderen, weil er es mit in seine Einsamkeit nehmen wollte, weil sein Besitz ihm viel Wert war – oder gar keinen, weil es der Zufall mit Ererbten nach hier trug, wie so mancher vernachlässigte Schatz, der in den Kisten noch schlum-

---

[5] Jeder muss in seinen Grenzen bleiben
[6] es ist empörend

mern mag, die überall im Kloster verstreut herumstehen. – Mag es sein, wie es will. Das Buch hier, ist wohl ein halbes Jahrhundert alt. Das Lederfolio mit den Messingbeschlägen ist gute Arbeit und weist auf Portugal hin. Dagegen ist der Inhalt wohl in den Niederlanden von einem Nürnberger geschrieben. Zudem ist es noch eine Handschrift; eine sehr wertvolle Arbeit. Weiß Gott, so ist es«, fügte er bewundernd hinzu. »Wes Inhalts ist es denn«, erkundigte sich Bruder Albert und versuchte, die Schrift auf dem Deckel zu entziffern. »Tja, das ist es eben«, amüsierte sich Bruder Tivolio und eine jugendliche Begeisterung, die man dem ehrwürdigen, gelehrigen und meist ernsten Mönch nicht zugetraut hätte, stand deutlich in seinen Augen. »Der Verfasser dieses Buches muss unglaubliche Kenntnisse und Gönner gehabt haben. Es ist, wie ich schon andeutete, ein Werk, das in diesen Mauern eigentlich am falschen Platz – ich möchte sagen – unsinnig ist. Es handelt von der Seefahrt, vom Seehandel, von Schiffen und fremden Ländern und Häfen.« »Ist das denkbar?«, rief Bruder Albert und sah Tivolio an, als glaube er ihm kein Wort. Fast ärgerlich und beleidigt maulte er: »Was soll das Satanszeug hier. Wir haben doch nichts, gar nichts mit dieser finsteren Welt dort draußen gemein. Geht, Bruder Tivolio, und verbrennt, was Euch schon den Sinn zu verwirren scheint. Heilige Mutter Gottes, bewahre uns vor dem stinkenden Unflat und beschütze uns vor der Versuchung, auch nur einen Blick in die Finsternis des Buches zu tun.« »Lieber Himmel! Gott stehe dir bei«, lachte Tivolio und erklärte begütigend den Inhalt seiner Entdeckung: »Du lebst noch nicht im Himmel, mein verehrter Bruder. Gerade du, ein nicht ungebildeter Mönch und Kenner vieler Schriften, sollte sich nicht vor den Tatsachen verschließen. Was glaubst du, warum die calvinistische und lutherische, ja die ganzen anderen Ketzereien sich ausbreiten konnten? Du schweigst! Nun, ich will es dir sagen. Wir haben uns zu sehr mit dem Himmel beschäftigt. Hätten wir auf die Erde gesehen, uns wäre nicht entgangen, wie weit wir uns von dem Dreck entfernt hatten, aus dem wir gemacht sind. Doch zu diesem Buch. Es ist eine Kostbarkeit, ein Wert, der, bei manchem Kaufmann oder Reeder vorgelegt, in Gold aufgewogen werden würde.« »So gehört es wahrlich nicht in ein Kloster«, grollte Bruder Albert. »Da gebe ich dir gerne Recht und es ist dem Propst vorzuschlagen, falls er es nicht als Kostbarkeit behalten möchte, wieder in den Kreislauf der Dinge zu geben, wo es Nutzen bringt. Dem Ebelstein fehlt es gar oft an den nötigsten Goldfüchsen. – Doch darum habe ich die Schwarte nicht heraufgeschleppt. Ich wollte sie euch, zur Erbauung und Belehrung zeigen und erläutern.« »Was soll es schon. Meinetwegen zeigt es dem Ludwig. Obwohl – ich meine – seine Seele ist nicht gefestigt genug, um die Anfechtungen der widerwärtigen Welt zu widerstehen.« »Es liegt in Gottes Hand, was ihm widerfahren kann. Doch dies Buch kann ihm jedenfalls nicht schaden. Im Gegenteil! – Es wird ihm Dinge zeigen und erklären, die sein Wissen auf ganz besondere Art bereichern wird. Er ist jung. Nur Gott kennt seinen Weg. Wir, die Alten sollen die Lehrer der Jungen sein. So ist es von der Natur festgelegt.« »Ihr redet – und redet«, resignierte der Kanzleibruder und fuhr dann, besänftigter fort: »Was steht nun so weltumwerfendes in dem Folianten?« »Das wollte ich die ganze Zeit erklären«, schmunzelte Tivolio. »Es ist eine Anweisung über Schiffsbau, Bauvorschläge und über die Führung von Segeln, wie ich sie noch nie gehört habe, die mir aber einleuchten. Der Schreiber muss weit herumgekommen sein. Was er schrieb und aufzeichnete, kann nur aus großer eigener Erfahrung stammen. Das beweist auch der zweite Teil des Buches, in dem er Länder, Häfen und Seewege, Strömungen und Winde beschreibt und gar aufzeigt, wo man Wasser und Verpflegung gefahrlos einnehmen kann. – Im dritten Buchteil findet sich ein Portolan, der beispielsweise das Türkenmeer bis zum Heiligen Land beschreibt.« »Heilige Mutter Gottes!«, grollte Bruder Albert. »Was schert uns die Seefahrt und die Häfen? Wir leben hier. Ich kenne das Meer nur vom Namen her. Was soll das herumirren in der Welt? Jeder sollte da zu Gottes Ehre Arbeiten, wo er geboren ist.« »Das ist sehr schön und fromm, lieber Bruder. Doch ohne die Welt da draußen wäre unsere hier keineswegs zu ertragen. Sind es nicht die fleißigen Hände in den Städten und Dörfern, die, nicht zuletzt zu Gottes Ehre und Ruhm, all die köstlichen Werke schaffen, die wir für die Verehrung Gottes benötigen? Sieh durch die Butzenscheiben! Was glaubst du, wer die Scheiben hergestellt hat? Niemand im Kloster. Es waren Handwerker – und die haben ihr Material wieder von Kaufleuten und die von anderen Erzeugern. Nein Bruder Albert! Wir können hier zum Ruhme Gottes leben, aber wir sind Kostgänger des Fleißes derer, die nicht hinter diesen Mauern leben.« »Du siehst die Welt mit deinen Augen«, erwiderte Bruder Albert und leichter Hohn schwang in seiner Stimme, als er fortfuhr: »Sicher erkennst du, geehrter Bruder Tivolio, besser als ich, wie die Dinge in der Welt stehen. Es ist wohl auch sicher nicht falsch, was man von dir sagt.« »Nun, was sagt man«, lächelte Bruder Tivolio. »Man sagt dir eine sehr bewegte Vergangenheit nach. Du sollst weit herumgekommen sein.«

»Sagt man das? Nun, vielleicht ist ein Körnchen Wahrheit dabei«, schmunzelte Tivolio gelassen, fuhr aber dann mit leiser, aber scharfer Stimme fort: »Eigentlich bin ich nicht hier heraufgestiegen, um einem unverbesserlichen Klosterbruder die Neuigkeiten der Welt vorzuführen, obwohl ich auf sein Interesse und Verständnis gehofft hatte. Mein Besuch sollte eigentlich meinem Schüler gelten, der noch für Neuigkeiten und Wunderlichkeiten empfänglich ist. Mit ihm wollte ich das Buch einmal durchsehen.« »Das geht jetzt aber nicht«, protestierte der Kanzleimönch. »Du hast den Ludwig täglich drei Stunden, wo du ihn belehren kannst. Wie mir scheint, ist das nur wenig Heilige Schrift dafür Teufelswerk und Straßenschmutz. Zudem, warum soll ein hergelaufener Bauernlümmel solche Dinge erfahren, die er sein Lebtag nicht benötigt. Da mag es denn sein, dass er ein nützliches Mitglied des Hauses wird.« Leise, mehr für sich selbst: »Da mag nur der Herrgott Verständnis für haben, warum der ehrwürdige Vater, Propst Leo, solches Unterfangen gestattet hat.« »Lieber Bruder in Christo«, entgegnete Tivolio reserviert. »In der Bibel steht nicht geschrieben, dass Geburt und Herkunft Wissen privilegiert. Es steht aber: Lasset die Kindlein zu mir kommen und wehrt ihnen nicht. Wenn nun einer das Köpfchen dazu hat, soll man seine Gaben nutzen, denn es sind Gottesgaben.« »So angewandt, ist es ein Sakrileg«, schnaubte der gute Kanzleibruder. »Na, na!«, beruhigte Bruder Tivolio den leicht Erregten. »Du urteilst scharf. Doch lasst es gut sein. Willst du mir, an diesem kalten Wintertag, der eurer Arbeit nicht von Nutzen sein kann, gestatten, ein wenig mit deinem Schreibgehilfen, den du nur durch meine Arbeit gewonnen hast, in diesem Buch zu studieren.« »Was wird der Propst dazu sagen?«, ließ der Widerstand des Kanzleibruders langsam nach. »Ach, ich glaube kaum, dass er etwas dagegen hat. Er mag den Kauz auch ganz gern; wie du doch weißt. Will ihn gar mit auf die Reise nehmen.« »Das ist es! Es ist mir unverständlich. Aber meinethalben tu, was du nicht lassen kannst – in Gottes Namen. – Doch wenn ich gefragt werde, mag alle Last bei dir liegen, Bruder Tivolio.« »Das ist mir recht. Doch sicher hätte es dir nicht gefallen, wenn ich mir extra eine Erlaubnis vom ehrwürdigen Vater geholt hätte. Was hätte ich da sagen sollen? – Sieh, ehrwürdiger Vater, da hockt der Bruder Kanzlei mit seinem Gehilfen nutzlos und zittert, vor gefrorener Tinte und brüchigen Papier im Skriptorium. Darf ich den Kauzenludwig etwas Unterricht erteilen?« »Lieber Himmel – nein! – Doch versteh mich doch, Bruder Tivolio. Was soll ich sagen, wenn hier plötzlich der ehrwürdige Vater heraufkommt.« »Ja, lieber Bruder, was wirst du ihm dann sagen? Du warst, der Herr ist mein Zeuge, noch nie um eine Ausrede verlegen. Sicher wird dir auch dann etwas einfallen. Und übrigens, der ehrwürdige Vater ist, soviel ich weiß, noch nie in deinem Skriptorium gewesen. Vermutlich weiß er nicht einmal, wo er es suchen sollte.« »Das ist nicht wahr«, protestierte und zürnte Bruder Albert. »Der ehrwürdige Vater ist bisher nur deshalb nicht hier heraufgestiegen, weil die Stiege, wie du selber weißt, zu beschwerlich und zu steil ist. Bei Gott! Er weiß meine Arbeit zu würdigen auch ohne einen Aufstieg zu riskieren.« »Aber sicher, lieber Bruder, so wird es sein. Verwunderlich ist nur, dass du immer fürchterlich erschrickst, wenn sich jemand auf der Stiege bemerkbar macht. Doch lassen wir das in Jesu Namen. Es ist vernünftiger, wenn ich jetzt mit dem Kauz das Büchlein durchsehe.« Bruder Albert schickte sich, leise seinen Unmut vor sich hinredend, in den Willen des Stärkeren, was der kleine Mönch, Bruder Tivolio, jedoch nicht weiter beachtete. Er hatte vielmehr Ludwig neben das Pult zitiert und eröffnete seine Belehrungen. Bedachtsam öffnete er den Wälzer. Schon die Abbildungen der ersten Seite fesselten die Aufmerksamkeit Ludwigs. Bruder Tivolio lass den Text nicht nur leise vor, sondern er erklärte, erläuterte und vertiefte durch neue Beispiele sofort anhand der Zeichnungen den Inhalt, der sich ausnahmslos mit Themen beschäftigten, die für die Seefahrt gedacht waren, sich aber ohne weiteres auch auf manche Hantierung im Landleben übertragen ließen. Da gab es genaue Erklärungen zur Bewegung schwerer Lasten über Rollen und Seilwerk wie über besonders widerstandsfähige Nähte an Säcken und Segeln. Tivolio ließ sein umfangreiches Wissen mit seiner Beredsamkeit konkurrieren. Es war unschwer zu erkennen, dass diese Klosterwelt eigentlich nicht sein vorbestimmtes Zuhause gewesen war. Bruder Albert hörte anfänglich nur mit Ingrimm zu, wurde aber sehr bald von der Neugierde und dem Vorgetragenen gepackt und mitgerissen und so hockten denn bald die drei so unterschiedlichen Menschen dicht beisammen und hatten die enge Klosterwelt und den eisigen Winter vergessen, bis die Glocke des Refektoriums sie aus dem Zauber riss. Bruder Tivolio wollte das kostbare Buch wieder mit nach unten nehmen, aber nun war es Bruder Albert, der darum bat, die Lesung und Erklärungen doch in der Kanzlei fortzusetzen. »Du bist ein großer Gelehrter, Bruder Tivolio. Ich habe mein Lebtag lang noch niemanden gehört, der so wunderbar erklären kann. Nun wundert es mich nicht mehr, dass der Kauz so gut eingeschlagen ist und ein so guter Schüler wurde. Lieber Gott, bei dir macht das Lernen Freude. Das gilt selbst für einen so alten Menschen, wie mich.« Bruder Tivolio lehnte das unerwartete Lob bescheiden ab. Dennoch sah man ihm an, dass es ihm wohltat. Die Lesungen wurden fortgesetzt. Sie überbrückten die eisigen Wintertage. Wie wertvoll das hier Gelernte für Ludwigs Zukunft werden sollte, konnte niemand ahnen.

Mit dem Februar schmolz der Schnee in dem Maße, wie die Mittagssonne höher am Himmel aufwärts kletterte. Aus dem Westen kamen die ersten warmen Lüfte; sie verdrängten den kalten Ostwind, der seit Anfang Februar die Landschaft in den Klauen hielt. Damit kehrte auch wieder Leben in das Kloster zurück. Propst Leo betrieb seine Reisevorbereitungen. Doch da niemand wusste, wie lange die Reise währen würde, musste das Haus, das Kloster, gut bestellt sein. So brachte der Propst seine wintermüde Schar in Trab. Vorbei war es mit der Bummelei in den Werkräumen, vorbei mit den zusätzlichen Studien im Skriptorium, vorbei mit so mancher Heimlichkeit, die der Winter gedeckt – die nun mehr oder weniger laute – meist heimliche – Buße forderte. Bruder Kanzlei musste die Abrechnungen vorlegen – und bekam einige unfreundliche Worte zu hören – weil sie noch nicht fertig waren. Bruder Tivolio wurde mit wichtigen Schreibaufgaben des Propstes betraut, die sehr geheim gehalten wurden und offenbar ein Anlass der Reise waren. Eines Tages wurde Ludwig zum Bruder Pförtner beordert, der gleichzeitig der Verwalter der Kleiderkammer, des Gerätelagers und des Lagers der Dinge war, die auf mancherlei Art – im Kloster ungenutzt – Eingang gefunden hatten. »Du gehst mit dem ehrwürdigen Vater auf die Reise«, begann Bruder Pförtner, ein hohlwangiger, bärtiger Riese, mit Namen Horridus, den noch niemand hatte lächeln sehen. Mit einem Anflug von verstecktem Neid knurrte er: »Du sollst fein herausgeputzt werden, damit du dem Kloster keine Schande machst. Achte daher auf die Sachen, die ich dir gebe. Halte sie pfleglich und hüte sie vor Schaden, damit ich sie, nach deiner Rückkehr, wieder gut einlagern kann.« Ludwig erhielt die ersten Hosen seines Lebens und dazu ein Paar derbe Schuhe, wie sie allgemein von Fuhrknechten getragen wurden. Sie waren, vom langen, unsachgemäßen Lagern, knochenhart und scheuerten schon nach wenigen Schritten seine Füße wund. »Heilige Mutter Gottes! In den Dingern kann ich nicht laufen«, beschwerte er sich, doch Bruder Horridus sah ihn noch finsterer an, wie er ohnehin schon die Menschheit zu betrachten pflegte und schnauzte grimmig: »Mensch! Weißt du, was dir für eine Gnade widerfährt! Auch noch meckern! Nein, du Grünschnabel, die Schuhe passen. Du magst sie heftig walken, mit Talg einreiben. Sie stehen schon lange im Lager. Sie wurden ehemals von einem Knecht eines Fürsten getragen. Was du, dummer Bauerntrampel, natürlich nicht zu würdigen weißt. Hast noch nie Schuhe besessen. Bist ihrer nicht würdig.« Ludwig verdrossen die Worte, die ihn, den Bauernsohn, zum Halbwilden stempelten. Doch er war klug genug, seinen Unmut nicht weiter zu zeigen. Das Gefühl, beleidigt zu werden, war eine Erfahrung, die ihm mit wachsenden Wissen und damit verbundenen Selbstwertgefühl ganz neu erwachsen war. Sein Geist war wach und licht geworden. Bruder Horridus versah ihn noch mit einem Reiseumhang, der fast bis auf den Boden reichte und stülpte ihm dann einen breitrandigen Schlapphut auf den Kopf, unter dem sein Jünglingsgesicht kaum noch hervor sah. »Ei Bürschlein, so siehst du wirklich fein aus. Der ehrwürdige Vater wird bei deinem Anblick seine helle Freude haben.« Dabei sah der Bruder Pförtner so grimmig drein, als gelte es einen Feind zu erschlagen. Ludwig fand das weniger lustig und als er in seinem Aufzug zu Bruder Tivolio kam, konnte dieser sich vor Lachen kaum fassen. »Aber sei es drum, Junge. Er meint, er hat dir eine Posse gerissen. Nun, was er nicht weiß ist wohl, wie kalt es auch im März noch auf der Straße ist. Du wirst seinem Schabernack dankbar sein, wenn der Regen von deinem Hut im weiten Schwung abläuft und du darunter gar unversehrt auskommst. Da mögen die anderen Reisegefährten dich sehr bald neidisch betrachten.« Die Sachen waren, wie der Bruder Horridus angedeutet hatte, nicht neu. Im Klosterfundus schlummerten viele alte Bekleidungsstücke, die auf seltsamste Weise nach dort gekommen waren und manchmal eine schlimme Vergangenheit hatten, wie der alte Veit Habernuss zu berichten wusste. »Es ist wohl schon lange her. Ich war noch so jung und gut auf den Beinen, wie du. Damals gab es hier eine schlimme Zeit mit den Calvinisten, später mit Wiedertäufern und Lutheranern. Gar mancher musste da, um des Glaubens willen, wegen Häresie auf den Schindanger. Sie nahmen, bevor sie die Ketzer auf den Stoß oder an den Block führten, die letzten Kleidungsstücke. Sie kamen, wie die anderen Kleidungsstücke, zum Beispiel die der Verstorbenen, die vorn, im Weghaus starben, alle in das Magazin.« »Um Himmels willen!«, schauderte Ludwig entsetzt. »Bruder Pförtner sprach davon, dass diese Schuhe einst einem fürstlichen Knecht gehört haben.« »Das kann schon sein. Ist wohl an die zehn Jahre –

oder etwas länger her. Da kam eine hochherrschaftliche Reisegesellschaft des Weges. Sie waren alle krank. Die Herrschaft, zwei Damen und ein Herr, verstarben in der Nacht ihrer Ankunft hier im Kloster; die Dienerschaft, im Weghaus, nahm unser Herrgott am folgenden Tage zu sich. Sie wurden alle zusammen hinter der Kapelle in eine Grube gelegt.« »So können diese Schuhe wirklich von einem der Toten stammen«, entsetzte sich Ludwig. »Natürlich, warum nicht. Sie sind doch gut. Da hat der Bruder Horridus dir anständige Schuhe gegeben. Unser damaliger Propst, Gott habe ihn selig, sagte und ermahnte: Es ist kein Ding zu klein und zu wertlos, das es nicht noch einmal einer vernünftigen Verwendung zugeführt werden kann. Vor Gottes Thron benötigt niemand seine

Sachen – denn die Gaben des Himmels sind unerschöpflich. Die aber, die zur Hölle fahren, benötigen sie schon erst gar nicht. Sollen die guten Sachen also in der Erde verfaulen – wo sie doch alle Gaben Gottes sind und den Lebenden noch gute Dienste zu leisten vermögen? – Nein, nein! Wir sammeln ein, was nicht mehr gebraucht wird. Unsere armen Leute können sie allemal noch gut auftragen. So sprach der damalige Propst, ein kluger, weiser und umsichtiger Mann.« Der alte Veit war fast gerührt, im Gedenken an die Güte und Weisheit seines ehemaligen Herrn. Wie Ludwig herausfand, waren die Ereignisse dieser schlimmen Art, nicht, wie der alte Veit meinte, zehn, sondern schon zwanzig bis dreißig Jahre her. So lange mochten auch seine Kleidungsstücke dem Verkehr entzogen gewesen sein, denn der Umhang hatte Bruchstellen und die Schuhe wurden, trotz wilden, ausdauernden Knetens, kaum weicher. Auf Anraten des alten Veit wusch Ludwig die Sachen noch einmal tüchtig mit Kernseife, damit der muffige Geruch, der ihnen anhaftete, entzogen wurde, was allerdings nicht ganz gelang. Die Reisevorbereitungen hatten für Ludwig noch andere Folgen. Die Aufregung hatte ihn derart gepackt, dass er zu keiner vernünftigen, ausdauernden Leistung mehr fähig zu sein schien. Bruder Tivolio ermahnte ihn, aber das fruchtete nicht viel. Die Unruhe Ludwigs kam aus seinem Innern und der kleine Mönch kannte diese Unruhe nur zu gut, um sie zu verstehen. Bruder Albert brachte am Tage vor der Abreise noch einen hölzernen Schreibkasten herbei, der mit allen nötigen Schreibzeug und Papier ausgestattet war. »Damit du dem ehrwürdigen Vater recht zu Diensten sein kannst«, sagte er feierlich. Dann fummelte er in seinem Kuttenärmel herum und brachte ein kleines Büchlein hervor. »Hier habe ich noch ein kleines Brevier. Vergiss nicht, jeden Tag, nein stündlich, dem Herrn zu danken. Dir widerfährt eine große Gnade und Ehre.« Bruder Albert gab damit wohl seinen kostbarsten Besitz von sich. Ludwig war zutiefst betroffen und ein wenig beschämt. Wie kam der Bruder Kanzlei nur zu so einer Handlung. Er hatte ihm bisher, bei der täglichen Arbeit, kaum Zuneigung gezeigt, sah man einmal auf die vertrauten Stunden zurück, wo sie sich Kälte zitternd zusammen gehockt hatten. Womit hatte er das also verdient. Er wollte dem Mönch danken, aber dieser wies jeden Dank schroff zurück. Als sich Bruder Albert jedoch abwandte, liefen ihm ein paar Zähren über die stoppeligen Backen. Er hatte den Jungen in den wenigen Monaten, in denen sie zusammen gearbeitet hatten, in sein einsames Herz geschlossen, ohne es zu zeigen.

Es war noch früher Morgen. Die Sonne streckte am fernen Bergrücken gerade ihre ersten Strahlenfinger über den Horizont. Nach der Morgenandacht hatte sich die kleine Reisegesellschaft im Vorhof des Stiftes versammelt. Propst Leo legte die Reihenfolge fest, in der sich der Reisezug bewegen sollte. Das war ein wichtiger Vorgang, denn die richtige Reihenfolge musste sowohl der Sicherheit, wie der Bedeutung der einzelnen Teilnehmer entsprechen. Zuerst sollten zwei Knechte mit Piken schreiten. Ihnen sollten, auf den Fuß, die vier Mönche Simon, Adolbert, Florian und Sylvester folgen. Mit einigen Schritten Abstand gedachte Propst Leo auf einem Maultier, das mit einer violett-gelb gestreiften Schabracke behängt war und durch einen Knecht geführt wurde, zu folgen. Danach sollte, im Abstand von mindestens zehn Klafter, der kleine zweirädrige, von einem Maultiere gezogene, Gepäckwagen rollen, der von Bruder Cyrillus kutschiert wurde. Dem Gefährt sollten zwei Hausknechte und Ludwig zu Fuß folgen. Der Schluss sollte wieder von zwei Knechten mit Piken gebildet werden. So befohlen, stand der Zug im Hof. Propst Leo übersah, auf seinem Maultier thronend, von dem nur Kopf und Hufe unter, der Schabracke zu sehen waren, seinen Reisezug. Dabei zog er ein Gesicht, wie ein Feldherr vor der Schlacht. Doch bevor sich die Gesellschaft in Bewegung setzte, versammelten sich noch einmal alle Klosterbewohner, vom Herrenbruder bis zum Knecht. Es herrschte eine seltsame Aufregung – obwohl so gut wie nicht gesprochen wurde. Propst Leo sprach noch einmal ein kurzes Gebet, segnete die zurückbleibenden Brüder und ermahnte noch einmal, während seiner Abwesenheit, Zucht zu halten, nichts zu vernachlässigen – und der Reisenden im täglichen Gebet zu gedenken. Bruder Philippus, sein Stellvertreter, musste noch einmal hören, dass sein strenges Auge auf die allzeit faulen Bauern und Knechte mit aller Schärfe zu ruhen habe, damit das Kloster, während der Abwesenheit des Propstes, nicht gar Schaden nehme, da Bruder Philippus doch für seine Güte und Barmherzigkeit, die er falsche Gutmütigkeit nannte, gar zu bekannt wäre. Nun war eigentlich der Moment des Abmarsches gekommen, doch das wollte nicht so leicht geschehen, denn die Zurückbleibenden drängten sich letztmalig zu den Reisenden, um persönlich Abschied zu nehmen. Propst Leo ließ es geschehen, obwohl ihm die Ungeduld ins Gesicht geschrieben stand. Bruder Tivolio umarmte noch einmal Ludwig und ermahnte ihn, all seine guten Ratschläge nur genau zu befolgen, dann könnte er die Reise wohl bestehen. – Bruder Albert wischte sich wieder einmal verstohlen eine Abschiedsträne fort und der alte Veit schrie ein über das andere Mal: »Ach Herrgott! – Ach Herrgott!« Und »Jesus, Maria!« »*I secundo omine*[7]«, rief Bruder Tivolio schließlich, als schon das Tor geöffnet wurde und der Zug sich in Bewegung setzte – und mehr für sich, denn für Ludwig: »Aus*entem fortuna iuvat*[8].« Ludwig wischte sich mit dem Handrücken unter seinem großen Hut die Tränen. Ihm ging der Abschied unendlich nah. Kloster Ebelstein war für ihn zur zweiten Heimat geworden. Die Erinnerung an Eltern und Großeltern war überraschend weit in den Hintergrund getreten, schien eine Geschichte fremder Menschen geworden zu sein. Hier, die Brüder, besonders sein Lehrer, Bruder Tivolio, waren seine Geborgenheit, sein Zuhause. Diese schnelle, in die Gegenwart gerückte Lebensanpassung, wohl ein Erbteil seines unsteten Vaters, begleitete ihn durch das ganze Leben, sollte die Ursache für ein unruhiges, ständig nach anderen Ufern strebendes Leben werden. Mit verschwommenen Augen stolperte er hinter den Knechten her, zum Tor, in den Morgen hinaus, der mit kühler Frische einen schönen Tag versprach. Es waren mehr als vier Jahre vergangen, seitdem er die Klosterpforte durchschritten hatte. Die ganzen Jahre hatte er das Kloster nicht verlassen dürfen – und auch gar nicht gewollt. Die Welt vor den Klostermauern war ihm fremd geworden. Als robuster, aber hilfloser Bauernjunge hatte er diese Pforten durchschritten und eine gewisse Geborgenheit gefunden. Die erlebte Katastrophe war von den Mauern ausgegrenzt – ausgegrenzt sein ganzes vorhergehendes kurzes Leben. Nun, da er die Pforte in anderer Richtung durchschritt, verlor er die Sicherheit,

---

[7] Geht in Gottes Namen
[8] dem Kühnen gehört die Welt

den Schutz dieser Mauern, verlor er die, denen er sich in kindlicher Suche nach Geborgenheit so weit angenähert hatte, dass er sie als seine Familie betrachtete. Bruder Tivolio war Heim und Vater geworden – die Brüder seine Familie.

Der Weg ließ sich von Anfang an schwer an. Der Winter hatte den Boden tief aufgeweicht und den schlammigen, tief mit Wagengeleise zerfurchten Weg glitschig gemacht. Das Gehen in den Fahrspuren war entsetzlich, sanken doch die Füße bei jedem zweiten Schritt über die Knöchel in den Brei aus Erde, Kuh- und Pferdemist. So dauerte es nicht lange, bis dieser oder jener ausrutschte, in den Schlamm fiel und fluchend aufsprang, um seinen Platz wieder einzunehmen. Diese gottlosen Rufe veranlassten Propst Leo stets zu frommen Ermahnungen, die aber, je mehr sein eigenes Reittier mit den Tücken des Weges zu kämpfen hatte, was seinen Reiter nicht wenig schüttelte, immer seltener wurden – schließlich nur noch in einem bestürzten »Jesus, Maria!« seinen Ausdruck fand. Ludwig machten die Schuhe zu schaffen. Weiß Gott! – Er hatte sie geknetet und gewalkt, hatte es halbwegs fertig gebracht, aus den knochenharten Dingern wieder bewegliches Leder zu machen. Doch er hatte nie Schuhwerk getragen. Außerdem waren sie ihm viel zu groß. Erst zwickten sie hier, dann da und endlich scheuerten sie bei Schritt und Tritt unerträglich. Er versuchte es mit Entlasten eines Fußes, er humpelte. Doch wenn er den einen Fuß entlastete, schmerzte der andere umso mehr. Wütend zog er die Marterinstrumente aus, band sie an den Lederbändern zusammen und hängte sie sich über die Schulter. »Recht so«, lachte einer der Piken Knechte. »Ich habe auch lange gebraucht, bis mir Schuhzeug gefallen hat. Allein – wenn man sich erst einmal an sie gewöhnt hat, mag man sie nicht mehr missen. – Wirst es schon noch lernen, Bursche, denn der Weg, für den wir bestellt sind, ist noch lang, sehr lang und beschwerlich.« Der Piken Knecht, oder Geleitknecht, wie sie sich nannten, denn sie waren käuflicher Schutz für Reisende und Kaufleute, sah missmutig auf seineStiefel. Dicke Schlamm- und Lehmbatzen pappten sich an diese, machten jeden Schritt zum Kraftakt. Bisweilen blieb der Wagen in den Rillen hängen. Dann griffen die Knechte in die Speichen und halfen dem Gefährt wieder vorwärts. So kam man nur langsam voran. Der Weg, meist nicht breiter als die Spur des schmächtigen Gepäckwagens, führte durch Wälder, Felder und Wiesenauen, auf deren Schattenflächen noch Schneereste leuchteten. Mehrfach kam man durch Ansammlungen von ärmlichen Stroh- und Lehmhütten, deren dampfende Misthaufen höher waren, als die geduckten

Ried- oder Strohdächer. Sie stanken vor entsetzlicher Armut; eine Armut, wie sie im Lande, auf dem Lande, allgegenwärtig waren. Ludwig hatte diese Zustände selbst gelebt – aber in den Klosterjahren vergessen. Was er früher als selbstverständlich hingenommen, weder gesehen noch gerochen, entsetzte ihn jetzt umso mehr. Nur wenige Dörfler ließen sich neugierig sehen, meist alte Leute in Lumpen – oder Kinder in einem groben Kittel. Dem Propst, den anderen Mitreisenden, schien alles normal. Die beiden Knechte des Klosters waren mürrische Gesellen. Dennoch riefen sie, im Vorbeiziehen, den Dörflern zotige Bemerkungen zu, was diese keineswegs zu beleidigen schien. Eine alte Frau hob gar ihren Rock, entblößte ihr Hinterteil und klatschte mit der Hand unmissverständlich darauf, was den Propst wieder zu neuen »Jesus, Maria!«Geschrei veranlasste und die Knechte zum Kichern. Brachte. Zur Mittagszeit traf man auf einen breiten Hauptweg. Einer jener Art, auf der die schweren Frachtwagen von Stadt zu Stadt fuhren. Entsprechend war sein Zustand. Die Fahrrinnen, tief ausgefahren und mit Schlamm und Wasser gefüllt, liefen kreuz und quer. Unzählige Hufe der verschiedensten Tiere hatten ihre Trittsiegel tief in den Morast geprägt, ihre Därme entleert und alles unzählige Male eingestampft. Der nasse Weg verbreitete einen üblen Geruch. Auf einigen Pfützen, am Rande der Fahrspuren, hatte sich in der Nacht noch eine dünne Eishaut gebildet, was anzeigte, dass der Winter noch nicht fern war. Auf einer Lichtung im Walde ließ der Propst halten und befahl eine Ruhe- und Imbisspause. Die Hausknechte machten sich hurtig über die im Wagen mitgeführten Vorräte her und bereiteten auf einer Plane ein bescheidenes Feldmahl vor. Die Geleitknechte entzündeten in überraschend kurzer Zeit zwei Feuer, die jedem der kleinen Reisegesellschaft die Möglichkeit boten, beim Essen sich etwas aufzuwärmen. Ludwig, des langen Gehens ungewohnt, war erschöpft. Aber auch die Mönche zeigten müde Gesichter. Nur Bruder Cyrillus, der den Weg auf dem Wagen zurückgelegt hatte, war bester Stimmung. Er war es denn auch, der Bruder Florian widersprach, als dieser meinte, man habe schon ein gutes Stück Wegs zurückgelegt. »Wo denkst du hin, Bruder Florian. Wir haben kaum zwei Meilen[9] geschafft. Schaut man euch an, könnte man meinen, wir hätten schon das Ziel unserer Reise erreicht.« »Jesus, Maria! Der Herr möge dir deine spöttischen Worte vergeben. Du hast gut reden. Sitzt dort oben auf dem Bock.«

---

[9] Meile zu 24 000 Fuß = 4000 Klafter = 7586 Meter

»Ei, willst du sagen, es sei nicht genau so schwer, den Wagen in der Spur zu halten, wie die Füße nur ordentlich voreinander zu setzen?« »Das will ich«, rief Bruder Florian und sein Gesicht, unter der Kapuze kaum sichtbar, lief vor Ärger rot an. Bruder Simon, der vor den Laien eine unschöne Szene befürchtete, rief mit salbungsvoller Stimme: »Aber Brüder in Christo! Ist es denn so wichtig, zu erfahren, wer die größte Mühsal des Weges trägt? Wir ziehen im Namen des Herrn.« »Amen!«, rief es ringsum im Chor. Propst Leo sagte zu dem Disput nichts. Er saß etwas abseits, respektabel, allein, wie es sich für seine Würde geziemte. Die Mönche fingen nach dem Essen an, ihre Sandalen vom Lehm zu reinigen. Diese Fußbekleidungen erwiesen sich schon auf der Kürze des bisher zurückgelegten Weges als völlig unbrauchbar. Einer der Pikeniere lachte und bemerkte laut und spöttisch: »Sie werden noch keine zehn Schritt gemacht haben, dann hängen ihnen wieder die Fladen an den frommen Füßen, da hilft ihnen keine Ave! keine Maria!« Der Propst warf den Geleitknechten einen bösen, misstrauischen Blick zu. Man hatte ihm diese Männer als zuverlässig empfohlen, doch fromme katholische Christen waren sie offenbar nicht, obwohl er sich dies ausbedungen, und sein Anwerber ihm dies hoch und heilig versicherte. Mochte der Himmel wissen, ob er ihnen trauen konnte oder ob er schon Schlangen am Busen nährte. Die Mönche hatten die spöttische Bemerkung des Geleitmannes natürlich auch gehört und sahen finster zu den Pikenieren hinüber, die die Köpfe nun zusammensteckten und dann herzhaft lachten. Es war unschwer zu erkennen, was das Ziel ihrer Heiterkeit war. Bruder Adolbert klagte leise: »Herr im Himmel, wer hätte gedacht, wie schwer der Weg werden wird.« »Wir sind erst am Anfang«, seufzte Bruder Sylvester und flüsterte nun ebenfalls, nur den Mönchen verständlich: »Der ehrwürdige Vater meint, wir könnten den Weg, wenn alles gut geht, in acht bis zehn Tagen schaffen. Das erste Ziel unserer Reise, Kloster Aldenberg, soll ein sehr wohlhabendes Haus sein.« »Woher kommt dir dein Wissen?«, forschte Bruder Simon. »Der Ehrwürdige hat es mit Bruder Tivolio besprochen. Ich hörte es zufällig.« »Zufällig«, spöttelte Bruder Florian und spuckte ungeniert in die schon niederbrennenden Flammen. Doch ehe neuer Streit ausbrechen konnte, ordnete der Propst den Weitermarsch an. Er sah besorgt auf seine Reisegesellschaft. Propst Leo hatte schon manche Reise unternommen. Aber er hatte diese stets im Sommer oder Frühherbst durchgeführt. Der zeitige Aufbruch in diesem Jahr lag an seiner Mission, war zeitlich nicht zu verschieben. Im schwante, beim

Anblick der schon nach so kurzer Zeit erschöpften Schar, dass diese Reise länger dauern könnte, als er vorausgesehen, eingeplant hatte. Mit leisen Schaudern stellte er sich vor, mit welchem Ärger er bis zum Ende der Reise zu rechnen hatte. Er ahnte nicht, wie bald er diesem enthoben sein sollte.

Seit nunmehr fünfzehn Tagen quälte sich die Reisegesellschaft vorwärts. Man schleppte sich zuletzt durch bergiges Land, das auch im Volksmund, von der Bevölkerung, so genannt wurde. Mehrfach hatte man den Weg verloren, wiedergefunden, war in dichte Schneegestöber und Regenschauer geraten und vom Wind zeitweilig furchtbar durchgeblasen. Man hatte, so wie es kam, in Dörfern und kleinen Städten übernachtet, doch das waren keine Erholungspausen, denn der Propst drängte mit einer unbestimmten Unruhe vorwärts, die keiner der Mönche, schon gar nicht die Knechte oder Ludwig, verstanden. Seit drei Tagen nahm der Propst, um nicht wieder in die Irre zu laufen, in den Dörfern ortskundige Führer auf. Das war eigentlich nicht nötig, denn die Pikeniere kannten sich auch in dieser Gegend einigermaßen aus. Aber Leo traute ihnen nicht und gerade dieses Misstrauen war es, das jedes Mal zu Irr- und Umwegen geführt hatte. Die Geleitknechte nahmen es gelassen. Sie waren das Herummarschieren auf den Landstraßen und Wegen des Reiches gewohnt; sie zeigten daher auch keine Ermüdungen. Ganz anders die übrige Gesellschaft. Sie war in einem erbärmlichen Zustand und glich eher einer Schar Vogelscheuchen, denn der Mission eines Propstes. »Noch über diesen Bergrücken, ehrwürdiger Vater«, verkündete der ortskundige Führer, den man in der letzten festen Ortschaft, Hukengeswage, gemietet hatte, »dann seid ihrschon im Eifgenbachtal. Von dort ist es knappe zwei Meilen bis zum Kloster Aldenberg.« »Gelobt sei der Name des Herrn«, seufzte der Propst, der sich längst wund geritten und nicht wusste, wie er im Sattel sitzen sollte. Auch die Mönche hoben erleichtert die müden Häupter. Sie sahen wirklich übel aus. Die Kutten starrten vor Schmutz und Weg Kot. Sie hatten die Füße mit Lumpen umwickelt und waren so in die nun täglich mehrfach mit Riemen geflickten Sandalen geschlüpft. Dennoch waren ihre Füße geschwollen, an vielen Stellen wundgelaufen und zeigten Stellen mit schlimmen Entzündungen. Ludwig hingegen hatte den Marsch nicht nur einigermaßen überstanden, sondern wurde von Tag zu Tag kräftiger auf den Beinen. Ihm half seine Jugend – und die belächelte Bekleidung. Bruder Tivolio behielt, wie nicht anders zu erwarten, recht. Der große Hut und er Umhang, der fast auf den Boden reichte, schützten ihn vor den schlimmen Witterungen, denen die anderen, Mönche und Knechte, fast schutzlos ausgesetzt waren. Er trug abwechselnd die Stiefel, dann lief er wieder weite Strecken barfuß.

Propst Leo hockte, wie ein Unglücksrabe, auf seinem Maultier. Er hatte sich in einen schwarzen Mantel, mit fellgefütterter Kapuze, eingedreht. Sein Gesicht, ohnehin schmal, hohlwangig, wirkte nun grau, leichenhaft. Seine Augen blickten müde, rot geädert in den kahlen Winterwald, der seit geraumer Zeit den Weg säumte. Der Wald lichtete sich mehr und mehr, ging in Wiesen über, in deren Mitte, unweit, die Mauern einer kleinen Stadt sichtbar wurden. Der Führer schwenkte vor dem Wald jedoch nach Süden ab. In Propst Leo mochte, beim Anblick von Mauern, der Gedanke an Wärme und Erholung aufgekeimt sein. »He Mann!« rief er ärgerlich, enttäuscht. »Warum biegen wir vor der Stadt ab. Es wäre doch ein Ort, wo es eine warme Mahlzeit geben könnte.« »Heilige Jungfrau Maria – ehrwürdiger Vater! – Ihr wollt doch wohl nicht zu dem Ort?« »Warum nicht, wenn es ein günstiger Ort zum Rasten ist. Wie heißt er ? »Er nennt sich Wärmelskirch. Es ist ein arges Ketzernest, das euch, ehrwürdiger Vater, wenig gefallen würde.« »Wie das«, schnaubte Leo ungläubig und entsetzt. »Hier, unter den Augen des Erzbischofs?« »Erzbischof!«, lachte der Führer frech und zuckte mit den Schultern. »Es wird, oh ehrwürdiger Vater, viel erzählt. Unsereins sollte sich darum nicht kümmern. Doch es würde Euch sicher nicht gefallen, was im Lande erzählt wird. Jedenfalls ist der Ort dort, nicht gut katholisch.« »Mag der Himmel über den Ketzern einstürzen«, erboste sich Leo, der sich um eine Rast und eine mögliche warme Mahlzeit betrogen sah. »Welchem Ketzer hängen sie an, guter Mann?« »Etwas von allen. Sie hatten hier ihren eigenen Propheten. Doch wenn ich es recht betrachte, mag die Lehre des Luther die meisten Leute überzeugt haben.«

»Dass der Herrgott diese Pest ausrotte«, klagte Propst Leo. Erstaunlicherweise wurden nun die Mönche wieder munter. Sie murmelten Gebete – oder waren es Beschwörungen gegen den Teufel? Bruder Sylvester bekreuzigte sich und rief: »Hebt euch hinfort, ihr Kinder des Satans, ihr Kröten, ihr Auswurf!« Er schüttelte, ganz unfromm, eine Faust gegen die Stadt und Bruder Florian echote: »Ihr Auswurf!« und fügte hinzu: »Möge diese Stadt der Höllenschlund mit samt seiner Bewohner schlucken.« »Amen!«, klang es in der Runde. Ludwig hatte diese und ähnliche Szenen auf der Reise schon mehrfach erlebt. Im Hort des stillen Klosters Ebelstein war er mit dem religiösen Eifer und Hader so gut wie gar nicht in Berührung gekommen. Sein Lehrer, Bruder Tivolio, hatte es dennoch nicht versäumt, mit ihm über einige Dinge zu reden, ihn über einiges aufzuklären. Aber das war, trotz galligen Eifers, überwiegend nüchtern, wie Zählen und Rechnen abgelaufen – hatte auf ihn keinen besonderen Eindruck gemacht, zumal im Kloster nie von den Brüchen in der Christenheit geredet wurde.

»Der Martin Luther ist ein Bruder, ein Augustiner gewesen, der vor nunmehr nahezu vierzig Jahren gestorben ist«, hatte Bruder Tivolio erklärt und dann seine Belehrungen sachlich fortgesetzt: »Er hat unsere gesamte kirchliche und weltliche Ordnung in Frage gestellt. Er sprach, entgegen unseren heiligen Überzeugungen, von der Gewissensfreiheit des Christenmenschen. Er verneinte die Unfehlbarkeit des Heiligen Vaters; er bestritt den Führungsanspruch der allein selig machenden katholischen Kirche über die Menschheit. Er überantwortete damit jeden Menschen, jeden uneinsichtigen Narren, seinem einfältigen, hilflosen Gewissen. Er bedachte die Mitmenschen, egal welchen Standes und welcher Bildung, der Einsichtsfähigkeit in die göttlichen Zusammenhänge. Eine arme, alberne Vorstellung. Und dennoch hat diese Ansicht und laut verkündete Meinung gar vielen den Kopf in Hochmut verdreht, sie zur Ketzerei gebracht. Der Heilige Vater übte mit ihm dennoch Nachsicht. Er forderte von ihm den Widerruf. Er tat es nicht, wie viele andere, mit nicht minderen Irrungen. Cui*usvis hominis est arráre, núllius nisi stultí in erróre perseveráre*[10]. Dieser Mensch war ein Tor, ein Hurenbock, ein Schänder der Sittlichkeit der Christenheit. – Obwohl nicht alles, was er tat und sagte, zu verdammen ist. Er sprach von der babylonischen Gefangenschaft der Kirche; das war zu seiner Zeit gewiss richtig. Die Kirche bedurfte und bedarf der ständigen Erneuerung, aber aus sich, aus den heiligen, nur ihr zustehenden Rechten. Sie bedarf es, weil auch sie sich in den Jahrhunderten abnutzt und der Zeit, der sie diente, entflohen ist. « Ludwig erinnerte sich deutlich, wie der sonst gelassene Bruder Tivolio in Eifer, ja in gelinden Zorn geriet. »Wehe der Institution, die es nicht erkennt, die sich verkennt, die für sich die Gerechtigkeit und Meinung für alle Ewigkeiten zu pachten glaubt! Sie wird scheitern, sich selbst verderben, denn das Leben besteht aus ständiger Veränderung, aus Kommen und

---

[10] Jeder Mensch kann sich irren, aber nur ein Tor wird auf seinem Irrtum beharren

Vergehen, aus Geburt, Hochzeit und Vergehen. Die einzige Beständigkeit liegt in Gott. – *Credo in unum deum*[11]! So erging es auch unserer heiligen Kirche.« Tivolio hatte sich dann damals mit Ludwig in einen stillen Winkel gesetzt, wo man sie nicht unbedingt belauschen konnte und ihm über das, was er ausführte, zum Stillschweigen gegen jedermann verpflichtet. Ludwig hatte den Sinn einer solchen Verpflichtung nicht begriffen, aber er gelobte es seinem Lehrer, obwohl das vermutlich nicht notwendig gewesen wäre, denn jedes Gebot Bruder Tivolios war für ihn unantastbar. »Vor zweihundert Jahren«, so begann Tivolio, erinnerte sich Ludwig«, gab es einen Theologen namens John Wycliffe. Er lebte auf der großen Insel im Norden, die man England nennt, von der ich dir schon berichtete. Dieser Wycliffe wollte zu den Anfängen der Christenheit, unserer heiligen Kirche, zurück. Das ist gerade so, als ob ein Erwachsener nach den Kinderjahren schreit. Nichts und niemand kann die Zeit zurückdrehen – und selbst künstliche alte Zustände werden von neuen, anderen Menschen gemacht, die eben doch sich und nicht ihre Voreltern wiedergeben – auch wenn sie der Meinung sind, sie täten alles so, wie diese. Nun gut! – Das Geschrei des Wycliffe hätte so oder so kaum lange vorgehalten. Ein paar Narren wären ihm nachgelaufen – sicher, mehr nicht, denn sie, die man Lollarden nannte, gingen den Weg aller Ketzer, indem man sie mit Feuer in die Hölle schickte. Aber der damalige Heilige Vater, der elfte Gregor, ließ sich herab, hinzuhören, wohl, weil dieser Wycliffe dem Heiligen Vater seine Rechtmäßigkeit absprach und, der Himmel verzeih dem armen Tor, der schon damals, ähnlich den Lutheranern, die Ansicht verkündete, der Einzelne, jedermann, ob Mann, Weib oder gar Kind, habe das Recht, allein nach Erlösung zu streben, auch ohne den Sakramenten der Kirche. Der Papst verdammte und verfluchte die Ansichten des John Wycliffe, der sich erdreistete, den Heiligen Vater in einem Buch, – De *potestate Papae* – anzugreifen und schon war aus dem lokalen Auflauf eine bedeutende Ansicht geworden, mit der sich alsbald andere befassten. In dem immer unruhigen Böhmen, ich wies dir vor einiger Zeit dieses Land auf der Abbildung, der Karte, des Heiligen Römischen Reiches, hörte man bald danach von einem Johannes Hus. Er trieb es noch ärger, als dieser Wycliffe, dessen Schriften er in seine Volkssprache übersetzen ließ. Der Heilige Vater, der

---

[11] = Ich glaube an den einen Gott

dreiundzwanzigste Johannes[12] exkommunizierte den Ketzer und ließ ihn, mit einer List, einfangen und in Konstanz ins Ketzerfeuer schicken. Damals gab es einen blutigen Krieg, denn seine Reden und Schriften wiegelten die Bauern und Bürger auf. Auch der Streit wurde, wie eine ganze Reihe andere, erst im Augsburger Religionsfrieden beigelegt, über den ich dich noch unterrichten werde, soweit er mir denn bekannt ist. – Kurz, der gefährlichste von allen war dieser Martin Luther. Dabei wollte der Mönch zunächst eigentlich nur etwas mehr fromme Zucht und Ordnung in unserer heiligen Kirche. Wenn du dich unter unseren Klosterbrüdern umschaust, wirst du manch einen finden, der die Heilige Schrift nicht lesen, seinen Namen nicht schreiben kann. Das war vor hundert, vor fünfzig Jahren noch schlimmer. Die meisten Mönche konnten nur wenige lateinische Sprüche, deren Inhalt sie nicht einmal verstanden. Neben diesen gab es jedoch viele, viele, die eine großartige Bildung besaßen. Doch sie waren damals, wie heute, die Ausnahme. Am schlimmsten trieben es jedoch die hohen Würdenträger unserer Kirche. Sie waren oft, nein meist nicht einmal Priester, obwohl sie Bischofswürden trugen. Das Amt war und ist es noch, – Gott sei es geklagt – käuflich, damit würdelos. Möge der Himmel dir beistehen, dass du nie mit diesen Dienern der Finsternis zusammentriffst. Sie sind bis in die hintersten Winkel ihrer Seelen verdorben. Damit, so muss man beklagen, hatten dieser Luther und die vielen anderen, die ich dir noch aufzählen werde, absolut Recht. Seit dem Trienter Konzil, vor zweiundzwanzig Jahren, hat sich immerhin viel geändert. Nun, dieser Luther hat sich alsbald als ein Prälat des Teufels offenbart. Heute kochen alle, die sich gegen diese oder jene Ordnung stellen wollen, ihr Süpplein auf dem Feuer, das der Luther angefacht hat. Da sind natürlich die Reichsfürsten und Reichsstädte, die sich mit Luthers Worten Kirchenbesitz aneignen. Natürlich folgen auch die Kaufmannschaften, Handwerker und Bauern diesem Beispiel, wenn es ihnen denn Nutzen bringen kann. Unruhen und Kriege überall. Da heißt es dann, es gehe um den Glauben! – Oh diese Ungläubigen! Sie scheuen sich nicht, im Namen des Herrn zu morden, rauben und zu plündern! Der Luther hat die gottgegebene Ordnung losgetreten! – Wer mag sie wieder einsammeln? – Dabei berufen sie sich alle auf einen Gott – meinen den gleichen Gott. – Gott, das wissen sie, ist nicht teilbar. Was Gott gefügt hat, soll der Mensch nicht trennen. – Es

---

[12] = 1410–1415

war der Wille Gottes, die heilige katholische Kirche in mehr als eineinhalb Jahrtausenden gedeihen zu lassen. Wer, so frage ich, sind die Menschen, die es wagen können, diese, durch die Zeit geheiligte Ordnung zu zerstören? « Tivolio seufzte und schüttelte ratlos sein ehrwürdiges Gelehrtenhaupt. Es bedurfte einer kleinen Pause, bis er fortfahren konnte: »Das Schisma ist erfolgt. Gott weiß warum – wer kennt schon seine Pläne –, amen. Wie ich schon andeutete. Die Abtrünnigen, die Sektierer gebaren und gebären unentwegt neue Giftkröten. Wiedertäufer, wie ein gewisser Ulrich Zwingli in Zürich, Jan Cauvin[13] in Basel und Genf – und Jakob Huter in Innsbruck. Wie das meist bei Neuerer ist, treiben sie den Teufel mit Beelzebub aus; so auch dieser Cauvin. Könnte man seine Schrift von 1536, der -*Christiana religionis institutio*- als Disputation für Theologen verstehen, wäre sie eine Grundlage, wie das -*Loci communes rerum Theologikaarum*-, das Philipp Melanchthon 1521 herausbrachte – oder die ganz beachtlichen Ansichten, die Desiderius, der Erasmus von Rotterdam, zum Beispiel mit seiner -*Deatribe de libero arbitrio*- 1524 unterbreitete. Statt nach dem gemeinsamen Weg zu suchen, um die welken und faulen Teile des gealterten Kirchenkörpers zu heilen, brüllen alle unentwegt ihre Meinungen als fundamentale neue Erkenntnisse in die Welt. – Aber es sind nur Ansichten, die sie als Einsichten verbreiten.

Da es nun eine Vielzahl von Ansichten gibt, ist der, der nicht die hohe Bildung zur Einsicht besitzt, genötigt – zu glauben. Was wird er glauben? – Die, die Pfründe und Privilegien besitzen werden dem folgen, der diese schützt; die, die nichts – oder gar wenig zu verlieren – aber viel zu gewinnen haben, werden denen folgen, die ihnen, was auch immer – mehr und besseres versprechen. Der versprochene Zugewinn beginnt auf Erden und versteigt sich in den Himmel. Da bleibt das Altbewährte, weil seine Unzulänglichkeit bekannt, mühelos auf der Strecke. Doch das Neue ist nur ein Versprechen, es bedarf erst der Bewährung. Es ist meist ohne Vorbild und bedarf darum des Experiments. Diese aber sind, da es um den Glauben an einem, unseren Gott geht, unzulässig.

Mit Gott ist nicht zu experimentieren. Wer seine Sinne, gar seine Stimme dahin wendet, betreibt Gotteslästerung, Häresie. Leider sind es die armen Dummen, die Ungebildeten, die dann in ihrer Einfalt die Opfer für die bringen, die mit ihrem feinen Gerede die Niedertracht gesät haben. Ich sagte es. Unsere heilige

---

[13] = Calvin geb.10.07.1509 – gest. 27.05.1564

katholische Kirche bedurfte und bedarf neuer Anstrengungen zur Ehre Gottes. Doch was zum Beispiel diese Anhänger des Cauvin, die Calvinisten als unverrückbare Wahrheiten und Erkenntnisse hinausposaunen, ist ruchlos – denn es stellt vor einer bewiesenen, bewährten Erkenntnis bereits ein Dogma der Unfehlbarkeit auf; welche Blasphemie! Sie toben gegen jeden, der sich ihrer Ansicht widersetzt. Damit vollziehen sie in viel schlimmerer Form das, was sie unserer allein selig machenden, heiligen, katholischen Kirche und dem Heiligen Vater vorwerfen. Sie entlarven sich damit selber als eine ketzerische Bande, die nach Macht und natürlich Gewinn strebt.

Wie weit so etwas geht, kann ich dir an der Geschichte der Stadt Münster aufzeigen. Die Bürger dieser Stadt verfielen den Einflüsterungen des Luther. Ein Kaplan der Stadt, Bernt Rothmann, wurde gar ihr Wortführer und Prediger, der sich zunächst insgeheim die Pfründe des Fürstbischofs aneignen wollte. Er fand sehr bald einen argen Bundesgenossen in einem reichen Tuchhändler der Stadt. Dieser, mit Namen Knipperdolling, kam von einer Schwedenreise zurück und brachte die Gedanken der Wiedertäufer, der Anabaptisten, mit nach Münster. War es bei dem Rothmann, neben der Gier, die Lust auf Rache gegen den Fürstbischof, so waren es bei dem Knipperdolling andere Gründe, die seine Gier anheizten. Da galt es Konkurrenten auszuschalten und der zügellosen Fleischeslust nachzugehen. Zur gleichen Zeit kam ein Schneidergeselle aus den Niederlanden nach Münster der mit religiösen Veitstänzen die Menschen aufwiegelte. Es war der Jan van Leiden, der sich auch Bockelson nannte. Eigentlich war er der Geselle des Wiedertäufers Jan Matthys. Nun, was soll man lange sagen. Erst jagten sie die reichen Bürger aus der Stadt und verteilten unter sich deren Habe, dann verjagten sie den Fürstbischof und riefen das neue Friedens- und Gottesreich aus. Die Stadt tauften sie um auf den Namen Neues Jerusalem. Damit ihnen keiner je die Macht streitig machen sollte, verbrannten sie alle Bücher, denn ihr Reich sollte ein tausendjähriges werden. Dazu bedurfte es auch eines organisierten Kindersegens, den man mit Vielweiberei zu erreichen hoffte; so sollten Lust und Macht einhergehen. Du siehst an diesem Geschehen im Kleinen, wie sich die Dinge auch im Großen verhalten – wenn auch nicht immer in so kurzer Zeit und so brutal, so offen. Natürlich hatte der Fürstbischof längst zum Kampf gerüstet und die Stadt in die Belagerung genommen. Der Matthys kam bei den Kämpfen um, wie man sagt. Doch heidi! – Damit war ein fanatischer Narr, der vielleicht gar an das geglaubt hatte, was er sagte, beseitigt. Der Bockelson heiratete flugs die junge, schöne Witwe des Matthys, samt weiterer fünfzehn ausgesuchter schöner, junger Mädchen und krönte sich selbst zum König seines Friedensreiches. Jeder, der nur andeutete, dass er gegen diese Tyrannei und Unmoral war, wurde sogleich grausam umgebracht. Im Sommer 1535 war die Stadt, durch die Belagerung und der ständigen Kämpfe erschöpft. Der Bischof eroberte die Stadt zurück. Was hatte er aber zurückgewonnen. Aus einer blühenden Stadt war eine elende geworden. Die Übeltäter wurden hingerichtet. Das tausendjährige Reich hatte ein schnelles Ende gefunden – in Blut und Tränen. Merke also: Fanatiker und Menschheitsbeglücker gibt es immer wieder. Hüte dich vor ihnen, denn sie sind des Teufels. Bleib allzeit standhaft im wahren Glauben. *Ex animo constamus et corpore. Nam opera sapientiae certa lege vallantur et in fine debitum efficaciter dirigentur. Credendum est veteribus et priscis ut aiunt, viris.* Diese aber findest du nur im Schoß unserer allein seligmachenden, heiligen katholischen Kirche. – In *nomine domini amen.*« Bruder Tivolio hatte dies alles wie ein Glaubensbekenntnis gesagt, doch ein aufmerksamer – oder misstrauischer – Beobachter hätte sehr wohl gemerkt, wie gespalten seine Ansichten, wie unausgeglichen sie waren. Es gab kein Zweifel, auch sein Glaube war längst von den vielen Unstimmigkeiten von Anspruch und Wirklichkeit erschüttert. Selbst Ludwig, so jung und gläubig er seinem Lehrer anhing, hatte den Zwiespalt nach und nach gespürt, was seinerseits immer wieder zu Fragen nach Wenn und Aber führte. Doch Bruder Tivolio Antworten ließen immer mehr neue Fragen entstehen. Tivolio erkannte das sehr wohl, vertröstete Ludwig aber immer auf später. »Du musst erst im Glauben und im Alter reifen, bis ich dir darauf eine gültige Antwort geben kann, die du verstehst.« Umso mehr klammerte er sich an starre Formeln, die er Ludwig auswendig lernen ließ. Wohl wissend, dass sie auf die Dauer unzureichend sein würden. Selbst im ständigen inneren Widerstreit stellte er sich, wie viele seiner Zeitgenossen, gegen rechtzeitige Reformen – um im gleichen Atemzug die Reformlosigkeit der Verantwortlichen zu bedauern; ein Phänomen, das bei geistig hoch stehenden Menschen oft zu beobachten ist, das tief in ihr Bewusstsein eindringt – ohne von ihnen aktiv, positiv reflektiert zu werden. Bruder Tivolio gab so ungewollt seine Zweifel und Zwiespälte an Ludwig weiter, weckte unzeitgemäßes zu derartigen Themen kritisches Denken. So fanden die Klagen des Propstes und der Mönche – beim Anblick von gehassten, verachteten Personen oder Dingen – bald seinen heimlichen Spott. Seine hohe Meinung über den Propst und die Brüder wurde vollends angeschlagen, wenn er den Reden der Knechte und der Pikeniere lauschte, denn Ludwig war es nicht erlaubt, am Feuer der Mönche oder gar des Propstes zu hocken. Die Pikeniere waren keineswegs fromm, wenn sie auch vor dem Propst den Schein wahrten. Die Klosterhörigen verhielten sich in Hörweite der Mönche und des Propstes scheu und respektvoll, um, wenn sie sich unbeobachtet, unbelauscht fühlten, um so schimpflicher über die Kirchenmänner herzuziehen.

Propst Leo schien plötzlich zu bemerken, in welch traurigem Zustand seine Reisegesellschaft daher zog. Konnte man so vor die Aldenberger Brüder treten? Im Geist stellte er sich schon das Gesicht des Abtes Petrus, den er freilich noch nie von Angesicht zu Angesicht gesehen hatte, vor. Mit dem Neuwenahr stand er nicht gut, fühlte er sich doch, durch die Wahl dieses Mannes zum Abt, mit seiner Familie solidarisch. Man hatte ihn einem seiner nahen Verwandten vorgezogen, obwohl er nicht die Mehrheit hatte. Die herzogliche Hand und der Kölner Klüngel hatten anno 1581 die Wahl entschieden. Mit diesem Abt würde er einiges zu regeln haben. Ganz oben standen die Hinterlassenschaften seiner Familie. Wie man sagte, führte dieser ein eigenartig strenges Regiment. Der Konvent des Klosters stand mit dem Abt auf keinem guten Fuße. Er warf ihm vor regelwidrige Neuerungen, Bau- und Verschwendungssucht und am schwerwiegendsten Parteilichkeit vor. Nein, gestand sich der Propst, er konnte nicht als abgerissener Wanderer, wie ein Bittsteller, vor den Abt treten. »Ich muss einen angemessenen Eindruck beim Einzug machen«, knurrte er vor sich hin. »Halt – Mann!«, rief er darum überraschend energisch. Der Ruf kam so plötzlich, dass die Marschordnung, so man noch von einer solchen reden konnte, durcheinander geriet und Bruder Sylvester ausrutschte und im Schlamm des Weges landete. »Liegt auf dem Wege zum Kloster Aldenberg noch eine gut katholische Herberge?«, erkundigte sich der Propst. »Eine Herberge schon, ehrwürdiger Vater. Ob sie gut katholisch – oder Euren Ansprüchen gefällig, vermag ich freilich nicht zu glauben.« Propst Leo sah missmutig in den kahlen Wald, dann über die Wiesen zur nahen Stadt hinüber. »Werden wir in der Stadt Schwierigkeiten haben?« Der Führer lachte verlegen. »Nein, ehrwürdiger Vater. Hier hat der Peter Loh wohl die Herzen aber nicht die Hirne vernebelt. Freilich ist man nicht gut katholisch – aber auch nicht so recht lutherisch. Vielleicht die einen doch dies oder das. Jedenfalls gibt es keinen Ärger, wenn man es nicht herausfordert. Zudem gibt es, so glaub ich fest, doch noch etliche gute Katholiken im Ort.« Die Nachricht belebte den Propst. »Ist es möglich! Gelobt sei Jesus Christus, amen. So ist der Ort noch nicht verloren.« »Amen!« Schrien die Brüder erleichtert, weil eine Rast in Aussicht zu kommen schien, die Leo auch sogleich begründend befahl: »Wir werden in der Stadt Herberge suchen und erst morgen, wohl gereinigt und versorgt, nach Aldenberg ziehen. Abt Petrus soll nicht glauben, dass die Wilden vom Ebelstein bei ihm einfallen.« »Wie Ihr befehlt, ehrwürdiger Vater«, sagte der Führer und setzte sogleich hinzu: »Von der Stadt geht ein breiter Weg, den man selbst im Dunklen nicht verlieren kann, nach Dabringhusen – und hinunter bis zum Kloster – auf Köln zu. Ihr habt mich, ehrwürdiger Vater, nur für den heutigen Tag auf diesem Weg gedungen.« »So ist es. Wenn ich dich recht verstehe, möchtest du umkehren?« »So es Euch beliebt, mich gehen zu lassen, gerne, ehrwürdiger Vater. Wenn Ihr mich schon hier entlohnen wolltet?« »Mann, das ist unverschämt«, grollte Leo, aber er schien keine Lust zum Streit zu haben – oder er war zu müde. Überraschend mitleidig erkundigte er sich: »Du hast Furcht, in die Stadt zu gehen?« »Verzeiht, ehrwürdiger Vater, ja.« »Wegen der Lutherischen?« »Nein, nein! Es sind dort Leute, die mir nicht gut wollen, die mir nicht hold sind. Da mag es sein, dass ich, falls sie mich sehen, ihren Ärger herauslocke.« »Das soll uns nicht geschehen«, bedachte der Propst verständnisvoll und dachte bei sich: »Gut, dass er uns das sagt und wir ihn loswerden. Was hätte das für Ärger geben können.« Doch laut ordnete er leutselig, wie es schien an: »Bruder Cyrillus, zahlt den Mann aus. Er mag nach Haus gehen. Wenn es nicht notwendig wäre, wahrlich, ich würde diesen Ort der Ketzerei meiden.« Die Pikeniere hieben sich schmunzelnd in die Seiten und freuten sich, denn für sie versprach eine Nacht in einer Stadtherberge allemal mehr Spaß, als in einer der üblen Landherbergen am Wegesrand, zumal auch die Bewachung des Geräts und der Personen nicht nötig sein würde. Die Reisegesellschaft wendete und zog der Stadt zu. Schon beim Einzug, der seitens der Torwächter ohne Schwierigkeiten verlief, hörte man von den Leuten auf der Straße unverhüllte Schmähungen wie: »Seht die fiesen Pfaffen. Stinken sie nicht zum Himmel?« oder »Leute, versteckt eure Weiber, die geilen Kuttenböcke kommen.« Leo sah finster über den üblen Empfang hinweg, schien nichts zu hören. Doch seine Gesichtshaut färbte sich weiß vor Zorn. Eine Kinderschar rannte hinter den Reisenden her und schrie: »In der Wiesen, liegt die Liesen, mit dem Pater Hangesack, dieser Gute nimmt mit der Rute, ihr die fromme Beichte ab.« Propst Leo kämpfte mit seiner Beherrschung. Die Mönche zogen ihre Kapuzen dicht vor das Gesicht. Die Geleitknechte hielten mit den Pikenschäften die Kinder vor zu nahen Heranrücken ab. So rumpelte und trampelte der kleine Zug durch den Unrat des Weges bis zum Markt. Der Propst hielt durch.

Der unfreundliche Empfang bewirkte, dass Leo eine wütende Protesthaltung einnahm. Sein hinfälliges Dahinschaukeln auf dem Maultier hatte er abgeschüttelt. Nun saß er wieder da, wie ein Feldherr vor der Schlacht. »Bruder Simon! – Seht, ob der Gasthof uns Unterkunft geben kann«, befahl er mit lauter, fester Stimme. Bruder Simon eilte durch die anspruchsvolle, mit Schnitzwerk verzierte Tür, in die Herberge, vor der schon zwei Frachtwagen standen und ankündigten, dass sie noch mehr Gäste im Haus antreffen würden. Bruder Simon kam schon nach wenigen Augenblicken wieder heraus und rief: »Ehrwürdiger Vater, wir können hierbleiben! Aber wir finden nur Unterkunft in der Scheune, hinter dem Haus.«

»Wie? – Soll ich in einer Scheune nächtigen?«, entrüstete sich der Propst. »Nein, nein!«, rief da eine kräftige Stimme vom Haus her. Es war der Wirt, der dem Mönch gefolgt war und nun, in mächtiger Leibesfülle in der Tür stand. »Ihr, ehrwürdiger Vater, findet natürlich in meinem Haus noch Platz. Eure Begleiter müssen es leider hinnehmen, in der Scheuer zu schlafen. Wie ihr seht, sind Kaufleute bei mir abgestiegen, die es mir verargen mögen, wenn ich sie rausschmeißen wollte.« Propst Leo machte mit hochfahrenden Worten seinem Ärger kurz Luft, indem er die Würdelosigkeit, die man ihm und den Mönchen, damit der Heiligen Kirche, zollte, anprangerte. Allein, als er bemerkte, dass seine Worte eher Ablehnung als Vorteil brachten – und sich eine Menge Menschen ansammelten, erklärte er sich mit der Unterbringung einverstanden. Man zog also durch eine schmale Gasse, um das Haus herum, in den Hinterhof und bezog die dortige Scheuer, die verhältnismäßig solide gebaut war. »Sie ist besser und bequemer, wie unsere Hütten beim Kloster Ebelstein«, frohlockte, zum Ärger der Mönche, einer der Klosterhörigen, der Schweine Stinnes. In der Tat. Wenn Ludwig an seine kühle Behausung im Waschhausanbau von Ebelstein zurückdachte, dann war diese, halb mit Stroh gefüllte Scheune, an der, durch eine halbe Wand getrennt, ein warmer Stall anschloss, keineswegs schlechter. Man begann sich einzurichten. Propst Leo wankte mit einem Knecht, dem Lehmkuhlen Kaspar, der für die niederen Dienste des Propstes zuständig war, ins Haus. Bruder Cyrillus versorgte mit dem Schweine Stinnes die drei Maultiere, während Bruder Florian eiligst in die Küche der Herberge eilte, um für sich und die Brüder eine warme Mahlzeit vorzubereiten. Ludwig gesellte sich zu den Geleitknechten, denn diese mochten in leiden, sorgten in gewisser Weise für ihn, indem sie ihm zeigten, wie er seine Kleidung wieder trocknen und in Ordnung bringen konnte und zu Essen und Trinken kam. Das war nämlich nicht selbstverständlich. Die Mönche sorgten nur für den Propst und vor allem für sich selbst. Die Knechte hatten ihre eigene Verpflegung, die sich in ihrer Einfachheit von der der Mönche unterschied. Auch die Pikeniere hatten eigene Verpflegung, denn Wegzehrung, Ausrüstung und Bekleidung war in ihrem Vertrag durch Vorschuss entlohnt. Bei der ganzen Planung zur Reise war Ludwig wohl zu den Mönchen hinzugerechnet, doch die Wirklichkeit sah, je länger die Reise währte, je weniger Vorräte vorhanden oder ergänzt waren, anders aus. Die Mönche schickten ihn zu den Knechten und diese murrten, weil bei ihnen ebenfalls alles knapp bemessen war. So bedurfte es schon einmal des Machtwortes des Propstes, dass ihm die Knechte etwas von ihrer schmalen Zehrung abgaben. »He, Kauzenludwig! Kannst wieder bei uns hocken«, rief einer der Männer. Es war ein großer Mann, der wohl an die sechs Fuß messen mochte. Seine mächtige, breite Figur, die durch die bunte Kriegsknechtskleidung mit den Pumphosen und engen Wadenstrümpfen besonders hervorgehoben wurden, machte einen imponierenden, schützenden Eindruck. Er mochte wohl um die vierzig Jahr alt sein. Sein breites, kantiges Gesicht zierte ein Schnauzbart, der braun, grau meliert waagerecht bis über die Wangen reichte. Die harten blauen Augen strahlten indessen gelegentlich auch eine gewisse Gutmütigkeit aus. Er war der Anführer der vier Geleitknechte. »Mir ist nach Atzung«, forderte einer der Pikeniere und rülpste grollend. Er mochte dem Anführer an Größe nichts nachstehen, doch er war erheblich jünger. Sein Dialekt, wenn auch eingefärbt, wies ihn deutlich als Schweizer aus. Er hieß Johann Würstli, doch diesen Namen kannten vermutlich nur die Werbelisten, denn im Kreise seiner Kameraden nannte und kannte man ihn nur als den Würstelhannes. Ludwig pellte sich aus seinem Mantel, unter dem er recht trocken und sauber geblieben war. »Bist fein trocken, Ludwig«, lachte Wastel Knipphaus, der Anführer. »Gell, Bursche, hast auch Schmacht und Durst?« »Und wie«, sagte Ludwig und fühlte nun erst die Leere, die sich in seinen Eingeweiden befand. »Kannst gleich zum Wagen traben und unser Futter holen«, nutzte Loisel Kamhuber, der jüngste der Piken Knechte, die Lage. »Wer bei uns sitzt – und der Jüngste ist – holt das Futter«, erklärte er gönnerhaft. »Lass den Kauzenludwig«, verwies ihn der Anführer. »An unsere Furage geht nur einer von uns.« »So muss es die Ordnung wollen«, mischte sich ein dritter Knecht ein. Es war der Adolf Wildgruber, ein mittelgroßer, schlanker Mann, der durch sein dunkles Haar, seine braunen Augen und dem gepflegten Knebelbart fremdländisch wirkte. Die braunen Augen wurden durch dichte dunkle Wimpernwülste überschattet und gaben dem Mann ein finsteres, gefährliches Aussehen. Er wandte sich an Knipphaus: »Gell, Wastel, was denkst du. Sollte man nicht in der Herberge nach Furage sehen, statt in den Korb zu langen?« »Ein gescheiter Einfall. Denke, in der Küche gibt es manches zu schnuppern«, stimmte der Anführer zu. »Komm schon hoch«, sagte er schmunzelnd zu Loisel, der sich gerade die Schuhe ausziehen wollte. »Seid ihr des Teufels«, knurrte der so Gestörte. »Immer bin ich dran – wo doch der Kauzenludwig genauso gut anfassen kann. Ist er nicht, wenn er bei uns hockt, der Jüngste?« »Ist er wirklich«, knurrte Wildgruber ungeduldig. »Aber er ist nicht nur jung, sondern auch noch viel zu blöd für diese Welt. Eine Pfaffenpflanze.« »Müsstest nicht Kauzenludwig, sondern Pfaffenkauz heißen«, spottete Würstelhannes, indem er Wildgruber unterstützte. Er schlug Ludwig gutmütig auf die Schulter: »Bub, Bub, die Pfaffen haben dich in der Klausur schön versaut.« Seine Augen blitzten gutmütig und überheblich. Aber keine Angst! Bei uns, so lange wir beisammen sind, was wohl nur noch einige Tage währt, bist du in guter Pflege.« »Ich kann mich über das Kloster und die ehrwürdigen Brüder nicht beschweren«, protestierte Ludwig schwach. »Ist nicht so gemeint«, beschwichtigte Wastel Knipphaus. »Die Mönche mögen sein, wie sie wollen. Alles hat gute und schlechte Seiten. Doch nun haut ab«, forderte er Wildgruber und Kamhuber auf. »Seht, dass wir etwas Warmes in den Bauch bekommen. Es wird Zeit.« Die beiden Geleitknechte machten, sich gegenseitig anpflaumend, davon. Die Mönche Adolbert und Simon, die das Lager für die Mönche vorbereitet und die Reinigung ihrer Sachen begonnen hatten, waren mit dieser Tätigkeit im vollen Gang. Dazu hatten sie die Kutte und Sandalen abgestreift und auf einem Strick, der durch die Scheuer gespannt war, zum Trocknen aufgehängt. Sie trugen nun die Sachen, die sie im Bagagewagen für solche Fälle mitgeführt. Bruder Adolbert, weil etwas zu klein, mühte sich beim Aufhängen der nassen Sachen sehr, was den Spott des Würstelhannes hervorrief: »Da hängen die Häute unserer würdigen Brüder wie Fledermäuse. Sollte es noch mehr Ähnlichkeiten geben?« »Gottes Strafe wird euch treffen«, schnaubte der verspottete Mönch und marschierte mit Bruder Simon leise murmelnd zur Tür hinaus. »Ei! Sieh da! Die hohe Geistlichkeit begibt sich auf Nahrungssuche«, spöttelte Würstelhannes ihnen nach. »Lass es gut sein«, warnte Wastel Knipphaus. »Du weißt, wie nachtragend Mönche sein können. Unsere hier, sind nicht die, die einen Spaß vertragen. Sind gar arge Mucker und Frömmler.« Wildgruber und Loisel kamen in diesem Moment mit Brot, einem kleinen Kessel dampfender Rübensuppe und einem großen Humpen Süßbier. »Hier ist etwas für den Leib«, rief Wildgruber. Es klang fast fröhlich. Er schwang geschickt den Kessel in die Mitte des Kreises, den sie zum Sitzen vorbereitet hatten. Der irdene, schwere Bierhumpen machte sogleich die Runde, denn der Durst plagte alle am meisten. Jeder nahm einen gehörigen Zug. Auch Ludwig bekam, wie selbstverständlich, seinen Teil. Nun löffelte jeder mit seinem Holzlöffel, der von jedem im Reisegepäck mitgeführt wurde, eifrig aus dem Kessel, wobei eine fröhliche Jagd nach den wenigen Speckbrocken im Topf begann, was jedoch zu keinem Streit führte. Zur Suppe aß man Brot und spült, danach heftig rülpsend, mit Bier nach. »Da soll mich doch der Teufel kitzeln, wenn aus der Suppe nicht mehr Augen hinein, als hinaus schauen«, ärgerte sich Loisel, als er keine Speckbrocken mehr fand. »Kannst du dem Wirt nicht ankreiden«, lachte Knipphaus. »Wieso? Habe ich die Suppe gebraut oder der Wirt«, schnaubte Loisel. »Ich denke, die schöne Magd in der Küche«, vermutete Knipphaus, der seine Helden kannte. »Wie, zum Teufel, seid ihr sonst so schnell an eine warme Suppe gekommen. Dabei möchte ich Wetten, dass ihr nicht einmal einen schwarzen Pfennig[14] dafür berappt habt. – Also schweigt und genießt.« Wildgruber knurrte ungehalten: »Wastel, du verwechselst mich mit diesen jungen Hirschen.« »Oh! Euer Gnaden möge mir verzeihen. Nein, ich habe dich nicht in den Verdacht bringen wollen, dass du dich zu einer solchen Freundlichkeit gegen ein Weibsbild herabgelassen hast. Ich meinte den Loisel. Aber mitgefangen, mitgehangen.« »Und den Pott getragen hat er auch«, triumphierte Loisel. »Doch darüber wollen wir lieber schweigen, sonst müssen wir den Würstelhannes festbinden.« Der

---

[14] Kupferpfennig im Gegensatz zum weißen/Weißpfennig; Silberstück

saß da und suchte immer noch mit dem Löffel in der restlichen Brühe nach festerer Nahrung. Behaglich schlürfte er die letzte erreichbare Steckrübenschnitzel durch die Zähne, grinste mit seinem hübschen, frauenbetörenden Lausbubengesicht den finsteren Adolf an und stichelte: »War dir wohl wieder einmal nicht gut genug, wie. Nun, es gibt Dinge, von denen du wirklich nichts verstehst, die sich deinen scharfen Augen entziehen. Du weißt gar nicht, was für ein Glück das für uns andere ist. Da du Schönheit nicht zu würdigen weißt, da werde ich noch einmal mit dem Kessel in die Küche schleichen. Vielleicht ist noch eine Ladung zu ergattern.« »Versuch dein Glück nur«, höhnte Wildgruber und Loisel Kamhuber beugte sich weit vor, um seine Heiterkeit zu verbergen. Der Würstelhannes nahm den Kessel und marschierte in Hoffnungshaltung, ein fröhliches Lied pfeifend aus der Scheune. »Der verdammte Propst«, nörgelte Wildgruber, »hätte dem Wirt ruhig Weisung geben können, dass wir eine zusätzliche Zehr bekommen.« »Wo denkst du hin«, entgegnete Knipphaus gelassen. »Der Propst ist ein arger Filz. Der frisst selber kaum etwas. Da kann man nicht erwarten, dass er für andere und deren Bedürfnisse einen Blick über hat. Schaut nur die Knechte. Wenn die nicht den Mönchen alles heimlich wegfressen würden, wären sie längst auf der Strecke geblieben.« »Sagt nur das nicht, Herr Knipphaus«, verteidigte Ludwig seinen Propst. »Der ehrwürdige Vater ist, der Herr sieht seine Taten, ein sparsamer Hausvater. Alles, was er tut, geschieht zur Ehre unseres Herrn Jesus Christus.« »Amen!«, schnaubte Wildgruber. »Oh Kauzenludwig, du bist wahrlich ein Kindskopf.« »Mach den Bub nicht toll«, tadelte Knipphaus, und an Ludwig: »Gell, Junge, sag zu uns nicht Herr. Wir sind das nicht. Wir sind ordentliche Knechte. Freilich, nicht schlechter als ein Herr, aber, so wir im Dienste stehen, nur gute Knechte – ohne Fehl und Verrat, was uns von Herrn sehr unterscheidet.« Die Tür wurde aufgestoßen und der Würstelhannes kam hereingeschossen. »Ihr Schufte!«, schnaubte er in gespielter Entrüstung. »Lasst mich in die Küche schleichen und was finde ich da?« »Ei, was fand er da«, spottete Kamhuber. Wildgruber sah in streng an und echote: »Was fand er da? Die Schönheiten, die meinem Auge verborgen blieben? Oder die Feinheiten, die meine Sinne nicht erfassen können?« »Hört auf!«, lachte Knipphaus, der lauschend den Kopf hob. Im Hof klapperten Hufe, erschallten Stimmen, klirrte Geschirr und Eisen. »Da scheint gar noch Besuch zu kommen«, vermutete Kamhuber. Wastel Knipphaus sprang behände auf die Beine und eilte ans Tor. Sechs Reiter waren angekommen und schirrten ihre Pferde ab. Es waren bewaffnete Reiter, wie man sie nicht gern kommen, dafür lieber ziehen sah, die aber, gleich den Geleitknechten, überall im Lande herumzogen, um sich mit ihrem Handwerk, dem der Krieger, ihr Brot zu verdienen. So lange sie irgendwo Arbeit fanden, waren sie fügsam und Kaufleute und freie Reichsstädte waren auf diese Männer genauso angewiesen, wie die sich ständig bekriegenden Fürsten. »Ei, seht her«, rief er. »Den Langen mit der Kappe sollte ich doch kennen.« Wildgruber eilte ebenfalls zum Tor und bekundete: »Ich auch. Es ist der Friesenmaxe, ein guter Krieger und Reiter. Wo der ist, gibt es am Unrat Heu zu machen.« Nun traten auch die anderen neugierig zum Tor und Loisel brummte unbehaglich: »Seine Mitreiter sind wohl seine Spießgesellen.« »Es scheint so«, stellte Knipphaus fest und fuhr überlegend fort: »Ich sollte ihn nach der Parole[15] fragen. Wenn wir den Propst abgeliefert haben, sind wir frei.« »Er hat uns bis Köln gemustert«, gab Wildgruber zu bedenken. »Recht – schon. Doch das ist gleich. Der Friesenmaxe reitet nicht zum Vergnügen im Lande herum. Der hat eine Nase für guten Verdienst. Er wird wissen, wo ein gutes Unterkommen ist.« »Soll ich lachen?«, knurrte Wildgruber. »Du tust, als hätten wir dessen Rat nötig. Die Spatzen pfeifen es vom Dach. Der Truchsess schaukelt auf seinem Bischofsstuhl, dass gerade die ganze katholische Welt vor Wut an zu bellen fängt und in den Staaten[16] trommeln der Nassau und der Oldenbarnevelt mit dem Parma um die Wette, wer die meisten, die besten Leute kassiert.« »Richtig«, bestätigte Knipphaus und gab zu bedenken: »Was meinst du, wer das beste Handgeld zahlt? Nun, ich denke, der Friesenmaxe hat das längst herausgefunden. Ich werde ihn fragen.« Knipphaus ging in den Hof hinaus, wo die Reiter soeben dabei waren, ihre Rösser zu tränken. Die anderen kehrten wieder an ihren Platz zurück, um den Rest des Bieres zu genießen. Nach einer kleinen Weile kam Knipphaus wieder herein und rief schon von der Tür her: »Ist, wie du sagtest, Adolf. Der Friesenmaxe hat Kunde, dass der Spanier am ganzen Rhein herunter streut. Allessandro Farnese soll mit einer starken Armee an der Küste stehen und Teile seiner Truppen schwärmen im Raum Köln, Bonn, beim Herzog von Jülich, um Kleve, bis hin zur Maas. Friesenmaxe meint, er will nach England übersetzen, wenn die große Flotte kommt.« »Scheiße!«, ärgerte

---

[15] hier: Vorhaben um neue Arbeit zu finden
[16] = Niederlande

sich Wildgruber über die Freude seines Anführers. »Da kommen wir wieder und wieder in den Unflat der großen Armeen.

Ich habe keine Lust, mich einem solchen Gemetzel anzuschließen. Da springt doch für unsereins nicht heraus! Zudem, was heißt große Flotte. Von der Armada wird schon seit Ewigkeiten geredet, gekommen ist sie nie. Ihr werdet euch sicher erinnern, dass ich schon einmal für die Dons in Flandern und Frankreich gedient habe.« »Hast du deinen Sold nicht erhalten?«, fragte Würstelhannes übermütig. »Ihr Grünschnäbel! Was wisst denn ihr von den Dons? Bei denen ist seltsame Zucht und der Profos schneller mit dem Henken, als der Zahlmeister mit der Löhnung.« »Ach was!«, rief Würstli übermütig. »Wenn du dich an die Artikel[17] hältst und den Teufel nur tanzen lässt, wenn es genehm und erlaubt ist. Es ist schon gleich, wem du dienst. Wes Brot ich ess' des Lied ich sing.« »Das ist schon mit Unterschieden«, knurrte Wildgruber und Knipphaus beruhigte: »Ihr habt beide recht. Man soll sich den Dienstherrn schon genau besehen, bevor man in seine Dienste tritt. Doch der Dienst in einem großen Haufen, zumal, wenn unruhige Zeiten sind, ist allemal für unsere Hälse sicherer.« Ludwig hatte dem Gerede sprachlos zugehört. Er verstand nicht sehr viel, doch Bruder Tivolio hatte ihm auch über den Aufstand in den Niederlanden erzählt, bei dem, nach Tivolios Überzeugung, nur der Religionsstreit Schuld trug; zudem sah er die spanischen Kronansprüche als legitim an. So warf er nun aufgeregt ein: »Aber geht es in Holland nicht um die heilige katholische Kirche, um die Vernichtung der Ketzer?« Wildgruber lachte lauthals – ein böses Lachen. Die anderen schmunzelten spöttisch und Knipphaus ließ sich herab, vorsichtig seine Ansicht darzulegen, denn er wusste nicht, wie der Junge es auffassen und möglicherweise dem Propst hinterbringen würde: »Bub, Bub! Es ist nicht alles so, wie man es dir hinter den Mauern erzählt haben mag. Sieh her, wir sind, da mag keiner daran zweifeln, alles gute Christen. Doch den Herren, ob geistlich oder weltlich, geht es immer nur um Macht, Geld und Befriedigung ihrer maßlosen Gier. Sie sind wie Raupen, die sich voll und immer voller fressen, bis sie platzen. Für unsereins und das Volk in Stadt und Land, bleibt nur die Spreu der Ernte – oder Schmutz, Dreck und

---

[17] = die Kriegsartikel waren eine Art Verdingungsordnung, die, teils geschrieben, teils verkündet, eine Verhaltensnorm der Krieger festlegte, die seltsam zwischen Brutalität, Ehrhaftigkeit und Kameraderie schwankte und häufig so ausgelegt wurde, wie sie gerade in die Situation passte

Tod. Ob nun Katholik oder Protestant – was weiß ich, wer im Recht ist. Für uns ist Gott, Gott.

Gott ist nicht kleinlich, wie die Menschen; Gott ist kein Krämer, der mit sich handeln lässt. Ihm ist sicher gleich, wie du ihn anbetest. Hauptsache, du tust es. Ich bin nur ein Laie und vermag nicht einmal zu erkennen, ob jemand katholisch, lutherisch, calvinistisch oder sonst wie betet.« »Das ist ketzerisch!«, regte sich Ludwig auf. »Hör auf!«, fauchte Würstli Knipphaus an. »Du magst denken, was du willst. Aber bedenke. Wenn der Bub deine frommen Ansichten den Pfaffen erzählt, kannst du schmoren. Wärst sicher nicht der Erste – schon gar nicht der Letzte.« Man sah es dem großen Mann an, dass ihm die freimütigen Worte nun nachträglich Unbehagen bereiteten. Es folgte eine betretene Minute, dann bat Knipphaus Ludwig: »Gell Bub, du sagst den Mönchen und dem Propst nichts von dem, was du hier gehört hast.« »Nein, nein«, versicherte Ludwig und hatte dabei ein schlechtes Gewissen, denn er konnte das Versprechen unmöglich halten. Spätestens bei der nächsten Beichte musste er die Häresie der Knechte preisgeben – oder doch nicht? Wildgruber erkannte das sofort und schnauzte ungehalten: »Du kannst viel versprechen, Kauzenludwig. Doch bei der nächsten Beichte wirst du tratschen, wie ein altes Waschweib.« Ludwig bekam einen roten Kopf. Konnte er die Pikeniere, die ihm mit so viel Freundschaft entgegengekommen waren, konnte er sie, auch nur einen von ihnen anschwärzen, verraten? – Nein, nein – wenn es auch sicher eine schwere Sünde war. Doch Bruder Tivolio, so erinnerte er sich, hatte ihm manches Schweigen abgenommen, weil auch seine Lehren haarscharf am Erlaubten lagen. Wildgruber drängte und ein raubtierhaftes Lauern lag in seinem gespannten Blick: »Nun, was ist, Bub?« »Nein, ich sage nichts. Es gibt nichts, was zu beichten wäre.« Die Spannung löste sich. Wildgruber sah ihn noch zweifelnd an – aber die anderen lachten erleichtert. Knipphaus schlug ihm auf die Schulter und sagte gutmütig: »Weiß der Teufel, ich habe mich in dir nicht geirrt. Wirst, wenn du genug frische Luft geatmet hast, ein ganz passabler Kerl werden.« Ludwig lächelte schwach und gestand: »Bei meiner Seele. Es ist nicht so leicht, wie ihr denkt. Doch das, was du über Gott sagtest, sagte auch mein Lehrer, Bruder Tivolio.« »Ein kluger Pfaff«, überlegte Wildgruber. »Ist wohl einer von den vielen, die mal so, mal so herum pendeln. Der Luther und der Calvin sollen ja auch Pfaffen gewesen sein.« »Nun fängst du schon wieder an«, ärgerte sich Würstli. Kamhuber aber rief: »Lass ihn nur reden.

Es kann dem Jungen nur guttun, wenn er die Geschichte des Adolf hört. Vielleicht hilft es ihm einmal und dumm ist er ja nicht.« Knipphaus nickte und Wildgruber begann belehrend: »Du sollst armer Leute Kind sein, wie der Schweine Stinnes mir erzählte.« Ludwig nickte nur und Wildgruber fuhr nun gemäßigter fort: »Vergiss das nie! Die Kleinen kratzen sich für die Großen die Augen aus. Dafür werden sie dann kräftig in den Arsch getreten, was sie hoch erfreut, befriedigt, hat sich der Herr doch gekümmert.« »Nun fängst du mit solchen Nörgeleien an«, unterbrach Würstli. Wildgruber aber sagte ungnädig: »Das, lieber Würstelhannes, gehört zu meiner Geschichte. Es ist nur gut, wenn sie der Bub im rechten Licht sieht. Es ist besser, er reißt jetzt und hier die Augen auf – als den Arsch von einem vornehmen oder frommen Herrn aufgerissen zu kriegen.« Würstli unterbrach und ermahnte noch einmal aber nun rief Kamhuber: »Lass ihn doch Würstelhannes. Der Bub muss es so gesagt bekommen, wie es zu verstehen ist, ohne Blumen und ohne schöne Worte. Nur dann versteht er, warum der Adolf, der, weiß Gott, mehr kann, als auf Landstraßen herum zu latschen und die Pike zu tragen, Kriegsknecht oder Geleitknecht wurde.« Würstli murrte: »Wenn du jeden mit deinem Elend Plagen musst, magst du dem Buben deinen Tort erzählen.« »Wenn er es hören will«, nickte Wastel ernst. »Willst du es wissen?«, fragte Wildgruber mit seltsam brennenden Augen. Ludwig fühlte sich eingekreist. Was sollte er sagen. Sicher kam wieder etwas Entsetzliches zur Sprache. Schließlich war seine Vergangenheit auch wie ein Alptraum, den er in manch schlafloser Nacht noch immer nicht bewältigt hatte. »Erzähl schon«, sagte er, mehr aus Höflichkeit denn aus Neugier. »Und du behältst es auch für dich?«, wollte Würstli wissen. »Ich werde es niemanden weitererzählen.« »Schwöre es«, forderte Wildgruber feierlich. »Mein Gott! Ich schwöre es. Doch wenn es denn so schlimm ist, warum wollt ihr mir die Geschichte erzählen«, trotzte Ludwig, dem die geheimnisvolle Rederei der Knechte missfiel, denn sicher kamen wieder Dinge zur Sprache, die sein Gewissen plagten. Wildgruber aber begann sofort seine Geschichte: »Nun, so höre. Ich war ein Knäblein von zwei Jahren, als mein Vater, ein Schreiner, von den Knechten des Markgrafen Albrecht Alcibiodes von Brandenburg-Kulmbach, der Teufel schmore seine Seele bis in alle Ewigkeit, in einem Dorf, bei Würzburg, zu Tode geschunden und meine Mutter mit mir im Tross als Trosshure, wenn du schon weißt, was das ist, mitgeschleppt wurde. Das ging ein ganzes Jahr so, bis der Brandenburg-Kulmbach von seinem früheren Komplicen, Neider und Bundesgenossen, Kurfürst Moritz von Sachsen, bei Sievershausen in einem Kampf vernichtend besiegt wurde. Doch damit ging es meiner Mutter und mir nicht besser. Meine Mutter war gut katholisch. Der Sieger schickte uns, seine Beute, bei einem lutherischen Herrn, dem Isaak von Piepenhausen, in hörige Knechtschaft. Da wurde meine Mutter fast alle Tage geschunden, erniedrigt und gequält. Eines Tages starb einiges Rindvieh auf der Weide. Man bezichtigte meine Mutter der Zauberei und der Buhlschaft mit dem Teufel. »Die katholische, die Hexe hat das Vieh verdorben!«, schreien die Knechte, weil sie sich ihnen verweigerte. Und die Weiber erst! Jede wusste meiner Mutter etwas unheimlich Teuflisches nachzusagen. Mich sperrten sie zu den Schweinen, in den Koben. Alles im Namen des Herrn, unseres Gottes.

Ich war damals sechs Jahre alt und fand nach einigen Tagen den Weg aus dem Stall. Mir gelang die Flucht an dem Abend, wie meine Mutter im Gutshof von einem Hexenrichter und den Leuten aus der ganzen Umgebung verbrannt wurde. Ich rannte davon und traf eine Gruppe von Gauklern, die mich bis nach Verden mitnahmen. Als wir dort ankamen, brannten dort auf dem Marktplatz ein altes Mütterchen und ein alter Mann. Sie war, wie die Leute sagten, eine Lutherische, eine Kräuterhexe und er ein vermögender Kräuterhändler der Stadt. Er hatte von der Alten gekauft. Der Apotheker und Quacksalber hatte ihn der Mittäterschaft bezichtigt, denn er wollte den lästigen Konkurrenten loswerden. Doch, wie gesagt, der Alte war vermögend und hatte gar manchem Geld geliehen. Kein Wunder, da gab es bei dem Hexenrichter viele geheimnisvolle Anzeigen gegen ihn. Ja, Bub! Da brannten die Katholischen die Lutherischen, und, wo ich geflohen war, umgekehrt. Bei alldem geht und ging es gar nicht um das Evangelium. Wer jemand loswerden will oder Rache sucht, hei, der verleumde nur kräftig. Das war schon immer so und, so denke ich, wird alle Zeit so sein. Der Schuldner wird seinen Gläubiger los; der verschmähte Freier rächt sich, weil er nicht erhört wurde; Neider vernichten den Beneideten; unglückliche Ehen werden geschieden. An allem verdient der Hexenrichter; vom Vermögen der Opfer oft bis zu Zweidrittel – der Henker ein Zehntel – fürwahr ein Grund, eifrig sein Amt zu versehen, nach Hexen und Teufelsdienern zu suchen. Das Entsetzen packte mich damals und ich suchte, wie könnte es anders sein, einen Trost in der Kirche. Es war

Zufall. Ich betrat die Kirche, weil die Tür gerade nur angelehnt war, durch die Sakristei. Hinter der Tür befand sich ein schwerer Vorhang. Ehe ich ihn beiseiteschieben konnte, vernahm ich Stimmen – und so wurde ich Zeuge eines Treffens zwischen einem Bischof und mehreren anderen Geistlichen, Priester und einige Mönche. Sie feierten die Hinrichtung der beiden alten Menschen mit widerlicher Fröhlichkeit – wie meine Gaukler ein gelungenes Kunststück. Von da an habe ich alle Priester und Prediger, alle Heilskünder, mit großen Argwohn beobachtet. Und siehe da! Ich fand bei allen nur Lug, Trug und Scheinheiligkeit. Von Verden zogen wir nach Osnabrück und weiter nach Münster. Daselbst blieb ich drei Jahre bei einem Kunstschmied, Plattner und Schlossmacher.« »Darum ist für ihn auch kein Schloss sicher. Er bekommt alle auf«, lachte Loisel Kamhuber spottend. »Was quatschst du dazwischen«, tadelte Wastel Knipphaus. »Lass ihn doch ausreden. Wenn er von seiner Kunst reden mag, soll er, wenn nicht, ist es seine Sache.« Adolf Wildgruber war durch Kamhubers Einwurf keineswegs verärgert. Er schien es als Anerkennung, als Schmeichelei aufzufassen, und fuhr, Selbstgefälligkeit in der Stimme, fort: »Ja, ja, es gibt so schnell kein Schloss, das mir lange widersteht. Mein Meister war ein großer Könner, der sein Gewerk in Nürnberg, Augsburg, Prag und einigen anderen Städten im Süden erlernt hatte. Er mochte mich leiden. Leider musste ich flink aus Münster fort, sonst wäre ich wohl ein guter Handwerksgeselle und Schlossmacher geworden.« »Weil du dem Stadtschreiber, ohne Erlaubnis, die Kasse aufgemacht hast«, feixte Loisel. »So ist es«, bestätigte Wildgruber ungerührt. »Doch ich habe es nicht für mich. Sondern für den Kämmerer getan, für einen Groschen. Nachher fehlten viele Taler und man wies auf mich. Nun, ich habe mich auf die Gerechtigkeit lieber nicht verlassen; darum kann ich auch heute noch die Geschichte erzählen. Freilich, in Münster mag ich mich wohl immer noch nicht zeigen. So kam ich denn nach einiger Zeit nach Holland und weiter in die Niederlande, nach Flandern. Davon weißt du sicher nichts«, ergänzte er mit einem gewissen Anflug von Überlegenheit. Ludwig schwieg bescheiden, obwohl er von seinem Lehrer, Bruder Tivolio sehr wohl einiges über diese Ländereien und den dort tobenden Krieg gehört hatte. Doch Tivolio hatte stets die Ansprüche des Königs von Spanien herausgestellt und er wollte, weil er auf der Reise schon einiges über diesen Krieg gehört hatte, lieber nichts dazu sagen. Wildgruber erklärte: »Damals regierten dort viele: die Margarete von Parma – oder besser gesagt – Philipp von Montmorency, der Graf von Hoorn, Lamoral, der Graf von Egmont, Wilhelm von Nassau, der Fürst von Oranien – Antoine Perrenot, der Bischof von Arras, der spätere Kardinal von Granvelle. Du hörst, es gab dort viele Herren. Und ich schwöre es! – Sie waren einander feind, wie Feuer und Wasser, obwohl sie manchmal miteinander paktierten – dass man gar nicht schnell genug wusste, wer wem an den steifen Kragen wollte. In Gent fand ich bei einem spanischen Hauptmann als Knecht Brot und erlernte das Waffenhandwerk. Ja, Kauzenludwig, da schaust du. Das Kriegsgerät will sorgfältig erlernt werden – sonst kostet es schnell den Kopf. Im Jahr des Herrn, 1560, verlegte mein Hauptmann mit seiner Truppe nach Tournai, an der Schelde. Da waren die Spanier vonnöten, denn die Inquisition wütete gegen die Ketzer, wie du dir grausiger nicht vorzustellen vermagst.« »Wie kannst du sagen, sie wüteten«, regte sich Ludwig auf. »Wirst es schon hören. Magst dann selber urteilen, Bub. Sie machten damals gerade dem Thomas Calberg, einen Calvinisten, den Prozess. Mein Hauptmann war ein harter Mann – aber ihm grauste vor dem Inquisitor. Den Calberg haben sie, wie meine Mutter selig, verbrannt. Ein paar Tage später wurde ein Wiedertäufer, auf dem Marktplatz, mit einem rostigen Schwert, bei lebendigem Leib, Stückchen für Stückchen zerhackt. Es dauerte lange, bis er tot war und seine Frau starb dabei vor Entsetzen. Das brachte die Leute gegen die Inquisition, gegen die katholische Kirche und meine Spanier, in einen glühenden Zorn und Wut, denn mein Hauptmann musste mit seinen Pikenieren die Bürger am Richtplatz bändigen, wobei manch böses Wort und manch harter Tort zustande kamen. Tja, Bub! Das alles aus Liebe zu Gott. Das mochte niemand glauben, nicht einmal der Hauptmann und seine Soldaten. Am Sonntag, nach diesem Zerhacken des Wiedertäufers, stürmte ein Mann, er hieß le Blas, in die Kathedrale, zum Hochaltar. Er riss dem Pfaffen die Hostie aus der Hand, trampelte darauf herum und beschimpfte die Priester, indem er ihnen vorhielt, dass Christus, angesichts dieser Gräuel in seinem Namen, sich sicher selbst verleugnet hätte. Der Tod am Kreuz sei gegen das, was man mit dem Wiedertäufer gemacht hatte eine milde und gnädige Hinrichtung gewesen. Was meinst du, Bub, was sie mit dem armen Schelm gemacht haben? Sie haben ihn geschnappt und die rechte Hand und den rechten Fuß abgesengt – bis zum Knochen. Die Zunge haben sie ihm herausgerissen und dann auf dem Marktplatz, just an der Stelle, wo sie den Wiedertäufer geschlachtet haben, bei lebendigem Leib auf einem Rost gegrillt.« »Hör auf!«, schrie Ludwig. »Das ist nicht wahr!« »Jedes Wort.«, sagte

Wildgruber langsam, »So wahr, wie ich hier sitze.« »Es ist, wie er sagt«, ließ sich Knipphaus vernehmen. »Doch wolltest du von dir und nicht von anderen Leuten erzählen«, erinnerte er Wildgruber. Indessen waren auch die fremden Reiter in die Scheune gekommen und bereiteten sich in einer Ecke im Stroh ihr Lager. Ludwig war von der Erzählung tief aufgewühlt und stammelte immer wieder leise: »Das kann nicht wahr sein. Das muss doch Lüge sein.« Wildgruber lachte bitter und fuhr dann ungerührt fort: »Der Inquisitor hieß Peter Titelman. Er wurde mit jeder Hinrichtung reicher und brüstete sich, hunderte von so genannten Ketzern ausgerottet zu haben. Er hat mehr Menschen jedes Alters und Geschlechts, vom Baby bis zum Greis, umgebracht, wie der wildeste Türkenkrieger. Mein Hauptmann fuhr kurz danach mit seinen Soldaten von Gent aus nach Spanien. Wir, ein Dutzend Knechte und Trossweiber, samt ihren vaterlosen Kindern, blieben in der Stadt zurück. Da galt es sich schleunigst anderweitig zu verdingen oder Fersengeld zu geben, denn wer im Geruch stand, für die Spanier gearbeitet zu haben, war seines Lebens nicht mehr sicher. Die Inquisition wurde immer schlimmer. Im März 1566 wurde auch ich, weil ich beim Gottesdienst gehustet hatte, von den Milizen des Parmas, das waren Holländer, Flamen und Wallonen, eingesperrt. Ein Angeber wollte gehört haben, ich hätte nicht gehustet – sondern geflucht. Hui! Ich dachte, mein Stündlein sei nun gekommen. Doch, oh Wunder! Nachdem sie mich mit der neunschwänzigen Katze wohl einige dutzend Mal gestrichen hatten, warfen sie mich auf die Straße. Freilich, es dauerte fast ein ganzes Jahr, ehe mein Rücken wieder heil war. Aber die Welt hatte sich während meiner Gefangenschaft, ich hatte Wochen im Loch gehockt, verändert. Die Protestanten: Calvinisten, Lutheraner, Sektierer vieler Art und die Wiedertäufer unterschiedlichster Meinung, predigten nun offen vor Zehntausenden, von den geschundenen Leuten gläubig angehört. Aber dann ging es schon anders herum los. Sie tobten durch die Kirchen, Kathedralen und Klöster, warfen alle Bilder, Bücher und Heiligenfiguren, warfen alles aus den Gotteshäusern. Aus heiligen Kelchen soff man Abendmahlwein und fütterte die Schweine mit Hostien. Ich war damals ein flotter Bub, gerade so wie du jetzt, Kauzenludwig. Ich wusste mit Pike und Rapier umzugehen. Da ließ ich mich von Ludwig von Oranien, das ist der Bruder vom Wilhelm, den sie vor zwei Jahren umgebracht haben, anwerben. Mein Gott! Da war ich in eine schöne Suppe geraten.« »Und wir haben uns damals dort alle getroffen«, ergänzte Wastel Knipphaus. »Ja«, fuhr Wildgruber fort. »Euch hatten die Werber im Klevischen aufgelesen. Ich fand die Sache damals wunderbar. Der Oranier war Katholik und Protestant zugleich. Da konnte man glauben, immer auf der rechten Seite zu stehen. Zudem zahlte er gut und pünktlich und die Furage war allzeit zu haben. Das ging so an die acht Monate, da kam der Krieg über Lothringen und Luxemburg anmarschiert. Der König von Spanien schickte Fernando Alvarez de Toledo, den Herzog von Alba. Vielleicht hast du seinen Namen schon einmal vernommen. Der kam mit zehntausend prächtig ausgerüsteten, kampferprobten Kriegsknechten, Spaniern, Italiener und Deutschen, und zweitausend Trosshuren im Gepäck. Er hatte die Streitmacht in Italien, in Neapel und Mailand zusammengelesen. Wir lagen im Feldlager bei Delfzijl.« »Dem alten Drecknest«, warf Würstli lachend dazwischen und spuckte aus. »Da ging es nun in den ganzen Spanischen Niederlanden los. Die Spanier verhafteten alles, was protestantisch sein konnte – Angeber gab es genug – und verurteilten, folterten und mordeten unglaublich. Kapitäne, die Flüchtlingen halfen, wurden an den Rahen ihrer eigenen Schiffe aufgehängt, wenn man ihrer habhaft werden konnte. Im März 1568 traten wir, das heißt, damit auch ich, zum ersten Mal in einer Schlacht gegen die Spanier an. Bei Heiligerlee haben wir sie geschlagen. Es waren, gleich uns, Söldner aus aller Herrn Länder. Einigen, denen Quartier gegeben wurde, sind dann bei uns geblieben. Da kam die Kunde, dass die Spanier die Grafen Egmont und Hoorn in Gent umgebracht hatten. Unser Kriegsherr, der Ludwig von Nassau, war ein Bullerkopf. Er konnte die eigenen Truppen nicht in Zucht halten. Wir zogen hier und da hin – ohne recht was zu erreichen – außer, die Leute im Land zu vergrätzen, denn es gab auch unter uns viel übles Volk. Im Juli trieb uns der Blutherzog, der Alba, dann bei Jemmingen in eine Klemme. Nun wurden wir jämmerlich geschlagen.« »Und entkamen, weil der Würtenbergerfranzel, das war einer unserer Besten, bei der Flucht einen Nachen zu finden wusste, mit dem wir über die Ems, einem kleinen Flüsschen setzten«, freute sich Johann Würstli, der sich offenbar gern daran erinnerte. Er fuhr nun, statt Wildgruber fort: »Du musst nämlich wissen, die Spanier hatten kein Quartier[18] gegeben und über siebentausend der Unsrigen sind über die Klinge gegangen. Aber der Nassau ist auch entkommen und mit uns wohl noch an die drei-, viertausend.« »Uns hat dann der Spaß in den

---

[18] Gnade gewähren, sie nicht zu töten

Niederlanden gereicht«, schnaubte Knipphaus. »Zudem hatte der Nassau kein Geld mehr.« »Ich«, mischte sich da einer der neu angekommenen Reiter ein, der unbemerkt hinzugetreten war, »stand bei Wilhelm von Oranien im Sold. Der ließ uns gegen die Spanier bis Brüssel reiten. Immer mit der Versprechung, nach dem Sieg gibt es Dreifachsold. Aber das war nichts. Es gab gar nichts. Die Spanier waren überall – und gut besoldet. Wir mussten damals nach dem Guise in Frankreich zurück. Statt Sold, leere Versprechungen. Der edle Fürst machte sich, als Bauer verkleidet, bei Nacht und Nebel davon, uns für die Spanier zum Fraß zurücklassend. Schöner Fürst, das!«

Die Pikeniere sprangen auf. »Hallo Westphal, hallo Max!«, begrüßten sie den Reiter. »Wastel sagte uns schon, dass du mit deinen Reitern angekommen seist!«, rief Johann Würstli und fügte hinzu: »So gibt es, hier oben im Reich, vermutlich guten Dienst!« »Hier nicht«, winkte Max Westphal ab. »Die Spanier wollen nach England und werben Truppen.« »Und das soll gut gehen«, zweifelte Knipphaus. »Ich weiß auch nicht recht«, bestätigte der Reiter nachdenklich. »Aber der Alessandro Farnese, der Sohn der Margaret von Parma, der das Heer führt, hat Fortune und versteht sein Handwerk verdammt gut. Er ist ein Meister, ein Teufel der Kriegskunst, man kann sich ihm anvertrauen – aber er hat auch Geld.« Würstli lachte und zeigte, dass er über die Lage gut unterrichtet war: »Aber die Engländer stehen unter dem Leicester – und Sidney als Hilfstruppen, in den Nordprovinzen, wie ich hörte und die Geusen halten die See und alle Zufahrten im Griff.« »Die Kunde ist uns auch gekommen«, rief ein anderer Reiter dazwischen und ergänzte: »Die sind doch schon jetzt so gut, wie erledigt. Der Farnese wird sie mühelos schlagen.«

Die Kammer bot wenig Platz, denn neben dem schmalen Bettkasten blieb nur ein zwei Fuß[19] breiter Gang, der auf der einen Seite von der Tür, der anderen von einem Gauben Fenster mit hellen bleiverglasten Butzenscheiben gebildet wurde. Die sieben Fuß hohe Decke wurde von zehn Zoll starken eichenen Längsbalken getragen und ließ den Raum noch kleiner erscheinen. Die Kammer war unbeheizt, kalt. Propst Leo saß auf der Strohschütte des Bettkastens, eingehüllt in seinem verschmutzten Reisemantel – und fror. Missmutig sah er zu den beiden

---

[19] altes Längenmaß ganz unterschiedlicher Länge, im Durchschnitt zwischen 30 und 38 cm

Mönchen auf, die den engen Gang zur Tür füllten. »Es ist bedauerlich, was Ihr da berichtet«, grollte er zu Cyrillus gewandt, »aber was, bei allen Heiligen, erwartet ihr von Kriegsknechten? Sie sind käufliche Subjekte, ohne Ehr und Gewissen. Die Pikeniere, die uns geleiten, sind, wie Ihr ganz recht vermutet, sicher nicht anders, heut Katholik, morgen Protestant, wie ihr jeweiliger Herr es befiehlt – oder es ihnen in den Kram passt. Der Herr vergebe ihnen, denn sie wissen nicht, was sie tun.« »Aber, oh ehrwürdiger Vater, das ist doch nicht zu ertragen«, eiferte Cyrillus – und mit vor Angst zitternder Stimme: »Was für ein Vertrauen kann man in solche Wegbegleiter setzen?« »Da dürfte es wohl kaum Befürchtungen geben«, winkte der Propst lässig ab. »Sie dienen uns, solange man sie bezahlt. Ich sagte es. Es sind käufliche Subjekte. Man hat noch kaum je vernommen, dass derartige Geleitknechte ihre Herrn hintergangen oder verraten hätten. Freilich, die, denen es passiert ist, können kaum noch Auskunft gegeben haben. Der Schutz unseres Glaubens reicht in solchen Zeiten aber leider nicht aus. Hätte er es, wahrlich, ich hätte liebend gern auf diese Strolche verzichtet. Wenn ihr aufmerksam des Weges gezogen seid, habt ihr sicher manche Gestalt gesehen, der man nicht allein begegnen möchte. Nein, nein – wir bedürfen schon des bewaffneten Schutzes. Auf Ebelstein aber haben wir, dem Herrn sei Dank, keine Knechte, die mit einer Hellebarde umzugehen vermögen. Es fehlte uns am Verstand, wollten wir den Bauern, neben unseren Gebeten und ihrer täglichen Arbeit, auch noch Mordwerkzeuge in die Hand geben. Mit den gedungenen Knechten ist es schon recht und keiner Befürchtung wert. Treiben sie es gar zu arg, mag man sie in Köln der erzbischöflichen Gerechtigkeit übergeben. Viel ärger finde ich es, hier in diesem kalten Loch zu hocken, während in der Gaststube Kaufleute und anderes billiges Volk herumsitzt.« »So lasst uns hinuntergehen, ehrwürdiger Vater«, schlug Bruder Sylvester vor. »Heilige Mutter Gottes! Seid Ihr von Sinnen?«, erboste sich der Propst. »Soll ich mir etwa die Reden dieser Gottlosen, dieser Häretiker, anhören?« Wie zur Bestätigung hörte man das Gelächter von unten, aus der Gaststube. Die Fußböden im Hause waren, wie in der Regel, nur einfache Bohlenlagen. Pfeifen- und Trommelgeräusche – und eine laute, kräftige Bierbassstimme – ließen hier oben, in der Dachkammer, jedes Wort deutlich werden. Bruder Sylvester rief aufgeregt: »Hört! Es müssen auch noch Spielleute angekommen sein.« »Sie singen Schandlieder, die liederlichen Strolche, die Haderlumpen, die Ketzer!«, erregte sich Bruder Cyrillus. Propst Leo sah gallig vor sich hin. Was sollte er tun? Konnte er überhaupt etwas tun? Nein, sicher nicht, aber er musste sein Gesicht wahren. »Geht, Bruder Sylvester. Seht euch die Leute an und schreibt euch die schlimmsten Texte auf. Vielleicht ergibt sich einmal die Gelegenheit, sie zu verwenden.« Sylvester machte ein wenig begeistertes Gesicht und drückte sich, mit einer sachten Verneigung gegen seinen Oberen, zur Tür hinaus. Leo sah Bruder Cyrillus streng an und befahl: »Du gehst wieder in die Scheune, wo sich sicher auch unsere anderen Brüder nun wieder eingefunden haben. Sorgt mir dafür, dass unsere Knechte dort gut verwahrt bleiben. Die Pikeniere aber, die lasst mir aus. Ich will keinen Ärger und in ein paar Tagen, in Köln, sind wir sie ohnehin los.« Es klopfte an der Tür. »Seht nach, wer da ist?«, befahl Leo ungehalten, dass man ihn störte. Cyrillus öffnete vorsichtig. Vor der Tür stand ein Mann in etwas ramponierter Kaplanstracht. Er deutete eine schwache Verbeugung an, bei der man nicht sicher sein konnte, ob sie dem Propst oder der niederen Tür galt, und sagte:

»Verzeiht, ehrwürdiger Vater, ich bin der örtliche Kaplan – Kaplan Fingst. Darf ich dem ehrwürdigen Vater meine bescheidene Aufwartung machen?« Bruder Cyrillus sah sich fragend zum Propst um. »Lasst ihn herein!«, befahl Leo mit deutlicher Überraschung in der Stimme. Der Eintretende war schlank und groß und musste in der Kammer gebückt gehen, wollte er nicht mit dem Eichenbalken kollidieren. »Gegrüßt sei Jesus Christus.« »In Ewigkeit, Amen«, erwiderte Leo den Gruß des Eintretenden und erregte sich: »Wo, bei der Heiligen Jungfrau, kommt Ihr in diesem Ketzernest her?« »Verzeiht nochmals, ehrwürdiger Vater, wenn ich bei Euch eindringe und Euch in der wohlverdienten Ruhe störe.« »Was heißt stören! Du hast meine Frage nicht beantwortet. In diesem Ort soll es nur Ketzer geben, wurde mir gesagt.« Kaplan Fingst war einigermaßen überrascht. »Wie Ihr, ehrwürdiger Vater, seht, gibt es in der Stadt noch eine kleine Gemeinde Rechtgläubiger, Frommer, denen ich mit meinen bescheidenen Kräften vorstehe.« Bekümmert setzte er hinzu: »Ich bin, um Euch, ehrwürdiger Vater, einigermaßen besorgt. Welch unseliger Geist hat euch zum Gasthaus statt zum Pfarrhaus geführt?« »Geist, Geist!«, rief Leo ärgerlich. »Wie konnte ich wissen, dass es noch anständige Christenmenschen im Ort gibt. Man sprach mir von ein paar versteckten, verzagten armen Seelen, nicht von einem Pfarrer.« »Ja, unfassbar, dass man Euch das nicht gesagt, dass man Euch diesen Tort angetan hat. In diesem Haus ist, weil Köln nicht gar zu weit, jeden Abend Einkehr von einem

Schwarm, meist unflätiger, schmutziger Reisenden.« »Das ist es wohl. Hört nur das Geschrei aus der Gaststube«, grimmte Leo. »Doch wie kommt es, dass du noch hier in dieser Pfarrei weilst?« Fingst war nun doch verwundert: »Es ist meine Pfarrei. Ich sagte es. Es sind noch ein gut Teil der Bewohner, die dem allein seligmachenden katholischen Glauben folgen, im Ort und ich im Amt. Allerdings wird die Kirche von den Protestanten genutzt. Doch bisher hat der Stift St. Andreas, dem die Pfarrei zugehörig ist, mich nicht abberufen – was auch Gott verhüten möge.« Propst Leo und der Kaplan verfielen in ein längeres Gespräch über die Zustände im Land. Leo erfuhr nun zum ersten Mal vom Stand der Dinge im Streit um das Erzbistum Köln und seinem abtrünnigen Erzbischof. Es führte ihm deutlich vor Augen, wie weit sein Kloster aus der Welt, wie wenig er hinter seinen Mauern von den wirklichen Veränderungen und ihren Auswirkungen wahrgenommen hatte. Besorgt fragte er sich, was ihm auf dieser Reise, bei seinen schlechten Informationen, noch begegnen könne. Als Kaplan Fingst sich verabschiedete, war es bereits dunkel. Aus der Gaststube drangen durch die Decke wüstes Geschrei, brüllender Gesang und irre Lachsalven zu ihm herauf. Die Ausdünstungen der Gäste drangen mühelos durch die verschiedenen Dielenböden und schienen sich in seinem Kämmerlein ein fröhliches Stelldichein zu geben – kurz, es stank bald abscheulich. Leo legte sich auf das bescheidene Lager, dessen grobes, das Stroh bedeckendes Laken, mindestens seit einem halben Jahr keine Reinigung, dafür sicher Nacht für Nacht einen Schläfer beherbergt hatte. Mühsam zerrte er den Reisemantel, mangels Decke, über seinen ausgemergelten Körper. Was war der Ebelstein doch für eine heile Welt! – Er hatte regen Anteil an dem genommen, was aus der Welt an sein Ohr gedrungen war. Nun aber musste er erkennen, er wusste wenig – viel zu wenig; er war mit der Erinnerung längst vergangener Tage losgezogen. Offenbar gab es viele Veränderungen, deren Verläufe ihm entgangen waren. Hatte er sich auf der Reise nur geärgert oder verwundert, so war ihm im Gespräch mit diesem bescheidenen, sicher nicht sehr gut informierten Kaplan aufgegangen, dass die Verhältnisse hier ganz anders waren, als er sie erwartet hatte. Das machte ihm Angst – große Angst. Beklommen ließ er sich seine Mission noch einmal durch den Kopf gehen. – War sein Vorhaben diese Mühen wert? Sicher! Was Recht und Anspruch war, musste erhalten bleiben, musste auch im geistlichen – oder gerade in diesem – verteidigt werden. Da half es nichts, man musste dafür Opfer bringen, indem man sich in diese stinkende, profane Welt hinab – oder besser – hinaus begab. Seine, zwischen Reue, Angst und Mut schwankenden Gedankenspiele wurden unterbrochen. In der Ecke, neben dem Bett, raschelte es. Eine Ratte hatte sich zur Inspektion an seine Sachen gemacht. Unheilig fluchend schlug er mit dem ausgezogenen Reitstiefel nach dem Nager, der hohnpfeifend irgendwo unter der Bettlade oder in der Lehmwand verschwand. Seufzend ließ er sich wieder zurückfallen. »Ich hätte in der Geborgenheit des Klosters bleiben sollen«, murmelte er und sogleich fiel ihm der Bruder Tivolio ein. Tivolio hätte ich schicken sollen. Der hätte sich, weiß der Himmel warum, sofort in allen Dingen ausgekannt. – Aber nun war es zu spät. Unbehagen, wie eine düstere Vorahnung, beschlich ihn. Was würden die nächsten Tage bringen? – Was der nächste Tag? Seine Reise hatte, neben den vorgegebenen kirchlichen Angelegenheiten, hauptsächlich handfeste familiäre Gründe. Da waren die Streitigkeiten um den reichen Besitz seines kinderlos verstorbenen Bruders Michael. Angesichts seines unabwendbaren Todes, hatte dieser ihm im vergangenen Jahr, für den Fall seines Ablebens, erhebliche Geldmittel, die in etlichen Unternehmungen steckten, testamentarisch zugesagt. Aber da gab es noch andere Anwärter auf den Besitz. Da war zunächst der Abt von Aldenberg. Abt Petrus hatte seine geschickten, gierigen Finger bereits ausgestreckt. Es galt schnell und selbstsicher zu handeln. Wiewohl, sehr beunruhigend, er nicht wusste, wo die Ansprüche des Abtes zu suchen waren. Unklar war ihm auch, wie weit sein Bruder in die Machenschaften der örtlichen Fürsten und Fürstbischöfe verwickelt war. Es musste da Verbindungen geben, die es vorsichtig aufzuhellen galt. Aber wie? Das Gespräch mit dem Kaplan hatte ihm deutlich aufgezeigt, wie wenig er von dem Allbekannten, dem Intimen schon gar nichts wusste. Würde man erst herausfinden, wie wenig er orientiert, unterrichtet war, hatte er wenig Aussicht, je nur einen Gulden aus dem Besitz seines Bruders zu sehen. Nein, die Nachrichten waren zu mager, um sich ein wirkliches Bild von der Lage zu machen. »Vermutlich«, knurrte er ingrimmig, »wissen diese Geleitknechte und die fremden Reiter im Hof mehr, als ich, der Propst eines Klosters.« Vorsicht, äußerste Vorsicht war am Platz. Unwillkürlich fühlte er nach seinem Dokumentenbehälter und zog diesen dicht an seinen Körper. »Ich habe ihn nie verstanden, diesen Pfeffersack im Panzerhemd«, murmelte Leo. »Was mögen die lieben anderen Verwandten denken, wissen. Hatte Michael auch ihnen geschrieben, auch ihnen Zusicherungen gemacht? »Ach was! Warum sollte er, oder doch?«, brummte Leo selbst beruhigend und sogleich waren seine Gedanken wieder bei dem Abt von Aldenberg – oder Altenberg, wie die Leute es hier wohl mehr aussprachen. Was hatte der gierige Abt mit seinem Bruder zu schaffen. Das Schreiben des Abtes, das ihm, nach Ableben seines Bruders von diesem zugegangen, war anmaßend und ließ alle Fragen offen. Seine Erkundungen hatten ergeben, dass der Abt zu Köln manch kostspielige Bauerei und Liebhaberei betrieb. Mochte er! Doch Gelder, die aus seiner Familie stammten, würde er schon selber zu nutzen wissen, denn Michael hatte ihm das Erbe überantwortet. Oder war sein Bruder gar in diesen unseligen Krieg um das Erzbistum verwickelt? Propst Leo setzte sich wieder auf. Schon der Gedanke allein machte ihn warm, brachte ihn zum Schwitzen. Er war der Erbe. Er besaß das Testament. Doch schon malte er sich die Böswilligkeit derer aus, die Mitbewerber um das Erbe sein konnten. »Und wenn es mehrere Verfügungen, Schreiben gibt«, schnaufte er entsetzt. Er traute seinen Amtsbrüdern so allerlei zu – an der Spitze dem Abt Petrus. Doch da fielen ihm sogleich noch eine Reihe andere ein, deren er Jahre nicht mehr gedacht hatte, Verwandte. Sein Schwager Eberhard, der verwitwete Gemahl seiner Schwester Mathilde, den man, ob seiner Liebenswürdigkeit, den Würger von Bingholm nannte. Wenn er Kunde von Michaels Tod hatte, war er sicher sofort nach Köln gereist, um die Schätze zu heben und ihm, dem Propst, das Wasser abzugraben. Da gab es aber noch zwei Halbbrüder. Beides Geistliche Herrn wie er, aber mit viel mehr Einfluss. »Aber nur ich habe das Testament«, feixte er in selbst beruhigender Fröhlichkeit, um sogleich zu erschrecken. Das Testament enthielt eine Falle. Ja, so war es, ging ihm auf. Warum hatte Michael darin nur versäumt, nur ihn als Erben zu benennen? Da stand etwas vom berechtigten legitimierten Überbringer seines Testaments. Das konnte doch jeder sein! Leo wurde es heiß und kalt. Wie nun, wenn man ihm das Testament stahl, abjagte, mit Gewalt abnahm. Testament und Legitimation – beides trug er bei sich. »Ich sollte mindestens eines nicht selber bei mir tragen«, sagte er sich – oder besser beide. – Aber wem konnte er sie anvertrauen. – Bruder Cyrillus, Bruder Sylvester? »Wem kann ich vertrauen«, murmelte er. »Allen – oder doch nicht?« Er hatte sie gut ausgewählt, aber wie gut kannte er sie wirklich? – Sie achteten ihn, taten so, als verehrten sie ihn. Aber war das echt. War es nicht nur Furcht vor seinem strengen Regiment. In Ebelstein herrschte eine fromme Zucht, die es keinem Mönch gestattete, wie oft anderswo, in die Umgebung auszubrechen und an den schönen Sünden der Welt Teil zu haben. Angenommen, man überfiel ihn, um sich der Schriftstücke zu bemächtigen – oder versuchte, sie ihm zu stehlen. Bei wem würden die Räuber weiter suchen, wenn sie bei ihm nicht das Gewünschte fanden? Bei den Mönchen! Wie standhaft aber waren seine Brüder, wenn sie von derben Räuberfäusten befragt wurden? Märtyrer waren sie sicher nicht und schon gar nicht für ein Testament, das ihm gehörte. »Ich kann sie doch nicht einem der Knechte um den Bauch binden«, stöhnte er verzweifelt. Doch da hellte sich sein Gesicht auf.

»Das ist die Lösung! Der Kauz! Ja, dem Kauz gebe ich sie.« Bei dem Jungen würde sie so schnell keiner suchen. Er ist weder Mönch noch Knecht – weder Fisch noch Fleisch – er ist ein Nichts. Propst Leo erhob sich, angesichts des Lärms im Hause nicht erst mit Rufen, um jemand zu bemühen, und stieg in der Finsternis die enge Stiege hinunter in den Hof. Dort standen die Pikeniere Wildgruber und Würstli und entleerten sich lachend und schwatzend in den dampfenden Misthaufen. »Wo ist der Kauzenludwig«, unterbrach der Propst ihre hoch notdürftige Unterhaltung. Die Knechte fuhren verdutzt herum und hätten beinahe den Propst bespritzt. »Oh, ehrwürdiger Vater, der ist in der Scheune«, entgegnete Würstli unsicher. »Schick ihn mir herauf. Er soll sein Schreibzeug mitbringen. Eine Kerze, sagt ihm, habe ich noch selber dabei.« »Sehr wohl, ehrwürdiger Vater.« Würstli rannte in die Scheune, um den Befehl sogleich auszuführen. Leo ging mit müden, schleppenden Schritten wieder zu der Stiege zurück, um in seine Kammer hinaufzuklettern. Ein wenig außer Atem in seine Kammer zurückgekehrt, schlug Leo höchst eigenhändig Feuer und zündete den dicken, knubbeligen Kerzenstumpen, den untersten Rest einer Altarkerze, an. Der milde Kerzenschein spendete tröstliches Licht und zeigte dem Propst wieder eine fette Ratte, die sich offenbar im begehrlichen Zustand wieder seinen Habseligkeiten widmen wollte. »Elendes Teufelszeug!«, schnaufte er aufgebracht und schlug mit dem Umhang nach dem Nager, der sich mit einem Satz zwischen Bett und Wand, dahinter irgendwo im Gemäuer, in Sicherheit brachte. »So etwas mir«, seufzte der Propst ingrimmig, verzweifelt. Eilige Schritte auf der Stiege verkündeten das Kommen des Jungen. Ludwig klopfte und trat nach der schwachen Aufforderung des Propstes, vorsichtig, fast ängstlich ein, um sogleich die Knie vor seinem Herrn zu beugen. »Steh auf, mein Sohn. Ich habe dich gerufen, weil ich noch etwas erledigen möchte. – Hast du dein Schreibzeug mitgebracht?« »Ja, ehrwürdiger Vater, wie ihr es befahlt.« »Das ist gut. Es ist ein Kästchen, wie mir Bruder Kanzlei sagte«, vergewisserte er sich. »Ja, ehrwürdiger Vater«, verwunderte sich Ludwig. »So hat es wohl gar einzelne Unterteilungen, Fächer?« »Ja, ehrwürdiger Vater. Es hat gar eins im Boden für besondere Briefschaften.« »Das ist gut, mein Sohn – fast wie ich es mir gedacht«, bestätigte Leo seine Wünsche. »Wie du siehst, ist es hier zu dunkel, um ein vernünftiges Wort zu schreiben. Darum habe ich dich auch gar nicht herbeordert. Von Bruder Tivolio ist mir stets deine Zuverlässigkeit gelobt worden. Du warst dem Bruder Tivolio sehr ergeben und ich hoffe, dass du mir im gleichen Maße ergeben bist.« »Ehrwürdiger Vater, ich danke Euch und dem Kloster mein Leben. Ich mühe mich nach Kräften, meine Treue zu Euch und dem Kloster stets durch gute Arbeit und Leistung zu beweisen.« »Das zu hören, ist sehr erfreulich und verdienstvoll – obwohl mir deine Worte schon recht gelehrt erscheinen – wie ich sie nicht zuletzt von jenen höre, denen zu trauen, bei guter Rede, wenig Sinn macht. Dennoch denke ich, dass deine Worte nur die gute Erziehung des gescheiten Bruder Tivolio wiedergeben – ich ihnen somit trauen kann. Leider ist diese Welt nicht gerade von gradherzigen Menschen gepflastert und Verrat meist dort, wo man ihn am wenigsten sucht. So sollst du wissen, dass ich dich mit meinem Vertrauen auszeichne, in der Hoffnung, mich nicht getäuscht zu haben.« Ludwig war starr vor Überraschung. Was sollte er dem Propst antworten. Doch er wurde einer solchen enthoben, denn der Propst, ganz mit seinem Problem beschäftigt, sprach weiter: »Ich gebe dir, zur Verwahrung, einige versiegelte Briefschaften, die du niemanden, ohne mein Geheiß, mag auch geschehen, was da wolle, vorzeigst, darüber sprichst, oder gar herausgibst; verstehst du das?« »Sehr wohl, ehrwürdiger Vater. Ich werde es hüten, wie meinen Augapfel und kein Laut wird über meine Lippen über das, was Ihr mir, ehrwürdiger Vater, anvertraut, kommen.«

»Das ist ein Wort, mein Sohn. Du wirst es mir auf die Bibel und deine ewige Seligkeit schwören.« »Wahrhaftig, ehrwürdiger Vater, ich schwöre es, bei Gott, unserem Heiland Jesus Christus und der Jungfrau Maria.« Doch das war dem Propst immer noch nicht genug. Mit bebender, unheimlich feierlicher Stimme sagte er: »Sprich mir nach: Mein Arm soll verdorren, mein Eingeweide im lebenden Leib verfaulen, wenn ich diesen Schwur breche.« Der Propst hatte, in Ermangelung einer Bibel, ein Brevier hervorgezogen, auf die er Ludwigs Hand legte. Ludwig sprach verschreckt nach. Was wollte der Propst eigentlich von ihm? Er war ein Niederer, ein Nichts und hier wurde er in Dinge eingeweiht, hineingezogen, die sein Verständnis überstiegen. Der Propst kramte aus einer Briefrolle zwei nicht gerade große, und, wie es schien, recht strapazierte Briefbögen hervor, die eng mit Schrift bedeckt und gesiegelt waren. Er faltete sie erneut in alter Spalte, erhitzte einen Stumpen Siegellack und verschloss mit ihm, indem er mit seinem Ring siegelte, die beiden Briefe. »Ich überantworte dir diese beiden Schriftstücke. Pack sie in den Unterboden.« Ludwig tat, wie ihm geheißen. Damit der Verschluss nicht von fremder Hand geöffnet werden konnte, klekste er einen kleinen Tropfen Siegellack in die ohnehin kaum wahrnehmbaren. Öffnungsfugen, so dass der Boden wohl kaum ohne rohe Gewalt wieder zu öffnen war. »So dürfte es gehen«, freute er sich über sein Werk und es schien, als vielen ihm schwerste Lasten von der Seele. Dennoch ermahnte er Ludwig abermals: »Zu keinem Menschen ein Wort, mein Sohn; auch nicht zu den Brüdern.«

»Ich habe es bei meiner Seligkeit geschworen, ehrwürdiger Vater«, beteuerte Ludwig bestürzt, denn es schien ihm unmöglich, einen heilig beschworenen Schwur zu brechen. »Das hast du«, bekräftigte Leo und im Flackerschein seiner Kerze wirkte er wie ein Dämon, verschreckte Ludwig mehr, denn ihn zu ermahnen. So wusste Ludwig vor Aufregung kaum, wie er wieder in die Scheune gekommen war. Cyrillus wollte von ihm wissen, was der ehrwürdige Vater von ihm in so später Stunde noch gewollt hatte. »Ich habe ihm ein Schriftstück gebessert«, log er und schlich sich zu dem Strohhaufen, wo bereits die Knechte schnarchten.

Der Morgen zog düster, unheilschwanger herauf. Regen tröpfelte von Zeit zu Zeit aus eilig dahinziehenden dunklen Wolkenpaketen. Die Reisegesellschaft des Propstes verließ nur wenig erfrischt den Ort und bog in den schlammigen Weg ein, der, von einem mürrischen Schafhirten bezeichnet, als der nach Köln führende war. Ludwig hatte sich in seinen Mantel gedreht und den Hut weit über den Kopf gezogen, dass er nur noch den Bereich um seine Füße beobachten und gerade noch den vor ihm her fahrenden Wagen sehen konnte. Es ging nun stets etwas bergab, was das Vorwärtskommen einigermaßen erleichterte. Bald wurde der Weg steiler und zum Hohlweg, in dem das Regenwasser in den Fahrspuren wie in zwei kleinen Bächen Tal ab gluckerte, staute, sich in Schlammlachen und Tümpeln sammelte, um erneut mehrarmig weiter zu rieseln. Die Knechte fluchten, die Mönche riefen den Herrgott und die Jungfrau Maria zur Hilfe – ohne

Erfolg – und der Bruder Florian stieß auf seinem Gefährt einen Schreckensschrei nach dem anderen aus, denn der Karren schwankte schlimmer, als ein Schiff im Sturm, drohte alle paar Schritt umzustürzen. Der Weg wurde, trotz Gebete und Flüche, eher schlechter denn besser. Fast hatte man das Tal erreicht, als hinter einer Wegbiegung die Wanderung zum Stehen kam. Vor ihnen waren Fuhrleute damit beschäftigt, einem schweren Lastwagen ein neues Rad aufzulegen. Die Fuhrknechte mühten sich im Schlamm des engen Weges – und fluchten rüde, laut und lästerlich. »Auch das noch!«, brüllte einer der Begleiter des Transportes, wohl der Anführer, denn seine Kleidung, nun über und über mit Schmutz bedeckt, zeichnete sich durch bessere Qualität aus – zudem führte er das Wort. Böse sah er den Ankommenden entgegen und brüllte ungeniert: »Die schwarzen Krähen haben uns gerade noch gefehlt!« Propst Leo war über die Respektlosigkeit empört und verlangte, in Verkennung der Lage gar, durchgelassen zu werden. »Lasst euch Flügel wachsen. Ihr seid doch mit den Raben artverwandt, Pfaffe!«, raunzte der Führer frech und fuhr grimmig fort, indem er einen schiefen Blick auf die Geleitknechte des Propstes warf: »Ihr seht doch selbst. Auch wenn wir wollten, es ginge nicht. Außerdem ist die Vorfahrt bei der Bergauffahrt. Ihr müsst also auf den Hang gezogen werden, dass wir, wenn das Rad wieder aufliegt, erst an euch vorbei ziehen können.« »Das geht nicht, lasse ich nicht zu!«, empörte sich der Propst und fuhr grimmig fort: »Du weißt nicht, mit wem du es zu tun, welche Achtung du mir zu zollen hast, mein Sohn.« »Achtung! Sohn! Soll ich lachen? Seht Euch um. Wir sind zwölf handfeste Männer. Selbst, wenn Ir die Macht hättet, uns vom Ort zu jagen, könnt Ihr doch nicht den Frachtwagen aus dem Weg rollen. Ihr seht, Euer Amt und Würden sind hier nicht gefragt. Die Vernunft gebietet, was ich begehre und was mein Recht ist. Ihr müsst mit dem Wägelchen an den Hang.« Knipphausen erkannte, dass mindestens sechs der arbeitenden Männer Geleitknechte, also Kriegsknechte waren. Eine Handgreiflichkeit war also absolut unsinnig und unmöglich. Er ging zu dem Propst und machte Leo auf den Umstand leise aufmerksam. Dieser erschrak und lenkte ein: »Also gut, Mann. Wenn ihr uns mit euren Pferden aushelft, indem ihr unseren Wagen auf den Hang zieht, mag es sein, wie ihr es wünscht.« »Na sicher«, lachte der Frachtwagenführer und gab Anweisung, die sechs schweren Pferde auszuspannen, um das Wägelchen der Mönche auf den acht Fuß hohen Schräghang des Hohlweges zu ziehen, wo dieser mit einem Seil gesichert wurde. Nach einiger Zeit, es musste bereits dicht unter Mittag sein, war das Lastfuhrwerk wieder fahrbereit, die schweren Pferde eingespannt. Alle, außer den Mönchen und dem Propst, fassten mit an, um den schweren Wagen wieder in Fahrt zu bringen, als die schweren Gespannpferde keuchend ins Geschirr gingen. Mühsam, erst langsam, dann zügig rollte der Wagen bergan, davon, verfolgt von den verbitterten Blicken des Propstes. Leo saß auf seinem Maultier und befahl, den Wagen wieder von der Böschung zu holen – aber das war leichter gesagt als getan. Die Knechte und der Mönch auf dem Kutschbock schafften es mit dem Maultier nicht. Man rutschte, fiel, krabbelte an der Böschung herum, ohne indessen den Wagen wirklich zu bewegen. Schnitt man ihn einfach los, würde er einfach herabstürzen und vermutlich zerschellen. Da war nun guter Rat teuer. Knipphaus schlug vor, ihn zu entladen und dann herunterzutragen. Da kam Ludwig ein Einfall. Er erklärte, in Erinnerung an die Belehrungen, die Bruder Tivolio bei der Durchsicht des des Buches gemacht hatte, den erstaunten Knechten und Mönchen, wie man mit zwei eingebundenen Eisenringen vom Geschirr des Gespanns und dem Reserveseil des Wagens eine Art Flaschenzug herstellen und damit den Wagen herablassen konnte. Das half und schon bald kam das Wägelchen langsam und wohlbehalten vom Hang herunter. »Wer hat dir das beigebracht«, staunte der Propst, der mit Grimm dem Tun seiner Knechte und Mönche gefolgt war. »Bruder Tivolio, ehrwürdiger Vater«, erklärte Ludwig mit nicht geringen Stolz. »Wie das?«, forschte Leo irritiert. »Oh«, sagte Ludwig, »Bruder Tivolio hat mich doch in der Mathematik, Physik und Mechanik unterwiesen.« »Was!«, rief Leo überrascht und fuhr ungehalten fort: »Der Bruder kennt sich auch in solchen Hexenkünsten aus!« »Ehrwürdiger Vater, das sind doch keine Hexenkünste, sondern Sachen, die jeder selber machen kann, die man, wie hier zu sehen, überall gebraucht werden.« Propst Leo war in einem Zustand schlimmster Gereiztheit. Bei normalen Verhältnissen hätte er vermutlich nicht einmal ein Wort darüber verloren. Es war sogar möglich, dass er von Tivolios Kenntnissen sehr wohl unterrichtet war und diese auch befürwortet hatte. Nun aber brüllte er aufgeregt herum: »Schweig, du Narr, weißt nicht, wovon du redest. Es ist Teufelswerk und Satansspuk! Weh, oh weh! Und das in meinem Kloster! Unter meinen Augen!« Propst und Mönche schlugen ein um das andere Mal Kreuze, um sich des heiligen Schutzes zu versichern. Die Situation geriet zur Groteske. Die Mönche fielen pflichtgetreu in das Zetern des Propstes ein. Die Klosterknechte machten sich betreten beiseite, die Geleitknechte standen schmunzelnd, nur mit Mühe ein Gelächter unterdrückend dabei. Bruder Cyrillus erkannte die Belustigung der Pikeniere und schrillte: »Lacht nur! Lacht nur! Ihr seid auch des Teufels Enkel. Satan wird euch eines Tages holen und eure jämmerlichen Eingeweide fressen.« Das Lamento ließ in dem Maße nach, wie der Himmel nun seine Schleusen öffnete. Eigentlich hätte man nun in Eile die Reise fortsetzen können, denn alle standen da, wie aufgeweichte Vogelscheuchen.

Aber das Schicksal hatte just hier beschlossen, für einige einen Punkt zu setzen. Kaum hatte der Zug sich geordnet und der Wagen war wieder in Bewegung gesetzt, als lauter Lärm oben im Hohlweg aufkam. Es klirrte nach Metall, es erschollen vereinzelte Rufe und unüberhörbar trommelten unzählige Pferdehufe. Das Gepolter schwoll schnell an, raste heran. Da waren sie auch schon. Klirrend und stampfend brauste, den Weg ausfüllend, ein Haufen bewaffneter, schwer gepanzerter Reiter heran. »Aus dem Weg!«, kommandierte, brüllte der vorderste Reiter, wohl ein Anführer, herrisch. Mönche, Knechte, Pikeniere und Ludwig hüpften schneller wie aufgescheuchtes Wild auf die hohen Ränder des Weges. Der Wagen, nun wieder mit Bruder Cyrillus auf dem Bock, und der Propst, vom entsetzten Knecht verlassen, allein auf seinem Maultier, blieben im Weg zurück. Die Reiter umspülten wie ein Mahlstrom die Hindernisse, rissen sie mit sich fort. Es waren gegen dreihundert Reiter und Ludwig stand ängstlich in die Büsche gedrückt, sah fassungslos auf das ihm unbekannte Schauspiel, der Flut der dahinstürmenden Reiter hinab. Neben ihm stand Wildgruber. Seine Augen glänzten. »Ei sieh hin, Bub. Das ist Leben. Das ist ein prächtiger Zug. Ich meine, es sind klevische Reiter.« »Was mögen die hier tun«, fragte Kamhuber. »Ach Gott, ich meine, diese Ecke gehört noch zum Herzogtum Berg«, erklärte Wildgruber und Kamhuber spottete: »Sehr klug, Adolf. Ich wüsste nicht, seit drei Tagen eine Grenze überschritten zu haben.« »Warum fragst du dann. Es sind sicher keine Erzstiftige. Doch sie haben es bannig eilig. Gut für uns. Ist mir lieber, als wenn sie gar großspurig, mächtig an uns vorbeigezogen wären.« Die letzten Reiter schossen an ihnen vorbei. Ludwig sah in den Weg hinab. Der Weg war, mit den verschwindenden Reitern, leer. Wo war der Wagen – wo der Propst? Man sammelte sich, recht zaghaft, auf dem Weg. »Sie werden mitgerissen sein und unten am Bachgrund auf uns warten«, tröstete Wastel Knipphaus die lamentierenden Mönche. Das war jedoch genau falsch. Bruder Sylvester fing nun laut und boshaft an zu zetern: »Der arme ehrwürdiger Vater, Propst Leo und der arme Bruder Cyrillus! Herrgott gib, dass ihnen nicht ein Leid geschehen ist. Wenn ihnen ein Unglück geschehen ist, seid ihr, die Geleitknechte schuld. Ihr solltet uns vor Gefahren beschützen. Ihr habt nicht pflichtgetreu gehandelt.« »Das wir nicht lachen«, verwies ihn Knipphaus scharf. »Hat man jemals so einen Unsinn gehört?«, rief Wildgruber ärgerlich. »Wir und ihr könnt getrost von einem seltenen Glücksfall sprechen, dass sie uns unbeachtet gelassen haben!« »Lasst uns, im Namen des Herrn Jesus Christus, suchen gehen!«, rief Bruder Simon, der sich bisher einigermaßen besonnen zurückgehalten hatte. Man stieg den restlichen Weg zu Tal. Der Talgrund bestand aus nasser Wiese, durchsetzt mit vereinzelt stehenden Büschen und Bäumen, die teilweise ein mehr oder weniger dichtes Unterholz bildeten. Doch vor allem ein ungezügelt, breit fließender, nicht gar zu tiefer Bach bildete die Sole. Durch ihn führte eine Furt. Infolge der Jahreszeit und des häufigen Regens war der Bach hier zwanzig Schritt breit, obwohl das Wasser kaum tiefer als ein Fuß war.

Der Wagen lag am anderen Ufer der Furt auf der Seite. Vom Zugtier und dem Bruder Cyrillus war indessen nichts zu sehen. Dagegen war deutlich das Maultier des Propstes zu erkennen. Auch dieses stand drüben, zwischen den Büschen und knabberte ganz friedlich an den Büschen. Sein Reiter hingegen war nirgends zu entdecken. Bruder Simon rief mit lauter Stimme, die man ihm sonst gar nicht zugetraut hätte, nach dem Vermissten, ohne indessen eine Antwort zu bekommen. »Wir müssen suchen«, jammerte Bruder Sylvester. »Nein, nein, welch ein Unglück. Heilige Mutter Gottes – *indignandum est* – es ist empörend!« Das Wasser war in der Furt flach und reichte, trotz des Hochwassers, nur bis zum halben Knie. So war es keine große Mühe, das andere Ufer und den Wagen zu erreichen. Am umgestürzten Unglücksfahrzeug fand sich keiner der Vermissten und man begann auszuschwärmen, zu suchen. Schon nach kurzer Zeit rief der Geleitknecht Würstli: »Kommt schnell herbei und helft!

Ich habe den ehrwürdigen Vater gefunden!« Alles rannte am Flussrand hinunter zu der Stelle, wo Würstli sich bemühte, den Propst aus dem seichten Wasser ans Land zu ziehen. Propst Leo war ohne jedes Lebenszeichen und eine klaffende Wunde am Kopf verriet den Grund. »Er muss mit dem Kopf gegen einen Ast geschlagen sein«, stellte Knipphaus sachkundig fest. »Seht! Hier sind die Rindenreste tief in der Wunde. Dem ist nicht mehr zu helfen. Der ist sofort tot gewesen.« »Gott sei seiner Seele gnädig, Amen!«, rief Wildgruber gewohnheitsgemäß und wandte sich ungerührt an die laut jammernden, lamentierenden Mönche. »Wer ist denn nun sein Nachfolger bei dieser Reise?« Er starrte Bruder Sylvester so grimmig an, dass dieser für einen Augenblick sein Gejammer unterbrach. »Nachfolger?« »Natürlich, Nachfolger! Wer zahlt uns denn aus?« »*Indignandum est*!«, schrillte Sylvester. »Ihr wagt es, in diesem entsetzlichen Augenblick, im Angesicht des Todes, an nichts Besseres zu denken, als an euren Lohn?« Es gab einigen Tumult, bis man sich einigte, dass die Geleitknechte im Kloster Altenberg ausgezahlt werden sollten. Die Mönche trugen ihren Propst keuchend aber feierlich zum Wagen. Erst beim Anblick des umgestürzten Gefährts erinnerte man sich des immer noch abgängigen Bruders Cyrillus. Wieder begann das Suchen, wieder fand man einen Toten. Bruder Cyrillus hatte die Zügelleine um die Arme geschlungen und als das Maultier mit dem Reiterstrom durchging und der Wagen sich aus den Schwengeln gelöst hatte, war er vom Bockbrett gerissen und von dem verschreckten Tier nachgeschliffen, bis die Schleiflast, Bruder Cyrillus, sich verfing. So fand man das Tier, samt dem toten Bruder, der sich wohl schon beim Sturz das Genick gebrochen hatte und durch die Schleiferei arge Wunden aufwies. Ludwig stand wie ein Zuschauer vor der Bühne dieses Trauerspiels. Da jammerten und klagten die Mönche in ununterbrochener Folge, mal in ihrer deutschen Mundart, mal mit mangelhaften lateinischen Bibelsprüchen, da fluchten und spöttelten die Geleitknechte, jeder auf seine Art, und da rannten die Klosterknechte, um die konfusen Anweisungen der Mönche zu befolgen. Um ihn kümmerte sich dankbarerweise niemand. Er konnte das Unglück nicht fassen. Eben war noch alles voller Leben und Zielstreben, ein Tag, wie jeder andere, und plötzlich war alles dahin.

Der Tod hatte seine Fittiche ausgebreitet, hart, erbarmungslos, ohne jede Vorwarnung. So wie damals, als er noch bei den Eltern war. Obwohl er mit dem Propst und Bruder Cyrillus nicht viel gemein hatte, sie ihm eigentlich fremd waren, erschütterte ihn die Konsequenz des Schicksals, das Ereignis bis in die Tiefe seiner Seele. Man trug den toten Bruder nun ebenfalls zum Wagen und Bruder Simon sprach ein langes Totengebet, fast eine kleine Messe. Die Pikeniere standen, auf ihre Piken gestützt, wenig fromm, abseits und sahen dem Treiben gelassen zu. Als Bruder Simon sein »Amen!« vernehmen ließ, war ihre Geduld am Ende und Knipphaus rief: »Wenn wir nicht bald wieder auf den Weg kommen, erreichen wir das Kloster sicher nicht mehr und dann mag eine fröhliche Nacht hier im Walde anheben.« Die Aussicht, die Nacht mit den Toten im Walde zu verbringen, scheuchte die Mönche auf den Pfad der Realität. Zunächst mussten einmal der Wagen wieder aufgerichtet und das Ersatzrad aufgelegt werden. Obwohl dies bei dem leichten Wagen an sich nicht schwer war, dauerte es doch seine Zeit und es wurde in der Tat bereits dunkel, ehe man weiterziehen konnte. »Habe ich es nicht gesagt«, zankte der Geleitknechtsführer Knipphaus die Mönche aus. »Es wird spät. Zum Kloster sollen es noch zwei Meilen sein und der Weg ist eine Matschbahn. Gott gebe, dass unsere Erkundigungen einigermaßen stimmen, sonst sitzen wir dennoch die Nacht im Wald.« »Das schaffen wir nie!«, ärgerte sich Wildgruber und funkelte die Mönche böse an. Grimmig spottend rief er: »Da werden wir mit den Frommen wohl noch eine lustige Nacht in einem Wirtshaus, das es hier am Wege noch geben soll, zubringen müssen.« Bruder Simon hatte den Schock überwunden und zeigte sich nun bewundernswert gefestigt: »Es ist der Wille unseres Herrn Jesus Christus, dass diese Reise ein so schreckliches Ende findet. Es steht uns Menschen nicht an, den Fügungen des göttlichen Willens unsere kleine Lächerlichkeit entgegenzustellen – oder gar zur Last zu legen. Wenn unser Herrgott will, dass wir noch einmal übernachten müssen, mag es geschehen. Gelobt sei der Name des Herrn, Amen. Doch meine ich, dass wir auch die Nacht nutzen können, dann sind wir am frühen Morgen – zum Allerersten[20] – im Kloster.« »Das ist sehr gefährlich«, mischte sich Knipphaus ärgerlich ein. »Selbst, wenn wir ohne Fackeln und Licht die Wege finden, sind diese doch allemal voll von Gesindel jeder Art. Wie sollen wir vier Knechte euch da schützen?« »Wir fahren«, bestimmte Bruder Simon eigensinnig. »Sollten wir noch an einem Haus oder einer Herberge vorbeikommen, können wir Fackeln und Lichter besorgen. Aber noch eine Nacht – und mit den Toten – nein, nein, nein! Wir fahren bis zum Kloster.« »Wie Ihr wollt«, resignierte Knipphaus fügte aber vorsorglich hinzu: »Macht uns aber nicht verantwortlich, wenn wir ob Eures Willens in arge Not geraten.« Ludwig graute. Es ging durch den, nun teils von finsteren Fichten gebildeten Wald – und die beiden Leichen hinten auf dem abgeklappten Wagenbrett erregten seine Sinne. Er schüttelte sich – und da er mit den Knechten hinter dem Wagen ging, sah er stets auf die schreckliche Fuhre. Er blieb etwas zurück. Da

---

[20] Morgengebet zur 6. Stunde

legte ihm der Pikenier Wildgruber die Hand auf die Schulter. »Komm Kauz. Du darfst nicht zurückbleiben. Hast wohl noch keinen zerschundenen Toten gesehen?« »Doch, schon.« »Wohl Verstorbene?« »Auch, aber auch schon andere.« Ludwig stiegen plötzlich wieder die Bilder vor Augen, die ihn von zu Haus vertrieben hatten. Er sah sich wieder zustechen, sah wieder das Blut – und seine arme Mutter unter dem Würger. Er schüttelte sich. Der Pikenier deutete das anders. »Wirst dich an derartigen Tod gewöhnen müssen. Er ist überall. Mal ein guter Gesell, mal ein harter.« »Ja, ja. Wenn ihr es sagt«, flüsterte Ludwig und unterdrückte ein Schluchzen, das der Pikenier jedoch trotzdem wahrnahm. »Komm! Hör auf zu heulen. Du lebst noch. Nur das ist wichtig, Kauz. Wirst es schon noch begreifen.« »Ich weiß«, sagte Ludwig kleinlaut und folgsam. Wildgruber war ein eigenartiger Mann. Er spürte seltsam und oft die Schwingungen, die von einem anderen Menschen ausgingen. Er stutzte also und hakte sofort nach: »Ich habe dir doch meine Geschichte erzählt.« »Ja, das hast du.« »Nun, mir scheint, du hast auch eine. Du bist wohl nicht von deinen Eltern in das Kloster gegeben worden?« »Nein.« »So bist du dort rein zufällig, um Gottes Erbarmen, zum Schüler geworden?« »Ja – eh, das heißt nein.« »Wie nun.« »Nein, ich war Gartenbursche und der Bruder Tivolio hat mich unterwiesen.« »Na so was! Das sieht dem Propst Leo und seiner herzlieben Gesellschaft aber gar nicht ähnlich. Ich kenne – oder sagen wir jetzt – ich kannte deinen Propst schon sehr lange. Er hat mal andere Zeiten gesehen und war ein arger Bauernhasser und böser Schinder. Was sagst du dazu?« »Ich weiß nicht, kann es nicht glauben. Er hat mich in Güte im Kloster gehalten und Bruder Tivolio durfte mich, der ich ein Bauernkind bin, unterrichten. Bruder Tivolio war, ist ein weiser Mann. Er konnte den Propst dafür bestimmen, ohne große Umstände.« Wildgruber lachte verhalten und knurrte fast bissig: »Das beim Leo. Ja, Junge, deine Geschichte hat noch mehr Haken und Ösen, als das Leibchen einer Jungfrau. Du musst es mir nicht sagen. Aber wenn du einmal über deine Geschichte reden willst, kannst du sie mir ruhig anvertrauen. Bei mir ist sie sicher, wie meine, wie ich hoffe, bei dir. Irgendwie mag ich dich und vertraue dir. Frag den Knipphaus. Für viele Dinge bin ich verschwiegener als ein Beichtvater und sicher verständiger, als alle deine Mönchlein im Kloster Ebelstein. Das mag auch für deinen Bruder Tivolio gelten, der wohl ein weiser und gütiger Mann – aber immer noch ein Pfaff ist. Sie können aus ihrer Haut nicht heraus. Sie reden fromm – aber haben kein Gewissen. Alles nur Heuchelei – auf Ehre und Gewissen. Wie sonst können sie solche Güter häufen; wie ist es möglich, dass sie Bauern und Knechte hörig wie die Ochsen halten, immer feister und fetter werden. Du wirst es, bei genauen Hinsehen, selber entdecken – oder, was ich dir nicht wünsche und der Himmel verhüten möge – einer von ihnen werden. Da gibst du dann mit deinen Kleidern dein Gewissen in der Kleiderkammer ab und bekommst als Ablass eine Kutte.« Ludwig sagte zu dem Gerede des Pikeniers nichts. Seine Gefühle schwankten hin und her. Immer wieder kamen ihm die Ermahnungen und Belehrungen des Bruders Tivolio in den Sinn. Hatte dieser nicht gesagt: »Die Wahrheit, Kauzenludwig, liegt fast immer in der Mitte. Dabei, Junge, wollen die Menschen dich nicht einmal immer belügen und betrügen. Bei den meisten Menschen verschwimmen Wirklichkeit und eingebildete Wirklichkeit – Wunschdenken. Beachte das immer, wenn dir Menschen etwas aus ihrer Vergangenheit berichten, oder ihre Zukunft zu beschreiben versuchen. Darum solltest du immer auf der Hut sein und selber abwägen, was die Wahrheit oder Redlichkeit sein könnte. Beides ist nicht an Ruhm, Ansehen, Vermögen oder Kleidung gebunden. Ein schönes Gewand und ein glattes Gesicht, eine gute Rede oder frommer Spruch sagen nichts über Absichten und Wahrheiten aus.« Dabei hatte Tivolio etwas getan, was er damals nicht verstand. Tivolio hatte die lieben Mitbrüder als Studienobjekte benutzt, indem er an ihrer Unterschiedlichkeit im Reden und Verhalten – ja, in ihrem Erscheinungsbild charakterisierte. »Du kannst«, hatte er gesagt, »an Vielem schon erkennen, wer dir gegenübertritt. Doch hüte dich, voreilige Schlüsse zu ziehen. Es gibt bestimmte Grundtypen: den Schweiger, den Redner, den Prahler, den Frömmler. Zu jedem dieser Typen kommen bestimmte Körperformen, die oft das Gemüt ausdrücken: den Fröhlichen, den Mürrischen, den Gelangweilten, den Pessimisten und so weiter.« Dann hatte Tivolio jeden Bruder im Kloster eingeordnet – und siehe da, er fand, dass Bruder Tivolio in vielen Punkten Recht hatte, wenn es auch nicht immer stimmte. Ausgerechnet an diese Begebenheit erinnerte sich Ludwig in dieser unwirklichen, unfreundlichen Situation. Was ihm Wildgruber flüsterte, war sicher nicht die Wahrheit. Aber das Verhalten der Mönche auf dem Marsch war grundsätzlich anders gewesen, als ihres im Kloster. Erschöpfung und Anstrengung hatten einen Teil ihrer Verstellungskunst abgebaut. Da traten Unredlichkeit im Verhalten, sei es bei der Verteilung der Verpflegung, bei dem Vorteil, eine Strecke auf dem Wagen zu fahren – oder sei es nur das Zutragen und Schöntun vor dem Propst – zutage. Die drei Jahre Schulung durch Bruder Tivolio hatten sich tief in seinem Bewusstsein eingegraben. Tivolio hatte ihm, so gar nicht klösterlich, ein weltoffenes, kritisches und praktisches Denken und Handeln beigebracht – das war sicher nicht nach dem Wunsch des Propstes gewesen. Statt frommer Sprüche hatte Tivolio ihm intensiv das Lesen, Schreiben, Rechnen und das Erkennen der natürlichen Funktionen seiner Umwelt beigebracht. Die religiösen Inhalte hingegen hatte er ihm nur angedeutet und es ihm überlassen, die nötigen Riten von den anderen Brüdern abzusehen, nachzuahmen. Das fiel dem Propst und den Mönchen deshalb nicht auf, weil er Ludwig eifrig im Latein unterrichtete, was für frommen Unterricht gehalten wurde. Diese Reise nun hatte ihm plötzlich die Welt näher gebracht; hatten sein Denken, dass sich in die Bahnen des Klosters einzuordnen begonnen hatte, jäh verändert. Tivolios Erklärungen wurden vom Erzählten, vom Buchstaben im Lehrbuch, zur Wirklichkeit und die war leider härter, grausamer, anders. Doch da war in ihm noch die praktische, bäuerliche Ader – oder war es mehr das Erbgut des tollen Karl Kauz auf Speck vom Sylenstein, des buntscheckigen Abenteurers, seines leiblichen Vaters, das es ihm ermöglichte, nach kurzen Schreckphasen – sogleich nach Auswegen und Lösungen zu suchen, sich anzupassen und, nach Möglichkeit, unangenehme Dinge aus dem Bewusstsein zu verdrängen – und zu neuen Taten zu schreiten. Von seiner wirklichen Abkunft wusste er ja zu diesem Zeitpunkt nichts, obwohl nicht gar zu viel Zeit vergehen sollte, bis man sie ihm antrug. »Wie geht diese Reise nur weiter«, dachte er. Würde ihn Bruder Simon, nachdem man die Toten würdig beigesetzt hatte, wieder mit zum Kloster Ebelstein zurücknehmen? Bruder Simon war nicht gerade der, mit dem er auf vertrauten Fuße stand. Eigentlich hatte er ihn im Kloster kaum wahrgenommen. Was wurde überhaupt aus der Mission des Propstes? Niemand in der Reisegesellschaft war ins Vertrauen gezogen, niemand kannte die Gründe dieser Reise – oder doch? Nein, die Mönche waren nicht legitimiert, für das Kloster zu sprechen – auch dann nicht, wenn sie den Grund der Reise gekannt hätten. Bruder Cyrillus war, wenn überhaupt jemand, vom Propst in einigen Angelegenheiten ins Vertrauen gezogen – doch der war auch tot. Und er! Hatte er nicht die geheimen Dokumente! Aber da war der Schwur, diese, mochte kommen, was wolle, nicht herauszugeben – außer an den Propst – und der war tot. Das war bei dem Schwur nicht berücksichtigt worden. Musste er nicht einen der Mönche, vielleicht Bruder Simon, nun die Dokumente übergeben? Er beschloss, vorerst weiter den Mund zu halten. Sicher würde sich bald ein Nachfolger des Propstes finden. Dem, nur dem kamen dann die Papiere zu. Der Weg war kaum noch zu erkennen. Die Dunkelheit verschluckte die Konturen. Plötzlich setzte ein heftiger Platzregen ein. Der Zug kam zum Stillstand und Mensch und Tier drängten sich unter und an der Wagenplane zusammen. Die Knechte murrten und die Mönche bekreuzigten sich, beteten eifrig ihren Rosenkranz. Knipphaus fluchte und drängte, als der Regen nachzulassen begann, eiligst zum Aufbruch. Als Bruder Simon anfing, laut eine Litanei zu beten, knurrte er wütend: »Verdammt sei Euer Getue. Wir müssen weiter, damit wir aus dem Wetter und dem Wald kommen. Mein Hals ist mir hier nicht sicher genug.« Simon bekreuzigte sich und tadelte grimmig: »Lasst das Fluchen! – *Magnifiat anima mea Dominum!* – *Santus, Sanctus Dominus, Deus Sabaoth!*[21] Der Herr wird euch und eures Gleichen am Tage der Abrechnung in die tiefsten Ecken der Hölle für eure frevelnden Reden senden.« »Mag sein. Zuerst aber muss er uns gestatten, heil aus diesem Wald zu kommen« »Heilige Mutter Gottes! Was für ein Ketzer!«, schrillte Bruder Sylvester. Knipphaus begann, ohne auf das Geschrei zu hören, den Weitermarsch, so dass die ganze Gesellschaft gezwungen war, ihm zu folgen. Der Wald lichtete sich und vor ihnen lag ein Haus mit einer größeren Scheuer. Aus der offenen Tür des Hausbaus fiel schwacher Lichtschein, drang das Gesumme vieler Menschenstimmen, dann lautes grobes Männerlachen und Kreischen von Frauenstimmen. »Eine Herberge, denk ich«, rief Knipphaus. »Seht nach«, befahl Bruder Simon eigensinnig. »Holt mir den Wirt heraus. Er hat sicher Fackeln und Lampen zum Verkauf.« »Wie ihr wollt«, knurrte Knipphaus und ging in den Anbau. Bei seinem Eintritt verstummte der Lärm im Haus. Dann, nach einer kleinen Weile, brach ein lautes Johlen und Lachen los. Eine laute Bärenstimme fing ein Lied an:

»Da war einmal ein feister Pfaff!«
»Hei-jupheidi!«, schrie die Menge den Refrain.
»Der hatte sich Feines ausgedacht!«
»Hei-jupheidi!«
»Er ging zur jungen Müllerin!«

---

[21] Hoch preist meine Seele den Herrn! Heilig, heilig Herr, Gott der Heerscharen!

Kloster Altenberg im 16. Jh.

»Hei-jupheidi!«
»Die Beichtabnahme, das war sein Sinn!«
»Hei-jupheidi!«
»Dem Müller kam das seltsam vor!«
»Hei-jupheidi!«
»Drum sah er durch ein Zimmerloch!«
»Hei-jupheidi!« »Was da der gute Müller sah!«
»Hei-jupheidie!«
»Das schlug ihm mächtig auf den Magen!«
»Hei-jupheidie!«
»Er nahm den Sparren vom Getrieberad!«
»Hei-jupheidie!«
»Und rieb den Pfaffen trocken ab!«
»Hei-jupheidie!«
»Nun ist das Pfäfflein krank und müd!«
»Hei-jupheidie!«
»Es nicht mehr zu der Beicht ihn zieht!«
»Hei-jupheidie!«

Wildes Johlen und Pfeifen folgte dem Gesang. Der Pikenier kam mit zwei brennenden Fackeln. »Schnell weg hier«, fauchte er Bruder Simon an. »Der ganze Bau steckt voller Gesindel. Wenn sie erst nachsehen kommen, seid ihr geliefert. Es sind Halsabschneider übelster Sorte dabei.« Diese Ermahnung half. Die Mönche bekreuzigten sich unentwegt und legten nun zunächst einen Trab vor, der gar nicht mehr müde war. Das Gegröle blieb zurück. Offenbar hatte das Wetter verhindert, dass sich jemand die Mühe machte, aus dem Schuppen zu kommen. Mitten in der Nacht erreichte der traurige Zug das Kloster, doch es bedurfte guten und langen Zuredens, die Frühmesse war bereits vorbei, bis der Bruder Pförtner ein Einsehen zeigte und die Ankömmlinge einließ. Die Toten trug man, wegen ihres Standes, sogleich in die Kapelle neben der Pforte, um am Morgen den Abt zu benachrichtigen. »Die Zeit, bis zum Morgengebet, müsst ihr im Schuppen des Wirtshauses, hier, neben dem Tor, abwarten. Hochwürden liebt es nicht, nachts mit profanen Dingen belästigt zu werden. Nach Sexta[22] mögt ihr dann euer Anliegen, wenn es dem ehrwürdigen Vater beliebt, diesem vortragen.« Bruder Simon versuchte seine Situation zu erklären und den Pförtner zu veranlassen, den Abt sogleich zu verständigen, doch dieser wies das Ansinnen lächelnd zurück: »Sicher habt ihr, meine Brüder, recht, wenn ihr, im Namen Jesus Christus, Unterschlupf erbeten habt. Dieser ist euch gewährt – Gelobt sei unser Herr, Jesus Christus!« Er schlug ein Kreuz, was bei den Mönchen eifrige Nachahmung fand, ihre gedrückte, versteckt erboste Stimmung aber nicht heben konnte. Wie konnte es sein, dass sie wie wanderndes Volk behandelt wurden. Hatte Propst Leo sein Kommen nicht angekündigt? Dieser Empfang war mehr als seltsam. Bruder Pförtner lächelte Brüderlichkeit – soweit das im zuckenden Licht der Fackeln und der Hoflaterne sichtbar werden konnte. »Versteht! – Hier treiben sich in dieser schlimmen Zeit ständig Leute herum, denen man nicht einmal am Tage begegnen möchte. Und bedenkt, es ist allerorts Krieg im Lande. Die Söldner lassen sich gar manches Bubenstück einfallen, um zu rauben und zu plündern. – Gelobt sei Jesus Christus! – Möge er doch diese Banden der ewigen Verdammnis aussetzen.« »Amen!«, rief es im Chor. Bruder Pförtner fuhr bekümmert fort: »Es ist noch nicht lange her, da haben sie gar einige unserer Brüder eingefangen. Wir mussten sie für teures Geld und Gut auslösen. – Du, lieber

---

[22] Sechsuhr-Messe

Bruder Simon, hast, außer eure Gewänder, keinerlei Legitimation. Die Toten, obwohl im geistlichen Gewand, sind da auch kein gutes Zeugnis. Sagt ehrlich. Das würde euch in meiner Situation auch nicht gefallen. Findet ihr nicht, dass ich, im Vertrauen auf unseren Herrn Jesus Christus, eigentlich schon weit mehr getan habe, als eigentlich zu verantworten ist. Gebt euch also mit dem zufrieden, was ich euch zugestanden habe. Möge der Himmel wissen, ob der ehrwürdige Vater mein Handeln gutheißt. Erwartet also im Gebet in der Scheuer den Morgen, was ich euch dringend anempfehle.«

Seit den Ereignissen waren drei Wochen ins Land gegangen. Die Reisegesellschaft aus Kloster Ebelstein hatte sich aufgelöst. Die Pikeniere waren, wie vereinbart, ausgezahlt und Richtung Köln davongezogen; die Knechte des Klosters Ebelstein hatte man mit der schlimmen Nachricht zurückgeschickt. Die Benediktinermönche blieben als geduldete Gäste bei den Zisterziensern im Gästehaus des Klosters. Die beiden Toten waren, auf Weisung des Abtes, kurzerhand auf dem Gottesacker beigesetzt. Zwischen Bruder Simon und dem Abt musste es längere Gespräche gegeben haben, über dessen Inhalt strengstes Stillschweigen gewahrt wurde. Ganz eigenartig sprangen die Mönche mit Ludwig um. Man steckte ihn, wie einen Leibknecht, in die Meierei, die auch das Waschhaus des Klosters beherbergte. Abt Petrus schien mit der Entwicklung der Dinge äußerst zufrieden zu sein. Er wandte, für den Rest der Reisegesellschaft, keine überflüssige Zeit auf und fuhr wenige Tage nach der Beerdigung des Propstes nach Köln zurück, wo er sich vorzugsweise, eigentlich fast immer während seiner Amtszeit, im dortigen Klosterbesitz, dem Altenberger-Hof, aufhielt. Der Altenberger-Hof war eine kleine Residenz, mitten in Köln, nahe am Puls der Wirtschaft und Politik – und nicht zu vergessen – der kleinen gesellschaftlichen Genüsse des Lebens. Ludwig war zum Waschknecht ernannt. Er stand am großen Waschzuber und wrang, im Verein mit zwei älteren Männern, Klosterknechten, Unterwäsche der Mönche. Die Arbeit war eintönig und er hatte dabei Zeit, über die Entwicklung der Dinge nachzudenken. Was den verblichenen, würdigen Propst Leo auch hergeführt haben mochte, es konnte, nach dem geringschätzigen Verhalten des Abtes, und zudem hatte er ja unter anderen gewollt, nichts gewesen sein, was den Abt hätte freudig stimmen können. Undeutlich erinnerte er sich, in Ebelstein auch von Familienangelegenheiten als Reisegrund gehört zu haben. War der Abt Petrus gar ein Verwandter des Propstes, überlegte er. Er verwarf den

Gedanken schnell. Der Abt hatte eine derartige Gleichgültigkeit bei der Beisetzung entwickelt, wie man sie einem Verwandten wohl kaum zuteilwerden ließ. – gleichgültig, was es war. Er, so stellte er widerborstig fest, hatte von den Überlebenden der Reise den schlechtesten Teil gezogen. Selbstverständlich hatte der Abt ihn keines Blickes gewürdigt; doch als er die Bitte an Bruder Simon richtete, mit den Knechten zum Ebelstein zurückziehen zu dürfen, hatte dieser, wie es ihm vorkam, höhnisch und mit versteckter Genugtuung schroff abgelehnt. Warum? Er hatte Bruder Simon niemals etwas angetan. Man hatte ihn zur Arbeit ins Waschhaus befohlen – und so stand er nun an diesem verdammten Zuber.

Die beiden Waschknechte, denen er zugeteilt war, schwatzten dauernd in ihrem Dialekt, von dem er nur die Hälfte verstand. Zudem fühlten sie sich als seine Herren und jagten ihn mit allen möglichen, meist überflüssigen Verrichtungen hin und her. »Ich werde das nicht lange mitmachen«, sagte er verbittert halblaut vor sich hin. Niemand hatte hier das Recht, ihn wie einen Leibeigenen zu behandeln. Er erinnerte sich an die Erzählungen des Geleitknechtes, des Pikeniers Wildgruber. Der hatte sein Geschick auch in die eigene Hand genommen. Schließlich, stellte er bei sich, selbstgefällig, fest, hatte er bei Bruder Tivolio manches erlernt, was brauchbar und nützlich, und, wie er nun schon einige Male erlebt, mehr und besser war, als das, was die meisten seiner Mitmenschen zu bieten hatten. Konnte er nicht lesen, schreiben, rechnen und Latein – besser als viele Mönche, von den Dorfpfaffen gar nicht zu reden. Damit musste man doch existieren, mit durchkommen können. Und, so erinnerte er sich an Tivolios Belehrungen, da war ganz in der Nähe die große Stadt Köln. Tivolio hatte sie größer als Rom bezeichnet. Zudem war diese Stadt eine Reichsstadt. Es musste doch möglich sein, dort sein Brot zu verdienen; mindestens nicht schlechter, als hier im Waschhaus. »Wie komme ich dazu, hier am Zuber zu versauern!« Wütend schlug er das Leintuch auf das Walkbrett. »Biste jeck!«, schimpfte einer der Knechte, der auf den Namen Isidor hörte. »Du zerschlägst die Wäsch. Sieh her! Da geht schon die Naht auf!« Ehe Ludwig sich versah, hatte er die breite schwielige Hand des Isidor klatschend im Gesicht. »Das nächste Mal gibt's den Stock!«, schimpfte sich der Knecht in Wut. Nun fing auch der andere Knecht an, ins gleich Horn zu stoßen und eine Flut von Drohungen prasselte auf Ludwig herab, der in scheinbarer Zerknirschung den Kopf einzog. »Verdammte Kerle«, dachte er, aber Aufsässigkeit oder gar Gegenwehr hätte ihm nur noch mehr Ärger eingehandelt; und so schwieg er grimmig.

Ludwig schlief in einer Dachkammer bei den Waschknechten. Waschhäuser schienen sein Schicksal zu sein. Die Mönche vom Ebelstein waren seit drei Tagen fort. Die beiden Knechte schurigelten ihn dermaßen, dass sein Entschluss feststand: »Ich muss hier fort!« Am Morgen hatte es geregnet. Isidor hatte, ohne zu fragen, Ludwigs Hut aus der Kammer geholt und verkündet: »Der gehört jetzt mir. Dein junger Holzkopf braucht keinen Hut.« »Das ist Dieberei!«, hatte Ludwig geschrien, wofür er zwei kräftige Maulschellen und einen derben Tritt des Knechts einhandelte. Dann hatten sie ihn höhnend und fluchend an die Arbeit getrieben. Nun lagen die beiden auf ihren Strohschütten und schnarchten. Es musste bald Mitternacht sein und zur Mette geläutet werden. Draußen regnete es und die Regengeräusche auf dem Schieferdach gaben eine gleichmäßige Geräuschkulisse. Ludwig erhob sich leise. Vorsichtig angelte er sich seinen Hut, den Isidor hinter seinem Kopf liegen hatte. Behutsam ergriff er seinen Umhang, in dem er den Schreibkasten und Brevier des Bruders Albert schon vor dem zur Ruhe legen eingewickelt hatte. Auf allen vieren, jedes Knarren der Dielen vermeidend, schlich er zur Leiter. Unbemerkt verließ er das Waschhaus. Unmittelbar hinter dem Waschhaus floss, durch eine Mauer getrennt, die Dhünn. Jenseits des Flüsschens verlief der Weg nach Köln. »Durch den Fluss komme ich nicht durch. Er ist zu tief«, dachte er. »Ich muss es unauffällig machen«, überlegte er kurz und ging ganz offen, wie selbstverständlich, durch das Törchen zur Meierei, dort über den Hof, zum Außentor. Als er den Sperrbalken aufhob, fing der Hofhund an zu toben, doch blitzschnell schlüpfte er hinaus und zog das Tor, soweit es ging, wieder zu. Da fing das Gebetsglöckchen an zu wimmern und rief zur Mette. Im Meierhof schimpfte ein Knecht mit dem Hund. Offenbar hatte niemand Verdacht geschöpft. Der Weg vom Meierhof führte schon nach weniger als hundert Schritt an eine Furt; dahinter lag der Weg nach Köln, der allerdings noch einmal in seiner vollen Länge am Kloster vorbei führte. Ludwig nahm sich, nach Durchqueren der Furt Zeit, seine Kleidung, seine Schuhe und den Umhang, anzulegen. Mit einem Seufzer der Befriedigung stülpte er den zurückgewonnen Hut auf den Kopf. In diesem Aufzug würde ihn selbst dann, falls ihn jemand aus dem Kloster sah, nicht erkennen können. Doch diese Gefahr bestand kaum, denn die Nacht war finster, es fiel immer noch leichter Regen und entlang der

Dhünn, zwischen Wasser und Weg, standen Bäume, die allerdings kein Laub trugen, aber dennoch die Konturen verwischten. So schritt er dann, mit frohen Mut, am Kloster vorbei in Richtung Köln. Vor dem Morgen würde man ihn sicher nicht vermissen, denn die Waschknechte führten ein ziemlich selbständiges, liederliches Dasein und standen in der Regel nicht vor dem Hellwerden vom Lager auf. Frohlockend stellte er sich die dummen Gesichter vor, wenn sie bemerkten, dass er ausgeflogen war.

2
Köln

In der Klockergasse hatte sich der Buchdruckermeister Magnus Veedersmann, ein eingewanderter Neubürger aus Slys in Holland, schon vor dreißig Jahren, nach etlichen Widerständen seitens des Magistrats und der Bürgerschaft, niedergelassen. Das hatte ihm einen schönen Batzen Geld gekostet, zumal er als Buchdrucker keiner Gaffel[23] so recht angehören konnte und die eingesessenen Drucker zur Kaufmannschaft neigten – oder sich dem Domkapitel und der Universität verpflichtet fühlten. Veedersmann war allgemein das, was man einen freundlichen, lustigen Menschen nannte und so war er heute, nach den vielen Jahren, ein angesehener Mitbürger, dessen Herkunft längst vergessen schien. Zudem galt er als hervorragender Handwerker. Was für die Mitbürger besonders zählte: Er unterhielt eine Schreibstube, in der man Briefe schreiben lassen konnte oder sie vorgelesen bekam. Dieses Kontor für Schreibarbeiten war es, was ihm viele Möglichkeiten in die Hand spielte; da nur ein geringer Teil der – Minderen Leute –, auch der kleinen Handwerksmeister, Händler, Schiffer und Bauern, von dem Gesinde und den Knechten nicht zu reden, lesen und schreiben konnten, so kam man zum Magnus. Wohl hatten die Jesuiten und die einzelnen Pfarrzirkel Schulen errichtet und waren eifrig bemüht, die Grundbegriffe zu verbreiten, doch der Broterwerb war den meisten Leuten viel wichtiger. Er nahm sie voll in Anspruch. Erstaunlich war eigentlich nur, wie gut man, trotz fehlender Schulausbildung, rechnen konnte. Da hatte kaum ein Kölner seine Nöte, was für den Geschäftssinn der Bevölkerung sprach. Magnus Veedersmann schloss gern die Bildungslücke und kannte sich daher ausgezeichnet in den Geschäftsge-

---

[23] = Zunft; in Köln Gaffel genannt. Nicht zu verwechseln mit dem niederdeutschen Wort »Gaffel«, Gabel am Schiffssegel

heimnissen und Privatstreitigkeiten, ja in den intimsten Angelegenheiten seiner Mitbürger bestens aus. So kannte er ihre Anliegen und Sorgen oft besser, als sie selbst, da er oft beide Vertrags- oder Streitparteien bediente. Um nicht in Verlegenheit zu geraten, führte er über jede Angelegenheit seiner Klienten heimlich Buch. Selbstverständlich wusste dies niemand und so genoss der sechzigjährige Drucker unter den einfachen Leuten hohes Ansehen und Vertrauen. Magnus stand selbstgefällig schmunzelnd vor seiner Haustür. Unten, auf der Ecke zur Herzogstraße, verklang soeben das Mittagsläuten von St. Kolumben. Schmunzelnd sah er Adam Braunberg, dem kleinen Fischhändler aus dem Wehrgässchen, nach. Den Streit, den dieser seit Jahren mit Hennes Zoens, einem Händler vom Fischmarkt vor dem – Manngericht von St. Martin – austrug, hatte ihm schon manche Mark ins Haus gebracht, denn Magnus schrieb in der Regel gleich zwei Briefe, den für den Braunberg – und das Antwortschreiben für den Zoens. Letzterer würde morgen zornfunkelnd in seiner Schreibstube stehen, um den Brief vorgelesen zu bekommen und eine Antwort in Auftrag zu geben. Magnus wurde in seinem Nachsinnen unterbrochen.

Um die Ecke bog ein Jüngelchen mit einem dunklen, zerschlissenen Reiseumhang und einem riesigen Schlapphut. Das war an sich nicht auffällig. Lächerlich hingegen war die Tatsache, dass er seine Stiefel nicht an den Füßen, sondern nebst einem Umhängekästchen, über der Schulter trug, derweilen Jahreszeit und Witterung – und der knöchelhohe Unrat auf der ungepflasterten Gasse, den Gebrauch von Schuhwerk, sofern man sich einen solchen Luxus leisten konnte, dringend angezeigt hätte. Ludwig marschierte zielstrebig auf den Buchdrucker zu. »Behüte euch Gott und einen guten Tag«, sagte er zu Magnus, der ihn mit zusammengekniffenen Augen spöttisch betrachtete. »Gott zum Gruß, junger Mann«, entgegnete er. »Ich suche den Buchdrucker Veedersmann. Wo, verehrter Herr, finde ich die Werkstatt des Meisters?«

»Suchst du die Werkstatt oder den Meister?«, lachte Magnus. »Ah Ja! Natürlich das eine, um den anderen zu fragen.« »Nun, das eine hat Er gefunden – und vor dem anderen steht Er. Was, Maria und Josef, ist Sein Begehren?« »Oh, ich bitte um Entschuldigung.« »Ist gewährt. Was willst du?« »Ja! Mm, ich bin der Ludwig Sydekum und war bisher im Kloster Ebelstein, bei dem Bruder Tivolio, als Schüler. Auf der Reise nach Köln ist jedoch mein Herr, der ehrwürdige Vater, Propst Leo, durch ein Unglück gestorben.« »Sehr interessant. Mir, junger Mann, absolut gleich. Dennoch, Gott sei seiner Seele gnädig. Amen! Doch was habe ich damit zu schaffen?«, spöttelte der Drucker. »Eigentlich nichts, verehrter Meister. Nur – ich dachte mir, weil ich doch nun weder Bleibe noch Reise- oder Zehrgeld für die Rückreise habe, dass ich mir bei Euch, derweil durch gute Arbeit, dieses verschaffen könnte.« »Ach du lieber Gott! Maria und Josef! Schreiben willst du bei mir – oder so? Schau dich an. Siehst gar nicht nach Schreiber aus.«, lachte Magnus lauthals, dass aus den Nachbarhäusern schon Gaffer ihre neugierigen Köpfe schoben. Spöttelnd fuhr er fort: »Warum, du seltsamer Vogel, trägst du deine Schuh, statt an den Füßen, auf der Schulter – he?« »Oh, verehrter Herr Meister«, stotterte Ludwig verlegen, »es lässt sich so besser laufen, denn sie sind alt und hart.« »Da mag man schon geteilter Meinung sein. Hier in der Stadt ist es nicht reputierlich, so herumzulaufen, wenn man denn, wie du wohl meinst, lesen und schreiben kann und Schuhe hat. Tja, was machen wir denn mit dir!« Magnus sah auf den Burschen. Aus dem Kloster kam er, sagt er. Es war wirklich möglich, dass er etwas Schreiben und lesen konnte. Oder war es nur eine neue Art, um zu betteln. Die Stadt war voll von Bettlern, Tagedieben, Zigeunern und durchreisenden Knechten, Schiffern, Söldnern. Eine Schreibkraft, wenn sie denn was taugte, konnte er schon gebrauchen und ein Ortsfremder war da gar nicht falsch. Aber soweit würde es wohl bei dem Jungen nicht reichen. Der war doch arg jung. Er hatte schon zwei Gesellen, aber von denen konnte nur der Böttenfranz so schreiben, dass man es als einigermaßen schön, das heißt, leserlich ansehen konnte. Magnus dachte auch an seine Wechselkorrespondenz. Es wäre dem Geschäft sicher nicht abträglich, wenn die einzelnen Schriftstücke von unterschiedlicher Hand verfasst würden. Er hatte dies, vor allem bei den Rechtsstreitschriften, schon mehrfach ins Auge gefasst, aber noch keinen Schreiber gefunden, der seinen eigenen Ansprüchen genügte. Prüfend betrachtete er sich noch einmal den seltsamen Vogel, der dort bei ihm vorsprach. Der Bursche hatte ein offenes, freundliches Gesicht, was freilich durch den riesigen Hut entstellt wurde. »Na schön, Ludwig«, entschloss er sich herablassend – wohlwollend grinsend.

»Ob ich dich gebrauchen kann, weiß ich noch nicht; das soll sich aber sogleich weisen. Du sollst Gelegenheit haben, dein Können zu beweisen. Wenn du etwas taugst, kannst du bei mir bleiben. Du bekommst dann Unterkunft, Essen und Trinken – und die Woche zwei Kölsche Albus.« Ludwig hatte zum Geld bisher keine Beziehung und es war ihm auch zunächst gleich, was er verdienen

konnte. Unbestimmt wie ein Bettler auf der Straße herum zu irren, machte ihm Angst. So fiel ihm ein Stein vom Herzen und er willigte freudig, seines Erfolges gewiss, ein. »So wollen wir das gleich probieren«, entschied der Meister. Er schob Ludwig ohne Umstände in das Schreibkontor, an eines der zwei Stehpulte. »Leg deine Sachen ab und dann zeig, was du kannst. Da liegen Federn und steht ein Fässchen angeriebener Tinte und da das Sandtöpfchen. Hier hast du einen sauberen Bogen Papier und einen Brief. Den schreib ab – und wir werden sehen.«
»Ich werde euch nicht enttäuschen, Meister Veedersmann«, versprach Ludwig, legte seine Sachen beiseite, spitzte einen Federkiel mit dem Messerchen, welches an einem Bändchen am Pult baumelte, legte sich Vorlage und Papier bereit und begann sein Werk. Magnus sah ihm nur so lange zu, wie er den Federkiel anschnitt. »Das macht er ganz ordentlich«, dachte er und ging in die Werkstatt hinüber. »Ich habe da ein Bürschchen aufgetrieben, das behauptet, es habe bei den Pfaffen in irgend einem Kloster schreiben gelernt«, verkündete er seinen beiden Gesellen. »Ich will sehen, ob er die Wahrheit gesagt und wir ihn gebrauchen können. Dann brauchst du, Böttenfranz, dich nicht mehr mit deinen schweren Fingern am Federkiel abmühen.« »Das ist ein Einfall, Meister«, freute sich der Geselle. Magnus ging beobachtend zu den gespannten Leinen hinüber, an denen, wie frische Wäsche, hunderte von frisch gedruckten Blättern trockneten. Prüfend sah er sich einige Stücke an. »Die Abzüge für Herrn Michael sind ausgezeichnet«, freute er sich und klopfte den beiden Gesellen wohlwollend, lobend auf die Schulter. »Es wäre doch gelacht, wenn unsere Arbeit nicht mindestens genauso gut würde, wie die der Birkmanns-Erben, bei denen die Mercators gewöhnlich drucken lassen.« Noch einmal hob er einige Blätter und hielt sie gegen das Licht. Nein – an der Arbeit war wirklich nichts zu meckern. Als er den Kopf hob, gewahrte er Ludwig, der mit dem Papier in der Tür stand. »Na, junger Mann, wo fehlt es?« »Es fehlt an neuer Arbeit, Meister Veedersmann«, sagte Ludwig treuherzig und mit ein wenig bescheidenen Stolz in der Stimme. »Du musst mich nicht immer bei dem Namen nennen, Junge. Es reicht, wenn du mich Meister nennst. – Doch zu dir. Ich habe dir doch etwas gegeben.« »Nun ja, Meister. Hier ist die Abschrift. Es waren ja nur ein paar Worte. Nicht sehr viel und leicht zu schreiben. Ich bin damit fertig.« Meister Veedersmann nahm das Papier aus Ludwig ausgestreckter Hand skeptisch entgegen. So fix konnte nichts Gutes herauskommen. Doch ein Blick ließ ihn überrascht ausrufen: »Nicht möglich! Bei allen

Heiligen und der benedeiten Jungfrau Maria! Das ist gute und schnelle Arbeit. Das Lob ich mir. Du kannst, wie vereinbart, bei mir bleiben.« Magnus rannte mit Ludwig Produkt erst noch einmal ans Licht – dann zu seinen Gesellen: »Seht doch nur! Das ist die Arbeit des Neuen.« »So bleibt er?«, forschte Böttenfranz. »Aber ja doch! Der Bursche schreibt wie gestochen, kaum besser zu drucken. Das ist Kanzleischrift, beste Arbeit, hervorragend.«

Ludwig wäre nicht der Zögling des Bruders Tivolio gewesen, wenn er sich nicht auch für die Arbeit des Meisters und der Gesellen interessiert hätte, zumal er mit den beiden Gesellen die Dachkammer teilte. Aber nicht nur die Druckkunst interessiert ihn. Auch das Gedruckte selber lockte überall im Haus des Meisters. Magnus Veedersmann besaß, neben seinen eigenen Erzeugnissen, so manches Werk der Konkurrenten – nicht zuletzt der renommierten Firma Arnold Birkmann Erben. Er hatte, wenn es nicht die Arbeit beeinträchtigte, nichts dagegen, wenn der Bursche seine Nase in die Bücher steckte. Der schien lernbegierig zu sein und zu lernen konnte nichts schaden. – Im Gegenteil! Das Wissen des Jungen kam seinem Geschäft zugute, eine Erfahrung, die er schon mehrfach gemacht hatte. An diesem Mittwoch kam der Herr Arnold Mercator auf der Durchreise vorbei, um nach dem Auftrag seines Sohnes Michael zu sehen. Der Auftrag war fast erledigt und ein Teil der Bestellung bereits vom Buchbinder zurück. Der hochgeschätzte Kunde besah sich die Arbeit und drückte seine Befriedigung in wohlgesetzten lateinischen Sätzen aus, wohl wissend, dass ihn normalerweise in der Werkstatt niemand verstand. Meister Veedersmann konnte, wie ein mit Schriftgut umgehender Zeitgenosse, selbstverständlich eine Menge lateinischer Worte und Sätze, ohne indessen von sich behaupten zu können, des Lateins mächtig zu sein. Das nutzten die – gebildeten Kreise –, wie eh und je, weidlich zur Hebung des eigenen Ansehens aus; schaffte es doch den gebührlichen Abstand zwischen Geistes- und Handarbeitern. Doch Ludwig füllte die Lücke geschickt aus, indem er für seinen Meister Rede und Antwort stand, was den Besucher einigermaßen in Verlegenheit – und seinen Meister in Erstaunen versetzte. Sicher hätte Bruder Tivolio, hätte er den Disput gehört, Ludwig heftig an den Ohren gezogen und tausenderlei verbessert. Aber der Besucher der Werkstatt fand kein Haar in der Suppe und drückte Meister Veedersmann seine außerordentliche Verwunderung aus. »Ihr habt da einen seltsam gelehrigen Gesellen, Meister Veedersmann. Das macht Eure Werkstatt noch respektabler. Wie ich aus den Antworten des Gesellen ersah, hat er gar einige Kenntnisse über die Geographia. – Schon erstaunlich, das. Er scheint noch sehr jung, kein Flaum auf der Wange und unter der Nase. Seine Anlagen sollte man fördern, Meister. Ich bin noch einige Tage in der Stadt. Wenn es Euch nichts ausmacht, hätte ich mich mit dem Jungen gern noch einmal unterhalten. Es wäre zu Euren und zu seinem Besten. Seht, ob es sich machen lässt.« Der Meister war indessen, wegen des unverblümten Interesses, einigermaßen besorgt, seine recht profitable Schreibkraft so schnell wieder zu verlieren, wie er sie gewonnen hatte. Die Sorge war deshalb nicht unbegründet, weil Ludwig ein paar Tage später eine Klageschrift an das Fiskalgericht verfasste, die dermaßen mit lateinischen Ausdrücken gepflastert war, wie sie selbst ein guter Advokat seiner Zeit nicht besser hätte hin drechseln können. Dabei hatte er sich, im Sinne seines Herrn und Meisters, eigentlich nur einen Spaß erlauben wollen und aus dem Gedächtnis Redewendungen zusammengebastelt, wie er sie im Kloster oft genug von Verträgen und Rechtsbehelfen hatte abschreiben müssen, so dass er sie auswendig kannte. Doch der Kunde hatte, gegen alle Gepflogenheiten der Behörden, mit seinem Schreiben so viel Erfolg, dass seinen Ansprüchen, seitens des Rentmeisters, stattgegeben wurde. Die entscheidenden Herren waren, angesichts des Schreibens, der Meinung, der Kläger müsse im Hintergrund einen vortrefflichen Rechtsbeistand haben, zumal das Schreiben auch vom Aussehen her teuer, ja hochnäsig wirkte. Der Kunde kam zum Meister Veedersmann und legte einen Gulden extra hin. »Hier, Meister Veedersmann! Mein Erfolg ist nur eurem Können zu verdanken. Da will der alte Wüllpütz nicht kleinlich sein.« Magnus Veedersmann sonnte sich in dem immer häufiger von den Kunden vorgebrachten Anerkennungen – doch Ludwig bekam darum keinen Pfennig mehr. Ludwig entging dies natürlich nicht und Meister Veedersmann tat auch nichts, es ihm zu verheimlichen.

»Die Welt, mein Sohn«, letztere Bezeichnung benutzte er neuerdings mit unendlichem Wohlwollen in der Stimme, »will beschissen sein. Ehrlich ist, wer die Macht hat. Das verstehst du doch?« »Nein«, sagte Ludwig aufrichtig und bestürzt, ob der ihm neuerdings gepredigten Moral. »Das, Meister, verstehe ich wirklich nicht.« »Das ist doch ganz einfach. Du schreibst mir sehr gut. Vieles kannst du allein machen, was wir an der gelungenen Klageschrift des Meisters Wüllpütz gesehen haben. Ich zahle dir, weil es so vereinbart ist, zwei Albus. –

Nun verdiene ich aber zwei Gulden an der Schrift per Konto – und einen bringt mir der Wüllpütz hinten nach als Prämie. Was meinst du, wer der Beschissene ist?« Ludwig parierte den offenen Hohn: »Ach Meister, Ihr habt mich weder ausgenutzt noch beschissen.« »Wie denn? Du glaubst mir nicht?« »Ach nein, werter Meister. Ich habe doch von Euch für mich sehr vorteilhaft lernen dürfen.« »So«, staunte der Meister verblüfft. »Wie und was bitte?« »Nun, ich durfte und habe den Gesellen über die Schulter geschaut – und hier und da mit anfassen dürfen. Ich weiß jetzt, wie man Bücher druckt, Lettern gießt, Bücher bindet – und ich habe in euren Büchern lesen dürfen, viele Dinge und Sachen, die mir bisher fremd waren. Ganz besonders aber habe ich von Euch gelernt.« Veedersmann war gegen sich selber ehrlich und lachte spottend: »Das Erste will ich gelten lassen. Von mir aber, wüsste ich nicht zu sagen, was ich dir beigebracht hätte, das du nicht schon gekonnt hättest – du also von mir gelernt haben könntest.« »Doch, doch, Meister! Als ich zu Euch kam, war ich der Welt außerhalb des Klosters fremd und geängstigt. Ihr habt mir die Angst genommen, habt mich die Welt sehen lassen, wie sie wohl ist. – Zudem habe ich von Euch gelernt, was Ihr, verehrter Meister, mir eben selber erklärtet.« Magnus Veedersmann sah ihn an und bedachte sich, bis ihm ein Licht aufging. Er grinste etwas schief und fragte: »Du meinst? Na sag schon, mein Sohn!« »Nun, wie man es mit der Ehrlichkeit halten muss. Wie man die Welt bescheißt.« »So hast du mich wohl auch schon?«, fragte er voller Misstrauen in der Stimme. »Aber nein, Meister. Ich kann es, bei der Jungfrau Maria, schwören. Aber wenn ich es täte, täte ich es so, wie Ihr es macht. Ich lerne doch von Euch.«

Seit dieser Unterredung fühlte sich Meister Veedersmann nicht mehr sehr sicher. Obwohl sein Verdienst, dank Ludwigs Tüchtigkeit, einen überaus günstigen Aufschwung nahm, war er verunsichert. Ludwig befand sich nun seit einem halben Jahr im Haus und kannte den ganzen Schreibablauf wie sein Herr und Meister. Magnus Veedersmann war sich im Klaren, dass er dem Burschen damit in die Hand gegeben war. Doch bisher hatte Ludwig keine Anstalten gemacht, ihm in irgendeiner Weise zu schaden. Um den Jungen für sich zu verpflichten, musste er mehr tun. Er musste den Jungen mehr an sich binden. Geld! Nein, das gab Meister Veedersmann so leicht nicht aus der Hand. Aber da ließ sich noch einiges tun, was sowohl dem Betrieb und dem Jungen nützte. So kleidete er Ludwig mit modischen Kleidungsstücken, die er gebraucht und günstig erstand, neu ein. Im Herbst, als es in der Dachkammer bitter kalt wurde, quartierte er die zwei Mägde zusammen und Ludwig zog in die winzige Kammer, mehr ein Verschlag, in der Etage. Die Gesellen sahen es, murrten aber nicht. Sie sahen es lieber, den jungen, nicht ihrer Art und Gewohnheit entsprechenden Burschen wieder loszuwerden. So kam Ludwig zu Hausprivilegien, die sonst nur Altgesellen zustanden. Der Meister ließ ihm auch den Sonntag, nach dem Kirchgang frei und hatte nichts dagegen einzuwenden, dass er in den Herbsttagen den wieder in Köln sich aufhaltenden Herrn Mercator aufsuchte. Das war eine Bekanntschaft, die für Ludwig sehr viel bedeutete, zumal er auch mit dem jüngsten Sohn Michael, aufgrund der Druckaufträge, in guten Kontakt gekommen war. So konnte er zusehen, wie Vater und Sohn Vermessungen, die sie im Sommer im Umland durchgeführt hatten, für die Kartenherstellung aufbereiteten. »Wir machen das hier in Köln, weil es sich nicht rentiert, wenn wir ohne fertige Ergebnisse wieder nach Duisburg zurückkehren, zumal die Wege schlecht, sehr unsicher und gefahrvoll sind«, hatte Michael erklärt. Die Mercators stellten, dank des Genies des alten Gerhard, der in Duisburg lebte, lehrte und arbeitete, Karten nach neuesten, den meisten Kartographen weit überlegenen Erkenntnissen her. »Und das alles hat Euer Herr Großvater selber vermessen?«, staunte Ludwig, als ihm Michael eine Karte der Erde zeigte. »Aber nein!«, lachte dieser. »Mein Großvater hat hunderte von Karten, Bücher, Berichte und Handzeichnungen aus aller Welt. Er bekommt sie von vielen hochgestellten Personen. Kaiser Karl der V. und sein Sohn sind, wie der Kardinal Granville und ihre Nachfolger, unsere Kunden und Informanten gewesen – oder immer noch. So hatten wir, das heißt, mein Großvater, Zugriff auf alle möglichen Quellen, um die uns manch einer beneidet. Mein Großvater hat Vermessungsinstrumente entwickelt, die genauer sind als alle anderen. Außerdem gehen wir von der Beweglichkeit, dem Wandern des magnetischen Pols aus und berechnen bei unseren Zeichnungen grundsätzlich die Längen- und Breitenverschiebungen. Sieh her! Ich werde es dir mal hier an der Weltkarte erklären.« Die Lektion, die Ludwig in zwei Stunden bekam, zeigte ihm zwar nur das Wie, nicht das Warum. Aber es sollte ihm im Gedächtnis haften bleiben und mit dazu beitragen, seinen Lebensweg zu gestalten. Die Sperrstunde war vom Magistrat der Stadt Köln auf die neunte Abendstunde gelegt. So blieb für Ludwigs Wissensdurst nur wenig Stillzeit, obwohl der Weg von Sturentius zur Klockergasse nicht weit war. Bei St. Laurentius hatten die Mercators eine Art Werkstatt oder Kontor für Kartographie eingerichtet. An diesem Novemberabend pfiff der Wind überaus kühl und unangenehm durch die Gassen. In der Pissrinne, der Mitte der Gasse, hatten sich zwischen dem knöcheltiefen Schlamm und Unrat Pfützen und Wasserlachen vom letzten Regenschauer am späten Nachmittag gebildet, was die Benutzer der Gasse dazu zwangen, eng an den Häusern entlang zu gehen. Unter den überkragenden Fachwerkhäusern war es in den Gassen schon so finster, dass man keine zwei Schritte weit sehen konnte. Ludwig hatte den Mantel eng um den Leib geschlungen und eilte, so schnell er vermochte, heimwärts. Als er gerade um die Ecke zur Spoirmechergasse einbiegen wollte, riss ihn eine Faust aus dem Dunkel in die enge Gasse von St. Laurentius zurück. Zugleich presste sich eine Hand auf seinen Mund. »Maul halten! Sonst bist du sogleich eine feine Leiche«, hörte er eine Männerstimme – und mehrere jugendliche Stimmen wisperten: »Habt Ihr ihn, Meister? Seht ihn nach. Seht ihn nach.« Ludwig versuchte, sich loszureißen, aber die Arme, es erschienen ihm unendlich viele, hielten ihn, wendeten ihn, als habe er keinen Willen, wie eine Gliederpuppe. Andere Hände wühlten in seinen Kleidern. »Der hat ja nichts. – Rein gar nichts hat der«, heulte eine junge jämmerliche Stimme auf. Man zog ihm den Mantel aus. Das ging jedoch nicht, ohne die klammernden Arme zu lockern, was Ludwig nutzte, um sich mit einem plötzlichen Krümmen und wieder Hochschnellen, gleichzeitigen um sich schlagen aus der Umklammerung zu befreien. »Räuber! Diebe!«, schrie er, sobald er die Hand vom Mund entfernt fühlte. Ein wilder Stoß – er war frei und sprang mit weiten Sprüngen in die Breite Gasse. »Räuber! Diebe! Helft!«, brüllte er dabei. Etwas flog zwischen seine Beine und er flog in den Schlamm und Schmutz der Spoirmecheren. Gegenüber ging ein Torweg in dem großen steinernen Patrizierhaus auf und warf eine Lichtbahn in die Gasse. Ludwig vernahm hinter sich Laufgeräusche. »Was ist hier los«, hörte er eine angenehme Männerstimme fragen. Ludwig blinzelte in das Licht der Handlaterne, die ein Hausknecht in Kopfhöhe schwang und die ihm drei ältere Herren zeigte, von denen der eine der Sprecher war. Dieser fragte noch einmal: »Herrgott, hier liegt einer. Ist ihm etwas geschehen?« »Ja, ja«, stotterte Ludwig benommen. Im Aufstehen erklärte er: »Ich bin hier soeben überfallen worden. Man hat mir meinen Mantel genommen. Ach je! Mir fehlt ja auch mein Hut.« Erst jetzt wurde ihm bewusst, dass auch dieser fort war.

»Das verdammte Gesindel! Diese Beutelschneider, Müßiggänger und Bettelgesindel sollte man nun endgültig aus der Stadt vertreiben!«, schimpfte einer der Herren und erkundigte sich: »Wer seid denn Ihr?« »Ich bin der Schreiber des ehrsamen Meisters Veedersmann. Mein Name ist Ludwig Sydekum.« »Wer ist denn der?«, wandte sich der Frager an einen Herrn, der nun aus der Tür hinzu, auf die Gasse trat und unter dessen halboffenem Mantel ein Brustharnisch glänzte. »Ach, das ist der Holländer, der Magnus aus der Klockergass.« »Von dem hab ich doch auch schon gehört.« »Sicherlich. Er ist Buchdrucker. Ein recht guter. Er hält, mit Verlaub seiner Gaffel, ein Schreibkontor für arme Leute.« »Ach ja – richtig! Ist ein tüchtiger Mann«, rief nun einer der Herren, der bisher geschwiegen hatte und erkundigte sich bei Ludwig: »Du schreibst also für den Meister Veedersmann.« »Sehr wohl, die Herren. Wie ich glaube, zur Zufriedenheit meines Meisters«, setzte er stolz hinzu. »Du bist noch arg jung für solche Sache. Lernst wohl bei Meister Veedersmann?« »Oh nein. Ich steh bei Meister Veedersmann in Lohn und Brot, weil der ehrwürdige Vater, Propst Leo, im Frühjahr, bei der Reise von Kloster Ebelstein nach Köln, in den Bergen durch ein Unglück umkam.« »Ach ja! – Ich habe vom Abt Petrus von dem Unglück gehört. Waren es nicht Wittelsbacher Reiter aus dem Jülichen, die das Unglück verursachten?« »So sagten die Pikeniere, die uns das Geleit gaben«, bestätigte Ludwig. »Das erinnert mich«, lachte der Herr mit dem Harnisch. Er rief nach zwei Knechten, die mit Spießen bewaffnet zu ihm heraustraten. »Lasst uns die Runde machen. Behüte Euch Gott.« »Dies Euch auch, Weinsberg!«, riefen die zurückbleibenden Herren dem mit den beiden Knechten davon stapfenden Harnisch Träger nach. Ludwig wollte sich, da man sich von ihm abgewandt zu haben schien, davon machen. Doch der, der ihn wegen seiner Herkunft angesprochen hatte, hielt ihn auf. »Warte noch, Bub. Du bist also im Brot bei Meister Veedersmann.« »Sehr wohl, die Herren.« Ludwig verneigte sich devot, wie es ihm zukam. »Ei, Erziehung hat er«, lobte der, der ihn zuerst angesprochen hatte, doch der andere forschte weiter: »Du kommst wohl gar aus dem Wirtshaus, Bub?« »Aber nein! Ich war beim Herrn Mercator vor St. Laurentius.« »Sieh an, bei den Mercators war er«, verwunderte sich der Frager. »Das ist possierlich. So bist du wohl gar schon ein großer Gelehrter? Sag, was für Arbeit verrichtest du nun wirklich bei Meister Veedersmann.« »Ach Gott. Ich schreibe Briefe, die die Kunden bestellen. Meist sind es Bittschriften und Klagen an die Obrigkeit – wie es so allemal kommt, die Herren.« »Ach je! Nun wird mir so einiges klar«, lachte der Frager und wandte sich an den Knecht, der mit der Laterne dicht hinter ihm stand: »He Jan, du hast doch vor ein paar Tagen auch eine Bittschrift vorgelegt. Wo hast du das denn schreiben lassen?« »Bei Meister Veedersmann, gnädiger Herr.« Die Herren lachten und der Frager wandte sich wieder an Ludwig: »Ich bin, vielleicht hast du den Namen schon gehört, der Ratsherr Geilenkirchen. Ich glaube, mindestens eine Probe deines Könnens gesehen zu haben. Hast du das Schreiben des Mauritius Cos oder das des Meisters Jan Wüllpütz geschrieben?« »Ach, gnädiger Herr, ich habe viele geschrieben. Es mag wohl sein, auch für diese Herren Briefe geschrieben zu haben.« »Nun, nicht gar zu bescheiden, junger Mann. Wenn er die Briefe geschrieben hat, hat er eine überaus respektable Schrift. Dein Meister hat, so scheint's offensichtlich für seine Klienten nun auch jemand, der sich in Recht und Stil auskennt, denn wir haben uns schon im Rat gewundert, wie sehr sich die Eingaben verbessert haben.« Und an den Nachbarn gewandt: »Hinsichtlich der Briefinhalte haben wir da einen Kanonikus des Domkapitels im Auge, der da auf diese Weise in die Ratsangelegenheiten hineinfingern will.« »So gibt es rechtliche Schwierigkeiten?« »So möchte ich es nicht nennen. Aber wir haben den Eindruck, dass durch gute Beratung manches kostspieliger wurde.« »So habt ihr gar für das Stadtsäckel auf einiges verzichten müssen?« »Leider. Nun, es ist alles rechtens – und dem Meister der Schreiberei, wenn er denn für seine Klienten Rat und Beistand einholt, kein Anwurf zu machen. – Aber welcher Zufall! – Da fällt einem bei Nacht und Nebel in der Gasse ein junger Schreiberling vor die Füße und ist zumindest der Schreiber, wenn auch nicht der Urheber der Streitlust der minderen Leute.« Er wandte sich wieder Ludwig zu, dem bei dem Gehörten nicht wohl war, denn was würden die Herren wohl sagen, wenn sie herausfanden, dass es keinen Kanonikus als Ratgeber gab und er der Erfinder der neuen Schreibtexte war. »Junger Mann, du kannst dich nun nach Haus begeben. Doch werde ich es mir überlegen, ob wir nicht seine Einvernahme im Rat haben sollten; es mag da von ihm so allerhand zu hören sein – denke ich.« Ludwig ließ sich das nicht zweimal sagen und machte sich, nach einem Gruß und artiger Verbeugung davon. Was glaubte dieser Ratsherr? – Man würde ihn sicher verhören. Doch er hatte nichts Unrechtes getan – und über seinen Meister würden sie von ihm nichts herausbekommen. Was zu sagen war, da sollten sie nur seinen Meister selber befragen. Er war lediglich Schreiber. »Ob ich diese fatale Begegnung dem Meister mitteile«, fragte er sich. Die Meisterin, die dicke Trude, würde ein Gezeter anstellen, denn sie war heimliche Protestantin und fürchtete die Obrigkeit, wie der Teufel das Weihwasser. Dem Meister war der Religionsstreit egal. Er tat gut katholisch – vielleicht etwas zu laut – um ihm eine Abkehr von den Calvinisten wirklich zu glauben. »Ich muss mich aus den Dingen heraushalten«, dachte er. Wer war er denn hier in Köln? Ein fremder Gesell ohne Stadtrecht, ein Mäulenstößer und Landstreicher, wie die Kölner zu den Nichtsesshaften, den Leuten ohne Bürgerrecht, sagten. Sein Meister, das hatte das Gespräch erraten lassen, hatte wohl auch kaum Reputation. Bei St. Kolumben entdeckte er im Schatten der Mauerpylone Bewegungen. Er hielt sich auf der Mitte der Brückenstraße. Dennoch hörte er die leisen Bettelrufe: »Ein Almosen im Namen Gottes und der Jungfrau Maria, der feine junge Herr.« Ludwig hatte von Kölns finsteren nächtlichen Straßen genug. Er rannte davon – nach Haus. Der Abend hatte ihm genug Ängste und Ärger gebracht. Meister Veedersmann ließ ihn persönlich ein und staunte über seine schmutzstarrende Kleidung. »Es ist riskant, ohne Begleitung und Licht in den dunklen Straßen und Gassen herumzulaufen«, warnte er und fuhr großartig fort: »Es mag dir eine Lehre sein. Doch so, wie du aussiehst, soll Jennie dir ein Bad auf der Tenne machen. Ich meine, in der Küche ist noch warmes Wasser und so kannst du nicht ins Bett.« Er rief laut im Haus nach der Magd und erteilte ihr den ungewöhnlichen Auftrag. Die Tenne, ein Holzbau, stand jenseits eines winzigen Hofes, der, neben allerlei Gerümpel aus Haus und Werkstatt, die Feuerholzvorräte und das stille Örtchen beherbergten. Auf der Tenne, über dem Zickenstall, standen zwei große Zuber, der einen voll kaltem Wasser und der andere leer – für Wäsche gedacht – doch wurde er auch, zweckentfremdet, vom Meister als Bad benutzt. Ludwig war die wohlwollende Aufforderung des Meisters durchaus nicht recht. Magnus Veedersmann ließ jedoch keine Widerreden zu und so trabte Jennie mit Laterne und heißen Wasser an: »Zieh deine dreckigen Brocken aus«, keifte sie ungnädig und als Ludwig sich gar schamhaft zierte, wurde sie böse und rabiat: »Beeil dich! Denkst wohl, dein nackter Arsch ist zu schön, um ihn anzusehen! Los! Es ist kalt. Ich mag nicht die halbe Nacht hier im Schuppen stehen!« Sie rannte davon und erschien, noch ehe Ludwig sich gänzlich entkleidet hatte, erneut mit einem Eimer heißen Wassers, das sie in den Zuber schüttete. »Los! Rein mit dir!«, kommandierte sie resolut und füllte eiligst zwei Eimer kaltes Wasser in das dampfende

Wasser. Aufseufzend entledigte sich Ludwig seiner restlichen Kleider und kroch in den Zuber. »Ha, ha!«, lachte Jennie. »Der keusche Jüngling. Das Klosterjüngelchen! Ha, ha! Ich will da gar nichts sagen. Doch so, bei diesem trüben Licht betrachtet, bist du schon ein ganz schmucker Bursche. Eh, vielleicht noch kein richtiger Mann. Musst noch ein bisschen auseinandergehen. Aber sonst! Ist – scheint's – alles dran. Musst es nicht verstecken.« Jennie war Anfang dreißig und das, was man eine fesche Hausmagd zu nennen pflegte, ohne es indessen offenkundig werden zu lassen. Doch die beiden Gesellen profitierten offenbar davon, was Meister Veedersmann und seine dicke Trude großzügig zu übersehen und zu überhören pflegten. Jennie schrubbte Ludwig gründlich ab. Aus seiner Peinlichkeit wurde indessen heimliche, dann sichtbare Lust, zumal Jennie den Intimbereich nicht vergaß. Verzweifelt betete er ein Ave-Maria und bekreuzigte sich schließlich. Jennie quittierte es vergnüglich: »Heißt das »liebe Lust komm! oder »liebe Lust geh?«, du Stockfisch, du Chorknabe. Bist ein feiner Pfaffenknecht – obwohl, die sollen nicht gar zu prüde sein. Bist schon fast ein Mann und erschrickst wie ein Pänz[24].« Sie warf ihm lachend ein Tuch zu: »Trocknen magst du dich selbst.« Sie kicherte anzüglich und riet: »Du solltest mal zu einem Bader gehen. Die Badestube des Dietrich Wylich, in der Maximiliangasse, dem du vor ein paar Tagen den Brief geschrieben hast, ist stadtbekannt. Der weiht dich, für eine kleine Briefgefälligkeit, sicher in die Geheimnisse und Freuden des Lebens ein.« Sprach's, verließ ihn und knallte unten laut die Tennentür zu, dass die Ziegen aufschreckten und ängstlich meckerten. Sie lachte noch laut, als sie den Hof querte. Er stand, vom Erlebten verwirrt. Deutlich konnte er hören, wie Jennie der zweiten Magd, der Luzie, seine Beängstigung und seinen Körperzustand schilderte. Beide Mägde kreischten vor Vergnügen. Er schlich sich in seiner Unterwäsche auf seine Kammer. Was gab es da zu lachen, wenn man die Kirchengebote befolgte. Dabei war er verunsichert. Alle Welt hatte an seinem Verhalten etwas auszusetzen – man lachte und spottete seiner. War seine Einstellung, sein Verhalten so seltsam, so anders? Der Meister spottete über seine Ehrlichkeit, die Gesellen steckten die Köpfe zusammen und nannten ihn einen Chorknaben und Pfaffenknecht und die Mägde lachten und spotteten über seine Keuschheit, seiner Unverdorbenheit. Doch immer wieder warf man ihm seine

---

[24] auch Penz geschrieben; Kinder

Klosterzeit vor und tat so, als sei er selber ein Mönch. »Bin ich denn so anders, als die Menschen hier«, fragte er sich beklommen. Die Pikeniere hatten ihm gesagt, er kenne die Welt und die Menschen nicht. Aber das stimmte doch gar nicht! Er war nur in den letzten Jahren in einer anderen Umgebung aufgewachsen und hatte über viele Dinge mehr gelernt und gehört, als die meisten Menschen seiner jetzigen Umgebung. Dafür, das war ihm ganz klar geworden, musste er dem Kloster und seinem Lehrer, dem Bruder Tivolio, besonders dankbar sein. Doch leider schien ihm Bruder Tivolio über die Welt nicht alles gesagt zu haben. Die Einsamkeit und Bescheidenheit des großväterlichen Hofes war ganz anders. Sie hatte mit diesen Stadtmenschen nichts gemein – genau so wenig, wie die Ruhe des Klosters Ebelstein und seiner Bewohner. Er wollte, er musste sich anpassen; das war ihm deutlich klar geworden. Obwohl er nun einige Zeit in der Stadt lebte, hatte er mit den Menschen auf der Straße kaum Kontakt. Die Welt blieb auch hier vor der Schreibstube. Wie lebten diese Menschen wirklich? Wie wuchsen sie hier auf. Welche Erfahrungen machten sie. Er wusste nicht, wie wenig sich die Kinder armer Eltern vom Leben der Erwachsenen unterschieden, dass sie sich am Lebenskampf der Eltern beteiligen mussten – oder, was in großen Städten, wie Köln, von frühester Jugend an für viele Kinder Tatsache war, sich gar ohne Eltern durchbringen mussten. Durchbringen hieß arbeiten, betteln, hungern, frieren und stehlen – oder auf alle möglichen Arten den Besitzenden zu Willen zu sein. »Ich will wie die anderen sein. Nicht mehr auffallen«, sagte er halblaut vor sich hin. Was kannte er von der Stadt? Nichts, gestand er sich. Er war mit einem Kaufmann, mit der Fähre von Deutz über den Rhein gekommen. Am Tor hatten die Stadtknechte mit Bauernmädchen herum geschäkert. Niemand hatte ihn aufgehalten, niemand hatte ihn nach dem Woher und Wohin befragt, wie das ansonsten am Tor üblich ist. Dabei sprachen die Leute hier fast unentwegt vom – Kölner-Krieg–, vom wüsten Geschehen der herumziehenden Heere. Zerstört war nur Deutz – doch da baute man bereits wieder fleißig auf, was vor drei Jahren von Knechten des abgedankten Bischofs zerstört worden war. Am Fischmarkt hatte ihm ein gutgekleideter Bürger, wohl ein Handwerksmeister, freundlich Bescheid gegeben, wo er geeignete Arbeit finden könnte, die er auch bei Meister Veedersmann gefunden hatte. Sonst war ihm die Stadt fremd geblieben, obwohl er vermutlich schon mehr Eingesessene und deren Probleme kannte, als manch einer, der hier geboren war. »Was mache ich falsch«, fragte er sich immer wieder. »Mach ich überhaupt etwas falsch?« Wohin sollte sein Weg gehen? Eine Frage, vor der jeder junge Mensch steht – und, wenn er Glück hat, mit Hilfe seiner Eltern, Verwandten, Freunde und Bekannten gewiesen bekommt. »Mein Fingerzeig war das Kloster Ebelstein«, wollte er sich gern einreden – und kam – beim Gedanken an Bruder Tivolio – sofort auf andere Ideen: Gelehrter, Kaufmann, Schiffskapitän – neuerdings Geograph – und schon etwas verblasst – seit seiner Bekanntschaft mit den Pikenieren – war auch Krieger oder gar Anführer von Kriegern in der Sammlung. Jetzt treibe ich wie ein Stück Holz im Fluss. Das weiß auch nicht, wohin sein Weg führt, wo es hängen bleibt, wo es strandet oder gar verfault, eines Tages untergeht. »Ludwig, Ludwig, was soll aus dir werden«, murmelte er, ehe er einschlief, einem Tag entgegen, der sein Lebensschiff in heftige Strudel führen sollte. Im Hause des Buchdruckers kehrte Ruhe ein und nur von der Gasse klang der Singsang des Nachtwächters, der vor Feuer und Dieben warnte.

Der Morgen zeigte sich müde und grau. Eisig, kalt blies der Wind aus dem Osten. Feinem Puderzucker gleich, lag eine zarte, fingerdicke Schneedecke auf den Dächern, in den Gassen, Höfen und Plätzen – und verdeckte gnädig zwischen den Häusern den Unrat, ließ die Verkehrswege sauber, wie frischbezogene Betten erscheinen – bis, wie üblich, die Schweine der Hausbesitzer und streunende Hunde die Restbestände menschlichen Zusammenlebens inspizierten – und die geschäftigen Bürger hin und her eilten und die frische Schneespreu zum Schmelzen brachten – alles in einen hässlichen Matsch verwandelten. Meister Veedersmann verließ zeitig das Haus, um, wie er seiner Frau Trude versicherte, gegen Mittag wieder daheim zu sein. Allein, man solle nicht auf ihn warten, wenn es über die Zeit würde, denn er habe eine außerordentliche Verabredung – was die dicke Trude mit misstrauischen Blicken auf ihren Ehemann zur Kenntnis nahm. In der Werkstatt hockten seit dem ersten Tageslicht, wie gewohnt, die Gesellen an den Satztischen. Ludwig stand, da seine vom Meister neu bezogenen Kleidungsstücke noch in der Reinigungstortur der Mägde waren, in seinen alten, herausgewachsenen Reisekleidern im Kontor und schrieb. Jennie und Luzie vollzogen den Reinigungsakt auf der Tenne. Ihr gackerndes Gelächter trieb Ludwig kleine Schweißperlen auf die Stirn, denn er ahnte, was die Heiterkeit der Mädchen bei deren Arbeit anregte. Die Meisterin, Frau Trude, begab sich pflichtschuldig zum

Morgengottesdienst; eine Pflicht, die ihr Magnus wegen der Leute und deren Gerede, strengstens auferlegt hatte – und die sie redlich erfüllte. Um die zehnte Stunde kam ein Büttel vom Rathaus und klopfte vernehmlich an der Kontortür, obwohl dieses nicht versperrt war. Aus den Fenstern der Nachbarhäuser hängten sich sofort neugierige Nachbarn und lauschten, was da wohl kommen mochte. Die Gesellen öffneten, doch der Büttel blieb auf der Gasse, entrollte ein Schreiben und las mit laut schallender, strenger Stimme, zur Belustigung der Neugierigen, vor: »Der Buchdrucker Magnus Veedersmann ist hiermit, für alle Leute zu wissen, auf den kommenden Tag, auf das kleine Ratsgericht geladen. Er hat Schlag elf Uhr vor dem Syndikat zu erscheinen!«

»Wessen wird der Meister beschuldigt? Was wirft man ihm vor?«, fragte der Böttenfranz eingeschüchtert. »Das darf ich nicht kundtun!«, blähte sich der Büttel im Glanz seines Amtes und Auftrags. »Gebt das Schreiben eurem Meister. Er kann ja selber lesen. Sagt ihm, die Gaffel sei gehört und mit der Einvernahme einverstanden.« Hochnäsig, seines Amtes bewusst, stolzierte die »Untere Stadtgewalt« durch den knöcheltiefen Dreck davon und ließ eine sprachlose Hausgemeinschaft zurück, die, sobald die Meisterin aus der Kirche kam, sich in eine jammernde, wehklagende Gesellschaft verwandelte und nach dem Meister schrie. Ludwig fühlte sich schuldig. Sicher hingen die Unannehmlichkeiten mit seinem törichten Geschwätz von gestern Abend zusammen. Aber was hatte er gesagt oder getan? Genau erinnerte er sich nicht. Doch der Hergang hatte ihn geschädigt. Darüber mochte man den Meister sicher nicht hören wollen. Aber seine kleinen Eitelkeiten wegen der Schreiben an den Magistrat; konnten die der Grund sein, dass man den Meister hören wollte? Er schrieb an seinem Pult weiter, unsauber, unkonzentriert. Es wurde eine miese Schreiberei; die schlechteste Arbeit, die er in diesem Hause je abgeliefert hatte. Kurz nach dem Mittagsläuten kam Meister Veedersmann nach Haus. Er befand sich in Begleitung zweier Schiffer, die einen fröhlichen Radau machten. Alle drei waren angeheitert, voll des süßen Weins oder anderer geistiger Getränke, deren gemischter Geruch schnell die Räume füllte, die von den frühen Zechern betreten wurden. Die Fröhlichkeit der Herren stand ganz im Widerspruch zur Niedergeschlagenheit der Hausherrin, die ihre Empörung wütend freien Lauf ließ: »Wir sind hier in argen Nöten – und der Herr macht sich einen schönen Tag!«, wetterte sie. Magnus Veedersmann schien überhaupt kein Ohr für die Klagen seiner Frau zu haben, schien nicht einmal zu verstehen, was sie eigentlich wollte. Laut lachend und singend zog er mit seinen Zechkumpanen durch die Kellerluke in den Keller hinab, um dort dem ansehnlichen Weinvorrat, es waren immerhin einige Fässchen unterschiedlichster Qualität, einen fröhlichen Besuch abzustatten. »Hat man schon so einen Menschen gesehen!«, keifte die dicke Trude durch die Falltür im Küchenboden in den Keller hinunter. »Da verlangt ihn die Obrigkeit für morgen zur Einvernahme. Gott weiß, was er da angestellt hat. Heilige Mutter Gottes! Steh mir bei.« Sie schlug ein Kreuz – das fatal nach dem Gebrauch einer Zuchtrute aussah. »Liederjan, Lotterkerl, Trunkenbold! Man muss sich für so einen Kerl nur schämen! Und alles am hellen Tag! – Maria und Josef, ihr Heiligen steht mir bei!« Aus dem Keller schallte als Antwort der haarsträubende Chor der Zecher: »Oh Kölle, meine hoch gerühmte Stadt, des Reiches Zier nicht so was Gleiches hat. All Volk in weiter Runde, neidet deine Pracht, was rechte kölsche Herzen, zu freien Bürger macht!« Die Meisterin knallte den Lukendeckel zu und stampfte wütend aus der Küche. Da hob sich der Deckel vorsichtig und Meister Veedersmann lugte umher. Als er seine Trude nicht wahrnahm, befahl er übermütig: »Jennie, Luzie! Schafft uns einen Imbiss. Haben ihn uns redlich – jawohl – redlich verdient. – Einen guten Laib Brot und ein paar Flöns. Aber eilt – bevor die Dicke Trude wieder aufmarschiert!« Jennie schleppte das Gewünschte in den Keller.

Plötzlich hörte man im ganzen Haus ihren Entsetzensschrei, der auch deutlich in der Werkstatt und im Kontor zu vernehmen war. In Letzterem stand gerade ein Bader und Badehausbesitzer als Kunde neben Ludwig.

»Der hat die Pest! Der hat die Pest!«, kreischte Jennie immer wieder. Sie sauste aus dem Keller hinaus zu ihrer Kammer hinauf. Oben schrillte sie: »Meisterin! Der eine Schiffer hat die Pest! Er hat die Beule am Genick. Ich kenne sie genau. Ich verlasse sofort das Haus!« Die Dicke Trude sprang nun wie ein junges Fohlen. Mit schrillem Wehgeschrei stürzte sie in die Küche: »Ist das wahr? – Herrgott, steh uns bei. Heilige Mutter Gottes, gebenedeit seist du Gnadenvolle!« Der Badehausbesitzer Dietrich Wylich rannte ebenfalls in die Küche, wo soeben die drei Zecher dem Kellerloch entstiegen. Auch Wylich, der Bader und Quacksalber, glaubte, am Hals des Schiffers Wim Fleuser eine Pestbeule zu erkennen. Er rannte spornstreichs davon und brüllte, sobald er auf die Gasse kam: »Die Pest, die Pest! – Macht den Strohwisch ans Haus!« Indessen rannten auch die Mägde und die beiden Gesellen mit ihrer geringen Habe davon. Ludwig sah dem Treiben verständnislos und entsetzt zu. Was die Pest bedeutete, hatte er oft genug von den Leuten gehört. Sein Meister und dessen Frau taten ihm darum herzlich leid. Noch unter der Tür hatte ihm der Böttenfranz mit irrem Blick zugerufen: »Hau ab, Junge! Sonst sitzt du hier in der Gefangenschaft, bis ihr alle hin seid.« Das rüttelte Ludwig auf. Wenn man ihn hier fand – wer mochte wissen, was dann mit ihm geschah. Oder war er schon von dem Pesthauch getroffen? Er erinnerte sich, dass der eine Schiffer dicht an ihm vorbeigegangen war. Hatte der nicht fürchterlich gestunken? War das schon der Pesthauch, von dem man allenthalben zu reden pflegte. Die wildesten Erzählungen gingen ihm durch den Sinn. Er bekreuzigte sich und sprang zu seiner Kammer hinauf, wo er seine Habseligkeiten, vor allem den Schreibkasten, an sich nahm und wieder hinunterrannte. Der Meister, nunmehr ziemlich nüchtern, fluchte in den höchsten Tönen und der Schiffer Fleuser dröhnte: »Ihr seid nicht ganz gescheit! Ich habe doch nicht die Pest. Wäre längst in Quarantäne!« »Quarantäne?«, schoss es Ludwig durch den Kopf. »Mein Gott! Fort!«, brabbelte er entsetzt und stürzte aus dem Haus, die Gasse hinunter. Wohin aber sollte er sich in der großen, fremden Stadt wenden? Erst einmal so weit wie möglich vom Ort des Geschehens fort – und das so unauffällig wie möglich. So schlenderte er ab der nächsten Gasse behutsam weiter. Jetzt wurde es ihm zum Nachteil, dass er die Stadt nicht kannte. Er kam an einen Platz mit einer großen Stiftskirche, neben der sich ein kleines Kirchlein, wie ein Küken an die Henne drückte, offenbar ein Kloster- oder Beginenkirchlein. Auf Befragen eines Handwerksgesellen, dem er sich als Fremder, der gerade in die Stadt gekommen war ausgab, erfuhr er, dass er vor St. Gereon und St. Christofels stand, was ihm aber auch nicht viel sagte. »Du siehst nicht aus, als ob du mit Reichtümern geboren bist, Fremder«, lachte der Geselle gutmütig. »Wenn du eine Herberge suchst, wo es nicht viel kostet, geh diese Straße hinunter und in die erste Gasse hinein. Man nennt sie den Katzenbauch. Da findest du eine Fremdenherberge und Spital – und vielleicht auch jemand, der dir Arbeit vermittelt. – Willst doch arbeiten«, setzte er misstrauisch hinzu. Aber sicher wollte er arbeiten. Er bedankte sich bei dem Mann und machte sich auf den Weg. Nur kein Aufsehen erregen, dachte er. Die paar Kröten, die er bei Meister Veedersmann verdient hatte, würden kaum lange reichen. »Ich hätte vom Meister mehr einfordern sollen«, knurrte er ärgerlich, sich selbst tadelnd. Das hatte er nun von seiner Gutmütigkeit. Veedersmann hätte ihm, sicher mit Zähneknirschen, einige Albus, Weißpfennige oder gar Mark mehr gegeben.

Er fand das Hospiz Ippenwald mühelos. In dem Langraum, der Gastraum, Empfangsraum, Kranken- und Behandlungszimmer, Schlaf- und Speisesaal und mochte der Himmel wissen, was er noch war, stank es nach Schweiß, üblen Körpergerüchen, Wein, Essen, Bier, Urin und anderen Fäkalien. An diesem kühlen Tag hatte sich schon eine große Besucherschar eingefunden, die dem Wirt, Albrecht Zeller, einem feisten großen Kerl, mit allen möglichen Wünschen und Bitten in Beschlag nahmen. Die einen wollten nur etwas Essen und Trinken, andere baten um Unterkunft für eine, für zwei Nächte. Männer grölten angeheitert herum, spielten mit Würfeln und Karten – und soffen, soffen aus großen Lederhumpen und Holzkannen Bier und gar Wein. Frauen, meist Bettelleute mit Kindern, taten es ihnen gleich oder versorgten mehr schlecht als recht ihre Kinder, die sie Pänz nannten, säugten sie vor aller Augen ungeniert und ließen kreischend und keifend ihrer Lust oder Unlust freien Lauf – gerade wie es kam. Dazwischen tollten die etwas größeren Kinder – mit flinken Händen, fast im Spiel nach Beute haschend – oder spielten sie nur fangen? Ludwig war entsetzt und nur zu deutlich hörte er in seiner kindlichen Erinnerung die Stimmen bei dem Überfall am Vorabend. Aus dieser Gesellschaft kamen sie also. Bedrückt schob er sich bis zum Ausschank, einem Loch von einer Elle im Quadrat. Hier residierte der Wirt Zeller. Er kniff die Augen abschätzend zu und sah Ludwig mit seinen Froschaugen abschätzend an. »Schüler – und kein Geld mehr, wie?«, fragte er geringschätzig, herablassend. Ludwig fand die Ausrede, die ihm da in den Mund gelegt wurde, hervorragend und bestätigte, um sogleich nach Unterkunft zu fragen. »Heute Nacht, Bürschlein, wenn du noch ein Bier zahlen kannst. Nachher gibt es Steckrübensuppe aus dem Magistratsfond.« »Was kostet denn das Maß?« Zeller spottete: »Was bist du denn für ein Würstchen? Weißt nicht einmal, was ein Bier kostet? – Hast wohl noch die Eierschalen hinter den Ohren – wie? – Na schön! Für einen halben Albus bist du dabei. Ab Sperrstunde ist hier stille und du musst dir eine Ecke zum Schlafen auf der Erde suchen. Die Bänke«, er wies auf die wenigen rohen Einrichtungsstücke, »sind für die Weiber und alten Leute. Für die Logierkammer hast du wohl ohnehin nichts zu berappen.« Beim Vesperläuten kamen zwei gräulich anzuschauende Bettler und zeterten: »Herrgott! –

Maria und Josef! – Jetzt ist die Pest in der Stadt! Habt ihr es schon gehört?« Der allgemeine Lärm verebbte schlagartig. Es wurde Totenstille. Man konnte fast alle gleichzeitig schwer atmen hören. Ein Seufzen und Stöhnen lief durch die Menge und ein Baby fing an zu weinen. Dann brach das Entsetzen sich gewaltsam Bahn. Alle schrien und redeten durcheinander – gleichzeitig. Es war ein schlimmes Getümmel. Ludwig machte sich hinter seinem Humpen ganz klein. Der Wirt ruderte durch die Menschenmenge bis zu den beiden Unglücksboten an der Tür vor. Diese standen allein, als hätten sie bereits die Pest ins Haus getragen. Es waren erbärmliche Gestalten. Der eine hatte nur ein Auge und stellte die leere Augenhöhle mitleiderregend zur Schau – der andere humpelte, mittels einer Krücke, artistisch auf einem Bein; offensichtlich war eines der Beine nur halb so lang, als das andere. Auch diese Missgestaltung wurde geschickt zwischen den Lumpen dargestellt – war es doch sein einziges Kapital, um das tägliche Brot zu ergattern. Der Wirt brüllte mit ungeahnter Stimmkraft um Ruhe.

»Erzählt – ihr Schelme!«, herrschte er die Bettler an. Sie wollten beide gleichzeitig anfangen, aber der Wirt, der die beiden kannte, befahl: »Bertel Böck, du erzählst – aber so, dass man auch versteht!« Der Einäugige fühlte sich geschmeichelt und rieb überlegen seinen struppigen roten Bart. Der Wirt funkelte ihn böse an und knurrte: »Wird es bald – oder hat es dir die Sprache verschlagen?« Bertel Böck grinste und fing nuschelnd, aber dennoch so laut, dass ihn jeder im Saal verstand, an zu berichten: »Ich und der Petz, wir kamen, weil wir doch den Erlaubnisschein vom Rat haben, an die Pfaffenpforte. Da zogen Gewaltknechte und zwei Doktores von der Universität – An der Burgmauer- hinauf- und ein Gewaltmeister, der Juppenfränz, den ja alle hier kennen, zog ihnen mit Trommler voraus. Wie wir da nun gaffen und die Amtsgewalt bestaunen, bleibt der Juppenfränz mit seiner Amtsrolle stehen und hat vorgelesen, was der Magistrat zu künden hat.« Der Bertel machte eine Pause und sah sich Beifall heischend um. Der Wirt stupste ihm kräftig in die Lumpen, just dort, wo er die Rippen des Bertel Böck vermutete. »Sprich weiter, du Esel! Oder ich werfe dich gleich samt dem Petz wieder raus.« Bertel duckte sich und fuhr mit einer ausholenden Geste, die seinem ängstlichen Gehabe zuwider schien, lauter als zuvor fort: »Ja, ja! Da standen wir. Ich und der Petz und haben alles gehört! Der Gewaltmeister, der Juppenfränz, verkündete, keiner solle mehr in die Klockergass oder die Swadergass gehen, weil da wohl eine Krankheit sei. Zudem habe er die Gassen für jedermann mit Kette und Strohwisch geschlossen – und Wachen davor gesetzt, die keinen hinein und keinen hinaus lassen würden, so es nicht vom Rat beschlossen, genehmigt oder befohlen worden sei. Wer es dennoch tut, fliegt in den Turm oder aus der Stadt. Auch sucht man Leute aus der Klockergass: zwei Mägde und zwei oder drei Gesellen des Meister Veedersmann, dem Buchdrucker. Sie sind ausgebüxt, bevor die Ketten kamen.« »Wer sind die Leute«, erkundigte sich der Wirt ärgerlich. »Na, die Jennie Timmermann und die Luzie aus Siegburg, dazu den Böttenfranz, der Druckgesellen, die anderen kenne ich nur mit Namen; soll noch ein Druckergesell und ein vornehmer junger Pinkel, so'n Schreiberling, den der Juppenfränz Ludwig Sydekum nannte.« »Hab den Namen noch nie gehört«, krähte der kurzbeinige Petz dazwischen. »Halts Maul«, schimpfte der Wirt und ungnädig zum Bertel: »Weiter, was gab's noch?« »Ja, nun ja! – Also, diese Leute, die ich eben nannte, haben sich verlaufen. Wer sie nun aufnimmt oder beköstigt, sie nicht sofort anzeigt, wenn er sie findet, kommt in den Stock und zahlt drei Taler. Wer aber einen fasst oder anzeigt, bekommt einen Taler. Das ist nun alles, Meister Zeller. Mehr war nun wirklich nicht.« »Woher weißt du denn nun von der Pest?«, schnaufte der Wirt wütend und ängstlich zugleich. »Das haben wir doch von den Leuten in der Koffergass gehört. Die machten ihre Häuser dicht und gaben keinen einzigen Schilling mehr. Am Haus des Entenhannes hat uns das Hausvolk gar einen vollen Pisspott aus dem Fenster über den Kopf gegossen. – Diese Satansbraten!« Trotz der ernsten und bedrohlichen Lage erregte die letzte Bemerkung Heiterkeit und der Wirt schimpfte laut: »Bei allen Heiligen – So stinkt ihr auch.« Dann wandte er sich mit erstaunlicher Besonnenheit und Ruhe an die Menschen im Saal: »Ruhe! Herhören! So lange nicht ausgetrommelt ist, hält sich alles ruhig. Wenn die Pest in der Stadt ist, dann Gnade euch Gott. Dann fliegt ihr alle aus der Stadt – und das bei angehender Winterzeit.« Er schlug ein Kreuz und alle anwesenden folgten seinem Beispiel. Irgendwo im Raum fing einer laut an, einen Psalm zu beten, einige andere riefen nach der Jungfrau Maria und baten sie um Schutz. Doch die Angst und Beklommenheit hielt nicht lange vor. Langsam wurde es wieder lauter. Diese Menschen hingen nicht ängstlich am Leben, waren ihr Dasein doch nichts weiter, als eine unendliche Kette von Qualen und Trübsinn, Schmerzen und Leiden. So war der Wirt kaum wieder an seinem angestammten Platz, da schien die Katastrophennachricht schon vergessen, verdrängt zu sein. Im Raum war es nun schon fast dunkel geworden. Er zündete zwei Windlaternen an und hängte sie an Haken neben dem Schankloch, dass ihr schwacher Schein gerade so viel Licht verbreitete, um die Ausgabe zu kontrollieren und die Haustür noch zu erkennen. Letzteres wurde dadurch erleichtert, weil die Tür drei Stufen über dem gestampften Lehmboden des Saales lag. Sicher wäre die Türkontrolle leichter gewesen, wenn dort direkt ein Licht angebracht gewesen wäre, aber das lag nicht in der Absicht des Wirtes. Vermutlich wollte er gar nicht mitbekommen, wer oder was sich dort genau tat. Es entfaltete sich überhaupt ein reges heimliches Tun im Raum und um den Wirt. Ludwig, der nahe dem Ausschank hockte, sah, wie immer wieder Gäste beiderlei Geschlechts an den Wirt herantraten, mit ihm heimlich verhandelte. Dabei wechselte Geld und manches eingewickelte Bündel vom Gast auf den Wirt und umgekehrt. Einige verhandelten auch lauter mit Zeller. Sie boten ihm Geld, wenn er sie in Logis, in Miete nähme, nämlich dann, wenn die Pest bestätigt, ausgetrommelt wurde und die Nichtsesshaften und die Bettler aus der Stadt geführt würden. Da wechselten Kölnische Mark, Taler, Reichstaler, Gulden und gar Dukaten aus den unterschiedlichsten Ländern und Werten den Besitzer, obwohl es hier doch eigentlich nur die Ärmsten der Armen gab. Es war eine entsetzliche Luft in dem Raum. Von Zeit zu Zeit kamen noch Obdachsucher. Der Wirt ließ sie unter gleicher Bedingung, wie er sie Ludwig geboten hatte, unterkommen – und das, obwohl es draußen nun schon stockfinster geworden und die Tür mit Einbruch der Dunkelheit von Amts wegen verschlossen sein sollte. Um die zehnte Stunde kam der Bubenkönig, oder der Klocker, wie er auch im Volksmund genannt wurde, mit seinen zwei Spießgesellen, Bütteln, die mit dickschäftigen Helmbarden, die eher an Saufedern erinnerten, bewaffneten waren. Zudem hatten sie Windlaternen, mit denen sie die hier versammelten Menschen anleuchteten, um sie auf »verdächtiges Volk« zu kontrollieren. Auch Ludwig, der für sich an der Wand einen kleinen Platz gefunden hatte und auf seinem Kästchen hockend, zu schlafen schien, leuchteten die Büttel ins Gesicht, ohne in ihm allerdings den gesuchten Ludwig Sydekum zu erkennen. Der Klocker und der Wirt unterhielten sich leise. Ludwig konnte erkennen, wie der Wirt dem Klocker, dem Bubenkönig, Geld in die Hand drückte und leise sagte: »Mehr ist heut nicht drin. Wenn ihr aber selber was absammelt, habe ich nichts gesehen. Versteht sich, wie immer.« »Wer hat's denn?«, fragte der Bubenkönig leise, aber nicht zu leise, dass Ludwig und einige andere es sicher verstehen konnten. Der

Wirt flüsterte dem Klocker einige Namen ins Ohr. Dieser lachte und rief seinen Bütteln zu: »Haben wir ungutes Volk gefunden?« »Nein Meister!«, rief einer der Männer. »Sieh da! Das ist ja wunderschön. Aber es ist hier, Meister Zeller, in Eurem Saale doch reichlich finster. Da mag manch trübes Gesicht unerkannt bleiben. Ich will vorsichtshalber noch einmal selber nachsehen.« Er nahm die Blendlaterne der ihm zunächst stehenden Büttel und fand, nach einigen hin und her, die offenbar vom Wirt angegebenen Personen, Lumpengestalten, wie alle anderen hier. »Sieh da!«, freute sich der Klocker mit erheblichen Stimmaufwand. »Das ist doch nicht zu fassen. Schon wieder der Rübenhannes aus Antwerpen – und hier der Schröffel – und dort der Peter aus Boppart. Hatte ich euch nicht vor kurzer Zeit aus der Stadt geleiteten lassen? – Auf, ihr Leute! – Ihr kommt mit ins Verhör.« Die Büttel trieben die genannten zusammen, die einen schwachen Protest versuchten. Dabei fiel dem einen eine lumpige Decke von der Schulter. Unter dem Lumpentuch kam ein recht ordentliches Gewand zum Vorschein, was anzeigte, dass dieser, vermutlich auch die beiden anderen Kerle, nicht zum Bettelvolk, sondern zu anderen Gewerben zu rechnen waren. »Seht Ihr, Wirt Zeller! Man findet immer wieder unanständige Buben. Ihr solltet mehr Fackeln im Saal aufhängen, da könnten Euch diese Gesellen nicht entgehen.« Er grinste wie ein böser Faun und setzte hinzu: »Aber Ihr tut recht, wenn Ihr spart. Der Rat hat nicht das Geld, um diesem Volk auch noch Licht zu spenden. – Dennoch, wie konntet Ihr diese Buben nur übersehen!« Er wackelte betrübt mit seinem kappenbedeckten Haupt und stolperte die Stufen zur Tür hinauf, hinaus. Krachend fiel die schwere Tür hinter ihm zu. Ein Helfer des Wirtes eilte herbei, legte einen Sperrbalken in die Eisenklammern und verschloss diesen mit einem gewaltigen Hängeschloss. »Schluss für heute!«, verkündete der Wirt. Er schlug den Laden vor das Schankloch und verschwand in der Tür daneben, die er, wie den Laden daneben, von der anderen Seite verriegelte. Gefangen, wie eine Maus, dachte Ludwig und fühlte den Druck auf seiner Blase. Er musste mal, aber er wagte seinen Platz nicht zu verlassen – und wo konnte er auch hin. Hier gab es nirgends einen Abtritt oder einen Eimer, um die Notdurft zu befrieden. Neben ihm hockte ein spitzgesichtiges Individuum, Bettler, Tunichtgut, Dieb oder Räuber – wer mochte das sagen. Seine Kleider stanken ungewaschen, nach Urin. Ludwig fühlte einen würgenden Ekel vor ihm. Dennoch fragte er ihn leise: »Wo, oh Gott, kann man hier denn pissen?« Das Spitzgesicht lachte leise, meckernd und raunte: »Piss auf den Boden. Das machen alle. Es versickert im Sand. – riecht nicht gut. Musst dich ja nicht mit dem Arsch in die Brühe setzen.« Ludwig kämpfte gegen den Rat so lange an, bis er vor Pein nicht mehr aushielt und sich entleerte, was offensichtlich niemand zur Kenntnis nahm oder störte. »Mein Gott«, dachte er. »Was ist das hier für eine Hölle.« So muss der Vorhof der Höllenqualen sein. Komisch, so etwas hatten die Maler, die doch alle Höllenqualen in den Kirchenbildern so schön darzustellen verstanden, noch nicht gemalt – jedenfalls hatte er es noch nie irgendwo gesehen. Ihm floh der Schlaf. Lange hockte er da und tausend Gedanken zogen durch sein Hirn. Seine Gedanken drehten sich im Kreis, doch der ersehnte Schlaf wollte seinen müden Körper nicht entlasten. Es war schon fast Morgen, als er dennoch plötzlich einschlief.

Doktor Nicolaus Stapedius war einer der studierten Ärzte Kölns und hatte lange Zeit in Frankreich, in Paris, Bourg und anderen Städten – aber besonders auch am französischen Königshof, rühmlich praktiziert. So waren sein Ruf, sein Ansehen und sein Vermögen beträchtlich. Er galt als die allgemeine Lokalkapazität. Bisher wurde sein Ruf nur von dem vor zwei Monaten in seinem prächtigen Haus mit Sang und Klang, bei Harfen-, Zither- und Lautenschlag fröhlich verstorbenen Doktor Birkmann eingeschränkt. Nun aber war er der Größte. Also ließ der Rat sich im Falle des Schiffers Wim Fleuser und des Buchdruckermeisters Magnus Veedersmann, nebst ehelichen Anhangs, von ihm beraten. Wim Fleuser lag im Turm an der Mauer, in einem stinkenden kleinen Gelass; in einem ähnlichen Gefängnis hockte der zweite Schiffer Umbertus Asmussen, und in einem etwas wohnlicheren, weil großem Loch, Meister Veedersmann mit Frau Trude. Der Gewaltmeister hatte sie, auf Befehl des Rates, hier her isoliert, damit die teuflische Seuche, falls bewiesen, sich nicht weiter ausbreiten sollte. Meister Hans[25] und seine beiden Gesellen hatten sich für diesen schweren und gefährlichen Akt lange Kapuzenmäntel, gleich den Kutten der Mönche, sogenannte Pestmäntel angezogen und die Gesichter mit Masken verhüllt, die den Pesthauch abhalten, oder, falls es sich um teuflische Mächte bei der Krankheit handeln sollte, man konnte ja nicht wissen, diese zu verschrecken und zu verscheuchen. Nach voll-

---

[25] Hüllname für Henker

brachter Arbeit hatten sie sich schleunigst davon gemacht und den Türmer, Bartholomäo Eyloff, in arger Bedrängnis zurückgelassen. Hatte er doch nun die Pest am Hals. Doktor Stapedius hatte zu lange in Frankreich gelebt und dort zu viele Seuchen überstanden, um sich über das Vertrauen des Rates der Stadt zu freuen. Außerdem war es immer gut, Hilfe zu haben, falls es schief ging. Den Ruhm, so die Arbeit gelang, wollte er sich schon sichern. Schließlich ging es um das Wohl und Wehe der Stadt und so fand sein Begehren, den allerorts gerühmten, Gott sei gepriesen, in Deutz lebenden Juden, Doktor Isaak, der, neben anderen Krankheiten, zudem als Pestspezialist galt, mit hinzuzuziehen. Das bedurfte natürlich auch eines, den Juden und seine Zauberkünste – falls es solche waren – hinreichend neutralisierenden geistlichen Beistands, den man in einem Dominikaner zu finden hoffte, dem man exorzitische Fähigkeiten zusprach. Diesem rüstigen Bund gegen Krankheit und böse Geister wurden zwei Gewaltknechte des Rates gegen unflätiges Volk beigegeben. Der Fünfertrupp marschierte zum Ort der aufbewahrten, eingekerkerten Kranken. Vor dem Turm, zu Bartholomäo Eyloffs großer Erleichterung angekommen, setzten sich die beiden Ärzte zunächst einmal ihre Vogelmasken auf; Pest ist Pest und wer wusste schon mit Sicherheit, wie solche Seuchen zustande kamen. Die Krähen konnten jedenfalls Seuchentote fressen, ohne krank zu werden – also half eine Maske, die dem Arzt ein krähenhaftes Aussehen verlieh, immerhin dann, wenn, was wahrscheinlich schien, es sich um Seuchen handelte, deren Herkommen unerklärlich war. Aber zunächst musste der Türmer Bartholomäo den Weg bereiten, indem man ihm befahl, die in einem Sack von den Gewaltknechten mitgeschleppten Kräuter im engen Turmaufgang zu verbrennen. Der Türmer kam diesem Verlangen, im Rauch hustend und schnaufend, aber im sicheren Gefühl, dass es auch zu seinem Besten war, eifrig nach. Dann trat der Mönch in Aktion. Er leierte einige Psalmen in Latein, fuchtelte gewaltig mit einem hölzernen Fuß großen Kreuz und vollführte dabei absonderliche Sprünge, die die von weiten gaffenden Menschen mit bewundernden Rufen zur Kenntnis nahmen. Dann kam der Segen, den nun auch der Jude Isaak, wollte er nicht in Ungnade verfallen, wohl oder übel, über sich ergehen lassen musste. Gesegnet wurden die Helden, das heißt die Ärzte, der Türmer und die Gewaltknechte – und nicht zu vergessen, der gesamte Turm und die in ihn hinein – oder hinaufführende Treppe. Doch das schien dem Exorzisten nicht genug, hatte man doch mit Seuchen, gar der Pest oder der Cholera, schlechte Erfahrungen. Zudem war er sich der fernen Zuschauermenge deutlich bewusst, was seinen Eifer erheblich anstachelte. So griff er nun zum nächsten starken Mittel, den Bannsprüchen. »Beim Vater, dem Sohn, dem Heiligen Geist; in die blutenden Wunden des Herrn! Den Siechen, den wir hier gefunden, der will vergehen und verschwinden, wie die böse Hand, die den Heiland ans Kreuz band. Diese Hand, sie mag verdorren, wie der Schade an den Siechen- dass er gesund – und bald mag kriechen!«[26] Sein schallendes »Amen!« wurde aufgenommen und hallte wie ein Lauffeuer durch die Gassen, bis in entlegene Stadtteile, wo allerdings niemand mit dem Amen etwas anzufangen wusste. Bartholomäo Eyloff stieg, solchermaßen gestärkt, gewappnet und geschützt, tapfer die enge Stiege hinauf, gefolgt von den zitternden, Räucherbecken schwingenden, -Vater unser- betenden Gewaltknechten und den absonderlich vermummten Medizinmännern. Der Dominikaner hielt sich aus der gefährlichen Unternehmung salbungsvoll, Gott ergeben, tapfer um Gelingen betend, vor der Turmtür heraus. Der Gewürzkräuterduft des Räucherwerks benahm fast den Atem, ließ die Expeditionsteilnehmer unentwegt husten. Doktor Stapedius schritt steif und würdevoll, oder war es versteckte Angst, über den Gang zu der Zelle, in deren tiefsten, engen Dunkel der Fleuser Wim voller Katzenjammer, auf fauligem Stroh, harrte. Doktor Isaak folgte, wie es schien, gelassen. Stapedius befahl einem schlotternden Gewaltknecht, die Tür des »Lochs« zu öffnen. »Dem Herrn, allen Heiligen und der Jungfrau Maria, Mutter voller Gnaden, sei gedankt,« kam es, mit einem ekelhaften Gestank aus der Finsternis des Gelasses. Die Knechte wichen entsetzt zurück. Wim Fleuser, und vor ihm sicher eine unabsehbare Kette anderer Gefangener, hatte sich in seiner Not, seiner Notdurft oben und unten entledigt. Der Gestank, der der Zelle entwich, wurde nicht einmal durch die starken Räucherstoffe gemildert und würgte jeden der Anwesenden derart, dass sie sich nur mit Mühe bezwangen, um nicht die Flucht zu ergreifen.

»Komm heraus!«, schrillte Doktor Stapedius und hüstelte verkrampft. »Zeig dich, damit wir sehen, was du hast.«

»Bei Gott! Ich habe keine Pest! Ihr Herren, seid gnädig.« »Halts Maul und komm her«, befahl Stapedius noch einmal energisch. »Stell dich an das Fenster

---

[26] entnommen aus dem Niederdeutschen, aus: »Magische Bannsprüche des Volkes und der Geistlichkeit«

und zeig uns die Beule.« »Heilige Jungfrau, ich habe keine Pestbeule«, heulte Fleuser und kam wackelig aus dem Dunkel. »Es ist ein Karbunkel, mit dem ich mich schon seit Monaten herum quäle.« »Du sollst das Maul halten! Stell dich dort ans Fenster und zieh deine Lumpen aus.« »Wie? – Ganz aus?« »Ganz, natürlich. Wir müssen dich ja besehen.« Wim Fleuser tat, wie ihm befohlen, unter herzzerreißenden Seufzern und leise gemurmelten Flüchen. Doktor Isaak warf einen kurzen Blick auf den nackten Mann – und dessen beträchtlichen Geschwür am Hals, nahe dem Wirbel. »Das muss dir scheußlich weh tun«, sagte er mitleidig. »Und wie«, stöhnte der Schiffer. »Darum trinke ich auch immer ein wenig mehr, als ich vertragen kann.« »Ha, ha, ha!«, lachte Doktor Stapendius erleichtert und höhnte: »Saufen tust du wegen des Furunkels, Mann? Da haben die Schiffer wohl alle stets Karbunkel, Kerl! Doch mag es sein, wie es will. Dem Herrn sei Dank, es ist nicht die Pest, es ist wirklich ein Furunkel und man kann dich unbedenklich aus dem Loch lassen.« Nun brach allgemeiner Jubel aus, der sich sogleich auf die Straße verbreitete und dort seinen Weg in die Stadt nahm. Einer der Gewaltdiener wurde zum Rat geschickt, um die frohe Botschaft zu verkünden und für die Inhaftierten Freilassung zu erwirken. Fleuser wurde, bis zur Verfügung des Rates, indessen wieder in seine Zelle geschickt. Die Expedition eilte eiligst aus der stinkenden Dunkelheit, vor den Turm. Die Ärzte hatten ihre Verkleidung abgelegt und wechselten noch einige anzügliche, gehässige Höflichkeiten, denn Konkurrenz ist Konkurrenz. Der Dominikaner hatte da eine ganz andere Vorstellung. Er verkündete, dass nur seine exorzitischen Vorbereitungen den Schaden von der Stadt abgehalten, die bösen Kräfte vertrieben und dem Siechen wieder Gesundheit verliehen haben. Es sei also ein Wunder geschehen – kein Zweifel. Doktor Isaak verabschiedete sich daraufhin eiligst – doch Doktor Stapedius wollte dem Geistlichen keineswegs das Feld räumen: »Euer Gebet, Pater, mag uns und den Leuten dort oben im Turm, gut bekommen sein. Wer wollte bezweifeln, dass alles nach Gottes Willen geschehe. Doch der Schiffer hatte nie die Pest. Von einer Heilung, einer Wunderheilung, kann nicht die Rede sein! Er hat ein normales Furunkel. Der Herr hat es ihm in den Nacken gesetzt, welch eine Gnade. Hätte er es am Arsch, er könnte weder sitzen noch liegen; es wäre bedeutend schlimmer. Lasst also eure Sprüche vom Wunder. Geht zu Eurem Orden; ich werde dem Rat höchst persönlich Bericht erstatten, wenn die Leute hier entlassen sind.« Unbesehen dessen, hörte man hier und da noch von Wundern und der wunderbaren Kraft, die der Bannspruch des Mönches auf Krankheiten haben sollte. Schon bald waren es etliche Weiblein, die mit Kräutern, Räucherwerk und viel Drum-herum, den Bannsegen des Mönches nutzten. Dieser verkaufte den nützlichen Spruch heimlich an interessierte Frauen – meist im Beichtstuhl; einigen soll er indessen einige Jahre später, anderen Orts, nicht gut bekommen sein, denn man bezichtigte sie der Hexerei und Zauberei, was dann ihren unweigerlichen Tod zur Folge hatte.

Von dieser glücklichen Wendung erfuhr Ludwig zunächst nichts. Als er am Morgen das Spital verlassen wollte, stellte er fest, dass man ihm seine winzigen Ersparnisse gestohlen hatte; wie, blieb ihm ein Rätsel, denn von geschickten Taschendieben oder Beutelschneidern hatte er wohl gehört, ihre Fähigkeiten aber noch nicht erlebt. Der Wirt warf ihn, als mittellosen Herumtreiber, auf die Straße: »Lass dich hier nicht wieder blicken. Maulaufreißer und Müßiggänger haben zu Köln keine Bleibe – es sei denn, du hast wieder genug, um dein Bier zu zahlen. Hast du vielleicht noch?« »Nein, Herr Wirt. Wie ich Euch sagte, man hat mich beklaut.« »Unsinn! Hier im Haus klaut niemand. Wer sollte denn? Hat doch keiner etwas, was zu klauen wert wäre. Hau also ab, Bursche.« Ludwig wusste es besser und er argwöhnte, dass der Wirt, wenn auch nicht selber, dennoch seine Finger im Spiel hatte und mit den Dieben gemeinsame Sache machte. Er hatte zu viel gesehen, was dem Wirt sicher nicht entgangen war. Wollte er ihn deshalb möglichst schnell loswerden? Er nahm es fast erleichtert hin. Noch eine Nacht in dem stinkenden Saal war nicht nach seinem Geschmack. Sicher gab es noch andere Möglichkeiten, die es allerdings sofort zu erkunden galt. Außerdem verspürte er einen unbändigen Hunger und Durst. Er wanderte durch die Gassen zum Rhein hinunter. Dort, so hoffte er, waren die Märkte und vielleicht die Möglichkeit, etwas Essbares zu finden. Die Schmierenstraße wimmelte an diesem Morgen von allerlei Volk, meist arme Dienstleute, Bauern vom Lande, Handwerksgesellen, erkenntlich an ihren gewerbeeigentümlichen Kleidungen und Handwerksgerät, Frauen mit Kindern, Mägden und Frauen, die einzuordnen schwergefallen wäre, Musikanten, Possenreißer, fliegende Händler, arbeitslosem Kriegsvolk in bunten, aufreizenden Kleidungsstücken, teils mit, teils ohne ihren Waffen, Lumpengesindel, Bettler, die ihre Gebrechen zur Schau stellten, um Mitleid zu erregen und nicht zuletzt eine recht ansehnliche Anzahl bunt gekleideter Zigeuner. An der Ecke Burgmauer, Neue Gasse stand ein Bärenführer und ließ sein über drei Ellen sich aufrichtendes Tier possierliche Kunststückchen vorführen, was viel Volk anlockte. Hier standen auch besonders viele Kriegsknechte mit Gebrechen, die auf Blessuren aus den vielen Kämpfen im Umland herrühren mochten; statt ihrer sonst so gern zur Schau gestellten Waffen humpelten viele auf Krücken oder trugen die Arme in Schlingen, hatten statt einem

Hut Verbände wie Turbane um den Kopf geschlungen. Wahrlich, das war ein rechtes Völkchen, was dem Bärenführer mehr zusah, als ihm die Unterhaltung durch kleine Münze zu danken. Das Durcheinander wurde noch von streunenden Haustieren, Hunden, Katzen, Schweinen und Ziegen, die man im Unrat Futter suchen ließ, verstärkt. Man redete laut und heftig durcheinander, lachte kreischte, heulte – ein Schauspiel, wie es Ludwig noch nie erlebt, noch nie gesehen hatte. Es verwirrte ihn – dennoch genoss er es und vergaß gar für eine Weile Hunger und Durst – und seine miese Lage. So stand er bei den Gaffern. Plötzlich sah er sich einem bekannten Gesicht gegenüber. Es war der Badermeister Wylich, der mit zwei Mägden, hübschen jungen Wesen, vor ihm stand. »Hei, wer ist denn das«, lachte er unbekümmert, als er Ludwigs erschrockenes Gesicht sah. »Bist du nicht der Schreibkünstler des Magnus Veedersmann? – Derjenige, der so eilig ausgebüxt ist?« Ludwig wollte sofort das Weite suchen, aber der Bader legte ihm vertraulich die Hand auf die Schulter und lachte: »Brauchst keine Angst zu haben. Von mir erfährt niemand, wer du bist.« Meister Wylich hatte sofort erkannt, dass Ludwig über den heiteren Ausgang der Pestgeschichte nicht orientiert war. Er nahm die Gelegenheit, die sich da unvermutet bot, beim Schopf. »Gell, möchtest untertauchen. Hast sicher kein Obdach, nichts zu beißen, einen leeren Bauch.« »Ja, ja«, stotterte Ludwig, »bin doch fremd in der Stadt. Bin doch kaum aus dem Haus des Meisters gekommen – und wenn, dann nur bis zum Mercator und der Kirche.« Wylich lachte, nickte und knurrte: »Das sieht dem Magnus ähnlich. Hat dich wie ein Karnickel im Stall wohl behütet. Wusste, was er an dir hatte. Nun, ich sehe, du bist in Schwierigkeiten. Man kann dem abhelfen. Ich kann sehr gut einen fixen Jungen gebrauchen. Da du ein guter Schreiberling bist, sind meine Kosten für dich schon erträglich. Es gibt da immer etwas zu schreiben. Zudem lernst du bei mir etwas, was du sonst nicht bezahlen könntest. Wenn du also willst, findest du ein Plätzchen bei mir, das sicher und sehr warm ist. – magst du?« Und ob er mochte. Ihm blieb in der vermeintlichen Lage doch so gut wie keine andere Wahl. Musste er es dem Meister Wylich nicht hoch anrechnen, dass er ihm so selbstlos half? Fast schien es ihm, mit seinem knurrenden Magen, ein unfassbares Glück. Er schlug ein. Wylich grinste wie ein gieriger Faun – und, ritt ihn der Teufel oder dachte der Schlauberger weiter – sagte gönnerhaft: »Ich will dir noch ein Weiteres tun, wenn du anstellig bist. Zwei kölnische Mark sollst du die Woche bekommen – und das bei freiem

Essen, Trinken und Obdach auf der Tenne, wo ein Verschlag ist und ein Kasten mit gutem Stroh.«

Die große Badestube war angenehm warm. Die Feuer in den Doppelkaminen strahlten für die Gäste, die nackt in drei großen Zubern hockten, soviel Wärme aus, dass sie den Wintertag, der draußen die Straßen, Gassen und Plätze in Eis- und Schneewüsten verwandelt hatte, vergaßen. Jeder der runden Zuber hatte zehn Fuß Durchmesser. Ein Brettkreuz, das gleichzeitig als Tisch diente, teilte den Zuber in vier gleiche Abteile für je zwei Personen. Alle drei Tröge waren voll besetzt. Es waren Männer und Frauen, gemischt in lustiger, geselliger Runde. Auf den Tischbrettern standen Weinhumpen und Schüsseln mit süßem Gebäck. Ein Pfeifer hockte am Kamin und spielte dazu auf. Die fünf Mägde rannten und bedienten, denn Baden – und die Kurzweil im heißen Wasser – erhitzten Körper und Gefühle, machte durstig und hungrig. Die sich hier in der Badestube des Baders tummelten, verlustierten, ergötzten, waren ausschließlich angesehene Bürger. Bader Wylich war da auf den Ruf seines Hauses sehr bedacht. Leider zählte er nicht das gehobene Bürgertum der Stadt, die Ratsherren oder die Patrizier, zu seinen Gästen. Die bevorzugten andere Häuser. Diederich Wylichs Kundschaft waren Handwerksmeister, kleinere Händler, Angehörige der Universität und die niedere Geistlichkeit, dazu Volk, von dem man nicht genau sagen konnte, was sie wirklich taten, obwohl sie klingende Berufsbezeichnungen führten, die niemand aber je hatte arbeiten sehen, die aber stets bei Kasse waren und in Kleidung und Haltung sehr solide und vornehm taten. Die weiblichen Besucher kamen aus den gleichen Kreisen, allein oder mit ihren Ehemännern. Neben dem Bad war Wylichs Haus natürlich auch mit gut ausgestatteten Ruheräumen versehen – und die Mägde des Baders, das wusste man, waren da gern manchem Gast gefällig – ohne mit den Huren vom Berlich[27] gleichgestellt zu sein. Daneben gab es die medizinische Praxis des Baders, ein Raum mit einem großen Tisch, zwei seltsamen Stühlen, auf denen man Kunden anschnallen konnte und einem großen Regal mit tausenderlei Dingen, vom Werkzeug für die Wund- oder Operationsbehandlung, bis zu Salben, Kräutern in Schüsseln und Töpfen – und rollenweise Verbandsmaterial. Dazwischen baumelten einige ausgestopfte Vögel –

---

[27] Frauenhaus (-er) / Bordell: hier eine Straße in Köln, in der der Rat der Stadt diese Häuser eingerichtet hatte, bzw. duldete

und natürlich gab es zwei Totenköpfe, von dem einer noch die Todesursache seines ehemaligen Besitzers anzeigte, denn es klaffte im Schädelknochen ein langer Riss, der offensichtlich von einem schweren Gegenstand, einem Beil, einer Sense oder Schwert herrühren mochte. Ludwig hatte sich hier schnell mit praktischem Sinn eingelebt. Er versah viele Aufgaben: Geld einnehmen, Kassenbuch führen, Wasser in die Zuber einfüllen, Handreichungen und kleine Hilfen bei den chirurgischen und chiropraktischen Betätigungen des Meisters bis zu Botengängen. Hatte er sich zunächst aus purer Angst vor Entdeckung in das seltsame Milieu eingefügt – mochte er es, nachdem er erfahren hatte, dass man ihn nicht mehr suchte, deshalb schon nicht mehr verlassen, weil er bei dem Bader viel Geld verdiente. »Wenn du hierbleibst, hast du im Sommer so viel Reisegeld beieinander, um nach Ebelstein zurückkehren zu können«, sagte er sich. Das waren gute Vorsätze. Doch das, was er, der Heranwachsende in den nächsten Monaten erlebte, verdarb die gute Erziehung des Klosters, stellte seine Vorstellungen geradezu auf den Kopf und weckte dunkle Instinkte, von denen sicher viele erbliche Lasten seines verblichenen leiblichen Vaters waren.

Ludwig benahm und verhielt sich, wie die drei anderen Knechte im Haus, einziger Unterschied blieb, wegen seiner höheren Allgemeinbildung und seiner Schreibkunst machte ihn Meister Wylich zu seinem eingeweihten Helfer bei seinen Wundarzt- und Chirurgenkünsten. So arbeitete er morgens vornehmlich in der Krankenstube, in dem seltsamen Raum – oder dem Bretterverschlag, neben dem Haus, in dem ebenfalls Kranke behandelt wurden, nämlich dann, wenn es arme Leute waren, es galt, nur Wunden zu verbinden oder der Verdacht bestand, dass der Patient die Franzosenpocken oder die spanische Krankheit[28] hatte. Bader Wylich galt als bekannter Spezialist für diese Gebrechen, die er in seinen Hinterzimmern wacker verbreiten half, um sie dann mit seinen Geheimrezepten in jenem Verschlag, und einem weiteren auf der Tenne, wieder auszukurieren versuchte. So verdiente er an den Folgen seines Badehausbetriebes mehr, als an den Beköstigungskosten seiner Badekunden. Man würde dem Meister Wylich allerdings Unrecht tun, wollte man ihm seine Heilfähigkeiten bestreiten. Er verstand sich, seiner Zeit entsprechend, vortrefflich auf die Behandlung von

---

[28] Syphilis

offenen Wunden, Bruch- und Hodenbruchoperationen und auf die Heilung von Gliederbrüchen. Eigentlich versorgte er alle Gebrechen, die sichtbar waren, ausgenommen Zähne. Diederich Wylich war ein typischer Vertreter seines Berufsstandes, wie er ein typischer Kölner war; was bedeutete, er verstand sein Wissen geschickt und teuer zu verkaufen, wobei ihm kleine Ungenauigkeiten, und das in jeder Hinsicht, überaus unbedeutend und gleichgültig waren, sofern sie ihm nicht zum Nachteil gereichten. Es war nicht auszumachen, wo bei ihm Frömmigkeit mit Aberglauben – oder Scheinheiligkeit mit Unglauben in Berührung kam. Er wusste gezielt die Einfalt der Menschen für seine Absichten und Taten zu ge- oder missbrauchen, um mit seinen Erfolgen zu prahlen oder sich sofort, bei Misserfolgen, hinter Unwissenheit und Aberglauben, Scheinheiligkeit zu verstecken. Er vollführte ständig Eiertänze, die Ludwig ungemein beeindruckten, wobei er seinem Meister in vielen Dingen sehr schnell auf die Schliche kam. Zu jeder Behandlung ordnete Wylich allerlei Hokuspokus an. Mal musste Ludwig mit einer brennenden Kerze und den ausgestopften Vögeln im Raum auf und ab laufen und dazu, weil es sich gut anhörte, lateinische Sätze murmeln, mal mit einer Rassel böse Geister fernhalten oder auf Papierfetzen Bibelsprüche schreiben, die dem Kranken in den Wundverband gebunden wurden. »Meister, wie kann das denn heilen«, fragte er einmal ungläubig. Wylich sah in mitleidig an und knurrte: »Bist du so blöd, oder stellst du mir nur eine Falle? Solltest du aus Dämlichkeit gefragt haben, so sage ich dir zum ersten und letzten Mal, es ist wegen des Glaubens. Nur wer glaubt, dass es hilft, wird geheilt. Das ist die beste Medizin. Wir können abschneiden, was fortmuss, ausbrennen, was verfault oder angegangen ist, zunähen, was zu weit aufgeschlitzt ist, und verbinden, was blutet. Da hilft auch manche Salbe oder Kräutlein. Doch alles nützt gar nichts, wenn der Kranke nicht an seinen Arzt glaubt. Du magst es glauben – oder nicht. Ich habe schon Kranke geheilt, indem ich ihnen nur gut zugeredet habe. Freilich, einige sind auch gestorben. Das ist dann immer sehr gefährlich. Darum schicke ich Leute, denen man die Krankheit nicht ansehen kann, sofort weg. Mögen sie bei den gelehrigen Doktores sterben. Denen verargt man einen Toten weniger, als uns Bader, denen diese feinen Herrn immer ans Leder wollen, indem sie im Rat um Verbote gegen uns vorsprechen. Sie haben uns schon manch gutes Geschäft verdorben, also mögen sie von uns die Fälle bekommen, die nichts einbringen. – doch, um auf den Glauben zurückzukommen, musst du begreifen: Wenn einer glaubt, hilft es meist auch. Ein Viertel, was ich tun kann, ist meine Kunst. Ein Viertel ist die unbekannte Magie, der Zauber drum herum. Ein weiteres Viertel ist die vertraute Kirchensprache und der Glaube an Gott und seine Helfer, nämlich uns Bader. Also ist Dreiviertel in Gottes Hand und daran muss man zu einem letzten Viertel glauben«, tat er die Geheimnisse seiner Heilkunst kund. Ludwig nahm es so hin, doch ein leiser Zweifel blieb und er versuchte, mehr die praktische Kunst des Meisters zu ergründen als die magischen Künste.

Heute waren alle Wannen bis auf den letzten Platz gefüllt. Besonders in der einen ging es lustig zu, denn man hatte dem Rebensaft kräftig zugesprochen. In ihr hockte der Lohgerber Schmitten mit seiner Frau, der Theriak Händler Arndt mit seiner Frau Lotte, der alte Fleischhauer Meister Illessen mit seiner zwanzig Jahre jüngeren, bildhübschen Frau Trynne und der Brokat- oder Bombasin Schneider, Meister Alf Thynnissen mit seiner Frau Bella. Man hatte gut gezecht und eifrig dem süßen Kuchen zugesprochen. Die Stimmung ging hoch. – Unter der Wasserfläche tat sich auch einiges – denn sittsamer weise war überwiegend nur eine Hand jedes Teilnehmers der fröhlichen Runde über dem Wasser damit beschäftigt, Speise und Trank zu sich zu nehmen. Die Hände unter Wasser mussten indessen, gleich munteren Fischlein, ständig hin und her huschen, was denn ständiges Grunzen und Quieken mal der einen, mal der anderen Person hervorrief. Ludwig füllte am Kamin mit einer großen Holzkelle heißes Wasser um, als Meister Illessen wieder einmal laut nach neuem Wein verlangte, obwohl er, angeregt vom Bombasin Schneider, schon den Grad vom angeheitert sein zur Trunkenheit fast überschritten hatte.

Die Grete aus Neuss, eines der Hausmädchen, eilte mit einer vollen Kanne herbei. Als sie den leeren Humpen Illessens nachgefüllt hatte, hielt der Fleischhauer die Magd mit beiden Händen an den Waden fest und forderte: »Komm, Grete! Zieh dich aus und tanz uns etwas vor.«

»Lasst mich los, Meister, ihr werdet unschicklich!«

»Wie kann man bei einer Hure unschicklich sein«, lallte der Meister zum fröhlichen Gelächter der Zuber Runde. »Das sagt nicht, Meister Illessen«, verwahrte sich die Magd und versuchte sich loszumachen. »He, he! Seht nur, wie prüde und ehrbar sie tut!«, grölte der trunkene Fleischermeister. Es entspann sich nun ein Sträuben und Schelten seitens der Grete und ein pöbelndes Nicht-Loslassen des Betrunkenen. Ludwig schlichtete den Streit. Er kippte just am Platz des Fleischermeisters Illesen den neuen Eimer heißen Wassers in den Zuber. Meister Illesen ließ vor Schreck los, aber seine trunkene Lustigkeit kippte nun in Zorn um. »He, du Tölpel! Willst du mich verbrühen?« Ludwig entschuldigte sich mit dem unschuldigsten Gesicht von der Welt. Die anderen Zuber Insassen wollten sich die gute Laune nicht verderben lassen und beruhigten den Meister; alles schien sich bestens zu glätten. Nach und nach krochen hier und da die illustren Gäste aus dem Bade. Einige ließen sich auf dem Ordinationstisch noch einmal vom Meister Wylich die fetten Gliedmaßen durchkneten, wieder andere verließen wohl gestimmt die Badestube. Ludwig hatte auch die Garderobe der Gäste in einem Verschlag zu betreuen. Er rannte von seinen Aufgaben in der Badestube zu der Garderobe, gab Sachen aus oder vereinnahmte sie bei neuen Gästen, führte Kasse und hurtig ging es wieder zurück in die Badestube. Die Knechte mussten Meister Illesen aus der Wanne heben. Er war besoffen. Mit heiterem Geschrei wurde er von seiner Frau und den anderen Mitbadern angezogen. Meister Illesen hatte seinen großzügigen Tag. Er zahlte großspurig für die ganze fröhliche Runde Zeche und Bad, dann verließ die Gesellschaft das Badehaus. Obwohl längst Sperr- und Kettenstunde[29] war, verschwand die Gesellschaft laut redend, lachend und kreischend in der Dunkelheit. Gegen die elfte Nachtstunde war der letzte Gast verschwunden. Das große Aufräumen und Vorbereiten für den nächsten Tag begann. Daran änderten auch die Rufe der Nachtwächter auf der Gasse nichts, der die Wahrung des Lichts forderte. Diederich Wylich machte die letzte Runde durch seine Geschäftsräume, verschloss die Schränke und Truhen, klemmte sich das Kästchen mit den Einnahmen unter den Arm und verschwand, sich den Weg mit einer Kerze leuchtend, im Treppenaufgang. Die Stiegen knarrten, als er gewichtig in die obere, seine private Etage hinaufstieg. Polternd fiel oben die schwere Tür hinter ihm zu. Das war das Zeichen, dass die Arbeit im Hause Wylich für diesen Tag getan war. Ludwig wollte sich ebenfalls in seinen Verschlag auf der Tenne zurückziehen, als er an der Tür von einem der Ruheräume für Gäste leise angerufen wurde. Es war die Grete von Neuss »Komm schon herein«, sagte sie ungeduldig und zog ihn in das winzige Kämmerchen mit der Holzpritsche, auf der eine leinentuchüberzogene

---

[29] Um 21 Uhr wurde im Winter Sperrstunde, Ruhe angeordnet, etliche Straßen mit Ketten gesperrt, die oft von Stadtknechten bewacht wurden

Strohschütte lag. Ein Kerzenstummel, kaum daumenbreit und dick, verbreitete so wenig Licht, dass die Grete nur als Schemen zu erkennen war. »Was, zum Teufel, ist denn los«, wehrte er sich ungeduldig. Sie ließ ihn nicht weiter zu Wort kommen und zog ihn an sich. »Lass das«, murrte er müde, doch sie wollte es anders. »Komm, sei doch kein Frosch, Ludwig.« »Was willst du mitten in der Nacht von mir?« Sie kicherte leise. »Ich will ganz einfach dich. Du hast mir heute Abend beigestanden, denn ich kann den alten Fleischhauer nicht ausstehen. Dafür muss man dir doch danken. Außerdem will ich dich, weil du noch so ein richtiger kleiner Scheißer bist. Ist es wahr, was die Knechte sagen?« »Was soll wahr sein?«

»Du sollst ein Pfaffenknäblein gewesen sein. Sie nennen dich heimlich den keuschen Lui.«

»Ist mir egal, wie sie mich nennen«, ärgerte er sich. Sie lachte girrend.

»Trotzdem war es mutig von dir.«

»Das war doch nicht der Rede wert.«

»Das sag nicht. Der Illessen hat schon manche Tour hier bei uns abgezogen. Nur hatte er dann sein Weib nicht dabei. Wenn der weiter gemacht hätte, hätte sich seine Alte dafür ganz schön gerächt.« »Wie kann sie? Der Fleischhauer wollte doch von dir etwas und nicht du von ihm.« »Das wäre ihr doch egal gewesen. Sie hätte sich blamiert gefühlt und natürlich an mir gerächt.« »Das kann ich nicht glauben. So dumm sieht sie nicht aus.«

»Ach, lieber Herrgott, was bist du doch für ein Kindskopf. Du kennst die Weiber nicht, und die von dem Illessen ist ein ganz besonderes Biest. Sie soll dem Alten schöne Hörner aufsetzen. Man spricht von einigen Liebhabern, mit denen sie herumhurt.«

»Das kann dir doch gleich sein.« »Lieber Gott, nein. Sie hätte mich bei der ersten Gelegenheit auf offener Straße beschimpft und eine Hure genannt. Was das für mich bedeutet hätte, kannst du dir doch denken. Die alten Hengste, dort im Rat, hätten mich auf den Berlich geschickt, denn das Wort der ehrbaren Meisterin, gegen das einer Magd aus dem Badehaus, da hätte es gar keine langen Reden gegeben.« »Aber Meister Wylich hätte es doch bezeugen können.« »Lass mich nicht laut lachen. Der Wylich hätte zunächst nur seine Haut gerettet. – Nein, Ludwig, auf den kannst du nicht zählen, wenn es darauf ankommt.« »Na ja, vielleicht hast du recht, vielleicht auch nicht. Aber nun ist ja nichts geschehen.

Lass mich also schlafen gehen. Ich bin hundemüde.« »Sicher sollst du schlafen gehen, aber erst noch ein Weilchen bei mir. Du bist süß! So richtig unschuldig und dumm. Das gefällt mir. Wollte schon immer mal einen Kerl, der noch keine Frau gehabt hat. Du hast doch noch keine gehabt«, vergewisserte sie sich.

»Nein! – Lass mich los«, protestierte er gegen die lüsterne Grete. Diese hatte ihn jedoch geschickt gegen das Lager gedrückt und so plumpsten sie auf die Liege. Sein Widerstand lief nur mit beschränkter Kraft und ließ, sei es aus Neugierde, sei es, dass sich die Natur in ihm mächtig regte, bald nach. Grete wusste ihn mit ihrer Erfahrung, obwohl sie auch erst gerade zwanzig Jahre zählen mochte, zu leiten. Ihr wollüstiges Bemühen hatte, neben ihrem Begehren und dem Dank, vermutlich aber noch einen anderen Grund – und der hieß: Rache an den Männern. Sie war vor fünf Jahren als Dienstmagd von ihrem damaligen Dienstherrn ohne lange Federlesen genommen. Seit dieser Zeit war sie unaufhaltsam im Milieu gesunken, bis auf die im Badehaus des Baders, sicher eine Vorstufe vor dem Hurenhaus. Hier nun hatte sie einen jungen Burschen vor sich, der selbst hier noch keusch und züchtig herumstolzierte, als gehe ihn das alles nichts an. Das wollte sie auf jeden Fall geändert wissen.

Der Morgen fing gut an. Der Gewaltmeister stand mit zwei Gewaltknechten vor Wylichs Haus und machte mit seinem lauten Klopfen und ruft die ganze Straße rebellisch. »Aufmachen! Aufmachen! Im Namen des Rates – macht auf!«, brüllte er, ein kleines Männchen mit einem überlangen, traurig herabhängenden braunen Schnauzbart. »Was, um Jesus Willen, ist denn los?«, fragte Meister Wylich und steckte vorsichtig die Nase durch das Guckloch der Straßentür. »Macht auf, Bader Wylich, wir wollen nichts von euch. Wir wollen einen eurer Gesellen holen.« »Wieso das?«

»Das sag ich, wenn wir drin sind und seine Sachen visitiert haben.«
Wylich öffnete brummend seine Tür und murmelte etwas von Gaffelrecht und unverständlichen Handeln. Der Gewaltmeister hörte es und belehrte hoheitsvoll: »Bei Diebstahl ist es Ratssache. Da steht die Untersuchung bei uns, dem Gewaltgericht.«

»Schon recht, aber wen oder was sucht ihr denn?« »Zeig uns das Quartier eures Knechtes Ludwig. Wie der weiter heißt, weiß man nicht.« »Je! Der Ludwig? – Was soll der denn gemacht haben?« »Gestohlen hat er. Hier, bei euch. Einen eurer Gäste hat er beklaut. Das ist wohl angebracht, in der Frühe.«

»Unmöglich! Aber doch nicht der!«

»Das werden wir sehen. Wo ist er?« Wylich führte den Gewaltmeister und seine Büttel zum Verschlag am Hinterhaus, wo Ludwig mit den anderen drei Knechten Holz für die Kamine richtete. »Wer ist es«, herrschte der Gewaltmeister, sich gebieterisch aufreckend, den Bader an.

»Der Junge dort.« Gravitätisch stelzte die Amtsperson auf Ludwig zu und herrschte diesen überlaut, die Amtshandlung dokumentierend, an: »Du bist der Ludwig?«

»Sehr wohl, der Herr.«

»Zeig mir deine Schlafstelle!«

»Die ist da, im linken Anbau, auf der Tenne.« Der Gewaltmeister bellte seine Schergen an: »Nehmt ihn in die Gewalt – und vorwärts, Marsch, zu seiner Schlafstelle.«

Die Büttel ergriffen ihn sogleich grob an den Armen und folgten dem Gewaltmeister, der mit dem Bader zu dem Tennen Verschlag ging, wo die Knechte zu schlafen pflegten. »Wo sind seine Sachen?« Wylich, nun selber besorgt, wies auf die linke Ecke, wo die paar Habseligkeiten Ludwigs lagen. Der Gewaltmeister stürzte sich sofort auf Ludwigs Schreibkästlein und klappte es auf. »Was ist denn das für ein Geselle, den ihr da habt«, staunte er, als er Ludwigs Brevier und die Schreibutensilien entdeckte. »Er war früher Klosterschüler und ist sehr fromm und gelehrig«, erklärte der Bader bedrückt, denn, da er nicht wusste, was eigentlich gesucht wurde, war er sich nicht sicher, ob man nicht ihm plötzlich eine Falle durch den Buben stellen wollte.

»Also ein schlauer Gauner«, stellte der Gewaltmeister sofort mit frohlockendem Hohn fest. »Wollen doch mal sehen, was da noch alles zu finden ist.« Er breitete alles auf einem Brett aus, das er vorher mit den Händen vom Schmutz oberflächlich befreite – dann zählte er auf: »Acht Blatt feinstes Papier, drei Blatt leichtes Pergament, Tintenstein, drei Federkiele, ein Sandbüchslein, ein Merkbüchlein, dessen Aufzeichnungen zu prüfen sein werden – und ein Beutel mit Geld.« Er machte den kleinen Lederbeutel auf, schüttete den Inhalt zu den anderen Sachen. »Sieh da! – Eins, zwei, ...« Er begann zu zählen und verkündete:

»Neunzehn Fettmännchen, vierzehn Albus[30], eine gute Kölnische-Mark[31], neun Heller, ein Reichstaler. – Meister Wylich, Ihr habt einen vermögenden Gesellen.« »So gar viel ist das ja auch nicht«, spottete der Bader, der sich langsam gefangen hatte und fuhr grimmig fort: »Meister, Ihr habt immer noch nicht verraten, was der Ludwig wem geklaut haben soll.« Der Gewaltmeister kam drohend hoch und sah den Bader finster an. »Hütet Euch, Bader Wylich. Euer Geschäft sollte der Rat auch einmal näher in Augenschein nehmen. Es ist mir so, als habe ein Vöglein von Kuppeldienst und Hurenlohn gesungen.« »Das ist nicht wahr!«, wehrte sich Wylich, nun wieder deutlich verunsichert. »Doch, doch«, höhnte der Gewaltmeister und packte die Sachen in das Kästchen zurück. »Wir nehmen den Schelm und das Kästchen erst einmal mit. Er ist kein Hiesiger, also führe ich ihn auf den Turm, damit man die Beschuldigung prüft. Ihr, Bader Wylich, solltet euch lieber heraushalten, bis man euch als Zeuge fragt.«

So führte man Ludwig, der völlig verstört und entgeistert war, aus dem Haus und zum Turm an der Trankgassenpforte. Seine Proteste wurden schon auf dem Weg mit kräftigen Maulschellen beantwortet, so dass er verschüchtert, mit Angst und tiefen Groll im Herzen, schwieg. Sie sperrten ihn in eine kleine Kammer. Die Wände waren aus schwerem Stein. Ein Fuß großes, vergittertes offenes Fenster ließ durch den langen Mauerschacht etwas Licht und dafür viel Kälte in den Raum, den eine schwere Eichentür verschloss. Auf den Außenwänden und im Lichtschacht hatte der Frost weiße Kristalle, Eis gebildet. Das Gelass stank entsetzlich. In der Ecke lag faulendes Stroh. Ein Holzeimer, für die Notdurft, war von seinem Vorgänger halbvoll zurückgelassen und verursachte ihm Brechreiz. Er kauerte sich stöhnend in eine Ecke. Was hatte er getan, wessen beschuldigte man ihn?

Nach seinem Wissen hatte er niemanden in dieser Stadt etwas zugefügt. – Vom Stehlen war die Rede gewesen. Aber wer konnte ihn derart beschuldigt haben? Hätte ihn der Meister Veedersmann suchen lassen, gut, das hätte er verstanden. Aber der war, wie man ihm sagte, nach der lächerlichen Pestgeschichte aus der Stadt abgezogen; nach Mülheim, zu den Protestanten. »Ich bin unschuldig. Sie müssen mich wieder frei lassen«, sagte er sich immer wieder. Es konnte

---

[30] Weißpfennig, Silberscheidemünze, seit Mitte des 14. Jh. Überall im Rheinland geprägt; Nennwert liegt bei Scheidemünzen über dem Metallwert
[31] Die Kölnische Mark wurde 1524 gesetzliches deutsche Münzgewicht für Silber und Gold

nur ein Irrtum sein, eine Namensverwechslung. So konnte es nur sein. Das musste sich doch bald aufklären und man würde ihn wieder entlassen. Doch der Tag verging, ohne jedes Ereignis. Am Abend knarrte der Riegel vor der Tür. Ein finster blickender Mann im grauen Kittel stellte ihm einen gefüllten Wasserhumpen und einen kleinen Kanten Brot hin. »Fressen und saufen, Spitzbub«, knurrte er unfreundlich – und schon war er wieder verschwunden. Der Türriegel knarrte, dann war wieder Stille. Er war hungrig und durstig und er nahm das Hereingereichte. Danach hockte er sich wieder in die Ecke.

Die Nacht wurde schrecklich. Frost und Schnee fegte über das Land, griff selbst in diese Zelle, indem der Schnee, fein wie Puderzucker, herein stäubte. Als der Morgen heraufdämmert, konnte er sich kaum noch erheben. Steif und verfroren hockte er da. Wieder brachte man ihm Wasser und Brot, wortlos, zeitlos. Die Fäkalien im Eimer waren gefroren. Das minderte den Gestank. Es vergingen drei Tage. Durch das Fensterloch drangen die Rufe der Kirchenglocken; es war das Fest Pauli Bekehrung. In seiner immer schlimmeren Not hatte er sich in das Gebet gestürzt. Jetzt erkannte er es. Die Arbeit bei Meister Wylich war Sünde, wie seine Begegnung mit der Grete. Gott wollte ihn gewiss dafür strafen. Er betete inbrünstig, kindlich, um die Gnade Gottes und seine Freilassung. Diese, wie jede seiner Handlungen, wurden dem Hachter[32] gemeldet, der es seinerseits dem Gewaltrichter weiterleitete. Durch das Fensterloch drangen die Rufe der Kirchenglocken; es war das Fest Pauli Bekehrung[33]. In seiner immer schlimmeren Not hatte er sich in das Gebet gestürzt. So kam es, dass nach dem Fest ein Pater zu ihm in die Zelle kam und ihm gut zusprach und die Beichte abnahm. »Deine Beichte, mein Sohn, habe ich gehört. Die Sünden, die du offenbartest, sind jedoch nicht die, um deren Willen du hier im Loch steckst. Wo, mein Sohn, bleibt da deine Reue?«

»Hochwürden, ich weiß bis jetzt nicht, wessen man mich beschuldigt«, sagte Ludwig zitternd. »Ich weiß von keiner Schuld außer denen, die ich gebeichtet habe.«

»Merkwürdig, höchst merkwürdig«, murmelte der Pater. Der Pater verließ Ludwig mit einiger Nachdenklichkeit, denn er war einer der wenigen Priester sei-

---

[32] Leiter des Gefängnisses
[33] 25.01.1587

ner Zeit, bei denen der Mensch als –Ebenbild Gottes– einen Anspruch auf Menschenwürde und Menschlichkeit hatte. Beim Verlassen des schrecklichen Hauses fragte er deshalb den Hachter: »Was soll der Bub denn verbrochen haben?«

»Der hat geklaut. Er hat einem ehrbaren Handwerksmeister nach dem Bad im Badehaus das ganze Geld geklaut.« Dem Pater wollte das nicht recht in den Sinn. »Schrecklich, schrecklich. Doch warum sagt man ihm dann nicht, wessen er beschuldigt und wer ihn beschuldigt?«

»Dafür gibt es Gründe. Doch woher soll ich die kennen. Ich bin hier der Hachter. Meine Aufgabe ist, Spitzbuben und Verdächtige zu verwahren – oder ihre Tollheiten dem Gewaltrichter zu vermelden.«

Die Gründe lagen bei der Gaffel der Metzger und deren inneren Streitereien. Das Besäufnis des Meisters Illessen im Badehaus wäre eigentlich von niemanden besonders beachtet, wenn der Meister sich danach nicht fürchterlich erkältet hätte. Der Obermeister bestand vor dem Gewaltgericht darauf, die Einvernahme des Klägers erst nach dessen Genesung zu führen. Unbesehen dessen, hatte der Gewaltrichter die Anklage formuliert und das Schreibkästchen, samt Inhalt, sichergestellt. Die beiden Herren und der Turmschreiber saßen in dem kahlen Raum an getrennten Tischen. Auch dieser Raum war kalt, unbeheizt und die Butzenscheiben beschlagen. »Wir haben die Beschuldigung des Fleischermeisters Illessen«, begann der ältere der beiden Herren. »Illessen behauptet, er hat fünf Mark, drei Schilling bezahlt. Das ist auch so bei dem Bader eingetragen. Nun will Illessen aber zehn Mark in seinem Beutel gehabt haben, von dem er angeblich keinen Heller mit nach Haus gebracht hat. Das sagt auch seine Frau, die Trynne Illessen, ein hübsches, properes, junges Weib, aus.«

»Naja,«, schmunzelte der zweite Gewaltrichter, »vielleicht hat auch sie dem Alten das restliche Geld aus dem Sack genommen.«

»Warum sollte sie? Der alte Piter Illessen verehrt sein junges Weib und gibt ihr, was sie will.« »So müsste der Meister noch vier Mark und neun Schilling gehabt haben. Weiß man, wie das Geld sortiert war?« »Wie soll ich das verstehen?« »Waren es vier Markstücke und neun Schillingstücke oder kleinere Münze?« »Darüber hat sich Meister Illessen nicht ausgelassen.« »So bleibt zunächst nur, was der Angeklagte in diesem Kästchen hat. Der Reichstaler ist sicher seiner. Das andere Geld ergibt zusammen fünfzehn Mark und neun Heller. Da könnte also das Geld des Meisters dabei sein.« »Es ist auch eine ganz schöne Summe, die der Schelm dort in der Kiste hat.« »Auf rechte Art mag er es wohl kaum verdient haben.« »Wir sollten ihn verhören.« »Turmschreiber! Lass Er den Gefangenen vorführen.« Zwei Büttel mit Hellebarden brachten Ludwig in die Stube und schoben ihn in die Mitte des Raumes. Die Gewaltrichter sahen den jungen, frierenden, zitternden und übel beschmutzten Burschen streng an. Der Ältere begann das Verhör, indem er Ludwig grimmig zur absoluten Wahrheit ermahnte und mit der Drohung endete: »Wenn du uns aber zum Narren machen willst, oder verstockt schweigst, da mag der Meister Hans und seine Gesellen dir die Zunge lösen und dich zum Reden bringen. Bist du aber guten Willens, reuig und manierlich, soll all dies im Maß bedacht sein. So sag zunächst deinen Namen, Stand und Herkunft.« »Ich bin der Ludwig Sydekum und bin ein lediger Schüler aus dem Kloster Ebelstein. Mein Herr, Propst Leo, Gott sei seine Seele gnädig in Ewigkeit, ist auf der Reise nach Köln durch Jüliche Reiter bei Kloster Altenberg im vergangenen März umgekommen. Seither liege ich mittellos auf der Straße und versuche, mir eine Reisekasse zu verdienen, um nach Ebelstein zurückzukehren.« »So, so und das tust du recht unchristlich, schamlos, bei einem Bader, wie der Kläger sagt.«

»Ehrwürdige Richter, ich weiß nicht, wessen man mich beschuldigt, noch wer es ist.« Die Richter sahen sich verblüfft an und der jüngere fragte den Turmschreiber: »Warum hat man bei der Inhaftnahme dem Gefangenen nicht gesagt, was man ihm vorwirft?« »Der Gewaltmeister Jakobs hatte Anweisung, nichts verlauten zu lassen, weil die Metzgergaffel das verlangte und der Inhaftierte ja nur ein Fremder ist.« Der Richter schlug mit der Faust auf den Tisch und rief zornig: »Das soll nicht wieder geschehen! Einer, der in Haft geführt wird, muss wissen, warum!« Der ältere Richter wandte sich wieder an Ludwig: »Hier liegt eine Anzeige wegen Gelddiebstahl vom Meister Piter Illessen, seines Zeichens Fleischhauer Meister und Mitglied der Metzgergaffel, vor. Du sollst ihm am Abend des neunzehnten des Monats, als er angetrunken das Badehaus des Baders Wylich, der auch Stein- und Hodenschneider, sowie Wundarzt ist, verlassen wollte, geschickt, nach Bezahlung des Bades und der Zeche, um vier Mark und neun Schillinge betrogen oder beklaut haben. Obzwar die Tat niemand gesehen hat, wird sie vom Meister und seiner Frau Trynne behauptet.« »Das ist nicht wahr! Es ist, bei meiner Seele, die Unwahrheit«, rief Ludwig empört. »Wie kann der Meister das behaupten. Er war volltrunken. Seine Gefährten und seine Frau haben ihn angekleidet und mir nur das geforderte Geld durchs Zahlfensterchen gereicht. Wie, so frage ich die ehrwürdigen Herrn Richter, soll ich ihn da bestohlen haben?« »Das wollen wir ja von dir wissen. Wie man sagt, bist du ein pfiffiges Bürschchen. Sieht man hier deine Barschaft«, er wies auf das Geld und das Kästchen, »mag man es allemal glauben.« »Es ist in Mühe und Arbeit ehrlich verdient«, wehrte sich Ludwig verzweifelt. Der Richter grinste schief: »Da sollte man doch glauben, du gehörst nicht zu den Dienstboten eines Baderhauses, sondern zu den Kaufleuten, Händlern und Krämern.« Der jüngere Richter setzte mit beißendem Spott hinzu: »Als Knecht in einem Monat fast zwei Mark zu erübrigen – weiß Gott, das bedarf schon einiges, junger Mann.« Der ältere Richter höhnte: »Und das in einem Haus, wie es der Wylich führt. Hast wohl gar deine Finger bei den Kuppeleien des, äh – ehrenwerten Baders mit drin?« »Ich weiß nicht, wovon die ehrenwerten Herrn Richter reden«, klagte Ludwig die Unwahrheit, denn er wusste natürlich, was im Hause seines Meisters geschah und mancher seiner Pfennige hatte sehr wohl seinen Ursprung in den kleinen Gefälligkeiten des Badehauses. »Du behauptest also«, sagte der ältere Richter nun sehr streng, »du seist unschuldig. Das können wir dir nicht glauben. Meister Illissen ist ein ehrbarer Mann und ein geachteter Meister seiner Gaffel. Warum, oh Gott, sollte er uns anlügen? – Das Geld beweist, dass du nicht ganz ehrlich sein kannst. Sage also endlich die Wahrheit!« Er schlug auf den Tisch, dass der Kasten und das Geld darauf hüpften. Sein Blick fiel zufällig auf den Boden des Kästchens, das von der Erschütterung aufgeklappt war.

»Nanu! – Was haben wir denn hier!«, rief der Richter und griff hinter den Deckel und zog ihn ganz auf. »Briefschaften mit Siegel!«, rief er verblüfft. Sein Blick schoss auf Ludwig zu, wie der Griff eines Habichts nach der Beute. »Was sind das denn für Geheimnisse – du!« »Es sind Briefe meines seligen Propst Leo«, stotterte Ludwig, der an die Briefe gar nicht mehr gedacht hatte. »Und wie kommen die hierher?« »Ach, ihr ehrwürdige Herrn Richter, mein seliger Herr gab sie mir vor seinem Tode zu treuen Händen, sie zu hüten und zu bewahren, bis er sie mir abverlangt.« »Ha, Ha! Das geht ja wohl kaum noch! Sagtest du nicht, er sei tot?« »Sehr wohl. Das ist er. Der Herr im Himmel sei seiner Seele gnädig und gebe ihr ewigen Frieden.« »Amen«, knurrten die Richter unwillig – denn man war schließlich fromm. Doch sogleich fuhr der Ältere ergrimmt fort und stieß seinen Daumen auf das Siegel: »Und warum hast du sie dann nicht abgegeben? Warum liegen sie hier in der Kiste, im Geheimfach?«

»Weil der selige Herr Leo es so wollte. Er hat gesagt, niemand soll sie bekommen und ich habe es auf die Bibel geschworen. Gott vergebe mir, dass ich nun den Eid nicht einlösen kann. Ich wollte zum Kloster Ebelstein, Gott ist mein Zeuge, um den Rat des Bruders Tivolio einzuholen. Das ist der Grund, warum ich eifrig gearbeitet und Geld gespart habe, denn der Weg ist lang und ohne Zehrgeld die Reise fast unmöglich.« »Schweig«, knurrte der ältere Richter, dann erbrach er die Siegel und las den Inhalt. Etwas ratlos reichte er die Briefe dem Jüngeren. Er sah sinnend, abschätzend, als sehe er ihn zum ersten Mal, auf Ludwig. »Du kennst den Inhalt der Briefe?« »Nein, ehrenwerter Herr Richter.«

»Eigenartig – sehr eigenartig!« Sie steckten die Köpfe zusammen und berieten sich leise. Schließlich sah der jüngere Ludwig wieder an und verkündete gereizt: »Der Fall des Meister Illissen wird vertagt, bis er vernehmungsfähig ist. Dies hier«, er stieß mit dem Zeigefinger auf die Briefe, »ist, bei Gott, nicht unsere Sache. Damit kommst du vor den Greven.«

»Lasst euch erklären, meine Herrn Richter!«

»Nichts da! Wirst du das Maul halten! Wir sind in Kirchensachen nicht zuständig. Bringt ihn ins Loch zurück. Gott mag deiner Seele gnädig sein«, spöttelte der jüngere Gewaltrichter.

Das Wirtshaus des Heinrich von der Hellen hatte in gutbürgerlichen Kreisen, bei ehrbaren Leuten, keinen guten Ruf. In der schummerigen Kneipe trieb sich allerlei Volk herum, dessen Gewerbe oder Lebensunterhalt seitens des Rates der Stadt wenig Beifall gefunden hätte. Es waren genau die Typen, die bei jeder Ratsversammlung, rituell verdammt wurden. Doch die Kontrollen der Gewaltrichter oder des Klockers und seiner Büttel waren, wenn überhaupt, mehr symbolisch und dienten mehr zu Zusatzeinnahmen der Amtsträger, denn der Aufspürung unlauterer Tätigkeiten. Doch in diesen kalten Endfebruartagen des Jahres 1587 hatte kein Gewaltrichter Lust, sich um derartiges Volk zu kümmern. Dafür gab es zwei Gründe. Für die Kölner war zunächst Fastnachtszeit. Die hatte absoluten Vorrang. Diese Zeit ausgelassener Lustbarkeit war für einen Kölner unverzichtbar. Lärmumzüge der Gesellenvereinigungen und des übrigen Volkes, Schwerttänze einiger Zunftvereine, Mummenschanz und Schabernack, die vermummten oder unvermummten Gastereien und Tanzveranstaltungen in den Häusern aller Gesellschaftsschichten, konnte man nicht unterbinden – ja, wer wollte sie unterbinden? Die Proklamationen des Rates waren mehr Deklamationen eines gespielten Unmuts; man war schließlich züchtig und fromm und musste dem Volk die Zügel anlegen. Doch mit Ernst verfolgte niemand den Spaß. Zum anderen besaß Köln eine Unmenge dieser zweifelhaften Armeleutelokale, in denen es von undurchsichtigem Volk wimmelte, denn Köln durfte sich mit Fug und Recht die derzeit größte ummauerte Stadt Mitteleuropas nennen, größer als Paris, London oder Rom, von den anderen gar nicht zu reden. Die Stadtobrigkeit sorgte sich vielmehr um die Geschehnisse im Umland, die von den kriegerischen Auseinandersetzungen des Erzbischofs Ernst von Wittelsbach, genannt der Bayer, seinem Vorgänger im Amt und Gegner, dem Truchsess von Waldenburg, geführt wurden. Seit der Herzog von Parma eine starke Besatzung in Neuss[34] stehen hatte, waren die Handelswege eher unsicherer geworden, denn besser. Man witterte überall Spione und Verräter. Dabei war den Ratsherrn offenbar gar nicht klar, was für eine Gefahr der Reichsstadt Köln drohen konnte, war sie doch vom Umfang und Machtvolumen für keine der streitenden Parteien ein verdaubares Objekt. Nur der Herzog selber, mit all seiner Kriegsmacht, hätte eine ernsthafte Gefahr bedeutet, doch der weilte im Flandrischen. Das waren Vor- und Nachteile für die Kneipenwirte und das arme oder nicht sesshafte Volk, das sich in der Stadt herumtrieb. In der hinteren Ecke des Lokals hockten die vier Lands- oder Geleitknechte Knipphaus, Wildgruber, Würstli und Kamhuber mit drei Einheimischen beim Würfelspiel zusammen. Genau gesehen, war nur einer am Tisch wirklich Kölner. Es war ein mittelgroßer junger Mann namens Luis Büchel, genannt der Schnappluis, dessen breitflächiges Gesicht durch einen dunklen Backenbart schmal wirkte. Er war unauffällig wie ein Kaufmannsgehilfe, sauber und wirkte fast gepflegt. Die anderen beiden, der Melchior Jeorgh und der Simon Leschge waren vor Jahren unter ehrbaren Handwerksbegriffen zugewandert. Jeorgh war vor zehn Jahren als Musikant nach Köln gekommen und gehörte zur Gilde der Pfeifer und Trommler[35], eine Tätigkeit, die er nach Ermessen bei Zeit und Gelegenheit noch immer ausübte. Er hatte ein hübsches, mädchenhaftes Gesicht,

---

[34] Neuss wurde am 26. Juli 1586 im Sturm erobert und weitgehend eingeäschert.
[35] Die Spielleute, Trommler, Pfeifer, Bläser bildeten im ganzen Reich eine Art Gemeinschaft mit festen Regeln, die in den Städten fast überall anerkannt wurde

das nur der Knebelbart vermännlichte. Seine Kleidung wirkte für seine Verhältnisse übertrieben elegant, fast stutzerhaft. Seine Anziehungskraft auf Frauen war erstaunlich groß, weswegen er allgemein der Hurenmelche genannt wurde, was auch seine Haupteinnahmequelle anzeigte. Simon Leschge stammte aus Leipzig, aus ehrbarer Familie, denn sein Vater saß dort im Rat der Stadt und war zeitweilig Bürgermeister. Leschge war als Schuhmachergeselle vor sieben Jahren in die Stadt gekommen und schien ein recht angenehmes Leben zu führen, obwohl er mindestens seit dieser Zeit keine Werkstatt dieses ehrbaren Handwerks mehr von innen gesehen hatte. Er war ein überdurchschnittlich großer Mann mit wild wuchernden Vollbart, der seinen lächerlich kleinen Kopf in unpassender Körperproportion erscheinen ließ. Auch er wirkte bieder, wie es einem Handwerksgesellen in guter Stellung zukam. Die Pikeniere saßen mit den drei Gesellen schon seit Stunden beim Spiel – mit wechselndem Glück. Dabei floss die entsprechende Menge Bier und so war die Gesellschaft recht fröhlich.
In der Mitte des Tisches lag ein Haufen Münzen.

»Es sind jetzt über zehn Gulden im Pott«, verkündete Leschge. »Ich schlage vor, wir würfeln ums Ganze.« »Wer gewinnt, wirft eine Runde«, forderte Kamhuber zustimmend.

»Das soll ein Wort sein!«, rief Büchel und die anderen knurrten Zustimmung. Der Lederbecher mit den drei Würfeln ging klappernd die Runde. Die Männer verfolgten gierig die gewürfelten Augen: Zwölf der Jeorgh, fünfzehn der Kamhuber, siebzehn Wildgruber – bis auf Büchel – die anderen unter zehn; als Letzter warf nun Büchel. Er schüttelte den Becher lange und beschwor ihn: »Guter Becher ich flehe dich an, bring mich an den Pott heran.« Er warf – dreimal die Sechs. »Juchheißa!«, schrie er und zog das Geld an sich. »Heinrich! Heinrich! Eine Rund Bier für die durstigen Seelen!« Der Wirt beeilte sich, sieben gefüllte große Humpen vor die Gäste zu stellen. Man trank sich zu. Dann ging's ans Zahlen. Es stellte sich heraus, dass die Pikeniere fast ihr ganzes Geld verspielt und versoffen hatten. »Verdammte Scheiße!«, fluchte Knipphaus. »Wir wollten noch eine Weile, bis Fastnacht, hierbleiben. Nun ist es damit Essig. Jetzt heißt es wieder Arbeit suchen!«

»Ihr habt keine Kröten mehr«, fragte Jeorgh mit leicht spöttischen Unterton. »So ist es wohl«, bestätigte Würstli und verfluchte sich und seinen Leichtsinn. Nun mussten sie bei dem Wetter wieder auf Tour. Dabei hatte es ihnen in der

Stadt gerade so recht behagt. Wie sie noch, jeder für sich, fluchend ihren Leichtsinn beklagten, rief Luis Büchel scheinbar hilfsbereit: »Ihr seid abgebrannt. Das kann doch jedem passieren. Ich wüsste schon, wie ihr euch aus der Klemme helft.« »Da bin ich gespannt«, grollte Kamhuber. »Lass hören, Geselle.« Büchel hängte sich über den Tisch, als er leise sprach: »Wenn es euch nichts ausmacht, ein paar Pfeffersäcke um das zu erleichtern, was sie euch bei den Touren ohnehin schuldig bleiben, dann wüsste ich was.« »Du meinst, wir sollen hier irgend eine krumme Sache drehen«, fragte Knipphaus. »Ei, du verstehst recht gut. Sieh mich an! Ich lebe hier in diesem schönen Städtchen nicht schlecht.« Er strich sich andächtig über seine gute Kleidung. »Das ist gegen unser Reglement«, wehrte Knipphaus ärgerlich ab. Würstli war jedoch anderer Meinung: »Verdammt! Mit unseren Händen und Füßen hat es bisher doch keinen Erfolg gebracht. Du, Wastel und Adolf, ihr seid schon an die vierzig Jahre alt. Wird es nicht mal Zeit für euch, mehr als den Hungerlohn zu verdienen. Was wollen wir machen, wenn es mal mit den Füßen nicht mehr geht?« »Was willst du machen«, knurrte Knipphaus aufgebracht, »wenn sie dich erwischen. Wenn sie dich hängen, bist du gut weg. Wenn sie dir aber die Hand abhacken, was sie meist tun, kannst du betteln gehen – wenn man dich lässt und dann bist du wie ein Hund und verreckst.« »Du sprichst schön, lieber Wastel«, wehrte sich Würstli. »Doch du hast unrecht. Du wolltest doch schon im letzten Herbst, vor unserem letzten Dienst, Kriegsdienst nehmen. Da hast du nicht bedacht, dass dir ein Glied zerhauen wird. – Wer, von den edlen Herren, denen du die Waffe schwingst, gibt dir etwas, wenn du statt Pike den Krückstock bedienst? – Bettler wirst du so und so. Das Risiko ist hier nicht größer als da.« »Wie groß ist denn das Risiko«, wollte Wildgruber sachlich wissen. »Viel geringer, als in der Schlacht ein Glied zu verlieren«, frohlockte Büchel. »Seht uns an. Wir schlagen hier manche Schlacht und uns sind noch keine Glieder abhandengekommen. Zeigt mir einen von euch, der zehn Jahre im Kampf steht und nicht von Narben bedeckt ist.« Büchel sah höhnisch auf die verdutzten Gesichter seiner Gegenüber. Knipphaus grollte: »Unsere Arbeit stinkt nach Schweiß und Blut, Eure nach Verbrechen.« Wildgruber murrte: »Wie groß, verdammt, ist das Risiko, habe ich wissen wollen.« »Gering, Freund, gering. Doch lasst mich noch auf Euch zu sprechen kommen. Ihr dient in Ehr. Wenn der Fürst, ob Heinrich, August oder Ferdinand – oder wie er auch immer heißen mag, gesiegt hat, und Ihr seid Euren Arm oder Euer Bein los, dann wird er und sein Sieg gefeiert und er hat Zugewinn, noch und noch. Er raubt und stiehlt zusammen, erpresst die Besiegten; nur Ihr, Ihr habt nichts davon, denn er gibt Euch nichts – nicht einmal ein Gnadenbrot. Hat er aber verloren, dann Gnade Euch Gott. Dann habt Ihr erst recht nichts und könnt froh sein, wenn der Sieger Euch das Leben als Sklave schenkt. Wahrlich, Ihr habt rosige Aussichten!« Büchel schlug sich vergnügt auf die Knie, dann starrte er Wildgruber an, der kalt knurrte: »Jetzt hast du genug Dünnschiss verbreitet.« Die drei anderen schwiegen, denn sie wussten nur zu gut, wie Recht der Gauner dort vor ihnen hatte. »Hört«, fuhr Büchel jetzt sachlich fort. »Da habe ich bei einigen Pfeffersäcken herausgefunden, wo sie ihre Gulden versteckt haben. Der Haken ist, man muss herankommen und die schwere Eisentruhe fortschaffen. Sie ist nämlich mit fünf dieser Sicherheitsschlösser verschlossen, die man nur mit schweren Werkzeugen aufbrechen, was natürlich nicht an Ort und Stelle geschehen kann. Man muss sie also fortschaffen und dazu bedarf es starker Männer, solche, wie ihr seid, die den Teufel nicht fürchten.« »Und wie ist die Truhe bewacht?«, wollte Wildgruber wissen. »Gar nicht. Die steht, wie bei den meisten Pfeffersäcken, einfach im Kontor. Man muss also nur leise heran, sie schnappen und wieder fort, an einen Platz, wo man das Ding in aller Ruhe auf hämmern kann.« »Warum denn das«, fragte Wildgruber spöttisch. »Weil man die Truhe, wie ich doch sagte, wegen der sicheren Schlösser, nicht auf bekommt. Ich habe es schon einmal versucht. Das könnt ihr mir ruhig glauben. Die Schlösser sind so raffiniert, dass sie kein Mensch ohne Schlüssel auf bekommt. Man muss sie aufsägen oder aufschlagen.« »Du verstehst eben nichts von Schlössern«, bemerkte Wildgruber spöttisch. »Ich würde, wenn ich etwas Zeit hätte, die Kiste auch sicher im Kontor aufbekommen.«

»Aber nur mit Radau«, winkte Büchel selbstsicher ab. »Das glaubst du nur. Ich bekomme die meisten Schlösser so schnell und leise auf, dass du es schon im Nebenzimmer bei offener Tür nicht hören würdest.« »Unmöglich!«, rief Leschge. »Aber wenn du schon einmal den Mund so voll nimmst, solltest du uns beweisen, ob du überhaupt ein Schloss auf bekommst. Der Wirt, der Heinrich, hat im Keller eine alte Truhe. An der könntest du es probieren, wenn du willst und dein Wort gilt.« »Nun, probieren wir es«, forderte Wildgruber. »Wenn ihr mit denen mitmacht«, ärgerte sich Kamhuber »trennen sich hier unsere Wege.« Er sah Knipphaus herausfordernd an. »Lieber Gott! – Du sprichst mir aus der

Seele, Loisel«, bekräftigte Knipphaus und fuhr im festen Ton fort: »Wenn ihr, du Adolf und du Johann, hier mitmacht, ist das eure Sache, die ihr dann für euch entscheidet. – Ich gehe morgen auf die Dienstsuche – oder nach Bonn. Da hockt der Schenk von Nideggen im warmen Quartier. – Der zahlt einen guten, ehrbaren Sold.« »Und ich gehe mit dir«, bekräftigte Kamhuber. »Macht hier, was ihr wollt. Ohne uns. Gott behüte euch, ihr Weggefährten der vergangenen Zeit.« Abrupt erhob er sich und wendete sich zum Gehen: »Tschüss denn!« Auch Knipphaus war aufgestanden. »Überlegt es euch gut, Freunde. Wir sehen uns ja wohl noch in der Herberge.«

Mit schweren Schritten folgte er Kamhuber zur Tür hinaus.

Sie kamen am frühen Morgen, zerrten Ludwig, der vor Kälte steif und zitterig war, auf die Beine und stießen ihn die enge Treppe hinunter, dass er stürzte. »Steh auf, du nasser Sack!«, brüllte der ein Büttel rüde und schlug ihm mit dem Pikenschaft auf den Rücken. Unten, an der Pforte zur Gasse, stand ein Gewaltrichter mit zwei Bütteln des Domkapitels, erkenntlich am Wappenumhang. »Hier ist der Büber! Nehmt ihn und macht hier, auf dem Papier, euer Zeichen, dass ich ihn euch gut und richtig, bei gesunden Leib, überantwortet habe«, sagte der Gewaltrichter herablassen zu den Vertretern des Greven, den Gerichtsdienern des Domkapitels. »Ihr scheint ihn eilig loswerden zu wollen«, wunderte sich der erzbischöfliche Gewaltrichter und malte sein Zeichen mit tropfnasser Feder auf das Auslieferungspapier. Ein hässlicher Klecks besiegelte das Kunstwerk bürokratischer Absicherung und verdross nun den städtischen Gewaltrichter. »Passt auf, ihr Trottel! Ihr versaut den ganzen Amtsbeschluss.« Die Erzbischöflichen verzogen boshaft erheitert ihre Gesichter und wandten sich an Ludwig: »Die Herrn städtischen Gewaltrichter haben dich wahrlich schön glatt gehalten, Bürschchen; das wird nun anders«, höhnte der jüngere der beiden Büttel und band Ludwig mit gekonnten, flinken Griffen, mittels eines fingerdicken Strickes, die Arme schmerzhaft auf den Rücken. »Was geschieht hier!«, rief Ludwig verstört. »Halts Maul, Büber! Du kommst vor den Greven. Das ist Hochgerichtsbarkeit und nicht so langweilig, als das, was die Herrn der Stadt dir bieten können«, belehrte ihn der erzbischöfliche Gewaltrichter sarkastisch und warf einen verächtlichen Blick auf die Vertreter der Stadtgerichtsbarkeit. »Los! Voran!«, bellte der jüngere Büttel und stieß Ludwig zur Tür hinaus, fasste ein Ende des Fesselstrickes und zerrte ihn wie ein Stück Vieh hinter sich her. Obwohl der Morgen kalt war, war der Schlamm in den Gassen nur leicht gefroren. So sanken die Füße bis an die Knöchel in den Matsch und Unrat ein. Der Weg zum Frankenturm war jedoch nur kurz und so fand sich Ludwig sehr schnell den neugierigen Blicken und spöttischen Rufen der Menschen auf den Gassen wieder entzogen. Wieder sperrte man ihn in ein Kaltes, vergittertes Gelass. Doch dieses Mal legte man ihm, gleich einem Gewaltverbrecher, ein Halseisen an, das mit einer langen rostigen Eisenkette in der Mauer verankert war. Wieder bat er, man möge ihm doch, um Gottes und des Heilands Willen sagen, wessen man ihn beschuldigte. Aber die Büttel wussten es wohl selber nicht – oder wollten es nicht sagen. »Wir haben da nichts dreinzureden, Büber! Aber du kannst dir den Turm erleichtern. Wenn du in der Stadt jemand hast, der für dich zahlt, kannst du extra Essen und Trinken haben; ansonsten gibt es hier nur Wasser und Rübenschnitzel«, belehrte ihn der Büttel. »Heiliger Himmel! – Ich habe hier niemand. Ich komme aus dem Kloster Ebelstein«, schrie Ludwig verzweifelt. Die Büttel grinsten und der ältere spöttelte: »Schlimm, schlimm, Büber. Da wird dir hier bald das Fett abschmelzen.« Schon am nächsten Morgen holten ihn die Büttel aus der Zelle und führten ihn in einen Raum, in dem ein Wasserzuber stand. »Wasch dich! Du stinkst erbärmlich. Aber mach es gründlich!« Befahl man ihm grob. Er roch schon lange nichts mehr, aber er musste in der Tat abscheulich stinken. Aus Nächstenliebe tat man ihm sicher nicht diesen Gefallen. Der ältere Büttel vom Vortag stand an der Tür und sah interessiert zu. »Im Kloster warst du«, fragte er plötzlich. »Ja, im Kloster Ebelstein«, antwortete Ludwig hoffnungsvoll. »Hätte ich gar nicht gedacht«, lachte der Mann. »Aber wenn man dich so sieht; vielleicht etwas besser gefüttert, mag man schon gefallen an dir finden. Du hast wirklich einen schönen runden Hintern.« Ludwig wurde vor Wut rot. Er hatte bei Wylich einiges von den Kerlen gehört, die Knaben und Männer statt Frauen lieben; der Büttel gehörte offensichtlich zu dieser Sorte. »Wenn du hier länger bleibst, kannst du dir einiges erleichtern, wenn du guten Willens bist«, lockte der Mann und leckte sich die schmalen Lippen, die aus seinem vollbärtigen Gesicht wie eine rote Narbe sahen. »Ich bin nicht so einer!«, eiferte Ludwig zornig. Der Mann lachte belustigt und spottete: »Du magst wohl nur Mönchlein – wie? – Komm, hör auf! – Mir kannst du nichts erzählen. Dieses Haus gehört dem Domkapitel. Meine Herren sind gerade so, wie deine Herren, die Mönche, Äbte, Chorherren. Ich bin doch nicht von gestern! Aber du hast ja Zeit – und dann findet sich schon vieles – Büber.« Zitternd vor Wut, Kälte und Scham zog Ludwig wieder seine wenigen Kleidungsstücke über. Der Büttel grinste boshaft und wohlgefällig zugleich – und schlug an die Tür, die sich alsbald öffnete. »Überlege es dir gut«, knurrte er im Vorübergehen. »Aber wie gesagt, vermutlich hast du viel Zeit, darüber nachzudenken. Außerdem, wir können auch ganz anders.« Vor der Tür ergriff ihn ein anderer Büttel am Halseisen und führte ihn, wie einen Ochsen, durch mehrere Gänge in einen großen Raum im Erdgeschoss. Hinter einem Pulttisch thronte ein dicker älterer Mann in einer feierlichen schwarzen Robe. Sein großer Glatzkopf wurde durch eine gewaltige, wagenradähnliche weiße Halskrause, wie auf einem Tablett präsentiert. Wässrig blaue Augen gaben seinem Gesicht etwas Allgemeines. In der Ecke, am Fenster, stand am Schreibpult ein Protokollschreiber, unauffällig, im einfachen braunen Kittel. Im Halbdunkel des rückwärtigen Raumes, vor einem Holzgerüst, standen noch zwei Männer, deren Bedeutung Ludwig zunächst verborgen blieb. Die Büttel, die ihn geholt hatten, blieben zunächst als Schildwachen neben ihm stehen. »Die blauen Fischaugen des Roben Trägers fixierten ihn eine Weile, ohne jegliche Regung erkennen zu lassen. Als er zu sprechen begann, klang seine Stimme gleichförmig, glatt, ohne Höhen und Tiefen: »Du bist«, er glättete umständlich, überflüssig sein Papier, das vor ihm auf dem Pult liegen musste, ehe er gewichtig fortfuhr, »der Klosterschüler, Klostersasse Ludwig Sydekum aus Kloster Ebelstein. Vormals Diener, Schreiber – oder was immer, des Propst Leo, Propst des Klosters zu Ebelstein. Der auf der Reise im Bergischen, unweit Kloster Altenberg, durch fremde Schuld im vergangenen Frühjahr daselbst verstorben. – Ist das so recht?« »Ja, Ehrwürdiger«, hauchte Ludwig leise. »Du trugst Briefe bei dir, die eigentlich nicht in deine Hände gehörten. Wie kamst du dazu?« »Ehrwürden, der ehrwürdige Vater, Propst Leo, Gott sei seiner Seele gnädig, gab sie mir am Vorabend seines Todes, als wir in einer Schänke übernachteten.« »So war er mit dir sehr vertraut – oder?« »Nicht so sehr, Ehrwürdiger. Aber der ehrwürdige Vater vertraute mir. Warum er gerade mich mit seinem Vertrauen ehrte, weiß ich nicht.« »Eigenartig, ja sehr eigenartig, zumal er doch einige seiner vertrauten Mönche aus seinem Kloster bei sich hatte. – Kennst du den Inhalt der Briefschaften?« »Nein, Ehrwürdiger.« »Na, das wird sich noch erweisen. – Warum hast du die Briefschaften nach dem Unglück nicht sofort einem der Mönche, die bei dir waren, oder dem Abt in Altenberg gegeben?« »Der selige Propst Leo hatte es mir ausdrücklich untersagt, sie jemand anders, als nur ihm auszuliefern.« »So kommst du mir nicht aus! Der Propst war tot. Er konnte die Briefe gar nicht mehr ausfordern. Bub, du! Entweder bist du saublöd, so siehst du mir nicht aus, oder«, er machte eine gewichtige Pause, »du bist ein bösartiger Schuft, ein Schelm – und wolltest sie anders, für dich verwerten. Für dich, Büber, dann hast du auch den Inhalt gekannt«, sagte der Glatzkopf mit einer gelangweilten Stimme, als handele es sich um Erbsen zählen. »Es ist aber so, wie ich es sagte«, beteuerte Ludwig. »Ich habe, nach dem Tode des ehrwürdigen Vaters, Propst Leo, einfach nicht mehr an die Briefe gedacht.« »Ja das Gedächtnis! – Büber, das Gedächtnis ist immer schuld; es macht immer Dummheiten. Es lügt. Es vergisst und ordnet an. Es verleitet. Du hast genau gewusst, was der Inhalt der Schreiben war. – Gib es zu! – Dein Propst hatte sehr gute – sagen wir alte – Verbindungen zum Truchsess. Ich glaube, du könntest uns einiges berichten. Zum Beispiel habe ich großes Interesse, zu erfahren, warum du hier in Köln und nicht wieder im Kloster Ebelstein bist. Der Truchsess entlohnt dich sicher recht gut für seine Dienste hier in Köln und deine Tarnung, als Knecht in einem Badehaus, ist nicht schlecht gewählt. Das erklärt auch deine recht bedeutende Barschaft, die man bei dir fand.« »Mein Gott! Ich weiß nicht, wovon Ihr redet, Eure Ehrwürdigkeit!«, stotterte Ludwig mit belegter Stimme, denn ihm ging plötzlich ein Licht auf, dass man ihn für einen Parteigänger oder Spion des Waldburg hielt. War der Propst Leo ein Parteigänger des abgedankten Erzbischofs Gebhard gewesen? – »Nein, nein!«, rief er unbeabsichtigt laut. »Eure Ehrwürdigkeit unterstellt mir da etwas, was ich gewiss nicht bin – und getan habe.« »Aha, sieh da, also kein Idiot«, stellte der Greve kalt fest. »Mein seliger Propst Leo, Ehrwürdigen, war ein guter katholischer Christ. Nie hätte er sich mit dem Truchsess oder den Lutheranern gemein gemacht«, eiferte Ludwig aufgeregt. – Eilig berichtete er, wie sich der Propst bei der letzten Rast im Bergischen wegen der Protestanten aufgeregt hatte. Der Greve hörte gelassen, ohne jede Regung zu. Als Ludwig schwieg, sagte er tonlos: »Wie du weißt, Büber, hatte der Propst Leo dennoch aus Familiengründen, denn das war ja wohl der wahre Grund seiner Reise, mit den Parteigängern des Waldburg – und damit mit den Protestanten – etwas zu tun. Ich unterstelle Ihm nicht einmal, dass Er ein Ketzer gewesen sein könnte. Friede seiner Seele. Aber wenn ein Erzbischof die Richtung wechseln kann – warum sollte da nicht auch ein Propst. Und du, Büber, bist ein Helfer, ein williges, gewissenloses Geschöpf dieses Mannes, der, dann strafe Gott seine Seele und nehme ihr den ewigen Frieden, ein Häretiker war. – Bekenne also alles, das mag denn für dich sprechen, aber sage die ganze Wahrheit. Wir bekommen doch alles heraus. Noch jede verstockte Seele hat sich vor uns in ihrer Erbärmlichkeit, Verworfenheit voll ausgebreitet. Sprich also! Erleichtere dein Gewissen. Bist du verstockt, werden wir dir das mühelos austreiben. Ja, du wirst uns anflehen, alles erzählen zu dürfen. Dafür ist der Herr, unser Gott, Zeuge.« »Lieber Himmel, hilf! Beim Namen der Jungfrau Maria, bei den Wunden des Herrn! Ich habe doch alles gesagt«, würgte Ludwig heraus. Die Angst kroch in ihm hoch und ließ seine Sinne sich verwirren. Es war ihm, als läge der Eisenreif nicht um seinen Hals, sondern um seinen Kopf und zöge sich immer enger, immer mehr zusammen. Er hatte in der Stadt genug von den Qualen der Verhöre gehört, um die Drohungen des Greven richtig zu verstehen, zu deuten. Aber was sollte er dem denn gestehen? Es gab nichts. Schwieg er, würde man ihn so lange quälen, bis er alles gestand, was sie hören wollten. Sagte er irgendetwas aus, würde man es, wie er ja nun erlebte, auch gegen ihn wenden. Lieber Himmel, was sollte er denn tun, was sagen? Es gab doch keine andere Wahrheit. Er hatte doch alles gesagt, wie es gewesen war. Die verdammten Briefe. Er hatte sie wirklich vergessen. Wenn das aber nun alles nicht zählte, musste er lügen, musste er etwas erfinden – doch was? Nur mit halbem Ohr vernahm er, wie der Greve zu den Leuten im Hintergrund sagte: »Zwanzig über den Rücken – für den Anfang.« Ehe er begriff, hatten ihn die Büttel zu den beiden Männern im Hintergrund gestoßen. Die beiden Knechte dort, nahmen ihn in Empfang und zogen ihm gekonnt, blitzschnell aus. Man band ihn mit kräftigen Stricken an einen Deckenhaken und zog ihn hoch, dass er gerade noch mit den Zehen den Steinboden berührte. »Gib acht, Büber, sogleich wird dein Gesang den Raum erfüllen«, spöttelte der eine Knecht, der, trotz der Kälte im Raum, nur eine ärmellose Fellweste trug. »Ihr sollt handeln und nicht reden«, tadelte der Greve sie monoton, der mit auf die Hand gestützten Kopf, gelassen herübersah. »Fangt endlich an«, befahl er. Klatschend fegte eine vielriemige Geißel wuchtig, brennend, mit schneidendem Schmerz auf Ludwig Rücken. Der Schmerz tobte durch seinen Körper, seine Sinne. – Er hörte nicht einmal, wie seine Schreie gellten. Jeder neue Streich zerriss sein Denken. Man ließ von ihm ab. »Nun, Büber? – Was hast du uns zu sagen«, kam des Greven unbeteiligte Stimme. Er hatte nichts zu sagen. – Seine Sinne waren nicht fähig, etwas zu denken, etwas zu erdenken. »Du hattest von deinem Propst einen Auftrag«, erinnerte ihn der Greve hartnäckig, fast sanft. »Ja, ich sollte die Briefe verwahren.« »Nun, das weiß ich schon. Ich will wissen, was du hier in Köln noch tun solltest? Wer war da sein Komplize? Mit wem solltest – oder hast du dich getroffen – und so.« Und so, und so – vibrierte es in Ludwig – ausweglos – im Kreis. »Mit niemand, ich schwöre es«, stöhnte er schließlich.

»Du bist wahrlich verstockt, Büber. Bis in die tiefste Ecke deiner verdammten Seele. Gebt ihm noch zwanzig«, sagte der Greve gelangweilt. Wieder kam der Schmerz, unbarmherzig, in den Wunden der ersten Schläge. Er brüllte, bis ihm die Sinne schwanden. Wie durch einen Nebel hörte er nach einer Weile die Stimme des Greven: »Viel hält der nicht aus, obwohl er verstockt ist. Bringt ihn bis morgen nach oben und holt mir die Trinne von Höngen. Auch sollen die beiden Sekretarios und die beiden Dominikaner zur Vernehmung der Hexe kommen.« Man schleppte Ludwig zu seiner Zelle und schloss ihn ein. Der Schmerz wollte nicht nachlassen. Seine zerlumpten Kleidungsstücke hatte man ihm in seine Zelle geworfen. Er lag nackt auf dem eiskalten Steinboden. Die Schläge hatten seinen Rücken aufgerissen. Er blutete aus zahllosen Hautrissen. Irgendwann raffte er sich auf und streifte sich die Hose, so gut es gehen wollte, über. Das Hemd und den Kittel konnte er wegen der Kette nicht überziehen, so zehrte Schmerz und Kälte gleichermaßen an ihm. »Was soll ich nur machen?«, fragte er sich immer wieder. »Ich werde ihnen etwas erzählen, werde ihnen etwas vorlügen, sonst schlagen sie mich wieder und wieder. Sie schlagen mich tot, bei Gott, sie tun's.«

Seine Gedanken wurden durch die schrillen Schreie einer Frau unterbrochen. »Oh lieber Gott, jetzt haben sie eine Frau dran«, stöhnte er entsetzt. Seltsamerweise fielen ihm in dieser traurigen Lage die Erzählungen der Pikeniere ein, mit denen er vor einem Jahr nach hier gezogen war, besonders die des Wildgruber. Die Schreie der Frau nahmen kein Ende und ließen ihm die Haare zu Berge stehen. – Was mussten das für Tiere sein, die Menschen derart peinigen konnten. Oder war, wie man sagte, wirklich der Teufel in manche Menschen gefahren und die Schreie, die sie bei der – Peinlichen Befragung- ausstießen, die des Teufels, der sein Opfer nicht loslassen wollte? Bruder Tivolio hatte das bestritten. Ja, er hatte die, die allenthalben, allerorts Teufel, Teufelsdiener, Dämonen, Hexer und Hexen sahen als die wirklichen, vom Bösen befallenen bezeichnet. Aber es gab

Zauber und Magie. Er hatte es bei Meister Wylich täglich erlebt und zugesehen, wie sie angewandt wurde. Er erinnerte sich plötzlich, den Namen der Frau, die man dort quälte, beim Verlassen des Verhörraumes gehört zu haben. Trinne, ja Trinne hatte sie der Greve genannt. Sein Nachdenken über das arme schreiende Weib half ihm, seine eigene Not vorübergehend zu vergessen. Plötzlich hörten die Schreie auf. – Nach einer Weile vernahm er Schritte und Stimmen auf dem Gang. »Legen wir sie dort auf Stroh«, sagte die Stimme des Büttels, der ihm heute Morgen das widerliche Angebot gemacht hatte. Seine Stimme klang belegt und keineswegs so rau und brutal, wie er sie bisher gehört hatte. – Offenbar der zweite Büttel antwortete ihm: »So eine Schande! So einen schönen Körper so zu zerreißen. Mich kotzt das an. – Verflucht! – Verflucht sollen die geilen Hunde sein!« »Mensch, sei still!«, warnte wieder die erste Stimme. »Wenn die dazu unsere Meinung hören, machen sie uns auch alle.« »Ist wahr. Verflucht, ist nur zu wahr. Übrigens, hast du gehört, was dieser satanische Michaelis, der Kommissär, sich geleistet hat?« »Nein, was denn?« »Er soll, auf der Straße nach Neuss, die Fuhren der kölnischen Kaufleute geplündert haben.« »Na und? Ist doch nicht gar zu neu und seltsam. Das machen doch die Staater[36], Erzbischöflichen, Spanier und die Waldburger doch abwechselnd! Denk nur an das Blutbad, das die Erzbischöflichen im letzten Juli in Junkersdorf angerichtet haben. Waren es nicht an die dreihundert Kaufleute und ihr Gesinde, die sie erschlagen haben?« »Schon richtig. Aber der Kommissär ist nicht irgendwer. Außerdem, so staune, hat er dieses Mal auch drei Jungfrauen von Kaufleuten eingesackt, die er erst selber und dann von seinen Knechten hat schänden lassen. Danach haben sie die Weiber gegen Lösegeld den Familien zurückgegeben. – Außerdem soll er die Köpfe der Wagenbegleiter in den Sand gelegt haben. Da sollen auch Kölner Knechte bei gewesen sein.«

»Der Michaelis ist ein verdammtes Schwein. In Bonn hat er vor drei Jahren die Bürger im Namen des Erzbischofs ausgeplündert und manch einen, der nicht zahlen wollte, um des Geldes umgebracht.« »Ein scheußlicher Kerl. Seine Seele muss als Schlacke aus dem Fegefeuer geflossen sein. Hoffentlich kommt er nicht einmal auf den Gedanken, uns bei seinen Untaten mitzunehmen. Uns mag es dann nämlich schlecht ergehen. Dem tut ja niemand etwas.« »Ich weiß nicht. Ich

---

[36] Holländer, Niederländer

meine, er hat den Bogen überspannt. Die Himmelreicher[37] werden es ihm nicht verzeihen. Sie haben Macht im Rat – darauf kannst du dich verlassen.« »Liegt sie gut?« »So wird sie es aushalten. Mein Gott, wenn die zu sich kommt.« »Die kann sich glücklich preisen, wenn sie sie umbringen. Wie die zugerichtet ist, kann sie ihr Lebtag nichts mehr tun.« »Scheiße! – Verdammte Scheiße!« Ludwig hörte die Schritte der Männer, wie sie den Flur hinuntergingen. In seiner Zelle war es schon fast dunkel und er versuchte, seine wenigen Kleidungsstücke als Schutz gegen die Kälte zu nutzen.

Zur gleichen Zeit trafen sich in einem Anbau des Schwendtken, einer Kneipe hinter dem Heumarkt, die Landsknechte Wildgruber und Würstli mit den Stadtgaunern Jeorgh, Leschge und Büchel.

»Habt ihr die Leitern, Stricke und Werkzeuge beschafft«, befragte Wildgruber die dunklen Gestalten, denn man hatte, zur Vorsicht, kein Licht angezündet. »Es liegt alles hier, wie du es haben wolltest«, knurrte Leschge, der es nicht verkraften konnte, dass Wildgruber den Ton angab. »Zeigt her«, befahl Wildgruber, den Unmut geflissentlich überhörend. Er betastete das Gerät und probierte dies und jenes aus. »Was ist«, forderte Jeorgh ungeduldig. »Nichts! Es ist alles gut – wie verabredet. – aber es ist noch Zeit. Schnappluis kann hier auf den Boden kriechen und auf das Lichterlöschen bei den Welschen achten.« »Seid ihr wirklich sicher, dass niemand im Kontor zurückbleibt?«, wollte Würstli unruhig wissen, der ein solches Unternehmen, Einbruch und Diebstahl, zum ersten Mal mitmachte. »Klar!«, ärgerte sich Jeorgh. »Wir sind doch keine Anfänger. Außerdem waren wir doch schon einmal dran. – Du hast wohl Schiss, wie?« »Haltet jetzt das Maul«, forderte Leschge. »Soll uns hier erst noch jemand finden?« Die Männer hockten sich schweigend auf die Leitern. Büschel kroch oben in das Sparrenwerk des altersschwachen, reparaturbedürftigen Schuppens. »Jetzt machen sie die Laden dicht«, meldete er nach einer Weile. »Der Caverra, der Hausdiener, macht jetzt seine Runde über den Hof«, berichtete der Beobachter – und etwas später: »Er legt den Riegel über das Hoftor. Nun geht er ins Haus.« »Der

---

[37] Kaufleute, hier die Kaufmannschaft der Gaffel der Kölner Kaufleute. Sie nannte sich »Himmelreich«

geht immer zuletzt«, erklärte Jeorgh. Der Hurenmelche frohlockte: »Wenn der Nachtreiter[38] am Tor vorbei ist, kann es losgehen.« »Ist das nicht zu früh«, fragte Würstli besorgt. »Scheiß dich nur nicht voll«, höhnte Leschge. »Brauchst du aber nicht. Die Welschen lieben ihre Betten. Die Kontore sind immer leer wie ein ausgesoffenes Weinfass.« »Hört mit dem dämlichen Gequatsche auf«, riss Wildgruber wieder die Initiative an sich. »Es wird mit den Leitern so gemacht, wie ich es euch erklärt habe. Und bei der Arbeit keinen Krach und kein blödes Gesabbel. Eure blöden Sprüche und Streitereien könnt ihr später klopfen. Wenn euch das aber nicht passt, dann sagt es jetzt, dann mache ich nicht mehr mit.« »Ja doch, ja doch«, begütigte Leschge und Jeorgh, wie aus einem Munde gleichzeitig. Aus den Sparren kam Büchels leise Stimme: »Der Nachtreiter. Jetzt ist er bei den Holländern. – Jetzt trabt er unten zum Platz. Ich glaube, er ist weg. Ich kann ihn weder sehen noch hören.« Büchel kam, geschickt wie ein Affe, aus dem Sparrenwerk geturnt. »Los denn«, kommandierte Wildgruber. Die Männer nahmen Gerät und Leitern auf und verließen leise den Anbau. Mit der ersten Leiter erstiegen Wildgruber und Büchel einen Schuppen, der nach dreißig Ellen, in halber Höhe, an die Wagenremise des Handelshofes grenzte. – Leschge blieb an der ersten Leiter. Würstli und Jeorgh schleppten eine weitere Leiter über das Dach nach. Wildgruber und Büchel warfen unterdessen ein Seil über die Dachhaken des steilen Schieferdaches der portugiesischen Niederlassung. – Die zweite Leiter wurde aufgezogen und über einen Dachhaken eingehängt. Wildgruber, Würstli und Büchel kletterten auf das Dach des stolzen Handelshauses. Würstli befestigte nun ein Seil am Kamin, an dem sich Wildgruber und Büchel, durch ein Erkerfenster, dessen Lade sie mühelos aufgeklinkt hatten, ins Innere gleiten ließen. Die Holzdielen waren zum Fensterchen hoch angeordnet und so fanden sie sich auf einen Boden, der überall mit aufgestapelten Waren vollgestopft war. Obwohl sie annahmen, dass keiner der Angestellten des Hauses in diesem Teil des Hauses war, verhielten sie sich so vorsichtig, als gelte der Einbruch einem Schlafgemach. Büchel hatte die Kerze in der Sturmlaterne angezündet. So fanden sie leicht die schmale Stiege, die ins zweite Stockwerk hinab führte. Eine Wendeltreppe führte sie weiter in die erste Etage, die in der Mitte eine offene Galerie zum Erdgeschoss hatte. Ein Seilwindenaufzug gestattete es, durch die Galerie Waren im Haus zu den Etagen und

---

[38] Zu der Zeit gab es in Köln berittene und unberittene Nachtwächter

den Böden aufzuziehen, ohne vom Wetter – oder – noch wichtiger – der Neugier der Leute belästigt zu werden. Wildgruber blieb beobachtend, lauschend, wie ein Jagdhund witternd stehen und sah sich im trüben, bescheidenen Lichtschein des Lämpchens um. Büchel wies auf eine mit Schnitzwerk verzierte Tür, die einmal in der Lichtbahn kurz erkennbar wurde. Gerade wollten sie sich zur breiten Treppe bewegen, als auf ihrer Etage, hinter einer der Türen auf der anderen Galerieseite, deutlich Schritte zu hören waren. »Verflucht«, zischte Büchel. »Hier ist jetzt doch wer.« »Still! Das wird der Hausdiener, dieser Caverra sein.« Sie standen und lauschten, atemlos, die Lampe verdunkelt. Aber die Schritte wiederholten sich nur noch einmal kurz und endeten im Scharren von Stuhlbeinen. »Los weiter«, zischte Wildgruber. »Der kommt nicht heraus.« Sie öffneten wieder die Lampe und schlichen weiter. Die Treppe knarrte etwas, aber die Hausbewohner hörten offenbar nichts, zumal das Haus, wie alle älteren Holz- und Fachwerkhäuser, ohnehin ständig knarrende Dehn- und Spannungsgeräusche verursachten. Die Kontortür war abgeschlossen. Wildgruber öffnete sie jedoch laut- und mühelos mit seinem Spezialwerkzeug. Im kleinen Nebenraum des Kontors, nochmals durch eine verschlossene Tür mit einem etwas besseren Schloss gesichert, stand die Geldkiste, ein gewaltiges, eisenbeschlagenes Monstrum, das auch von zehn Männern sicher nur mit Mühe hätte getragen werden können. »Leuchte«, flüsterte Wildgruber. »Drei gute Vorderschlösser und zwei Geheimschlösser«, stellte er sachkundig fest. Vorsichtig führte er sein feines Führungsrohr in eines der Schlösser und begann seine Arbeit. »Es sind abhängige Schlösser«, hauchte er, »aber das ist kein Hinderungsgrund.« Schon bald verkündete er: »So, die haben wir. Nun die drei Vorderschlösser.« Sie waren kein Problem und so schnell auf, als hätte er sie mit dem passenden Schlüssel geöffnet. Sie hoben den Deckel an. »Teufel«, feixte Büchel und wollte zulangen, aber Wildgruber zischte: »Stopp! Bist du von Sinnen? Gib mir unsere mitgebrachten Beutel.« Büchel reichte ihm zwei mitgebrachte Lederbeutel. Wildgruber füllte die Beutel aus der Kiste in die mitgebrachten um. Die leeren Originalbeutel aus der Kiste füllte er mit Sand wieder auf, den er, zu Büchels Verwunderung, in einem Gürtelschlauch mitgebracht hatte. »Die werden sich wundern«, freute sich Büchel. »Sei still. Wir werden jetzt alles wieder so herrichten, wie wir es vorgefunden haben – und schön langsam, Freund«, ermahnte er seinen Kumpan, der vor Gier zitterig wurde. Wildgruber verschloss die Kiste und die Türen mit aller Sorgfalt. Nichts wurde vergessen, nichts wurde von ihm übersehen. Lautlos zogen sie sich wieder auf dem gleichen Weg zurück, den sie gekommen waren; jede Spur, auch die auf dem Dach, wurde sorgsam beseitigt.

Es wurde schon Morgen, bis die fünf Männer mit zählen und teilen der Beute fertig waren. »Das macht für jeden dreiundfünfzig und einen halben Gulden«, stellte Wildgruber nüchtern fest. »Wenn wir die Sache wiederholen, das heißt, bei dem Bell auch noch die Kasse zählen wollen, dürft ihr jetzt von dem Zeug heute, damit meine ich die nächsten acht Tage, nichts ausgeben. Wenn ihr viel ausgebt, ist es bald rund und die Büttel haben euch, ehe ihr es verseht.« »Euch auch«, freute sich Schnappluis. »Halts Maul, du Trottel.« Schimpfte Leschge, »Der Adolf hat recht. Wenn wir etwas Glück haben, merken sie erst in ein paar Tagen, was geschehen ist. Aber dann gibt es großes Geschrei und da fällt jeder auf, der sonst eine schmale Geldkatze hat.« Er wandte sich wieder an die Landsknechte und beruhigte: »Ihr könnt euch auf uns verlassen. Schließlich möchte ich bei guter Gesundheit bleiben.« »Wir wollen es hoffen. Ich schlage davor, wir trennen uns beim »Öffnen der Ketten« und treffen uns erst wieder für den nächsten Zug im Schuppen.« »Wann«, wollte Jeorgh wissen und strich, wie ein hungriger Kater, seinen Knebelbart. »Ich sage Aschermittwoch«, riet Simon Leschge, seine Rolle als der Älteste der drei Gauner ausspielend. »Wir sind's zufrieden«, willigte Wildgruber ein und fuhr anmahnend fort: »Und seht euch genau um, wo alles steht, wie es bei den Leuten läuft, damit es wieder glatt, wie heute läuft.« »Aber klar«, lachte Luis Büchel, der Schnappluis vergnügt. »Auf uns ist immer Verlass. Heidi, heida, was werden die welschen Pfeffersäcke staunen, wenn sie ihre Geldsäcke umdrehen.« Man ging, wie besprochen, auseinander. »Lass uns schnell das Quartier in ein anderes Kirchspiel der Stadt verlegen«, sagte Wildgruber überlegend zu Würstli, als sie allein waren. »Ich traue den Brüdern nicht über den Weg.« Johann Würstli lachte verschmitzt und entgegnete gutmütig: »Meinst du, ich traue den Halunken? Ich glaube fast, dass die uns damals, in der Schänke, mit dem Würfelspiel, mächtig aufs Kreuz gelegt haben. Wenn ich es mir recht überlege, haben sie nur ein paar Dumme gesucht. Es ist nur schade, dass es unsere alte Weggenossenschaft so plötzlich zerschlagen hat. Doch mit dem Quartier, da stimme ich dir gern bei. Diese Herberge ist nicht gut für uns. Wird viel zu oft von den Ratsknechten kontrolliert. Aber wenn du nichts dagegen weißt, habe ich für uns, in der Schaffenstraße, bei einer lustigen Witwe, schon neues Quartier zur Hand. Das Quartier liegt allemal gut. Wir sind da gleich am Tor und die Frau ist bei den Nachbarn angesehen – und alle – gegen die Obrigkeit – sehr verschwiegen.« »Du sagst lustig?« protestierte Wildgruber. »Na ja, nicht gar zu sehr. Ihr Mann war Schäfer und Hautschläger und weiß Gott was noch. Sie hockt nun da, mit ihren vier Pänz, in dem Häuschen zur Miete, die sie nur durch Untervermietung und – na ja, so etwas anderer Arbeit aufbringt.«

Ludwig verbrachte eine schlimme, schaurige Nacht, die durch das Wimmern und Stöhnen der Frau in der gegenüberliegenden Zelle noch grauenhafter wurde. Mit dem Morgengrauen kamen wieder die Büttel und führten ihn wieder in den Verhörraum. Dieses Mal war, neben dem Greven, Jesuiten und ein Vertreter des Domkapitels anwesend. Ludwig wurde von den Bütteln gehalten, sonst wäre er vor Schwäche umgekippt. Der Greve eröffnete das Verhör: »Nun, Büber, hat die Nachtluft deinen Geist erleuchtet?« »Ehrwürdiger, ich weiß nicht, was ich Euch noch sagen soll.« Er saß dabei einen fatalen Irrtum auf, denn er hatte, beim Anblick der Geistlichen, Hoffnung geschöpft. – Hoffnung auf was? Er hätte es nicht genau sagen können, aber da war die Erinnerung an einige Menschen im geistlichen Gewand, die ihm schon einmal geholfen, die ihm ein menschenfreundliches, gerechtes, barmherziges Bild von dieser Kirche, dieser Religion, vermittelt hatten. Hoffnungsvoll starrte er die Vertreter dieser Institution an. Jetzt musste es sich doch erweisen, dass er unschuldig gequält wurde. Unbewusst erwartete er gar eine Art Solidarität von diesen Geistlichen dort, denn er kam doch aus einem Kloster und hier wurde doch eigentlich über Propst Leo verhandelt. Zudem kam die humane Erziehung des Bruders Tivolio, der seine Vorstellungen so weitgehend geprägt hatte, dass sie sich nun im herben Gegensatz zur Wirklichkeit entpuppten. Wie weit diese Ideale von der Wirklichkeit entfernt waren, ahnte er in diesem Moment nicht im Entferntesten. Der Bruch sollte sogleich erfolgen. Der Jesuit, zur rechten Seite des Greven, fiel jetzt mit harter Stimme in die Verhandlung: »Höre, Büber! Die Papiere, die bei dir gefunden wurden, weisen dich als Feind des Erzbischofs aus. Wir wollen von dir hören, wer die Leute sind, die hier in Köln für deinen Herrn, wer das nun auch immer sein mag, tätig werden sollte. Wem solltest du nun wirklich die Briefe geben – und was war dann dein Auftrag?« »Hochwürden, ich habe es doch schon gesagt. Der ehrwürdige Vater, der selige Propst Leo, hatte mir die Briefe nur zur Aufbewahrung gegeben und war dann plötzlich umgekommen. Da habe ich die Briefe vergessen.« »Vergessen! Solche Briefe vergessen! – Du bist verstockt, Büber!«, schrie der Jesuit mit schriller Stimme. »Wir werden dir schon noch die Wahrheit entlocken! Sie muss an den Tag und wenn wir sie dir unter der Haut hervor pellen müssen.« Der Greve blieb, wie am Vortage, gelassen und befahl monoton: »Zieht ihm die Katze gleich noch zehn Mal über den Hintern.« »Nein, nein!«, schrie Ludwig entsetzt, aber die Knechte schleppten ihn wieder zu der Ecke mit dem Deckenaufzug – und wieder fraß die Geißel Schwielen und blutige Rillen in seinen Rücken. »Im Namen des Herrn Jesus Christus! – Sag die Wahrheit!«, schrillte die Stimme des Jesuiten unerbittlich. Ludwigs Denkfähigkeit verwirrte sich wieder im Schmerz und so beteuerte er seine Unschuld und Unwissenheit. »Legt ihm die Daumenschrauben an«, befahl der Jesuit und der Greve stimmte nickend zu. Die Knechte schleppten den halb Ohnmächtigen auf einen eigens für diese Prozedur vorbereiteten Lehnstuhl, auf den sie ihn festschnallten. Die Folterknechte stülpten ihm Klammereisen mit Pressschrauben über beide Hände. Sie drückten die Daumen in die Presse und drehten leicht an. Ludwig erbebte unter dem rasenden Schmerz. Blut lief aus dem geplatzten Daumen. »Na, Büber, wie ist es nun«, hörte er, wie durch einen Nebel, die Stimme des Jesuiten. Sie klang frohlockend und schrill. In dieser unendlichen Not fiel Ludwig die Reden der Büttel ein, die er am gestrigen Abend, als sie die geschundene Frau brachten, führten. Die hatten einen Namen genannt und verflucht. Wie war der?

Der Schmerz, dieses Mal am anderen Daumen, zerfetzte wieder seinen Einfall. – Schmerz – nichts als Schmerz durchtobte sein Hirn – und dann diese Stimme des Jesuiten, ganz nahe. Er stand vor seinem Opfer und sah, wie es schien, fasziniert, gierig auf das tropfende Blut. Ludwig nahm diesen Blick in sich auf – unauslöschlich – für alle Zeit. Wilder Hass und Wut – entsetzliche Angst kreuzten sich in seinem Hirn. Es war der Moment, wo sich Menschen vom Gestern trennen – und einen neuen Weg beschreiten. Von dieser Sekunde an konnte er nie wieder der sein, der er gewesen war. – Und da war auch der Name! Die Büttel hatten ihn den teuflischen Michaelis genannt. Es war einer von diesen Teufeln hier. Vielleicht stand er sogar im Raum. Sollten sie sich doch gegenseitig umbringen und quälen. »Hört auf! Hört auf! Ich sage, was ich weiß! Oh lieber Himmel! Heilige Mutter Gottes! Es sollte der Kommissär haben!« »Wer?«, bohrte der

Greve und nicht eine Spur von Verwunderung schwang in seiner gleichgültigen Stimme, während der Vertreter des Domkapitels und die Jesuiten Schreie der Verwunderung und Missbilligung ausstießen. »Wer, Büber, wer«, wiederholte indessen der Greve und warf den aufgeregten Kirchenvertretern missbilligende Blicke zu.

»Mein Gott, dem Kommissär Michaelis sollten sie gegeben werden, wenn er sie mir abverlangt. Ich sollte zum Kloster zurück, sobald der Herr Kommissär die Briefschaft entgegengenommen.« Der Jesuit, der bisher die Fragen gestellt hatte, rief schrill und aufgeregt: »Da, da ist es wieder. Habe ich es nicht gesagt!« Der Greve nickte bestätigend und wandte sich an Ludwig, der, ob seiner erlogenen Kühnheit, nun erschrocken um Folgen zitterte. »Das hättest du Narr gleich sagen können. Du siehst, wir erfahren eben alles. Lass dir dies eine Lehre sein. Bringt den Narren in seine Zelle.« Die Büttel schleppten ihn in seine Zelle und warfen ihn, ohne ihn anzuschließen, auf das faule Stroh. »Du bist ganz schön blöde, Büber, dich für die Herren, gar den Michaelis, so schinden und zerschlagen zu lassen«, spöttelte der, der ihm das fragwürdige Angebot gemacht hatte und fuhr leise fort, als der andere Knecht schon im Gang die Treppe hinunterging: »So, wie du jetzt aussiehst, kannst du nicht einmal darauf bauen, was ich dir gestern sagte. Aber du wirst, wenn du vernünftig bist und denen alles gestehst, was du weißt, schon wieder werden. Dann wirst du froh sein, von mir ein wenig Gunst zu haben.« Er schlug lachend die Tür zu; der Riegel knirschte in der Falle. Ludwig weinte hemmungslos und sah auf seine Daumen, die geplatzt waren, wahnsinnig schmerzten und immer noch heftig bluteten. »Sie werden nie wieder zu gebrauchen sein«, stöhnte er verzweifelt. »Mein Gott, warum hast du mich so verlassen«, zitierte er aus der Bibel. Er betete in seiner Pein und Not – doch sein Gebet wollte nicht mehr die Gläubigkeit und die Kraft entwickeln, die er bisher aus diesen geschöpft hatte. Es war dieser Jesuit gewesen, der ihm die Daumenschrauben hatte anlegen lassen, der ihn in seiner Not attackiert hatte. Hatte er gestern noch, nach dem ersten Verhör, den Greven als Feind fürchten und hassen gelernt, so war das nichts gegen diesen Jesuiten, dessen Namen er nicht einmal kannte. Jeder Tropfen Blut, jede Schmerzwelle, die ihn immer noch, immer wieder schüttelte, stachelte seine Gefühle zur ohnmächtigen Wut, wendete sein bisheriges freundliches Wesen, veränderte erschreckend schnell seine gläubige Dankbarkeit gegen die Institution Kirche, verkörpert durch Kloster Ebelstein, seinen Klosterbrüdern, selbst gegen Bruder Tivolio. Was er heute hier erlebt hatte, konnte nicht der Wille des Herrn sein, nicht den Geboten entsprechen, die Jesu den Menschen gebracht – oder doch? – Was wusste er denn wirklich über Gott? Bruder Tivolio hatte ihm Denken beigebracht; oh Ironie – jetzt kehrte sich gegen, was für den Glauben gedacht war. Sie hatten ihm weh getan aber nicht zerbrochen – noch nicht. In dieser verzweifelten Situation fing er an, eine Art Bilanz zu ziehen – und das mit dem, in dem er bisher bewusst gelebt hatte, der Institution Kirche. »Sie ist nicht Gottes, sondern des Teufels Werk; sie ist Menschenwerk«, grollte er und sah im Geist wieder den Jesuiten, wie er ihn mit seinen Fragen bedrängte. Bruder Tivolio hatte seinen Geist geweckt, belehrt – ohne das Werk, mangels Zeit, wirklich zu prägen oder gar festzulegen. Der Schmerz verdrängte in diesen Stunden mehr und mehr die guten Regeln des gütigen Tivolio und weckten das unruhige wilde Blut seines leiblichen Vaters. »Ich werde es ihnen zeigen«, schwor er. Man sollte ihn nicht wieder sinnlos quälen und verstümmeln. »Mein Gott, wie sie die Lügen geschluckt hatten. Wie Fische waren sie an die Angel gesprungen und hatten den Brocken gierig geschluckt. Nur kurz fiel ihm ein, dass er dadurch vielleicht diesen Michaelis oder einen anderen in Not gebracht haben könnte. Aber da waren die Reden der Büttel, die er genutzt hatte. Die hatten den Kommissär als einen Ausbund von Boshaftigkeit und Gewissenlosigkeit geschildert, der gewiss Strafe verdiente. Überhaupt, was musste das erst für ein Kerl, dieser Erzbischofs sein, wenn der Greve und die Jesuiten schon so mit unschuldigen umsprangen! »Die Menschen wollen nicht die Wahrheit«, stellte er überrascht fest. Offenbar gefielen sie sich besser in Lüge, Bosheit, Betrug, Gier, Raub, Mord und Folter. »Sie sollen es haben«, krächzte er wütend. »Bei dem Wesen, was Himmel und Erde lenkt, diese Welt geschaffen hat, das man Gott nennt, das aber nicht von dieser Welt sein kann, sich nicht um sein Werk kümmert! – Sie sollen es haben. Ich werde mit ihnen dieses grause Spiel spielen! Das werde ich. Das schwöre ich.«

Im hohen, mit Daunenkissen übermäßig ausgepolsterten Ehebett, lag Piter Illessen. Das Fieber hatte ihm arg zugesetzt und der hinzugezogene Bader hatte ihn, weil er es nicht besser verstand, schon einige Male zur Ader gelassen. – Die kleine Kammer stank nach einer Mischung aus Körperausdünsten, Urin, Alaun und Salmiak. Der Kranke röchelte. Schweiß lief ihm über das mager gewordene Gesicht.

Die große, kräftige Gestalt des Metzgermeisters wirkte nun seltsam zerbrechlich. Seine Augen flackerten und glänzten wie unruhige Kerzen. Eine alte Magd hockte an der Tür auf einem Dreibeinschemel und betreute den Kranken. »Wo ist Trynne«, verlangte er plötzlich mit heiserer Stimme zu wissen. »Die Meisterin ist wohl in der Küche, Meister«, sagte die Alte undeutlich, kaum verständlich mit ihren lückenhaften Zähnen. »Hol sie! – Hol sie auf der Stelle, Magda. Hol mir meine Trynne, ich will sie sehen«, verlangte der Kranke weinerlich und herrisch zugleich. Die Magd ging nörgelnd, gebückt, schlurfend davon. Es verging geraume Zeit, ehe sie wieder kam – allein.

»Wo ist die Meisterin«, quälte der Kranke giftig.

»Sie ist nicht da, nicht im Haus, Meister.«

»Wo ist sie hin? – Ich will sie hier haben – meine Trynne.«

»Sie ist auf dem Markt, Meister.«

»Was will sie dort? Haben wir nicht genug Volk im Haus – für die Besorgungen?«, regte sich Piter Illessen auf. Ein beängstigendes Röcheln rang sich aus seiner Brust. Er lief im Gesicht blau an. Die Magd sprang auf und hielt ihm ein Fläschchen mit Salmiakgeist unter die Nase – doch der Kranke rang weiter nach Luft und keuchte, röchelte entsetzlich. »Hilfe, Magda, hilf mir«, stammelte er. – Ein Hustenanfall zerrte die knappe Luft aus seiner Brust. Die Magd rannte aus der Kammer und kreischte, was ihre betagte Greisenstimme hergeben wollte: »Hilfe! Zur Hilfe! Der Meister stirbt! Der Meister stirbt! Der Meister geht tot!« Nun wurde es im Haus lebendig. Alle Mägde und die Fleischergesellen, so sie im Haus waren, rannten herbei und drängten in die kleine Kammer. Meister Illessen hatte sich jedoch wieder etwas erholt. Mit fiebrigen, ängstlichen Augen sah er auf die Versammlung, dann keuchte er: »Wo ist Trynne? – Holt mir meine Trynne!«

Wieder schüttelte ihn ein Anfall und verschlug ihm die Rede. Der Altgeselle des Hauses, Hannes Milke, drängte sich durch die Gaffer. »Lasst mich mal nach dem Meister sehen.« Er sah seinen Meister kritisch, abschätzend an. Der war blau im Gesicht und rang mühsam nach Atem. »Meister! – Meister! – Kannst du mich hören?«, rief er und hielt dem Kranken wieder das geöffnete Salmiakgeistfläschlein unter die Nase. Ein neuer Hustenanfall schüttelte den Kranken und sein Röcheln quälte sich schaurig durch den Raum. »Anke, Stinne! Sucht die

Meisterin!«, befahl der Geselle aufgeregt. »Und du, Berthold, lauf zum Pfarrer – für die letzte Ölung.«

Er sah sich hilflos um. »Ich hol den Bader«, sagte er zu Magda und den anderen Gaffern, die noch auf der Treppe standen. Dann schrie er sie alle wütend und hilflos an: »Los! Los! Sucht die Meisterin! – Was steht ihr hier noch herum? – Sie muss her.« Alle eilten davon. Die alte Magd blieb mit dem Kranken allein zurück. Sie schluchzte hilflos in ihre alte graue Schürze vor sich hin. Bader Wylich und der Pfarrer kamen fast gleichzeitig bei dem Kranken an. Auf der Wischegasse drängte sich vor dem Haus des Meisters neugieriges Volk. – Wylich schob sie beiseite. »Was glotzt ihr? Der Meister ist krank. Na und? Das ist doch schon alles«, schimpfte er. »Ist es wahr? – He geit dote, dat aale Aas«, lachte eine fette Frau aus der Nachbarschaft. »Und das Trynne ist vorhin mit den guten Klamotten am Arsch abgegangen«, höhnte wissend eine dürre, spitznasige Nachbarin vielsagend, gehässig. »Och, der arme Meister Piter hätte es auch besser verdient gehabt«, bedauerte eine ältere Frau, in dicke Tücher eingewickelt, vor dem Nachbarhaus, zu der Dicken. »Ha, ha, was musste er sich auch so eine Junge nehmen«, geierte die Dürre. »Hätte er eine genommen, die in den Jahren besser zu ihm gepasst hätte, läge er jetzt nicht allein auf dem Sterbelager.« »Ist er denn schon hin?«, wollte die Dicke wissen. »Na weit ist es nicht mehr. Der Pfaff mit dem Messdiener ist schon bei ihm«, krähte ein alter, fast zahnloser Mann im schmuddeligen Lumpen Habit der Lehmschleifer. Bader Wylich erkannte sofort, dass er hier nicht mehr helfen konnte und ließ wortlos den Priester an das Bett. Piter Illessen schlug die Augen auf und erkannte schließlich die Versammlung und ihre Bedeutung. – Schreck durchfuhr ihn. »Ist es denn soweit? – Steht es so? Mein Gott, mein Gott steht mir bei. Wo ist meine Trynne.« »Sie wird gleich kommen. Doch zuvor solltest du an deine Seele denken und beichten, mein Sohn«, sagte der kaum dreißigjährige Priester salbungsvoll. Energisch scheuchte er alle Gaffer aus der Kammer und von der Treppe, schloss die Tür und bereitete die Beichte. Piter Illessen hatte ein schön langes Sündenregister. Was ihm aber merkwürdigerweise besonders auf der Seele lag, war die Verleumdung. »Ich wusste sehr wohl, dass die Trynne das Geld genommen hatte. Aber ich wollte es dem Burschen, dem Bader Knecht heimzahlen. Dabei weiß ich schon gar nicht mehr, um was es eigentlich ging. Ich hatte nur Ärger auf ihn.« »So hast du ihn wider guten Wissens beschuldigt?«, staunte und rügte der Priester. »Ja, das habe ich und bereue es aufrichtig. Darum sollt Ihr das auch dem Gericht zu Protokoll geben. – Mein Gott«, stöhnte er. »Wo bleibt nur meine Trynne?« Der Priester war von der Abschweifung seines Beichtkindes wenig erfreut und ermahnte ihn. Nach der Beichte rief der Priester nach dem Messdiener und er erteilte Piter Illessen die Ölung. Illessen ließ sein letztes Geständnis jedoch noch nicht ruhen. Er verlangte noch einmal im Beisein des Messdieners: »Ihr erfüllt meinen letzten Willen, Hochwürden. Gebt es zu Protokoll, wie ich es sagte.« Der Priester beruhigte: »Ich habe es versprochen und Ihr, Meister, habt es aus dem Beichtgeheimnis herausgenommen. Euer Wille geschehe.« Hernach kam noch einmal Wylich, um nach dem Kranken zu sehen, doch er schüttelte nur den Kopf und machte sich eilig davon. Es war für einen Bader nicht unbedingt gesund, am Sterbebett eines Bürgers angetroffen zu werden. Auch das Gesinde des Hauses umlagerte, nachdem der Pfarrer gegangen war, das Bett des Meisters. – Nur die Meisterin fehlte. Man hatte sie nicht gefunden. Piter Illessen murmelte von Zeit zu Zeit ihren Namen – und dämmerte langsam in das Totenreich hinüber, ohne sein Weib noch einmal zu sehen.

Der Pfarrer gab den letzten Willen seines Beichtkindes zu Protokoll, wie der Meister es gewollt und so kam zwei Tage später ein Gerichtsbote zur Hacht, dem Haus des Greven im Domhof, mit dem Billett, das die Rücknahme der Anschuldigung und die Verfolgung seitens des Gewaltgerichts gegen Ludwig darlegte: » ... und so sind wir der Auffassung, dass alles nur der Eitelkeit des Meisters gedient hat, zumal er in Eifersucht seinem Weibe nicht traute.« So endete der Brief und der Greve knüllte ihn in der Hand. Das war für die schon kein Fall mehr; für ihn schon noch. Hatte der Gefangene doch gestanden. – Verrat – oder Botendienst zum Verrat? Er sah durch das hohe Fenster auf den Domhof. Drüben, an der Drakenpforte, standen ein dutzend erzbischöfliche Reiter. Sie waren heute Morgen in die Stadt gekommen, natürlich mit den üblichen Protesten des Rates. »Morgen werde ich ihnen, beim Fortreiten, die Order mitgeben, dass der erzbischöfliche, kurfürstliche Kommissär Hieronymus Michaelis, hier zu erscheinen hat«, bedachte sich der Greve. »Was sollte aber mit dem Boten geschehen?«, fragte er sich. Vermutlich wusste der wirklich weiter nichts.

»Ein armer, nützlicher Idiot«, überlegte er spöttisch. »Wenn wir ihn noch einmal auf Melaten, zum Gedächtnis, auspeitschen lassen – und der Stadt verweisen, ist ihm genug – fast zu viel Ehre angetan«, sprach er mit sich selbst. Der päpstliche Nuntius Bonomi würde auf den Büber sicher keinen Wert legen. Draußen fing es wieder an zu schneien. Er fröstelte und ging zum Kamin hinüber, in dem ein fröhliches Feuer knisterte – ohne indessen den ganzen Raum mit Wärme auszustatten, nach der sich der Greve sehnte.

Das erste Morgenlicht kroch schwach durch das enge Gitterfenster in Ludwigs Zelle. Knarrend flog die schwere Eichentür auf und riss ihn aus dem Halbschlaf. An der Tür standen, im Flackerlicht einer Öllaterne, drei kräftige Männer in einfachen braunen Bauernkitteln. »Nehmt ihm das Halseisen ab«, befahl der, der an der Tür mit der Laterne stehen blieb, während zwei der Gesellen in den engen Raum drängten. Mit Entsetzen erkannte Ludwig in diesem den Mann, der ihm beim Verhör die Daumenschrauben angelegt hatte. »Was wollt ihr jetzt«, mühte er sich tapfer um Haltung. »Das wirst du noch erfahren«, war die knappe, unfreundliche, abweisende Antwort des Laternenträgers. Er schien der Anführer zu sein, die anderen offensichtlich seine Gehilfen, denn sie banden ihm, auf seine Weisung, die Arme schmerzhaft auf den zerschundenen Rücken und schoben ihn schweigend zur Tür hinaus. Das schweigsame Handeln zerrte nun an seinen Nerven, ließ in ihm schreckliche Ängste entstehen. Er wollte wissen, was geschah – aber seine Fragen blieben ohne Antwort, als seien sie nie gestellt. Im Vorbeigehen hörte er in einer Zelle das Wimmern der geschundenen Frau. – Ihm schauerte. Unten, vor der Haustür, stand eine zweirädrige Gitterkarre, vor dem eine beängstigend dürre Schindermähre gespannt war. Ludwig stiegen die Haare zu Berge. Der Henkerkarren. Der Mann mit der Laterne war der Meister Hans, der Henker, und seine Gesellen. Man schob ihn auf den Karren und band ihn dort an. »Los jetzt«, befahl der Mann, den Ludwig für den Scharfrichter hielt. Ludwig brüllte: »Was soll das? – Um Gottes willen, was macht ihr wieder mit mir?« »Halts Maul, du Narr. Wirst es früh genug erleben«, schnauzte der Henker. Schon rumpelte der Wagen zur Trankgasse hinauf. Der Henker hockte auf seiner Mähre wie das verkörperte Unheil, seine Gesellen trotteten neben dem Wagen, sich an dessen Leitersprossen halb ziehen lassend. Es hatte die Nacht leicht geschneit und so zog der Wagen seine Spur durch den frischen Schnee und Straßenmatsch. Die wenigen Leute, die zu dieser frühen Stunde unterwegs waren, verdrückten sich scheu in den Hauseingängen und bekreuzigten sich beim Vorbeirollen des Wägelchens. »Gott sei der armen Seele gnädig«, hörte sie Ludwig mehr als einmal – und würgende Angst schnürte ihm den Hals zu. Tränen rannen über seine ausgehöhlten Wangen. Niemand, der ihn vor zwei Monaten gesehen oder gekannt hatte, hätte in dieser abgezehrten lumpigen Armesündergestalt auf dem Schinderwagen, den munteren, hoffnungsvollen, schreibgewandten, gewitzten jungen Burschen wiedererkannt. Die Stadttore waren gerade geöffnet, als der Wagen zum Hahntor hinaus rumpelte. Im Wehrhof ging soeben die Nachtschicht der Bürgerwache auseinander. Bei ihnen befand sich ein geharnischter alter Mann, den Ludwig zu kennen glaubte. – Aber er war schon aus dem Tor, als ihm die Erinnerung kam. Es war der Ratsherr, dem er an dem Abend, als man ihn in der Gasse angefallen hatte, aus dem großen, stolzen Bürgerhaus hatte kommen sehen. Die Wachleute der Nachtwache waren müde und niemand nahm von dem Henkerskarren deutlich Notiz. Lediglich einige ältere Männer bekreuzigten sich. Bauern, Kaufleute und ein buntes Volksgemisch unterschiedlicher Gewerbe drängten sich vor dem Tor und begehrte Einlass. Sie sahen mit Neugier und Ablehnung auf die Henkersfuhre. Einige rissen ein paar Zoten, die meisten wandten sich scheu oder gleichgültig ab. Mit dem Henker, dem Meister Hans, wollte niemand etwas zu tun haben. Zudem kam es zu häufig vor, dass jemand mit kleinen Straftaten vom Henker aus der Stadt geführt wurde. Bei größeren Ereignissen, wie Hinrichtungen, wandelte sich die Gleichgültigkeit schnell in Neugier und Gier nach dem schaurigen Schauspiel. Da nahm man gerne Anteil, das Spektakel musste man gesehen haben – aber doch nicht dies hier. Das konnte jedem widerfahren, da sah man lieber weg. Lediglich ein paar in Lumpen gehüllte Bettler und Müßiggänger, die von den Stadtbütteln schon öfter aus der Stadt geführt sein mochten, fanden die Fuhre interessant. »He, du da oben!« Sie meinten Ludwig. »So fein aus der Stadt geführt zu werden, erfährt nicht jeder! Hast dem Maß[39] wohl die roten Pantoffeln beschissen!« »Haut ab!«, grollte einer der Henkersknechte und schlug mit einer Gerte, die im Bündel auf dem Karren lag, nach den Lumpengestalten, die diesen Ausfall mit Hohngelächter und Pfiffen quittierten. Der Weg zur Richtstätte[40], einem leicht erhöhten Rondell, war nicht weit und nur wenige fünfzig Schritt vom Siechen-

---

[39] hier: Bürgermeister von Köln: Johannes Maß
[40] Die Richtstätte Melaten war eine von verschiedenen Richtstätten in der Bannmeile von Köln, hauptsächlich für Körperstrafen an Ortsfremden

haus Melaten entfernt. Die Knechte schleppten Ludwig auf die schaurige Stätte, wo von den unterschiedlichsten Richtgeräten noch menschliche Überreste herabhingen, oder darum verstreut lagen, so das schlimme Ende der Gerichteten dokumentierten. Es hatte sich niemand gefunden, sie barmherzig zu verscharren. Ludwig wankte bei dem Anblick zwischen den Knechten, wie ein dürrer Zweig im Winde. Obwohl er seit zwei Tagen nichts im Magen hatte, würgte es ihn und ihm kam Galle hoch. Er erbrach. Meister Hans baute sich vor ihm auf, nahm einen Zettel aus einer kleinen Ledertasche am Gürtel und tat so, als lese er vor. Vermutlich wusste er aber nur den Text auswendig, denn ein unbelasteter Beobachter hätte mühelos erkennen können, dass der Mann überhaupt nicht auf das Papier beim Vorlesen sah. Ludwig merkte in seiner Angst davon nichts. »Der Bote und Sasse des Klosters Ebelstein, der hier anwesende Ludwig Sydekum, ist wegen bewiesener, gestandener gefährlicher Botengänge zum Schaden des Domkapitels und der Stadt, des erzbischöflichen Landes verwiesen – und zur Sühne mit zwanzig Geißelstreichen zu bestrafen. Die Sühne ist auf der Richtstätte Melaten, vor den Toren der Stadt, zu vollstrecken. Der elende Sünder wird der Gnade des Herrn anvertraut. – Gegeben durch den Greven, dem gerechten Arm des Erzbischofs und des Domkapitels zu Köln, am einundzwanzigsten Februar im Jahr des Herrn 1587.« Der Henker wandte sich gleichgültig um und gab seinen beiden Knechten einen Wink. Diese banden ihn an einen Pfahl, der neben dem Dreigestell des Galgens eingegraben war, unter dem zwei Armknochen faulten, dann schlugen sie mit wenig Lust abwechselnd auf ihn ein. Man hatte ihm den zerfetzten Kittelrest gar nicht erst ausgezogen und so färbte sich das Blut schnell durch, denn die an sich gar nicht so groben Hiebe rissen die Wunden des Vortages auf. Er verlor vor Schmerz das Bewusstsein. »Bindet ihn los«, knurrte der Henker, nachdem er bis zwanzig gezählt hatte. »Soll er da liegen bleiben, Meister, oder müssen wir ihn noch außer Landes karren?«, fragte einer der Knechte. »Lasst ihn liegen. Um den wird sich schon irgendwer kümmern. Wenn nicht, mag er hier verfaulen. Der ist doch keinen zusätzlichen Schritt wert; zudem hat der Greve nichts davon gesagt.« Die Knechte kletterten auf den Wagen und die hohe, vollstreckende Gewalt rollte davon, der Stadt entgegen. Auf der Aachener-Landstraße, von Müngersdorf herunter, die in kaum hundert Schritt am Richtplatz vorbei führte, waren einige Landleute stehen geblieben. Doch als es nur Prügel setzte, war für sie der Fall erledigt. Sie zogen lachend weiter. Ludwig kam schnell wieder zu sich und fand sich allein auf der grausigen Stätte. Seine Hände waren wohl vom Pfahl gelöst, aber der Strick, der seine Hände band, war vergessen, geblieben. Stöhnend versuchte er, sich aufzurichten, was ihm mühsam gelang. Aber so sehr er sich mühte, er bekam mit den Zähnen den Strick am Handgelenk nicht aufgeknotet. Er war frei! – Das hatte er begriffen. Er war mit dem Leben davongekommen. – Doch hier musste er fort, sonst war seine Freiheit keinen Pfifferling wert; es wäre eine Freiheit zum Sterben. Schaudernd sah er zu dem Rad auf der Stange auf, an dem die abgenagten, gebleichten Knochen eines Hingerichteten hingen. »Nein! – Nein! – Ich muss hier fort!«, brüllte er und kroch auf allen Vieren vom Rondell hinunter. Es gelang ihm, auf die Beine zu kommen. – Die Häuser dort. Dort konnte man ihm doch helfen. Man musste seine Not doch gesehen haben. »Mein Gott, warum kommt denn keiner und hilft mir. Bei der Barmherzigkeit eines Christenmenschen«, redete er vor sich hin. Aber seine Hoffnung sollte noch mehr enttäuscht werden. An der Straße übermannte ihn eine Schwäche und er sank in den Schneematsch und fußtiefen Wegschlamm. Eine Lastwagenkolonne mit Beireitern, Wagenknechten und einem, dem Anschein nach, wohlhabenden Kaufmann oder Faktor begleiteten den Zug. Er flehte die Leute um Hilfe an, aber der wohlhabende Kaufmann drückte sein Mitgefühl mit einem Peitschenhieb und bösen Worten über gerechte Strafe aus. – Nicht lange dahinter kamen Landleute und kleine Händler, die Kiepen schwer auf dem gebeugten Rücken und Handwerker mit ihrem Gerät. Sie wichen ihm im Bogen aus, rissen Witze oder beschimpften ihn. Er wankte zu den Häusern und pochte. Eine dralle junge Magd sah durch das Gitter des Türspions und fragte: »Was willst du hier? Du bist doch der, den sie da heute Morgen gestrichen haben.« »Ja, der bin ich. Aber ich bin unschuldig, mein Gott, und habe Hunger und Durst. Meine Wunden schmerzen und meine Hände sind mir immer noch gebunden. Um Jesus Christus Willen, ich brauche etwas Hilfe. Seht, ich bekomme den Knoten nicht auf, weiß mir nicht zu helfen. Helft mir doch!« »Hör auf mit dem Gejammer und Gejaule. Eine Tracht Prügel hat auch noch keinem Kerl geschadet«, lachte sie. »Geh! Weißt du nicht, was dies für ein Haus ist?« Er schüttelte den Kopf. »Sieh das Zeichen! Hier gibt es zu dieser Zeit nur Sieche, Aussätzige. Troll dich also. Von uns kann niemand etwas haben.« Sie schmetterte die Fensterklappe zu. Alles Klopfen und Rufen brachte sie nicht wieder zurück. Er stolperte und taumelte die Natursteintreppe wieder hinunter und zur Straße zurück. Vergebens sprach er vorbeiziehende Passanten um Hilfe an. Endlich, es war fast Abend, erbarmte sich ein altes Mütterchen, die mit einer schweren Kiepe auf dem krummen Rücken daher gehumpelt kam. Sie bekreuzigte sich und löste ihm mit zittrigen Händen die Handfesseln. »Heilige Mutter Gottes, Jüngelchen. Du siehst traurig aus. Gott möge sich deiner erbarmen. Geh ab, Jüngelchen, geh schnell ab. Ich kann, ich darf dir nicht helfen.« Sie sah sich scheu um und eilte, so schnell sie konnte, davon. Kurze Zeit später kamen Mönche des Weges. Auch sie wiesen jede Hilfeleistung erbost ab. »Wenn du es verdienst, und es ist der Wille und Gnade unseres Herrn Jesus Christus ist, dann wirst du schon jemanden finden, der dich speist, tränkt und deine wohlverdienten Wunden balsamiert«, spotteten sie. Instinktiv hatte er sich langsam wieder Köln zugewandt, doch er war kaum zweihundert Schritt weit gekommen. Die Beine gaben unter ihm immer wieder nach und ein Schwächeanfall folgte dem anderen. Es war fast dunkel, da rumpelte ein seltsamer Zug aus Richtung Junkersdorf heran. Es waren über vierzig Reiter mit kurzen Spießen und krummen Schwertern. Sie begleiteten eine lange Reihe einachsiger, oft mit drei Pferden bespannte Plankarren. Hunde umtollten den Zug. Auf den Wägelchen wimmelte es von Frauen und Kindern. Ludwig wollte auch sie um Hilfe angehen, aber er sackte in diesem Moment mit einer stummen Geste, ohnmächtig, erschöpft weg. Der vorderste Reiter stieg von seinem Pferd und besah den Gefallenen. Er rief etwas in einer fremden Sprache und eine alte Frau, die offensichtlich ihren gesamten Kleiderbestand von mehreren Kleidern auf einmal angezogen hatte, kam herbei. Ludwig kam wieder zu sich und sah über sich das fremde, bärtige, dunkle Gesicht. »Du sein gefoltert?«, forschte der Fremde und wies auf seine Wunden auf Rücken und die beiden Daumen. »Hunger, Durst«, röchelte Ludwig, der schon gar nichts mehr recht fühlte. »Versteh. Du kriegst. Du Wagen. Du alles kriegst, im Lager, bald.« Er rief einigen jüngeren Frauen etwas zu und diese kamen und hoben ihn auf einen der Wagen auf den Bock. Den fremdartigen Leuten schien die Kälte nicht viel auszumachen. Man redete, lachte und hier und da sang jemand. Sie machten den Eindruck glücklicher Menschen, obwohl die Umstände, unter denen sie lebten, alles andere als beneidenswert und fröhlich zu sein schienen. Indem die Karren langsam dahin rollten, begann eine der jungen Frauen, ihm kleine Brotstücke in den Mund zu schieben. Aus einem Lederbeutel gab man ihm einige Schluck Wein zu trinken. Es war richtig guter Wein, wie er ihn nur einmal, bei Meister Wylich, heimlich probiert hatte. Es belebte ihn, aber damit kamen auch die Schmerzen wieder zurück. Die Zigeuner schlugen am Bischofsweg, vor der Stadt, ihr Lager auf, denn dort erwartete sie schon seit Tagen eine andere Sippe, was beim Eintreffen Grund und Anlass zur Freude und zum Feiern war[41]. Die alte Frau, die ihn am Anfang bereits begutachtet hatte, ließ ihn zu einer eigens für ihn schnell hergerichteten Reisig Hütte tragen und vor der man Fluchs ein Feuerchen anbrannte. Es kamen noch zwei Frauen hinzu und nun zogen ihm flinke und geschickte Hände die blutigen Kittelfetzen schmerzhaft vom Körper, dann packte man ihm Kräuterbalsam auf die Wunden. Ein falkengesichtiger Mann trat hinzu und sah sich die Wunden an und sagte: »Du nicht brauchst Sorgen zu haben, Jung. Unsere Frauen dich hier gut gesund machen. Du nur Wunden, die schmerzen.« Er wies auf die ältere Frau mit den unendlichen vielen Kleidungsstücken und erklärte: »Das sein Lona. Sie sein große Kräuterfrau. Besser als Arzt in Stadt.« Er lachte wohlgefällig und stolz. »Sie dir machen Packung. Riecht und stinkt wie Kuhscheiße. Ist auch welche dabei. Du dann bald wieder gesund«.

Die Fastelabends Gesellschaften hatten in Köln ihre ausgelassenen Höhepunkte. In vielen Häusern der vornehmen, angesehenen Familien und in den Patrizierhäusern, aber auch in denen der hohen Geistlichkeit, wurden die Feste mit Pomp und Maskeraden gefeiert.

Gefeiert wurde auch in den ärmeren Pfarrsprengeln – oder Kirchspielen, meist geprägt durch die dort überwiegend ansässigen Gaffeln und deren zunfteigentümlichen Bräuche. Selbst in den Armenhäusern, Spitälern und Stiftungen vergaß man nicht ganz der Armen und des Frohsinns – schon gar nicht dort, wo die undurchsichtige Halbwelt sich etabliert hatte. Natürlich wurden in den Handwerkerkneipen seitens der Gesellschaften allerhand grober Mummenschanz angeregt und getrieben. Das veranlasste den Rat der Stadt Köln regelmäßig zu Verboten und Ermahnungen, die jedoch, wie ein guter Scherz, von jedermann gehört, weil ausgetrommelt und verkündet, von niemanden aber beachtet

---

[41] Seit dem Mittelalter, besonders aber im 16. Jh. war Köln ein Drehpunkt für die Wanderungen der Zigeuner im Reich. Der Rat der Stadt erließ darum jedes Jahr Erlasse gegen die wandernden Zigeuner, die aber keine Wirkung hatten

wurden, zumal auch die Ratsmitglieder es sich nicht nehmen ließen, im ausgesuchten Kreise, versteht sich, der Freude und Lust zu frönen. – Leidig war dabei zur Zeit nur der noch immer andauernde Krieg um das Erzbistum, der die Bürger bei Tag und Nacht zur Wehr auf die Mauern verpflichtete, was ein jeder guter Kölner, bei Ehre und Gewissen, ernst nahm und sich nicht nehmen ließ – kam es ihm auch noch so schwer an. Trotz dieser bedrohlichen, düsteren – und dennoch frohen Zeiten war die Stadt vor den Festtagen, bis Aschermittwoch, jedes Jahr mit übermäßig vielen Fremden gefüllt. Mussten die Kleinhändler, Gaukler, Musikanten, Wanderhandwerker und Heilkünstler sich noch eine Aufenthalts- und Arbeitserlaubnis beim Rat beschaffen, so waren doch die unzähligen Fremden, die sich sonst noch, ohne eine solche in der Stadt zu heimlichen Geschäften aufhielten, weit in der Überzahl. Die Bettler, Gesindel alle Art, entlaufene oder arbeitslos gewordene Knechte und Mägde, Schmuggler, Schiffer, Gelegenheitsdiebe, handelnde Zigeuner und entsoldete Kriegsknechte, es war alles vertreten, alles suchte irgendwo, und fand auch; Unterschlupf, Obdach. Die Obrigkeit hätte nicht im Entferntesten zu sagen vermocht, wie viele fremde Menschen sich in der Stadt aufhielten, sicher aber mehr, als die Grundeinwohnerzahl. Die Stadtbüttel hatten alle Hände voll zu tun, um Ordnung zu schaffen und zu halten, freilich auf »kölsche Art«. Mit einem Trinkgeld, je nach Verfehlung, kam man meist überall durch, es sei denn, einem Bürger der Stadt war Schaden oder Leid zugefügt. Die Zigeuner kannten die kölnischen Eigenarten. Sie fanden sich hier alljährlich zum Fastnachtstreiben ein, wie sie sonst bei den Messen in den verschiedensten Städten des Reiches auftauchten, um ihre Geschäfte am Rande abzuwickeln. Da nützten auch die vom Rat zuhauf verabschiedeten Erlasse wider die Heiden, wie sie die Zigeuner nannten, nichts. Diese fanden offenbar Verständnis in der Bevölkerung. Viele Händler, kleine Handwerker und nicht zuletzt Quacksalber, Bader und Apotheker trieben mit den Zigeunern einen schwunghaften Handel. – So blieben die Verordnungen des Rates Schall und Rauch. Heute, am Fastnachtssonntag, dem Höhepunkt des Frohsinns, war schon mit Beginn des Kirchganges viel Volk in den Straßen und Gassen. Bettler zogen singend und lärmend von Haus zu Haus. Die Hausbewohner sprachen allenthalben mit Freunden, Nachbarn und Bekannten eifrig dem Wein, Bier und Schnaps zu – dazu war man mildtätig gestimmt und gönnte und spendierte den Armen auf der Gasse gern einen guten Tropfen oder gab ihnen vom Fastelabends Kuchen und Brezeln. Mit Geldgaben ging man bei den Bettlern hingegen sparsam um. Dennoch gab es einige, die an diesem Tage mühelos ein bis zwei Kölnische Mark und gar mehr zusammen bekamen. Auch die Zigeuner, die sich Ludwig erbarmten, hatten sich in ausgesuchten Scharen, Trupps, in die Stadt geschmuggelt. Mit Wahrsagen, Handliniendeuten, Hausieren mit Kräutern und Tand, Vorführungen kleineren Gaukeleien – aber auch mit Betteln, schwemmten sie durch die Stadtviertel. Nebenbei kundschafteten sie aus, ob für Ludwig Gefahr bestünde, wenn er in die Stadt käme. – Aber der Junge war unbekannt und niemand hatte von seinem Leiden Kenntnis. In der Wischergasse erfuhren sie vom Tode des Meisters Illessen und eine geschwätzige Nachbarin, mit spitzer Nase und dürr wie ein Reis, erzählte von einer schändlichen Verleumdung, die der Meister vor seinem Tode widerrufen hatte. So erfuhr Ludwig schon am nächsten Tage, von den zurückkehrenden Zigeunern, dass für ihn, seitens des Rates, wohl nichts zu fürchten sei. Er hatte allerdings die Rosskur der Zigeuner noch lange nicht überstanden. Sein Körper war, durch die mangelhafte Ernährung, zu sehr geschwächt. Arbatsch, der Anführer der Sippe, war darum der Meinung, dass man den Jungen in ein Spital bringen müsse, denn die Sippe wollte und musste nach den Feiertagen weiterziehen. »Wenn du im Spital sagst, Räuber oder Söldner hätten dich so zugerichtet, wird dir das jeder glauben. Vorausgesetzt, dein Fall war so unbedeutend und unbekannt, wie es nach unseren Erkundungen scheint. Auch darf das Spital nicht in einem Viertel liegen, indem du bekannt gewesen bist«, hatte er gesagt. »Wir werden sehen, ob und wie wir dich in die Stadt bringen können.«

»Was verlangt ihr für eure Hilfe«, wollte Ludwig von Lona, die ihn wie eine Mutter pflegte, wissen. Aber die wurde fast wütend. »Nichts! Gar nichts! Wir helfen, wenn nötig. Nicht, wie die da in der Stadt!« Sie machte dazu eine bezeichnende Kopfbewegung zur Stadt, die eine Menge Verachtung für die Städter ausdrücken sollte. – Lachend fuhr sie dann fort: »Heute, wir helfen dir – morgen, du vielleicht ein großer Mann im Rat – dann du helfen geplagte Sinti.« Davon, dass er je seine Schuld diesen Leuten abtragen könnte, war er nicht überzeugt. Die Hilfe nahm er darum umso dankbarer hin und mit finsteren Zorn und Gedanken sah er zu der Mauer der Stadt hinüber. Er war voller Bitterkeit, Verachtung und Zorn gegen diese Menschen, die Herren, die willigen und verbohrten einfachen Leute, die Schänder des Christentums im geistlichen Gewand und ihre Helfer. All das staute sich in ihm, je länger er Zeit fand, darüber nachzudenken.

»Ich werde es ihnen mit gleicher Tücke und Bosheit heimzahlen. So wahr mir Gott helfe – denn er kann doch nicht mit ihnen sein. Ich werde sie heimsuchen und schädigen, wo ich sie finde, wo ich kann. – Das schwöre ich!« Lona hatte Mühe, ihn zu beruhigen. »Du sehr verzweifelt, Ludwig. Du finden überall gute und böse Menschen. Wenn du Rache willst, du treffen Schuldige und Unschuldige – machen Recht zu Unrecht. Es immer gut, böse Menschen zu strafen. Aber du musst genau sehen, wo schlecht, wo gut. – Du nicht arbeiten viel mit Händen.« Sie nahm seine Hände und besah sie lächelnd. »Du werden nicht Bauer, nicht Handwerker, Ludwig.«

Arbatsch kannte in Köln manchen Handwerker und kleinen Händler, mit denen er dies und jenes handelte, meist dem Rat nicht genehme Geschäfte, hätte er sie gekannt. So fiel es ihm nicht schwer, einen Fischhändler zu bewegen, für ihn bei den Hospitälern vorzusprechen, um seinen Findling von der Aachener-Straße unterzubringen. Er selbst hätte, als so genannter Heide, kaum Gehör gefunden. Der Fischhändler Fitsche Pütz hatte sein schmales Häuschen im Georgsviertel, in der Reigasse, wo er neben seinem Fischhandel durch die Eingangstür, die zugleich Laden war, im schmalen hinteren Hausteil mit allem, was ihm der Zufall bescherte, heimlichen Handel trieb. Kurz, er war Hehler von Schmuggelwaren und Diebesgut. Arbatsch brachte ihm jedes Jahr einige gute Geschäfte, darum ließ sich Fitsche Pütz, zwar ungern, auf den Handel ein. Der zahnlose Alte, Fitsche war sechsundfünfzig Jahre, was für einen Mann seiner Lebensstellung ein ansehnliches Alter bedeutete. Er klapperte die einschlägigen Hospitäler, deren Verwalter er gut kannte, ab. Peter van der Hellen, von St. Johann Baptist, wollte erst Geld sehen, doch das war nicht da. So wies er die Aufnahme mit den Worten ab: »Wir haben eine Armen- und Pilgerherberge. Ich nehme doch nicht jeden Hungerleider. Wo käme ich da denn hin, wenn ich jeden, der nur krank oder siech hier herumlungert, aufnehmen würde.« Peter Koilgin, von St. Catharinen, winkte knurrend ab und murrte erbost: »Geh selber in den Saal und schau. Da ist zur Winterzeit die Hölle. Du kannst kaum einen Fuß vor den anderen setzen. Wenn der Klocker nicht von Zeit zu Zeit einige raus werfen würde, weiß Gott, sie lägen bis unter die Decke gestapelt.«

Bei St. Ursula gab es das Hospital St. Revelin. Dies wurde von Daym und Mettel van Loewen geführt. Fitsche kannte Mettel recht gut und so einigte er sich mit diesem, nachdem er ihm das Märchen von Räubern und streunenden Landsknechten anschaulich geschildert hatte, dass Ludwig in das Hospital gebracht werden sollte. Für diesen war es höchste Zeit, aus der nassen Reisig Hütte und in ein trockenes Haus zu kommen. Seine Wunden hatten sich, dank der Pflege der Zigeuner, verkrustet und begannen sich zu schließen. Selbst die übermäßig entzündeten Daumen hatten wieder normale Formen angenommen. Aber der geschwächte Körper fieberte nun von einer Entzündung der Lunge. Es kostete Arbatsch einige Mark und etwas an Beziehungen, um Ludwig durch die Eingangspforte zu bringen. Fitsche Pütz registrierte die Fürsorge für den Kranken mit offenem Mund. »Warum, bei der Heiligen Dreifaltigkeit, machst du das?«, fragte er den Sippenführer. »Du hast doch keinen Vorteil davon. Es macht dir nur Mühe und Ärger. – Er ist ein Habenichts und weiß Gott für ein fieser Geselle. – Oder ist da doch ein dickes Geschäft drin?« »Es ist kein Geschäft«, wehrte Arbatsch verächtlich ab. »Du, Christ, ihr alle, ihr redet von Barmherzigkeit, Nächstenliebe. Wo ist sie? Du fragst, ob ich ein Geschäft mache! – Nein! – Bei euch liegen, aus Barmherzigkeit, die vielen Leute nachts auf der Straße, müssen sich vor dem Nachtreiter und Klocker verkriechen, werden zur Stadt hinausgeführt, aufs Feld – in die Kälte, ob es regnet oder schneit. Ihr seid wahrhaftig gottgefällig, barmherzig! – Aber nur, wenn es darum geht, euch an anderen zu bereichern. Ihr habt Mitleid! – Ihr wollt nicht, dass sich andere mit zu viel Habe mühen müssen.« Der Zigeunerführer sagte es mit Sarkasmus und verhaltener Wut, die aus den schlimmen Erfahrungen stammen mochte, die er fast täglich mit den Obrigkeiten im Lande machte. »Haha, Fitsche! Wir sind, wie ihr sagt, keine Christen wie ihr, aber darum keine schlechteren Menschen, wenn ihr uns auch Heiden nennt.« Fitsche Pütz lachte höhnisch und verzog seinen zahnlosen Mund zu einer unfreundlichen Fratze. »Ihr Heiden seid eben nicht sesshaft, wie wir. Wollte ich meine Habe aus lauter Mitleid leichtfertig ausgeben, müsste ich, bald wie ihr, im Lande herumziehen und selber betteln gehen. Ich kann mir, zum Heil meiner Seele, als Almosen jeden Monat einen Weißpfennig leisten. Aber mehr kann es nicht sein.« Arbatsch hinterlegte im Hospital, für die Pflege des Kranken, noch einen Reichstaler, worauf ihm Mettel van Loewen beste Pflege für den Kranken versprach. Allerdings vergewisserte er sich noch einmal bei Arbatsch eindringlich: »Er ist doch kein Heide?« »Nein, nein, keine Sorge. Er ist keiner von uns. Es ist einer von euch. Er sagt, er sei Klosterschüler gewesen, also ein guter Katholik – nicht einmal ein ketzerischer Protestant«, höhnte Arbatsch, als er das Verwalterehepaar verließ. Im großen kalten Raum, mehr ein Saal, voller kranker Menschen ganz unterschiedlicher Herkunft, lag Ludwig auf einer Strohschütte und fieberte. – Er war der Gnade und dem Willen Gottes überlassen, denn die versprochene Pflege erschöpfte sich im wöchentlichen Wechsel der Verbände und der täglichen dürftigen Nahrung, die meist aus einem Hirsebrei oder Steckrübensuppe bestand, ein Stück Brot, kaum mehr als eine Faust groß, gab es nur sonntags.

Lydia Kohlenschütter hatte mit ihren achtundzwanzig Jahren und vier lebenden Kindern, drei waren bei der Geburt oder kurz danach gestorben, als Wäscherin kein leichtes Dasein. Ihr Mann, der Schäfer und Häutewalker, war vor zwei Jahren an einer Bauchentzündung plötzlich verstorben. Er hatte seiner Familie fast nichts hinterlassen. Lydia galt in der Nachbarschaft als arme, rechtschaffene Frau, die sich mühsam mit ihren Kindern durchs Leben schlug. Man sah ihr aus Mitleid so manches nach, zumal sie und die Kinder überaus höflich, hilfsbereit und zuvorkommend waren. So war es auch kein Geheimnis, dass sie ihre Untermieter, auf die sie angewiesen war, nicht ungern aus dem männlichen Umfeld bevorzugte. Derzeit hatte sie einen fröhlichen Schustergesellen und zwei Fuhr- und Landsknechte, wie sie sich vorgestellt hatten, die fast ein stilles, bescheidenes Leben führten, zur Untermiete. An diesem letzten Fastelabends Tag, hatte Lydia ihre propere Gestalt in ihr gutes Kirchgangs- und Festtagskleid gezwängt, das sie, weiß Gott woher und wie lange besaß und nur deshalb noch tragen konnte, weil der weite Rock im Bund ungemein erweiterungsfähig war. Sie trällerte vergnügt, denn sie war, wie jedes Jahr, bei Schmitts nebenan mit den übrigen Nachbarn eingeladen. Es war eigentlich immer ihr schönster Tag im Jahr. Bei Schmitts war schon seit dem Vormittag nach und nach die geladene Nachbarschaft versammelt. Jeder brachte, wie üblich, einige Lebensmittel und Getränke mit – oder gab das Geld, für das Schmitts den nötigen Einkauf tätigten. – Es gehörte zur guten kölschen Tradition, dass auch angenehme oder angesehene Untermieter, meist keine Einheimischen, beteiligt wurden. Auch die Untermieter der Lydia Kohlenschütter wurden eingeladen. Der Schustergeselle war indessen noch bei seinem Meister oder der Gesellenvereinigung der Schustergesellen. Die Fuhrknechte, der lustige Johann Würstli und der ernste dunkelhaarige, südländisch wirkende Adolf Wildgruber, waren nur nach guten Zureden bereit, im Nachbarhaus mitzufeiern. Über Geldmangel klagend, hatte Wildgruber schließlich zwei Mark herausgerückt. »Sei doch nicht so knauserig«, murrte der blonde Schweizer – aber schließlich hatte er eingesehen, dass lautes Klagen vor den Leuten für sie der beste Schutz war. Im Hause Schmitts hatten sich zwei Sackflötenpfeifer und ein junger Bursche mit einer Laute eingefunden. Obwohl das Häuschen der Schmitts klein war, zehn Schritte breit und zwanzig tief, bot es doch einer anspruchslosen Gesellschaft von einigen Dutzend Gästen genug Platz. Das Erdgeschoss bestand aus einem einzigen Raum, der Diele, Küche und Wohnraum zugleich war und das nicht nur für die Familie des Hausbesitzers, sondern auch für eingemietete Logiergäste. Heute war die an sich recht stattliche Hausbelegung beträchtlich durch die Nachbarn verstärkt, die lärmend und fröhlich den Raum so dicht bevölkerten, dass sich kaum einer zu drehen vermochte, ohne mit dem Nebenmann anzustoßen. Peter-Paul Schmitts, der Hausherr, seines Standes Buntwörtermeister, thronte auf einem Weinfass, eine Burgundermütze mit bunten Fransen, Schellen und Troddelchen auf dem Kopf. Neben ihm, auf zwei Bänken, saßen die beiden Sackpfeifer und ließen lustige Dudelmusik erschallen, zu der auf dem hart gestampften Lehmboden der Diele, soweit der Platz es zuließ, Hüpf- und Reigentänze von den närrischen Gästen vollführt wurden. Am Kamin, dem häuslichen Küchenofen, auf einem Gestell, standen Speisen, denen jeder zusprechen konnte, wenn er das Bedürfnis danach hatte. Oberster Schankmeister war jedoch der Hausherr auf dem Fass selber, der diese Funktion mit humorvollen Sprüchen, die fast immer recht derb – und viele eine Beichte wert – ausfielen und die Stimmung anheizten. Wildgruber und Würstli hatten ihre abgeschabten, buntgestreiften, gepluderten Landsknecht Hosen ausgewaschen und zu diesem Zweck wieder angezogen. So sahen sie wieder recht ansehnlich aus und dokumentierten ihre biedere Armut. Sie fielen in dieser Gesellschaft auch nicht auf, weil die ehrbaren Bürger ihre sonst faden, braunen und grauen Kittel und Hosen mit bunten Bändern und Tüchern drapiert hatten, um ihre Lustigkeit zu unterstreichen. Einige trugen zudem die unsinnigsten Gerätschaften an den Kleidern oder hatten sich mit diesen behängt. Da hatte jemand einen Kupferkessel gleich einem Helm auf dem Kopf, andere buntgefärbte Federn am Hut, gleichsam vornehme Herren nachäffend, wieder andere hatten Körbe und Strohhüte mit bunten Bändern auf dem Kopf. Die Frauen und Mädchen hatten sich mit bunten Bändern und Tüchern geschmückt. Sie lachten, tanzten und sangen ohne

Ende und ließen alle sonstige Zurückhaltung – und Schicklichkeit fallen und bemächtigten sich der Männer mit fordernder Fröhlichkeit. »Mann!«, strahlte Würstelhannes begeistert als er am Fass des Hausherrn, nach lustigem Hupftanz, mit Adolf Wildgruber zusammentraf, um einen Umtrunk zu nehmen. »Wer hätte das gedacht, was das für ein lustiger Tag wird. Das nächste Mal kannst du reden, was du willst. Zu so eine Gaudi lass ich mich gerne bitten. Schau nur, wie die Kölschen lustig sind. Das mag man gar nicht glauben, dass dies die Leute sind, die einem sonst auf der Straße begegnen.« Wildgruber wehrte sparsam lächelnd, mit vom Wein und Bier gerötetem Gesicht, ab. »Ich habe ja nichts gegen das Saufen, Fressen und Huren, Würstelhannes, aber wir sind immer nur Gäste in dieser Stadt. Läuft etwas falsch, sind die Fremden schuld – zumal, wenn sie arg und stark mitgespielt haben.« »Ach, hör auf! Du bist doch eine unverbesserliche Unke.« Lydia, ihre Vermieterin, kam mit hochrotem Kopf angesprungen. »Da seid ihr ja! – Es ist schon dunkel und ich habe die Pänz ins Bett geschafft.« »Was sie sicher nicht gerade erfreut hat«, lachte Würstli und wies auf die noch überall herumtollenden Kinder der Nachbarn. Lydia gab das gern zu, aber sie wollte etwas freie Hand haben. Sie rief ungeduldig: »Komm, Würstelhannes, bis zur Sperrstunde ist es kurz. Lass uns die Zeit zum Tanz nutzen. Zur Ruhe bleibt euch noch die ganze Nacht.« »Gott bewahre!«, feixte Würstli und warf ihr einen vielsagenden Blick zu. »Ob die so ruhig wird?«

»Das«, lockte sie mit genüsslicher Eindeutigkeit, »liegt an den beiden Herren.«

»Tanz, Bruder, Tanz«, riet Würstli seinem Kumpan. »Heut ist heut! Wer weiß schon, was der Morgen bringt!«

Er sprang mit Lydia in das überaus schwach beleuchtete Getümmel, denn die drei Sturmlaternen spendeten so wenig Licht, dass einzelne Gesichter schon auf keine drei Schritt mehr zu erkennen waren. Der Lautenschläger schmetterte ein Schnaderhüpfel:

»Am schönen Rhein, da ist des Reiches hohe Stadt,
die den stolzen Namen Colonia hat.
Mit Bürgerstolz, ganz allgemein,
möcht ich nichts mehr- als Kölner sein.«

Die Gesellschaft brüllte mit Vergnügen und Inbrunst den Refrain, derweilen der Lautenschläger ununterbrochen neue Verse schmiedete:

»Am schönen Rhein,
Sind Mägdlein sinnig fein, Sie gern 'nen Mann ins Heim.
Mit viel Geschmus und Bützchen fein,
Möcht ich nichts mehr- als Kölner sein.«

Die Strophen animierten und kein Weib in der Diele blieb allein. Sackpfeifer und Lautenschläger überboten sich, dabei mehr als weniger trunken, im Traktieren ihrer Instrumente. Der Hausherr forderte mit versoffener Melancholie immer wieder den Refrain des Liedchens, das der Lautenschläger zu Anfang gesungen hatte und die Sackpfeifer dudelten ebenfalls die Melodie, die so fein ins Gehör und Gemüt ging, die von allen lauthals mitgesungen wurde: »... möcht ich nichts mehr – als Kölner sein!« Die seit dem späten Nachmittag brennenden Sturmlaternen, neben dem Feuer des Küchenkamins, verbreiteten weniger Licht, denn Frivolität, was das Quieken und girrende Lachen der Frauen und Mädchen verdeutlichte. Zwischen dem Haus des Buntwörtermeisters und dessen Werkstatt, befand sich ein schmalbrüstiger Hof, dessen eine Seite ganz vom Aborthäuschen eingenommen wurde. Vor dem begehrten Örtchen drängten und stießen sich in babylonischer Finsternis die Eiligen, die die leiblichen Genüsse schnellstens wieder loswerden wollten mit denen, die zurück, in die lärmerfüllte Diele drängten – und mit denen, die es gar nicht eilig hatten, die von der Dunkelheit geschützt und verhüllt, handgreifliche Zärtlichkeiten austauschten. Da das Örtchen aber nur zwei Gelegenheiten bot, pinkelten die Männer meist eilig an die Seite des Häuschens – oder gegen den Bretterzaun des Nachbarn. Das war ohnehin üblich und störte niemand. Doch etliche männliche Gäste waren arg angetrunken und verrichteten ihre Notdurft ungeniert und ziellos. So pinkelte der Kohlenhändler Wylner dem Schneidergesellen Möcke und der Berta Biergans, in Verkennung des Zielortes, an Rock und Hose, was protestierend abgewehrt, zum nicht verstehenden Bedauernsgemurmel des Notdürftigen führte, der sogleich die Richtung wechselte – und mit dem Rest des Gusses den alten Joseph Fink, der an der Erde hockte und sich übergab, beglückte. Joseph hatte das ganze Jahr kaum etwas zu brechen und zu beißen und übernahm sich bei solcher Gelegenheit, die ihm nichts kostete, regelmäßig. Auf der Straße kam indessen der Nachtreiter des Viertels, an diesem Feiertag zu Fuß mit einer Laterne und Spieß gerüstet, herauf. Aus jedem fünften, sechsten Haus schallte, hinter verschlossenen Türen und Fensterläden, noch lautes Singen, Lachen und trunkener Radau. Pipen-Hannes, wie man den Nachtwächter allgemein nannte, kannte jeden Hausbewohner seines Viertels und wusste, als Kölner Ureinwohner, was möglich, richtig, schicklich oder an solchen Tagen notwendig war. So kam es ihm keineswegs in den Sinn, die Ratsgewalt, wegen der Sperrstunde, zu praktizieren, sondern zu konsumieren. Pflichtbewusst klopfte er an die Türen und Fensterläden der munteren Bewohner, ermahnte sie zur Acht auf Licht, Feuer und Ruhe. Pflichtbewusst öffnete man ihm die Tür, reichte ihm einen tüchtigen Schluck Wein oder Bier vom Hausherrn – und gelegentlich ein Bützchen[42] von der Hausfrau, dann ging es zum nächsten unbotmäßigen Mitbürger. Bei Peter-Paul Schmitts hatte er seinen Umgang fast beendet, denn sein Weg begann und endete an der Schäffenpforte. Doch als er bei Peter-Paul klopfte, hatten ihn die Fastelabends Geister schon hart im Griff und erschwerten, sichtbar mit seinem mehr als schaukelnden Gang und Gehabe, die Amtshandlungen. Sein zerknautschtes, zahnstummelbewehrtes Altmännergesicht unter dem großen Schlapphut und der fast auf dem Boden schleifende Kittel, der zugleich auch Mantel sein musste – und unter dem die unvermeidlichen dreckigen Holschen[43] hervorlugten, ließen ihn wie den Heiligen Nepomuk, wie dieser als Brückenwächter dargestellt zu sein pflegt, erscheinen. »Der Pipen-Hannes! Der Pipen-Hannes ist da!«, ging es fröhlich von Mund zu Mund und einen Augenblick kehrte etwas Ruhe ein. Die Frauen suchten nach ihren Pänz, um sie zur Ruhe zu bringen. Meister Schmitts rollte sich mit rosigem Gesicht vom Fass und brachte dem Nachtreiter, der in diesem Viertel noch nie auf einem Gaul gesessen hatte, einen großen Humpen voll halbsauren, weißen Weins, wie er von den kleinen Leuten allgemein getrunken wurde. »Hier, Pipen-Hannes! Gib auf Haus, Hof und Straße, Mensch, Vieh und Feuer Acht. Morgen ist schon Aschermittwoch. Da hast du, bis zum nächsten Jahr, eine lange Wegzehr nötig!«, rief er und schob der kleinen Gestalt in der Tür den Krug in die Hand. Pipen-Hannes leerte erst pflichtbewusst, wegen des genossenen Weins

---

[42] Kuss, Küsschen
[43] Holzschuh

und Biers – aber auch wegen der fehlenden Zähne – seinen Warnspruch herunter, wobei ihm entging, dass er einige Passagen mehrfach wiederholte, andere nicht mehr sagte – und überhaupt die Reihenfolge durcheinanderbrachte, was begierige Heiterkeit erregte.

Pipen-Hannes ergriff indessen mutig den Humpen und leerte ihn tapfer in unglaublich kurzer Zeit.

»Jesus, Maria! Bei allen Heiligen, Peter-Paul, ihr seid ein wahrer Fr-Fr-Freund. Ihr ha-ha-habt einen gu-guten Tropfen und ein go-go-goldenes Herz«, verkündete er mit einem gewaltigen Überfüllungsrülpser abschließend die Prozedur. Dann trollte er, auf seinen Spieß gestützt, mühsam seinen Wächterruf lallend, unter dem fröhliche Gelächter der Hausgäste davon. Unter den Hausgästen des Meisters Schmitts befand sich auch Jan Moulenstrüsser, ein großer, breitschultriger sechsundzwanzigjähriger Mann, der seit Jahren als Geselle und Hausknecht im Hause Schmitts arbeitete. Jan war eine wilde Frohnatur. Sein blonder Haarschopf und Backenbart rahmte ein heiteres, stets rotes Gesicht ein, wie die Strahlen die Sonne. Nur die schmale blutrote Narbe auf der linken Wange deutete an, dass Jan eine bewegte Vergangenheit gehabt haben konnte. Er verhielt sich gut katholisch, ging regelmäßig in die Messe und tat, was man ihm auftrug, ohne Murren, ohne Frage. Dennoch galt es als offenes Geheimnis, dass er vermutlich unter anderem Namen geboren, aus Aalkmaar, in der Grafschaft Holland stammte und auf einem Geusen Schiff, neben seinem Beruf als Kürschner, in Notzeiten gefahren war. – Notzeiten hatte es aber in seiner Heimat, durch den blutigen Krieg, ständig, jährlich mehrfach gegeben. – Womit dann unter der Hand bekannt war, dass der muntere Geselle auch andere Gewerke verstand, die mit seiner jetzigen Tätigkeit keineswegs im Einklang waren, die vermuten ließen, dass seine katholische Frömmigkeit einen kampferprobten Calvinisten verbarg. Das tat der Duldung durch die Nachbarschaft keinen Abbruch. Jan und seine Späße waren beliebt. Er hatte an diesem Abend ausgiebig der Mille, der Tochter des Leinewebers Dörpinkhus, gewidmet. So führte er gegen Mitternacht Mutter Dörpinkhus und Tochter Mille über die schlammige Straße zum gegenüberliegenden Haus des Leinewebers. Vater Dörpinkhus kam laut singend und grölend, völlig betrunken, hinterdrein. Als Jan die Familie mit viel Spektakel und weinseligen Gelächter ins Haus geschoben hatte, sah er sich, beim Umdrehen, plötzlich drei dunklen Gestalten gegenüber, die ihn sofort leise ansprachen: »Gib Geld.

Zieh das Wams aus. Beeil dich, oder du bist hin.« Die drei Gestalten drangen auf Jan ein. Jan hieb wütend auf die Strauchdiebe ein. »Verdammte Ratten! Wo kommt ihr stinkenden Vögel denn her?« Jan spürte zunächst die Wunde kaum. Ihm wurde nur flau, die Knie weich, er sank langsam in den Straßendreck. Ihm wollten, von einem heftigen Schlag auf den Kopf, die Sinne schwinden. Da hörte er Rufe: »Was ist denn da los! – Verdammt! Da sind Straßenräuber am Werk!«

Die dunklen Gestalten verschwanden wie Schatten in der Nacht. Zwei Männer mühten sich um ihn.

»Er blutet am Bein.«

»Auch am Kopf.«

»Tragen wir ihn zum Schmitts ins Haus.«

»Ist recht! Fass an. Schnell!«

Jan schwanden die Sinne. Als er wieder zu sich kam, lag er in der Diele und Meister Schmitts, seine Frau und die Gesellen und Mägde des Hauses standen um ihn herum. »Was ist los, Meister? Was ist geschehen?«, fragte er verständnislos. »Man hat dich überfallen. Wohl Straßengesindel. Die Fuhrknechte, die bei der Witwe Kohlenschütter wohnen, haben dich herausgehauen und hierher getragen.« Jan kam langsam die Erinnerung. »Ja, es waren drei. Sie wollten Geld und mein Wams.« »Was sie ja nun nicht bekommen haben«, bemerkte der Hausherr bekümmert, der überraschend nüchtern geworden zu sein schien. In der Diele standen nur noch die Hausbewohner um den Verletzten herum. Die anderen Gäste, soweit sie nicht vorab schon gegangen waren, hatten nach dem Vorfall betreten den Heimweg angetreten. »Wir müssen nach dem Bader Frings schicken«, bemerkte der Hausherr unsicher. »Du hast eine arge Wunde am Bein. Sieht wie ein Messerstich aus. Da kann ich nichts dran machen.«

Sie waren nur zu zweit gekommen. Wildgruber fragte scharf: »Wo ist der Hurenmelchi?« Leschge machte eine ausladende Armbewegung.

»Ab ist er. Davon, mit seinen zwei Miezen.«

»Das kannst du mir nicht erzählen, dass der Jeorgh abhaut, da er die Sache bei dem Bell doch selber ausgeklügelt hat.«

»Ist er aber, beharrte Leschge widerwillig und ergänzte zufriedener:

»Ich habe es mit dem Hurenmelchi ausgemacht. Es kann so wenig schief gehen, wie die Sache bei den Welschen.« »Wir haben von der Sache bei den Welschen nichts gehört«, fragte Würstli besorgt. »Warum mag das kein Geschrei gegeben haben?«

»Das hat uns auch verwundert. – Jedenfalls müssen sie es längst bemerkt haben.«

»Na klar!« Wildgruber kratzte sich den Kopf. »Es muss bei dem Geld ein Haken sein, oder sie misstrauen sich nun untereinander und haben es deshalb nicht heraus posaunt.«

»Das wird es sein«, feixte Leschge aufatmend. »Meinem alten Herrn ist es in Leipzig auch einmal so gegangen. Da hatte einer im Rat den Beutel angeknabbert. Sie haben sich dann alle gegenseitig beschuldigt und schließlich den Fehlbetrag gemeinsam aus eigenen Säckeln ergänzt, damit nichts bekannt wurde. Ha, ha! Ihre Reputation wäre hin gewesen.« »Ich will hoffen, dass es so war«, knurrte Wildgruber. Er hüstelte etwas und brummte unfreundlich, unmissverständlich befehlend: »Heute fangen wir also wieder an, wenn die Lichter gelöscht und die Nachtreiter vorbei sind.«

»Die Leitern und Seile liegen im Garten bei der Koffergasse. Nur das Kleinzeug haben wir hier«, eiferte Leschge sogleich gut gelaunt. »Dieses Mal wird es nicht so einfach sein«, gab Luis Büchel zu bedenken. »Wir müssen die Leitern aneinanderbinden.«

»Habt ihr denn nicht die Stricke, Seile und Knüppel bereitgelegt, wie ich es euch gesagt hatte?«, forschte Wildgruber gereizt. »Doch, doch, natürlich. Genauso, wie du es uns gesagt hast«, bestätigte Schnappluis. »Doch zum Dach müssen wir ja doch erst einmal hinauf.«

»Eben«, knurrte Wildgruber verächtlich, »aber anders, wie ihr beiden Plattköpfe denkt.« Leschge spöttelte gekränkt: »Wie willst du denn hinaufkommen. Flügel sind dir wohl kaum in der kurzen Zeit gewachsen. Wir sind, was ein gutes Schnäppchen ausmacht, wohl bewandert.« »Dämlich seid ihr«, knurrte Wildgruber grob. »Habe ich etwa, wie ihr es wolltet, die schwere Truhe über die Dächer getragen? Habe ich die Truhe nicht aufgemacht, wie ich es euch gesagt habe – he?« »Allerdings, natürlich.«

»Seht ihr! Auch für heute habe ich mir etwas ausgedacht, auf das ihr wohl nicht gekommen seid.«

»Was hast du vor?«

»Ich steige dem Bell mit dem Strick aufs Dach.«

»Was? – Mit dem Strick?«

»Richtig«, bestätigte Wildgruber den verdutzten Stadtgaunern sein Vorhaben.

»Natürlich habe ich mir Bells Haus auch angesehen. Ich wäre von allen guten Geistern verlassen, wenn ich dort mit Leitern herumhantieren würde. Also verlasst euch darauf, es wird so gemacht, wie ich es sage. Ihr bekommt eine andere Aufgabe.« »He! – Was soll das? Du bist nicht unser Herr«, wehrte sich Leschge gegen Wildgrubers Autoritätsanspruch gereizt und verärgert. Wildgruber grinste schmal und böse: »Richtig! Da mag mich Gott vor bewahren. Aber mir scheint, ich habe als einziger den Kopf, der für solch Spielchen taugt. Schüttelt euer Stroh aus eure Stadtbirnen, dann steht es euch vielleicht an, mit mir zu streiten. Natürlich, wenn es euch nicht passt, wie ich es machen möchte, lassen wir die Sache vorerst, bis ihr es euch überlegt habt.« »Nein, nein«, unterbrachen Büchel und Leschge Wildgruber fast gleichzeitig. »Wir machen schon, wie du willst«, beeilte sich Büchel zu versichern, um seinen ehrgeizigen Kumpan nicht wieder zur Gegenrede kommen zu lassen. Das Unternehmen der Vier ließ sich zunächst gut an. Wildgruber hatte die beiden Kölner auf die Hunde des Patrizierhauses angesetzt. Dazu hatte er einen Sack voll frischer Kaldaunen mitgebracht, die diese langsam an die Hunde verfüttern sollten.

Er stand mit Würstli im Garten des Hauses.

»Wie willst du da nun wirklich hinauf kommen«, erkundigte sich Würstli vorsichtig und sah ratlos an der dunklen hohen Masse Steinmauer hoch, die fast zwanzig Ellen drohend in den Nachthimmel ragte.

»Siehst du die Zierzinnen?«

»Sicher.«

»Hier, dieser Lumpen umwickelte Knüppel wird am Strick als Anker zwischen die Zinnen geworfen. Dann steige ich an dem daran in der Mitte befestigtem Knotenseil auf. Alles Weitere wird dann eine Kleinigkeit sein.«

»Mensch! Ich kann doch nicht an einem Seil hoch«, wehrte sich Würstli entsetzt. »Sollst du auch nicht. Du bleibst hier und hältst mir das Seil beim Aufstieg stramm, bis ich oben bin. Dann zieh ich das Seil ein und du gehst dort drüben an die Mauer zur Wolfsgasse. Wenn ich zurückkomme, muss alles schnell gehen. Wir klettern an den kleinen Leitern, die du bereithältst, wieder über die Mauer.

Falls jemand aufmerksam wird, musst du ihn durch Fortlaufen – oder so, von hier fernhalten, fortlocken. Hast du das verstanden?« »Sicher, du bist ganz schön schlitzohrig«, staunte Würstli und vergewisserte sich noch einmal: »Und ich soll wirklich nicht mit hinauf?«

»Natürlich nicht. Wenn ich es anders beschlossen hätte, hätten wir erst üben müssen, so etwas gut zu lernen, dauert. Hier! Halte nun das Seil und stell dich dorthin. Nicht loslassen, wenn ich werfe.« Er nahm den langstieligen Holzlöffel, den er mitgebracht und den er am Stiel noch einmal mit einem ellenlangen Holzstab verlängerte. Nun verband er das Ankerholz mit dem Seil, führte das Ankerholz mit einem Ende auf den Löffelnapf, holte aus – und warf den Anker wie einen Schleuderspeer. Das Holz zischte, das Seil im schlepp, wie eine Harpune nach oben und fiel mit kaum wahrnehmbarem Poltern hoch auf das Schieferdach – rollte darauf herunter – und wurde von ihm mit Hilfe der Leine so geschickt geleitet, dass es längs, zwischen den Zinnen, verkeilte. »Siehst du«, schmunzelte er. »Nun zieh an der Wand stramm und halt gut fest, dass es nicht pendelt, wenn ich aufsteige.« »Heiliger Himmel, du willst wirklich an dem Seil hoch?« »Sicher, ist doch nichts dabei. Dort stehen keine Wächter, nicht einmal Aufpasser.« Er hatte alle drei Ellen einen Knoten in das Seil gemacht. Die gaben ihm nun guten Griff. Er schien mühelos, wie ein Eichkater, an der dunklen Mauer hinauf zu klettern – und verschwand dann geräuschlos zwischen den Zinnen. Würstli lauschte, doch soviel er auch spähte und die Ohren spitzte, Wildgruber war lautlos verschwunden.

Wie abgesprochen, schlich er darum zur Mauer zurück. Unterdessen kamen vom Stall Hof immer ungeduldigere laute der Hunde herüber.

Die Fütterung schien auf Schwierigkeiten zu stoßen. Ringsum standen in stummer, finsterer Masse die großen Patrizierhäuser und die des reichen Stadtherrn. Irgendwo fing nun ein Hund an zu bellen – und schon fielen überall andere ein. Das lockte hier und da Gesinde auf die Höfe, die fluchend die Hunde zur Ruhe brachten, nachdem sie nichts Verdächtiges zu entdecken vermochten. Der verflossene Tag hatte ein trübes Spätwinterwetter mit Regen gebracht. Auch die Nacht war, obwohl hin und wieder die Wolken aufrissen und ein paar Sterne sichtbar wurden, rabenschwarz. Einmal glaubte Würstli, oben an der Dachluke einen feinen Lichtschein zu sehen, aber er konnte sich auch getäuscht haben. Er stand voller Ungeduld, lauschte, versuchte, die Nacht mit den Augen zu durchdringen.

Alles in ihm war gespannt.

Auf der Gasse, jenseits der Mauer, hörte er plötzlich leise Geräusche – und dann die leise fragende Stimme des Schnappluis, der unmittelbar auf der anderen Seite stehen musste: »Seid ihr noch da?«

»Sicher«, zischte Würstli erbost, weil der Kumpan seinen Posten, den Wildgruber ihm zugewiesen, verlassen hatte.

»Bist du verrückt? – Warum, zum Teufel, kommst du hier her?«, rief er mit leiser Stimme.

»Wir wollen nur sehen, ob ihr nicht abgehauen seid.« »Scheißkerle seid ihr«, fluchte Würstli leise. »Wir sind es gewohnt, bei einer Sache zusammenzuhalten. Wir lassen keinen in der Scheiße sitzen. Mensch! Hau nur wieder ab. Geh auf deinen Posten.«

»Reg dich ab. Ich geh ja schon wieder«, maulte Schnappluis.

Es dauerte jedoch nicht lange, bis neuerliche Geräusche auf der Gasse entstanden. Es mussten zwei Männer sein, die sich halblaut unterhielten.

»Ich sag dir, der Franz aus Potzweiler, der alte Gauner, hat es vom Hurenmelchi gesteckt bekommen. Leschge und der Schnappluis wollen heute Nacht bei dem Bell rein«, hörte Würstli den einen sagen. Offenbar waren die Männer auf seiner Höhe, dich an der Mauer stecken geblieben. Der andere antwortete in einer hohen Fistelstimme: »Wie wollen sie da hineinkommen. Der Schnappluis ist gut für einfache Brüche und für Sackschneiden[44]. Aber sieh dir nur die Mauer da drüben an. Da kommt er nicht rein. Der Bell lässt zudem sein Haus nachts verrammeln und verriegeln. Im Hof hat er ein paar scharfe Hunde, die sofort Krach schlagen. Ne, ne, da ist nichts zu machen. Hätten sie es versucht, wäre hier jetzt ein Spektakel, das sämtliche Nachtreiter angelockt hätte.« »Das sollte wohl so sein. Aber die beiden haben zwei dämliche Landfahrer, Fuhrknechte, gefunden, die ihnen die Arbeit abnehmen. – Oder glaubst du, der Leschge ist so dumm, um seinen Kopf in so eine Falle zu stecken.« »Das gewiss nicht«, kicherte der Spre-

---

[44] Taschendiebstahl

cher. »Der versteht es immer, andere anzuführen, die ihm die Kastanien aus dem Feuer holen.« Der Sprecher lachte schrill, wohlgefällig über seine Feststellung.

»Horch!«, zischte der mit der tieferen Stimme. »Da kommt wer!«

»Sei still und drück dich tief an die Mauer.« Würstli hörte wieder Schritte, die auf seiner Höhe endeten.

»Würstelhannes!«, hörte er die Stimme Leschges.

»Würstelhannes! – Verflucht! – Was liegt denn hier?«

»Aha, der Leschge!«, kam die Stimme des einen Fremden.

»He, was treibt ihr denn hier«, kam die überraschte Stimme Leschges.

»Wir suchen dich, hihi«, wieherte die Fistelstimme. »Hat das Fränzchen also richtig gehört.« »Wovon redest du«, schnaubte Leschge zornig. »Uns hat man gute Aussicht gesteckt. Seid ihr schon drin gewesen?«, wollte der mit der tieferen Stimme wissen.

»Scheiße! Nein«, fluchte Leschge erbittert.

»Nicht? Nach wem hast du denn hier gekräht, he?«

»Halt dich da raus«, drohte Leschge wütend. »Na sag es schon – die Landstreicher, wie?«, quäkte der Fistler und fuhr befehlend fort: »Das du uns nicht falsch verstehst, Leschge.

Wir laufen nicht durch Nacht und Dreck, um deine blöden Sprüche zu hören. – Höre! Der Hurenmelchi hat uns ein Lied gesungen.«

»Nun und?«, knurrte Leschge erbost. »Halbe, Halbe! – Dann ist alles klar.« »Der Teufel hol euch. Nichts ist klar. Die beiden anderen machen da nicht mit«, schnaubte Leschge, der aus den Reden richtig entnahm, dass sie vom Hurenmelchi verraten worden waren. »Das werden sie wohl müssen, hihi«, kicherte der Fistler. »Wie wollt ihr von uns loskommen? He! Leschge, du bist doch sonst nicht so penibel und blöd!« »Scheiße! Teufel! Na gut. Aber erst muss das Schwein geschlachtet werden, ehe wir es verteilen können.«

»Wie wahr. Man sieht, du bist ein kluges Kind«, höhnte die tiefere Stimme und der Fistler setzte maliziös hinzu: »Sollte einem Wunder nehmen, wenn der Sohn eines Leipziger Ratsherrn nicht so viel Verstand hätte.« »Halt dein dreckiges Maul, Flötenmax«, drohte Leschge.

»Du kannst so viel Mist reden, wie du willst, aber meinen Alten lässt du aus dem Spiel. Und nun macht, dass ihr wieder verschwindet – oder wollt ihr uns noch die Wache auf den Hals holen?« »Es bleibt bei der Halbe«, bestimmte die tiefe Stimme.

»Zum Teufel, ja! – Ihr bekommt euren Anteil.«

»Die Halbe, Leschge«, kicherte der Fistler und fuhr mit einer plötzlich scharfen, gefährlichen Stimme fort: »Glaubt ja nicht, dass ihr uns durch die Wicken gehen könnt. Wir bleiben hier in der Nähe. Wenn ihr mit der Sore ohne uns verduften wollt, habt ihr die Büttel auf dem Hals und im Pelz, wie 'ne Zicke die Zecken.«

»Es bleibt dabei«, fauchte Leschge und stampfte, alle Vorsicht vergessend, die Gasse hinunter. »Ob der sich dran hält?«

»Er wird,« lachte der fistelnde Flötenmax.

»Er weiß, wenn wir ihn nicht dem Gewaltrichter zuspielen, bekommt er es mit mir zu tun. Das ist für ihn beinahe genauso schlimm, hihi, oder bist du anderer Meinung?«

»Wie sollte ich. Du stellst jeden Profosknecht in den Schatten. Da mag sich schon einer vorsehen, es mit dir zu verderben. – Doch komm jetzt. Wenn das hier gelingen soll, halten wir uns besser zurück. Von der Ecke, dahinten, kann man hören, wenn sie hier fertig sind und es ist leicht, von dort zu verschwinden, wenn es auffliegt.«

Die Schritte entfernten sich. Würstli stand vor Wut bebend hinter der Mauer. Die sollten sich getäuscht haben. »Verflucht! Bei allen Teufeln und den Qualen der Hölle, von denen die Pfaffen so schön reden. Ihr sollt euch irren, ihr Dreckskerle«, schimpfte er erschreckend laut vor Erregung vor sich hin. – Hoffentlich kam Adolf wieder gut aus dem Bau.

Er sah zu der großen finsteren Hausmasse hinüber. Plötzlich fingen die Hunde an zu toben und zu kläffen. Würstli sah zu den Stallungen hinüber. Nun fielen auch anderer Hunde der Nachbarschaft in das Gekläff ein. Da musste schon wieder etwas schief gegangen sein. Wieso hatten die beiden Kölner die Hunde nicht weiter still gehalten? Im Stall Hof wurden nun Stimmen laut und Sturmlaternen warfen ihren trüben Schein über Mauer und Büsche. Im Haus, hinter den Butzenscheiben, huschten Lichter. Würstli legte die kleine Leiter an und kroch bis zur Mauerkrone hinauf, die Leiter nachziehend. Da ging auch schon irgendwo die Gartenpforte auf und eine Stimme rief: »Such! Baldur, such!« Fackelschein fiel durch die laublosen Stämme und Äste der Bäume und Büsche – und bellend rasten mindestens zwei Hunde heran. Würstli ließ die Leiter auf der Mauerkrone liegen und sprang in die Gasse hinab und schlich eiligst Richtung Casiusgasse, St. Aposteln davon, wie Wildgruber es ihm angeraten hatte. »Wenn ich bei der Lydia jetzt noch ins Bett krieche, wird sie vielleicht nichts merken und notfalls für mich gut sagen«, dachte er, und ein unangenehmes Prickeln stieg in ihm auf. Voraussetzung dafür aber war, dass keiner von ihnen erwischt wurde. Er hatte sich kaum in eine Nische bei St. Aposteln gedrückt, in der zwei Bettler, eine alte Frau und ein alter Mann sich für die Nacht eingerichtet hatten, da leuchteten im ganzen Viertel Fackeln auf. Doch der gerade einsetzende, feine Nieselregen und die ohnehin aufgeweichten Gassen und Sträßchen verhinderte, dass die aus ihrer Nachtruhe gerissenen, aufgebrachten Bürger und Häscher die Hunde nutzen konnten. Plötzlich waren da auch die Stadtbüttel, Nachtwächter und bewaffnete Bürger. Die beiden Bettler schlichen mit wütenden Blicken auf Würstli lautlos davon. Würstli konnte sicher sein, dass sie ihn bei der Dunkelheit kaum so gut erkannt hatten, dass sie ihn wiedererkennen oder gar beschreiben konnten. Es wurde höchste Zeit. Er schlich weiter davon, seiner Behausung entgegen, was mit zunehmendem Abstand leichter wurde, denn alle Häscher konzentrierten sich offenbar um den Neumarkt. Am Brunnenhaus am Neumarkt hatten die Bürger und Büttel manch elende Bettelgestalt aus Verstecken und Nischen gezogen, die nun mit wütenden Geschimpfe der Nachtwächter davon geführt wurden. Allmählich kehrte wieder Ruhe ein. Im ersten angedeuteten Licht des Tages glitt an der Vorderseite des bellschen Hauses blitzschnell eine Gestalt vom Dach, zur Straße hinunter. Die Gestalt, es war Wildgruber, sah sich sichernd um, zog an einem Band, das lose neben dem Seil vom Dach herabhing; Seil und Band kamen leise zischend herab, schlugen dumpf in den Straßenmatsch auf. Wildgruber nahm es geschickt, mit äußerster Ruhe auf und schlich dann zu den kahlen Bäumen hinüber, die auf dem Neumarkt in Gruppen standen. Dort verlief auch, längs des Platzes, eine offene Koppel, ein zu Markttagen genutzter Viehpferch, deren Balken- und Lattenkonstruktion ihn vor neugierigen Blicken verbarg. Lässig warf er das Seil und Band in den Wäschebrunnen – dann ging er vorsichtig, aber wie ein Bürger mit bestem Gewissen, nach Haus. Er traf auf keinen Menschen.

Würstli hatte bei Lydia noch Glück – und Liebe gefunden und war dabei eine gute Mark losgeworden. Beim Lichterlöschen war ihr die Abwesenheit der beiden Knechte nicht weiter aufgefallen.

Als Würstli seinen Gefährten Wildgruber am Morgen friedlich schlummernd auf der Strohschütte vorfand, fiel ihm ein Stein von der Seele.

Behutsam verließ er wieder die kleine Kammer und begab sich in die Küchendiele, die sowohl Wohnraum, Arbeitsplatz und Küche, kurz, der eigentliche Lebensraum der Witwe und ihrer Kinder war. Sie schlief in einer zur Kammer funktionierten Bettlade, während die Kinder in einer Ecke der Diele, dem Herdfeuer gegenüber, ihre kümmerliche Schütte hatten. Würstli traf schon auf Lydia, die bereits die Morgensuppe, Bohnen mit Rübenschnitzel, über das Feuer gehängt hatte, dessen Glut, durch ein frisches Stück Holz genährt, gerade neu aufflackerte und Licht und Wärme verbreitete. Die Fensterlade vor dem einzigen kleinen Fenster war schon auf, aber das trübe Tageslicht quälte sich nur mühsam herein.

»Warum schläfst du nicht?«, fragte Lydia kokett und wiegte die Hüften in Gedanken an die verflossene Nacht. »Ich mag nicht. Der Adolf grunzt noch wie ein Schwein im Koben.«

»Lass ihn! Er hält den Alleinschlaf ohnehin wohl für das Beste.«

»An solch mageren Untermieter hättest du sicher kaum dein Auskommen«, lachte Würstli anzüglich.

»Du! Lass das aus! Freilich, nicht alle Männer sind eben Männer.«

»So, hast du ihn probiert? Na ja, so bin ich wohl besser als er?« »Du fragst, wo du nicht solltest. Er ist mir bisher gar fern geblieben und ich mag so ein Urteil nicht über ihn sprechen«, seufzte sie. »Aber der Adolf ist, so man will, nicht gerade das, was man von Fuhr- und Kriegsknechten so hört, weiß oder erwartet.«

»Ei! Was hört man denn da?«, lachte er spöttisch und nahm ihr den Wäschezuber ab und wuchtete ihn mühelos auf das Waschgestell. »Nun, Frau Wirtin«, wollte er grinsend wissen. Aber ehe sie noch antworten konnte, kam der Schustergeselle gähnend in den Raum. »Frau Lydia, was macht das Essen?«, Knurrte er übellaunig.

»Ist gleich soweit«, lachte sie munter in das mürrische Gesicht des Gesellen, der mit unverhohlener Abneigung zu Würstli sah, der sich offensichtlich die

Gunst der Wirtin leisten konnte. In der Ecke fingen die Kinder an zu rumoren und zu zanken.

Der Tag hatte die Menschen wieder in ihrem Trott. Würstli marschierte mit Lydia zum Brunnen, zum Wasserholen, das alsdann in der Küche über das Feuer gehängt wurde. Gegen neun Uhr morgens hatte sie die Kinder und ihren Haushalt versorgt. Sie nahm den großen Flechtkorb mit der gewaschenen Kleinwäsche auf den Kopf und zwei Henkelkörbe mit Weißzeug in die Hände. »Ich geh auf Kundschaft und bin gegen Mittag wieder zurück«, verkündete sie. »Die Herren sind ja Mittag nicht bei mir in Kost«, sagte sie, nicht ohne den Unterton eines leisen Ärgers, denn da entging ihr ein wenig Verdienst, der leichter als das Wäschewaschen zu verdienen war. »Sei nicht grellig, Lydia«, begütigte Würstli, »mach ich's dir nicht nachts gut?«

»Ein Schelm bist du«, wehrte sie ab.

»Glaubst du, es macht Spaß, seinen Lebensunterhalt solcherart verdienen zu müssen?« Er sah sie überrascht an und war beschämt, soweit das bei seinem abgestumpften Gemüt zu erwarten war. »Ich habe das nicht so gemeint, Herrgott! – Sicher finden wir bald einen Transport. Da werde ich es dir dann zum Abschied entlohnen. Nicht für die Nacht, sondern weil du uns gar eine so gute Wirtin warst.« »Versprechungen«, lachte sie schon wieder versöhnlich und schob sich mit ihren schweren Lasten zur engen Tür hinaus. Wildgruber kam die enge Stiege herunter. »Was gibt's«, wollte er wissen. Würstli drehte sich aufgeregt herum.

»Was gibt's! – Das magst du noch fragen. – Mann! – Adolf! – Ich habe mich fast vollgeschissen vor Angst – und du fragst, was es gibt!« Adolf Wildgruber grinste seinen Spießgesellen fröhlich an. Er wies auf die Kinder in der Ecke, die die fremden Onkel aufmerksam lauschend und mit Blicken verfolgten.

»Es war doch alles keine Aufregung wert, lieber Würstelhannes. Sieh her. Mir geht es gut. Sehr gut.«

»Scheint so! – Aber Scheißdreck war es! Bei Gott und allen Heiligen – das war es. Du magst ja Nerven wie Bandeisen haben, aber mir ist es da schon lieber, mit der Pike in den Feind zu rennen, als ohnmächtig auf etwas zu warten, von dem man selbst nicht weiß, was es ist, was es wird.«

»Aber Würstelhannes! Du standest oft genug deinen Mann, wenn es zum Hauen und Stechen kam. Warum also bei einer so lächerlichen, harmlosen Sache so kleinmütig sein? Sintemal wir es bei dem einen wie bei dem anderen mit Obergaunern zu tun hatten. Warum also den Kopf verlieren?«

»Ja, Kopf verlieren. Damit wird allerdings wenig Umstände gemacht, wenn es schief geht.«

»Ist es aber nicht.« »Du willst doch wohl nicht sagen, dass alles geglückt ist?« Wildgruber lachte herzhaft.

»Komm mit auf die Kammer, da kannst du mir erzählen, was dich so närrisch und verzagt gemacht hat – und ich sage dir, wie gut es mir ergangen ist.« Sie hockten sich in der Kammer auf den Boden und Würstli berichtete mit leiser Stimme, was sich draußen zugetragen hatte. Wildgruber pfiff leise durch die Zähne. »Sieh da. So war das. Dann wollten die Halunken uns über das Ohr hauen und haben die Rechnung ohne die anderen Gauner gemacht. Verdammte Schweine.« »Und du siehst, der Hurenmelchi, dieser Lump, hat den anderen alles entdeckt.« »Richtig! Und darum machen wir uns zum Abend auf die Reise. Wer weiß, wo der Hund noch überall gequatscht hat.«

»So plötzlich abreisen! Da wird man misstrauisch.«

»Wer schon? Die Lydia? Sag ihr, ich hätte etwas Glück gehabt und für uns ein Geleit gefunden. Sie wird doch nichts anderes erwarten. Sag ihr, der Zug sammelt sich auf dem Heumarkt und geht bei Öffnen der Ketten und Tore ab. – Wir gehen dann am Nachmittag in die Kettengasse bei der Ehrenpforte, zum »Zweikante«, und heidi, vor Torschluss ziehen wir ab.«

»Ohne Wegzehr und Sonstiges?«

»Lieber Himmel, nein! Ich gebe dir erst einmal deinen alten Anteil, den ich für dich aufbewahrt habe. Und hier«, er zog einen kleinen Lederbeutel vor, »hier ist dein Teil für die heutige Nacht. Wir werden uns für zwei Tage Essen und Trinken in die Felleisen schnüren und in Aachen, das sollte unser Ziel sein, können wir dann alles Weitere in Ruhe regeln.«

Würstli sah ungläubig auf den Beutel und knurrte: »Es ist also wahr. Du hast also trotz all der Aufregung noch Erfolg gehabt.«

»Man kann es nicht leugnen«, lachte Wildgruber selbstsicher über das erstaunte Gesicht seines Freundes.

»Hast du denn den Leschge und den Schnappluis schon ausbezahlt?«, forschte Würstli gespannt. Wildgruber machte eine wegwerfende Handbewegung und rügte: »Bist du des Teufels?

Wie komme ich dazu? Die meinen doch, genau wie du, wir hätten nichts erwischt. Und überhaupt! Was du mir erzählt hast, reicht doch aus, um sie aufsitzen zu lassen.«

»Das ist schon recht. Wie ich abgehauen bin, hatten sie schon einige Leute aufgegriffen. Vielleicht haben sie auch Leschge, Schnappluis und die anderen geschnappt.«

»Wer weiß. – Obwohl ich das nicht glaube und auch gar nicht hoffe. Solche Gauner lassen sich nicht einfach fangen– , aber hat man sie, werden sie sich hüten, alles herauszuschreien, denn sie sitzen viel zu tief mit in der Sache drin und beweisen kann man ohnehin nichts. Außerdem, der Bell wird zunächst wohl kaum merken, dass ihm etwas fehlt.«

»Wie ist das möglich?« Wildgruber öffnete den Beutel und wies Würstli den Inhalt.

»Bei allen Nothelfern! – Das sind ja nur Dukaten!«

»Richtig! Genau einhundertzwanzig Goldfüchse.«

»Und das soll einer nicht merken, wenn sie ihm geklaut werden?«

»Eben nicht. Ich habe nämlich die Geldkiste des ehrenwerten Herrn gar nicht erleichtert.« Würstli lachte ungläubig. »So lagen die Dinger einfach so auf dem Heuboden herum – oder wo du gewesen bist.«

»Schön wäre es gewesen, aber dann hätte ich sie vermutlich nicht einmal im Heuhaufen gefunden, doch es war ganz anders. Als nämlich der Lärm begann, stand ich auf dem Flur vor dem Schlafraum des ehrenwerten Herrn. Auf diesem Flur stehen, wie oft üblich, ein paar große Schränke. Das Hausgesinde rannte bald im Haus herum und ich verkroch mich zwischen zwei dieser Schränke. Auch der Hausherr rannte mit einer brennenden Kerze in der Hand an mir vorbei nach unten. Ich sah neugierig in das Zimmer, aus dem er gekommen war, denn der Raum wurde von einem dreiarmigen Leuchter erhellt. Da sah ich nun diesen wunderschön geschnitzten Aufsatzschrank. »Sieh mal schnell hinein«, sagte ich mir und als ich ihn aufmachte, entdeckte ich sogleich, dass die Lade zu kurz zum Schrank war. Solche Prachtstücke habe ich in meiner Lehrzeit öfter gesehen. Wir bauten da in die Geheimfächer Schlösser ein. So fand ich natürlich leicht das Versteck. Ich öffnete es und fand diese schönen Füchschen. Ich habe dann alles wieder fein ordentlich verschlossen.«

»War denn nur das Geld im Fach?«

»Natürlich nicht. Da lag manch kleine und größere Kostbarkeit. Aber nur Idioten nehmen Schmuck und Gegenstände, die man sofort erkennen kann. Das solltest du dir gut merken. Ich habe nur das Geld genommen und den Beutel, in dem es drin war, versteht sich, mit dem Sand aufgefüllt, den ich für einen derartigen Zweck schon mitgenommen hatte. Ich möchte den Herrn sehen, der sofort Verdacht schöpft und sein Haus auf den Kopf stellt. Vermutlich weiß er nicht einmal, wo er seine Kostbarkeiten im Haus verteilt hat. Nein, so schnell merkt der sicher nichts. Das ist auch gut so, denn wenn es keine Spuren und kein Geschrei gibt, sind der Leschge und seine Halunken sicher der Meinung, dass alles schief gegangen ist. Sie werden dann schon ihre Schnauzen halten.«

»Sie werden nach uns suchen.«

»Sicher. Darum, mein Freund, müssen wir weg.«

»Damit kannst du Recht haben. Lieber Gott, du bist schon ein Satansbraten«, bewunderte Würstli seinen Weggefährten der die wenig schmeichelhafte Bezeichnung gern als Kompliment hinnahm.

3
Kölner Krieg 1588

Ende Juni 1586 hatte Allesandro Farnese, Herzog von Parma, Venlo eingenommen. Der weitere Vormarsch seines Obristen Altapennius, im März, April des Jahres, wurde wegen des schlechten Wetters und neuer Kämpfe in den Nordprovinzen, vor Neuss abgebrochen.

Der Herzog sah die Notwendigkeit, den Anträgen des Erzbischofs von Lüttich und Köln, ernst von Bayern, des Domkapitels des Erzstiftes, des päpstlichen Nuntius Bonomi und der kaiserlichen Bitten zur Hilfe, schnellstens nachzukommen. Er musste für den Englandkrieg den Rücken frei bekommen. Die Stadt Neuss wurde seit Jahren von dem Befehlshaber der Truchsessischen Truppen, Graf Adolf von Neuenahr, gehalten und die Streifkorps beunruhigten bis Werl und Zülpich das Land mit vielfältigen Plagen.

Am zehnten Juli stand der Herzog mit Heeresmacht persönlich vor der Stadt, entschlossen, die Angelegenheit schnellstens zu bereinigen. Zunächst ließ er im Sturm, nach zweimaligem Beginn, die Rheininsel einnehmen. Dann Konzentrierte der gewiefte Feldherr seinen schweren Geschützpark von zweiundvierzig Rohren vor dem Nieder- und Rheintor. Der Kurfürst, der bei der Truppe des Parma war, versuchte die Truchsessischen Truppen, die unter dem Kommando des Obristen Clout standen, zur Übergabe zu bewegen. Die Verhandlungen waren noch im Gang, als am 22. Juli der Herzog von Parma bei einem Inspektionsritt plötzlich von den Mauern der Stadt beschossen wurde – und er mit knapper Not entkam.

Nun riss dem Feldherrn die Geduld.

Am 25. Juli, morgens um sieben Uhr, begann das Feuer der Artillerie gegen die Stadt. Die Kanonen hatten doppelte Bedienungsmannschaft und eröffneten ein unerhörtes Schnellfeuer; alle sechs Minuten feuerte jedes Rohr.

Die Mauern brachen an diesem Tage bereits an vielen Stellen. Am nächsten Tage wurde das Feuer kurz wieder aufgenommen, dann stürmten die Spanier. Den Verteidigern gelang es, zwei Angriffe abzuschlagen. Im dritten Sturm gelang es den Angreifern jedoch, das Nieder- und Rheintor – sowie die äußeren Rheinmauern einzunehmen. Nur die Nacht und die Einsicht des Herzogs, bei Nacht nicht viel zu gewinnen, retteten an diesem Tage die Verteidiger vor der Niederlage.

Der Besatzungskommandant, Obrist Clout, versuchte, im Nachtangriff die Feinde wieder aus den eroberten Stellungen zu werfen, doch der Angriff wurde abgeschlagen, der Oberst selbst am Bein schwer verletzt.

Der Mut der Verteidiger sank. In Einsicht der miesen Lage schickten die Verteidiger einen Parlamentär, um die Übergabe zu verhandeln; doch dieser kam nur mit viel Geschrei durch die Linie zum Herzog.

Der Herzog war mit Schonung der Stadt bei Abzug der Besatzung einverstanden – nicht aber seine Soldaten. Sie wollten die Stadt als Beute.

Also griffen sie, als die mögliche Milde des Herzogs gegen die Stadt durchsickerte, noch während der Verhandlungen, ohne Befehl, plötzlich wieder an. Diese Truppen waren wilde Scharen: Horden von Italienern, Franzosen, Wallonen, Spanier, Mauren und Hollandspanier. Der überraschende Überfall gelang. Ohne größeren Widerstand zu finden, stürmten sie die Stadt und machten alles, ohne Pardon, nieder. Einige Turmbesatzungen, die sich ergaben, wurden nach der Entwaffnung brutal ermordet.

Obrist Clout, der protestantische Prediger Fetzer sowie der gesamte Rat der Stadt, wurden zum Fenster des Rathauses hinaus aufgehängt. Flüchtende Verteidiger, die über die Mauer hinweg zu entkommen suchten, wurden von der Reiterei gejagt und, so man ihrer habhaft wurde, niedergemacht. Die Bevölkerung hatte sich in die Keller geflüchtet. Ihr erging es schlimm.

Keine Frau blieb ungeschändet, die Männer gefoltert, verstümmelt und getötet, die Kinder oft aufgespießt. Die Söldner rasten wie wilde Bestien, keinem Befehl mehr gehorchend. Erst am späten Tage gelang es den Offizieren, ihre rasenden Horden wieder in den Griff zu bekommen und zu zügeln. Die wenigen überlebenden Bürger wurden in den Kirchen gesammelt und dann in ein Lager auf freiem Feld vor die Stadt geführt. Der Herzog zog in die eroberte

Stadt ein, doch wenige Stunden später, nach Einbruch der Dunkelheit fing es in der Stadt an zu brennen. Das Feuer fraß sich vom Rheintor aus tief in die Stadt. Es vernichtete das Rathaus, mehrere Konvente, Kirchen, Patrizierhäuser und die meisten Häuser der Handwerker und Ackerbürger. Die Eroberer stürzten, meist ungeordnet, Hals über Kopf, aus dem losbrechenden feurigen Inferno, viele verloren dabei die Beute, die sie gerade im grauenvollen Rausch zusammengerafft hatten. Die Ursache des Feuers, so kann man vermuten, lag in der Plünderung der Stadt – obwohl sich hartnäckig das Gerücht hielt, ein geschundener, noch überlebender Bürger der Stadt habe den Brand gelegt, um seine Peiniger zu vernichten. Auch eine mutwillige Brandstiftung durch die tobenden Horden ist nicht ausgeschlossen – wie dem auch sei: Dem Herzog war dies Ende der Stadt aus vielen Gründen nicht recht, machte es den Gewinn doch zur halben Niederlage. Allerorts wies man ihm nun die Schuld zu und das bedeutete mehr Feindschaft, mehr Abneigung und schmälerte seinen Ruf als Feldherrn. Johannes Karg von Stoploch-Hittorp war einer jener unruhigen Rittergestalten, die zeit ihres Lebens, mangels Erbe, aber auch aus gefallen am abenteuerlichen, wilden Kriegsleben, als Söldner und Feldhauptmann in vielen Heeren abendländischer Fürsten, unbesehen der Glaubensrichtung, gedient hatte. Der achtundfünfzig jährige ungewöhnlich breitschultrige, mittelgroße, untersetzte Kriegsmann, dessen runder Kahlkopf von einem gewaltigen, fettigen grauen Schnauzbart geziert wurde, lag in einem zerlumpten Bauernkittel, als einziges dürftiges Bekleidungsstück, stöhnend auf einer Strohschütte im Männersaal von St. Revelin in Köln.

Durchgeblutete, schmutzige Verbände an Armen, Beinen und am Kopf zeugten von seinem Elend. Er war einer der Wenigen, die dem Gemetzel der spanischen Truppen in Neuss entwischen konnten. Er hatte sich nach Bonn geflüchtet und von dort aus im Truchsessischen Heer weitergekämpft.

Nicht, weil ihm der Truchsess oder die Protestanten am Herzen lagen, denn er bekannte sich nach wie vor zur katholischen Richtung, sondern aus Zorn gegen die Art, wie man in Neuss gesiegt hatte – und was danach geschehen war. Doch sein Kriegsglück war im wenig hold. Am Tag nach Dreikönige sah man es für nützlich an, einen Streifzug von den Beuler-Schanzen aus gegen Deutz zu führen, und der wackere Rittersmann brannte darauf, die Patrouille, als Ausgleich für seine schmachvolle Flucht aus Neuss, zu führen.

Der Streiftrupp geriet aber schon bald in einen Hinterhalt der Spanier. Nach kurzem Gefecht war der schwache Truchsessische Haufen zu einem kümmerlichen fliehenden Häufchen aufgerieben. Johannes wurde mit zwei Reitern von seinen Leuten abgedrängt.

In der Nähe der Mülheimer Fähre traf sie, die Spanier noch auf den Hacken, das zweite Missgeschick. An der Fähre saß ein Trupp bayrischer Reiter des Erzbischofs, die die drei Fliehenden, ehe sie es sich versahen, von den erschöpften Pferden holten. Den beiden Reitern gab man nach kurzen Hin und Her Pardon und verpflichtete sie auf den Erzbischof. Ihn aber führte man unter eine weit ausladende kahle Eiche, nannte ihn einen Verräter und Ketzer, den aufzuknüpfen ein gottgefälliges Werk sei. Er trug es mit Würde. Stolz wies er die Bayern, die in Wahrheit, wie die meisten Kriegsknechte, aus aller Herren Länder stammten, darauf hin, dass er gut katholisch – also keineswegs protestantisch oder neugläubig – sei – und überhaupt – wie sie selbst weder Tod noch Teufel fürchte.

»So tut getrost, was euch in den Sinn kommt. Ich weiß auch einen solchen Tod zu sterben, wenn es mir auch nicht vergönnt war, es mit euch auszufechten. Schimpflich ist es so nicht für mich, denn ich sterbe, weil ich verlor, nicht aber, weil ich die Kriegsartikel verletzt habe.«

Er reckte sich in seiner ganzen Größe und sah verächtlich auf seine Besieger. Sein Lebensweg hätte wohl wirklich am Ast der kräftigen Eiche ein Ende gefunden, wenn nicht der Fährmann, ein Pächter des Klosters Altenburg, gewesen wäre, denn die Fähre gehörte dem Kloster. Miespot Wilkensen, der Fährmann, stand unter den Neugierigen. Der Anführer der Bayern hockte auf einer Tonne als Richter und fragte: »Du sagst, du hast keine Angst. Das ist ehrenvoll und löblich. Du sagst, und das haben die anderen beiden bestätigt, du seist von Stand – obwohl du nun«, man hatte ihm nur ein Hemd gelassen, »recht bedürftig und mies aussiehst. Deine Ausrüstung, alter Mann, war ärmlich – nicht besser, wie die der anderen Gesellen. Wie heißt denn die stolze Familie, der du deine Abkunft verdankst, die, wie du sagst, aber keinen Pfennig für deine Auslösung zahlen wird?«

Johannes Karg sah seinen Richter herausfordernd an und entgegnete: »Mit deiner, Leopold von Ribben, kann sie sich allemal messen.« Dabei versuchte er sich noch mehr aufzurichten, ohne indessen an weiterer imponierender Größe zu gewinnen.

»Ich bin Johannes Karg von Stoploch-Hittorp, Feldhauptmann im Dienst des Truchsess! Wir haben gar manches kriegerische und geistliche Haupt dieser Welt gestellt! Da ist Gott mein Zeuge.«

»Ha-ha-ha-ha! Aber nun gibt für dich niemand mehr einen Pfifferling!«, brüllte der Bayer vergnügt.

Da rief Miespot Wilkensen aus der Menge: »Herrjemine! – Das ist ja wirklich der Bruder unseres seligen Abtes!«

Leopold von Ribben reckte den Hals und donnerte in die Menge: »Wer war das?«

Die Leute schoben den schlotternden Miespot durch die Reihen. »He du! Du bist doch der Fährmann. Du kennst den stolzen Reiter da?« »Ja, ja, schon recht, der Herr.« »So sag, wer er ist!« »Es ist, ich schwöre es bei der Jungfrau Maria, der Bruder unseres toten Abtes.« »Verdammt! Tote zahlen wirklich nichts«, fluchte von Ribben und strich sich seinen grauen Bart. Er sah seinen Gefangenen plötzlich ganz anders an. »Fährmann, du weißt genau, dass er es ist?« »Aber sicher, oh Herr«, Miespot verneigte sich dabei, so tief er konnte, was einen der Bayern, ein Mann mit wilden roten Backenbart, verleitete, ihm einen leichten Stoß in das Hinterteil zu geben. Miespot Wilkensen fiel, mit dem Kopf voran, in den Dreck. Die Freude war allgemein und von Ribben lachte am lautesten, nahm dem Delinquenten persönlich die Schlinge ab, nannte ihn Kriegsbruder – und alles schien in die Reihe zu kommen. Aber da kam der spanische Verfolgungstrupp den Weg herab gesprengt.

Ihr Anführer war der Ritter van der Hellenmaasch, der offensichtlich wusste, dass er verbündete Truppen vor sich hatte und der von Ribben kannte. Dennoch schrie er schon im Anreiten: »Der Gefangene gehört uns!«

»Ei schau her, der Hellenmaasch! Grüß Gott!«, lachte der Bayer und fügte sogleich an:

»Wer fängt, der hat. Ich wüsste nicht, was Ihr für einen Anteil an unserer Beute haben solltet.« Er wies höhnisch auf von Stoploch und spottete: »Wie Ihr seht, hat er gerade noch ein Hemd. Auslösen kann man ihn auch nicht. Er hat keine Angehörigen, die für ihn zahlen. Was wollt Ihr also mit ihm?«

»Der Ketzer kommt an den Strick!«, ereiferte sich van Hellenmaasch. Arrogant wandte er sich, sein Pferd tänzeln lassend, an von Ribben und die umstehenden Söldner des Bayern: »Geplündert habt ihr unsere sichere Beute! Nun gut! Ihr braucht ihn mir nicht ausliefern. Nur hängen muss er!« Er wies auf den noch vom Baum baumelnden Strick: »Wie man sieht, seid ihr wenigstens darin ehrlich.«

»Ehrlich?«, höhnte von Ribben. Er sah dem wütenden Hollandspanier grinsend in das wutverzerrte Gesicht. »Ihr, werter van Hellenmaasch, mögt unter ehrlich Seltsames verstehen. Wir Bayern haben da ganz andere Vorstellungen, obwohl doch die Kriegsartikel vom Herzog und von unserem kurfürstlichen Erzbischof anerkannt werden. Was schert Ihr Euch nun um meine Gefangenen? Wem ich Pardon oder Quartier gebe, beim heiligen Lukas, das ist nun mal meine Sache.« Die Bayern fürchteten Gewalt und scharten sich um von Ribben. Van Hellenmaasch fluchte in einem Dutzend europäischen Sprachen, ließ sein Pferd weiter tänzeln und starrte dabei unschlüssig und abschätzend auf den Streiftrupp der Bayern. So standen sich die Haufen der befreundeten Fürsten minutenlang gegenüber.

Mit einem Wutschrei riss der Hollandspanier sein Pferd auf der Hinterhand herum und rief: »Der Scheißgefangene ist des Haders nicht wert, Bayer. Aber vielleicht treffen wir beide uns mal unter anderen Bedingungen. Denk an mich! Adios! Vamos!«

Er jagte mit seiner Meute im Galopp davon. Die Bayern und die Fährknechte jubelten und lachten. Oberhalb vom Fährhaus stand ein Gasthof, wie sie oft an Fährstellen zu finden waren, ein kleines Fachwerkhaus mit einem Schuppen. Dieser erlebte nun ein frohes Saufen und Fressen, obwohl der Wirt wusste, dass eine Bezahlung wohl kaum zu erwarten war.

Aber wenn er freiwillig gab, blieben wenigstens er und seine Familie an Leib und Leben ungeschoren.

Eine Verweigerung oder Forderung nach Bezahlung hätte vermutlich für ihn schlimme Folgen gehabt. Es waren eben Kriegszeiten. »Wenn die Herren streiten, zahlt immer der kleine Mann«, hatte er seufzend seiner Frau erklärt, die unbedingt Bezahlung fordern wollte. Mitten in der Nacht waren da dann die fremden

Reiter. Sie hausten wie die leibhaftigen Teufel und steckten das Gasthaus an. Die betrunkenen Bayern zogen sich teils fechtend, teils fluchtartig in die Dunkelheit zurück.

Vor Sonnenaufgang war der Spuk vorbei. Der Gastwirt hatte mit seiner Familie im Schutz der Nacht überlebt, stand aber nun vor den rauchenden Trümmern seiner Existenz.

Auf dem Wege zur Fähre lagen drei tote Bayern und in den Büschen, am Treidelpfad fand man den schwerverletzten, aus vielen Wunden blutenden Ritter von Stoploch. Miespot Wilkensen schickte den Verwundeten, nachdem er diesen notdürftig versorgt hatte, durch einen Fährknecht, auf einem Mistschubkarren nach Köln, wo er in St. Revelin, nach einigen Streitereien mit dem Hospitalwirt, aus so genannter Barmherzigkeit Aufnahme fand. Ausschlaggebend war dabei allerdings die Andeutung des Fährknechts, dass der Blessierte, trotz seines entsetzlich dürftigen Aussehens, aus edlem Hause stammte, ja, einer seiner Brüder, vor noch nicht zu langer Zeit, Abt in Altenberg war. Mettel van Loewen, der Wirt, wurde hellhörig. War da nicht eine angemessene Bezahlung seitens der Familie des Rittersmanns zu erwarten?

Ludwigs Strohlager lag neben dem des Verwundeten. Er befand sich auf dem Weg der Besserung. Das Fieber hatte nachgelassen, seine Wunden am Rücken und an den Händen waren so gut wie geheilt.

Mettel van Loewen wollte ihn schon rausschmeißen, da entdeckte er, dass der Junge fleißig und anstellig war. Geschwind reihte er ihn als billige Kraft in die Reihe seiner Knechte und Mägde bei der Krankenpflege, soweit man davon reden konnte, ein. Natürlich alles ohne Lohn.

»St. Revelin hat dir in deiner Not geholfen, mein Sohn. Es ist nur recht und billig, wenn du einen Teil deiner Schulden wieder einarbeitest. – Außerdem kannst du froh sein, ein Dach über dem Kopf zu haben und dazu noch alle Tage satt zu Essen und zu Trinken«, hatte er Ludwig scheinheilig und selbstgefällig erklärt. Mettel war nicht ungeschickt. Er verstand sich auf allerlei Kräutersude für viele Gebrechen und vor allem auf die Wundbehandlung, was natürlich nicht ausschloss, dass ein nicht unbeträchtlicher Teil der von ihm behandelten Patienten die Behandlung nicht überlebte. Doch das störte niemanden. Die, die im St. Revelin Aufnahme fanden, waren meist am Rande des Grabes; wer wollte da dem Meister die Schuld zuschreiben, wenn die Eingelieferten Patienten starben.

Dennoch arbeitete Ludwig mit Eifer, wobei ihm die Erfahrungen, die er beim Bader Wylich gemacht hatte, gut zu statt kamen. Mettel freute sich indessen, so einen gelehrigen, geschickten Helfer gefunden zu haben.

»Du würdest ein guter Wundarzt oder Bader werden«, versicherte er Ludwig mehrfach, ohne indessen auch nur im Entferntesten daran zu denken, die guten Dienste zu entlohnen. Ludwig wehrte bescheiden ab:

»Wie, Meister Loewen, sollte ich zu einer derartigen Ausbildung zugelassen werden. Wie Ihr wisst, hat man mich meiner Habseligkeiten beraubt. Wie kann ich da meine ehrsame Herkunft beweisen. Ich wüsste also nicht, wie ich zu einer solchen Ausbildung kommen könnte.«

Er wusste zurzeit überhaupt nicht, wie sein Lebensweg, sein Lebensziel, aussehen sollte.

Die schlimmen Erfahrungen hatten ihn schnell reifen lassen. Das Kloster Ebelstein schien ihm im Streben nun auch unendlich fern. Die Erfahrungen, die er mit den Menschen allgemein – und mit der Kirche, der er bis zu seiner Festnahme vertraute, gemacht hatte, ließen eine Rückkehr zum Ebelstein, abgesehen vom Reisegeld, nicht zu, wenn sie ihm auch noch im tiefsten Innern, ganz klein wenig, als erstrebenswert erschienen. Wo waren all die hehren Vorstellungen, mit denen er vom Kloster fortgezogen war? – So sehr er mit Liebe und Ehrfurcht an Bruder Tivolio dachte, so sehr waren ihm nun Zweifel gekommen, ob die Welt so aussah, wie er sie, entsprechend den Schilderungen des Klosterbruders, vorgefunden, erlebt hatte.

Bruder Tivolios Welt war weitgehend eine hoffnungsvolle, barmherzige, mit ein paar Macken, kleinen Unfällen des guten Willens und voll idealler christlichen Nächstenliebe, im Bestreben nach gerechtem Ausgleich. Doch das hatte sich schon seitens des Propstes und der Mitreisenden Brüder, seit Beginn der Abreise vom Ebelstein, ihm ganz anders gezeigt. Diese Welt war von Grund auf schlecht, mörderisch, voll Neid und Missgunst, Gier und Hass. Die Nächstenliebe! Wo war sie? Selbst da, wo sie scheinbar praktiziert wurde, zeigte sich im Nachhinein, dass die Hilfe oder gute Tat auf Berechnung beruhte.

Irgendwann kam der, der geholfen hatte und verlangte auf seine Art Bezahlung. Womit, fragte er sich, würden ihn die Zigeuner eines Tages überraschen?

Grollend dachte er an die schönen Vokabeln der Frohen Botschaft des Evangeliums – Nächstenliebe, Barmherzigkeit, Mitleid, Erbarmen, Hilfsbereitschaft, Opfermut, Bußfertigkeit – und der unzähligen Ausdrücke mehr. Sie alle erwiesen sich als hohle Phrasen; nicht zuletzt von denen, die sie anwandten, als Waffe, wie ihm schien, gegen gläubiges Vertrauen.

Mit einiger Scham und Zorn dachte er an sein Dasein in diesem Armenhaus. Wie sehr wurde er wieder ausgenutzt. Und dennoch blieb in ihm Trauer über die verlorene Unschuld am und im Glauben an die Christenheit und die glückseligen Hoffnungen, mit denen er in die Welt hinausgezogen war. Doch die Erlebnisse sprachen eine eindeutige Sprache gegen das Gute im Menschen. Sein Verstand war zu logisch, zu geschliffen, um dumpf und ergeben hinzunehmen, was scheinbar nicht zu ändern war.

Er war durch Gewalt auf den Weg der Gewalt gedrängt. Wo er hinsah: Gewalt, Gewalt und Unterdrückung.

Wer Gewalt austeilte, blieb, wenn er seine Position nicht falsch einschätzte, meist Herr der Lage. Da waren die Handwerksmeister, denen er gedient hatte, keineswegs anders, als die Gewaltrichter und deren Knechte – gleich, ob von der Stadt oder dem Domkapitel, den Geistlichen in Klöstern und Kirchen, den herrschenden Fürsten im Land – und selbst dieser armselige Hauswirt nutzte sie hemmungslos, erbarmungslos. Dabei ahnte er bereits, dass er die schlimmsten Gewalttäter noch gar nicht in ihrem Wirkungsfeld kennengelernt hatte: Die edlen Herren, bis hin zum Kaiser, und dessen Paladine, die Aufheizer aller Ränke, die Bedürfnis Schaffer, die Kaufleute und Spekulanten, denen es allemal um des Gewinnes wegen gleichgültig war, ob sie Not und Tod brachten – wenn nur das Säckel recht gefüllt war.

Auf Ludwigs Hinweis, dass er keine Papiere und keinen Zeugen besaß, der seine Ehrbarkeit ausweisen konnte, rieb sich Mettel nur schmunzelnd die Hände und beteuerte:

»Tja, Ludwig, wie es möglich ist, dass du nachweist, dass du Kind ehrbare Eltern bist, weiß ich auch nicht. Da ist bei dir wohl wenig zu hoffen. So kannst du viel erzählen. Wer es glauben will, mag es – aber es gibt dir keine Rechte. Du bist hier nur ein Herumtreiber, ein Maulaffe, der in der Stadt herumstreunt, wie ein herrenloser Köter.«

»Lieber Gott, das ist nicht wahr!«, protestierte Ludwig und verwies auf seine Rechtschaffenheit und einstige Klosterzugehörigkeit. Doch Loewen winkte gelassen ab:

»Reg dich nicht auf, Junge. Das gilt alles nichts. Die Obrigkeit will Papiere, Brief und Siegel sehen. Nur das macht rechtschaffen und angesehen. Nur wer verbrieft hat, was er ist, wer er ist, was er kann – ist nun einmal wer. Das solltest du doch schon gehört haben. Je dicker Schriftkopf und Siegel, je größer Ansehen und Pfründe, Bursche.«

»Aber Meister Loewen, man muss doch für das angesehen werden, wie man ist und was man kann.«

»Heilige Einfalt! Nichts als Einfalt, Junge. Sieh dich hier im Saal oder drüben bei den Frauen um. Ein Dutzend will ich dir zeigen, die können oder konnten etwas. Manche sagen von sich, wir sind was. Aber ohne Papiere, ohne Brief und Siegel, sind sie nichts, nur arme Seelen, die froh sein Können, hier Obdach und Futter, gar Krankenhilfe, zu finden – oder ruhig sterben zu können. Schau dir den Mann im Bauernkittel, der neben dir liegt, an.

Der liegt da schon seit Wochen mit seinen schwärenden Wunden. Er siecht vor sich hin und kann froh sein, hier in Ruhe zu sterben. Angeblich ist er ein Ritter mit Namen von Stoploch. Sein Bruder soll ein schon verstorbener Abt des Klosters Altenberg gewesen sein. So sagte man mir, als man ihn hier hereinlegte. Ich habe herumgehorcht. Niemand kennt ihn und er hat keine Papiere. Gut, da gab es vor siebenundzwanzig Jahren diesen Abt. Ich habe im Altenberger-Hof, dem Stadthaus des Klosters, in der St. Johannisstraße, nachgefragt.

Sie haben mich verlacht. Jeder wusste oder kannte den Abt, aber keiner wusste von diesem Bruder. Ob es nun ein Schwindel war – oder nicht, ich weiß es nicht. Er ist nun mal bei uns und rausgeworfen habe ich einen Elenden noch nie, wenn ich auch nicht weiß, wie seine Kosten zu decken sind, denn die Sorge der Stadt für dieses Haus ist nicht üppig.«

Ludwig hatte lange über die Rede des Wirtes nachgedacht. Ihm wollte nicht einleuchten, dass ein Schein mehr sein sollte, als das Sein. Was war denn Papier und Siegel? Bei ein wenig Geschick, war es zu erbetteln, ergaunern oder, wie er sich zutraute, selber herzustellen. War Brief und Siegel wirklich so wichtig? Je länger er darüber nachdachte, umso mehr kam ihm die Erkenntnis, dass Mettel van Loewen gar nicht so unrecht haben mochte. Natürlich waren der Besitz und das Nutzen fremder oder falscher Papiere strafbar. Aber wer, um alles in der Welt, wollte bestimmte Papiere auf ihre Echtheit überprüfen? Hatte er nicht selbst beim Meister Veedersmann Papiere in der Hand gehabt, die er weder verstehen noch lesen konnte? Jeder hätte damit behaupten können, es habe diese oder jene Bedeutung. Dem Augenschein nach, waren sie oft sehr gewichtig erschienen – doch meist waren sie es gar nicht, wie ihre Besitzer sagten. Diese Welt und die Menschen waren, stellte er fest, lächerlich. Das brachte ihm aber auch sofort wieder seine Misere ins Bewusstsein. »Wenn ich in dieser Welt bestehen will, muss ich einen Brief vorzeigen können, der meine ehrliche Geburt bezeugt«, sagte er sich. Doch damit war es Essig. Was wusste er über seine Herkunft? Von seiner Familie wusste er nicht mehr allzu viel, sah man einmal von den Ereignissen ab, an die er sich deutlich erinnern konnte. Da waren die Reden der Leute und sein Name. Warum hatte man ihn anders gerufen als seinen Vater? Man nannte ihn immer nur nach den Großvater, was darauf schließen ließ, dass er nicht ehrlich geboren war. Wer aber war sein wirklicher Vater?

Es würde somit unmöglich sein, je ein ordentliches Handwerk zu erlernen. Die Zünfte achteten in ihren Lehrlingsrollen streng darauf, dass ihr Berufsnachwuchs aus ehrlichen Familien stammte.

»Und dennoch muss ich ein Papier mit Siegel haben«, sagte er sich immer wieder.

Mit solchen rebellischen Gedanken wieder einmal beschäftigt, wechselte er einige Tage nach dem Gespräch mit seinen Meister die Verbände des blessierten Kriegsmanns, von dem man sagte, er sei ein Ritter. Der Verwundete sah erstmals seit seiner Einlieferung fieberfrei, mit klaren blauen Augen auf seinen Helfer. Er war, trotz seines runden Kopfes, hohlwangig, schmal und ein wilder, vernachlässigter, ins Kraut geschossener Bart verdeckte nur unvollkommen die aschfahle Blässe des Gesichts.

Lediglich die dicke Knollennase zierte noch immer ein sanftes Rot.

»Sag an, Bub, seit wann liege ich nun schon hier?«

»Ich weiß nicht, Herr. Es sind, so ich es bedenke, wohl viele Wochen, denn Ihr lagt schon da, als man mich hierher schaffte.

Der Verwundete murmelte etwas in seinen Bart und sah sich so gut um, wie es sein Zustand erlaubte. »Allmächtiger! Es war also doch kein Traum, der mich quälte.«Er leckte seine trockenen Lippen und Ludwig gab ihm aus dem bereitstehenden irdenen Krug ein paar Schluck kalten Wassers.

»Wie, Bub, bin ich hier auf das Elendslager gekommen?«

Ludwig lachte, weil ihm einfiel, was man von seiner Anlieferung erzählte.

»Was gibt es da zu lachen«, schnaufte der Kranke ärgerlich, gestreng und merkwürdig befehlsgewohnt.

»Verzeiht, Herr, aber Ihr seid auf einem Mistkarren herbeigebracht worden.«

»Ah, eh – Mistkarren, sagst du? – Na ja, das mag wohl wirklich nicht sehr eindrucksvoll gewesen sein.«

»So, Herr, sagt man.«

»Nun, dann sei dein ungebührliches Lachen verziehen.«

»Danke, Herr. Ist es an dem, dass Ihr von edlem Stand seid.«

»Das will ich meinen!«

»Ihr seht aber nicht so aus und Euer Einzug muss der eines elenden Knechtes gewesen sein.«

»Was soll die dunkle Rede, Bursche«, schnaufte der Verletzte empört. Ludwig ließ nicht locker: »Ihr habt nicht Brief und Siegel, Herr, wer Ihr seid.«

»Nein, Maria und Josef, nein!«

»So seid Ihr nur ein Herr, weil ich Euch so erkennen will«, stellte Ludwig hoch befriedigt fest und brachte den Kranken damit fast aus der Fassung. Hier lag einer vor ihm, dem es nicht besser ging, wie ihm. Niemand kannte ihn. Es war nun zu beobachten, wie dieser Mann wieder ein Herr von Stand, ein Ritter wurde. Ludwig grinste hinterhältig und unverschämt und der Verwundete wetterte: »Verdammt, Bursche, ich weiß nicht, was deine Rede soll!«

»Ich sagte es schon. Ihr habt nicht Brief und Siegel. Euch kennt niemand. Ihr kamt auf einem Mistkarren und liegt hier in einem zerlumpten Kittel eines Bauernknechtes.« »Unerhört! Ich bin ein Herr! Ich bin Johannes Karg von Stoploch-Hittorp, von ritterlichem Stand. Alles andere, Bursche, schert dich einen Dreck.«

»Mich schon, aber ob es dem Wirt genügt? Ich sehe nur einen verwundeten, kranken Mann, der hier im Bauernkittel liegt und dessen Wunden so aussehen, als stammten sie von Dolchen, Lanzen und Beilen. Das wieder sagt, der Mann, der da liegt, wird ein Kriegsmann sein, was man auch bei Eurer Einlieferung bestätigte.«

Der Verwundete fuhr grimmig auf: »Hält man mich für einen Betrüger, einen Schelm?« »Das wohl nicht direkt, Herr. Aber der Wirt sagt, ohne Brief und Siegel kein ehrlicher Mann. Das geht Euch so, wie es mir geht. Auch für Euch wollte bisher niemand gut sagen oder gar bürgen.« Stoploch begriff plötzlich, was die scheinbar ungezogenen und ungeordneten Redereien des Buben aussagen sollten. »Das ist doch unsinnig. Hol den Wirt, Bube. Man muss sofort nach Bonn schicken oder auch zum Pfalzgrafen Johann Casimir, nach Heidelberg.« Ludwig lief zum Wirt und überbrachte die Forderung des Verwundeten. Van Loewen lachte vergnüglich, rieb sich die Hände und rief: »Na, wenn es dann so ist, wollen wir doch mal hören. Vielleicht kommen da wirklich noch die Unkosten wieder herein. Ich versteh nur nicht, warum ihn keiner im Altenberger-Hof kennen wollte.«

Gemeinsam gingen sie zu dem Kranken im Saal. »Ihr wollt mich sprechen, Herr?«

»Ja! Ihr seid also hier der Wirt«, raunzte der Kranke. »So ist es, Herr. Wenn es Euch beliebt – und damit es gemächlich zugeht, Ihr liegt hier seit dem achten Jänner auf Leben und Tod. Doch wie man sieht, scheint Euch der Klappermann noch nicht gewollt zu haben. Das dankt Ihr unserer Sorge um Euch.« »Wie ich hörte, habt Ihr wohl mehr Sorge um Euren Lohn. Da seid unbesorgt. Ihr bekommt, was Euch für Eure Mühe belohnt. Weiß Gott, ich, Johannes Karg von Stoploch, weiß Eure Mühe zu schätzen. Trotz meines erbärmlichen Zustands bin ich Euch zu Dank verpflichtet. Doch nun, da mich, nach Gottes Willen und weisen Ratschluss, Besserung befallen hat, wollen wir nicht zögern, unseren äußeren Zustand zu ändern. Schreibt für mich also ein Billett an meinen Kampfgefährten und Freund, den Nideggen, in Bonn.« »Allmächtiger! Herr, lasst es nicht gar zu laut heraus, dass Ihr es mit dem Nideggen und dem Truchsess habt, äh.« Er kratzte sich an seinem Kopf und das Unbehagen stand ihm deutlich ins Gesicht geschrieben. Von Stoploch quälte sich ein schiefes Grinsen ab und knurrte:

»Seid unbesorgt. Ich bin gut katholisch und unter meinen Freunden sind nun mal die von unserer und von der anderen Seite. Das ist nun mal bei Herren von meinem Stande so. Schafft also Papier, Tinte und Feder herbei. Wird ja wohl im Hause sein.« »Im Haus ist schon der gewünschte, Herr, aber ich schreibe allemal nicht gut. Da sollte es wohl sein, dass Ihr selber schreibt, wenn es Euch möglich ist.« »Mann Gottes! Mit diesen Pratzen kann ich, wenn ich gesund bin, einem Ochsen mit einem Beilhieb den Kopf abschlagen. Aber schreiben!« »Ich könnte es für Euch tun, Herr!«, rief Ludwig dazwischen, der wohl merkte, dass weder der Wirt noch der Kranke richtig, wenn gar, der Schreibkunst mächtig zu sein schienen. »Was verstehst du davon«, fragte der Wirt ärgerlich über die Einmischung. »Nein, lasst ihn, Wirt!«, rief der Kranke und an Ludwig gewandt: »Wenn du geübt bist, Bursche, sollst du schreiben. He Wirt! Gebt eurem Knecht da, Papier, Tinte und Feder.« »Sachte, sachte, der Herr«, ärgerte sich der Mettel. »Auf der Erde oder auf Eurer Schütte kann er, wenn er wirklich etwas davon versteht, doch nicht schreiben. Bevor er mein kostbares Papier versaut, mag der Herr sagen, wer das und die Post bezahlt.« »Ich, Meister. Doch mehr als mein Wort kann ich Euch in diesem Zustand nicht anbieten. Doch könnt Ihr sicher sein, es wird bezahlt – und Einiges mehr.« Der Wirt zögerte und der Verwundete erinnerte sich an Ludwigs dunklen Sprüche. »Ihr wollt Brief und Siegel, wie? Wirt, Wirt, glaubt Ihr, ich schreibe einem Mann, wenn ich nicht weiß, dass ich Hilfe bekomme? Oder glaubt Ihr gar, ich bin nur ein Schelm, der sich aufspielt? Wenn Ihr um meinetwillen wegen der Bezahlung in Angst und Verdruss wart, ist das nicht nur meine Schuld. Ihr hättet herum hören sollen. Sicher hätte es diesen oder jenen gegeben, der mich erkannt hätte.«

»Oh Herr, ich habe wohl herum gehört. Doch niemand wusste von Euch.« »Das ist sehr merkwürdig. Doch nun seht, dass das Billett eiligst auf die Reise kommt. Je eher es fort ist, desto eher habt Ihr Euer Geld.« »Nun denn. Mag der Junge, wenn er überhaupt kann, in Gottes Namen schreiben. Ihr schuldet mir für diesen Dienst dann blanke sieben Mark Kölnische Münze.« Der Wirt seufzte resignierend und in seinem Kopf spukten die Worte, die ihm Bezahlung in Aussicht stellten, mit der er nicht mehr gerechnet hatte. »Das ist aber ein stolzer Preis«, protestierte der Kranke. »Ihr könnt's ja lassen, Herr. Aber seht, ich muss Euch mit Risiko vertrauen. Betrachtet Euch und Ihr findet, ein Bettler hat da noch mehr zu bieten.«

»Das ist hart, Wirt. Aber bei meiner Ehre: Ich bleibe Euch nichts schuldig.« Ludwig bekam vom Wirt, nicht ohne Vorwürfe wegen seiner vorlauten Eiligkeit, das nötige Schreibzeug samt Pultbrett, das eigentlich zum Hausaltar gehörte. Dazu opferte der Wirt eine Kerze, denn im Saal war das Licht, welches durch die engen, verschmutzten Butzenscheiben sickerte, zur Schreibarbeit zu schwach. Ludwig baute sorgfältig seine Utensilien neben dem Kranken auf. Neugierig kamen einige der Elendsgestalten aus dem Saal herbei, um dem ungewöhnlichen Vorgang zuzusehen. Der Kranke herrschte sie gebieterisch an: »Was wollt Ihr? Hier gibt es nichts zu lauschen und zu gaffen. Haut ab! Geht auf eure Lager zurück.«

Murrend gingen sie und es fehlte nicht an bösen Worten: »Vornehmer Pinkel, der! Kaum hat der alte Scheißer die Augen auf, da reißt er das Maul auf, als gehöre ihm der Saal.«

»Ich bin bereit, Herr«, sagte Ludwig und sah nicht ungern die Murrenden davon schlurfen.

»Nun gut, Bub. Hast du schon einmal einen Brief geschrieben?«

»Einige, Herr.«

»So mag es angehen. Also schreibe: An den Hochwohlgeborenen Freund, den Feldmarschall Schenk von Nideggen, sein verbundener Weg- und Kampfgefährte, Johannes Karg von Stoploch-Hittorp. Auf der Schanze zu Beul von hochwohlgeboren angedungener Feldhauptmann. Wie Euch wohl vermeldet, ging die Kundschaft in die Falle.

Durch Gottes Fügung und Ratschluss gelangte ich, Euer beschworener Feldhauptmann, schwer blessiert ins Armenhospital St. Revelin, zu Köln daselbst. Ich darf auf Genesung hoffen, um Euch baldigst in Person und Sache wieder beistehen zu können. Leider bin ich aller Habe, bis auf einen fremden Bauernkittel, ledig, ausgeraubt und liege hier ohne allen Anstand und Würde, in meiner Person bezweifelt. So erbitte ich, im Gedenken unserer Verbundenheit, mir etwas Geld und tunliche Kleidung zukommen zu lassen, als dass ich nicht als Bettler vor Eure Tore kommen möchte. Es freut sich auf baldige Begegnung, Euer euch verbundener Ritter und Feldhauptmann, Johannes Karg von Stoploch.

Hast du alles?«, vergewisserte sich der Kranke.

»Sicher, Herr, Ihr habt gar langsam gesprochen. Da war ein Mitschreiben nicht schwer«, versicherte Ludwig treuherzig.

Er hatte das Briefdiktat allerdings in wohlgesetztes Kanzleideutsch, gespickt mit gewohnten lateinischen Redewendungen, abgefasst. Dabei war er sich sicher, dass der Kranke, wenn überhaupt, nur wenig lesen konnte und die von ihm eingefügten Änderungen wohl kaum wahrnehmen würde. Er hatte sich nicht getäuscht. Als er sein gelungenes Werk dem Kranken zur Unterschrift vorlegte, starrte dieser es hoch befriedigt und bewundernd, aber nicht verstehend, an.

»Prachtvoll! Wundervoll! Ausgezeichnet!«, rief er begeistert.

»Das hast du sehr gut gemacht.«

Er schielte zu Ludwig, ob dieser ihn beobachtete, dann studierte er das Werk eingehend und versuchte den Anschein des Lesens zu erwecken. Er nickte immer mal wieder, bewegte die Lippen und runzelte die Stirn, als denke er über die einzelnen Worte noch einmal intensiv nach und rief schließlich: »Ja, ja! So mag es schon recht sein. Reich mir die Feder.«

Ludwig tauchte die Feder vorsichtig ein und reichte sie, gut abgestreift, dem Kranken. Dieser krakelte mühsam etwas unter das Schreiben, was aber vermutlich nur von Eingeweihten als Unterschrift zu deuten war. Ludwig löschte mit dem feinen Streusand aus einem Beutelchen die feuchte Tinte. Der Kranke beobachtete ihn dabei sehr genau und ordnete dann an: »Bring den Brief zum Wirt. Er soll ihn mit dem Hospitalsiegel verschließen. Wenn er es zu lesen begehrt, lass es ihm ruhig zur Einsicht, damit er sieht, dass ihm ein Gewinn in Aussicht steht.«

Ludwig trug alles in die Küche, wo ein Holzkasten stand, der die unvermeidlichen Schreibutensilien des Hospitals enthielt – in Wahrheit aber eine fast unbenutzte Gerätschaft war, denn die Eintragungen und Schreibarbeiten für das Haus, soweit sie vorgeschrieben waren, erledigte ein vom Wirt bestellter Schreiber, der wiederum einen Teil seines Schreibgeräts mitbrachte.

Mettel van Loewen sah Ludwig höhnisch grinsend entgegen. »Zeig einmal her, was du da zusammengebraut hast. Hoffentlich kann ich das überhaupt fortschicken.«

»Der Ritter sagt, Ihr möchtet es mit dem Siegel des Hospitals schließen.«

»Wünsche, Wünsche, nichts als Wünsche! Wer weiß denn, ob alles so stimmt, wie er sagt?«, räsonierte van Loewen und nahm Ludwig missmutig das Schreiben aus der Hand, um es sogleich überrascht zum Licht zu halten.

»He, das hast du wirklich geschrieben«, kam es ungläubig.

»Ja, Meister Loewen.«

»Du warst also wirklich im Kloster. Du bist gar kein übler Schreiber, Bub.«

Er sah mit einem gewissen Respekt auf seinen Heim Gast; doch sogleich brachen seine Bauernschläue und sein Geschäftssinn durch.

»Weißt du, Ludwig, ich habe schon länger vor, dich aus dem Saal zu nehmen. Da findet es sich gut, dass du schreiben kannst. Es ist mir allemal zu viel, selber die vielen Eintragungen zu machen und die Briefschaften zu ordnen. Du sollst sie in Zukunft für mich erledigen. Ich hoffe, du bedenkst, was ich da für ein großes Vertrauen in dich setze.«

»Ich will Euch gern zu Diensten sein, Meister Loewen, bis ich mich entschieden habe, wohin ich meinen Schritt lenke, denn ich bin nun schon einige Zeit wieder gesund und kräftig und mag dem Hospital nicht mehr zu lange auf der Tasche liegen. Eigentlich müsste ich längst wieder in meinem Kloster sein. Mein Gott, wie lange bin ich schon fort, Jahre, Ewigkeiten. Was kann sich da alles verändert haben.«

»Lieber Himmel! Das ist doch nicht eilig. Ich meine, es kommt nicht darauf an, ob du heute, morgen, in einem Monat oder Jahr zu deinem Kloster aufbrichst. Aber bedenke, wir haben dir hier in deiner Not geholfen, dir beigestanden und dich gepflegt. Da ist es sicher nicht zu viel verlangt, wenn du uns einige Zeit mit Arbeit die Mühe entlohnst.« Da war es wieder. Ludwig wurde ärgerlich. Jeder wollte ihn sofort ausnutzen.

Jede Leistung musste er teuer verdienen. Trotz des aufkommenden Ärgers sagte er ruhig:

»Es ist schon recht, Meister. Ich will meine Schuld und die Auslagen, die Ihr gehabt habt, gerne begleichen, wie jeder andere. Doch bedinge ich mir aus, gehen zu dürfen, wenn ich eine Anstellung gefunden habe.«

»Die hast du doch hier!«

»Schon, aber nicht gegen Lohn. Jede Arbeit ist des Lohnes wert, sagte mir einmal ein Badermeister, bei dem ich im Dienst stand.«

»So mag es sein«, willigte Mettel van Loewen unwillig ein und setzte fordernd hinzu:

»Aber du hast hier allerhand Außenstand und überhaupt! Warum hast du mir nicht gesagt, dass du schon bei einem Bader im Dienst gestanden hast.«

»Ihr habt mich nicht danach gefragt, Meister. Und sagtet Ihr nicht, man ist und kann nur, was mit Brief und Siegel aufgezeigt wird.«

»Schelm, du! Willst du mich zum Narren halten«, grollte Mettel, doch sein aufkommender Zorn erfuhr eine unwiderstehliche Unterbrechung.

Er wurde von seiner Frau gerufen. Er eilte, noch den Brief in der erhobenen Hand, davon, denn Daym van Loewen hatte ein starke Hand und das Sagen im Hospital.

Der April hatte den Frühling über das Land gebracht. Überall schossen in Feld, Wald und Gärten die Knospen, überzogen das eintönige, winterliche Graubraun mit dem ersten zarten Grünschimmer – zaghaft, aber doch wahrnehmbar.

Fünf gepanzerte Reiter eskortierten einen schweren Reisewagen. Eine Karosse, wie sie gewöhnlich von hochgestellten Persönlichkeiten auf langen Reisen benutzt wurden. Die sechs Pferde im Gespann hatten in dem Morast des ausgefahrenen Weges Mühe, das schwankende Gefährt im Schritttempo zu halten. Auf dem linken Leitpferd saß ein Knecht in blau und grün gestreifter Kleidung, eine Aufmachung, die auch von zwei Kutschknechten auf dem Bock getragen wurden und offensichtlich eine uniforme Amtstracht darstellte.

Dazu trugen sie schwarze Barette mit je einer langen gelben Hahnenfeder.

Endlich, am Dorfeingang wurde der Weg weniger rau. Die Pferde schafften nun einen flotten Trab und so sauste die Kutsche in die breite Dorfstraße.

Hühner und Schweine stieben gackernd, quiekend auseinander und suchten Zuflucht zwischen den übel duftenden, allgegenwärtigen Misthaufen, die offensichtlich Herrschaftsgebiet der Dorfköter waren, denn diese kläfften und tobten, bereit, ihr Terrain zu verteidigen.

Beim Anblick der gepanzerten Reiter flüchteten Frauen und Kinder und nur ein paar alte Bauern und Knechte machten neugierig lange Hälse und sahen der eiligen Fuhre nach, manch unfeine Bemerkung zwischen den Zähnen zerbeißend.

Der Anführer der Reiter war Wastel Knipphaus, der seit seiner Verdingung in Bonn Reiter, sogenannter Dragoner-Pikenier des Truchsessischen Feldmarschalls von Nideggen war. Neben ihm ritt der blonde Loisel Kamhuber, dessen dichter Bart nur widerwillig in der Sturmhaube Platz fand.

»Wir fahren noch bis zum Seechenhaus[45]«, wies Knipphaus den Vorreiter an.

»Das war Rodenkirchen?«, wollte Loisel wissen.

»Ja!«

»Es ist erst wenige Monate her, dass wir den Weg auf unseren eigenen Füßen in andere Richtung machten.«

---

[45] Haus für Personen, die wegen Krankheit aus der Stadt verwiesen wurden, z.B. Aussätzige aber auch Blinde, Krüppel, Altersgebrechliche und Menschen aus verachteten Gewerben

»So ist es. Du siehst, unser Entschluss war richtig. Wir haben es gut getroffen.«

»Ich möchte trotzdem wissen, wo der Adolf und der gute Würstelhannes abgeblieben sind.«

»Komm! Ich mag nicht daran denken. Den Adolf stach plötzlich der Hafer. Weiß Gott, er ist kein schlimmer Kerl, aber er geht einen Weg, der nur ein böses Ende haben kann.«

»Es mag ihnen vielleicht schon übel bekommen sein. Die Herren Räte sind in der Stadt mit dem Henken schnell zur Hand.«

»Zumal, wenn es Ortsfremde sind. Sie haben es gewusst und so gewollt. Mag ihnen Gott gnädig sein.«

»Amen! – Doch dennoch fände ich es schade, wenn sie es auf dem Richtplatz büßen müssten.« Hinter dem noch fast kahlen Gebüsch am Wegrand kamen nun die armseligen Schilf- und Strohhütten, die Seechenhütten[46] – und dahinter ein größeres Fachwerkhaus, das Wirtshaus, zum Vorschein. Vor diesem standen schon einige Hand- und Eselskarren, kleinere Packwagen und zwei leichte Reisewagen. Als die Reiter mit ihrer Equipage anhielten, stürzten sogleich zwei Hausknechte herbei, um die Herrschaft in der Kutsche in Empfang zu nehmen. Enttäuscht mussten sie feststellen, dass das Gefährt leer war. Von gewappneten Reitern, das wussten sie, war allemal nur Ärger und kaum Verdienst zu erwarten. So suchten sie eilig wieder dem Sichtbereich der Reiter zu entkommen. Knipphaus ließ absitzen und ordnete die Wache am Wagen und den Pferden an.

»Du, Loisel, bleibst mit den anderen hier. Achte auf unsere Brüder; wir können hier uns keinen Streit erlauben. Ich reite mit dem Beireiter zur Stadt. Wenn ich den Feldhauptmann gefunden habe, werde ich den Knecht herausschicken und ihr könnt mit dem Wagen nachkommen. Vielleicht ist er aber auch schon wieder auf den Beinen. Dann kommen wir nach hier zurück und brauchen nicht die Gefahr auf uns nehmen, in die Stadt zu fahren. Darum nehme ich auch sogleich das Paket mit den Sachen mit.«

»Er hat doch geschrieben, wo er zu finden ist.«

»Vor drei Wochen war!«, verbesserte Knipphaus.

---

[46] Siechenhaus, hier: eines von verschiedenen Häusern in der Bannmeile von Köln

»Wer weiß, ob er noch dort ist und was ihm seither begegnet ist. Trau einer diesen Städtern.«

Er wies nach den Mauern von Köln hinüber, die keine tausend Schritt entfernt mächtig und drohend aufragten. Deutlich konnte man dort vor dem Severinstor den ewigen Auflauf von Mensch und Tier erkennen, der wegen des Zolls sich dort regelmäßig bildete. Knipphaus winkte den Beireiter herbei. »Bist du fertig?«

»Ja, Feldweibel. Ich habe das Pferd freigeschirrt und den Packen aufgeschnallt.«

»Das ist recht. So wollen wir aufbrechen. Ich möchte vor Torschluss wieder aus der Stadt sein.« Sie trabten an und waren wenig später an der Severinspforte. Knipphaus hatte einen Geleitbrief, der ihm und seinem Begleiter misstrauischen Einlass gewährte. In der Stadt herrschte das üblich rege und geschäftige Menschengewimmel, dieser, zu dieser Zeit größter Stadt Westeuropas. Da Knipphaus die Stadt gut kannte, fand er leicht St. Ursula – und dabei das Armenhospital St. Revelin. Mit Schaudern trat er nach einigen Klopfen durch die Pforte des Hospitals – und schon stand er in dem Asyl Raum der Männer, der nichts als eine große Halle war, in der vier Reihen Strohschütten auf gestampftem Lehmboden die vorletzten Reste menschlicher Not beherbergten. Ein Brodem abscheulichen Gestanks benahm fast den Atem.

Ein Knecht hatte Knipphaus aufgemacht; nun eilte Mettel van Loewen eilig herbei. Er rief schon aus zehn Schritt Entfernung: »Ihr kommt auf den Brief des Mannes, der sich von Stoploch nennt?« Mettels Augen leuchteten lauernd und unverhohlen gierig. Knipphaus ließ sich mit der Antwort Zeit. »So ist es, Mann«, sagte er knapp und abschätzend flog sein Blick durch diesen Krankenstall. »Er liegt dort«, eiferte Mettel und wies in die unbestimmte Dämmerung des Saales. »Seine Wunden sind so gut wie zu. – Äh! Habt Ihr etwas mitgebracht, was unsere Aufwendungen ersetzt?«

Knipphaus war immer noch bei der Betrachtung. So sah es also aus, wenn man zerhackt daniederlag. Dabei musste man, wie der Feldhauptmann, noch froh sein, eine barmherzige Seele gefunden zu haben, die einen herbrachte, oder die eine Aufnahme gewährte. Hatten Wildgruber und Würstli vielleicht nicht doch recht, wenn sie versuchten, auf irgendeine Weise so viel Geld zu machen, um nicht in eine solche Notlage zu geraten? Freilich, ihnen standen die Besitzenden mit ihren Gesetzen und ihrer Macht ständig gegenüber, saßen ihnen im Nacken und würden sie, so sie sie erwischten, grausam strafen, umbringen. Wo war der Unterschied, auf Geheiß eines Landesherrn zu rauben, morden und zu plündern – und dem, der es auf eigene Rechnung denen abzujagen, die ihrerseits es anderen mit diesen oder jenen Mitteln abgejagt hatten.

Galt nicht ein Landesherr als besonders tüchtig, wenn er für seine Hausmacht, also seinem und seiner Familie Wohlleben, auf Kosten und mit dem Leben und Blut anderer, Land und Macht gewann; galt nicht ein Kaufmann als besonders tüchtig, wenn er seine Mitbewerber ausschaltete, übervorteilte oder ausmanövrierte – oder den Erzeuger eines Produktes um seinen Lohn prellte?« Mettel van Loewen sah ärgerlich auf den Kriegsmann, der ihn, obwohl er ihn schon ein paar Mal angeredet hatte, nicht zu hören oder zu sehen schien und nur in den Saal starrte. Was mochte der da suchen. Es gab doch nichts. »Also, Herr Reitersmann, wie ist es nun?«

»Eh, was?«

Mettel kratzte sich wütend den runden Kahlkopf und wiederholte noch einmal seine Frage. »Selbstverständlich habe ich dabei, was der hochwohlgeborene Ritter, wenn Er es denn wirklich ist, begehrt hat. Sonst, guter Mann, stünde ich wohl kaum hier. Doch bildet Euch nur nicht ein, dass ich es Euch entlohne. Was ich herzubringen habe, bekommt der Herr Ritter. Der mag Euch dann, nach Eurem Verdienst, entlohnen.« Knipphaus wies mit einer Handbewegung vielsagend durch den Saal.

»Er mag es Euch wirklich nach Gebühr geben. Maria und Josef, da bin ich gespannt drauf. – Führt mich zu ihm.«

»Johannes Karg von Stoploch hatte schon die Hoffnung auf seinen Kriegsherrn aufgegeben. Drei Wochen – keine Antwort. Das hatte an seiner Geduld gezehrt. Mit fortschreitender Genesung hatte er sich immer öfter mit Ludwig unterhalten und ungemein Freude und Vergnügen an den Gesprächen gefunden, denn der Junge wusste von seinem offensichtlichen Idol, dem Klosterbruder Tivolio, Dinge zu berichten, die den alten Haudegen von seiner Misere ablenkten, die ihn aber auch interessierten. Seit vierzehn Tagen lass Ludwig, zur Erbauung aller armen Seelen im Saal, aus der Bibel vor, die seltsamerweise als Lutherbibel vorlag und dem Kloster der frommen Frauen bei St. Ursula gehörte.

Der Wirt hatte, mangels Kenntnissen, keine Einwände und war froh, so seinen Ruf als besonders frommer Mann gefestigt zu sehen, das alles zum Null-

Tarif, denn es war weder sein Einfall, noch konnte er selber auch nur einen Abschnitt aus dem dickleibigen Buch lesen.

Immerhin, er lobte Ludwig für seine Tat und nannte ihn einen guten Knecht des Hauses. Als der Wirt den Reiter durch den Saal lotste, hockte Ludwig wieder einmal bei dem alten Ritter und erzählte ihm vom Kartographen Krämer – und was er von diesem über die Erde, über deren Größe und die unbekannten Weiten gehört hatte. Er fuhr erstaunt herum, als er hinter sich eine ihm noch im Ohr liegende, bekannte Stimme hörte.

»Gott zum Gruß, die Herren. Ich bin auf einen Brief hierher beordert, um nach einem edlen Herrn Ausschau zu halten, welcher sich Johannes Karg von Stoploch nennt.«

Von Stoploch mühte sich freudig erregt auf.

»Großer Gott! Na endlich! Dem Herrn sei Dank und Ehr.«

»In alle Ewigkeit, Amen!«, rief es ringsumher und Hunderte neugierigen Augen saugten sich an der Szene fest, sich nichts entgehen lassend. Von Stoploch holte tief Luft und schnaufte mit mühsam unterdrücktem Zittern in der sonst so kräftigen Stimmen:

»Mann! Wo kommt Ihr jetzt erst her? Mein Gott! Ich hatte fast schon kein Vertrauen mehr.«

»So seid Ihr, Herr, der Gesuchte?«, forschte Knipphaus.

»Sicher, wer sonst!«

»Da sagt mir die Parole vom Tage Eures Abmarsches«, forderte Knipphaus.

»Heiliger St. Bartholomäus.«

»Ja, so war sie«, lachte Knipphaus.

»Nichts für ungut, Herr Feldhauptmann. Ich kannte Euch nicht vom Angesicht und war darum gehalten, Vorsicht zu üben.« »Das nenne ich gute Pflicht«, wehrte von Stoploch und sah, als er das sagte, selbst in seinem zerrissenen Kittel schon fast wieder wie ein Feldhauptmann aus. Knipphaus wandte sich an den Wirt und bat: »Habt die Güte, Herr Wirt, meinem Knecht, vor der Pforte, eine Sattelrolle abnehmen und herbringen zu lassen.« »Geschieht, geschieht sofort«, eiferte Mettel und wies einen der Asylanten, der scheinbar keine Beschwerden hatte, an, dem Befehl des Reiters nachzukommen. Knipphaus wandte sich wieder an den Feldhauptmann: »Mein hochwohlgeborener Herr, Ihr wisst, von wem ich spreche, lässt Euch durch mich seine Grüße und Wünsche zur Genesung übermitteln. Er sendet Euch ein paar Kleider und diese kleine Börse.« Er langte in die Tasche an seinem Gürtel, zog einen kleinen Lederbeutel heraus und reichte diesen dem Ritter, der ihn mit zitternden Händen entgegen nahm. Von Stoploch war derart begeistert, dass er an hub: »Hoch lebe der Ehrenwerte...«

Knipphaus fiel ihm schnell in die Rede und rief scharf:

»Keine Namen, hoher Herr!«

»Ach ja, die Freude, versteht Ihr.«

Der Asylant brachte die gewünschte Sattelrolle herbei. Sie enthielt einen einfachen, aber standesgemäßen braunen Anzug, nebst Beffchen – und selbst ein kurzrandiger, derzeit modischer Spitzhut, lange Reitstiefel und Handschuh fehlten nicht.

Als von Stoploch sich in die neuen Kleider gezwängt hatte, rief sein Anblick Rufe des Neides und der Bewunderung hervor. Jeder, der armen Teufel, wollte schon immer erkannt und gewusst haben, dass der dürftige Alte auf dem Lager eigentlich was Besseres war. Von Stoploch machte die ersten unsicheren Schritte in den Stiefeln. Sie waren zu groß, aber was machte das schon. Zudem wollte es mit dem Laufen noch immer nicht ganz gut gehen, er humpelte etwas.

»Es geht, es geht schon bald wieder«, bestätigte er immer wieder seine Auferstehung.

Bedächtig humpelte er zu dem schweigsamen Wirt hinüber, suchte in der Börse eine passende Münze, und indem er sie dem Wirt überreichte, sagte er lächelnd: »Ihr seht, van Loewen, wie sehr sich Euer Vertrauen ausgezahlt hat. Ich muss Euch wohl kaum sagen, dass ich Euch und Eurer Frau für die Hilfe, die ich bei Euch gefunden habe, dankbar bin. Doch gehe ich jetzt schnell und gern von hier, was Ihr sicher versteht, denn gar zu bequem ist dieses Hospital nicht.« Mettel hatte einen flinken Blick auf die Münze geworfen. Es hatte sein Herz mit goldenem Schimmer erfüllt und so sagte er geschmeidig:

»Euer Hochwohlgeboren war Gast in einem Armenhospital. Wir haben, wie Ihr erlebt habt, nur bescheidene Mittel und sind auf Spenden und Hilfen – oder gelegentliche Bezahlung, angewiesen. – Doch all das ist nur knapp bemessen und deckt kaum die nötigen Ausgaben.« »Nun ja! Es hat ja gelangt«, lachte der Ritter, der die Bettelabsicht des Wirtes durchschaute. »Doch mein besonderer Dank gilt eigentlich dem Ludwig hier. Er hat mir, außer seiner

Hilfe, Mut und Kraft gegeben.« Er schlug Ludwig kräftig auf die Schulter und fragte:

»Willst du nicht mit mir kommen? Es wird nicht dein Schaden sein, wenn du in meinen persönlichen Dienst trittst.« Ludwig Herz schlug höher. Seine Augen huschten zwischen dem Wirt und dem Ritter hin und her. »Ich würde schon. Aber ich habe dem Meister versprochen, für meine Pflege dienlich zu sein, bis meine Schuld abgedient ist.«

»Ja, so ist es. So haben wir es abgesprochen!«, rief der Wirt besorgt dazwischen. »Ja, Herr Wirt. Der Ludwig ist Gold wert. Er war wohl nicht, solange und so schwer, hier in Eurer Mühe als ich.«

»Nein, nein Gott sei Dank nicht.«

»Das ist gut so. Hier habt Ihr einen Dukaten deutscher Münze. Damit ist der Junge zweifach frei und ich frage ihn, und er schuldet mir, ob des Geldes nichts, ob er nun mit mir kommen mag?«

Der Wirt war überrumpelt und konnte, angesichts des hohen Betrages und der vielen, neugierig jedes Wort einsaugenden Zeugen im Saal, nur mit saurer Miene zustimmen. »Wenn er denn, beim heiligen Christophorus, mag, Herr Ritter, soll er gehen.« »Ich komme mit Euch, Herr Ritter«, entschied sich Ludwig schnell und ohne Bedenken, denn er war froh, dem Wirt auf diese Weise schnell und billig zu entkommen. Zudem malte er sich im Geiste bereits Bilder eines guten Lebens bei einem vornehmen Herrn aus, dabei vergessend, dass sein eigentliches Ziel immer noch die Rückkehr nach Ebelstein – oder doch nicht – war.

Nun mischte sich Knipphaus ein: »Herr, da habt Ihr einen guten Fang gemacht und, so glaub ich, den besten Burschen erwischt, den Ihr Euch nur wünschen könnt.«

»Ich weiß. Aber woher wollt Ihr das wissen?« Knipphaus trat auf Ludwig zu, sah ihm in das magere, abgezehrte Gesicht, in dem sich der erste männliche Bartflaum andeutete. »Kennst du mich noch?«

»Doch, sicher Herr Pikenier.« »Also hatte ich recht gesehen. Du bist es also, der Kauzenludwig. – Ich bin aber nicht mehr Pikenier, wie du siehst. – Ich bin jetzt Feldweibel im Dienst eines fürstlichen Herrn.« »Hallo! – Ihr kennt also den Ludwig«, rief der Ritter geduldig und verblüfft. Knipphaus nickte und wandte sich erklärend dem Ritter zu: »Ich war mir zunächst nicht ganz sicher, Herr, aber nun, da er es bestätigt, denn er hat sich in der Zeit stark verändert, als ich ihn zum letzten Mal sah, will ich es gern bestätigen. – Wir waren nämlich vor einiger Zeit Weggefährten einer geistlichen Reisegesellschaft. Dieser Bursche, Herr Feldhauptmann, war Schreiber und so etwas, wie ein Klosterschüler eines Stiftpropstes – doch darum nicht gerade wie die übrigen Pfäfflein.«

Im Saal erhob sich ein allgemeines Gemurmel. Der Wirt rief nun mehrfach, und leichter Ärger schwang in seiner Stimme: »Ist's wahr! Ist's wahr!« Was war ihm da für ein Vöglein ins Haus geflattert und er hatte es so billig ziehen lassen. Was hätte er an dem Burschen noch verdienen können. Dayme würde ihn herunterputzen, wenn sie von der Sache erführe – und dass sie es erfahren würde, daran bestand kein Zweifel. Nun ging alles sehr schnell. Der Abschied vom Wirt verlief mit kurzem Händedruck und ein paar artigen Worten. Knipphaus ließ den Ritter auf seinem Pferd aufsitzen, bestieg das Pferd des Begleitreiters und sagte zu diesem und Ludwig: »Gleich hinter der Stadtpforte steht für den Herrn Feldhauptmann ein bequemer Reisewagen. Bis dahin ist es nicht weit. Haltet euch am Geschirr fest, denn wir müssen schnell aus der Stadt kommen. Man ist uns hier, trotz meines Geleitbriefes, sicher nicht gut gesonnen.« Eine halbe Stunde später passierten sie, von den Wächtern misstrauisch beäugt – aber ungeschoren, die Severinspforte just in dem Moment, als mit lautem Hufgeklapper ein bischöflicher Reitertrupp in die Stadt drängte, an dessen Spitze ein Mann ritt, dessen finsteres, verbissenes Gesicht nichts Gutes verhieß. Es war der kurfürstliche, erzbischöfliche Kommissär Hieronymus Michaelis.

4
Soldknecht im Kölner Krieg und in den Niederlanden

Es war ein heißer Julimorgen. Gegen Mittag zogen im Westen dunkle Wolkentürme auf, die Abkühlung, Regen in Aussicht stellten. Feldhauptmann Johannes Karg von Stoploch stand auf der Beuler Schanze und sah in den Hof hinab, wo der Feldweibel Knipphaus einen Trupp junger Pikeniere in die Abwehr gegen Reiter einübte. Hinten, an der Koppel, übte Kamhuber mit seinem Burschen, dem Ludwig, sicheres Stechen und Hauen vom Pferd im Galopp. Johannes Karg schmunzelte. Es hatte sich nach seiner Rückkehr alles gut angelassen. Er konnte mit sich – und seiner ihm vertrauten Welt zufrieden sein. Anerkennend sah er, wie sein Bursche, der Ludwig, die Waffen gebrauchte.

»Weiß Gott, mit dem habe ich ein Kleinod erwischt«, dachte er laut und sein Blick folgte jeder Bewegung des Übenden – dabei laut:

»So ist's recht!« oder »Na, na, Junge. Nicht überlegt. Zu hastig!«, die Handlung begutachtend. Ludwig war auch in diesem neuen Gewerbe gelehrig und, seiner Art entsprechend, stets auf Vervollkommnung bedacht, was seine lehrenden Feldweibel, wie den Feldhauptmann mal begeisterte, oft aber auch irritierte, denn einmal Gelerntes beließ er nicht auf dem alten Stand, sondern er versuchte, daraus immer neue Varianten zu entwickeln, wie sie nicht allgemein üblich waren. Kamhuber schimpfte ihn darum oft närrisch, doch Knipphaus erkannte durchaus den Wert dieses Tuns, stellte sich doch sehr schnell heraus, dass damit von Ludwig eine Perfektion erreicht wurde, die weit über das übliche Schlagen und Stechen hinausging und fechterische Qualitäten erreichte.

Was von Stoploch aber überhaupt nicht verstehen konnte, war die Lesewut, die sein Bursche an den Tag legte. Sein Wissensdurst schien keine Grenzen zu kennen.

Der Feldhauptmann hatte sich im Haus eines Bäckermeisters einquartiert und für sich und den Burschen zwei der drei kleinen Wohnräume des schmalbrüstigen Hauses in Anspruch genommen. Im einen Raum hauste Ludwig und dort stapelten sich turmhoch die Bücher der Bibliothek des Cassiusstiftes. Er suchte das Gespräch mit Leuten, von denen er lernen konnte. Während die gleichaltrigen Junker, Knappen, Reiterbuben und Knechte ihre Zeit mit Kurzweil, Saufen, Raufen und gelegentlichen dummen Streichen verbrachten, fand man Ludwig bei verbissenen Lernen und Üben. Da waren ihm die Erkenntnisse aus den Büchern genauso wichtig, wie das Üben mit den Waffen – aber auch des Körpers, indem er sich, mit den anderen Burschen im Klettern, Laufen, Springen und Reiten übte. Er wollte überall der Beste sein, was ihm nicht gerade die Freundschaft der übrigen Burschen einhandelte. Doch sie rieben sich nicht gern an ihm, seit er einen, der erheblich größer, kräftiger als er war, niedergerungen und verprügelt hatte. Er spielte, ob seiner Absonderlichkeit, in der Hackordnung der Burschen und Buben keine Rolle. Als ihn von Stoploch darauf ansprach, erklärte ihm Ludwig: »Oh Herr, draufhauen kann jeder dumme Knecht. Ich aber möchte ein guter Kriegsknecht werden, der mit Verstand seine Waffen gebraucht. Und ist es nicht wichtig, auch die anderen Dinge dieser Welt, die Menschen, die ihr Geschick bestimmen, zu verstehen?«

»Du hast gar seltsame Einfälle, Bub. Die Pfaffen müssen dir arg zugesetzt haben. Wie sonst soll ein alter Krieger und guter Christenmensch, der ich nun mal zu sein glaube, solch verworrenes Denken verstehen und dulden. Hab nur Acht, dass deine Neugier nicht einige Fuß über dem Boden, an einem Strick endet. Die, die diese Welt regieren, mögen es gar nicht gern, wenn ihnen Dienstboten und Knechte in die Suppe spucken, ihre Taten bewerten oder kritisieren. Zu meiner Jugend zerbrach daran mancher Ritter, der weit weniger gescheit war, als du – von den Bauern und Bürgern gar nicht zu reden.« »So verargt oder verbietet Ihr mir mein Tun, Herr?« »Keineswegs, Bub. Doch gar zu gern sehe ich nicht, wie du den anderen Buben im Lager ein Fremder bleibst. Es tut oft Not, den Gefährten im Kampf an der Seite zu haben. Wer schützt den, der keinen Gefährten hat? Bedenke das wohl, Bub und zeig den anderen nicht zu oft, wie weit du ihnen über bist.« Johannes Karg sprach für die anderen Reiterbuben aus, was er in Wirklichkeit selber bei Ludwigs Eifer empfand. Da war Verlegenheit, Bestürzung und ein leichtes Minderwertigkeitsgefühl, wenn er sich von seinem

Buben einen Sachverhalt erklären, ein Schriftstück vorlesen lassen musste. Was hatte er mehr gelernt, als den Gebrauch seiner Waffen. Er handhabte sie, wie es die Regeln geboten, ohne jeden Versuch gemacht zu haben, sie besser zu beherrschen oder den Gebrauch zu verbessern. Wo es da nicht langte, musste. Eben Kraft und Mut her, von beiden besaß er genug – aber genau das war es, was der Bub mit »draufhauen kann jeder dumme Knecht« bezeichnet hatte. Er war jetzt neunundfünfzig Jahre, für einen Krieger, der keinen festen Wohnsitz hatte, ein bemerkenswertes, außerordentliches Alter. Vor fünfzig Jahren hatte sich der Kaplan in seinem Elternhaus alle Mühe gemacht, ihm das Schreiben und Lesen beizubringen; doch der junge Johannes Karg verspürte für derartige Beschäftigungen keine Lust und sein Vater fand das ganz in Ordnung, war ihm doch selber das Hantieren mit Feder, Tinte und Papier ein Ärgernis. Doch er konnte in der Bibel lesen, wenn er die lateinischen Worte und Sätze auch nur zum Teil – und meist falsch, gerade so, wie der Kaplan sie ihm erklärte, verstand. Dabei war nicht auszuschließen, dass auch dieser kein Latein konnte und mit auswendig gelernten Sprüchen sein beanspruchtes Wissen wuchern ließ. Kurz, Johannes Karg lernte so gut wie nichts. Später hatte er die, die es gelernt hatten, als Tintenkleckser und Federfuchser beschimpft und mit den Jahren sich heimlich darüber geärgert, dass er die Schreibkunst nicht erlernt hatte. Zu oft musste er sich zurückgesetzt sehen, weil man die bevorzugte, die sich mit dem Papierkram auskannten. – Das fraß manchmal wie ein Bandwurm in seinem Eingeweide – doch es half ja nichts. Umso mehr imponierte ihm Ludwig, der die Kriegswaffen wie die Schreibfeder als Waffe zu gebrauchen verstand.

»Wenn ich einen Sohn hätte, müsste er wie er sein«, hatte er dem Nideggen gesagt, als dieser bei den häufigen Inspektionen der Schanze den Übungen der Knechte zusah und auf Ludwig aufmerksam wurde.

»Ihr habt ihn als Reiterbub, Herr Johannes. Darum mag ich ihn Euch nicht abnehmen. Aber für meinen Zug gegen Neuss könnte ich so einen Burschen schon gebrauchen.« Der Feldmarschall suchte sich in der Tat für seine riskanten Unternehmungen nur die besten und kühnsten Kämpfer aus und nahm dabei wenig Rücksicht auf seine Feldhauptleute. Doch Ludwig erschien ihm wohl dennoch zu jung, um für ihn großen Nutzen zu haben, und so blieb dieser Johannes Karg erhalten. »Ich werde den Burschen im Auge behalten«, grinste der Feldmarschall und den alten Ritter freundschaftlich stoßend, setzte er hinzu:

»Vielleicht gereut es Euch noch, Herr Stoploch-Hannes, ihn mir gezeigt zu haben. Ist er so gut, wie ihr sagt, wird er mir eines Tages dienlich sein müssen – und Ihr, Herr Ritter, schuldet mir noch einiges. Außerdem soll man gute Rösser bei wertvollen Rennen nicht im Stall lassen.« Das hatte der Schenk nicht nur so gesagt, wie von Stoploch bald merken sollte, denn dieser förderte Ludwig in auffälliger Weise, indem er ihm für diese oder jene Übungen seine besten Leute abstellte. Die jugendliche Kühnheit des Truchsessischen Feldmarschalls machte auf Ludwig keinen geringen Eindruck – was allerdings für viele der jüngeren Kriegsknechte zutraf. Die älteren Knechte hielten sich hingegen loyal, aber zu den übermütigen Taten vorsichtig, reserviert. Der Feldmarschall wusste das nur zu gut und griff darum auf die begeisterungsfähigen Jungen zurück. Er, Johannes Karg, der alte Ritter und Fahrensmann, hielt es da lieber wie die alten Knechte. Nicht, dass er im Kampf nicht ritterlich seinen Mann gestanden hätte! Er war immer noch munter und ungemein beweglich, wenn die alternden Knochen auch murrten und knarrten. Aber er war in seinen Handlungen, mit den Jahren, von bedachterer Art. Eigentlich ein Wesenszug, der ihn immer unterschwellig geleitet, und bei genauen Hinsehen, vermutlich so alt werden ließ. So sah er denn, mit gemischten Gefühlen, auf das bedenkenlose Draufgängertum des jungen Feldmarschalls. Drüben ritt Ludwig im vollen Galopp durch die Hindernisse mit unterschiedlichen Zielobjekten. Seine Lanze und sein Degen trafen im Durchlauf exakt ihr Ziel. »Wie die Buchstaben seiner Tintenkleckserei, genau und ordentlich«, lachte er anerkennend und fuhr, fast ein wenig Neid in der Stimme, mit seinem Selbstgespräch fort: »Wahrhaftig, Bub, du bist schon besser, als manch einer der alten Taugenichtse, die sich, weiß Gott, auf ihre Kriegskunst was einbilden. Bei dir wird Kopf und Hand eins.« Die Regenwolken waren nun bedenklich nahe und die Luft beklemmend schwül. Erste Böen trieben Staubfahnen im Hof und in den Gassen auf, gleich, wie von Kehrbesen, zwischen Hütten, Geräten und Zelten hinter der Schanze. Am Schanztor raste eine Reiterpatrouille in den Hof. Die Pferde wirkten abgehetzt und die Reiter aufgeregt. Der Anführer, ein Junker aus dem Dürener Raum, sprang direkt vor dem Quartier des Kommandanten aus dem Sattel und verschwand mit großen Schritten im Haus. »Die werden auf die Bayern gestoßen sein«, knurrte von Stoploch und sah nachdenklich nach Nordwesten über die Schanze hinaus, über den Rhein. Dort drüben standen spanische, wallonische lothringische Truppen des Erzbischofs. Sie plänkelten im

Der Aufmarsch vor der Schanze von Beul

Vorfeld von Bonn und griffen hin und wieder die Vorposten im Norden an. Ihr Druck wurde, obwohl sie bisher nur geringe Erfolge hatten, jedoch immer spürbarer, was auf die ständigen Verstärkungen zurückzuführen war. »Es braut sich etwas zusammen!«, rief von Stoploch so, als teile er diese Neuigkeit einer großen Gemeinde mit – doch es hörten ihn nur ein paar gelangweilte Stückknechte, die stumpfsinnig unter den Kugeldächlein dösten. Der Ritter sah verächtlich auf die dösenden Knechte. Die waren sicher keine gefährliche Streitmacht und der Truchsess wäre gut beraten gewesen, besseres Kriegsvolk herangeführt zu haben. Aber dazu war er aus mancherlei Gründen, nicht zuletzt aus geldlichen, nicht bereit. Ohne den Nideggen, seinen Feldmarschall, der natürlich auch sein eigenes Süpplein kochte, hätte der Wittelsbacher, der Erzbischof, längst seine Ansprüche durchgesetzt. – Man hörte, gerüchtweise, viel von den sich angeblich sammelnden spanischen, französischen, italienischen und bayrischen Truppen auf der rechten Rheinseite. Glaubte man diesen, stand es für das Truchsessische Heer nicht gut. Der Erzbischof musste längst genug Truppen beieinanderhaben, um gegen Bonn vorzugehen – auch ohne den Herzog von Parma, von dem wieder einmal das Gerücht die Runde machte, er erwarte eine große Flotte, die ihn mit seinem Heer nach England übersetzen sollte. Vom Stabsquartier des Kommandanten rief eine Fanfare die Hauptleute zusammen. Klirrend stapfte von Stoploch die Schanze hinunter. Erste Regentropfen fielen und er beschleunigte seine Schritte.

Ernst von Wittelsbach, genannt der Bayer, Kurfürst von Köln, Erzbischof von Köln, Fürstbischof von Lüttich, Münster, Paderborn und Hildesheim, Reichsabt von Stablo-Malmedy, hatte seinen Parteigänger, Herzog von Chimay, angemahnt, nun, da die Reichsacht gegen den Truchsessische Marschall, Martin Schenk von Nideggen, ergangen, eine weitere Hilfe für die Truchsessischen Truppen in Bonn seitens der Niederländer oder eines anderen deutschen Fürsten nicht mehr zu erwarten war, energisch gegen den festen Platz am Rhein vorzugehen. Er selbst hatte freilich wichtigere Dinge zu erledigen. Er befand sich im heimatlichen Bayern und war eifrigst bemüht, sich diversen amourösen amoralischen schweren Diensten hinzugeben. Seine wallonischen, lothringischen, rheinischen und spanischen Truppen hatten schon Ende Mai im weiten Halbkreis von Norden und Westen Bonn eingekreist.

Einzelne Vorposten wurden erfolgreich beschossen – im Großen und Ganzen beschränkte sich der Krieg auf gegenseitige »Anschläge«, das hieß, man versuchte, mit kleinen Patrouillen dem Gegner Schaden zuzufügen. Darunter fielen überwiegend die Vernichtung oder Fortnahme der Versorgungsmöglichkeiten, was letztlich bedeutete, man plünderte oder zerstörte die Dörfer und Flecken im weiten Umkreis um das sogenannte Kriegsgeschehen. So waren die Leidtragenden fast ausnahmslos die Bevölkerung. Von einer Belagerung Bonns konnte jedoch noch nicht die Rede sein. Gegen Wegegeld und mit etwas Glück war die Zufahrt von und nach Köln, in die nahe Eifel, selbst nach Aachen offen. Zudem wurde der Rhein stark befahren und da beide Rheinseiten in der Hand des Feldmarschalls waren, hätte es keine Versorgungsprobleme geben können, wenn der, um dessen Willen hier gefochten wurde, die nötigen Mittel bereitgestellt hätte. Doch damit sah es nicht rosig aus. Im Juni hatte es dennoch im Truchsessische Lager Aufregung gegeben. Nach kurzen, geradezu lächerlichen Beschuss mit einigen leichten Stücken, hatte die schwache Besatzung von Poppelsdorf kapituliert. Damit war das erzbischöfliche Heer recht nahe an Bonn herangerückt, was die Ernsthaftigkeit einer Rückeroberung Bonns durch den Erzbischof deutlich machte. Nun aber, im Juli des Jahres 1588, drängten Herzog Ferdinand von Bayern und der Herzog von Parma auf eine baldige Entscheidung. Zunächst musste dazu der Belagerungsring enger gezogen und die Schanzen vor Beul genommen werden, denn so lange die rechte Rheinseite noch unbehindert, offen war, blieb alles Taktieren vor Bonn Spiegelfechterei. Man traf also in aller Stille die nötigen Vorbereitungen und setzte mit dem aus Lüttich neu hinzugekommen Geschütz und frischen Regimentern über den Rhein, um sich dort mit den bereits herumstreichenden bayrischen und münsterländischen Truppen des Kurfürsten Ferdinand und der Aufgebote der Grafen von Aremberg und Isenburg zu vereinigen.

Am fünfzehnten des Heumonds[47] zog rechtsrheinisch das Kriegsgewitter auf. Johannes Karg stand zwischen den Palisaden der Beuler-Schanze und sah gelassen dem Treiben drüben beim Feind zu. Neben ihm stand Ludwig und sah mit großen Augen und klopfenden Herzen ins Vorfeld hinaus. Man konnte alles genau sehen. Sie bauten drüben emsig an ihrem Lager. Es lagen gut zweitausend Schritte zurück und wurde an einigen Stellen von Bäumen, Büschen und einigen leichten Bodenfalten etwas verdeckt. Von Stoploch wies in das Gelände. »Siehst du die Holzschilde und die aufgelegten Schanzkörbe?«

»Bei den Heideröschen, gnädiger Herr?«

»Ja! – Da werden sie das schwere Geschütz aufführen, so sie so etwas haben. – Heidi, Junge, das wird nicht gut für uns. Schon ein oder zwei Sechs Zöller könnten uns die Schanze wohl arg verbeulen. Dann würde aus der Beuler-Schanze schnell eine Beulenschanze.«

»So sind wir ihnen unterlegen?«

»Wer weiß. Noch haben sie nichts aufgestellt. Da kann man noch gar nichts sagen.« »Was treiben sie dort für Schanzarbeiten, gnädiger Herr?«

---

[47] Juli, hier: 15.07.1588

»Es wird eine Sappe[48]. Wie ich das so beurteile, wollen sie von zwei Seiten kommen. Das ist nicht schön! – Gar nicht schön.«

»Werden wir da standhalten?«

»Wer weiß, Bub. Wenn ich die paar Kerle so sehe, die uns der Schenk belassen hat, kommt mir das heilige Grausen. Nein, wenn sie uns ernsthaft berennen, bleibt uns nicht viel Zeit. Gerade jetzt hat uns der Schenk die besten Männer mit fortgenommen, um vor Neuss die Spanier zu jagen. Es dürfte ihm kaum entgangen sein, was sich hier tut. Vielleicht fährt er denen dort noch bei Zeiten in den Rücken.« Der Ritter kratzte sich nervös den Hinterkopf und schob dabei seinen Spitzenhut so weit in die Stirn, dass die Krempe ihm das Sichtfeld nahm. Wütend schob er ihn wieder zurück und seufzte: »Guter Gott! Was da aufzieht.« In der Tat, drüben rückte wieder ein Regiment mit fliegenden Fahnen und Trommelschlag ins Lager. Sie wurden von den schon Anwesenden mit lautem Geschrei und Gepfeife begrüßt, was nicht gerade sehr viel Zucht und Ordnung signalisierte.

»Die Bayern!«, lachte von Stoploch.

»Es sind schon harte Burschen dabei, aber sie mögen die Wallonen nicht, verstehen sich mit ihnen nicht – wegen der Sprache und weil sie eine welsche Art haben. Dennoch, sie sind zusammen ein mächtiger Haufen. Sehe ich da unser kleines Geschütz, mit den neuen, und wie mir scheint, faulen Knechten, dann ist da nicht viel Hoffnung.«

»Wäre es da nicht klüger, diese Schanzen heimlich zu räumen und alles in die Stadt zu werfen, solange das Geschütz noch fortzuführen ist?«

»Das wäre sicher kein falscher Entschluss. Aber der Schenk hat befohlen, die Schanzen zu halten. Wer kennt schon seine Absicht. Er ist ein harter Mann. Er hat die Bevölkerung, die Bauern und Handwerker, gegen sich und uns mit seiner übermäßigen Härte aufgebracht. Es wird sicher nicht leicht sein, sich von hier kämpfend zurückzuziehen.«

»Aber Herr Gebhard Truchsess hat doch Entsatz versprochen, gnädiger Herr.«

Der Feldhauptmann lachte, spuckte abfällig über die Palisade und schimpfte:

---

[48] Annäherungsgraben, Sturmgraben

»Versprochen! – Ja, natürlich versprochen. Doch ob er es halten kann, oder wird, wer will das wissen.

Er selbst hat nur mehr bescheidene Mittel. Die Generalstaaten haben zwar Geld! Aber das sitzt den Pfeffersäcken verdammt fest in den Taschen. Zudem haben sie mit dem Parma genug Ärger am Hals. – Nein, Bub, dieser Krieg nährt sich aus dem eigenen Land. Wenn nicht die Parteigänger unseres Fürsten, der Pfälzer Casimir oder der Hesse, ihn heimlich unterstützt, weiß Gott, wir hätten schon seit Monaten keine Löhnung gesehen und alle Leute wären schon längst auf und davon. So lange die Gegend noch reich war, konnte durch Beute so manches ausgeglichen werden. Aber das ist schon lange vorbei. Die Furiere haben letzte Woche vor Siegburg auf dem Felde vom Halm dreschen lassen. – Das Land ist leer gefressen.« »Warum halten wir denn aber diesen Platz?«

»Kriegskunst, Bub! – Die festen Plätze sind Pfähle im Fleisch des Erzbischofs und des Herzogs von Parma. Darum waren die Staater[49] bisher bereit, unseren Herrn zu finanzieren. Aber langsam entwickeln sich die Staaten nach England hinüber und die vielfach unterbrochene Wasserstraße, der Rhein, wird für sie uninteressant. Überall wird hier von der Schifffahrt Zoll verlangt. Da werden die Güter auf dem Rhein zu unpünktlich und zu teuer. Hier kassieren wir, in Köln die Kölner mit ihrem Stapelrecht, in Remagen der Herzog von Berg und nur wenig weiter wieder wir, das heißt, der Truchsess. Wenn unser Herr das Geld nicht bekäme, wäre er längst zum Bettelfürsten herabgesunken. Aber das ist Politik, Bub. Wir haben uns nur als Krieger verdungen. So lange Sold und Artikel geachtet werden, gilt der Treueschwur dem Fürsten, dem wir den Eid geleistet, solange müssen wir kämpfen, wo immer dieser Fürst es befiehlt. So ist es Brauch.«

»Das mag, bei meiner Seele und Ehr, richtig sein, gnädiger Herr. Doch warum hat man letzte Woche die beiden Deserteure gehenkt. Sie sagten, sie hätten drei Monate keinen Sold gesehen und nur knappe Furage bekommen und seien deshalb davon.«

»Tja! Hm! – Also das ist so. In der Not muss man auch mal ohne Sold und gut Fressen und Saufen seinen Mann stehen, für Schwur und aus Loyalität zum

---

[49] Republik der vereinigten Niederlande

Kriegsherrn. Das ist, bei Gott und dem Heiligen Michael, Kriegsmannsehr, verstehst du.«

»Das will ich Euch, gnädiger Herr, gern glauben. Aber sagt, ist es recht, einen armen Kriegsknecht um seinen kargen Lohn zu bringen und ihm dafür Ehre zu predigen – oder – so er sie nicht hat, ihm das Leben zu nehmen?«

Der Ritter fuhr ärgerlich auf: »Was fällt dir ein Bub? – Was du da sagst, ist nicht gut. Das kommt von deinem Federfuchsen und den Büchern.

– Merke! – Ein Mann in Waffen muss auch als Knecht Ehre, Loyalität, Treue besitzen, sonst ist er ein Räuber und gehört nicht zu den ehrbaren Knechten.« Ludwig lachte trotz des schrecklichen Anblicks im Vorfeld und des leichten Ärgers des Ritters. Johannes Karg sah seinen Bub grimmig an und schnaufte erbost: »Was gibt es da zu lachen?« »*Fallit vitium spencie virtutis*«, sagte Ludwig und schnitt ein Gesicht, wie ein frommer Bruder. »Was, zum Teufel, heißt das«, knurrte von Stoploch. »Willst du mich gar veralbern?«

»Gott bewahre, gnädiger Herr. Es war ein Ausspruch meines Lehrers, des Bruders Tivolio.« »Und was heißt das in einer Sprache, die auch ein weniger studierter Christenmensch versteht?«

»Es sagt so viel, wie: »Ein Laster täuscht unter dem Anschein der Tugend.« Der alte Feldhauptmann wandte sich grimmig schluckend von seinem Buben ab. Er hatte verstanden, was der Ludwig ihm damit sagen wollte, doch er wusste und wollte wohl nicht weiter darauf reagieren. Zu oft hatte er sich in den letzten Jahren selber die Frage nach seiner Ehre gestellt. – Hatte er sich doch selber oft genug gefragt, ob er nicht unter die Räuber gefallen war oder selber einer war, sein musste, um nicht vor die Hunde zu gehen. Er stampfte ein paar Mal grimmig einige Schritt umher und blieb dann wieder neben dem Buben stehen, der sich ganz mit dem Aufmarsch des Feindes zu beschäftigen schien, doch das täuschte. »Darf ich euch etwas fragen, gnädiger Herr?«

»Ja! – Doch lass den gnädigen Herrn gefälligst fort. Ich bin dein Feldhauptmann. So magst du mich auch ansprechen.« »Wie Ihr befehlt, Herr Feldhauptmann.« »Was willst du nun wissen?« »Die da drüben, Herr, sind gute Katholiken. Wir hier, die Knechte, Ihr und ich – sind es ebenfalls. Der Feldmarschall hat aber den Protestanten die Kirchen geöffnet und steht für die Staater und dem Truchsess, die Protestanten sind. Die Bayern und die Spanier nennen uns Ketzer, weil wir hier im Dienst stehen. Warum kämpfen wir für einen protestantischen

Fürsten, Herr Feldhauptmann?« »Potz – Blitz! – Hast du keine vernünftigeren Fragen? Musst du immer nur alles drehen und wenden, um ein Haar in der Suppe zu suchen? – Für uns, das Kriegsvolk, vom Edlen bis zum gemeinen Knecht, geht es allemal um unser Handwerk und nicht um den Glauben. Wie der Kaufmann mit Erbsen und Bohnen handelt, so handeln die Landesherren mit Macht, Land und Einfluss. Dazu benötigen sie uns, die Söldner und unsere Waffen. Wir sind damit Gewichte und Ware. Wenn dir das nicht passt – und du mit dem Glauben Kriegsknecht sein willst, lass lieber gleich die Finger davon. Dann geh zu deinen Mönchlein ins Kloster zurück. Ein Krieger muss im Herzen frei von Hass sein. Hass macht töricht, fanatisch und blind.

Als Krieger darfst du dir nur einen Glauben erhalten, den an dich selbst. Das bedeutet, sich und sein Können richtig einzuschätzen und zu nutzen, dem kommenden Tag mit Hoffnung auf Glück zu beginnen – und ihn, über alle Widrigkeiten hinweg, als Gewinn für sich zu beenden. Ich dachte, das hattest du schon verstanden.

Sieh zum Feind! Er kann dich verkrüppeln oder töten. Hast du aber Vertrauen auf dein Glück, wirst du denken, nicht ich – er wird getötet. Wenn das Selbstvertrauen schwindet, greifen viele Kriegsknechte zum Zauber: ein Amulett für Hieb und Stich, eines für Kugel und Pfeil, ein anderes, um nicht vom Pferd zu fallen oder aus Versehen ein Glied zu brechen, gar ein solches gegen den Henker und noch ein anderes, um die Heiligen oder gar den lieben Gott für sich einzusammeln.« »Das ist, wahrhaftig – Ketzerei!« »Wirklich aber zählt nur, wenn du dir selbst hilfst – denn dann hilft dir auch Gott. Gott ist mit uns, wenn wir uns seiner kraftvoll und mit Verstand würdig erweisen. Nicht umsonst lässt er in Feld und Flur das Schwache und Kranke verdorren oder vom Starken vernichten und fressen. Betrachte Gott als großen Sämann. Er wirft millionenfach Frucht auf die Erde, wohl wissend, dass nicht jedes Korn aufgeht. Er wird sich, gleich dem Bauern, nicht um die Kümmerlinge kümmern. So ist es mit Mensch und Tier, mit Baum und Strauch, mit allem, was er geschaffen hat.«

»Oh Herr Feldhauptmann, Ihr predigt ohne Mitleid die Gewalt – wo bleibt da das Erbarmen, die Barmherzigkeit? Ist sie nicht die Tugend eines guten Christenmenschen?«

»So sagt man, Bub. Ich mag da nicht gegen reden – denk ich an St. Revelin, ist vielleicht ein Funken Wahrheit daran – aber nur ein Funken.«

Ludwig sah seinen Feldhauptmann von der Seite an. Der sah versonnen zu den Feinden und knurrte leise: »Und die da kommen auch im Namen der barmherzigen Mutter Kirche, geschickt von ihrem Hirten.«

»Es wird wohl so sein, Herr Feldhauptmann, wie Ihr sagt. Habe ich doch in Köln erfahren, wie wenig von dem wahr ist, was man so über die Barmherzigkeit sagt, dass man es glauben soll. Dennoch muss die Frage erlaubt sein, ob es nicht zu teuer ist, sein Leben für eine Sache zu verkaufen, an die man nicht glaubt.«

»Das ist richtig und falsch zugleich – von welcher Seite man es zu betrachten beliebt«, entgegnete von Stoploch nachdenklich.

»Ich kann es, da ich nur ein wenig gelehrter Kriegsmann bin, so beschreiben: Jeder handelt, um zu überleben, mit dem, was er hat oder kann. Zugegeben, wenn man nur sich und sein Können hat, ist das arg wenig – doch genug, wenn man damit sein Leben leben kann, solange es Gott gefällig ist. Aber sieh, ich bin nun ein alter Mann. Mein Handel mit meiner Haut, meinem Können, meinen Waffen war rückblickend nicht sehr einträglich, doch hat es mich stets ganz gut ernährt. Er war nicht einmal gefährlicher, als der eines Handelsmannes, wenn auch lange nicht so gewinnbringend. Aber frag die Feldweibel Knipphaus und Kamhuber. Sie haben manchen Wagenzug der Kaufleute geleitet. Viele, die sie begleiteten, wurden trotzdem, ohne ihr Verschulden, durch Land und Leute, durch Wagnis oder Leichtsinn, ruiniert, verstümmelt oder getötet. – Das Leben ist gefährlich – ob als Kaufmann, Handwerker, Bauer oder Kriegsmann – ob arm oder reich, hoch oder niedrig, ob fromm oder ungläubig. Alles Leben steht in ständigen Kampf mit- oder gegeneinander. Der Feind in der Stadt schont weder Weib, Kind, Mann noch Greis. Es kann niemand im Frieden leben, wenn es dem Nachbarn nicht gefällt. Noch unwägbarer ist Krankheit und die Kräfte der Natur, ist der Tod. Es liegt in der Luft. Du weißt nicht, woher und warum. Ich habe dreimal die Pest erlebt, die Erde unter mir zittern gefühlt und in Italia das Feuer aus der Erde schießen sehen. Cholera, Cholerinen und Auszehrung tobten oft und oft in den Heerlagern; ich wurde nicht befallen. Das Fieber, Krätze und viele Scheußlichkeiten rafften auf einem Zug in Italia ganze Gewalthaufen dahin. – Gott ließ die Plagen mich unbeschadet überstehen.«

»So gebt Ihr zu, Herr Feldhauptmann, dass alles in Gottes Hand liegt!« »Das ist nicht bestritten. Darum ist es gleich, was du für eine Arbeit verrichtest. Wenn Gott dich für eine gute Saat hält, wird er dich wohl erhalten, bis du seinem Willen und Wollen nach gelebt hast; aber das hängt, wie gesagt, nicht von dir ab. Du magst noch so fromm sein, ihn noch so sehr bitten, wenn er dich für eine schlechte Frucht hält, wird er dich verkommen lassen, denn du bist ihm nicht mehr als eine Frucht – äh – zum Beispiel eine Pflaume. Äh, ich meine, wie eine Pflaume dir wert sein würde.«

»Oh Himmel«, staunte Ludwig, nicht ohne den Schalk im Nacken. »Dann bin ich, sozusagen, eine Pflaume Gottes!« »Nein! – Natürlich nicht, du Esel. Ich habe dir doch nur die Wertigkeit beibringen wollen. Ich wollte dir nur sagen, dass du alles tun musst, um rundherum sein Wohlgefallen zu erhalten. Er aber allein entscheidet, wann und wie du dem Sensenmann zu begegnen hast und ob und wo du im Himmel oder der Hölle landest. Nichts, was auf der Erde uns ein Maßstab ist, kann sein Maß sein. So wollen wir, in dem bald aufbrennenden Kampf, auf Gott hoffen, dass er uns für wert hält, erhalten, am Leben zu bleiben.« Er zog Ludwig von der Palisade und drehte ihn zu sich um, fasste ihn an beiden Schultern und sah ihm in die Augen. »Nun wollen wir nicht mehr hochtrabende Worte drechseln, Bub. Es soll keine Trübsal stehen, wo Mut und kühler Kopf gefordert. Wenn's denn zum Hauen und Stechen kommt, dann sei dir getrost bewusst, dass du ein guter Kämpfer bist. Warte nicht aus edlem oder schwachem Herzen! – Wer zuerst handelt, bestimmt den Weg; der Rest ist Können und ein wenig Glück. – Und noch etwas merke dir.

Der Tolldreiste versucht sein Glück, doch meist vermag er es nicht zu halten. Etwas weniger Lob – mit dem Kopf auf der Schulter, ist mehr, als hohe Ehr als Toter. Tote sind schnell vergessen. So ist ausweichen, nenn es ruhig Rückzug, oft klüger, wie ehrgeiziges, ruhmbedecktes Verharren in tapferer Aussichtslosigkeit, bleibt aus der Distanz heraus doch die Möglichkeit, mit neuen Überlegungen und Kräften das Blatt zu wenden. – Je listiger dein Handeln, umso mehr lacht dir das Glück. Und noch etwas! – Habe keine Angst und zaudere nicht, wenn du dem Feind die Waffe in den Leib rennst. – Darauf, Bub, gib mir die Hand – und dann auf zum Kampf.« Ludwig hörte, trotz der grollenden, brummenden Stimme des Feldhauptmanns, die Besorgnis, die in seiner Stimme schwang. Solche hegte jedoch nur, wer Zuneigung zu jemanden hatte, ein Freund, ein Bruder, ein Vater.

Wärme breitete sich in ihm aus und er sagte dankbar: »Ich verspreche es, Herr Feldhauptmann. Ich mache Euch keine Schande und werde, wenn Ihr es erlaubt, fest an Eurer Seite stehen.« »Natürlich«, brummte von Stoploch und drehte sich abrupt wieder dem Feind zu, bemüht, seine Gefühle für den Jungen zu verbergen. Seine Hand fuhr deutend vor: »Da! Sieh doch, Bub! – Sie bringen achtspännig grobes Geschütz. – Heilige Mutter Gottes! Auf den schweren vierrädrigen Protzwagen dahinter liegen Mörser. Es scheinen Zehneinhalb Zöller darunter zu sein, denn sieh nur, wie die Räder versinken und die Knechte in die Speichen greifen müssen!« »Ich zähle schon den zehnten Wagen, Herr Feldhauptmann und es scheint noch einiges drüben im Wald verborgen zu stehen, Herr Feldhauptmann.« »Das mag sein, denn ihre Auffahrt stoppt und bleibt im Dreck stecken. Mag sie der Herrgott doch gleich in den Boden stampfen!« Auf der Schanze drängten sich nun immer mehr Knechte, die sich an den Feldhauptmann heran drückten, um dessen Meinung und Ansichten mitzubekommen. Hinter den eigenen leichten Kanonen, zehn mittlere Feldschlangen von zweieinhalb Zoll, stelzte der Ritter von Ansbach herum. Er stritt sich mit den Stück- und Richtmeistern. Der Ansbach wollte schießen lassen, doch die Stückmeister hatten vom Kommandanten die Weisung, erst auf seinen Befehl zu schießen, was den von Ansbach fürchterlich verdross. Gar zu gern hätte er gesehen, wenn der Aufmarsch des Feindes geräuschvoll begrüßt worden wäre. Außer Lärm hätte man allerdings nichts auszurichten vermocht, denn die Feldschlangen trugen kaum bis zu den Schanzanlagen des Feindes. Ungeachtet des Streites waren die Richt- und Stückmeister eifrig dabei, mit Winkelmaß und Lot die Schlangen auf die Stellungen des Feindes einzurichten. Ludwig hatte das schon einige dutzend Mal gesehen, doch es faszinierte ihn immer wieder. So stahl er sich leise von der Seite seines Feldhauptmanns zu den Kanonieren hinüber. Die Richtmeister arbeiteten mit der Sorgfalt von Handwerkern. Und in der Tat, viele Geschütze waren Privateigentum der Meister, die sich, gleich den anderen Söldnern, für bestimmte Zeit, gegen gute Bezahlung, bei diesem oder jenem Herrscher verdingten[50]. So ein Geschütz wurde denn auch vorzüglich gehandhabt und liebevoll gepflegt. Damit war eine hohe Treffgenauigkeit und Erfolg verbürgt. Anders sah es mit dem Fürstlichen,

---

[50] Mit Beginn stehender Heere verschwand Ende des 16.Jh. dieser Beruf, wie auch die Landsknechtsheere nach und nach durch stehende Heere abgelöst wurden.

landesherrlichen Geschützpark aus. Solches Gerät erfuhr nur zu oft mäßige, unsachgemäße Wartung und Pflege. Den oft nicht schlechten Geschützmeistern standen fünf bis zehn uninteressierte Kanonenknechte zur Verfügung, die unlustig und schlecht hantierten, war doch der Umgang mit den Geschützen schwer und nicht ungefährlich. Auf der Schanze lagen neben den Stücken die Voll- und Kettenkugeln sorgfältig aufgestapelt. An sicherer Stelle, mit einem Schutzdächlein versehen, lagen hinter jedem Geschütz in Bodengruben die Pulverfässchen. Jede Kanone hatte ein eigenes Faschinenbett, neben dem Heu und Strohhäufchen für die Vorladungen bereit lagen. Auf dieser Schanze gab es nur einen selbständigen Geschützmeister, den Anton Wollknecht. Sein Geschütz war vorbildlich und kein Geschützmeister des Fürsten wollte ihm nachstehen. So machte die bescheidene Artillerie einen vorbildlichen Eindruck, was der Kommandant, bei seinen Rundgängen, mit Lob und Wohlwollen anerkannte. Die Schlangen hatten durchweg geschlossene Stoßböden und mussten von vorn geladen werden, was ihre Reichweite erhöhte, aber die Feuergeschwindigkeit minderte. Von Ansbach hatte sein Schimpfen und Fluchen eingestellt und war, laut lamentierend, von der Schanze hinunter, zum Quartier des Kommandanten geeilt. Auch Ludwig schlich sich wieder zu seinem Herrn, der ihn jedoch wohlwollend anknurrte: »Wieder mal neugierig, wie? Nun, der Ansbach hätte schon Recht, wenn er schießen lassen wollte. Ein Feind im Aufmarsch gestört, ist leicht zu treffen. Sitzt er erst in seiner Verschanzung, ist es schwer, ihn wieder herauszuschießen. Allerdings, die Schlangen tragen nicht bis zum Feind. So gesehen, hat wohl der Kommandant gewusst, warum er den Stückmeistern Feuerverbot gegeben hat. Überhaupt! Wo mag der nur stecken, zum Kuckuck! Hier zieht der Feind auf und vom Kommandanten keine Spur. Keine Spur fand auch von Ansbach, denn er kam schimpfend aus dem Stabsquartier des Kommandanten. Zappelig, nervös kam er wieder auf die Schanze und rief von Stoploch zu: »So eine Scheiße! Da führt der Feind sein Heer und alles Geschütz in aller Ruhe auf und der Herr Kommandant weilt in Bonn, der Herr Feldmarschall tobt sich vor Neuss – oder weiß Gott wo, aus. Unsereins sitzt hier bei den sturen Knechten und wartet!«

Es war der 14. August. Die Sonne zeigte im Osten gerade den kommenden Tag an. Über den Wiesen vor den Schanzen waberte der Morgennebel. Veit de Kabbeskop, ein schmächtiges Männchen von kaum zwanzig Jahren, döste, auf die

Pike gestützt, vor sich hin. Obwohl sein Blick scheinbar in die Auen und Wiesen gerichtet war, nahm er eigentlich nichts wahr. Diesen Zustand beendete Pilzenkiekerjörg, der die Postenkette abzugehen hatte.

»He, du! Du pennst! – Wach auf, Veit.«

»Halts Maul, ich penne nicht. Sehe alles.«

»Was siehst du denn?«

»Nichts.«

»Kannst du auch nicht, wenn du die Augen zu hast«, brummte der Pendelposten.

»Dabei machen die Vögel schon einen Krach, dass du dadurch munter sein solltest. Wenn der Feldweibel dich erwischt hätte, hätte es einen schlechten Morgen für dich gegeben.«

»Red keine Scheiße! Ich habe nicht gepennt. Außerdem ist es drüben so ruhig, wie jeden Morgen. Meinst du, die stehen schon mit den Hühnern auf? Bei denen soll es alleweil noch lustig zugehen, was man hier auf der Schanz nicht gerade sagen kann. Ich wollt, der Marschall hätte mich mit nach Neuss genommen.«

»Der braucht alleweil keine Penner«, lachte Pilzenkiekerjörg, stieß den Kameraden in die Seite und wandte sich zum Gehen. In diesem Moment glühten im Nebel, drüben bei den scheinbar schlafenden Gegnern, orangerote Feuerblumen auf, die, gleich Gewitterleuchten, die noch versteckte Sonne für den Moment eines Augenaufschlags zu ersetzen schienen. Dann rollte der Donner heran und mit ihm ein Hagel von Geschossen, die jaulend und kreischend über die Schanzen fegten. Die Verteidiger und Bürger fielen vor Schreck fast aus den Betten. Die Bayern hatten das Feuer auf die Schanzen eröffnet und ihre Geschosse lagen gut im Ziel. Im Hof der großen Schanze war mit dem ersten Mörserschuss eine Futterscheune getroffen, in der der Furier und der Küchenmeister leichtsinnig Vorräte gelagert hatten. Sie brannten nun wie Zunder ab. Die leichten Kanonen bestrichen die Schanzwälle mit gezieltem Einzelfeuer als Reihenfeuer. So sausten ununterbrochen, im Abstand von nicht einmal fünf Minuten, ein Geschoss nach dem anderen gegen die Schanzkrone – oder in die dahinterliegenden Häuser der Ortschaft. Die Mörser schossen unabhängig und das grobe Geschütz in Salven. Die Mörser schossen von Anfang an Bomben, die teils durch Lunten gezündet, in der Luft über den Schanzen explodierten und Splitter aus Steinen und Eisen herabsausen ließen, teils mit heißen Kugeln und solchen, die mittels eines Lunten

Zünders, kurz nach dem Aufschlag auf dem Boden furchtbar krachend, Verderben speiend, zerbarsten, explodierten. Gleichartige Geschosse wurden auch vom groben Geschütz gegen die Artillerieverschanzungen gefeuert. Die Wirkung war verheerend. Gegen Mittag brannte in der Verschanzung alles ab, was vierzig, fünfzig Schritt hinter den Wällen stand, so alle Schuppen und der Fuhrpark. Drei der Feldschlangen auf der Schanze waren zerstört, ohne nur einen Schuss abgegeben zu haben. Endlich, die Sonne hatte längst den Höhepunkt des Tages überschritten, kam ein Bote des Kommandanten von Bonn und brachte die Feuererlaubnis, sofern es denn vonnöten sein sollte.

In den Kasematten der Schanze lagen bereits über dreißig mehr oder weniger verwundete Verteidiger und flehten die beiden Wund- und Knochenärzte, die Feldschere, an, mit ihnen nicht zu derb zu verfahren. Einigen war jedoch nicht mehr zu helfen. Sie lagen stumm hinter der Schanze, unter ihnen waren auch Veit de Kabbeskop und Pilzenkiekerjörg.

Ludwig stand neben seinem Hauptmann hinter dem Schanzwerk und erlebte die Hilflosigkeit, die jenen befällt, der untätig dem feindlichen Feuer ausgesetzt ist – aber unerbittlich zum Ausharren zwingt. Der Hauptmann hatte nur wenige Beobachter auf der Schanze. Die Masse hielt er in sicherer Deckung hinter dem Bollwerk. Man wartete auf einen schnellen Sturm – aber da tat sich nichts. Der Tag verging unter ständigen Beschuss. Die Schlangen auf der Schanze hatten drei Salven gefeuert, die beim Feind ein Hohngelächter hervorriefen, das bis zur Schanze zu hören war. Ja, beim Feind unterbrach man kurz den Beschuss., jubelte, jodelte und schrie vergnügt, um den Verteidigern zu zeigen, wie wenig sie mit ihrem Geschütz ausrichten konnten. Gegen Abend verstummten die Batterien. Im Vorfeld ritten feindliche Patrouillen bis fast in Musketen Schussnähe. Sie schwenkten den Verteidigern höhnisch die Hüte und Helme, riefen Schmähungen, die durch Mundart oder Entfernung jedoch nicht verstanden wurden.

Die Beschießung setzte sich bis zum zwanzigsten August fort. Die Häuser hinter der Schanze waren längst abgebrannt, die Bewohner nach Bonn oder über den Rhein ins Umland entflohen. Lediglich ein paar ärmliche Fischerkaten am Rhein, hatten nichts abbekommen, waren dafür aber von den Verteidigern und ihrer zahlreichen Bagage, Weibern, Kindern, Krämern und Trossknechte unterschiedlichster Art, requiriert, und, sah man einmal von den fünf oder sechs alten

Männlein und Weiblein ab, die krank und gebrechlich zwischen den Söldnern und ihrem Anhang ausharrten, weil sie ihrer Lebensuhr ohnehin nicht mehr viel zutrauten, bewohnt. Die Schanzen hätten einem Sturm kaum noch stand bieten können. Es blieb den Verteidigern ein Rätsel, warum die Bayern sie nicht einfach im Sturm eingenommen, stattdessen unablässig ihre teure Munition verpulverten. Am Mittag dieses Tages verstummte das Grollen der Kanonen. Ein Offizier des Belagerungsheeres erschien mit einem Herold und weißer Fahne. Er forderte unter den kümmerlichen Resten der Schanze die sofortige Übergabe – oder Abzug der Verteidiger. »Unser allergnädigster Kriegsherr, Fürstbischof Ernst von Wittelsbach, Kurfürst von Köln, Fürstbischof von Lüttich, Münster und Hildesheim, Reichsabt von Stablo-Malmedy, bietet euch, eingedenk des tapferen Widerstandes, bis morgen Mittag freien, ehrenhaften Abzug! Danach ist unsere Langmut erschöpft!« Sprach's, ließ ein letztes Mal den Herold ins Horn stoßen, und ritt mit diesem davon, ohne sich um die Antwort zu kümmern.

An der Rheinmole, in einer der Katen, hielt man Kriegsrat und sandte zum Kommandanten nach Bonn, der es sich dort, trotz des drohenden Feindes, wohl sein ließ.

Im Schutz der Nacht kam die Order, mit fliegenden Fahnen, allem Geschütz und Munition, samt Bagage, am Morgen über den Rhein nach Bonn zu setzen. Nun war das natürlich nicht möglich, denn dafür fehlten die nötigen Schiffe, um mit einem Streich überzusetzen, sah man einmal davon ab, dass die Verladung der Bagage und des Geschützes Stunden brauchte. So wurde noch in der Nacht, bei Fackelschein, die verbliebene Bagage übergesetzt und ein Teil der Verteidiger verfügte sich, mit den Weibern und Kindern, auf zwei Niederländer[51], mit denen sie nach der Festung Rheinbach aufbrachen. Auch das Geschütz wurde abgebaut und eingeschifft, aber an der Bonner Mole vor Anker gelegt.

Am 21. fiel kein Schuss.

Gegen acht Uhr ritt der Unterhändler erneut unter die Schanze und rief, wie man sich bedacht hätte.

»Ihr seid im Wort mit dem Geleit?«, rief von Ansbach den Parlamentär an.

»Wir sind es, par ordre und auf Ehre und Gewissen!«

---

[51] Rheinschiffstyp, der hauptsächlich den Rhein aufwärts bis Köln befuhr

»So ziehen wir gegen Mittag ab. Mit Ehre und entrollter Fahne, bei Trommelschlag und Horn«, vergewisserte sich von Ansbach – und leichter Unglaube schwang in seiner Stimme.

»So ist es genehmigt«, bestätigte jedoch der Offizier vor der Schanze, schwang nun grüßend den Hut, als verließe er gute Freunde, und sprengte, stolz im Sattel sitzend davon. Von Ansbach hatte als jüngster Offizier die Verhandlungen geführt, damit die angesehenen Hauptleute mit dem Abzug nicht ins Gerede gebracht wurden, zudem war auch auf der erzbischöflichen Seite kein bedeutender Offizier erschienen. Man war also auf beiden Seiten bemüht, so wenig wie möglich Spektakel zu machen.

»Ich traue den Bayern nicht«, beharrte von Stoploch im Rat der Offiziere, Feldweibel und Wachtmeister, die sich in dem kleinen Raum dicht drängten.

»Wenn's denn erlaubt ist«, schlug Knipphaus bescheiden vor, »sollten wir zwei Stunden vor der Zeit überraschend abziehen. Die Schiffe sind da. Wenn sie an eine Falle denken, rechnen sie sicher nicht mit dem frühen Abzug.« Der Vorschlag wurde zunächst erst einmal von allen Seiten bekrittelt, doch es wollte keinem etwas Gescheiteres einfallen. Schließlich rief der von Merode:

»Was soll es, die Herren! Wir sitzen hier wie Füchse im Bau, vor dem die Jäger mit der Meute stehen. Der Feldweibel hat, besieht man die Lage, einen guten Vorschlag gemacht. Jetzt noch zu warten, hieße Gott versuchen! Beginnen wir also sofort, bevor uns die Zeit entflieht.

Doch macht es leise und lasst die Hörner und Pfeifen im Sack und die Trommeln schweigen, wenn wir zu den Schiffen ziehen.« So wurde der Abmarsch, gegen alle Gepflogenheiten, leise vorbereitet. Kurz nach der zehnten Stunde war alles, bis auf einen winzigen Rest, an Bord der Schiffe.

Dieser formierte sich hinter der Schanze, entrollte die Fahnen – und marschierte mit Trommelschlag die wenigen hundert Schritt zu den wartenden Schiffen hinunter. Loisel Kamhuber holte mit zwei Söldnern die Fahne auf der Schanze ein und eilten im Laufschritt den Abziehenden nach. Sie erreichte diese, als der letzte Mann der Abteilung über die Planken an Bord ging. Auf der Schanze, die man gerade geräumt hatte, erschienen Gestalten, die schreiend die Fahne des Erzbischofs hissten.

Die Schiffe, behäbige Oberländer[52], trieben in die Strommitte und wurden von den Schiffsknechten, unterstützt von den Söldnern, so in den Strom gedrückt, dass sie an der Bonner Seite, unter Zuhilfenahme der Segel, neben den dort liegenden anderen Schiffen, gegenstromig festmachen konnten. Der Quartiermeister empfing die Ankommenden mit seinen Knechten und teilte sie in die Quartiere in der Stadt auf. Der Kommandant, von Puttlitz, sah indessen der frühen Ankunft nur aus einiger Entfernung zu, wie man überhaupt bemüht war, die offensichtliche Niederlage auf der anderen Rheinseite möglichst herunterzuspielen.

Ritter von Stoploch bezog, nach einigem Feilschen mit dem Quartiermeister, mit seinen beiden Knechten und dem Burschen Ludwig, wieder bei einem Bäckermeister Quartier. »Bäckerquartiere sind gute Quartiere«, hatte er mehrfach zu Ludwig gesagt und dann darauf verwiesen, dass diese Handwerker meist keine Not litten und eine gute Furage zu bieten hatten. Der Bäcker musste, wegen der Einquartierung, mit seiner Familie in den Anbau am Backhaus ziehen. Der Feldhauptmann machte es sich in der Stube und den Kammern des kleinen Hauses bequem.

Das verursachte bei der Hausfrau großes Gejammer. Klagend schob sie ihre beachtliche Fülle durch das Haus. Sie war dreiundfünfzig Jahre. Da war es nicht mehr so leicht, in einen zugigen Nebenbau zu ziehen, der jegliche Bequemlichkeit entbehrte.

Auch der Bäcker, ein mittelgroßer, glatzköpfiger Mann von fast sechzig Jahren, bebte vor Zorn. Sein Sohn, ein unverheirateter großer, dürrer Kerl mit bleichem Gesicht und tief liegenden, flackernden Blauaugen, sagte indessen kein Wort – doch Ludwig konnte beobachten, wie seine Augen Hass sprühten, wenn er sich unbeobachtet fühlte.

»Herr Feldhauptmann, der Sohn dieses Hauses liebt uns nicht. Vor dem sollte man sich hüten«, besorgte sich Ludwig bei seinem Herrn, als er ihm, in der Wohnstube des Bäckers, die langen Reitstiefel putzte und bereitstellte.

»Das habe ich nicht anders erwartet. Unsereins ist überall – und gar im Quartier – ungeliebt, Bub. So einem Bäckermeister macht die Einquartierung nicht arm. Er kann allemal einige Mäuler mehr füttern. Aber gern macht er das nicht;

---

[52] Rheinschiffstyp, der überwiegend von Köln stromaufwärts gefahren wurde.

auch dann nicht, wenn er nicht einmal aus der Butze, wie dieser, der unsrige, es muss. Darauf darf unsereins jedoch nicht achten, will er nicht im Dreck des Feldquartiers verkommen. Und, bei Gott, diese Fettsäcke in den Städten, sie leben gut. Was schadet es da, wenn sie dem geben, der nichts hat. Du, Bub, warst doch bei den Pfaffen! Steht nicht in der Bibel, man solle dem geben, der nichts hat? – Egal! – Die Fettärsche und Pfeffersäcke hier in der Stadt wissen, dass wir nicht gar zu lang Herr in diesem Haus, wollte sagen, der Stadt, sein werden. Da mögen sie uns schon schnell zum Teufel wünschen. Also, was geht es uns da an, was der Sohn dieses Bäckers über uns denkt.«

Ludwig wollte seine gewohnten Einwände machen, aber der Feldhauptmann winkte ab und rief laut nach seinem Knecht, Petr Biolachowsky, einem mittelgroßen, plumpen, dümmlichen Böhmen, den von Stoploch, wie seinen Reitknecht, den Sigis Kronslawo, einen schlaksigen, dürren Tschechen, im Dienst des Kaisers im Süden Deutschlands vor ein paar Jahren aufgelesen hatte.

»Petr!«

»Hier, ich bin«, kam der Knecht in die Stube gepoltert.

»Geh zum Bäcker und hol zwei Krug gutes Bier, gutes Brot und Geselchtes, wie es uns zukommt!«, befahl er und, als der Knecht davon gestampft war, zu Ludwig:

»Ab sofort leistest du mir bei meinen Mahlzeiten Gesellschaft! – Mag nicht mehr allein herumsitzen – verstehst du!« Seine Stimme klang hart und knarrend und ein zweifelnder Blick schoss zu dem Jungen. »Das ist zu viel der Ehr, Herr Hauptmann.«

»Papperlapapp! – Ist mein Befehl – verstanden!« »Wenn Ihr es so befehlt, Herr Hauptmann.« »Richtig. Ich will's so! – Doch bilde dir darauf nur nichts ein, Bub. – Äh! – Ich mag nur nicht allein sein, weil ich die Stille, die Leere am Tisch nicht mag, verstehst du?«

»Ja, Herr Hauptmann.«

»Ja, Herr Hauptmann – nichts verstehst du«, nörgelte der alte Ritter und zerrte an seinem langen grauen Schnurrbart, der gut gefettet, wie Windmühlenflügel über die Kopfweite aus seinem Gesicht herausragte. Petr brachte das Geforderte und meldete:

»Herr Hauptmann, der Bäcker nichts mehr gutes Bier, nichts mehr Schinken, nichts mehr Wurst.«

»Zum Teufel! Du hast es doch gebracht. Was soll das Gerede?«

»Eh, Bäcker sagen, dies alles. Sein Letztes, was hat. Nichts mehr im Haus sein. Familie haben auch nichts mehr.« »Das glaube ihm, wer will! Ich bestimmt nicht«, lachte der Ritter. »Geh, und sage dem Geizkragen, er soll für gute Furage sorgen, bevor ich Nachsuche halte.«

»Ich gehen sagen ihm«, grinste Petr und polterte wieder hinaus.

»Merke, Bub«, dröhnte der Ritter wohlgefällig und schwang sich auf einen Stuhl am Tisch. »Wenn du als Kriegsmann nicht verhungern willst, musst du es dem Quartier abpressen. Das ist wie Weinkeltern. Je mehr man an der Schraube dreht, umso besser fließen die Wohltaten.« »Aber die armen Leute! – Denkt Ihr nicht an die Barmherzigkeit?«, warf Ludwig vorsichtig ein. »Potz, Blitz! – Mir kommen die Tränen! – Was soll man von so einem Buben halten! Höre, du junger Narr! Städter, Dörfler, Bauern – und was es sonst alles gibt, sitzen in festen Häusern und Hütten. Sie können, gleich den Hamstern, ihren Unterhalt beizeiten besorgen und lagern. Sie haben fast immer etwas versteckt. Sie leben allweil, offen oder heimlich, gut. Sie sammeln wie die Bienen, das ist ihre Art und Pflicht. Unsereins ist da wie ein guter Imker. Verstehst du?« »Nein, Herr Hauptmann.«

»Allmächtiger! – Das musst du aber, wenn du nicht vor die Hunde gehen willst. Also verstehe: Der Imker nimmt, wie du weißt, den Bienen den Honig. – Stirbt davon etwa der Bienenstock?«

»Nein!«

»Siehst du! Es bekommt dem Volk im Stock sogar. Die Bienen werden fleißiger.

Man muss ihnen immer nur so viel lassen, dass sie nicht sterben und gut überwintern.«

»Bei Gott, Herr Hauptmann, ist das nicht unmenschlich, hart?«

»Was ist unmenschlich, was hart? – Sieh her! – Sie leben doch.« Er donnerte die Faust auf den schönen, schnitzwerkverzierten Eichentisch.

»Ist dies vielleicht schlecht?«

»Nein, Herr.«

»Siehst du! Nun Schau dir meine Kiste an – und den abgeschabten Sattel unten im Stall nicht zu vergessen. – Ist das mehr wert, als dieses Möbel, dieses Haus?«

»Bei Gott, nein, Herr Hauptmann.«

»Na also. Dabei bin ich ein Edelmann, ein Ritter, ein Mann von edlem Stand. – Potz, Blitz! Da muss man sich eben an den Bienenstock – eh, wollte sagen, an die halten, die haben, was einem abgeht. Das ist nicht unmenschlich und nicht hart.

Aber«, er stöhnte leicht auf und fügte seinem Gedankenfluss bedauernd hinzu: »im Alter haben sollte. – Auch unsereins fühlt Härte und Unmenschlichkeit. Bei Gott, so ist es.«

»Herr, hättet Ihr es nicht auch haben können?«

Der Alte sah seinen Burschen, zu dieser Keckheit, überrascht an. Er besann sich einen Moment, schwankend zwischen aufkommenden Groll und leutseliger Belehrung. Dann knurrte er mit ausholender Geste, dabei den Krug angelnd: »Wahrlich, Bub! Wenn Gott dir auch so ein langes Leben gewähren sollte, wie mir, bin ich sicher, auch du wirst nur eine Kiste und einen Sattel, wenn es hochkommt, dein eigen nennen. – Erst dann wirst du mich ganz verstehen; dann wirst du so denken, wie ich jetzt. Gott gibt dem einen in Hülle und Fülle – ohne Mühe, ohne jeglichen Verdienst; der andere darbt. Das ist schon bei der Geburt so festgelegt. Es ist uns eingegraben, in den Händen. Es ist Gotteswille, aus dem es kein Ausbrechen gibt.«

»Seid mir da nicht gram, Herr Hauptmann, aber ich mag das nicht so hinnehmen. Es liegt doch an uns, ob wir unsere Gaben nutzen, ob wir gut oder böse, faul oder fleißig sind.«

Der Alte lachte bitter auf und dröhnte: »Ho-ho Bub! Ich wüsste nicht, wo ich nur faul oder böse gewesen wäre. Die Geburt stellte mich an eine Stelle, wo man hätte meinen sollen, dass es mir das ganze Leben hätte gut gehen müssen. Aber schon als Bub sagte mir eine Zigeunerin, die in meiner Hand las, ich würde ein alter elender Strauchritter. Dafür trat sie mein Vater kräftig in den Arsch und warf sie zum Tor hinaus. Doch sie hatte recht gelesen. Sie hatte Gottes Willen in meiner Hand erkannt. Da half mir keine Geburt. Aber betrachte dich selbst. Was bist du? Woher kommst du? Hast du mir nicht in St. Revelin vom Papier und Siegel gesprochen? Ich sage dir, es nützt weniger, als du meinst, obwohl ein wenig Wahrheit dabei ist. Doch wenn dir nicht Gottes Wille den Weg öffnet, kannst du zappeln, wie du willst. Du bleibst im Dreck – trotz Fleiß, Ehrgeiz und Geist.

Ich will nicht bestreiten, dass Herkunft, beglaubigt in Brief und Siegel, Türen und Möglichkeiten öffnet; schon die Geburt jeden an einen Platz in der Welt stellt, der ihm zukommen kann. Wer niederer Geburt ist, ist zum Dienen geboren. Er kann sich nicht daraus befreien. Auch das ist Gottes Wille, denn er hat ihm die Mutter und den Vater bestimmt, die ihm das Leben zeugten. Sie haben es gut. Wer im Dreck liegt, zum Dienen geboren ist, kann kaum fallen.

Ganz anders mit denen, die hoch geboren wurden. Für sie gibt es die Möglichkeit des Sturzes. Einmal in den Dreck gefallen, Bub, da kommst du nicht so leicht heraus. Schau mich an.

Ich habe mich wahrlich bemüht, nach Stand und Bestimmung Ruhm, Ehre und Reichtum zu gewinnen, doch was ist mir zuteilgeworden?

Eine Kiste mit Lumpen, ein paar armselige Taler, über die unser Bäckermeister lachen würde, ein alter Sattel nebst Gaul – und nicht zu vergessen, zwei Taugenichtse von Trossknechten und ein Reiterbub.«

»Ich wage nicht, an Euren Worten zu zweifeln, Herr Hauptmann. Dennoch glaube ich, dass Ihr in jungen Jahren gar manches versäumt habt, was Eure Stellung hätte verbessern können.

Ist es nicht so, dass der Sohn dieses Bäckers, wenn er nicht ein Handwerk erlernt hätte, nicht in einem so feinen Haus leben würde?«

»Natürlich! – Bei den Städtern ist es nicht anders, wenn du das besser verstehst, wie in meinem Stand. Der Bäckersohn hat das Handwerk seines Vaters erlernt.

Er wird dereinst Bäckermeister sein. Dafür sorgt die Zunft seines Vaters. – Doch die Bäckergesellen können nie Meister werden, obwohl sie die Brote besser zu backen verstehen, als ihr Meister. Die Zunft der Meister hält sie dort, wohin sie geboren wurden. Sie werden ihr Leben lang in einer Kammer mit mehreren anderen hausen, mit Mägden Bastarde zeugen, die dann wieder Mägde oder Gesellen werden. Sie können fleißig sein, wie sie wollen. Ihr Schicksal bindet sie an Geburt und in dieser an Gottes Willen.«

Der Ritter nahm einen kräftigen Schluck aus dem Krug und wischte sich mit dem Handrücken die Rückstände aus dem Bart. Er war, mochte der Himmel wissen warum, heute im redseligen Bekehrungseifer. Der Bub machte es ihm nicht leicht, das gefiel – und missfiel ihm gleichzeitig. Aber letztlich brauchte er das Gespräch, weil ihn die Niederlage noch wurmte und die damit verbundenen Aussichten seine eigene prekäre Lage einigermaßen deutlich werden ließ. Er äugte misstrauisch zu Ludwig, der am Lederzeug herumwalkte.

Der Bengel grinste und sagte scheinheilig: »Herr Hauptmann, ich weiß, dass es so ist. Dennoch! Ich glaube, jeder kann sein Geschick etwas selber wenden, wenn er will. Ich meine, Gott hat uns allen gleiche Gaben gegeben und wartet darauf, dass wir sie nutzen. Kann ich nicht über mich selber bestimmen? – Kann ich nicht an jeder Ecke lernen?«

»Haha! – Du kannst beides nicht! – Das weißt du auch, sonst hättest du mir nicht von Brief und Siegel gesprochen. Deine Freiheiten sind beschränkt, was du auch tust. Man wird dich, zum Nutzen anderer, lernen lassen. Was dann mit deinem Können geschieht, halleluja, ist schon ganz miese. Du darfst es für die einsetzen, die zu faul waren, es selber zu lernen. Freiheiten! – Haha, die gewinnst du nur so weit, wie man es erwünscht. Schau! All die vielen Kriegsknechte sind Männer, die gerade an diesen Dingen gescheitert sind. Sie kommen aus allen Berufen und Ständen – heimlich entlaufen oder gewaltsam gezwungen. Nun verkaufen sie – als Letztes – ihre Haut. Doch das ist auch nur eine Flucht von einer Ordnung und Ausnutzung zur anderen. Freilich, die meisten Knechte sind recht einfältig, nicht so klug.

Viele Freiheiten enden hoch oben an einer Eiche, an einem Strick. Du kannst viel, was gar manchem Herrn gefallen würde. Sigis und Petr würden so etwas nicht lernen. Doch du kannst es nur zum Nutzen anderer. Wo ist der Unterschied im Dienen?«

»Das habe ich mir selber erarbeitet, selber gelernt, weil ich es wollte. Ich kann es, wenn ich will, nur für mich nutzen«, protestierte Ludwig.

»Gewiss, gewiss! – Doch verdankst du vieles nur dem Zufall, der dich, wohl aus Gottes Willen, mit diesem Pater Tivolio zusammengebracht hat.

Hätte er deinen Geist nicht geweckt, wahrlich, du verstündest wohl noch weniger vom Leben, als meine beiden Knechte. Vermutlich schöbest du heute, ohne darüber traurig zu sein, irgendwo eine Mistkarre. Du würdest es als eine Gnade betrachten, von deinem Herrn, wer immer es auch wäre, in den Hintern getreten zu bekommen. Schätze die natürliche Willensentfaltung nicht zu hoch, Bub. Ohne fremde Hilfe ist sie fast unmöglich.«

»So mag es wohl sein, Herr«, gab Ludwig kleinlaut zu.

Von Stoploch nahm einen gewaltigen Schluck aus seinem Krug und gab sich schweigend eine Weile seinem Frühstück hin. Schließlich rülpste er laut und genüsslich – und drückte damit sein gesättigtes Wohlbehagen aus.

Mit einem unverkennbaren Wohlgefallen sah er dem Buben beim Putzen des Leders zu.

»Ja, ja – so alt müsste man noch einmal sein«, lachte er und ihm wurde dabei nicht einmal bewusst, dass er leise vor sich hingesprochen hatte.

»Sagtet Ihr etwas, Herr Hauptmann?«, vergewisserte sich Ludwig, der die Worte nicht verstanden hatte, weil sie zu leise, nicht für ihn bestimmt waren.

»Nein, nein, Bub; oder sagen wir doch. Was ich dich schön öfter fragen wollte.

Du bist, wie sollte es anders sein, ja nicht im Kloster geboren und, wenn ich es so recht verstanden habe, auch nicht als Findelkind dort abgegeben worden.«

Er lachte verschmitzt und fuhr dabei fort: »Was den Mönchen wohl weder gepasst, noch gut angestanden hätte. So ein Mönchlein hat ja nicht viel von einem Kerl, aber als Amme taugt er auch nichts. So hast du vorher also woanders gelebt. Du hast nie von Vater und Mutter gesprochen. Wo und wer sind sie?«

»Es gibt da nicht viel zu berichten, Herr Hauptmann. Sie waren Freibauern und hatten einen Ausschank – soweit ich mich erinnern kann.«

»Freibauern, Freibauern!«, lachte der Ritter und schlug auf den Tisch, dass der Krug tanzte. »Klingt fast herrschaftlich, ritterlich – haha! – Bub, Bub, deren gibt es seit mehr als dreißig Jahren kaum noch. Wüsste keinen mehr. Die, die ich gekannt habe, endeten gar jämmerlich. Doch sei es drum. Sicher erinnerst du dich an den Grundherrn deiner Eltern.«

Ludwig überlegte fieberhaft. Das Gespräch passte ihm gar nicht. Wie leicht konnte dabei herauskommen, dass er damals den Reiter erstochen, der, wie er glaubte, seine Mutter getötet hatte.

»Nun«, drängte von Stoploch. Ihm fiel der Name des verstorbenen Ritters ein, dem er seinen Spitznamen zu verdanken hatte. Sicher würde man diesen nicht mit seinen Eltern in Verbindung bringen – und so sagte er zögernd und mit leichter Abfälligkeit in der Stimme: »Ach, das waren die Sylensteiner, die uns oft schädlich, aber nicht gram waren.«

»Sylenstein?« Der Hauptmann kratzte sich den Kahlkopf, zwirbelte danach genüsslich die Bartspitzen und lachte dann brüllend in den Raum, dass die Butzenscheiben klirrten.

Dabei schlug er vergnügt auf den Tisch, bis Schinkenbrett, Schinken und Bierkrug hin und her hüpften. Er wollte schier bersten vor Vergnügen, während Ludwig zunächst bestürzt, dann ärgerlich, dem Tun seines Herrn zusah. Der Ritter hatte Lachtränen in den Augen. Er lehnte sich schließlich weit über den Tisch und sah den Burschen genau an. Schon weckte es erneut seine Heiterkeit und er schrie:

»Sylenstein! Hast du Sylenstein gesagt?«

»Ja, Herr Hauptmann. Was ist daran so lustig?«

»Und der Knipphaus – und die anderen – rufen dich den Kauzenludwig – haha!«

»Ja, Herr Hauptmann, denn eigentlich heiße ich doch Ludwig, der Kauz des Sydekum.«

»Haha! – Der Kauz des Sydekum! – Köstlich, köstlich!« Er wischte sich mit den Ärmelpatten die Tränen aus dem Bart und dröhnte weiter: »Darauf, Bub, sollst du mir mit einem ganzen Krug Bescheid geben!«

Er hob seinen Krug und rief: »Nur zu – du Kauz des Sydekum. Heb deinen Krug und lass ihn nicht eher ab, bis du den Boden siehst.«

Ludwig setzte seinen Krug zögernd an, aber er wollte seinem Herrn natürlich den seltsamen Gefallen tun. Sie tranken, bis kein Tropfen mehr den Krügen zu entlocken war.

Dann rief von Stoploch nach Petr und befahl diesem, für gutes Geld, und er gab ihm einen Schilling, einen Eimer Bier zu holen. Petr stampfte brummend und murrend davon. Bier! Woher sollte er so schnell Bier holen. In der Stadt gab es ein Heer durstender Kehlen.

Mit gerötetem Gesicht, soweit das unter dem Bart überhaupt zu erkennen war, tippte von Stoploch seinen wurstigen Zeigefinger auf Ludwigs Brust und röhrte: »Du bist also ein Kauz – ein richtiger, fast erwachsener Kauz! Bei Gott! – wahrhaftig, ich sehe es. Die Ähnlichkeit, so man's weiß, ist nicht zu leugnen.«

»Was soll das, Herr Hauptmann. Ich verstehe den Sinn Eurer Worte nicht.«

»Kannst du wohl auch kaum. – Doch wahrhaftig, Bub, du siehst aus, wie dein Vater, als dieser jung und hoffnungsvoll in die Gegend ritt.«

»Wie, Herr Hauptmann, Ihr kennt Jobst Meißel?« Der Name erheiterte den Ritter wieder übermäßig und brachte den Tisch endgültig in Gefahr, ernstlich Schaden zu nehmen.

»Jobst Meißel, sagst du?«

»Ja, so nannte sich mein Vater.«

»Gott bewahre! – Sei bitte nicht einfältiger als die Betschwestern im Kloster. – Warum wohl, nannte man dich einen Sydekum und nicht den Kauz des Meißel.«

»Ich weiß nicht«, sagte Ludwig bockig, obwohl er recht gut wusste, dass der Jobst nicht sein leiblicher Vater gewesen sein konnte, er also unehrlich geboren, also ein Bastard war.

Von Stoploch erkannte die Not, in die seine Frage den Jungen gebracht hatte. Irgendwie, ganz gegen seine raue Art, bereute er die Frage. Der Bub tat ihm gar leid.

»Höre, Bub. Es ist mir wurstig, was man so über Ehe und Geburt sagt. Ich habe manchen vornehmen Herrn gekannt, der sich stolz Bastard nannte und auf seine hohe und edle Blutabkunft verwies. Narren die, die glauben, dass ein Ehevertrag den besseren Menschen macht. – Also keine Blödheit, verstanden. Sie steht dir schlecht zu Gesicht.« »Ich weiß, Herr Hauptmann, das etwas – eh, ich mein, dass ich unehrlich geboren bin.« »Potz, Blitz! – Bei allen Heiligen und Teufeln! – Mir ist es egal! – Also kurz: Du siehst aus, wie einer meiner vieljährigen Weg- und Kampfgefährten und er war ein Sylenstein. Zudem hast du einen Beinamen, wie er in trug – und er könnte in der Gegend, wo du hergekommen bist, zu Hause gewesen sein. Kennst du den vollen Namen des Ritters vom Sylenstein?«

»Nein, Herr Hauptmann. Ich weiß nicht, von wem Ihr sprecht. So lange ich dort lebte, gab es auf der Burg nur die Herrin und einen Sohn.«

»Schade, sehr schade – aber eigentlich auch egal. Du siehst ihm verdammt ähnlich. Allerdings müsste er jetzt wohl an die achtzig Jahre sein. Wie alt, glaubst du, bist du?«

»Ich glaube siebzehn oder achtzehn Jahre.« Der Ritter sah eine Weile schweigend – und wieder überraschend nüchtern, aus dem Fenster, das er eine Spalte weit aufgezogen hatte. Plötzlich lachte er vergnügt vor sich hin und brummte: »Möglich wär's. Es kann gar nicht anders sein.

Die Ähnlichkeit. Der geile Bock hat es ohne Weiber nie ausgehalten und seine Nachkommenschaft füllt sicher ein ganzes Regiment.«

Er wandte sich wieder an Ludwig und fragte fast sachlich, kühl: »Hast du schon einmal den Namen Karl Kauz auf Speck von Sylenstein gehört?«

Ludwig bedachte sich. Ganz schwach erinnerte er sich, dass man auf den Höfen und Vorwerken der Umgegend öfter Kauzenwitze erzählte, deren Sinn er damals nicht verstanden, die ihm aber deshalb erinnerlich waren, weil sie etliche Male ihn zum Inhalt gehabt haben mussten. Ihm schwante, was der Ritter mit seiner Frage meinte. »Herr, Ihr glaubt doch nicht, dass ein Sylensteiner mein Vater gewesen ist? Auf der Burg gab es keinen Ritter. Die Herrin hatte wohl oft Gäste auf der Burg, mit denen sie zur Jagd ritt, wie mein Großvater sagte. Auch gab es dort den Sohn Hinrichs, der allerdings auch den merkwürdigen Speck im Namen trug.«

»Na also! Passt doch zusammen. Du ein Kauz, der Sohn ein Speck. Sicher war zu der Zeit, an die du dich erinnern kannst, Karl Kauz schon tot – oder wieder einmal in der Fremde. Wie alt war denn dieser Hinrichs?«

»Er war ein oder zwei Jahre älter als ich.«

»Da kann er schwerlich dein Vater sein. Aber wenn Karl Kauz noch einen legitimen Sohn in fast deinem Alter hat, warum nicht auch einen Bastard.« Der Ritter lachte vergnügt vor sich hin. »Jetzt bin ich sogar sicher. Wenn ich mich recht besinne, sah er dir – oder du ihm – sehr ähnlich. Allerdings lernte ich ihn erst als Mann, in der Mitte seines Lebens, kennen. Aber er wirkte auch da noch viel jünger, als er war, was ihm bei den Weibern viel Gunst brachte. – Ja, ja, die Weiber! – Die hatten es ihm angetan. Ich traf auf ihn im Italischen, in der Lombardei. Wir zogen dann zusammen ins Mährische, von da an die Theiß, wo wir uns mit den Ungarn, Serben, Kroati und Türken schlugen; mal waren wir gegen, mal mit ihnen, wie es das Kriegsglück verlangte. Gerade so, wie es uns nun auch hier ergeht.

Lieber Gott, dein Vater, so will ich den Karl nun heißen, war ein wilder Mann. Von Sinn und Gemüt scheinst du ihm nicht zu gleichen.

Doch zum Menschlein gehören bekanntlich zwei. Was nun den Mut anbelangt, scheint er dir einiges vermacht zu haben.«

»Wenn Ihr da so sicher seid, Herr Hauptmann, dann bitte ich Euch schön, es nicht laut werden zu lassen.«

»Papperlapapp! – Warum soll es keiner wissen, Bub? – Wer ist da unter dem Kriegsvolk schon besser dran? Höre! Ich sag dir, dein Vater, der Karl Kauz, ist ein wackerer Ritter gewesen, den man allemal als Vater anerkennen kann. – Schaust du aber hinaus, und siehst manch Edlen, der wurde, bei genauem Hinsehen wohl von einer Jungfrau geboren, gerade so, wie unser Herr Jesus Christus, denn der hohe Herr Vater weilte bei seiner Niederkunft schon über Jahr und Tag in der Ferne. Sein Weib gebar ihm aber treulich Kinder – manchmal trotz Keuschheitsgürtel und all den anderen Lächerlichkeiten.«

»Dann kann der Vater doch gar nicht der Vater sein«, stellte Ludwig überflüssig fest. »Ach du lieber Himmel, Maria und Josef, welche Einfalt! – Natürlich nicht, du Esel! – aber wer will das einer hohen Frau ankreiden. Es würde die Familie, ihr Ansehen ruinieren.

Zudem kommen nur wenige aus der Ferne zurück und die meisten Familien wären längst ausgestorben. Merke, es gibt nichts, was es nicht geben kann – oder darf.«

Petr kam mit dem Bier. An diesem Tag soffen der Hauptmann und sein Reiterbub, bis sie den Eimer leer getrunken und von den Knechten fluchend in das Ehebett des Bäckermeisters geworfen wurden.

Der Herzog von Chimay zog den Ring der Belagerungstruppen nun um Bonn enger. Im Norden konzentrierte er seine Lütticher und wallonischen Truppen – zusammen mit den spanischen Hilfstruppen, die zumeist aus Lombarden, Schweizern und Flamen bestanden. Im Westen und Süden standen die Lothringer und Bayern. Zwischen die Kontingente schob er, wegen der Reibereien, Erzstiftige Truppen. Das Geschütz beließ er indessen bei den jeweiligen Kontingenten. Nur vor der Wenzelpforte führte er mehr Geschütz auf, denn hier wollte er mit dem Sturm beginnen.

Überall im Land herrschte große Not. Der Bauer wurde wieder einmal geschunden. Höfe und kleine Dörfer brannten ab; die kurfürstlichen Truppen und ihre Hilfstruppen bereiteten dem eigenen Land Pein und Schrecken, schlimmer als feindliche Heere. Indessen wurde die Verteidigung Bonns ins Werk gesetzt, soweit das nicht schon geschehen, obwohl, auf Grund der zahlenmäßigen und ausrüstungstechnischen Vergleiche, die Sache entschieden war. Nachschub oder Entsatz waren so gut wie ausgeschlossen.

Der Truchsess weilte in seinen nördlichen Landen und seine Parteigänger, bis auf Schenk von Nideggen, waren unsichere Kandidaten, die mehr hauspolitisch taktierten als paktierten. Die Söldnertruppe kam, wie das Heer der Belagerer, aus aller Herren Länder, aus allen Ständen und allen religiösen Strömungen der Zeit, obwohl der Streit sich vordergründig auf die Abkehr des Gebhard Truchsess von Waldburg vom katholischen Glauben gründete.

Die Mehrzahl der Söldner war denn auch, soweit bei ihnen nicht ein undurchsichtiger Aberglauben statt Glauben vorherrschte, gut katholisch. Von den wirklichen Kontrahenten, dem Erzbischof und dem Ex-Erzbischof, war weit und breit nichts zu sehen.

Sie gaben sich, fern des schmutzigen Krieges und der Not, ihren Vergnügungen hin. So wurde die Kriegführung beider Parteien, von der Unsinnigkeit des Streites abgesehen, in den letzten Augusttagen des Jahres 1588, trotz des Ernstes der Lage der Verteidiger – und der Not der Bevölkerung, zur Posse.

Die Söldner und Knechte in der Stadt hatten Freunde und Bekannte bei den Belagerern; man kannte sich, man hatte in vielen Feldzügen mal mit, mal gegeneinander gestritten. Die Fahnentücher und Feldbinden bestimmten die Position.

Beide Seiten wollten sich nicht wehe tun. In der Stube des braven, vom Quartier geplagten Bäckermeisters, hockten sechs ältere Offiziere um den mit tönernen Humpen beladenen Tisch und ließen sich, sobald der Boden ihrer Trinkgefäße sichtbar wurde, von Ludwig tiefroten Burgunderwein nachfüllen. Man sprach dem kostbaren Gesöff eifrig zu.

Gastgeber der fröhlichen Runde war Feldhauptmann, Ritter von Stoploch.

Seine illustren Gäste waren der Feldhauptmann von Gymnich, ein kleiner quirliger Mann im abgeschabten braunen Lederkoller und einem wagenradgroßen Schlapphut mit weißer Reiherfeder, der Junker von Rodenstock, ein Mann, der durch seine Größe besonders hervorstach. Sein Kopf war mit vollen grauen Mähnenhaar bedeckt.

Mit seinem gleichfarbigen gewaltigen Backenbart glich sein Kopf dem eines Löwen.

Er trug ein abgeschabtes rotes Wams mit weit gepufften gelben Ärmeln. Ihm saß ein Winzling gegenüber, dessen schwarzer spanischer Anzug, neuester Mode, mit sogenannten ausstaffierten Gänsebauch, aus feinstem Samt gefertigt, deutlich von dem altehrwürdigen, verkleckerten seines Gegenübers abstach. Don Alfredo Gonzales de Alvarez war elterlicher Herkunft echter Spanier, hatte das Land seiner Väter aber nie gesehen, denn er war in Wien geboren und in den Spanischen-Niederlanden aufgewachsen.

Er war Leutnant und Repetent, Einpauker, Drillmeister bei den spanischen Hilfstruppen vor den Toren. Neben ihm rekelte sich der Kornett Max van Goodengoff aus Flandern, zurzeit Reiterführer bei den Erzstiftige Truppen des Isenburg. Er war der jüngste Herr der Runde. In seinem lila Wams, das viel zu knapp saß und unter seinen Muskeln ständig spannte, sah er mit seinem bartlosen, rosigen, runden Gesicht wie ein Riesenbaby aus. Der letzte in der Runde war ein gemütlicher Schwabe von den bayrischen Reitern. Ritter Hilfreich von Zwagl hatte das sechzigste Lebensjahr schon hinter sich und sah die Welt mit der Gelassenheit eines Mannes, der sich vom Tod vergessen fühlte. Die Männer seiner Jugend waren aus den Heeren fast schon alle ausgeschieden und selbst von Stoploch konnte zu diesen nicht zählen. »Trinken wir noch den letzten Schluck auf unseren allergnädigsten, allerhöchsten, allerfürstlichsten Kriegsherrn!«, jubelte Junker Rodenstock und schwang seinen Humpen. »Auf die edlen Herren!«, grölten, schrien und lallten die anderen und taten ihm Bescheid. Nach ausgiebigen Rülpsen und Schnaufen dröhnte der alte Zwagl: »Es mag für heut genug sein!«

Mit einer großartigen, sehr ungenauen, weinseligen Geste zum Gastgeber: »Wir danken unserem alten Freund und Helden, den gastfreundlichen, versoffenen Stoplochhannes für den herrlichen Suff. War ein wunderschönes Fest!«, kicherte Zwagl. Er raffte sich noch einmal auf, reckte sich, soweit das seine alten Knochen noch zuließen und brüllte: »Prost, dem Hannes! Möge er weiterhin hieb-, stich- und kugelfest bleiben!«

Die Runde brüllte erheitert ihr Prost und die frommen Wünsche. »Wir sollten, da nun der Wein alle ist, wirklich gehen«, mahnte Alvarez. »Sonst ist es wieder Tag und es sieht, ha-ha, nicht gut aus, wenn wir vom Sturm auf das alte Bonn, besoffen ins Lager zurückkehren.«

»Recht hat er, unser Don!«, reckte sich Goodenhoff und strahlte süffig, selig in die Runde. »Und vergesst nur die Parole nicht, ha-ha. Hui, ist mir heute sonnig und warm im Gedärm. Bruder, alter Freund«, er fiel von Stoploch um den Hals und schmatzte ihm einen Kuss auf die stoppelige Wange.

»Das nächste Fest, bei Gott, ist bei mir. Will euch allen Bescheid tun, was ein rechter Goodenhoff ist!«

»Also auf denn«, mahnte Alvarez, der offensichtlich, wenn überhaupt einer, noch einigermaßen nüchtern war.

»Ich bring euch zum Tor«, verkündete von Stoploch und stieg, eine der den Raum dürftig erhellenden Sturmlaternchen schwingend, seinen polternden, singenden, krakeelenden Zechgenossen voran, die enge Treppe hinunter und auf die Gasse hinaus. Die Nacht war frisch und so wurden die benebelten Geister der Gesellschaft langsam wieder etwas lichter. Hier und da gingen die Fenster auf und flogen den Krakeelern Flüche nach. In einer Gasse leerte sich über ihnen ein Nachttopf, was auf die Gesellschaft keinen Eindruck machte. Die Wachen am Tor hatten in dieser Nacht schon einige Trüppchen raus-, andere hereingelassen. So machte der Abzug keine Schwierigkeiten. Gastereien dieser Art waren unter den Umständen dieses Krieges durchaus üblich. Gymnich und Rodenstock hatten sich vor dem Haus des Bäckermeisters von ihren Zechkumpanen getrennt und waren laut singend zu ihren Quartieren abgezogen.

Von Stoploch, nun seiner Geleitpflicht ledig schaukelte ebenfalls vergnügt heimwärts. Das war doch mal wieder ein Abend, der so recht nach seinem Sinn, ja seinem Lebensgefühl war. Schade nur. Früher gehörten auch noch ein paar Dralle Weiber zu einem gelungenen Fest.

Nun ja, was machte es. Man war eben nicht mehr zwanzig und da zählten die Männerfreundschaften eigentlich mehr. Aus einer Seitengasse kam eine Patrouille anmarschiert. »Halt! – Wer da!«, rief der Führer.

»Seid ihr es, Kamhuber?«

»Ja! – Ach der Herr Feldhauptmann ist's.«

Er kam allein näher. »Heute Nacht ist es laut in der Stadt, Herr Feldhauptmann und schwer Ruhe zu halten.« »Das will ich wohl glauben«, schmunzelte von Stoploch.

»Doch haltet gut wacht. Dem bösen Feind kann man nicht trauen«, witzelte der Ritter und dachte mit Vergnügen an seine eben hinausgeleiteten Zechbrüder, die sicher gerade jetzt durch ihre Vorposten marschierten. Kamhuber grinste unter seinem Birnenmorion, dessen schräge Krempe jedoch sein Gesicht, soweit verschattete, dass die kleine Laterne des Feldhauptmanns die Belustigung des Wachführers nicht offenbarte. »Wie Ihr befehlt, Herr Feldhauptmann.«

»Na, dann gute Wacht!« Von Stoploch stampfte, um Gleichgewicht ringend, mit vorgeneigten Oberkörper davon, um die nächste Ecke – und auf einen Haufen, wild ringend und keuchend, sich im Straßenkot wälzenden Männer zu. »Potz, Blitz! – Was ist hier los?«, brüllte er überrascht. Instinktiv riss er seinen Stoßdegen aus der Scheide, während er mit der anderen die Laterne so weit hob, dass ihr kümmerlicher Schein den quirlenden Haufen ineinander verkeilter Leiber deutlicher machte. Doch sein Ruf, noch seine Erscheinung löste das Problem. Die Kämpfer waren wie Hunde ineinander verbissen und verkeilt, sahen und hörten nichts.

»Wache! – Wache!«, brüllte von Stoploch und schon eilte Kamhuber, der den Ruf hörte, mit seinen Leuten um die Ecke herbei. »Was ist, Herr Feldhauptmann?«

Von Stoploch wies mit seinem Degen auf die sich balgenden Männer und befahl:

»Nehmt alle fest. Saufen ist eines. Sich schlagen etwas ganz anderes.«

Die Wache, sieben Mann, stürzte sich, unter Leitung Kamhubers, auf die Männer am Boden. Es waren fünf junge Kerls. Einer von ihnen ein Söldner des Truchsess, der aus einer Schnittwunde am Hals blutete. Zwei der Raufer waren heimische Gesellen, die beiden anderen sogenannte Nichtsesshafte.

»Eh! – Dich kenn ich doch«, staunte Kamhuber auf der Wache, als das Kerzenlicht auf das Gesicht des einen Inhaftierten fiel. Er hielt dem Ortsfremden noch einmal die Kerze dicht vor das Gesicht. »Wahrhaftig! Der Hurenmelchi aus Köln.«

»Was geht es dich an«, spektakelte der Festgenommene frech und höhnisch.

»Das wird dir morgen der Kommandant oder der Profos erklären. Du warst bei einer Rauferei zur Sperrstunde und dort liegt einer unserer Leute in seinem Blut.«

»Das war ich nicht!«, schrie Jeorgh. Er wies mit dem Kopf zu dem zweiten Ortsfremden.

»Der war's! Der musste den Krach wegen der Huren anfangen.« »Das ist nicht wahr!«, heulte der Beschuldigte noch im Fortführen aus dem Mauergang.

»Der Landsknecht, das Schwein, hatte Schuld! Jawohl! Er hat mir die Elfi ohne Zahlung angefasst!«

»Halts Maul, du Esel! Die Elfi ist mein Mädchen«, wetterte der Hurenmelchi grimmig.

»Ruhe! – Auseinander ihr Strolche!«, fuhr Kamhuber dazwischen.

»Mir ist es gleich, wer, was, wem getan, fortgenommen hat. Hebt euer erbärmliches Geschrei für den Profos auf.«

Dann wies er seine Leute an: »Legt die Einfaltspinsel in Eisen, sonst schlagen sie sich heute Nacht noch den Schädel ein und der Profos mag es wohl nicht gern sehen, wenn er um sein Richtgeld kommt.«

Ein Landstreicher – nur er und der liebe Gott mochte wissen, wie er in die belagerte Stadt gelangt war, brachte die Einladung des Kornett van Goodenhoff zur Gasterei, am ersten Herbstmond, in der Schänke »Zum Eselchen«, in Plittersdorf.

Ludwig musste ein Briefchen des Dankes und der Zusage schreiben, das der Landstreicher, gegen zwei Heller, besorgen wollte.

Das gastliche Vergnügen zwischen »Freund und Feind« konnte jedoch nicht, wie verabredet, stattfinden. Im Rathaus hatten sich der Feldobrist von Puttlitz, der Ortskommandant, seine Hauptleute und die zwei ihm vom Truchsess beigegebenen Kriegs Kommissare versammelt. Die Herren hockten am zweckentfremdeten Ratstisch.

»Ich habe die Herren hierhergebeten«, eröffnete von Puttlitz die Sitzung, »um unsere Lage zu sondieren.« Er sah in die Gesichter der Versammelten, in denen sich teils höfliche Aufmerksamkeit, teils gelangweilte Ablehnung spiegelte. Unbefriedigt von dem, was er sah, fuhr er fort: »Gebhard Truchsess von Waldburg, unser allergnädigster Kriegsherr, ist in den Generalstaaten, bei dem Oranier und dem Ratspensionär Oldenbarneveldt, wegen Hilfe mit Hilfsgütern, Truppen und Geld, auf taube Ohren gestoßen.«

Von Puttlitz machte eine Kunstpause und versuchte in den Gesichtern der Versammelten zu lesen. Doch das war vergebliche Mühe. Sie nahmen es hin, ohne die geringste Veränderung zu zeigen. Er hüstelte, unterdrückte einen Fluch und fuhr gereizt fort:

»Feldmarschall von Nideggen steht mit der Masse unserer Reiter vor und um Neuss und hält uns dort eine Menge Erzstiftige, Kriegsvolk des Isenburg, vom Hals. Der Herzog von Chimay hat, wie wir täglich sehen können, den Ring um die Stadt eng gezogen und es kommt nichts mehr rein noch raus.« Wieder machte er eine Pause und sagte dann bissig:

»Bis auf die Herren, die nachts mit dem Feind kuppelieren, fressen und saufen, wie anno dreiundachtzig, vierundachtzig – die Knechte allesamt und allgemein.«

Aus den Zuhörern kam keine Regung und so fuhr er unterkühlt, geschäftsmäßig fort: »Ich bin auch ein guter Freund des Herzogs von Chimay, desgleichen mit vielen seiner Obristen, mit denen ich zugleich in etlicher Fürsten Dienste stand. Aber ich bin nun mal hier im Dienst – und da geht es mir um die Ehr! – Ich habe das Vertrauen unseres allergnädigsten Kriegsherrn und des Feldmarschalls. Letzterer hat mir die Erlaubnis gegeben, die Stadt aufzugeben, wenn der Feind uns derart bestürmt, dass eine Verteidigung, wie etwa in Neuss, sinnlos wird. Es gilt, unsere Truppe kampfkräftig zu erhalten. Doch das heißt nicht, die Stadt ohne Kampf zu übergeben. Es wird nicht, wie weiland vierundachtzig, auf Gnad oder Ungnad kapituliert. Ich bedinge mir darum unter den Knechten harte Zucht aus. Meuterer werden ohne Pardon gehenkt.

Die Herren mögen bedenken, dass unter den Belagerern viele unserer damaligen Knechte stecken, wie wohl auch etliche wieder bei uns sein dürften und möglicherweise falsche Parolen auszugeben bereit sein könnten.

Beim feindlichen Geschütz soll sich zum Beispiel der verräterische Geschützmeister Spitz befinden, der, wie bekannt, vierundachtzig die Meuterei hier anführte. Aber das ist nicht das Wichtigste und der Grund, warum ich sie hergebeten habe.«

Er machte wieder eine bedeutungsvolle Pause und diesmal hatte er Erfolg. Man sah mit einiger Überraschung zu ihm hinüber. »Mir ist heute eine Meldung, ein Gerücht zugekommen.«

»Wie das!«, begehrte von Gymnich auf, »wo doch nichts mehr geht – außer beim Kuppelieren, Fressen und Saufen!«

Allgemeines Gelächter verwirrte und erboste den Kommandanten.

Mit hochrotem Kopf starrte er in die Runde. Dann schlug er mit der Faust auf den Tisch und verlangte Ruhe und Ehrerbietung.

Etwas gefasster schnaufte er: »Herr von Gymnich, ich mag auf Eure Frage eine gute Antwort geben. Die Kunde kam mir von einem Herrn von hier, von diesem Tisch. – Doch zum Gerücht!«, bezähmte er sich mühsam. »Man sagt, die Engländer hätten die Armada versenkt.« Sekundenlang herrschte überraschtes Schweigen – dann brach allgemeiner Jubel aus.

Der Kommandant hob gebieterisch die Hand und in das eintretende Schweigen hinein fuhr er eindringlich fort: »Das ist, wenn es wahr sein sollte, meine Herren, weiß Gott kein Grund für uns zu jubeln. – Wenn der Parma nicht nach England kann, hat er freie Hand auf dem Festland, also in den Generalstaaten und hier. So können wir wohl bald mit weiterem Feind rechnen, der ohnehin wohl drei bis fünf Mal so stark ist, als wir.

Damit steht es mit uns fast so schlimm, wie den Neuenahrschen im vergangenen Jahr in Neuss.«

Wie zur Bestätigung ließ schlagartig einsetzender Kanonendonner die Scheiben klirren.

Lehm und Kalk fiel von der Decke auf den Ratstisch. Von Puttlitz schnellte auf; die übrigen Herren folgten unterschiedlich geschwind diesem Beispiel.

Der Kommandant sah in die Runde und sagte ernst – und etwas Furcht schwang deutlich in der Stimme: »Na dann, die Herren. Ich erwarte ihren Mut und Einsatz, wie es die Artikel vorschreiben. Wir sehen uns auf den Wällen. – Es lebe unser Kriegsherr, der Truchsess von Waldburg!«

»Er lebe!«, riefen die Versammelten und es klang keineswegs überzeugend, nur rein höflich.

Die Versammlung löste sich, heftig durcheinanderredend, Vermutungen über den Ort des Beschusses äußernd, dennoch gelassen auf. Es galt, nun zur Truppe zu kommen und die überraschende neue Lage zu sondieren. Ludwig erwartete seinen Feldhauptmann im Quartier. Dieser kam polternd und laut rufend in das Haus: »He Knechte! Ludwig! – Kommt alle in die Stube!« Dröhnend stolperte er in die Stube, in der Ludwig den Harnisch, Helm und Schienen bereits bereitgelegt hatte.

»Aha, Junge, da hast du schon alles parat. – Komm, leg mir das Gerümpel an. Es geht nun wohl doch los. Heilige Mutter Gottes, die haben sich Zeit gelassen, ha-ha!«

Ludwig legte seinem Herrn den Harnisch an und zog die Riemen in die Hüftschlingen fest.

Von Stoploch stand mit gespreizten Beinen und gehobenen Armen, wie ein großer Vogel, der sich vergeblich mühte, seine Masse in die Lüfte zu heben. Bei jedem neuen Donnerschlag reckte er, fast schien es genießerisch, den struppigen Kopf. Wieder krachte es draußen und schmunzelnd kommentierte er: »Bursche, das war nur kleines Geschütz. Sie lassen es in die Pause des groben Geschützes spielen. – Komm, Bub, eil dich.

Du legst dir heute den Halbharnisch fest an, wenn du mich sogleich begleitest. Zudem setzt du den Topf-auf-dem-Kopf[53] auf und lässt ihn nicht eher vom Kopf, bis ich es dir gestatte.« An der Tür gab es Gepolter und die beiden Knechte erschienen im Türrahmen. Sie trugen ebenfalls ihre Halbharnische, dazu arg zerbeulte Morion[54].

Bewaffnet waren sie mit Katzbalger, jenen handlichen, einfachen Landsknecht Schwertern. Der Ritter betrachtete sie kurz, nickte befriedigt und befahl:

»Petr, du bleibst, wie immer, bei den Pferden und unserer Bagage. Sigis, du kommst mit mir und den Ludwig.«

Ludwig war mit der Rüstung seines Herrn fertig und hängte ihm das Wehrgehänge um. Von Stoploch prüfte kurz den Sitz seiner Rüstung und knurrte:

»Scheint alles zu sitzen. Na dann los, Burschen! Machen wir, dass wir auf die Wälle kommen, sonst sitzt der Chimay noch eher da oben, als wir unseren Arsch nach dort gewälzt haben. Ha-ha! – Dann möchte ich nicht das fröhliche Gesicht des Puttlitz sehen.«

Der Gedanke schien ihn noch zu beschäftigen, als sie die Stiegen hinunter stapften, denn er lachte noch einige Male vergnügt vor sich hin. Der Bäcker und sein Sohn sahen den Forteilenden hämisch nach, als sie die Ackerstraße hinunterliefen. »Soll sie der Leibhaftige stückweise holen«, raunte der Bäcker seinem Sohn zu. Dieser starrte mit fanatischen Glitzern in den Augen hinter den Enteilenden her und leise flüsterte er: »Ich werd's tun, Vater. Wenn die Stunde kommt. Unsere Stunde, Vater.«

»Um Gottes und unseres Heilands Willen, Bub. Sei nicht töricht. Der Bürger soll sich nicht in die Händel der Herren mischen.«

»Es sind unsere Händel, Vater. Nach der kurfürstlichen Ordnung[55] hab ich für den Landesherrn einzustehen. Es mag uns doch nicht so ergehen, wie vierundachtzig denen, die sie auf dem Marktplatz wegen Hilfe des Feindes richteten, hängten.«

---

[53] Sturmhaube mit Nacken und Wangenschutz, im 16. Jh. für einfache Krieger gebräuchlich
[54] weit verbreitete Helmart mit Seitenkrempe und Scheitelraupe
[55] Kurfürstlich-Bonner Polizeiverordnung von 1585

Die Artillerie der Belagerer spielte ununterbrochen. Die Geschosse krachten jedoch fast ausnahmslos gegen die äußeren Mauern, um diese auf einigen Abschnitten zu zermürben, brüchig zu machen. Als von Stoploch an seinem Mauerabschnitt ankam, stellte er zu seinem Ärger fest, dass erst die Hälfte seiner Knechte anwesend – und einige recht besoffen waren. Nur die, die Nachtwache gehabt hatten, standen verärgert, weil sie nun nicht abgelöst werden konnten, an ihren Plätzen in den beiden Türmen und im Wehrgang auf der Mauer.

Die Wachtmeister und Feldweibel trieben die Knechte an, das nötige Verteidigungsgerät, Pechkränze, Siedtöpfe, Stoßstangen und vieles mehr, herbeizuschaffen, soweit es noch nicht lag, bereitzumachen und zu ordnen. Die Büchsenmeister prüften die fünf Wallbüchsen im Turm, der die Flankendeckung zur Wenzelpforte bildete. Just der Nebenabschnitt der Mauer, zum Tor hin, war das Hauptziel des Beschusses, in dem von Gymnich und von Rodenstock sich die Gewalt teilten. Nun legte der Gegner das Feuer etwas höher. Die Mauerkronen und Scharten waren ihr Ziel. Die Vollgeschosse zerhackten die Scharten, rissen Quader aus dem Verbund und streuten Steinsplitter in die Wehrgänge. Bald entstanden hier und da Lücken und kleinere Breschen. Einige gut gezielte Schüsse sausten durch diese in die Wehrganggalerie, zerhieben das Balkenwerk des Stützgerüstes und des Gesimses. Wehrgangdächer stürzten ein und verstreuten Schindeln und Ziegeln im weiten Umfeld; eine Galerie brach krachend und splitternd herunter und unterbrach damit die durchgehende Verbindung auf der Mauer. Die Knechte standen, bis auf die Wachen im Turm und am Geschütz, entweder in den Gewölben der Türme oder unter den Mauerbögen. Man unterhielt sich. Nur wenige zeigten Angst oder Nervosität. Einige ließen gar den Würfelbecher kreisen, um die Zeit des Wartens zu bezwingen, vielleicht aber auch, um sich selber zu beruhigen. Im linken Turm des von stoplochschen Abschnitts standen zwei kleine einpfündige Schlangen[56] und zwei Hakenbüchsen[57], die den Belagerern Bescheid gaben. Ludwig sah den beiden Knechten an der Schlange zur Frontseite zu.

Der Geschützmeister, Jacob Hinnerk, bediente das kniehohe Kanönchen mit viel Aufwand und Akribie. Der Abschuss böllerte ohrenbetäubend in dem engen

---

[56] Kanonen mit Kaliber 4 cm, auch Falken genannt
[57] auch Hand- oder Wallbüchsen genannt mit unterschiedlichen Kaliber

Gelass und die Schlange sprang, auf den kleinen schwerfälligen, plumpen Rädchen, gut zwei Klafter weit, bis in das Widerlager aus Weidengeflecht. Der Geschützmeister sah durch die Scharte zum Ziel.

»Ha! – Das hat gesessen! Ich glaube, den einen Wacharkebusier hat es hingerissen. Er ist weg. Los, Brüder, geben wir es ihnen. – Wie du mir – so ich dir! – Laden!«

Ein Knecht wischte sorgfältig mit Werk das Röhrchen aus und der andere bereitete die neue Pulverladung im Pulverlöffel[58].

Vorsichtig bugsierte er das Pulver vorn in das Rohr und der Knecht mit dem Wischer drehte nun den Stock und stieß damit die Ladung fest in die Kammer. Nun stopfte er noch ein wenig Werk als Vorladung – dann die pfundschwere eiserne Kugel ins Rohr.

Alles wurde noch einmal kurz nachgestoßen und dann die Kanone wieder in die Scharte gerollt, bis die Mündung hinaussah. Der Knecht, der die Ladung bereitet hatte, legte Zündpulver am Zündloch auf und stieß auch dieses fest. Meister Hinnerk lag bereits am Boden hinter der Kanone und richtete mit einem Lafettenkeil.

»So, nun noch etwas rüber. – Ja so! – So ist's recht. Gut, gut so«, dirigierte er die beiden Knechte, die mit Hebestangen das schwere Gerät zum Richten bewegen mussten. Endlich hatte er Höhe und Seite mit Keilen festgelegt und verkündete: »Brüder, das wird wieder ein guter Schuss. Gelobt sei die heilige Barbara!«

Befriedigt stand er auf, legte die Zündschnur an, griff die Lunte, mit der er diese anzündete, und kommandierte: »Zurück, beiseite und die Ohren zu!«

Alle pressten die Hände auf die Ohren und wieder donnerte das kleine Geschütz und sprang, leicht schleudernd, ins Widerlager. Hinnerk sprang sofort zur Scharte, um den Erfolg zu beobachten. »Scheiße!«, verkündete er seinen Misserfolg.

»Bastel, das war zu wenig Pulver, das war zu kurz.« »Nee, nee, Meister«, protestierte der Beschuldigte.

»Ach, halt's Maul, du Esel. Natürlich lag es am Pulver. Los, Kerls! – Laden!«, spielte der Geschützmeister seinen Richtfehler herunter. Ludwig hatte sich längst

---

[58] Die Ladungen wurden keineswegs abgewogen, sondern nach Gefühl abgemessen, dem entsprach die Ungenauigkeit der Schüsse

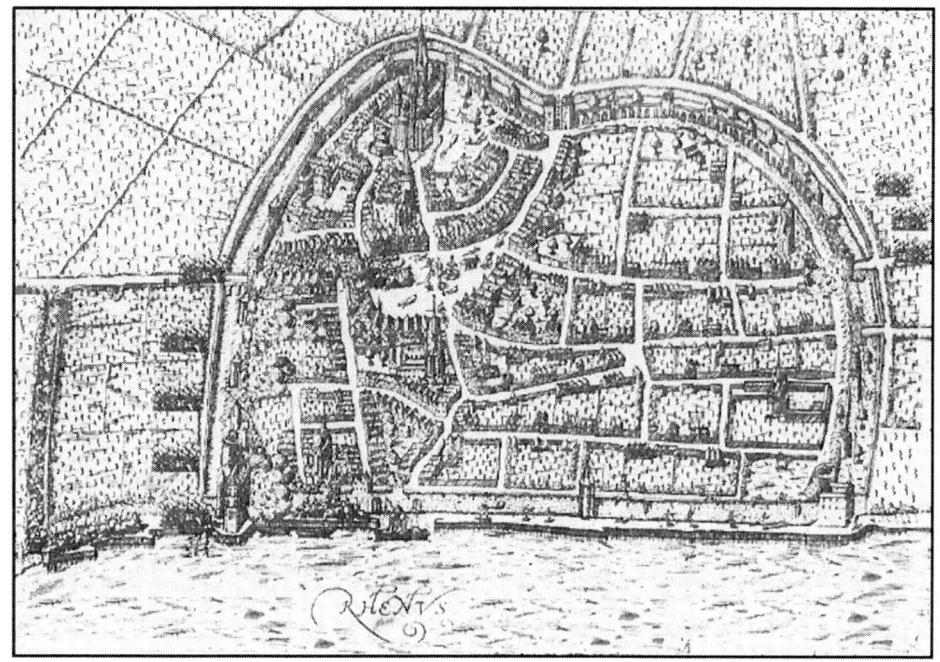

Sturm auf Bonn 1588

mit allen Finessen des Richtens, mit Winkelmaß und Lot, vertraut gemacht. Meister Hinnerk gebrauchte diese Gegenstände, obwohl sie in der Nische neben dem Munitionshaufen lagen, überhaupt nicht.

»Ich mache das frei Schnauze – trifft immer!«, verkündete er Ludwig, als dieser neugierig nachfragte. Nun, so einfach und treffsicher war die Methode wohl doch nicht.

Munition war teuer, sehr teuer und in der belagerten Stadt knapp.

Musste man sich da nicht überlegen, wie man es einfach und doch genauer machen konnte?

Das hier dauerte alles sehr lange und war höchst ungenau, wie der letzte Schuss gezeigt hatte, und sehr umständlich. Da konnte man, ohne Anstrengung, schon zwanzig Vaterunser herbeten, bis der Hinnerk mit seinem Richten fertig war. Warum, so dachte Ludwig, markierte der Hinnerk die Kanone nicht einfach nach Höhe und Seite an seinem Platz. Da brauchte es dann nur ein wenig Feinrichtung und der Erfolg war sicher größer, als der jetzige. Als er den Meister darauf ansprach, erlebte er ein Donnerwetter mit tausend Schimpfworten, eine echte Kanonade derselben, die besser ans Ziel gelangte, als die echten Geschosse.

Von Klugscheißer, Rotzbengel bis zum Riesenarschloch war nahezu alles dabei, was Ludwig bisher gehört hatte. Er machte sich, als sie Anstalten trafen, ihn die Leiter hinunterzuwerfen, eilig aus dem Staub.

Einem Geschützmeister, schwor er sich, würde er so schnell keinen Rat wieder geben.

Wütend erwähnte er seine Ansichten, ohne den Hinnerk zu nennen, beim Hauptmann, der ihm geduldig zuhörte, dann aber enttäuschend feststellte: »Kanonen Bub! – Kanonen sind nichts für wirkliche Ritter. Sie sind das neumodische Zeug, ohne dem ein Krieg heute nicht mehr auskommt, gerade so, wie die Arkebusen, Mauerbüchsen und Pistolen. Leider beherrschen sie heute den Kampfplatz, ehe es an den Mann geht. Aber nur da ist ein wirklicher Ritter ein Edelmann.

Eine Kanone, und das andere Schießzeug, sind eines Ritters nicht würdig. Sie sind Waffen der Heimtücke. Was nützt da Mut und Ehre. Plumps wird es sagen und irgendein Drecksack schickt dich zu Gott. Bei Gott, das ist nicht gerade ritterlich. Darum kann ein Ritter Kanonen und anderes Schießzeug kommandieren, führen aber sollte er es nicht. Das ist Sache von Knechten. Schau dir die Geschützbedienungen an. Sie stehen im Felde zwischen den Körben, Kisten und Wagen. Verschanzt, wie wehleidige Bürgersleute, Handwerker, Kaminfeger, wenn sie aus dem Kamin gekrochen gekommen; oder sie hocken hinter der Mauer, statt ihrer Nase stecken sie das Rohr der Waffe hinaus.«

Er spuckte durch eine Scharte und bellte arrogant, wie es sonst nicht seine Art war:

»Alles Drecksknechte, Feiglinge, ehrloses Gesindel.«

Er hieb mit der Faust auf seine Radschlosspistole, die er trotz seiner Einstellung zu den Feuerwaffen, unritterlich in einer Schlaufentasche am Gürtel hängen hatte.

»Wie gesagt, ehrlose Waffen. Aber was muss unsereins tun und erdulden, will er nicht der Zeit, dem Zeitgeist und damit dem Feind erliegen.« Wieder spuckte er ärgerlich aus, beruhigte sich, denn ihm entflohen donnernd gräuliche Winde und setzte milder gestimmt hinzu: »Die Dinger sind manchmal ganz nützlich, wenn man sich aus der Klemme befreien und einen Gegner vom Halse schaffen muss.«

Ludwig hörte es ungern. Er hatte, ohne eine derartig drastische Belehrung, mit Feuerwaffen wenig Bekanntschaft machen können. Was er kannte und konnte, hatte er hauptsächlich vom Kamhuber oder von den verschiedensten Geschützmeistern gehört und gelernt. Das lag an der Abneigung des Ritters gegen die unritterlichen Waffen. Eine richtige Ausbildung an diesen Waffen, erkannte er, war vom Alten, von von Stoploch nicht zu erwarten. Er nahm sich vor, diese Abneigung seines Gebieters in Zukunft zu umgehen, denn bestürzt nahm er im Laufe des Tages wahr, wie verheerend die Wirkung des Beschusses schon nach so kurzer Zeit war. Die Feuerwaffen waren den Hieb- und Stichwaffen weit überlegen.

Man musste, sagte er sich, jede Art von Waffe gut beherrschen, wollte man ein guter Kriegsknecht sein – und er wollte. Eigentlich war eine Verbindung beider Waffen, der Hieb- und Stichwaffe mit einem Schießapparat eine geeignete Waffe.

Er musste darüber einmal nachdenken und mit dem Kamhuber sprechen. Dass diese Idee bereits anderen gekommen war, sollte er in den nächsten Tagen eindringlich mitbekommen. Als der Abend das Büchsenlicht verdarb, hörte das beiderseitige Schießen auf. Die Mauern hatten gehalten. Die Wachen wurden für die Nacht auf den Mauern und in der Stadt verstärkt. Von Stoploch marschierte zur Berichterstattung zum Kommandanten aufs Rathaus, während Ludwig mit Sigis müde zum Quartier zog. Die Aufregung des Tages hatte müde, hungrig und durstig gemacht; sehr zum Leidwesen des Bäckermeisters, denn Petr hatte ihm mit wilden Drohungen und Flüchen traktiert, um für seine Herrschaften, natürlich auch für sich, genug Speise und Trank bereitzustellen, denn ein kämpfender Kriegsmann war, ob seiner Anstrengungen, teurer zu beköstigen.

Die Beschießung dauerte, mehr oder weniger heftig, nun schon vierzehn Tage und zeigte an den Mauern Wirkung. An vielen Stellen waren sie so zerschossen, dass die entstandenen Breschen einen Sturm geradezu herausforderten. Allein, der Herzog schonte seine Truppen und schoss weiter. Der Kommandant ließ Nacht für Nacht die männlichen Bürger zusammenbringen und mit Schanzarbeiten die Breschen wieder notdürftig flicken. Am vierzehnten September steigerte sich der

Beschuss. Die Bomben und Granaten flogen nun durch die Breschen und gewaltigen Mauerlücken in die Häuser der Stadt. Einige brannten ab, andere stürzten ein.

Die Bewohner flohen zu Freunden und Verwandten mit ihrer Habe in Häuser, die nicht unter Beschuss lagen; einzelne harrten, sofern sie Keller besaßen, in diesen mit ihrer restlichen Habe aus. Das war nötig, denn nachts wurde geplündert und gestohlen, obwohl die Patrouillen durch die Gassen zogen und jeden, der dabei erwischt wurde, sofort vor den Profos führten, der keine Gnade walten ließ und schwere Strafen im Namen des Kommandanten verhängte und sofort ausführen ließ. Der Henker hatte zu tun.

Der Kommandant ließ hinter den großen Breschen, wo er die Möglichkeit eines baldigen Sturmes vermutete, trotz des Beschusses, von Bürgern und Kriegsknechten, in Tag- und Nachtarbeit, einen Graben ausheben und eine zweite, niedere Schanzen dahinter aufführen, die aber so gestaltet wurden, dass sie den Belagerern verborgen blieben. Aber auch die Belagerer taten sich eifrig im Schanzen. Sie hatten die Sturmgräben so dicht an die Stadt geführt, dass sie jederzeit stürmen konnten. Zudem versuchten sie, an verschiedenen Stellen, Minen gegen die festeren Mauerbefestigungen vorzutreiben, was aber immer rechtzeitig durch Horchposten erkannt und mit Ausfällen und Gegenminen zunichtegemacht wurde. Kommandant, Obrist von Puttlitz, stand in der neuen Schanze am Wenzeltor, wo die ursprüngliche Mauer fast ganz eingeschossen war und eigentlich nur noch eine hohe Schuttreihe bildete.

Neben ihm, auf eine Hellebarde gestützt, stand Ritter von Stoploch. Beide sahen mit besorgten Gesichtern auf die Knechte und Bürger hinunter, die im neuen Graben, zwischen den Resten der alten Mauer und der neuen Schanze, das Trümmergestein der alten Mauer so gegen die gegenüberliegende Wand schichteten, dass diese nicht sogleich wieder einstürzte.

»Es wird genügen«, sagte der Kommandant.

»Lasst die Bürger zu ihren Weibern und Kindern und schont die Knechte, Herr Ritter.«

»So fürchtet Ihr den baldigen Sturm?«

»Ich kann nicht glauben, dass er«, er meinte den gegnerischen Herzog, »uns nur zerschießen will. Ja, ja, er wird wohl bald stürmen lassen.

Hat er doch schon viel zu viel Munition verpulvert, was des Erzbischofs Schatulle nicht gut bekommt und den Parma, der jeden Schuss Pulver besser brauchen kann, keine Lobeshymnen entlocken wird.«

Von Stoploch nickte zu der Erklärung sein Einverständnis, schnäuzte sich gewaltig und berichtete: »Die Sappen liegen nun schon vor dem Stadtgraben. Sie schaffen Unmengen Faschinen in die Gräben.«

»Sicher! Damit wollen sie den Graben zuwerfen. Wo liegen die nächsten Sappen?«

»Nun, gerade vor unserer Nase«, knurrte von Stoploch.

»Bei Gott, dann werden sie hier auch stürmen; dann steht der Sturm unmittelbar bevor.«

»Das vermute ich auch und darum habe ich die da«, er wies auf die Arbeitenden im Graben, »noch einmal in die Grube geschickt. – Aber es ist recht. Sie sollen aufhören. Es bringt wohl ohnehin nicht mehr viel. – Heda!«, rief er einem Knecht zu.

»Sag dem Feldweibel Grintheimer, er soll die Arbeit abbrechen. Alle sofort aus dem Graben. Die Bürger in die Stadt und ihr auf eure Posten!« Der Knecht nickte und eilte zu dem Feldweibel, der die Schanzarbeit geführt hatte, um ihm die Botschaft zu bringen.

»So ist's recht«, knurrte von Puttlitz. Der Grintheimer ist ein guter Feuerwerker. Er sollte vielleicht noch einige Minen einbauen.« »Ich werde es überdenken, wenn uns noch die Zeit bleibt«, bestätigte der Feldhauptmann die Anregung des Kommandanten.

Von Puttlitz wandte sich zum Gehen. »Also, Herr Ritter – oder sollte ich sagen, alter Freund, für den ich Euch halte.« Er hieb dem Feldhauptmann kameradschaftlich, vertraulich, auf die gepanzerte Schulter, dass es klirrte.

»Sitzen wir es aus. Was zu tun war, ist getan. Gott mag uns, Euch, schützen.«

Er stampfte davon und wer ihn kannte, sah, dass ihn die Verantwortung, nun, da er sich ihrer nicht entziehen konnte, schwer drückte.

Jaulend zogen, in größerer Höhe, zwei Mörserbomben über ihn hinweg. Jede eine leichte, schnell verwehende Rauchfahne hinter sich herziehend, den Flugweg markierend. Sie schlugen unweit der Mauer in die schon ohnehin arg zerbombten Hausruinen der Bürgerhäuser, barsten mit fürchterlichen Getöse und warfen Trümmer in die Gegend.

Aus den Trümmern schrillten verzweifelte Schreie. Die eine Ruine fing Feuer. Unterdessen sammelten sich die Kriegsknechte hinter der neuen Schanze.

Die entlassenen Bürger stürzten eilig davon, zu ihren Häusern und Familien, auf die Schreie aus den soeben getroffenen Häusern achtete niemand. Nur fort von hier, dem Ort des Schreckens. Die Feldweibel und Wachtmeister zankten mit ihren Knechten, die, von der Schanzarbeit ausgepumt, erst einmal eine Ruhepause begehrten, ehe sie, wie der Feldhauptmann befohlen, in die Trümmer des alten Walls gehen wollten. Auch Ludwig hatte im Graben geschanzt und streifte sich, müde und mühevoll den Halbharnisch über, als der linke Turm schwer getroffen wurde. Aus der Freigalerie drangen dunkler Rauch und verzweifelte Schreie. »Muss man nicht nachsehen, ob man helfen kann?«, fragte er seinen Feldhauptmann, der angespannt zu den gegenüberliegenden Mauerresten hinüber lauschte.

»Nein! Jetzt nicht!« Er drehte sich zu den Knechten um und brüllte:

»Los Leute! Auf eure Posten. Jetzt gilt's. Ich glaube, sie kommen!«

Fluchend eilten die Wachtmeister mit ihren Knechten über die Bohlenstege, die sie über den neuen Graben gelegt hatten und die beim Rückzug mit wenigen Handgriffen entfernt werden konnten.

»Komm, Bub!«, rief von Stoploch und eilte, so schnell er konnte, ebenfalls über den Laufsteg. Ludwig hastete seinem Herrn nach; noch im Lauf die Schlaufen seines Halbharnischs festziehend.

Keuchend erklommen sie die Krone des Schuttberges, wo in der Nacht aus den Trümmern Steine wieder so aufgeschichtet worden waren, dass sie den Verteidigern, gleich einer Schanze, gegen Geschosse etwas Schutz boten. Des Feindes Sturmtrommeln fingen dumpf an zu rollen. Kriegsfanfaren schmetterten Signale.

Die Musketen Schützen, die nicht mit geschanzt hatten, waren schon in Stellung gegangen und schossen hier und da mit Bedacht, denn ihre Munition war kostbar und wollte nicht verschwendet sein.

Herrjeh! Der Gegner schob Sturmbrücken über den Graben. An einigen Stellen warf man, wie der Kommandant vermutet hatte, den Graben mit Faschinen voll und kleine niedrige Fuhrwerke fuhren im Schutz von Rollschilden vor, hinter denen zugleich feindliche Bolzen- und Musketen Schützen ihre Waffen luden, und schütteten Erde auf die Faschinen.

Teils offen, teils durch Scharten in den Rollschilden, überschüttete der Feind die Verteidiger mit einem Hagel von Geschossen.

»Zieh den Kopf ein, Bub!«, schrie ihm Sigis zu, der ebenfalls seinem Hauptmann gefolgt war. Von Stoploch stand, kaum geschützt, aber unerschütterlich und absolut ruhig in dem Getümmel und gab seine Befehle und Ermahnungen: »He Michel! Schieß er ruhig! – Du da, Insbruckerhansel! Mach die Pechkränze mit fertig und scheiß dir nicht schon jetzt in die Hose.« Ludwig sah, erlebte alles wie in einem Alptraum. Es war sein erster wirklicher Kampf, wer wollte es ihm verdenken.

Doch überrascht stellte er fest, dass er nicht einmal Angst verspürte.

Hohl klappernd fielen nun gleichzeitig an die zwanzig breite Sturmleitern gegen die Mauerreste. Es waren niedrige, schwere Leitern, denn bis zum Graben waren es, an der Bresche, nur noch knappe zehn Ellen. Eine Leiter schlug just vor Ludwig an die Steine und schon tauchten die Helmkämme, dann die verzerrten Gesichter der Stürmenden mit ihren Waffen auf.

Der Ritter schlug blitzschnell zu. Sigis drückte bereits mit der Gabelstange die schwere Leiter nach außen. Überall war ein fürchterliches Brüllen und Schreien, Geklirr von Metall und Geheul des Triumphes – oder des jämmerlichen Schmerzes.

Dazwischen knatterten die Musketen und Wallbüchsen, donnerten die Kanonen, der Mörser, die nun weiter in die Stadt schossen. Ludwig riss sich zusammen und griff mit in die Gabelstange, die erst schwer, dann immer leichter dem Druck nachgab und die gefasste Leiter ins Übergewicht zur anderen Seite beförderte, begleitet von Flüchen und Schreien derer, die auf ihr gestanden, gehangen hatten. Sigis riss die Gabel geschickt mit einem Triumphschrei zurück. »Ha! – Die nun fliegen dahin!«, schrie er begeistert über den Erfolg.

Doch das war nun wahrlich nur ein winziger Sieg. Ludwig sah mit Entsetzen, dass links, neben ihm, bereits zwei Feinde fast ganz die Mauer erklommen hatten und aus etwas erhöhter Position auf die verteidigenden Knechte eindroschen.

»Nun zeig, ob du deinen Mann stehen, schon ein vollwertiger Krieger bist«, sagte er sich. »Zeig, ob du kannst, was du gelernt, wessen du dich gerühmt hast.«

Beherzt und seltsam kalt, wie bei einer Übung, fasste er den Katzbalger und schlug zielsicher auf den einen Angreifer ein. Der parierte genau so geschickt.

Aber der Knecht, mit dem er vorher gefochten hatte, stieß seine Hellebarde zwischen Harnisch und Beintasche des Gegners, drehte sie blitzschnell herum und riss sie zurück.

Der Getroffene brüllte fürchterlich und stürzte in den Graben zurück. Entsetzt hatte Ludwig das Gesicht des Feindes in sich aufgenommen, als dieser getroffen wurde.

So starb man also als Krieger.

Ein Schlag auf seinem Helm, dass ihm der Kopf wie eine Kesselpauke dröhnte, löste seine momentane, unbewusste Starre. Aus den Augenwinkeln sah er, wie sich ein wildes, schwarzbärtiges Gesicht, unter einem Morion, über ihm bewegte. Mit einem Hochzieher trieb er sein Schwert dem entgegen. Das Gesicht war nur noch Wunde.

Der Feind fiel auf ihn herunter, zwischen die Steine. »Gut so, Bub!« hörte er die Stimme des Ritters neben sich. »Vergiss den Nachschlag nicht!« Doch das war leichter gesagt als getan, denn eine Geißelkugel an langer Kette schlug über die Mauer und hätte ihn um ein Haar mit den drei Zoll langen Stacheln getroffen. Und da waren auch schon die nächsten Gesichter, Fratzen in Wut und Angst, in Hass und Mordlust, Krieger, Krieger. Sie bewegten sich flink wie Ratten.

Er hieb, nichts mehr wirklich wahrnehmend, auf die Feinde ein. Er traf – mal hart auf Metall, mal weich in Stoff und Fleisch des Gegners – sehen, reagieren – du oder ich – Schlag auf Schlag – Parade und neue Schläge. Mehrfach trafen leichte Schläge auch seinen Helm und Harnisch. Die Lunge keuchte unter der Daueranstrengung.

Nur manchmal, schemenhaft, nahm er seinen Ritter, den Sigis oder einen der eigenen anderen Knechte wahr. Keine Zeit zum Denken, zum Schauen.

Irgendwo schmetterten Hörner im anderen Rhythmus, anderer Tonlage.

Das dumpfe Rollen der Sturmtrommeln verstummte. Die Gesichter und Leiber vor den Verteidigern verschwanden schnell und spukhaft. Der Angriff wurde zurückgenommen.

Die Musketen knatterten indessen immer noch von hüben und drüben.

Die Sturmtruppen fluteten eilig in die Sappen zurück. Vor und in dem Graben, auf der Mauer, hinter den Mauerresten lagen klagende, schreiende Verwundete – oder stille Gestalten, die Toten. Überall Blut – zerhauenes Gewehr. Im

Graben brannten noch einige Pechkränze stinkend neben ihren Opfern aus. Auch das Musketen Feuer verstummte.

Irgendwo brüllte ein Verteidiger, wie ein Irrer: »Sieg! Sieg! Sieg!«

Die Schutzschilde der feindlichen Schützen rollten langsam zurück.

Aus einer Sappe kam plötzlich gegrölter Gesang:

»In Bonn am Rhein, die Kölsche Stadt,
der Truchsess ein' Besatzung hat.
Die feig und ohn groß Mangel drin,
uneinig ward in ihrem Sinn.
Drum sie den Feind nach kurzer Zeit,
die Stadt ergab ohn allen Streit.
Verkauft ihr Ehr und Herrschaft Stolz,
ein jeder für acht Gulden Golds.
In Bonn am Rhein, die Kölsche Stadt,
der Truchsess neu Besatzung hat.
Die nun groß Mangel drinnen hat,
und kriegt die Mäuler nicht mehr satt.
Drum sei dem Feind nach kurzer Zeit,
die Stadt ergeben nach wilden Streit.
Der Ehr ist nun genug getan,
drum ziehet ab in Gottes Namen.«

»Das möchtet ihr wohl! Das könnte euch so passen!«, brüllten die Knechte auf der Mauer zu den Sängern hinüber.

Sie schwangen ihre Waffen und drohten zu den Belagerern hinüber.

Die Fähnriche schwenkten stolz die Truchsessischen Fähnlein und Banner, ein Trommler schlug ärgerlich und herausfordernd Wirbel auf seiner Langtrommel.

Das ließ nun auch die Belagerer nicht kalt. Sogleich wurden einige, nahe an die Mauer geführten Geschütze, abgefeuert und irgendwo brüllte, von den Sturmschilden verdeckt, ein wilder Männerchor:

»Wartet nur ihr giftigen Kröten!
Wir kommen bald, wir werden euch töten!«

Die Feldhauptleute eilten indessen durch die Mauertrümmer und besahen den Schaden und die Verluste, die der Sturm angerichtet hatte. Da galt es zu trösten, Mut zuzusprechen, Ratschläge zu erteilen, Verbesserungen anzuordnen oder Nachlässigkeiten zu tadeln.

Kurz, man musste die Verteidigung neu organisieren. Die getöteten oder verwundeten Feinde, die diesseits oder auf der Mauer lagen, wurden von den Siegern bis aufs Hemd ausgeplündert und dann über die Mauerreste hinaus, in den Graben, wie Abfall, vor der Stadt geworfen.

Aber auch in den Reihen der Verteidiger gab es herbe Lücken.

Der Feldscher und seine Gehilfen hatten schwer zu tun. Ein Viertel der Knechte des Hauptmanns von Stoploch war tot oder so schwer getroffen, das sie für den weiteren Kampf nicht mehr in Frage kamen. Die Feldweibel, Schirr- und Quartiermeister ließen die kostbaren Ausrüstungen der Gefallenen oder Kampfunfähigen zusammentragen und auf Karren verladen.

Aber auch feindliches Gerät, soweit es nicht schon einen Liebhaber unter den Söldnern gefunden hatte, wurde sorgfältig zur Wiederverwendung aufgesammelt.

Der Geschützmeister Hinnerk barg aus dem zerschossenen Turm, mit zwei neuen Knechten, sein kleines Geschütz und führte es auf die Schanze im Nachfeld der neuen Schanze. Seine beiden ersten Knechte, denen Ludwig bei der Arbeit noch zugesehen hatte, waren bei dem Treffer im Turm so schwer verletzt, dass sie noch während des Kampfes an den Folgen verstarben. Aber auch im Vorfeld, beim Feind, tat sich einiges. Sie gruben in höchster Eile und Anstrengung ihr nahe herangebrachtes Geschütz ein, obwohl hier, an der bestürmten Mauer, seitens der Verteidiger, zurzeit kein nennenswertes Geschütz mehr stand. Ritter von Stoploch kam von seinem Anweisungs- und Inspektionsgang zurück. Er machte ein sehr besorgtes Gesicht. Schnaufend und angestrengt fuhr er sich mit der Hand unter den Helmrand und versuchte den Schweiß dort abzuwischen, der immer wieder in kleinen Bächlein darunter hervorquoll und ihm in die Augen zu laufen drohte.

»Das sieht nicht gut aus, Bub«, knurrte er missmutig, indem er Ludwig eingehend musterte, aber offensichtlich nicht meinte. Er quengelte sich ein Lächeln ab und schnaufte:

»Alle Achtung, Bub, hast dich gut gehalten. Sind schon einige Beulen mehr an deinen Helm gekommen, mein ich.«

Er spuckte im weiten Bogen über die Mauer und sinnierte:

»Wir brauchten mehr Geschütz. Jetzt und hier Geschütz, wo sie so nahe stehen; grobes Rohr müsste her.«

»Wo, Herr Hauptmann, sind eigentlich die Stücke, die auf der Beuler Schanze in unserem Abschnitt standen?«

»Das hat der Kommandant auf der anderen Seite eingesetzt, weil er dort den Sturm erwartete, denn der Chimay schien bisher über Poppelsdorf den Angriff zu führen.«

Wieder betrachtete er Ludwig und lobte dann unvermittelt: »Ich dachte schon, du würdest den Kampf nicht überstehen, weißt du. Als dieser Bärtige über dir auftauchte, hatte ich beide Hände voll zu tun und konnte dir nicht beistehen. Doch wie du ihm dann den Katzbalger durchgezogen hast! – Lieber Gott, das war gekonnt, hast du gut gemacht.«

Er wies auf das Rapier und den Morion, Gegenstände, die Sigis unter anderem, dem Getöteten abgenommen und neben Ludwig mit den Worten auf die Steine gelegt hatte: »Deine Beute, Ludwig. Sehr gut Rapier und Morion.«

Ludwig wurde durch die Worte seines Feldhauptmanns erinnert und ein Schauer lief ihm über den Rücken. Er hatte getötet, wieder einmal; Menschen getötet und verwundet.

Irgendwie fühlte er sich übel, schlecht.

Von Stoploch schien die Gedanken des Jungen zu erraten. Wenn aus dem Buben etwas werden sollte, nach seiner Auffassung nur ein guter Krieger, dann musste es jetzt, hier, auf der Schanze von Bonn geschehen. Stahl, so sagte er sich, lässt sich nur im Feuer schmieden.

Diese Feinfühligkeit, die der Bub nun mal hatte, ob von den Pfaffen oder nicht, musste in eine Ecke seiner Seele verbannt werden, wo sie ihn nicht behinderte, sonst wurde er in diesem Beruf nicht sehr alt. Laut bellte er unnatürlich vergnügt:

»Da liegt deiner ersten Tat Lohn, die Beute, nach gutem Recht und Brauch. Hast es dir tapfer verdient.« Ludwig sagte nichts, was dem Alten missfiel.

»Freust dich nicht? – Ha, ha! – Wäre dir wohl lieber, dein Topf-auf-dem Kopf läge statt des Morions dort etwas blutverschmiert herum?«

Er knuffte Ludwig kameradschaftlich, aufmunternd, wohlwollend – wie ein mitfühlender Freund und Vater auf die Schulter und knurrte:

»Na ja, das erste Mal ist's nicht leicht; das ist gut so. Es zeigt, was du für ein Bursche bist. – Doch es muss weiter gehen. – Denke immer, du oder ich. Wer schneller und besser ist, lebt länger. Das ist nun mal so. Schwächen können sich die Langhaarigen, die Weiber erlauben, doch ein Krieger, ein Mann nicht. Drum – Kopf hoch, Bub! Du sollst ein Mann sein, verstanden!« Ludwig nickte und rang sich durch: »Wie ihr befehlt, Herr Feldhauptmann. Ich gebe mir Mühe. Bei Gott, ich verspreche Euch, Ihr sollt mich nicht mehr schwach sehen.«

»Ha, ha! Da solltest du vorsichtig sein. Das verdammte Leben hat so manches bereit, was auch den Stärksten weich macht. Gern höre ich dein Versprechen, weil es dich vor dich selbst schützt. Doch sollte es dir mal nicht gelingen, Bub, ist es kein Sakrileg und kein Wortbruch gegen mich. Auch ein Ritter kann Tränen haben und eine verwundete Seele – das darfst du mir glauben. Doch hier zu den Beutesachen. Ich überlasse sie dir. Sie sind dein, wenn du willst. Wie ich sah, kannst du mit einem Rapier gut umgehen.«

»Ja, Herr Feldhauptmann, das sagt auch der Kamhuber.«

»So, sagt er das. Nun, wenn der das sagt, wird es stimmen. Ist ein tüchtiger Mann. – Äh – der Morion, ist auch nicht schlecht. Gute Arbeit. Wer weiß, wo der Halunke, den du so fein – äh, Potz-Blitz, äh, beseitigt hast, das Ding her hatte. Musst ihn natürlich gut abwaschen und einölen. Von mir aus kannst du natürlich den Topf-auf-dem-Kopf behalten, wenn es dir lieber ist.«

»Nein, nein, Herr. Der Morion ist, scheint es, wirklich gut und man kann sich besser mit ihm bewegen.«

»Na also! – Nimm ihn dir und mach das Zeug für dich fertig. So'n Helm ist Geschmacksache, weißt du. Die einen lieben diese, die anderen jene Helmform, der eine mag einen hohen Helmkamm oder Raupe, andere schwören auf einen Schirm oder Wangenschutz.

Du musst es probieren. – Entscheidend ist, was für ein Kopf in dem Helm ist. Ist das ein Hohlkopf, nützt der beste Helm nichts.«

Ludwig nahm, seinen inneren Widerstand überwindend, erst das Rapier in die Hand und zog dies aus der Scheide. – Die Klinge sah gut aus und als er sie in der Hand wog, fühlte er, wie gut die Waffe ausbalanciert war.

»Es scheint eine gute Waffe zu sein«, begutachtete er nun mit Interesse die Beute. »Allerdings!«, bestätigte der Ritter sachkundig. »Es ist eine Lütticher Waffe, gute Schmiedekunst.« Er nahm den Helm und sah in die Krempe. »Dachte es schon! Ist auch Lütticher Arbeit. Hier ist das Meisterzeichen und wenn ich mir den Kerl vorstelle, den Sigis vorhin ausgenommen und in den Graben geworfen hat«, er deutete, ohne hinunterzusehen, in den Graben, »dann ist klar, dass der die Ausrüstung weder bezahlt noch gestellt bekommen hat, denn es ist gutes Zeug.«

»So ist es, Herr Feldhauptmann, nicht gut, wenn Ihr mir diese teuren Sachen überlassen wollt. Ich bin nur Dienstmann und so gehören sie Euch.« »Ha, Potz-Blitz, willst du sie nicht?«, tat er wütend. »Doch schon!« »Na also! – Der Herr möchte noch lange gebeten werden, wie!« Ihr Gespräch wurde jäh unterbrochen. Von der anderen Stadtseite grollte plötzlich schweres Geschützfeuer herüber und wildes Schlachtgeschrei, schrillen der Hörner und Fanfaren und das dumpfe Rollen der Sturmtrommeln verkündete, dass die Belagerer nun auf der anderen Seite stürmten. »Herrjemine!«, rief von Stoploch überrascht. »Wie das! – Jetzt berennen sie drüben?« »Sie werden es nun dort versuchen. Da haben wir eine Verschnaufpause«, sagte Ludwig unbefangen. »Blödsinn! – Hier haben sie uns fast weich geklopft und dort sind kaum Lücken! – Nee, nee! – Das ist eine Täuschung, Bub. Mach schnell, wenn du dich noch etwas erfrischen willst. Der Tanz geht hier, sage ich, hier gleich wieder los. Schlimmer als zuvor.« Er sah zum Feind hinüber, wo zwar eifriges Treiben mit Schanzen und Herumschleppen von Faschinen und Baumaterial allenthalben zu beobachten, von Sturmtruppen aber nichts zu sehen war.« »Da ist doch kein Sturmvolk zu sehen«, ließ sich Ludwig vorlaut vernehmen. »Potz-Blitz, bei diesem alten Gewitterheidengott – äh, heißt er nicht Donar oder Thor?«

»Ich weiß nicht, Herr.« »Natürlich, Scheiße! Wie solltest du auch. Hast ja nur was mit den Kirchenheiligen zu tun gehabt.«

Er lachte und witzelte höchst unfromm: »Könnte jetzt so 'nen Christophorus gebrauchen, der mich mal hinter die feindlichen Linien bringt, um zu sehen, was da gespielt wird.«

Ludwig bekreuzigte sich heimlich. Er wollte die lästerlichen Worte seines Herrn nicht hören. »Geh nur. Beeile dich aber«, forderte ihn der Ritter auf, der sich keiner Lästerung oder Ungläubigkeit schuldig fühlte.

»Du wirst so schnell keine Gelegenheit mehr haben, dich zu erfrischen.« Ludwig rannte zu dem Fass hinüber, das man für derartige Zwecke aufgestellt hatte und neben dem mehrere hölzerne Schöpfkellen lagen. Gierig bediente er sich. Das abgestandene, aber doch etwas kühle Wasser tat ihm wohl. Ein alter Arkebusier stand grinsend in seiner bunten weitgepufften Kleidung unweit daneben und sah ihm zu. Er wiegte bedenklich sein graubärtiges Haupt, auf dem schief und verwegen ein giftgrünes Barett mit einem Hahnenfederbusch die schützende Funktion eines Helmes darstellte – vermutlich aber nur die Glatze bedecken sollte. Warnend rief der erfahrene Kriegsmann: »Oh Gott, Bub! – Trink nicht zu viel von dem Wasser. Wasser ist allemal für das liebe Vieh. Schon mancher hat vom Wasser Bauchgrimmen und die große Scheißerei bekommen. – Hier!« Er nahm eine lederne Schlauchflasche vom Gurtzeug und reichte sie wohlwollend Ludwig hinüber. »Trink lieber hiervon ein paar Schluck. Ist sicher bekömmlicher.« Ludwig nahm gern das Angebot an und genehmigte sich augenblicklich einen langen, großen Zug. Doch o-weh! – Die Augen quollen ihm vor Schreck bald aus dem Kopf und er musste fürchterlich husten. Verwundert blickte der alte Kriegsknecht und fragte unschuldig: »Was ist dir?« »Oh Mann, was ist das für ein Teufelszeug«, röchelte Ludwig entsetzt.

»Teufelszeug he! – Bursche, das nennst du Teufelszeug? – Ha, ha, bist nichts Gutes gewohnt, Söhnchen. Das ist Heldenbrühe, bester Schnapsbrand. Bei meiner Seele, das hat schon manchen, und auch mir, das Leben gerettet. Außerdem hilft es gegen feindliche Kugeln und macht Mut.« Er nahm nun, zum Beweis, selber einen gehörigen Schluck aus der Flasche, ohne dabei mit den Wimpern zu zucken. Rülpsend setzte er ab und erklärte: »Bei Gott, der Heiligen Jungfrau, allen anderen unheiligen Weibern und was einem ordentlichen Kriegsmann Freude macht, das ist ein fürstliches Wässerchen.« Ludwig war da anderer Ansicht. Er grinste schief, bedankte sich bei dem Arkebusier, der ihm lachend nachsah, ehe er sein schweres Kriegsgerät samt Gabelstock schulterte und zu seiner Stellung auf der Schanze ging, die freilich nur aus ein paar Bündeln Faschinen bestand, die eher symbolischen denn wirklichen Schutz boten. Ludwig beeilte sich, wieder zu seinem Feldhauptmann zu kommen, der mit Sigis zwischen den Steinhaufen, die die Mauerreste bildeten, knieten. Sie teilten sich ihre Beobachtungen mit, denn beim Feind schien sich etwas vorzubereiten. In dem vorher so belebten Vorfeld, außerhalb der Schussentfernung, tat sich nun fast gar nichts mehr. »Die Ruhe vor dem Sturm«, erklärte von Stoploch sachkundig, als er Ludwig fragenden Blick sah. »Sie schöpfen Luft. Die werden sie gebrauchen können.« Der Ritter sah auf den Mauerresten entlang, zu seinen Knechten. Die standen alle auf ihren Posten und schienen, gleich ihm, die Gefahr zu wittern, die in der Ruhe lag. Ein Horn schmetterte drüben einen langen Klageton und Sekunden später donnerten, fast gleichzeitig, mehrere schwere Stücke und zwei Mörser ihre Ladung herüber. Jaulend sausten Kugeln,

Brand- und Kettengeschosse über die Mauertrümmer und fetzten in die Hausruinen. Die Mörsergranaten zogen eine hohe, steile, qualmende Bahn, bis über die Mauer, wo sie mit ohrenbetäubendem Knall platzten – und einen Hagel von Eisenschrot und Steinsplittern auf die Verteidiger herabregneten. Der Ruf des Feldhauptmanns: »Achtung Bomben!« und »Deckung!«, ging in dem Inferno unter, bedurfte ihrer nicht, denn die Knechte drückten sich, so gut sie konnten, hinter die Steintrümmer, hielten sich Schilde und Tartschen[59] über die Köpfe. Irgendwo schrie einer getroffen, jämmerlich. Nun bellten unregelmäßig kleine Stücke. Steinbrocken wurden abgeschlagen und fegten als gefährliche Zusatzgeschosse unberechenbar umher. »Sie kommen! – Sie kommen!«, brüllte es irgendwo – und in der Tat, die Sturmtrommeln rollten ihr Nerv zerfetzendes Bum, Bum, Hörner schmetterten hysterisch, schrill vor der Mauer. Nun setzte Kleingewehrfeuer der Arkebusen ein, bestrich die Mauerkrone und verhinderte, dass die Verteidiger sich über den Stand des Angriffs genau orientieren konnten, gaben den Stürmenden die nötige Deckung, um über den ohnehin schon fast gefüllten Graben an die Mauer zu kommen. Die Verteidiger zündeten neue Pechkränze. Es war höchste Zeit. Schon krachten wieder die Sturmleitern an die Mauertrümmer. Ludwig schnellte hoch; in der Linken, unbewusst, den Katzbalger, in der Rechten das Rapier. Vor ihm schwangen sich zwei Gestalten auf – wuchsen Riesenhoch vor ihm auf der Mauer auf, in den Himmel. Ein Streitkolben fuhr herab, prallte in die Fänger des Katzbalgers und schien ihm schier den Arm abzuprellen. Er stieß mit der Rechten das Rapier und fühlte weichen Widerstand. Er drehte und riss, duckte sich ab, stieß erneut zu – wie er es gelernt hatte. Denken war kaum möglich. Erfassen, instinktives und eingeübtes Handeln leiteten ihn. Es wurde ihm gar nicht bewusst, dass die Gestalten vor ihm

---

[59] kleines Faust- und Armschild

wechselten. Nicht einmal die Schreie und das Getöse traf richtig sein Bewusstsein. Neben ihm donnerte ein Schuss und ein gequältes Stöhnen traf flüchtig sein Ohr. Ein flüchtiger Blick. Der Hauptmann schlug sich dort mit einem ganz gepanzerten Doppelsöldner herum. Ludwig schlug, fast nebenher, diesem von hinten das Rapier über die Hals- und Nackenberge. Der Söldner, eben noch im Vorteil, stolperte in den Hieb des Ritters. Im Umwenden gewahrte Ludwig grün und rot bestrumpfte Beine auf der Mauer. Im Seitenschlag fegte der Katzbalger auf diese zu – ins Leere. Die Beine waren verschwunden und er wusste instinktiv, der Mann musste über ihn hinweg gesprungen, hinter ihm sein. Er schwang abgeduckt herum.

Da war das grün rote Wams – darüber ein Harnisch.

Aber der Mann stolperte gerade, gleich einer Gliederpuppe schlenkernd, kraftlos in den neuen Schanzgraben hinunter.

Drüben auf der neuen Schanze, die ja kaum zehn Schritt, durch den Graben von dem Kampfgetümmel getrennt war, hatten die Schützen, Arkebusiere, Musketiere und Armbrustschützen und Meister Hinnerk, mit seinem Kanönchen, Stellung bezogen und feuerten, so schnell sie vermochten. Das gab hier und da etwas Luft. Aber links, zur Pforte hin, war es dem Angreifer gelungen, auf den Mauertrümmern Freiraum und Fuß zu fassen, was ihnen durch eine Mauerbresche, die einen Gegensturm nicht erlaubte, erleichtert wurde. Sie verschanzten sich und nun rückten hinter den Sturmtruppen dort sofort Arkebusiere und Musketen Schützen nach. Sie eröffneten gegen die Verteidiger ein schnelles Flankenfeuer. Das gab hohe Verluste. Von Rodenstock versuchte mit seinen Knechten einen verzweifelten Gegenangriff, der aber scheiterte und nur hohe Verluste einbrachte. Die Mauer musste, sollte nicht die gesamte Verteidigung zusammenbrechen, bis zum linken Turm Rest des von stoplochschen Abschnitts geräumt werden. Schon tobte der Kampf um den Turm. Der Feind war durch eine Bresche in einer Scharte in den Turm eingedrungen. Die restliche Besatzung hatte sich durch den Wehrgang, die enge Treppe hinunter, abgesetzt und focht nun im zweiten Graben vor der neuen Schanze mit den nachrückenden Gegnern. Von Stoploch sah die Gefahr, dass man abgeschnitten wurde. »Da ist in der zerstörten Mauer kein Halten mehr!«, brüllte er. »Wachtmeister! – Lasst das Rückzugsignal blasen!« Er wandte sich zu Ludwig und rief: »Los Bub! – Über die Planke mit dir auf die Schanze!« Ludwig hieb wütend auf einen Gegner ein, dem es aber, ob seiner wilden Attacken, bisher nicht gelungen war, von der Sturmleiter auf die Mauer überzuspringen. Der Feind duckte sich mit einem Schild ab. Ludwig erkannte den günstigen Moment, sich von dem Gegner zu lösen und rannte auf den Bohlensteg zu.

Fast wäre er in den Graben gefallen, als er über das schmale Brett lief. Gut drüben, fand er sich schon von seinem Hauptmann hinter die Schanze gedrückt.

»Hier musst du den Kopf schon mehr schützen, Bub«, belehrte ihn von Stoploch, »denn sie sind jetzt im Hui auf der Mauer drüben.« Eben rannten, unter dem Feuerschutz der Schützen auf der neuen Schanze, die letzten Verteidiger dieses Mauerabschnitts über die Stege. Die eigens dazu eingeteilten Bauknechte rissen die Behelfsbrückchen eiligst fort. Der Feind erschien nun auf der ganzen Mauerfront und einige wollten sich sogleich, in der Annahme des Sieges, in die Stadt stürzen, da gewahrten sie die neue Schanze und sie fluchten und tobten. Die schon angestimmten Siegesrufe verebbten. Die Schützen der Verteidiger hatten nun gutes Zielen und Schießen. Als einige Gegner getroffen zusammenbrachen, zogen sie sich auf ihre Sturmleitern und hinter die Mauertrümmer zurück. Sie wurden nun zusehends von Schützen ersetzt oder ergänzt, die ihrerseits, aus erhöhter Position die neue Schanze bestrichen und die eigenen Schützen in bessere Deckung trieben. Man lieferte sich nun ein eifriges Büchsen- und Musketen schießen, was aber, da beide Parteien sich bedeckt hielten, wenig Erfolg zeigte. Der Kampf auf der anderen Stadtseite schien jedoch, dem fürchterlichen Lärm nach, weiter zu toben. Der Feldhauptmann war besorgt, weil keine Nachricht vom Kommandanten aus dem Rathaus kam. Wie mochte es um sie überhaupt stehen? Mit Hilfe war kaum zu rechnen; daran dachte er auch weniger, denn diese Schanze würden sie den Tag durch noch gut halten können – und, weil der Feind seine schweren Stücke nicht einsetzen konnte, mochte es angehen, diese Schanze noch Tage zu behaupten. Aber wie sah es an anderem Ort in der Stadt aus? »Bub! Lauf hinüber zum Rathaus und vermelde Kommandanten, dass wir uns in die neue Schanze werfen mussten. Komm aber mit Nachricht zurück, wie es an anderem Ort um uns und die Stadt steht.« Ludwig rannte aus der Deckung, die Schanze hinunter. Aber da wirbelte es um ihn Staub auf, klatschte verdächtig in den Mauern und Balken der Hausruinen längs des Weges. Er wurde sich bewusst, dass man ihn beschoss, dass er ein vorzügliches Ziel bot. Mit gehetzten Sprüngen, Haken schlagend wie ein Hase, flitzte er die letzten Schritte bis in die Gasse, wo ihn die Häuser, oder das, was davon noch stand, den Blicken der Feinde entzogen. Sein Weg zum Rathaus führte durch verbarrikadierte Gassen. Kein Mensch, kein Tier war zu sehen. Fast hatte er den Rathausplatz erreicht, als aus einem Torbogen drei Männer mit Harnisch und Kurzschwertern heraussprangen und ihm den Weg verlegten. »Es müssen Bürger sein«, wirbelte es ihm durch den Kopf, »die Partei für die Angreifer ergreifen.« Ohne zu überlegen wirbelte er seinen Katzbalger und das Rapier in Abwehr um sich. Keine Sekunde zu früh, denn die Drei sprangen heftig – aber ungelenk, ungeübt auf ihn ein. Er wich den ersten Schlägen aus, parierte einzeln – mal links – mal rechts, dann im Kreuz und schlug aus der Parade, wie gelernt, blitzschnell zu. Ein entsetzter Schrei: »Mein Arm! – Wo, Maria und Josef, lieber Gott, ist mein Arm?« Einer der Angreifer taumelte auf das Torweg zu. Wieder zuckte, in gedankenschnellen Drehungen, Hieb, Parade, Stich, Hieb, Parade, Stich – Ludwigs Waffen. Ein Schwert flog davon und sein ehemaliger Besitzer rannte davon. Der letzte Angreifer sprang verzweifelt an die Hauswand. Die Waffe senkend kreischte er: »Um Gottes willen! – Haltet ein, gebt Pardon! – Ich habe Frau und Kinder da drüben!«

»Werft die Waffe fort!« schrillte Ludwig wie hysterisch. Der Bürger tat es zitternd, das blanke Entsetzen im Gesicht. »Verschwinde, du elender Hund! Ehe ich es mir noch anders überlege!«, brüllte Ludwig voller Gift und Zorn. Der Mann ließ sich das nicht zweimal sagen. Er stürzte in die Toreinfahrt, aus der er gekommen war und aus der noch immer das Gejammer und Geklage des Verwundeten schallte. Ludwig lief wachen Sinnes weiter. Vor dem Rathaus stand ein Fähnlein gepanzerter Knechte, bei denen er den Feldweibel Knipphaus ausmachte. Er lief zu diesem hinüber. »Wo, Herr Feldweibel, finde ich den Herrn Kommandanten?« »Ei, der Kauzenludwig! – Gut schaust aus, Bub.« Er musterte Ludwig von oben bis unten, kritisch, wie ein Künstler sein Werk zu betrachten pflegt. Er nickte befriedigt. Ludwig wurde ungeduldig und verlangte noch einmal: »Ich muss dem Kommandanten melden.« »Freilich! – Kann es mir denken. Ihr seid nun auf der Schanze?« »Ja. – Das soll ich melden.« »Weiß man längst, Bub, aber hinein mit dir. Der Rodenstock und der Gymnich haben auch schon gemeldet – und eigentlich alle anderen Hauptleute, soweit sie in ungünstiger Stellung waren.«

Ludwig trat in den Rathaussaal. Ein Kriegs Kommissar herrschte ihn großspurig, arrogant an: »Was will Er in dem Aufzug hier?« »Ich komme vom Feldhauptmann von Stoploch mit Meldung.« »Rede Er schon!« Ludwig machte seine Meldung und fragte anschließend, wie es stehe. »Sage dem Herrn Ritter, um die neunte Stunde wird hier Kriegsrat gehalten. Dazu sei der Ritter geladen. Alles andere ist nicht Seine Sache – und nun mach Er, dass Er wieder fortkommt!« Ludwig fühlte sich von dem Mann beleidigt und verhöhnt. Da stand er, verschwitzt, abgekämpft – mit Blut und Dreck besudelt – und vor ihm ein kräftiger fein aufgeputzter Kerl mit riesigen schneeweißen, gestärkten Beffchen – der ihn wie einen räudigen, bettelnden Hund behandelte. Aggressiv, giftig brüllte er: »Ich werd's dem Feldhauptmann, dem Ritter von Stoploch, melden. Da, edle Herren, verlasst Euch darauf.« Seine Augen funkelten vor Zorn und Wut. Grimmig schlug er ans Rapier, dass es gefährlich klirrte – und ging. Der Kommissär sah ihm finster nach. »Bestien«, zischte er wütend. Knipphaus sah dem wütenden Jungen grinsend entgegen. »Na, Kauzenludwig! Du schaust so freudig drein.« »Der aufgeblasene Gockel – da im Bau«, empörte er sich. Knipphaus winkte gelassen ab und sagte beschwichtigend: »Lass es gut sein, Bub. Dem bleibt nicht mehr viel Zeit. Wir können uns den Schädel einschlagen lassen. Das ist denn eine Sache; darum hält uns, so wir nicht gegen Kriegsartikel verstoßen, niemand für Verbrecher. Den aber, den die Papisten zu fassen kriegen, den hängen sie auf.« Er deutete mit dem Kopf zu dem Torgalgen vor dem Rathaus, an dem bereits zwei Leichen im Winde schwangen. Knipphaus grinste schief: »Das haben sie vierundachtzig auch so gemacht. Die Prediger haben sie an Händen und Füßen gebunden, wie Säcke verschnürt, in den Rhein geworfen. – Du siehst, der Herr Kommissär muss seine Zeit nutzen, denn lange dauert es hier nicht mehr.« »Der Herr Ritter will wissen, was los ist. Weiß man hier, wie es steht«, überging Ludwig die Ausführungen des Feldweibels. Knipphaus runzelte die Stirn, spuckte ärgerlich aus und fluchte: »Pest und Teufel, wie es steht. Beschissen ist, weiß Gott, geprahlt. – Sag dem Hauptmann, ich werde mit dem Obristen und den Knechten«, er wies auf die Gepanzerten, »oder vermutlich auch ohne dem Herrn Kommandanten, im Westen einen Ausfall machen. Dort, wo sie nicht angegriffen haben. Dort werden sie schwach sein und aus unserer Lage keinen Angriff vermuten. Das wird einige Verwirrung geben. Der Haken ist nur, die da«, erwies wieder auf die Knechte, »das sind, wie du siehst, Küresser[60]. Die sind, ohne Pferde, wie

---

[60] schwere Reiter: Kürassiere, auch Corasser, Kyrisser oder Corassiere genannt

müde Ochsen zwischen gereizten Bullen.« »Ich möchte da schon mit euch kommen«, eiferte Ludwig. »Unmöglich. Geh zum Hauptmann von Stoploch und melde ihm unser Vorhaben. Wir greifen um acht Uhr an und ziehen uns dann wieder zurück, sobald wir den Feind zum Gegenangriff gereizt haben. Vergiss es nicht. Vielleicht fällt ihm dazu auch noch etwas ein. Eh, bevor ich es vergesse. Sag dem Hauptmann, an der anderen Seite steht es genauso wie bei ihm; vielleicht nicht ganz so schlimm. Doch alles in allem beschissen. – Wenig Hoffnung, denke ich.« Ludwig verabschiedete sich kurz, wünschte dem Feldweibel viel Glück für sein Vorhaben und eilte, um wieder zu seinem Hauptmann zu kommen. Knipphaus sah ihm nach. »Bist schon ein guter Bursche«, brummte er. Von der Treppe des Rathauses rief der Kommandant: »Feldweibel Knipphaus!« »Ja, Euer Gnaden!« »Zieh Er mit den Knechten schon los. Wenn ich nicht bei Zeiten bei Ihm bin, mach Er, wie besprochen. Er führt!« »Ja, sehr wohl, Euer Gnaden!« »Also dann – Gott befohlen!« »Amen!«, brüllten die Knechte, die herumstanden und einer sinnierte: »Hätte ich mir denken können. Der geht doch nicht dahin, wo sein Wams bekleckert wird. – Na, jedenfalls Gott befohlen sind wir.« Der Obrist hatte die Rathaustür längst hinter sich zugeknallt, vor der nur die vier Hellebardiere, Männer seiner Leibwache, zurückblieben. Knipphaus befahl den Abmarsch und marschierte, vor seinen Leuten einher, einen scheelen Blick auf die pendelnden stillen Gestalten am Galgen werfend, los. »Tja, Hurenmelchi, du hast es hinter dir. Da oben tut dir kein Zeh mehr weh, alter Gauner.« Von Stoploch war, nachdem er Ludwigs Bericht gehört hatte, wütend. »Diese Teufelsbraten von Kommissäre!«, tobte er und schlug mehrmals seine gepanzerte Faust auf den unschuldigen Stein. »Sie sollten lieber die ausstehende Löhnung ausgeben. Wie soll man die Knechte bei Ruhe und Ordnung, bei Tapferkeit halten, wenn ihnen der Lohn vorenthalten wird! – Zum Teufel mit den Kerlen! – Ich werde es ihnen nachher beibiegen!« Die Kanonade lief indessen fort und ruinierte die restlichen Häuser, die der Mauer am nächsten standen. Viele Bomben und Granaten jaulten auch in die Gärten, wo sie die Obstbäume rasierten, Scheuer zerstörten und Misthaufen aufwirbelten und verstreuten, dass ihr widerlicher Gestank bis zur Schanze zu riechen war. Auch das Kanönchen des Meisters Hinnerk spielte noch mit. Hinnerk schoss sparsam und freute sich diebisch, wenn es ihm gelang, durch Scharten, oder der offenen Galerie, Treffer in dem Turm anzubringen, aus dem er vormals auf den Feind geschossen hatte. Die Distanz zu diesem Ziel, kaum mehr als fünfzig Schritt, garantierte selbst diesem kleinen Kaliber einen gewissen Erfolg. Jaulend fuhren die Geschosse in die Turmreste und sausten dort als Querschläger, Steinsplitter produzierend, wild umher, so dass der Turm für die Angreifer unbrauchbar zur Verschanzung war. Zum Rheinufer hinunter, auf der Zollbastion, dort, wo die Ratsmühle stand, die zerschossen, skeletthaft in den Himmel ragte, hatten die Angreifer ebenfalls Fuß gefasst und ein schwereres Stück hinaufschaffen wollen. Doch dies Vorhaben war ihnen, dank der Umsicht des von Gymnich nicht gelungen. Der hatte seine gesamten Büchsen, Arkebusen und lange Hakenbüchsen, dorthin beordert, die jeden, der sich über die offene Bastionsfläche bewegte, sofort unter Feuer nahmen. Plötzlich gellten im Westen Trompeten und das Kampfgetöse im Norden wurde merklich leiser. Auch gegenüber tat sich etwas. Man hörte Fluchen, Schreien, Trommel- und Hornsignale. Sie hörten auf zu schießen.

»Nun hat der Knipphaus zugeschlagen«, lachte von Stoploch befriedigt. »Es wird nicht viel bringen. Sie werden ihn schnell wieder hinter die Pforten treiben.«

»Könnte es nicht sein, Herr Feldhauptmann, dass sie meinen, wir wollen ausbrechen«, fragte Ludwig. »So schlecht, Bub, ist so ein Gedanke nicht. Doch der Chimay ist kein Döskopf. Er wird sofort erkennen, was die paar Knechte wirklich bedeuten.« Sie spähten durch die Schanzenlücken zum Feind, der ihnen ja nur einen Steinwurf weit gegenüber hockte, deren laute Gespräche gut zu hören waren. Doch da tat sich nichts. Rauchwölkchen hinter den jenseitigen Mauerresten verrieten, dass man dort schon daran ging, abzukochen. Aus dem Westen kam nun noch vereinzeltes Schießen, Hornsignale und Geschrei. Langsam senkte sich der Abend über das Land. Ruhe kehrte ein; eine unheimliche Stille breitete sich aus, die nur von Zeit zu Zeit von Stöhnen und Ächzen der Verletzten unterbrochen wurde. Es kam von den Sterbenden, die man, da sie zwischen den Fronten in den Gräben lagen, nicht geborgen und versorgt hatte.

Der Obrist, von Puttlitz, sah düster in die Runde der versammelten Offiziere und Kriegs Kommissare. »So ist also die Lage auf den Wällen«, schloss er seine Ausführungen zum Kampfgeschehen und fuhr dann fort: »Wie uns der Herr Kriegs Kommissar mitgeteilt hat, haben wir nur noch die letzten viertausend guten Rheinischen Gulden[61] der Judengemeinde. – Die werden wir noch heute, hört Ihr, Herr Kommissär, – noch heute als Lohn an die Knechte ausbezahlen. Das ist dann noch immer nicht der ausstehende Sold, aber es hält die Leute wenigstens noch ein paar Tage bei der Fahne. Ich muss wohl nicht erklären, wie es wieder heimlich gärt.

Wir wollen, bei meiner Ehr, kein neues Vierundachtzig. Morgen biete ich dem Herzog von Chimay die Übergabe an; die, so hoffe ich, noch ehrenhaft ausgehandelt werden kann. Munition und Pulver sind fast verschossen, die Verluste an Toten und Wunden hoch. Die Befestigungen, wo gestürmt und beschossen wurde, mehr als kläglich – nur noch zum Aussitzen, wenn's dem Feind gefällt. Ist also wer dagegen, so spreche er jetzt.« Der Obrist sah verkniffen in die Runde. Der Kommissär räusperte sich vernehmlich, Aufmerksamkeit heischend. »Ihr wollt etwas sagen«, forderte der Obrist mit misstrauischen Blick auf den säuberlich gekleideten Herrn.

»Ja, sicher. Zu Gnaden zu halten, Herr Obrist, aber mein durchlauchtigster Fürst, Gebhard Truchsess, hat mir sparsamste Haushaltsführung anbefohlen. Die Verschwendung des letzten Geldes an die Knechte, ist sicher nicht im Sinne seiner Durchlaucht.«

Der Obrist hieb die Faust auf den Tisch. Die darauf vor den Versammelten aufgetischte Bierkrüge, zum Glück fast alle leer, hüpften und klirrten, zumal sich die anwesenden Offiziere dem derben Protest anschlossen. Der Kommissär duckte sich, doch seine Augen blitzten wütend. Von Puttlitz wischte ausladend mit der Hand durch die Luft und schnaubte: »Meint Ihr, ich weiß das nicht? Aber seine Durchlaucht wird Land auf, Land ab keinen Mann mehr finden, der für ihn den Finger krümmt, wenn ruchbar wird, dass seine Kommissäre die Söldner um den Sold bringen, indem sie abwarten, bis diese totgeschlagen sind. – Verdammt! – Ich bin, bei aller Sparsamkeit, nicht bereit, so ein verräterisches Spiel mitzuspielen. Ich denke, es wird, außer Euch, niemand am Tisch dazu bereit sein. – Es hieße zudem, dem Truchsess einen bösen Streich spielen! – Es ist hiermit entschieden. Es wird ausgezahlt. Und, vernehmt es gut. Ich leide es nicht, dass

---

[61] der Wert der Geldstücke schwankte enorm; hier: 1 Rheinischer Gulden = (ca. 6,15) = 41 Stüber oder Albus (Weißpfennig), 1 Albus (0,15) zu 8 Heller. Zur gleichen Zeit waren jedoch weitere Zahlungsmittel im Umlauf und der Wert schwankte von Tag zu Tag.

aus Dummheit, Bosheit und Arroganz neuer Unflat auf das Ehrenschild seiner Durchlaucht geladen wird. Punktum!«

Der Morgen begann für die Verteidiger wieder einmal mit einer unerfreulichen Entdeckung.

Die Belagerer hatten die Nacht genutzt und offenbar Teile des Stadtgrabens zugeworfen und befestigt. Nun stand, zwischen den Mauertrümmern, mittleres Geschütz.

Dicht vor den Mauerteilen, die gehalten hatten, hatte man mit riesigen Körben, Erdwerke errichtet, zwischen denen, mit Holzschilden geschützt, schweres Geschütz vorgeschoben war. Offenbar handelte es sich um jene Stücke, die an den Vortagen die Breschen geschossen hatten. Doch zunächst war einmal, zur Befriedigung der Verteidiger, das Wetter gegen die Angreifer. Es fiel ein sanfter, aber unablässiger Nieselregen. Von Puttlitz hatte, um einen Überblick zu bekommen, den Turm des Münsters erstiegen. In seiner Begleitung befand sich der Leutnant von Leuthold-Birnbichel, ein alter Kämpe aus dem Schwäbischen.

»Wenn ich es mir recht überlege, sitzt der Herzog entweder in Endenich oder Brühl«, erklärte der Kommandant und wies nach Norden. »Ich habe das Verhandlungsangebot schreiben lassen. Es wird Euch im Rathaus, meinem Stabsquartier, ausgehändigt werden. Ich muss wohl nicht erklären, dass dies nur die Aufnahme der Verhandlung sein soll, zu der Ihr als Parlamentär geht. – Also, keine Erklärungen, keine Zusagen.« »Was denkt Ihr denn von mir?«, reagierte der Leutnant empfindlich. »Es ist nicht die erste Parlamentärschaft in meinem Leben.« »So meinte ich das nicht, Herr Leutnant von Leuthold-Birnbichel. Mir ist wohlbekannt, was Eure Taten in der Lombardei waren. Darum habe ich gerade Euch, als den Erprobtesten, ausgewählt. Kollerköpfe, wie den von Stoploch oder von Gymnich, so gut sie auch die Herren der anderen Seite kennen, mag ich da nicht als geübte Parlamentäre aussenden.« »So hegt Ihr Besorgnis möglichen Verrats, Herr Obrist?« »Gott bewahre! – Nein, nein. – Sie sind der eingeschworenen Seite schon treu. Aber der von Gymnich, so als Beispiel, würde jedes Wort auf die Goldwaage legen und gar die Zunge riskieren. – Nein, nein, die anderen Herrn Offiziers, die mag ich da nicht unbedingt schicken. Ihr, Verehrtester, habt da schon das bessere Gemüt, die Ruhe und Besonnenheit, die es hier braucht.« »Ihr tut mir zu viel des Guten«, lachte der Schwabe geschmeichelt. Von Puttlitz spähte in das graue Wetter und brummte missvergnügt: »Der Regen verdirbt die Sicht.« Er besann sich einen Moment und sprach dann leise weiter, so dass etwaige Lauscher, sollten sie, was fast unmöglich war, da der Türmer unten an der Leiter wartete, nichts erhaschen konnten: »Und noch etwas. Ich versuche den Prediger, die beiden uns ergebenen Magister und die zwei Kommissäre in den Abzug mit hineinzubeziehen. Doch wenn der Herzog deren Köpfe fordert, werde ich nicht die Besatzung wegen dieser Herren opfern. Ihr versteht?« »Die Frage, Herr Obrist, erübrigt sich. Ich bin der reformierten Seite näher als den Papisten, das ist wahr, aber unseren Leuten bin ich am nächsten.« »So sind wir da eins.« »Ganz sicher. Zudem, ich bin nur Parlamentär und halt mich da an jedes Wort, was Ihr mir aufgebt.« »So ist recht. Und bitte kein Wort zu den Betroffenen.« »Ehrensach«, versicherte von Leuthold-Birnbichel. »Was Ihr, Herr Obrist, mir mitteilt, ist in mir verschlossen, bis Ihr mir eine andere Order gebt.« Zur zehnten Stunde ritt der Leutnant mit der weißen Fahne zum Feind hinüber. Der Regen hatte den aufgeworfenen und zerstampften Boden glitschig und schwer gangbar gemacht. Das war kein Wetter für einen erfolgreichen Sturm; auch nicht, als gegen Mittag der Regen aufhörte, der Parlamentär wieder zurückkehrte und eilig zum Kommandanten im Rathaus ritt. Natürlich hatte sich, schon beim Ausritt, sofort herumgesprochen, dass verhandelt wurde und die Knechte waren es zufrieden. Weniger zufrieden waren sie mit dem Soldabschlag und heimlich lief die Parole um, wenn das Geld nicht kommt, hält keiner seinen Kopf mehr hin.

Die Offiziere: Hauptleute, Leutnants, Wachtmeister, Fähnriche und Feldweibel hegten die Besorgnis, dass, wie anno vierundachtzig, wieder eine Meuterei in der Luft läge. Doch es war nicht herauszubekommen, von wo die Gerüchte in den Umlauf kamen, wer der oder die Verursacher, die Meinungsmacher waren. Anscheinend schaukelte sich die Stimmung gegenseitig hoch. Das Murren und Knurren der Knechte blieb noch im Hintergrund, obwohl es längst die Offiziere erreicht hatte. Dennoch! – der Tag verlief ruhig und im abendlichen Kriegsrat wusste von Puttlitz zu berichten, dass er, am nächsten Tag, selber die Verhandlungen, mit dem Herzog von Chimay, führen werde, was, da man sich kannte, sicher zur beidseitigen Zufriedenheit verlaufen würde. Als Treffpunkt war Beuel ausgemacht. Zu einem Waffenstillstand wollte sich indessen der Herzog nicht verstehen. Offenbar hielt er es für möglich, die Stadt noch vor dem Ende der Verhandlungen in die Hand zu bekommen und im Kriegsrat fragte man sich, was diese Ansicht bestärken mochte. Lag doch wieder Verrat in der Luft? Die Verhandlungen machten trotzdem gute Stimmung und selbst die Bürger verhielten sich ruhig, obwohl es hier und da noch zu kleineren Zusammenstößen ohne Waffengewalt, ausgetragen mit dem größtmöglichen Stimmaufwand, kam. Besonders die Weiber taten sich hier hervor, die die Besatzer, wo immer sie ihnen begegneten, immer dreister beschimpften. Umso mehr erschreckte am nächsten Morgen der neuerliche heftige Beschuss. Das Feuer der vorgezogenen Kanonen lag gut und zerstörte nun viele Häuser, selbst in der Stadtmitte, löste Brände aus und erzeugte unter den Bewohnern heftige Tumulte, derweilen die Schanzen von dem Beschuss selber so gut wie nichts abbekamen; die Kanonen standen zu hoch und die Distanz zwischen den ehemaligen Wällen und den neuen Schanzen war zu kurz. So bewarf man sich hier, neben Beschimpfungen, mit Steinen und hier und da mit Pulvertöpfen, den Handgranaten. Diese Steinkrüge waren mit Pulver und Splitterwerk aus Stein und Eisen gefüllt, wurden mit einer ausreichenden Lunte versehen – und nach dem Anzünden dieser – dem Gegner hinübergeworfen. Das donnerte lustig, richtete aber nur selten Schaden an, denn die meisten Lunten brannten zu langsam und der Feind konnte sie entweder vorzeitig ganz löschen oder die noch nicht voll abgebrannten, gezündeten Handbomben in den Graben werfen, wo sie wirkungslos verpufften. Unter den Knechten des Ritters von Stoploch befand sich der Armbruster, Armbrustschütze, Hilversum aus Brügge, ein kleines pfiffiges Kerlchen. Er war ein ausgezeichneter Schütze, ein gelernter Forst- und Jagdknecht, der sich irgendwann seinem Leibherrn durch Flucht zu den Kriegsknechten entzogen haben mochte. Zur Bewunderung aller Knechte und des Feldhauptmanns, brachte er das Kunststück fertig, auf hundertfünfzig Fuß Distanz, einen Fähnrich des Feindes, der gar zu offen und herausfordernd herumstolzierte, vom Wall zu schießen. Neugierig ließ sich Ludwig von dem Knecht das Mittel dieses Erfolges erklären: »Das ist ganz einfach«, begann dieser. »Wenn du einen Stein wirfst, beschreibt er, je nach Schwung und Höhe des Wurfes, eine Bahn zum Ziel. Diese Bahn und den Schwung muss man nur kennen. Beim Steinwurf machst du das aus dem Gefühl, bei der Armbrust musst du dir Marken schaffen. Da ich die Armbrust immer gleich spanne, muss ich nur noch die Flughöhe meines Bolzens der Zielentfernung anpassen. Ich habe das auf ein Reh geeicht, das wieder ein halb so hohes, großes Ziel wie ein Mensch ist. – Schau, ich habe hier einen Rahmen mit drei immer kleineren Fenstern, den ich hier – als Korn – aufsetze. Mein Ziel, als Reh gedacht, muss nun nur in einen dieser Sichtrahmen passen, dann ist die Höhe des Abschusses, also die Entfernung, richtig bemessen und zugleich das Ziel auch richtig anvisiert. Hält das Ziel nun lange genug still. Ich meine die Zeit, die der Bolzen zum Flug benötigt, dann muss man einfach treffen.« Er lachte selbstgefällig und setzte hinzu: »Natürlich benötigt man eine gute Auflage und eine ruhige Hand, damit es nicht verwackelt.« Er klopfte sich zufrieden auf die Brust und lobte: »Ich habe beides und – auch im Gefecht die Ruhe, die es zum guten Schuss braucht. – Ein guter Schuss ist allemal im Kampf sicherer, als das Hauen und Stechen. Ich sage dir, Kauzenludwig, es wird die Zeit kommen, da lässt man das Katzbalgen ganz sein, da stellt man die Piken in die Ecke und nur die Schützen sind es, die den Kampf entscheiden. Schau, so ein Ritter in seiner schweren Rüstung. Was kann er schon sehen, hören, wie kann er sich bewegen? – Sitz ich auf ihn an, mag seine Rüstung so gut sein, wie sie will. Ich schieß ihn ab, wie ein Karnickel. Da hilft ihm weder Mut noch Kraft.« Er lachte höhnisch. »Ich weiß das gut.« Aus Rache für den abgeschossenen Fähnrich wurde der Schanzenabschnitt des Feldhauptmanns nun mit starkem Beschuss leichter Waffen belegt. Einen Piken Knecht traf ein faustgroßer Stein auf die Rückenplatte seines Vollharnischs. Er bekam kaum noch Luft und musste zum Cassiusstift getragen werden, wo alle schwer blessierten, gegen den Willen des dortigen Propstes, untergebracht waren. Dort lag auch Sigis, der Knecht des Feldhauptmanns, den es beim letzten Sturm schwer getroffen hatte. Ludwig half beim Transport des nun getroffenen Knechtes, denn der Ritter, wohl aus etwas schlechtem Gewissen, weil er sich bisher nicht selber um seinen Knecht gekümmert hatte, befahl: »Geh, Ludwig, trag den Knecht mit zum Stift und schau mal nach dem Sigis. Er hat zwar eine zähe Natur. Doch wer weiß schon, wann uns der Herrgott von diesem Jammertal abberuft. Ich hätte wohl schon nach ihm sehen sollen. Aber, Potz-Blitz, ich habe es vergessen. Wenn er etwas braucht, lass es ihm zukommen. Er ist ein treuer Mann und hat es wohl verdient.« Als Ludwig in den Saal kam, in dem die Verletzten lagen, fühlte er sich, auf den ersten Blick, an St. Revelin in Köln erinnert – doch ein zweiter zeigte, hier war es in jeder Hinsicht viel schlimmer. Die Betreuung der auf dem kalten, kaum mit einer dünnen Strohschütte aufgefüllten Boden liegenden Verwundeten, erfolgte durch zwei Wundärzte der Belagerten, von einigen Mönchen des Stiftes und zwei Bader, die man aus der Stadt beigetrieben hatte. Hier lagen nicht nur Truchsessische Knechte, sondern auch Bürger, die beim Beschuss verletzt wurden. Sie lagen alle in großer Not. Es stank fürchterlich und es fehlte am nötigen Verbandszeug. So war der Saal mit einem jämmerlichen Stöhnen, Ächzen, Wimmern und Schreien erfüllt. Ludwig suchte nach Sigis, doch er fand ihn nicht. Er befragte einen fettleibigen Bruder und beschrieb ihm den Gesuchten, doch der Mönch entgegnete salbungsvoll: »So einen, wie du sagst, mein Sohn, findest du auf jeden zweiten Platz. Sie sehen doch alle gleich aus. Sieh in die struppigen Gesichter. Sie sind vom Satan gezeichnet. Der Teufel zerreißt ihr Antlitz schon im Leben, damit jeder sieht, was für Höllenqualen auf sie warten. Ha, ha! Sie erleiden schon jetzt die Strafe, die ihnen zukommt.«

Ludwig giftete angewidert: »Der Teufel, von dem ihr sprecht, Bruder, hat meist eine glatte, feiste Haut und ist nicht so leicht zu erkennen. Sagt ihr das nicht immer selber – wenn's euch beliebt? – Doch zu unserem Knecht zurück. Er muss hier liegen – nur, ich kann ihn hier, in dem trüben Licht und dem schrecklichen Durcheinander nicht finden.« »Was heißt hier muss!«, ärgerte sich nun der Mönch, und seine Stimme schlug vom Säuseln ins Ablehnende um. Er strich sich über die Tonsur, sah Ludwig abschätzend an und sprach gleichgültig: »Wenn du, mein Sohn, ihn hier nicht zu entdecken vermagst, solltest du einmal in den Wirtschaftshof gehen. Dort, in der Scheune, liegen die, die der Herr für ihre Sünden gestraft und zur Hölle geschickt hat.« Dabei beobachtete der Mönch Ludwig und es schien ihm ein großes Vergnügen zu sein, bei diesem Wut und Zorn im Gesicht lesen zu können. Und in der Tat, Ludwig hätte dem Fetten vor Wut den Schädel einschlagen können. So sprachen diese »frommen Männer« von seinen Kampfgefährten.

Wieder verspürte er den Hass, den er damals, bei der peinlichen Befragung in Köln, so tief gegen den Mönch empfunden hatte. Er fand den Weg zur Scheune. Da lagen sie, alle in einer Reihe, teils nackt oder bis auf das Hemd ausgeplündert. Manche hatten noch verschmierte Verbandslumpen um ihre schrecklichen Wunden. Es waren über zwanzig stille Gestalten, auch zwei Frauen, ein Kind und ein alter Mann – gewiss Bewohner der Stadt, vielleicht solche, die kein Bürgerrecht besaßen, Mägde, Knechte. Ihm schauderte. Zwei ältere, dürftig gekleidete Männer, die ihn im Aussehen an die Knechte beim Kloster Ebelstein erinnerten – und auch hier zum Inventar des Stiftes zu gehören schienen, kamen – und sahen Ludwig misstrauisch an. Wegen seiner Waffen blieben sie ihm aber offenbar fern. Ludwig brauchte nicht lange zu suchen. Er fand Sigis. Dieser war über und über mit verkrustetem Blut beschmiert und neben seiner grässlichen Kopfwunde klafften an Armen und Beinen noch etliche Verletzungen. Auch ihn hatte man seiner wenigen, sicher kaum noch brauchbaren Bekleidung beraubt. Vermutlich war der Arme verblutet, denn nichts deutete darauf hin, dass man sich die Mühe gemacht hatte, ihm die Wunden zu verbinden. Ludwig schluckte. Der Krieg hatte ihn aber nun schon so abgebrüht, dass er nur noch knappe Sachlichkeit bei all dem Grauen empfand; dennoch, der Sigis war so etwas wie ein guter Kamerad gewesen – und waren seine Gefühle sonst auch starr, so hatte er doch, einige Herzschläge lang, ein tief bedauerndes, bemitleidendes Aufwallen in seinem Innern. Das äußerte sich, indem er die beiden Stiftsknechte anfauchte: »Wann werden die armen Menschen hier beerdigt?« Diese taten nun etwas ganz Falsches: sie grinsten böse und der eine sagte dümmlich, wohl, wie man es ihm beigebracht hatte: »Gar nicht! –

Hier gar nicht. Der Schindanger ist doch vor dem Tor. Wer will da hinausgehen und die stinkenden Leichen verscharren?« Der andere ergänzte: »Sind doch alles Ketzer, Heidenbrut, Auswurf des Teufels!«

»Wer, ihr Halunken, sagt das?«, empörte sich Ludwig und seine Gleichgültigkeit fiel von ihm ab. Unabsichtlich, für die Knechte erschreckend, schlug er an sein Wehrgehänge, dass die Waffen böse klirrten. »Heilige Mutter Gottes!«, schrie der eine.

»Bruder Totengräber sagt es. Er muss es doch wissen! Es sind Abtrünnige des Herrn. Sie sind schlimmer, wie Heiden. Ihre Seelen sind direkt ins Fegefeuer gefahren.« »Sagt Bruder Totengräber«, ergänzte der andere, dabei wichen sie furchtsam noch weiter von Ludwig zurück. »Ihr Schwachköpfe!«, schrie Ludwig. »Wer euch so einen Unsinn erzählt, mein Gott! – Der ist selber des Teufels! Es muss ein arger Hurensohn sein, der solche Gerüchte in die Welt setzt. Und die dort«, er wies auf die Frauen und das Kind. »Das sind doch Leute aus der Stadt! – Gute Katholiken, mein ich!« Sein wütender Redestrom wurde unterbrochen. Die Tür neben dem Schuppen ging auf und ein kleiner Mönch mit einem spitzen Gesicht und runden Rücken trat heraus. »Was sucht Ihr hier?«, keifte er mit unangenehm hoher Stimme. »Meines Hauptmanns Knecht, wenn's denn recht ist. Einen guten und frommen Katholiken, Bruder!« »Hi, hi! So einen findet Ihr hier nicht!«, giftete der kleine Mönch und aus der scheinbaren Sicherheit seiner Kutte heraus höhnte er: »Hier liegen nur Ketzer, Satansbrut, die Bälger der vom

Teufel geholten Seelen!« Ludwig wies auf Sigis und schrie: »Der dort, Bruder, ist ein frommer Mann gewesen. Sicher ehrlicher frommer als ihr es je gewesen seid. Und merkt euch in eurem dumpfen Schädel, falls ihr den nicht nur zum Spott der Menschheit herumtragt: Die Hälfte und mehr der Truchsessische Truppen ist gut katholisch. Von den toten Weibern, dem alten Mann und dem Kind dort, nicht zu reden. Ihr werdet die Toten jetzt, auf der Stelle, christlich begraben! Bei meiner Seele! Das werdet Ihr!« »Nicht hier! – Nicht hier, auf geweihter Erde!«, schrillt der Mönch.

»Die Weiber und das Kind sind Protestanten aus den Niederlanden, Satansanbeter. Ich kenne sie!« »Bruder, Ihr seid nicht bei Trost. Ihr könnt sicher sein, wenn Ihr nicht die Kutte an hättet, ich hätte Euch längst das Lästermaul gestopft. Doch auch mit dem dreckigen, braunen Ordensgewand sollt Ihr nicht entkommen, wenn Ihr nicht augenblicklich tut, was ich von Euch fordere.« »Nein, nein! – Ich weigere mich! – Von denen kommt hier keiner in die geweihte Erde eines guten katholischen Christen!« Ludwig riss die Geduld. Wütend riss er das Rapier aus der Scheide und ließ es unmissverständlich vor den drei Männern durch die Luft pfeifen. Blitzschnell hielt er es dann am Hals des Mönches und zischend kam sein Befehl: »Noch ein Wort des Unsinns und du liegst mit denen in einer Reihe.« Der Mönch war vor Schreck starr. Schließlich hoben sich langsam seine Arme, wie um Hilfe flehend. Ludwig wandte sich an die beiden entgeistert stehenden Knechte: »Ihr da! – Sind Gräber ausgehoben?«

»Ja, Herr.« »So nehmt jetzt einen nach den anderen, mit den Weibern und dem Kind fangt ihr an, und bringt sie in die Gräber. Der Bruder, hier, wird, sobald ihr damit fertig seid, ein christliches Gebet an den offenen Gräbern sprechen, bevor ihr sie dann sorgfältig zuwerft. Und Gott behüte euch, wenn es nicht schnell und so geht, wie es sich gehört.« Die Knechte fuhren die Leichen, die schon teilweise einen beträchtlichen Geruch verbreiteten, als man sie anrührte, auf einer Sackkarre zu den offenen Grabstellen auf dem Kirchhof. Der Mönch versuchte, nun da er sich langsam wieder gefangen hatte, noch einmal zu protestieren. Doch Ludwig schnitt ihm das Wort ab, wobei die Spitze der Waffe eine kleine blutige Rille auf den Hals des Mönches zeichnete: »Ihr tut, Bruder, wie es mir gefällt, denn das ist gottgefällig.« Es verging eine knappe halbe Stunde, da lagen die Toten auf dem Kirchhof. Freilich lagen nun in jeder Grube zwei oder drei – aber das sollte nicht stören, denn Zeit, um neue Gräber für jeden Einzelnen auszuheben, war nicht. »Nun, lieber Bruder, am Grabe ein Gebet und den Segen – und ihr«, Ludwig wandte sich an die beiden Knechte, die es immer noch nicht richtig fassen konnten, wie mit ihrem Bruder dort umgegangen wurde, ohne, dass der Fremde vom heiligen Bann- oder Blitzstrahl erschlagen wurde. »Ihr schaufelt, wenn dieser fromme Mann seinen Segen gemurmelt hat, die Gräber säuberlich zu.« Die seltsame Beerdigung dauerte nur wenig Zeit und nach noch nicht einer Stunde, nachdem Ludwig das Stift betreten hatte, war alles bereits beendet. Die Zeremonie wurde abrupt abgebrochen. Gerade hatten die Knechte die letzte Schaufel Sand auf das Grab geworfen, als eine Bombe in die Wirtschaftsgebäude einschlug. Ludwig ließ den Mönch nun gehen und dieser rannte, mit geraffter Kutte und wilden Kreischen dem getroffenen Gebäude zu. Doch schon jaulten neue Bomben und Geschosse heran und es krachte, ohne dass man sehen konnte, wo die Einschläge nun lagen. »Da hat es noch einmal irgendwo hingehauen«, fluchte Ludwig laut und sinnierte: »Hoffentlich treffen sie nicht den Saal mit den Verletzten.« Als er vor den Stift trat, sah er an den Rauchwolken, dass es im Wirtschaftstrakt des Stiftes brennen musste. »Da habt ihr, für eure fanatische Bosheit, eine gerechte Strafe des Herrn!«, lachte er schadenfroh und in Gedanken an das Erlebte angewidert. Wie ein alter Kriegsknecht stapfte er klirrend die Gasse hinunter, der Schanze zu. Überrascht stellte er bei sich fest, dass er das Verhalten des Mönches und der Stiftsknechte nicht als fromm, sondern als überaus bigott, dumm, ja fürchterlich, teuflisch betrachtete. Wie sollte es da jemals ein friedliches Zusammenleben geben können, solange die einen und die anderen für sich in Anspruch nahmen, die allein seligmachenden Ansichten zu besitzen. So, wie ihm dieser Mönch nun erschien, musste er, als er vom Kloster Ebelstein fortzog, den Piken Knechten vorgekommen sein. »Gott ist unteilbar«, murmelte er. Wer kann schon wissen, was gottgefällig ist – oder nicht? Die, die es für sich in Anspruch nehmen, die Prediger, Pfaffen und Frömmlinge aller Art waren bestimmt die Letzten, die eine Ahnung vom Willen des Schöpfers hatten. Sie verfolgten oder jagten ihren Hirngespinsten, ihrem Vorteil – oder einfach nur ihren Ängsten und Schuldgefühlen nach und verhielten sich dabei wie Geschöpfe, die in ein trügerisches Moor geraten waren – je mehr sie strampelten, umso tiefer sanken sie. Überall in den Gassen, wo er vorbei kam, waren die Menschen mit Geschrei und Gekreische bei den Löscharbeiten. Menschenketten hatten sich von den Brunnen zu den Feuerstellen gebildet. Durch ihre Hände flitzten die Eimer –

vom Brunnen zum Feuer – und zurück. Doch die Wassergüsschen, die sie auf die Brände beförderten, waren zu gering, um die Flammen wirklich zu stoppen. Der vorhergegangene Regen hatte jedoch bewirkt, dass viele Brände nur vor sich hin schwelten. Diese gelang es denn auch zu löschen. Hätte es vor diesem Beschuss. Eine Trockenperiode gegeben – und dazu gar ein entsprechender Wind geherrscht, die Stadt wäre restlos ein Opfer der Flammen geworden. Doch auch so war die Gefahr, dass die Stadt ganz abbrannte, nicht gering und die Angst und Aufregung der Menschen verständlich. Es war bereits später Nachmittag, als Ludwig wieder bei seinem Feldhauptmann ankam. »He, Bub! – Hast du erst gebetet?«, forschte von Stoploch leicht ungehalten. »Das auch, Herr Hauptmann«, entgegnete Ludwig immer noch erregt. Wütend berichtete er, was er erlebt hatte. Von Stoploch hörte ihm schweigend zu. Nur bisweilen sein Kopfnicken zeigte, dass das Gehörte ihm wenig gefiel. Als Ludwig endete, knurrte er leise: »Ich war schon etwas erzürnt, dass du so lange fern bliebst. Doch es war gut so, Bub. Es war von dir sehr mutig – und sehr unklug – sehr dumm, wie du gehandelt hast. – Schweig! – Ich hätte genauso gehandelt. Doch wir sind hier in der Stadt eines Erzbischofs. Wir sind da auf ziemlich verlorenen Posten. Vermutlich werden die Pfaffen noch kaum rechtzeitig ein Wörtchen mitzureden bekommen. Doch wenn ja, da mag es schnell angehen, dass sie dich anschwärzen und du in ihre Gewalt gefordert wirst. – Schauderhaft! – Da mag ich nicht bedenken, was sie mit dir aufstellen würden.

Es gibt nichts Schlimmeres, als herausgeforderte Frömmler, Fanatiker. – Da kann ich dir jetzt nur den Rat erteilen, dich vor den bigotten Kerlen vorzusehen, ihnen nicht über den Weg zu tanzen, solange wir in diesem Bonn sitzen. – Aber auch danach bist du noch nicht sicher. Sie haben manchmal einen langen Arm und ihre Rache reicht weiter, als man meinen sollte. Doch wie du sagtest, es war nur ein Bruder Totengräber – vielleicht. Wie weit sich sein Herr, der Propst, damit verbündet oder angesprochen fühlt, kann man nicht sagen. Jedenfalls hat der Stift ohnehin viel zu dulden gehabt. Was ihre Wut verständlich macht und für die Blessierten, die du in dem Saal gesehen hast, sicher nicht zum Vorteil gereicht, wenn wir hier abziehen. Ich werde mit dem Kommandanten, dem von Puttlitz, ein Wörtchen darüber reden müssen.« »Ihr denkt an St. Revelin, Herr Hauptmann?« »Genau, Bub.« Die Unterredung wurde unsanft unterbrochen. Krachend, berstend flog neben ihnen ein Stück Schanzwerk auseinander, wirbelte eine Erdfontäne auf, aus der es Balken, Faschinenteile, Steine und Reste von Knechten prasselte. Das Geschrei war groß. Wie hatte der Feind so schnell und unbemerkt eine Mine unter die Schanze treiben können, denn eine solche war es gewesen, die die Ursache der gewaltigen Explosion war? Die Mine war im rodenstockschen Abschnitt hochgegangen. Nun brach dort auch der Feind stürmend in die eben entstandene Bresche vor. Von Rodenstock stand mitten in der Flut der Anstürmenden, von seinen Piken Knechten seitlich gedeckt. Er schwang einen Bidhänder, ein mächtiges Sattelbaumschwert. Er stand da, wie ein Recke aus uralter Zeit. Das ließ das Herz des Alten von Stoploch höher schlagen und er brüllte begeistert: »Herrlich! – Gib es ihnen!« Doch seine Begeisterung fand ein plötzliches Ende. Die Belagerer überschütteten nun auch seinen Abschnitt mit einem waren Hagel von Kleingewehrfeuer. Die ganze gegenüberliegende Mauerfront auf der feindlichen Seite war blaugrau vom Pulverdampf, aus dem nun auch noch Handgranaten qualmend angeflogen kamen, die man nicht zu parieren wagte, weil der Geschosshagel jeden Versuch unmöglich machte. So trafen sie teils hinter die Verschanzung, wo sie explodierten und einige Knechte böse verletzten, einen gar töteten. »Das bedeutet nichts Gutes!«, schrie von Stoploch. Er richtete sich auf und brüllte seinen Knechten durch den Lärm mit überschlagender, alles übertönender Stimme zu: »Aufgepasst! Habt Acht! – Sie werden sogleich angesprungen kommen!« Sie kamen schon. Die Handgranatenknechte, die Granatire, hatten sich, mit Pikeniere in den Graben geworfen, zerrten Sturmleitern nach und warfen an drei Stellen Sturmbrücken über den Graben, indem sie diese, mittels Böcke im Graben, so verlängerten, dass sie nun vollständig hinüberreichten. Die Granatire warfen aus dem Graben nun unablässig ihre teuflischen Bomben zielsicher auf die Schanze. Ehe man sich dort vom Schreck erholt, die eigenen Pechkränze und Bomben angezündet hatte, lagen die Sturmleitern an der Schanzwand und ein wilder Kampf – Mann gegen Mann – begann. Ludwig kämpfte wieder mit seinen beiden Waffen, eine zum Abdecken und fangen, die andere zum Schlagen und Stoßen – wie es gerade passte und nötig war. Das geschah nun schon fast automatisch, ohne lange Überlegung. Erstaunlicherweise blieb er bei dem fürchterlichen Tumult kühl, fast gelassen. Er führte seine Waffen exakt, wie eingeübt, penibel, wie seine Buchstaben bei der Schreibarbeit; statt Schnörkel, Linien und Punkte wurden es hier Hiebe, Stiche und Paraden. Da schlug schon wieder einer mit einem Streitkolben, gedeckt durch eine lange Handtartsche, die ihn zwar schützte aber noch mehr behinderte, auf ihn ein. Der Kerl war groß und drängte ihn zurück. Da sprühte vor ihm ein feuriger Blitz auf. Blendete ihn. Pulver umwölkte ihn und das Krachen des Schusses wurde ihm erst bewusst, als er sich auf der Erde liegend fand. Riesig stand der Feind über ihm. Der Vorsporn des Streitkolbens schoss herunter. Instinktiv brachte er den Katzbalger, durch eine Drehung des Körpers, vor sich auf den Harnisch. Ein gewaltiger schmerzender Druck, dann ein harter Ruck, zeigte ihm, wie gut der Feind getroffen hatte, dass aber sein Sporn im Fänger seiner Waffe eingeklemmt war. Der Gegner riss mit aller Kraft seinen Streitkolben zurück. Der Katzbalger wurde ihm aus der Hand gerissen – flog im Bogen – mit dem Schwung des Streitkolbens – davon. Das hatte dem Gegner Kraft gekostet und der von ihm erzeugte Schwung ließ ihn den Kolben höher ziehen, als beabsichtigt. Ludwig wurde dabei förmlich mitgerissen, was ihm das Rapier, auf dem er halb gelegen hatte, frei machte. Wütend stieß er, auf gut Glück, von unten herauf. Der Degen schrammte über das Metall des fast ganz in Eisen gehüllten Doppelsöldners. Dieser hatte sich gefangen und wuchtete seinen Streitkolben auf den nun schon wieder Knienden. Doch der Schlag prallte am unteren Kolben Schaft schon auf die gefährlich lange Rapierklinge, ließ den Schlag zur Seite abrutschen – und mit ihm den ganzen Krieger zur Seite wanken. Nun war Ludwig wieder blitzschnell auf den Beinen und er drosch nun seinerseits auf den irritierten Gegner ein. Seine Behändigkeit half ihm, die Schwäche seiner Situation zu überwinden. Doch noch immer fehlte ihm die nötige Luft durch den Schlag auf den Harnisch – und noch immer brummte ihm der Kopf von dem Knall. – Das ließ nun dem Doppelsöldner die nötige Zeit, wieder in seinen Schlagrhythmus zurückzufinden. Mit Tartsche und Kolben trieb er Ludwig unaufhaltsam weiter und weiter zurück. Ludwig keuchte und der Atem fuhr pfeifend aus seinem überanstrengten Brustkasten. Der Doppelsöldner war ihm an Größe, Kraft und Können weit überlegen. Nur der Zufall und das kleine Quäntchen Soldatenglück hatten ihn bisher vor der Niederlage, dem Tod, bewahrt. »Mein Gott! – Jetzt bin ich dran«, fuhr es ihm durch den Sinn. Die Gelassenheit war fort. Nackte Angst wollte ihn packen. »Die meisten Kämpfer fallen im Nahkampf durch Panik«, schossen ihm die Worte Knipphausens durch den Kopf. Er hörte sie, als stünde der alte Pikenier ermahnend bei ihm. Parade, Parade, Hieb, Parade, Stich, Parade – verdammt, er schaffte es nicht. Sein Blick flatterte irr, ohne den Gegner auch nur aus dem Auge zu lassen, dennoch herum. Vor ihm wogte der Kampf. Er musste von dem Söldner schon aus der Reihe, bis zum Schanzenrand gedrückt sein. Nun erschienen neben diesem mächtigen Gegner noch zwei Helme, darunter wilde, grinsende bärtige Gesichter, die ihn über Hellebarden ansahen. Die gefährlichen Langwaffen wurden blitzschnell vorgestoßen. Ein verzweifelter Rundschlag und zurückspringen. Er fiel ins Bodenlose und landete halb auf den Beinen, halb auf dem Hintern. Verdutzt sah er auf. Oben, in sechs Ellen Höhe, gewahrte er noch ein paar Körperteile seiner Angreifer, von Kämpfern. So langsam dämmerte ihm, wo er gelandet, was geschehen war. Er war rückwärts von der Schanze gehüpft. Benommen, tief Luft einatmend, richtete er sich auf. Komisch, er war noch unversehrt. Als er an sich herunter sah, entdeckte er, warum ihm das Atmen schwerfiel. Der Harnisch hatte zwei gewaltige Dellen, die seinen Brustkorb beengten. Er wollte die Behinderung abschnallen, als eine Stimme hinter ihm warnte: »Lass ihn lieber mit den Beulen dran. Wenn du die Dinger, die die Beulen gemacht haben, so auf dem Wams geknallt bekommen hättest, brauchtest du jetzt schon einen Advokaten bei Gott oder dem Teufel.« Ludwig sah den Musketier, der die Worte sprach, überrascht und dankbar an. »Verdammt, du hast recht. – Aber was macht man manchmal für unüberlegtes Zeug, nur um die nötige Bequemlichkeit wiederzuerlangen.« »Ach, das will ich wohl meinen«, lachte der Musketier. Ihm schien die trostlose Situation nicht viel Kopfzerbrechen zu bereiten. Gelassen legte er gerade seine schwere Muskete wieder in die Gabel und fummelte an seinem Bandelier nach einem der »Zwölf Apostel«[62]. Es war der Vorletzte. »Nah, hier sehe und Treff ich gewiss nichts mehr«, sagte er gelassen und schritt einer eingefallenen Toreinfahrt zu, wo er neue Position fasste. Ludwig ermahnte sich. Tief Luft schöpfend stieg er lauernd die Treppe zur Schanze hinauf, die unweit seiner Absturzstelle war. Vor ihm kämpften zwei Schwertspieler mit Bidhändern. Da konnte er nicht vorbei – und so sah er, wie ein Sekundant, gespannt zu. Merkwürdig! Die Waffen der beiden Kämpfer trafen sich selten. Sie wirbelten und schwangen, schienen sich, was unmöglich, ineinander zu verschlingen, und waren doch schon wieder – ehe man es sich versah – jede im eigenen Kreis und

---

[62] vorbereitete Pulverladungen am Bandolier, gewöhnlich 12 Schuss in Steckschlaufen, diese, so gefüllt, wurden mit 12 Apostel bezeichnet.

Schwung. Erst langsam dämmerte ihm die hohe Kunst der beiden Kämpfer. Jeder suchte mit den gewaltigen Waffen eine Blöße des Gegners – und sperrte im Bannkreis der wirbelnden Klingen alle anderen Kämpfer. Gelang es einem, den anderen auszumanövrieren, ihm die Waffe zu parieren, also seinen Kampfraum und Schwung zu zerschlagen, dann war es für den anderen leicht, den Gegner mit der gewaltigen Klinge zu zerhacken. Plötzlich entstand hinter ihm Bewegung. Neben ihm schoben sich zwei Arkebusiere vor und hackten ihre Gabelstöcke in den Boden, um von hier zu schießen. Der gegnerische Schwertkämpfer erkannte die Gefahr und ging nun seinerseits kämpfend zurück, den Kontrahenten möglichst als Schild zwischen sich und den beiden Schützen haltend. Die Arkebusen donnerten. – Ach herrje! Was mochten die getroffen haben. Ludwig sah niemanden stürzen.

»Vorwärts! – Raum! – Raum!«, rief es hinter ihm. Er sprang auf die Schanze und drückte sich beiseite. Dort, zehn Schritt weiter kämpfte sein Hauptmann und drei Knechte gegen acht oder neun Feinde. Er stürmte vor, um seinem Hauptmann beizustehen. Einer der Gegner nahm ihn wahr und sofort an, indem er vom Ritter abließ. Der Mann führte eine jener gefährlichen langklingigen Gleven, eine Partisanenart, die gewöhnlich aus Sensen hergestellt wurden. Ludwig sprang wie ein Floh hin und her und sein Rapier beschäftigte den Gleven Träger so, dass dieser die gefährliche Waffe nicht zum Schlag frei bekam. Gelänge ihm das, das wusste Ludwig nur zu gut, hatte er gegen die Wucht einer solchen Waffe mit dem Rapier keine Chancen. Doch da schob sich von hinten ein Wald von Hellebarden an ihm vorbei. Sein Gegner brüllte in einer ihm unbekannten Sprache einen Warnruf – gleichzeitig ließ er von ihm ab, indem er sich deckend den Rückzug antrat. Nun ging alles sehr schnell. Der geschlossene Angriff der Pikeniere rollte die Einzelkämpfe auf der Schanze auf, brachte die Angreifer zwischen zwei Fronten und zwang sie über die Schanze hinunter. Verwegene Gegner, die erneut aufstiegen, wurden von den alten Besatzungsknechten, die noch kampffähig waren, wieder zurückgeschlagen. Das war umso leichter möglich, weil auch die Sturmtruppen des Feindes erschöpft, ausgepumpt waren; sie waren außer Atem. Ihre Verluste waren hoch und obwohl die Trommeln und Hörner immer noch zum Angriff aufriefen, gaben die Knechte fluchend auf. Sie sahen zu, wieder aus dem Graben und hinter die Deckungen auf der anderen Seite zu kommen. Einige Fähnriche und andere Offiziere versuchten, den Rückstrom der eigenen

Leute durch wildes Geschrei und Fahnenschwenken zu bremsen, aber das war vergeblich. Endlich schmetterten die Hörner des Feindes zum Rückzug. Auch die Verteidiger waren erschöpft. Ohne den Gegenstoß der Hellebardiere, bei denen auch Knipphaus als Feldweibel und Rott Führer war, wären die Schanzen verloren gewesen. Nun galt es, die Verteidigung schnellstens wieder zu ordnen. An Ruhe war also nicht zu denken. Von Stoploch marschierte auf der Schanze hin und her, lobte seine Knechte, ordnete die neuen Maßnahmen an. Dabei wurde der Schaden geprüft. Überraschend war, dass trotz des wilden Handgemenges und Kampfes die Verteidiger auf von Stoplochs Schanzabschnitt nur zwei Tote und ein Dutzend mehr oder weniger stark verletzte Kämpfer hatten, von denen nur sechs zum Stift getragen werden mussten. Die Opfer des Feindes waren erheblich höher gewesen. Im Graben lagen über zwanzig Tote – oder solche, die im Sterben lagen, deren Wunden niemand zu behandeln verstanden hätte. Daneben gab es aber auch solche, die schwere Wunden hatten, deren Leben aber von einem guten Feldscher noch zu erhalten war, wenn sie sofort behandelt wurden. Ihr Geschrei war zum Erbarmen. Der Feldhauptmann sah und hörte es mit Bedauern. Knurrend wischte er sich den Schweiß von der Stirn – dann brüllte er, und er hatte eine gewaltige Stimmkraft, zu den Gegnern hinüber:

»Es ist kein Waffenstillstand ausgehandelt! – Dennoch, wenn ihr wollt, holt die Euren aus dem Graben. Ich gebe euch mein Wort, soweit ihr das ohne Waffen tut, werden wir euch nicht hindern, noch beschießen.« Es dauerte nur eine kleine Weile, da erschien drüben ein Ritter in prachtvoller Vollrüstung, ein Fähnrich hinter ihm mit einem gewaltigen Banner, den er hinter seinem Herrn schwenkte. »He! Von Stoploch! – Alter Kämpe! – Wir danken dir!« »Heut ich dir, Nicollo, morgen vielleicht du mir! – So ist es doch guter Brauch unter wackerem Kriegsvolk, auch bei euch, im italischen Land!«, antwortete der Feldhauptmann. Der Mann drüben nickte bejahend und rief, sich sichtlich stolz reckend: »So ist es! – So mag es auch in Zukunft bleiben! Du bist noch ein rechter Condottiere, von Stoploch! – Wir nehmen dein Angebot für eine viertel Stunde an. Ich hoffe, wir kreuzen noch die Klingen, alter Freund!« Von Stoploch lachte laut und, wie es schien, eher heiter, als ob der Drohung besorgt und rief: »Darauf soll es ankommen!« Ludwig wunderte sich über den vertrauten Ton der beiden Gegner. »Wer, Herr Hauptmann, wenn's erlaubt ist zu fragen, ist das?« »Der da! – Das ist der Marchese Frederico Nicollo, Bub, ein toskanischer Condottiere, ein hervorragender Fechter. Bei Gott, Bub, von dem könntest du das Schwert und den Degen lernen. Er ist ein Meister dieser Waffen, wie ich sonst nur wenige kenne.« »So habt ihr schon oft mit ihm Streit gehabt?« »Streit? – Nein, eigentlich nicht. Wir sind uns schon oft begegnet, mal standen wir zusammen, mal gegenüber, das ist richtig. Er ist, so mein ich, einer der letzten Condottiere. Wie du an ihm siehst, liebt er den Kampf – und den in Schönheit. Das ist – oder war – bei den Italikern lange Zeit nicht außergewöhnlich. So sind da unten die Menschen nun einmal. Bei meiner Seele, sie lieben die große Pose, das Theater und die Schönheit. Wenn sie sich untereinander schlagen, ritterlich, fließt meist wenig Blut, dafür aber ein unendlicher Strom wilder Worte. Man lässt die Waffen glänzen und schimmern – und steigert alles ins Großartige, Gewaltige, ohne indessen damit viel Schaden anzurichten.«

»Maria und Josef! Dann sind die Menschen, die Italiker, viel friedlichere Leute als die Hiesigen, wo man den italischen Knechten doch besondere Wild- und Verwegenheit, ja schlimme Grausamkeit und wüstes Verhalten nachsagt«, verwunderte sich Ludwig. Beides ist richtig. Der Condottiere und die wenigen seiner Art sind eine Sorte – die Masse der Knechte eine andere. Das liegt an ihrem Gemüt. Sie brausen leichter auf – gerade so, wie ein siedender Wassertopf. Wenn sie dann so aufgeregt, aufgeschäumt sind, neigen sie zu übertriebener Grausamkeit. Hat sich ihre Aufregung gelegt, tut ihnen alles leid. Da weinen und klagen sie dann genau so heftig, wie sie vorher alles verschlimmert, in ihrer Grausamkeit kein Maß gefunden haben. – Trotzdem, Bub, ich mag sie. Wenn es mir noch vergönnt sein sollte, möchte ich noch einmal hinunter ziehen. Es stirbt sich besser bei Sonnenschein.« Er lachte und darin schwang ein Ton, der sein Bedauern ausdrückte, denn die Hoffnung, aus diesem Kampf heil herauszukommen – gar noch einmal nach Süden zu ziehen, war in der gegenwärtigen Lage ziemlich aussichtslos. Doch das sagte der alte Krieger nicht – vielleicht gestand er es sich selber nicht einmal ein. Nachdenklich setzte er seiner Erklärung hinzu:

»Die blutigen Schlachten sind in Italien immer von fremden Heeren geschlagen worden: Schweizer, Deutsche, Spaniern und Franzosen.« Er strich sich über den Bart. »Hauptsächlich von deutschen und schweizer Landsknechts Haufen. Seit Frundsberg, Burtenbach, Bemmelberg und Bourbon in die Lombardei, ja bis nach Rom hinunter zogen, es plünderten – seit dem blutigen Gemetzel in Marignano, bei dem es nur Sieger und keine Gefangenen gegeben hat, seitdem wird auch dort unten blutiger gekämpft, vor allem, wenn Deutsche auf Deutsche treffen.« »So wart Ihr dabei, als die großen Soldknechtsführer in Italia waren?« »Wieso? – So alt bin ich nun auch wieder nicht. – Ich war, so ich recht rechne, wohl vierzehn Jährchen, als ich als Knappe erstmals über die Alpen zog; man schrieb damals das Jahr 1543. – Herrgott! – Das ist nun schon über vierzig Jahre her und mir ist so, als sei es erst gestern gewesen«, schwärmte er versonnen, ohne die Frage zu beantworten. »Italia! – Wärme, Frohsinn, Lachen, Liebe.« Er sah etwas unsicher zu Ludwig, grinste schief und fuhr in seinen Erinnerungen ohne Scham und Bedenken, sich seinem Burschen so persönlich zu öffnen, fort: »Ja, auch Liebe, Ludwig. – Damals lernte ich auch deinen, hm, also Vater – hm – kennen. Der liebte jede Nacht und verschmähte auch nicht den Tag – zumeist immer eine Andere. Die Frauen, weiß der Himmel warum, liefen ihm nach. Er war lustig, witzig und sehr freigebig. – ja, so war er, weil er von Haus aus unvermögend, arm, wie eine Kirchenmaus war. Er stand immer irgendwo, bei einem der Herrn, in Schuld, und so war er stets bei jedem Händel dabei, weil er die Schulden abgleichen musste. Das war für ihn sicher nicht immer schön, denn er mochte manchen Herrn, dem er diente, kein gutes Haar lassen. Dennoch, sie zahlten für seinen Leichtsinn und er musste sich ihnen verdingen. So einfach war und ist das. Es war oft zu komisch, wenn er uns anpumpte. Ich glaube, viele haben ihm gegeben, ohne je etwas zurückzufordern. Er vertrank und verspielte, was er eben erbettelt, mit denen, die er angepumpt hatte. Er gab diesen zumeist gar großzügig aus. Einige Herren ließen ihn dennoch in den Schuldturm stecken, doch er kam, da von ihm nur etwas zu bekommen, wenn er wieder in Freiheit war, immer wieder schnell auf freien Fuß. – Das lag nicht zuletzt daran, dass man ihn als guten Kämpfer schätzte; immer da, wo es hart zuzulangen galt. Er verstand nämlich die Italiker überhaupt nicht. – Die Condottieri und ihre Fähnlein, die ihre große Geste vor das blutige Spiel – oder an dessen statt – setzten, verachtete er. Er hieb zu, egal, ob es schön aussah und wenn es ans Beutemachen ging, hielt er sich nicht lange auf, um an diese zu kommen; da trennte er schon, vor Ungeduld, gleich mit dem Schwert die Beute vom Besiegten. Wie er mir erzählte, war er damals bei der Plünderung Roms. Das, so versicherte er mir, war die einzige Zeit, in der er genug Geld und Werte besaß. Es war wohl eine wilde Zeit und viel schlimmer, als sie heute im Reich ist. Obwohl, es ist ja auch heute genug für unsereins zu tun. Nur, man wird eben zu alt für das ewige Hin und Her. Die Knochen, die man früher nicht im Leib zu spüren vermochte, knarren nun wie rostige Scharniere, schmerzen oder wollen sich gar nicht recht dahin bewegen lassen, wo sie hinsollen.« Der Feldhauptmann war in seinen Erinnerungen ganz von der Gegenwart abgekommen. Hörnerruf und Trommelschlag holten ihn indessen schnell in die Gegenwart zurück. Sie griffen wieder an und kamen, wie das vorhergehende Mal; doch der Angriff blieb schon im Graben stecken. Ihre Kraft und der Schwung waren erschöpft. So dauerte es nicht sehr lange, bis sie sich zurückzogen. Dieser Tag verlief auch auf den anderen Schanzen und den letzten gehaltenen Mauerresten unentschieden. An der Nordschanze hatte man versucht, den Schanzengraben an einigen Stellen zuzuschütten, was auch fast gelang. Als die Nacht hereinbrach, ließ jede Partei doppelt viele Pechpfannen aufstellen, denn jeder argwöhnte, der andere könnte die Nacht zu seinem Vorteil nutzen. Die Verteidiger fürchteten gar einen Nachtangriff und die Angreifer wollten auf jeden Fall verhindern, dass die gewonnenen Positionen dadurch zunichtegemacht wurden, indem den Verteidigern die Möglichkeit gegeben wurde, neue Schanzen aufzuwerfen oder die zerschossenen auszubessern. So war an rechten Schlaf nicht zu denken und beide Parteien dämmerten auf ihren Posten vor sich hin, wobei der Schrei von Nachtvögeln schon ausreichte, um sich durch Rufe untereinander zu bestätigen, dass noch keine Gefahr war.

Wieder begann der Morgen mit mörderischen Getöse. Der Herzog ließ alle Geschütze so oft wie möglich feuern und der Schaden in der Stadt war groß. Alles deutete auf einen Generalsturm hin; die Erinnerungen an Neuss weckten schlimme Befürchtungen. Um zehn Uhr schwiegen jedoch plötzlich die Kanonen – und die Kirchenglocken begannen zu läuten. Boten liefen bei Freund und Feind. Der Kommandant und der Herzog hatten sich geeinigt; es war ein Waffenstillstand beschlossen. Überall auf den Mauern und Schanzen war Jubel und Lachen. Man bewegte sich offen und winkte einander zu, als habe man keinen Streit auf Leben und Tod miteinander ausgefochten. Freilich gab es bei den Angreifern auch einige Streiter, denen dieser Ausgang nicht zusagte, ging ihnen doch der scheinbar sichere Sieg und damit die Aussicht auf reichlich erwartete Beute verloren. Auch in der Stadt war Jubel – aber auch Trauer und großes Leid. Wie bei allen Kriegen, lag die Last und Plage auf denen, die keinerlei Nutzen vom Krieg hatten – egal, auf welcher Seite sie standen – oder stehen mussten. Viele Häuser waren ganz oder teilweise zerstört; manche Familie hatte Tote und Verwundete zu beklagen.

Mancherorts brannten noch Häuser, die nun mit vereinten Kräften gelöscht wurden, bestand doch die Gefahr, dass sich die Feuer, wie weiland in Neuss, blitzschnell auf weitere Häuser, ja auf die ganze Stadt ausdehnen konnte. So verwunderte es nicht, dass hier und da sogar Kriegsknechte mit zu den Eimern griffen, um die Katastrophe abzuwenden. Auf den Schanzen blieben nur wenige Knechte als Posten. Freund und Feind zog in undisziplinierten Häuflein in Lager und Quartiere zurück. Der Kommandant hatte die Offiziere, die Bürgermeister und den Rat der Stadt, die Kriegs Kommissare sowie die Vertreter der Kirchen ins Rathaus beordert. Im Ratssaal standen die parteiischen Grüppchen in lebhaften Disput beieinander – und schon stritt man sich über Vor- und Nachteile, Strafe und Lohn – mit Hass Neid und Gewinnsucht – obwohl die Waffenstillstandsbedingungen niemanden bekannt waren. Endlich trat der Obrist, in Begleitung eines dunkel, nach holländischer Art gekleideten Herrn in den Saal. Es trat erwartungsvolle, nicht gerade ehrerbietige Ruhe ein. Der Obrist nickte, die verschiedenen Stimmungen übersehend, allen wohlwollend zu, und mit einer Geste zu seinem Begleiter, begann er: »Meine Herren Offiziers, die Herren von Kirche und Stadt. Ich stelle ihnen den Magister Cousin vor. Er ist hier, um zu bestätigen, was ich zu sagen, zu verkünden habe.« Er machte eine Pause und sein Begleiter neigte, zustimmend, leicht den Kopf. Erhobenen Hauptes fuhr Obrist von Putlitz fort: »Der Waffenstillstand ist beschlossen und besiegelt. Die Truchsessische Truppen, das heißt wir, – ziehen, um die Stadt vor der endgültigen Zerstörung zu bewahren, unbesiegt, ungeschlagen, freiwillig, mit entrollten Fahnen und aller Bagage, ab.« Ein aufgeregtes Raunen ging durch die Reihen der Bürger und drohende Blicke flogen unter den Gruppen hin und her – ließen nichts Gutes ahnen. Von Putlitz, sonst ungern durch Mienenspiel seine Gedanken verratend, verzog höhnisch die Mundwinkel, klopfte mit dem Schwert auf den Boden und fuhr fort: »Der Abzug erfolgt in drei Tagen – zur siebten Stunde. Bürger, die aus guten Gründen die Stadt verlassen wollen, können dies, ab morgen in der Früh, unbehindert tun. Es steht ihnen frei, ob sie mit ihrer Habe per Schiff – oder mit dem Wagen abziehen wollen. Geleitbriefe, die im ganzen Erzstift gelten sollen, werden durch den Herrn Magister«, er wies lächelnd auf Cousin, der sich geschmeichelt verneigte,

»hier im Rathaus ausgefertigt. – Die Herrn Bürgermeister sind verantwortlich, dass dies ohne Hinderung geschieht. Es wird aber auch von uns, da uns wohl alle Namen schon bekannt sind, überwacht. Bei der Einnahme der Stadt, wurde aus Stadt, Kirchen und Klöster etliches requiriert. Soweit es noch auffindbar ist, wird es hier gesammelt und den Eigentümern, besonders den Kirchen und Klöstern, zurückerstattet. Es versteht sich, dass darunter nicht die Kontributionen fallen. – Das überwachen meine Herrn Offiziere. Für morgen ist ein Friedensmahl angesetzt.« Ein verdutztes Gemurmel erhob sich im Saal und der Obrist musste erst mit dem Schwert auf den Boden stampfen, bis man ihm wieder Gehör schenkte. »Die Gasterei findet mit den Herrn Offizieren, den Vertretern der Kirchen, den honorigen Bürgern der Stadt und des Rates, hier im Saal statt.

Als geehrte Gäste erscheinen hierzu seine Durchlaucht, der Herzog von Chimay, mit zwanzig Offizieren. Den Knechten wird auf dem Markt ein Mahl angerichtet mit gebratenem Ochsen, Wein und Bier. Eine Abordnung des herzoglichen Heeres wird mit fünfzig Knechten dabei zu Gast sein. Aber auch das Belagerungsheer wird morgen feiern – gleich den Knechten in der Stadt. Eine Abordnung unserer Leute, von dreißig Knechten, zwei Wachtmeistern, zwei Fähnrichen und einem Offizier – werden Gäste des Belagerungsheeres in Poppelsdorf sein.« Von Putlitz sah ironisch in die fassungslosen Gesichter der Anwesenden. Die Mienen spiegelten alle Gefühle der Menschheit, von wahrer Heiterkeit bis zu tiefster Bestürzung, von Fröhlichkeit bis zum tiefsten Hass. Besonders bei den Ratsherren herrschte Murren und offene Bestürzung vor. Die katholischen Geistlichen standen hingegen mit kalten gefühllosen Gesichtern, eisig da. Ihr Widerpart, der protestantische Prediger hingegen zeigte Erleichterung – was man ihm wahrlich nicht verdenken konnte, war doch sein unseliger Vorgänger, nach der ersten Rückeroberung der Stadt durch die Erzbischöflichen, an Armen und Beinen gefesselt im Rhein ersäuft worden. Der Obrist fuhr mit theatralischer Geste und lauter Stimme, in der Spott und Hohn zu schwingen schien, fort: »Sodann packen wir unsere Sachen und fahren mit acht Unterländern, das sind die, die ich vorsichtshalber die ganze Zeit am Rhein habe festschließen und bewachen lassen, davon. – Sie, meine Herren der Stadt, dürfen, wenn wir die Leinen gelöst, dem Einzug des Herzogs entgegensehen und – wieder einmal Eide schwören. – Aber darin haben Sie ja Übung. – Ich danke Ihnen!« Er drehte sich zu dem Magister um, nickte diesem freundlich zu und verließ mit ihm die Versammlung, bei der augenblicklich eine gewaltige Redeschlacht an hub. Sie hätte sicher eine neue Kanonade übertönt und so konnten sich kaum zwei miteinander tatsächlich verständigen, was den lieben Bürgern vermutlich auch ohne dem Lärm schwergefallen wäre – ist es doch des deutschen Volkes liebste Eigenart, jedes und alles zu zerreden, zu beweinen, zu bejubeln, was freilich von manchen anderen Völkern in Europa immer fälschlich für dichten und denken gehalten wird. Laut palavernd quoll nach und nach Grüppchen für Grüppchen die Versammlung aus dem Saal und verstreute sich in die Stadt. Die Nachricht von dem seltsamen Ende des Waffengangs verbreitete sich wie ein Lauffeuer durch die Stadt – in jeden Winkel, in jede Gasse. Am Abend kannte man das erfreuliche Abkommen bereits in Köln, wo man es schmunzelnd mit »Bonner Aussitzen« bezeichnete. Der Schiffsführer des Niederländers, Jan Melkvadder, nannte sich stolz Kapitän. Sein Schiff war in der Flotte der acht Schiffe, die da schwer beladen den Rhein hinunter fuhr, das letzte Schiff und bildete damit die Nachhut der abrückenden Truchsessische Truppen aus Bonn. Er hatte sich, mit Druck und Zwang, doch auch für gutes Geld für diese Fuhre verdungen, denn sie war, Abkommen und Geleit hin – oder her – eine gefährliche Fahrt. Er war vor zehn Tagen, auf der Talfahrt, vor Bonn von einem Truchsessische Prisenkommando gestoppt und an die Bonner Hafenmole gezwungen, wo schon etliche Schiffe, überwiegend Niederländer Bauart, festgeschlossen lagen. Die Ladung gehörte einer Ravensburger Handelsgesellschaft, dessen Faktor gezwungen wurde, die Ladung an Bonner Kaufleute zu verkaufen. Der Faktor hatte zwar lautstark Protest eingelegt, aber das hatte ihm, wie den anderen Kaufleuten auf den anderen Schiffen vor ihm, nichts genützt. Eigentlich konnten die Kaufleute froh sein, überhaupt auf diese Weise davonzukommen, was in Kriegszeiten durchaus nicht üblich und zu erwarten war. Auch die Bezahlung der Schiffer war unter solchen Umständen nicht üblich, denn die Kriegsmeute hätte sie ohne Pardon erzwingen können, aber der Kommandant von Bonn hatte, gegen seine Offiziere, es durchgesetzt, dass man die Fuhre bezahlt. »Es mag uns übel angerechnet werden, wenn wir in den Staaten ankommen, und den Mynheeren schon mit unserer Ankunft in die Tasche gegriffen haben«, hatte von Putlitz argumentiert. Jan sah vom Achterdeck verächtlich auf das Lumpenvolk, das sich damit den Kriegsknechten auf sein Schiff verirrt hatte. Zudem die Fracht, die mit den Menschen an Bord gekommen war: Kisten und Kasten, pralle Säcke, Hühnerkäfige, auseinandergenommene Wagen und Karren, eine kleine Herde Schafe und Ziegen, und am Mast, mit verbundenen Augen, zehn Pferde. Der Niederländer war groß, aber das Schiff war, mit sechzig Knechten, über zwanzig Weibern mit einer unübersehbaren Schar quirlender Kinder, vom Säugling bis zum Halbwüchsigen, absolut überladen, lag tief im Wasser und würde eine Unruhe an Bord kaum überstehen. Jan kannte den Fluss in dieser Gegend genau. Dennoch schwitzte er vor Aufregung, denn hätte es in den letzten Wochen nicht mehrfach kräftig am Oberrhein geregnet, weiß Gott, er wäre mit dem überladenen Schiff längst aufgelaufen. Als sie heute Morgen an Köln vorbei fuhren, waren die Wälle der Reichsstadt voll neugieriger Menschen. Natürlich erfolgte ein Hohngeschrei seitens der Kölner und ein wildes, drohendes Schimpfen der Soldknechte als Antwort; wahrlich, eine theatralische Aufregung, ohne Sinn und Zweck. Die Kölner verfolgten die Schlappen des Erzbischofs mit einiger Genugtuung, was sie nicht hinderte, die Truchsessischen als Ketzer zu beschimpfen. Wider sinnigerweise hatte man auf den ersten Niederländern, bei dem Geschrei der Kölner, einige Feldschlangen in Position gebracht und die Kanoniere standen mit brennender Lunte an ihren Kanönchen – als Warnung an die Kölner. Die Schiffsführer protestierten, aber die Offiziere ließen sich von dieser Demonstration ihrer Kampfkraft nicht abbringen. Die Reichsstadt dachte jedoch gar nicht daran, sich in den unseligen, aberwitzigen Streit des Domkapitels einzumischen, zumal die Kaufleute und Handwerker an beiden streitenden Seiten gut verdienten, indem sie jedem alles, was gebraucht wurde, verkauften – oder die Beute wieder billig abkauften. So bekamen manche Händler ihre Waren mehrfach, immer etwas abgenutzter, in die Hand. Köln war gut katholisch. Um daran keinen Zweifel aufkommen zu lassen, veranstaltete man entsprechendes Geschrei. Ludwig hatte sich begierig zu Jan Melkvadder gesellt. Es war seine erste Schiffsreise, ein ganz neues Erlebnis. Alles, was er über Schiffe wusste, hatte er aus dem kostbaren Buch im Kloster Ebelstein, was er seinerzeit mit Bruder Tivolio eifrigst gelesen und diskutiert hatte. Nun fuhr er leibhaftig auf einem Schiff. Wunderbar, dachte er, so leicht, so leise – ohne Mühe, ohne die Füße wund zu laufen! Welch angenehme Art, zu reisen. Was war dagegen die Mühsal, die Plackerei, die man auf einer Landreise zu bestehen hatte. Nur mit Schaudern dachte er an die Reise von Ebelstein nach Altenburg. Hier glitt die Landschaft vorbei, ließ Zeit und Muße, sie zu betrachten. Da lagen die Häuser von Mülheim, eine Niederlassung protestantischer Kaufleute und Handwerker aus den Niederlanden, dann Rheinkassel und die Festung Dormagen, des Herzogs von Jülich-Berg Rheinkontrolle und Zollstelle. Es war nicht sicher, wie sich die Festung verhielt. Der Herzog neigte mal zur einen, mal zur anderen Seite in diesem Streit. Am späten Abend, bei letztem Tageslicht, wurde Neuss passiert. Die Schiffe hielten die Rheininsel zwischen sich und der Festung, in der eine starke Besatzung, unter dem Kommando des Obristen Stor, einem verwegenen Kriegsmann der spanischen Niederländer, liegen sollte. Doch es tat sich nichts. Die Festung, sah man einmal von einem müden Fahnentuch an einem Mast ab, lag scheinbar tot da. Nicht einmal ein Posten war auf dem Wall zu sehen. Eine halbe Meile stromab, warfen die Schiffe für die Nacht Anker und schwangen gegen die erhebliche Strömung aus. Bei Nacht war auf dem Strom kein Fahren. Der Rhein hatte schon am Tag seine Tücken, denn er grub sich gar zu gern, in wenigen Tagen, neue Rinnen und schaufelte dafür an anderer Stelle Sandbänke. Man lag dicht beieinander am rechten Rheinufer, das hier mit weniger dichten Ufergebüsch bewachsen und so durch Posten leichter gegen etwaige Überfälle von Streiftrupps zu sichern war. Die Hauptleute wurden zum Schiff des Obristen beordert. Obwohl die Rheinschiffe stets Passagiere beförderten, hatten die wenigsten so etwas, wie eine Kajüte. Meist stellte man zwischen Achterdeck und Mast ein kleines Zelt für die vornehmeren Reisenden auf; das hatte man auch für den Obristen getan, doch es eignete sich, wegen seiner geringen Größe, nicht für eine Versammlung. So stand man, als sich alle versammelt hatten, auf dem Achterdeck, im Schein einer kleinen Sturmlaterne und eines, von Zeit zu Zeit, hinter fliegenden Wolken auftauchenden Halbmondes, dem Mithören und der Neugier aller ausgesetzt. Obrist von Putlitz sprach deshalb im Flüsterton: »Meine Herren, wir liegen hier wenig von Kaiserswerth entfernt und müssen, trotz unseres ausgehandelten Geleits, mit ungebetenen Gästen rechnen. Ich bitte mir äußerste Zucht, Ruhe und Wacht aus. Morgen erreichen wir Rheinberg und sind damit bei den Unsrigen. Ich erwarte noch heute Nacht Botschaft vom Feldmarschall, der hier irgendwo mit unseren Reitern streift. Nun kommt das Problem. Rheinberg liegt voll von unseren Leuten. Wir haben hier noch über vierhundert Mann – und alle nur auf Abschlag bezahlt.« »Für viele steht der Sold noch für zwei Monate aus«, warf Hauptmann von Rodenstock zornig dazwischen – und handelte sich einen bösen Blick des Obristen ein, der dennoch ruhig entgegnete: »So ist es. – Wir können nicht mehr zahlen. Ich hatte einen Boten an den Feldmarschall abgefertigt und der hat mir, noch ehe wir aus Bonn abzogen, Nachricht gebracht. Wir sollen noch heute Nacht, hier, an dieser Stelle, Order bekommen, wie wir weiter verfahren. – Mit Versprechen allein werden wir unsere Leute kaum abfinden können.« »Weiß Gott nicht! – Was gedenkt ihr zu tun«, schnaufte von Stoploch mit Bitterkeit und Zorn in der Stimme. »Auflösen! – Einen Teil der Truppe hier und sofort auflösen«, flüsterte der Obrist voller Unbehagen. »Ohne den Sold nachzugeben«, protestierte von Rodenstock. »Da sei uns Gott davor«, bekümmerte sich der Obrist. »Ich habe es dargelegt und der Schenk versprach, den nachstehenden Sold hier morgen, in aller Frühe, auszuzahlen – falls er das Geld bis hierher durchbekommt. Ansonsten müssen wir mit allen Volk weiterfahren. Dann wird die Auszahlung vor den Toren Rheinbergs erledigt.« Die Hauptleute waren alle mehr oder weniger aufgebracht, erregt, waren doch auch sie von den zu erwartenden Maßnahmen überrascht und betroffen. Sie machten sich in wilden Flüchen Luft. Der Obrist knurrte ärgerlich und verletzt: »Ich kann es doch nicht ändern. Das ist für uns doch nicht neu. He, Ihr, von Stoploch, alter Freund! – Wie oft habt Ihr Gleiches erlebt?« »Potz-Blitz! – Ihr habt Recht. Dennoch ist es nicht richtig und ich meine, das hätte schon in Bonn auf den Tisch gemusst. Da wären viele Knechte, in aller Kameradschaft, beim Chamay unter gekrochen. Niemand hätte es bemerkt.« »Das ist gegen die Artikel«, protestierte der Obrist schwach. »Richtig. Aber den Sold schuldig zu bleiben auch. Der Truchsess wird, und es wird sich schnell herumsprechen, keine Knechte mehr bekommen. Seine Sache wird allemal verloren sein.« »So – oder so, lachte von Rodenstock unlustig und setzte bitter hinzu: »Ihr, Herr Obrist, wisst doch schon jetzt genau, dass von Schenk heute Nacht nicht die leiseste Spur zu sehen sein wird.« »Er hat es mir so zukommen lassen und ich traue es ihm zu.« »Traue es ihm zu«, äffte von Rodenstock respektlos. »Wenn es denn so ist, Herr Obrist, ist das Anliegen des Truchsess nicht mehr meine Sache. Hier sehen wir vom Schenk nicht einen Albus. Also bleiben wir auf den Schiffen bis Rheinberg. Danach ist Löhnung. Dann ist den Artikeln genüge getan und unser Dienst erloschen – so wahr mir Gott beistehe.« Wütend hieb er sich auf seinen Hut, dass sich dieser tief auf seine Löwenmähne senkte. Von Stoploch spuckte, tief aus der Kehle gurgelnd, über die Bordwand. »Was nützt da jetzt der Zorn und Eifer. Der Herr Obrist ist nicht schuld. Er ist, wie wir alle, Opfer der Umstände.« »Nicht ganz«, protestierte von Rodenstock unter dem zustimmenden Gemurmel der anderen Hauptleute. »Er hätte, wie Ihr, von Stoploch, schon sagtet, uns in Bonn die Sache erklären können. Dann hätte einiges anders ausgesehen.« »Riecht nach Verrat«, schnaufte von Gymnich. Der Obrist fuhr dazwischen: »Ruhe, meine Herren. Das ist doch unwürdig. Wir wollen uns doch nicht, wie die Knechte zanken. Es ist richtig, dass ich in Bonn schon hätte reden können. Aber das wäre gegen die Artikel gewesen. Zudem, von Stoploch, alter Freund, bin ich nicht, wie Ihr denkt, nur durch die Artikel mit dem Truchsess verbunden. Nein, ich habe zu ihm und seinem fürstlichen Haus, ein anderes Verhältnis.« »Na schön, Herr Obrist. Aber es ist nach den Kriegsartikeln eine klare Sache. Der gelobte Dienst endet, wenn der Sold schuldig bleibt und die Truppe nicht am Feind steht«, sagte von Stoploch mit fester Stimme. »So geht auch Ihr«, fragte von Putlitz mit Bestürzung in der Stimme. »Ich muss wohl, Herr Obrist, und sehe auch keinen Nutzen mehr in der Sache. – Zudem! – Ich bin alt. Merke schon mal ganz schön meine Knochen.« »Das solltet Ihr nicht sagen. Ihr genießt, Herr Ritter, unserer aller Hochachtung. Wir haben es im Kampf doch gerade erlebt, dass gerade Ihr für jede Sache ein Gewinn, für die Truppe ein verdienter Führer seid, den man nicht gern gehen sieht.« »Das ist schon recht, schon gut gemeint. Niemand wird mir vorwerfen können, dass ich die Fahne wie die Hemden wechsele.« »Na also«, lachte der Obrist und fuhr zu allen Gewand fort: »Noch ist die Sache nicht verloren. Niemand von ihnen, meine Herren, sollte gehen. Ihnen wird, so hat mir der Schenk glaubhaft mitgeteilt, auf jeden Fall der Rückstand gezahlt.« »Lieber Gott!«, seufzte von Rodenstock und wandte sich wütend ab. Von Gymnich sagte spöttisch: »Ich habe nichts anderes erwarte. Obwohl, mir sind auch noch nicht die Knochen wund, wie unserem werten von Stoploch. So habe ich auch keinen Grund, zu überlegen. Doch meine ich, man sollte alte Männer, wenn sie denn nicht mehr kämpfen können oder mögen, in Ruhe gehen lassen.« »Potz-Blitz«, knurrte von Stoploch, nicht einmal böse, »Ihr habt gut lachen. Aber es steht noch in den Sternen, so Ihr an die Astronomia glaubt, wie man sagt, ob Ihr je so alt werdet, wie ich bin.« Einige Herren lachten verhalten und jemand rief aus dem Hintergrund: »Er will wahrlich nach Haus.« »Nach«, knurrte von Stoploch. »Wo ist zu Haus, ihr jungen Herrn? Nein, ich will nicht nach Haus. Ich möchte noch einmal, Ihr werdet es wohl kaum verstehen können, weil noch nicht erlebt, nach dem Land der Sonne, nach Italia.« Diese Mitteilung löste überraschenderweise die miese Stimmung. Einige lachten verhalten und riefen: »Hört, hört! Er will in die Sonne, will zu den Signoras.«

Von Putlitz warf, leicht und von obenhin, ein: »Ihr seid dem Schenk noch einiges schuldig für die Auslösung, Herr Ritter.« Das stieß dem Ritter bitter auf und er knurrte gereizt, seine Gelassenheit war mit einem Schlag verflogen:

»Schuldig, Herr Obrist von Putlitz, bin ich niemand etwas. Der Feldmarschall hat mir im Auftrag des Fürsten, das ist wahr, fünf Gulden und einen Anzug gegeben. Der Fürst schuldete mir schon damals – und bis heute – Sold von fünfunddreißig rheinische Gulden und das Werbegeld für hundert Knechte. – Wage da niemand, an meine Pflicht und Ehre zu rühren. Hier steht, und das ist wahr, nur einer in Schuld, das ist unser Kriegsherr bei uns, nicht wir bei ihm.« Das war nun ein Wort, was allen Herrn aus der Seele und recht kam. Sogleich erhob sich wieder ein Murren und Grollen. Der Obrist hörte und sah es mit Unbehagen, aber er hatte diese Situation vorausgesehen. Eilig gab er ein Zeichen. Knechte schleppten Lederhumpen mit guten Burgunder herbei. »Solange wir den haben, bitte ich die Herren um Geduld. Die Nacht wird es zeigen, wie es weiter geht. – Trinken wir noch einmal zusammen. Wie ich das nun sehe, sind wir in dieser Besetzung vielleicht letztmalig beieinander. – Vielleicht stehen wir uns schon bald im Kampf gegenüber – im echten Söldnerlos. Zum Wohl, denn die Herren. Möge Gott euch auf allen Wegen behüten und ein langes Leben bescheren.«

Der Regen peitschte, vom Sturm gepresst, gegen die Zelte. Diese standen in einem großen Geviert – weit auseinander – ihrer hundert an der Zahl. Zwischen ihnen die Bagagewagen und einige Lattengerüste, die mit Reisig bedeckt, einen Windschutz bildeten, unter dem Pferde und Schlachtvieh angebunden ausharrten. Die Pferde drängten sich dicht aneinander, wenn es nur irgend ging, dem bösartig fauchenden Wind den Rücken kehrend. Die Kochstellen zwischen den Zelten, kenntlich an den eisernen Gestellen mit dem Topfhaken, unter denen Aschenreste als schwarzgraue Masse zerfloss, lagen öde, seit Tagen nicht genutzt, wie die Lagergassen zwischen den Zelten. An den vier Ecken des Lagers hatte man Wachstellen geschaffen. Diese bestanden aus undichten Windschirmen, unter denen kleine Feuer glosten und qualmten, die den fröstelnden Wächtern, je zwei an jeder Ecke, mehr die Illusion denn wirkliche Wärme vermittelten. Die Posten trugen Teermäntel, die sie einigermaßen gegen den Regen schützten, sie aber zu einer steifen Stehhaltung verurteilte, die sie dadurch zu mildern suchten, indem sie sich schwer auf ihre Piken und Hellebarden stützten. Im Lager gab es, neben den braunen Hauszelten der Mannschaften, noch ein halbes dutzend größere, bunte Rundzelte, die die stolze Führerschaft des Lagers beherbergte. Ritter von Stoploch hockte in einem von ihnen auf einem Strohhaufen vor seiner Reisekiste und grub eifrig den dürftigen Inhalt durcheinander – dabei leise vor sich hin fluchend. Das Rund Zelt war groß und geräumig, maß fünf Ellen im Durchmesser und hatte fünf Ellen Stehhöhe, getragen durch einen Mittelbaum. Es war ein Zelt aus besten wachsimprägnierten Baumwolltuch. Doch dieser tagelange Regen und Sturm hatte sich auf der Windseite doch langsam durch die Zelt Haut gefressen und lief nun an verschiedenen Stellen auf der Innenseite herunter. Am Eingang bildete sich bereits eine größere Pfütze. Es war sein eigenes Zelt, Beuteanteil, dem Spanier bei Tilburg abgenommen – wie überhaupt die Ausrüstung des halben Lagers aus Beutegut bestand. Seit drei Monaten war von Stoploch nun schon Parteigänger des Moritz von Nassau, einem blutjungen Bürschchen, Sohn Wilhelm des Schweigers. Der junge Mann war gerade zum Generaladmiral der Vereinigten Provinzen ernannt worden. Er galt als ein überraschend fähiger Heerführer, der seine Fähigkeiten nicht auf dem Schlachtfeld, sondern in den Vorlesungen an der Universität von Leiden erworben hatte. Er repräsentierte damit eine neue Gattung Heerführer. Sein Lehrer war somit kein Fechtmeister und Schlagetot, sondern der Mathematiker Simon Stevinus, der ihm Ballistik und Ingenieurwesen beibrachte, die der junge Führer, gerade einundzwanzig Lenze alt, in raffinierte Kampf- und Belagerungsmethoden umzusetzen wusste, womit er sich alsbald die Achtung der älteren Offiziere sicherte. Ritter von Stoploch wollte, wie bekannt, eigentlich nach Süden. Aber bei der Auflösung eines Teils der Truchsessische Truppen vor Rheinberg, wegen Geldmangels, hatte er für ein Jahr das Angebot des Nassau angenommen. – Wie befürchtet, war seine Kasse für die Truchsessische Dienste leer geblieben.

Gebhard von Waldburg konnte und wollte nicht zahlen. Aber der Holländer, Jan van Oldenbarnevelt, bewilligte dem jungen Moritz von Nassau genug Handgelder, um Truppen aufzustellen. Das war nötig, weil die kleine holländische Republik fürchten musste, nur kurze Atempause vor dem Herzog von Parma zu haben, der sich zur Zeit in zu viele Unternehmungen verzetteln musste, um wirksam gegen die Generalstaaten vorgehen zu können; da war die Forderung Philipps II., gegen England vorzugehen und fast zugleich sich mit Heinrich von Navarra in Nordfrankreich herumzuschlagen – oder die Randkriege, wie der Kölner Krieg zur Unterstützung der Wittelsbacher und Habsburger. Ein Jahr, sagte sich von Stoploch, war nicht viel und seine Kasse leer. Es widerstrebte ihm, da er nun schon eine Weile für die Truchsessische Seite gestritten hatte, die den Staatern verbunden waren, abrupt die Seite zu wechseln, wie es einige Herren taten. Zumal das Angebot des Klever Marschalls, Wilhelm von Waldenburg, auch nicht rosiger aussah. So war er jetzt Feldhauptmann einer Kompanie Dragoner-Lanciers[63], bestehend aus dreißig Reitern, zwei Wachtmeistern, einem Furier[64] und einem Fähnrich. Dazu sechs Trosswagen, ein dutzend Reiterbuben und Knechte der Herrn Offiziers[65] – und unvermeidlich fünf schwere Tonnenwagen mit einem halben Dutzend Trosshuren, Marketenderinnen mit Kindern, die dem Furier, als Hurenweibel, in der Weisung unterstanden. Im Lager standen noch drei weitere Kompanien: Die Kyrasser[66] des Feldhauptmann van Armensen, einem jungen Holländer, die Dragoner-Arkebusiere[67] des Feldhauptmann Trutz von Tütlach, einem älteren Herrn aus Böhmen – und die Lanciere[68] des Ritters Wolfram von Bolthusen, eines sechzigjährigen großen finsteren Mannes, der, wie man munkelte, mehrere Jahre als Gefangener auf Galeeren türkischer Seeräuber hatte zubringen müssen und 1571, bei der Schlacht von Lepanto, aus seiner Not befreit wurde. Ritter von Stoploch gab sein Wühlen in der Kiste auf.

»Kruzitürken! – Potz-Blitz! – Wann habe ich zum letzten Mal das verdammte Petschaft genutzt?«, schnaufte er aufgebracht. Er konnte sich nicht erinnern. Nun, da er den Brief, den ihn der Kauzenludwig geschrieben hatte, abschicken wollte, fand er das verdammte Siegel nicht. – Aber wie sagte der Bub doch immer: »Ein Brief ohne Siegel – oder ohne Brief und Siegel – geht nichts, ist man nichts.« Was sollte man da machen? Der Erstenberger, in Wien, war ihm zwar in Freundschaft verbunden, vorausgesetzt, er lebte noch, aber ein Schreiben ohne Siegel würde da wohl mit Misstrauen, wenn überhaupt, aufgenommen werden. Da fiel ihm sein Schwertknauf ein. – Richtig! Da war sein Wappen eingraviert. Aufatmend setzte er sich auf, klappte die Kiste zu und versiegelte darauf mittels bren-

---

[63] leichte Reiter mit Lanzen und Karabinern
[64] Verpflegungsbeschaffer), meist im unteren Offiziersrang,
[65] dazu zählten auch Fähnriche, Feldwe(i)bel, Wachtmeister, Furiere, Profos (Stockmeister)
[66] schwere Panzerreiter
[67] Dragoner mit Arkebusen oder Karabinern
[68] Lanzenreiter mit langen Stoßlanzen und beweglicher Panzerung

nender Kerze und Siegelwachs das Schreiben. Er würde es morgen dem Leidender Kaufmann mitgeben, der, quer durch das Reich, nach Wien ziehen wollte. Er seufzte skeptisch, wog den Brief noch einmal in der Hand und brummte: »Also los, mein Brieflein. Wenn der Andreas sich nun als mächtiger Mann am Hof des Kaisers meiner erinnert, dann, alter Johannes, ist der Wunsch nach Süden und Sonne vielleicht noch zu erfüllen.«

Ludwig teilte mit Petr und fünf anderen Knechten der Wachtmeister ein Zelt, das allerdings viel zu wünschen übrig ließ. Es war eines jener einfachen Zelte, bestehend aus einer großen Zeltbahn, die über einen von Gabeln getragenen Balken geworfen wurden und die, mittels zweier eingebundener Seitenbahnen, einem Hausdach ohne Unterbau glichen. Das Baumwolltuch, mit Wachs getränkt, hielt allenfalls einen normalen Regenguss, aber keinem Dauerregen stand. So regnete es, mehr oder weniger, an allen Stellen durch und man musste im Zelt die nassen Mäntel tragen, wollte man nicht jämmerlich frieren. Das nasse Stroh im Zelt faulte und stank vor sich hin. Obwohl gegen Befehl und mit Strafe bedroht, unterhielt man in vielen Zelten kleine Wärmefeuerchen, die aber den allgemeinen Zustand der frierenden Truppe auch nicht besserte. Die Rüstungen und Waffen rosteten, obwohl man sie mit Fett einrieb; die Pulverwaffen, entladen, hatte man in Teerleinwand verpackt, damit sie nicht ganz unbrauchbar wurden.

Auch bei Ludwig brannte, zwischen vier Steinen, im Zelt ein kleines Feuerchen, das Petr so geschickt unterhielt, dass es, trotz der Nässe, kaum Rauch entfaltete. Zwei Knechte waren seit zwei Tagen derart verkühlt, dass sie mit fieberglühenden Köpfen, hustend und schnaufend auf dem fauligen Stroh lagen, unfähig und matt für jegliche Arbeit. »Wenn das nicht bald aufhört – oder wir in feste Häuser kommen, holt uns alle der Teufel«, schimpfte einer der Knechte, ein wüster großer Kerl, dessen Blatter- und Wundnarben zerfetztes Gesicht, ungleichmäßig mit grauen Bartfransen überwuchert, wie die Fratze des Teufels wirkte. Er fixierte Ludwig einen Moment und klagte: »Hier verfaulen wir bei lebendigem Leib. Kannst du nicht zum Hauptmann gehen und ihn dazu bestimmen, dass wir aus diesem elenden Lager kommen, weiterziehen?« »Gott bewahre! – Er würde mich hinauswerfen, wenn ich ihm damit käme. Die Offiziere handeln, wie es ihnen der General befohlen. Der wird wissen, was wir hier sollen«, wehrte Ludwig ab. »Scheiß General, dieser Nassau!«, wetterte der Knecht, alle Vorsicht außer Acht lassend, weiter. »Er lässt uns hier verrecken – sag ich euch. Bei den Trossweibern sind gestern zwei der kleinen Kinder verreckt, die Weiber heulen und die Reiter murren.« »Es nichts nützen«, knurrte Petr. »Wenn du so laut schreien, kommen Wachtmeister und du baumeln wegen Meuterei.« »Unsinn! – Die haben doch auch die Schnauze voll. Und baumeln ist immer noch einfacher und schneller, als langsam zu verrecken.« Wütend wies er auf die Kameraden, die sich im Fieber schüttelten. »Denen kannst du spätestens morgen ein Totengebet leiern. Du verstehst doch etwas davon, wie man sagt«, giftete er Ludwig an. »Was erzählst du mir das? – Glaubst du, ich sei daran schuld, dass wir hier sitzen?« »Scheiße, nein! – Aber du kannst es mit dem Feldhauptmann.« »Gar nichts kann ich. Der ist, wie er ist, hart wie eine alte Eiche.«

»Nicht Eiche«, lachte Petr, »ist wie altes Schlachtross. Sieht nicht links und rechts, nur noch traben, fressen und saufen.« Alle lachten verbissen. Selbst den Kranken schien der Vergleich noch Spaß zu machen. Ein kleines Kerlchen, Knecht des Wachtmeisters Wies, ließ sich aus der vorderen Ecke vernehmen: »Mein Wachtmeister hat gestern mit seiner Pistol schießen wollen.« »Na und?«, wunderte sich Metje von Lundsteeden, ein dürres Männlein mit einem das ganze Gesicht verfilzt überdeckenden blonden Vollbart, indem er sich fröstelnd noch enger in seinen Mantel zog. »Blödmann! – War nichts. Das Pulver ist auch in den Hörnern nass, unbrauchbar.« Metje lachte und hustete: »Das konnte er auch wissen, ohne es zu probieren. Wenn uns jetzt der Parma kommt, haut er uns wie frische Eier in die Pfanne.« Petr spuckte ins Feuer und bemerkte: »Wenn dich reinschlagen, ist Parma satt.« »Wieso?« »Parma nur in Pfanne sehen. Sehen nur stinkendes, faules Ei. Sicher nicht mögen.« Metje sprang, unter dem Gekicher der anderen, wütend auf und stürzte sich auf Petr, der ihn mühelos und lachend fortstieß. »Hört auf, verdammt«, schimpfte Ludwig, der einen ernsthaften Streit heraufziehen sah. »Wollt ihr etwa vor den Profos?« Metje ging wieder knurrend in seine Ecke. Die Mahnung Ludwigs, das wussten alle, hatte seine Berechtigung. Am Lagerende stand eine alte Buche und trug seit ein paar Tagen eine seltsame Frucht. Es war der Reiter Otto Wiedenbruch.

Er hatte einem Kameraden eine Flasche Branntwein gestohlen; darüber war es zum Streit gekommen. Nun hing er, den Krähen zum Fraß. Der Nassau hatte strengste Disziplin befohlen und damit nahm man es sehr ernst. Man hätte ihn trotzdem wohl nicht sogleich aufgeknüpft, aber der Otto war schon mehrfach aufgefallen. Einmal hatte er gar Miene gemacht, gegen einen der Offiziere die Waffe zu ziehen. Kurz, man hatte an ihm ein Exempel statuiert. Immerhin, die Himmelfahrt des Missetäters war nicht ohne Spektakel abgelaufen. Der Otto hatte den Richtspruch mit höhnischem Gelächter hingenommen und geistlichen Beistand, der sich ihm aufdrängte, eine Abfuhr erteilt. Wie in den meisten Heeren, war auch hier ein guter Teil der Leute katholisch, wenn man denn überhaupt bei ihm von einer religiösen Vorstellung sprechen konnte. Aber im Lager gab es auch noch drei reformierte Geistliche, Prediger. Jeder von ihnen schien einen anderen Gott zu verehren, einen anderen Glauben zu vertreten. Das hätte im Lager Unfrieden stiften können, wenn die Knechte auf die Sprüche dieser Bekehrer eingegangen wären. Doch die hörten sich diese nur an, nickten, beteten, was man ihnen vor betete – und glaubten in der Hauptsache an ihre zahlreichen Talismane, die sie an Bändchen und Ketten am Halse trugen oder um die Gelenke gebunden hatten. Die drei Prediger hatten, vor versammelter Mannschaft, neben den Richtknechten, den Otto zum Galgenbaum geleitet. Einer von ihnen kam auf den dummen, unseligen Einfall, den Otto, als er schon mit der Schlinge um den Hals auf der Leiter stand, nach seinen letzten Wunsch zu fragen. Dieser hatte kühn, hochmütig gelacht und laut in die gaffende Menge gerufen: »Ich hoffe, recht bald dem Teufel zu begegnen. Dem kann ich dann einige recht arge Schelme weisen, die er sich demnächst holen mag. He! – Ihr Prediger! – Seid eigentlich die rechten Satansbraten! – Aber auch ihr, die ihr da gafft, um mich zappeln zu sehen. Auch euch kann ich dem Teufel wärmstens ans Herz legen!« So albern der Ausspruch, diese Kurzpredigt war, soviel Gläubige fand er unter den Ungläubigen. Da gab es heimliche Stimmen, die vom bösen Omen, vom Verfluchen und Verhexen flüsterten. Selbst das Sauwetter wurde dem stillen Otto zugeschrieben. Die drei Kompanien gehörten zum leichten Reiterregiment des Obristen Julius van Knoor, der natürlich nicht selber im Zelt hauste. Er hielt sich, mit weiteren Kompanien und einem größeren Tross, im nächsten Dorf auf. Immerhin ließ er es sich nicht nehmen, jeden zweiten Tag mit einer leichten Kutsche ins Lager zu kommen, um nach dem Rechten zu sehen. Der kleine rundliche Mann war ein Held wider Willen. Er hatte mit dem Kriegshandwerk eigentlich nichts gemein. Doch man hatte ihn, weil nichts Besseres für ihn zu finden war, zum Obristen gemacht – ein Obrist, auf Grund seiner Geburt. So war seine einzige Leistung, mit seinem rosigen Marzipanschweinchen Gesicht, Wohlwollen, Vertrauen und

Zuversicht zu verbreiten. Er hatte, beim letzten Besuch vor drei Tagen, mit Unbehagen den Worten der Offiziere gelauscht, die ihn, ob des schlechten Zustands und der Stimmung in der Truppe, baten, das Lager in eines der nächsten Dörfer zu verlegen. Doch van Knoor hatte abgelehnt. »Der General hat befohlen«, wiederholte er einige Male – und so blieb die Truppe im Regen und Sturm. Ludwig wurde von seinem Feldhauptmann und Ritter nach wie vor als Mischung aus Reiterbub, Schreiber, Ordonanz, Page und Kriegsknecht behandelt. Er bekam Sold wie ein Reiter, hatte wie diese Helm, Harnisch und Waffen zu tragen und besaß neuerdings einen alten Wallach als Reittier – doch am Wachdienst musste er, wegen seiner vielen anderen Funktionen, nicht teilnehmen. Wachdienst am Lager und Patrouillen entlang der Ijssel – gegen Deventer zu – waren die einzigen Tätigkeiten des Regiments. In Deventer hockten die Spanier. Seit der Herzog von Parma sich gegen Heinrich IV. in Frankreich wenden musste, herrschte auf der spanischen Seite wenig Aktivität.

An diesem Nachmittag gelangte die Patrouille des Feldhauptmanns van Armensen, er führte sie ausnahmsweise selber, vor das Dorf Teervoolde. Van Armensen hatte das Herumsitzen im Regen durchnässten Zelt satt. Sein unruhiges, junges Blut, er war gerade sechsundzwanzig Jahre alt, verlangte nach Abwechslung und Taten. Als die Umrisse der Hütten im Regen zu erkennen waren, hob er den Arm und zügelte sein Pferd. Die Kolonne gepanzerter Kyrasser kam klirrend und stampfend zum Stillstand. Der Regen verdampfte auf den warmen Pferdeleibern und bildete um jeden Reiter eine kleine weißgraue Wolke. Das Wasser lief von den Monturen der darunter durchnässten Reiter, die schicksalsergeben, aber unwillig und mürrisch auf ihren Tieren, gleich böser, drohender Dämonen, hockten. Die Pferde prusteten, scharrten – hier und da schnieften und schnäuzten sich einige Reiter die rotzverstopften Nasen leer. Der Feldhauptmann sah gespannt zu den grauen Hüttenschemen. Als einer der Reiter leise hustete, fuhr er im Sattel herum und knurrte nervös und gereizt: »Ruhe! – Ihr Stinkstiefel. Wollt ihr uns die Spanier auf den Hals holen?« »Sehe keine«, maulte eine nicht näher identifizierbare Stimme in der Masse der hinteren Reiter. Van Armensen ignorierte die Disziplinlosigkeit und wandte sich wieder dem Dorf zu. Dieses war offenbar bewohnt, denn aus einigen Kaminen krochen deutlich erkennbare Rauchfahnen von Wärme- oder Kochfeuern. Die Ruhe signalisierte aber auch, dass kein Feind in den Hütten zu erwarten war. Der Feldhauptmann blies die

Regentropfen vom Schirmvisier seiner Sturmhaube und grinste befriedigt. Auf sein Zeichen trabte die Halbkompanie wieder rasselnd und klirrend an. Schon war man im Dorf. »H-a-a-a-lt!«, rief van Armensen gebieterisch, wandte sich zu seinen düster blickenden Leuten um und brüllte:

»Seht nach, was in den Hütten zu finden ist!« Das ließen sich die Reiter nicht zweimal sagen. Ihre Mienen hellten sich auf. Geübt und schnell verteilten sie sich, hier und da einen krächzenden Jauchzer ausstoßend, auf die Hütten, schwangen sich vor diesen aus den Sätteln und brachen polternd in diese ein. Sofort erhoben sich in diesen Männerfluchen, Weiberkreischen und Kinderweinen. Der Feldhauptmann sprang vor der größten Hütte aus dem Sattel, zog den Degen und trat mit einem harten Tritt seiner schweren, mit Beinschienen verstärkten Stiefel, die Tür ein. Die Hütte, obwohl die größte, hatte nur zwei Räumchen. Im ersten standen zwei kräftige junge Männer, Bauern, und sahen dem von Kopf bis Fuß schwer gepanzerten Eindringling trotzig entgegen. Van Armensen sah mit seinem lächerlich langen und dünnen blonden Kinnbart wie ein böser Faun aus. Er stampfte, die tödliche Klinge in Vorhalte, auf die Männer zu. Mit einem Seitenblick sah er flink durch die türlose Türöffnung in den kleinen Nebenraum. Dort hockten drei Frauen und fünf Kinder. »Sind das eure Weiber und Bälger?« herrschte er die Männer an. »Ja«, sagte der ältere Mann mit belegter Stimme. »Hol sie raus! – Los, los!« Der Bauer wollte Einwände machen, aber die Klinge des Degens zischte so dicht an dem Gesicht des Bauern vorbei, dass dessen Widerstand wie ein Kerzenlichtlein im Sturm erlosch. Zwei Frauen waren die Ehefrauen der beiden Männer, die Dritte, die Schwester der jüngeren. Van Armensen musterte das Mädchen. Sie war noch sehr jung, etwas rundlich, keine Schönheit – nur ein gesundes, frisches Bauernmädchen. Der Feldhauptmann jagte die Bauern mit ihren Frauen und Kindern aus der Hütte und warf hinter ihnen die Tür zu und den Sperrbalken vor. Durch die Montierung behindert, tappte er auf das zurückweichende Mädchen los. Er versuchte ein gewinnendes Lächeln, das jedoch schief ausfiel und alles andere als Gutes verhieß; seine lockenden, beruhigenden Worte standen dabei im abstoßenden Widerspruch zu seinen Beginnen. Sie schrie gellend, als er sie auf das Strohlager drängte. Sie versuchte, sich zu wehren, was den Rittersmann jedoch mehr auf- und anstachelte, denn abschreckte. – Er warf sich schließlich mit brutaler Gewalt auf das Mädchen.

Einem Teil der Dorfbewohner gelang es, dem Einfall des Kriegsvolkes mit heiler Haut zu entfliehen. Die Hütten, die meist nur einen Eingang hatten, bildeten bei derartigen Überfällen echte Fallen. Durch die jahrelangen Kämpfe gewitzt, hatten einige Bauern dieser Not abgeholfen, indem sie Verstecke anlegten, oder versteckte Fluchtwege vorbereiteten. So hetzte denn eine kleine Gruppe Dörfler über die Felder, dem nahen Unterholz des Waldes zu, um die dort befindlichen Verstecke aufzusuchen. Die Kyrasser tobten indessen in den Hütten wie eine Horde losgelassener Teufel, vergewaltigten Frauen und Mädchen, prügelten, folterten und verwundeten aus reiner Lust Männer, durchstöberten die Hütten nach Lebensmitteln und Geld. Van Armensen kam mit Siegermiene aus der Hütte und befestigte demonstrativ die Diechlinge[69] – danach die eiserne Schamkapsel.

Wie ein Feldherr nach gewonnener Schlacht genoss er das Bild seiner tobenden Reiter. Er lachte höhnisch und zog sich den eisenbewehrten Handschuh an. Befriedigt schlug er an den Degen, der wieder in der Scheide ruhte und brüllte wohl gelaunt: »Genug jetzt! Raus – ihr Schweine! – Habt genug Spaß gehabt! – Sammeln, sammeln!« Der Ruf pflanzte sich fort, ohne indessen sofort ausgeführt zu werden. Die Reiter tauchten nach und nach hier und da aus den Hütten auf. Da schleppten drei Kerle fluchend und lachend eine überaus rundliche Bäuerin vor ihr Häuschen, um sie anderen Kameraden, die gerade dabei waren, ein paar Schafe und Rinder zusammenzutreiben, als überaus köstlichen Genuss anzupreisen. Zwei Kyrasser hatten einen älteren Bauern am Kittel. Sie warfen ihn johlend und fluchend in den Schlamm des Dorfweges, prügelten mit Knüppeln auf ihn ein und verlangten, er solle ihnen das gewiss versteckte Geld endlich herausrücken, andernfalls er den Abend nicht erleben werde. Das Dorf verfügte über eine kleine Kirche.

Aus dem Anbau dieses Bauwerks schleppten zwei Reiter einen jüngeren Mann in dunkelbraunen Strümpfen, modisch kurzen, gepufften spanischen Hosen und weißem Spitzenhemd heran. Der Mann passte gar nicht in diese Umgebung. Feldhauptmann Lothar van Armensen war längst wieder, feldherrengerecht, in den Sattel seines geduldigen Pferdes geklettert. Er hielt nun auf dem Dorfplatz, unter einer alten Linde, die noch Reste herbstliche gelber Blätter trug – und sah amüsiert auf das Spektakel. Wenige Schritt neben ihm hatte ein Reiter

---

[69] Bein- und Schenkelschutz der Panzerung

einer Gans den Hals umgedreht und befestigte nun die Jagdbeute fröhlich pfeifend am Sattelzeug. Genau besehen, war er der Erste, der den Befehl zum Sammeln soweit befolgt hatte, dass er nun am Dorfteich bei seinem Anführer seiner Raublust nachging. Die Reiter, die den jungen Mann führten, brüllten, wenig respektvoll: »Hallo, Mynheer Feldhauptmann! – Seht, Hochwohlgeboren, was für einen seltsamen Fund wir in der Kirche machten!« Sie warfen den jungen Mann mit einem plötzlichen Ruck vor dem Feldhauptmann in den Dreck. »Wo habt ihr den aufgetrieben?« »Der Gockel, Mynheer Feldhauptmann, steckte in der Hütte neben der Kirche, wohl dem Pfarrhaus. Er sagt, er sei Prediger, ein Libertiner.«

»Sieh da! – ein Prediger in diesem Drecknest!«, spottete van Armensen erheitert. »Was mag er hier gewollt haben? – Man sollte doch nicht annehmen, einen Solchen hier zu finden. Ob er Säuen und Schafen gepredigt hat?« Die Reiter brüllten vor Lachen, schien ihr Anführer die Sache doch recht spaßig und unterhaltsam zu finden. Van Armensen wies mit großartiger Gebärde auf den Mann im Schlamm und höhnte: »He, du Kerl! – Was sind Libertiner? – Scheißkerle sind sie! – Mistkröten – der Auswurf des Teufels! Man sagt, ihr triebt es mit Säuen und Schafen, ha-ha! – Darum bist du wohl in diesem verdammten Dorf, he.« Der Mann im Schlamm versuchte aufzustehen, aber ein Reiter trat ihn derb ins Gesäß, dass er wieder vornüber – in den Matsch fiel.

»Libertiner!«, lachte van Armensen und breitete die Arme gen Himmel, als wolle er von dort den Segen erflehen. Dann brüllte er unvermittelt auf den Gefangenen ein: »Kein ehrlicher Protestant, kein Pfaffarsch seid Ihr! – Was seid Ihr wirklich? – Nun, du Kröte muss es nicht herauswinseln! Ihr seid eine gotteslästerliche Brut, die es gilt, bei den Wurzeln auszureißen. Nun, vielleicht kannst du dennoch etwas für dein Seelenheil tun. Versuch es mit einem Vaterunser oder Ave Maria. Es ist die letzte Gnade, die dir in diesem Leben gewährt wird. Danach wirst du an diesem soliden Ast – über meinem Haupt – einen fröhlichen Zappeltanz aufführen. Danach mag dich der Teufel in Empfang nehmen.« Van Armensen fühlte sich in seiner Rolle besonders wohl, war er doch Herr über Leben und Tod. Begierig sah er auf sein Opfer, wie dieses sich in seinem letzten Stündlein verhalten würde. Der junge Mann im Schlamm sah gequält zu seinem Peiniger auf. Er hatte offensichtlich Schmerzen, die von einer Wunde herrührten, die er am Oberarm, unter den Achseln hatte. Mit dem Mut der Verzweiflung schrie er: »So etwas, wie Ihr, trägt die Farben der -Staaten-![70] Pfui – Teufel! – Der Herr wird Euch strafen. Seid verflucht bis in alle Ewigkeit!« Weite kam er nicht. Ein neuerlicher Tritt des hinter ihm stehenden Reiters schleuderte ihn wieder mit dem Gesicht in den Dreck. Van Armensen war, wie die überwiegende Masse seiner Zeitgenossen, besonders aber des Kriegsvolkes, abergläubisch. Der Fluch eines Predigers war nicht der eines Bauern, über den man zu lachen und zu spotten pflegte. Grimm und Furcht kroch blitzschnell durch seine Sinne, regte ihn auf und er brüllte schrill: »Macht ihn hin! – Hängt ihn auf, bevor er sein Lästermaul wieder aufreißen kann!«

Er wies auf einen kräftigen Ast über sich und gab seinem Pferd die Sporen, dass dieses sich auf die Hinterhände stellte und beim Herabfallen den Akt des Hängens, des Henkens fast überflüssig gemacht hätte, denn die Hufe verfehlten das Opfer nur um wenige Zoll. Die Häscher rissen den Mann vom Boden hoch: »Juchhe!«, schreien sie. »Baumeln sollst du, Freundchen! Sollst uns einen netten Tanz aufführen, dafür stehen wir gut. Machen es schön langsam, damit du Zeit hast, den Wolken noch ein paar feine Sprüche zu leiern.«

Einer rannte, um einen Strick zu besorgen.

»Sammeln! – Sammeln!«, dröhnte indessen die Stimme des Feldhauptmanns, dem die Bummelei seiner Leute nun doch nicht mehr gefallen wollte. Die Reiter wussten, wann sie der Stimme ihres Herrn eiliger nachkommen mussten und kamen nun endgültig, immer noch randalierend, aus den Hütten. Mitten in dem Getümmel des Sammelns versuchte der unglückliche Prediger, plötzlich seinen Bedrängern zu entkommen.

Es war der Akt absoluter Verzweiflung und ohne jede Chance auf Gelingen.

Er war noch nicht fünf Schritt weit, als ihn das Rapier eines Reiters ins Bein drang und ihn zu Boden warf.

»Mynheer! – Der Kerl will nicht hängen!«, höhnte der Reiter und wischte das Blut von der Klinge. »Sollen wir ihn nicht gleich zum Rabenfraß machen?«

Der Feldhauptmann hatte plötzlich ein irisierendes Flackern in den Augen. Er riss nervös an seinem dünnen Kinnbart und bellte wütend: »Das kann er haben! – Nagelt ihn da auf den Boden und hackt ihn auseinander!«

Plötzlich krachten ein dutzend Schüsse. Klatschend fuhr heißes Blei in die Rinde der Linde und hinterließ einige weiße Narben im Holz. Das makabre

Durcheinander erstarrte für Sekunden – wurde wieder zur quirlenden Bewegung. »Überfall, Überfall!«, brüllte der Feldhauptmann, brüllten die Reiter, ein jeder in entsetzter Lautstärke.

»Mir nach!«, gellte die Stimme van Armensens erregt.

Zugleich stieß er seinem Pferd die Sporen in die Flanken, das es mit einem gewaltigen Satz ansprang, auf den Anger zu raste, wo es sein Herr hart parierte.

Die Kyrasser warfen sich, ihre vielartige Beute fahren lassend, auf ihre Pferde und scharte sich verunsichert um ihren Hauptmann. – Donnernd fuhr ein erneuter Feuerüberfall über sie her.

Ein Pferd bäumte sich schrecklich wiehernd auf und brach dann zuckend zusammen, seinen Reiter unter sich einquetschend. »Da sind sie!«, gellte die Stimme van Armensens aufgeregt.

Er riss den Degen aus der Scheide und deutete damit zum Dorfeingang im Süden.

»Zusammen, Leute! – Mir nach und drauf!«

Er preschte los. Am Dorfrand hielten etwa fünfzig Dragoner in spanischen Farben. Die eiserne Walze der Kyrasser fegte auf die leichten Reiter zu. Noch einmal donnerten dort die kurzen Arkebusen[71] und Kugeln schlugen auf Eisen, in zuckendes Pferdefleisch – oder jaulten vorbei. Ein Kyrasser stürzte aus dem Sattel und ein Pferd schleuderte im Sturz seinen Reiter weit in den Dorfweg. Die Dragoner ließen es auf einen Nahkampf nicht ankommen. Sie stoben in drei Pulks auseinander. Van Armensen ließ sich jedoch auf eine Zersplitterung seines Trüppchens, seiner Halbkompanie, nicht ein. »Zusammenbleiben – und nur mir nach!«, befahl er.

Seine Stimme ging in dem Gestampfe der Pferde und Klirren der Waffen und Rüstungen unter. Dennoch, die Reiter folgten, als hätten sie den Befehl gehört. Sie wussten selber, was für sie gut und richtig war. So klebten sie Pferd an Pferd im Galopp hinter ihrem Führer, der dem Trupp folgte, der über die Felder zum Fluss hinunter hielt. Die Dragoner waren naturgemäß schneller. Als die Wiesen nass wurden, den Fluss ankündigten und die Tiere tief einsinken ließ, zügelte van Armensen sein Tier; die gepanzerte Masse aus Mensch und Tier kam zum Stillstand. Sie dampfte in der kalten feuchten Luft. Die Dragoner waren vor dem

---

[71] eine kurze Arkebuse von 80–110 cm Länge und ¼–½ Zoll Kaliber

Flüsschen nach links eingeschwenkt und hinter Buschwerk verschwunden. Der Feldhauptmann sah ihnen grimmig nach. Verdammt! Warum hatte er sich nur so dumm verhalten, gegen alle Regeln und Vernunft, ärgerte er sich. Hätte er Wachen ausgestellt gehabt, hätte das nicht passieren können. Schuld, so entschied er, zu seiner Entlastung, war der verdammte Regen. Jawohl, der Regen, der ihn zermürbt hatte. Aber er hatte mit dem Toben gegen die Bauern sich und seinen Leuten wieder Laune machen wollen; Laune, die sie dringend brauchten, denn im Feldlager war schon jeder zweite Reiter krank, darum hatte er nur diese Halbkompanie zur Verfügung. Es hatte etwas geschehen müssen.

Die Reiter guckten ihn erwartungsvoll an. Sie hockten wie eiserne, graue Gespenster auf den kräftigen Gäulen. »Zurück!«, befahl er mürrisch und trieb sein Pferd in die neue Richtung.

Eifrig hielt man nach Dragonern Ausschau, umging Baum- und Buschgruppen, um nicht wieder in einen Hinterhalt zu geraten und durch einen Feuerüberfall Verluste zu erleiden. Zu allem Überfluss fing es nun wieder leicht zu regnen an und die Nacht, die Dunkelheit war auch nicht mehr fern. Vorsichtig ritt er in das Dorf ein. In der Dorfstraße lag eines seiner Pferde und am Anger das zweite. Näher kommend entdecke er an der Linde zwei nackte Gestalten hängend, die im Winde schwangen; unter dem Baum lag ein dritter. Es waren seine drei Kyrasser Der unter dem Baum war von einer Kugel getroffen – doch sein Tod rührte von einer klaffenden Halswunde her. Die beiden anderen waren gehängt; der eine, weil er wehrlos unter seinem gefallenen Tier gelegen hatte und der andere, weil er wohl bewusstlos auf dem Weg lag. »Schneidet sie ab«, befahl er knapp, mit belegter Stimme, in der Wut schwang.

Ob dies das Werk der Bauern oder der Dragoner war, interessierte van Armensen überhaupt nicht. Seine Augen tasteten die Umgebung ab. Nichts rührte sich – gar nichts, sah man einmal von dem nun immer heftiger werdenden Regen ab.

»Steckt das Nest an!«, rief er grimmig. Die Reiter fegten zu den nächsten Hütten, doch es dauerte, bis sie hier und da Feuer geschlagen und gelegt hatten, denn die Herdfeuer waren längst erloschen und der Regen verhinderte, einfach die Dächer anzuzünden, wie man es sonst tat. Dennoch blakten hier und da die Flammen aus den Hütten und hüllten sogleich alles in einen stinkenden weiß braunen Rauch. Ein Reiter hatte einen Kien Ast zur Fackel machen können.

Fluchs trieb er sein Pferd zu dem Kirchlein, ritt, ohne abzusitzen, in diese hinein und warf die brennende Fackel auf die hölzerne Kanzel, die, knochentrocken, sofort vom Feuer erfasst wurde. Der Reiter lachte höhnisch und brüllte in den leeren Betraum:

»Tod den Ketzern! – Tod den verfluchten Calvinisten!«

Noch immer lachend ritt er gebückt aus der Tür hinaus, wo er vor Qualm nur schemenhaft die sich wieder sammelnde Patrouille erkennen konnte.

»Sammeln! – Verflucht! – Sammeln!«, gellte die Stimme des Feldhauptmanns, dem es langsam ungemütlich – zu unsichtig und dunkel wurde. Die Reiter sammelten sich nun schnell um ihn und im klirrenden Galopp sprengte die mörderische Bande davon. Die Toten hatte man auf ein Pferd geladen, dessen Reiter bei einem anderen Kameraden, auf der Kruppe des Pferdes mit aufgesessen war. Die Männer schwiegen. Bis zum Feldlager waren es gut zwei bis drei Meilen. Der Weg, wenn man von so einem sprechen konnte, war aufgeweicht und bot kaum Platz, um mit zwei oder drei Reitern nebeneinander Reiten zu können. Dazu war die Nacht so finster, dass man kaum die Hand vor Augen erkennen konnte, obwohl der Regen langsam wieder etwas nachgelassen hatte. Sie hatten gut die Hälfte des Weges zurückgelegt und passierten eben ein Kiefernwäldchen, als vor ihnen eine Blendlaterne aufleuchtete, hin und her schwang. Dazu dröhnte in breitem holländisch eine gebieterische tiefe Stimme:

»Wer des Wegs?« Der Trupp hielt und van Armensen entgegnete zornig zu dem Licht hinüber: »Nassau – all Weg!« »Kann jeder sagen«, kam es hart und misstrauisch. »Also Namen des Mynheer – und ruhig im Sattel!« »Wer wagt es, mich zu stoppen!«, schrie van Armensen giftig, irritiert und beleidigt. »Ich, Kapitän Linksteeden, Mynheer Reitersmann, wenn es denn recht ist. Und, das sage ich Euch gern, bin allemal der, der mit seinen Mannen grob zugreifen kann.« Aus dem Unterholz ringsum kamen höhnische Lachlaute und verrieten, dass der Kapitän nicht allein, seine Drohungen nicht leere Worte waren. Dem Feldhauptmann war die Ärgerlichkeit seiner Situation bewusst. Wenn er jetzt durchbrach, würden die Kerle in den Büschen vermutlich nicht standhalten können. Aber ein Reiterangriff im Dunkeln und auf diesem schlechten und schmalen Weg war lächerlich, unmöglich. Da reichten ein paar versteckt gespannte Seile, um sein Häuflein zu vernichten. Und dann war da die Frage, wie viel Männer dieser Kapitän bei sich hatte. Sicher hatte er es mit einem Kapitän dieser Geusen zu tun, von denen man nie wusste, zu welcher Seite sie neigten. Sie waren allemal Freibeuter unter dem Deckmantel von Patrioten und Glaubenskämpfern. Wer war dieser Linksteeden? – Der Name sagte ihm nichts. Doch eines war gewiss, hatte er es mit einem Geusen zu tun, dann hatte dieser möglicherweise eine beträchtliche Mannschaft bei sich. Kerle, die ihre Beile und Entermesser verdammt gut zu gebrauchen wussten. Das wiesen sie mit ihren Erfolgen gegen die Spanier – aber auch gegen manch anderen aus. Er hatte sich bisher für diese Leute kaum interessiert. Das war zu wenig, um richtig zu entscheiden. Ärgerlich rief er in das Dunkel, denn die Blendlaterne war wieder abgedunkelt: »Hört, Käpt'n! Ich bin Feldhauptmann Lothar van Armensen im gemischten Reiterregiment des Obristen van Knoor. – Ich fordere Euch auf, mir den Weg freizugeben.«

»Na also! – Wissen wir doch nun, was da vor uns herumsteht. Da können wir sicher schnell entscheiden, ob wir Euch gleich – oder später – oder gar nicht einpökeln!« Der Sprecher lachte hart, auf eine, wie es van Armensen schien, üble, gefährliche Art. Und da kam schon die nächste unangenehme Frage: »Wir sehen seit einiger Zeit einen Feuerschein in der Richtung, aus der ihr, Mynheer van Armensen, gerade angetanzt kommt. Sicher wisst ihr genau, was die Ursache des Feuers ist.« Dem Feldhauptmann wurde schlagartig die Gefährlichkeit seiner Situation klar. »Verdammte Scheiße«, knurrte er grimmig und rief dann laut in die Nacht: »Da brennen einige Hütten.« »Das haben wir uns beinahe gedacht. Seid so liebenswürdig und verratet, wer den Brand gelegt hat, dann ist schon ein Teil unserer Verhandlung entschieden.« »Verdammt! – Da fragt Ihr noch. Wenn Ihr uns sehen könntet, fändet Ihr auf unseren Pferden drei Tote. Die Spanier haben uns überrascht. Sicher haben sie auch den Brand gelegt. Das Feuer loderte erst auf, als wir dem Dorf schon den Rücken gekehrt hatten«, log er überzeugend und frech. »Kommt oder lasst nachsehen.« »Es stimmt, Käpt'n!«, rief eine Männerstimme seitlich aus den Büschen. »Die haben hier auf dem einen Gaul ein paar Kerle liegen.« Van Armensen lief es kalt über den Rücken. Ihm wurde bewusst, wie nahe die Männer dieses Kapitäns um seinen Trupp herum standen. Es bedurfte sicher nur eines Befehls und sein Häuflein war erledigt. Nun meldete sich wieder die Stimme des Kapitäns: »Hört, Mynheer Rittersmann. Es scheint zu stimmen, was Ihr da erzählt habt. – Der Weg ist für euch frei.« Van Armensen bebte innerlich vor Wut, doch dies war seiner Stimme, als er nun antwortete, nicht anzumerken: »Das ist sehr freundlich, Käpt'n! – Wollt Ihr Euch mir nicht zeigen?« Aus den Büschen kam ein spöttisches Lachen. »Mynheer van Armensen, der Käpt'n Linksteeden ist in Zaan für Freunde, manchmal auch für Fremde, zu sprechen. Im Wald jedoch nie. Zieht also, in Gottes Namen, euren Weg. Dankt dem Herrn, dass ihr nicht jene Spanier seid, die das Dorf da hinten angezündet haben.« »Es sei, wie Ihr sagt, Käpt'n! – Doch ist es nicht die Art des feinen Mannes, sich nicht zu zeigen«, beklagte sich der Feldhauptmann heuchlerisch. Aus dem Gebüsch kam jedoch nur ein kaltes, hartes Lachen. Wütend ritt van Armensen an. Klirrend folgte ihm seine schweigende Patrouille. Nach nur einer halben Meile trafen sie, am Rande des nächsten Dorfes, auf die Wachen der Dragoner-Kompanie des Obristen van Knoor, denn dieser lag hier im Quartier. Diese Ehre verdankte das Dorf der Tatsache, dass es ein recht großes Wirtshaus mit Herberge besaß, die der Bequemlichkeit des Obristen gelegen kam. Feldhauptmann van Armensen stieg, steif vom Ritt und Feuchtigkeit, vor dem Wirtshaus Goode Ja, einem windschiefen kleinen Fachwerkhaus mit einer flachen, langgestreckten Scheune, die die eigentliche Herberge und gastliche Stätte war, aus dem Sattel. An der Verbindungsstelle von Haus und Scheune, am Teil der Scheune, befand sich, unter einem fünf Klafter weiten, balkengestützten Strohdachüberstand, die schmale, schwere Eichentür, vor der ein Dragoner als Wache vor sich hin döste, indem er auf einem Strohballen hockte und die Kurzarkebuse lässig, lust- und nutzlos im Arm hielt. Obwohl eine kleine Sturmlaterne den Eingang und die Wachidylle beleuchtete, nahm van Armensen, in seinem Zorn, ganz gegen seine sonstige Gewohnheit, keine Notiz von der Disziplinlosigkeit des Dragoners.

»Ist der Obrist drin«, heischte er Auskunft. »Er ist es, Mynheer Hauptmann«, nuschelte der träge Posten. »Beim heiligen Blasius«, wetterte van Armensen recht unprotestantisch, »Ist das hier ein feiner Miststall. Dabei blieb offen, ob er die Unterkunft des Obristen oder den offensichtlichen Zustand der Dragonertruppe meinte. Er riss die grobe, schwere Bohlentür auf und stampfte in die Scheune. Der Raum wurde spärlich durch sechs Windlaternen erhellt. Hier war die Dragonerkompanie, soweit sie nicht auf Wache stand, etliche Bauern und Knechte, ein paar Trossweiber, Marketender und ein paar zerlumpte Gestalten, Straßengesindel, beim Schmausen, Saufen und Spielen versammelt. Die Luft im Raum war von stinkenden Ausdünstungen hochschwanger, benahm den Atem. Van Armensen rang einen Moment nach Luft, wie ein Karpfen, den man unvermittelt an Land geworfen hat. »Hölle – verdammt – so muss es in der Hölle stinken«, knurrte er wütend und dabei fielen ihm die Männer im Lager ein, die im Dreck versanken und sogleich gnädiger gestimmt, knurrte er: »Dennoch, so lässt sich gut Lager machen.« Aus einer Ecke, dort, wo die letzte Laterne ihren traurigen Schein auf einen groben Holztisch warf, wölkte sich dicker blauer Dunst, der als Rauchwölkchen aus schlanken weißen Tonpfeifen quoll, Tabaksqualm.

Am Tisch hockte der Mynheer Obrist mit drei Zivilisten in vornehmer, dunkler, städtischer Kleidung, bei der die teuren Spitzenkragen einflussreiche Männer signalisierten. Die großen Tonkrüge vor sich, und die über den Tisch verstreuten Speisereste, verkündeten, dass man gerade das Nachtmahl beendet hatte. Van Armensen klirrte, von den Leuten in der Scheune überhaupt nicht beachtet, auf die vier Herren zu. Der Obrist sah ihn erst, als er fast vor dem Tisch angelangt war und rief jovial:

»Ei, sieh an! – Mein wackerer Feldhauptmann kommt! – Ihr seid verdammt spät, Mynheer van Armensen!« Der Obrist wandte sich an die neugierig blickenden Gäste an seinem Tisch und erklärte, zugleich vorstellend: »Das ist einer meiner tüchtigen Feldhauptleute, der edle Mynheer van Armensen. Er hat die heutige Patrouille geführt und er wird uns sicher sogleich sagen, wie es im Land steht.« Van Armensen stampfte grüßend mit dem rechten Fuß und nahm die wassertriefende Sturmhaube ab. Der Obrist plätscherte seine Vorstellung, nun an den Feldhauptmann Gewand, fort: »Nehmt hier auf der Bank Platz, Mynheer. Ihr seht hier am Tisch honorable Herren, Kaufleute, aus Utrecht und Leiden.« Er wies von einem zum anderen und stellte vor: »Hier seht ihr den ehrenwerten Mynheer Groopes, Kaufmann – Mynheer van Huelpen, Reeder und Kaufmann, – und Mynheer van Rofen, Kaufmann und Verleger für Land- und Seekarten.« Van Armensen sah mit wenig Begeisterung auf die Herren und knurrte ungnädig: »Guten Abend, die Herren. Ich hoffe, Sie verübeln mein delikates Erscheinen in dieser offensichtlich trauten, gemütlichen Runde nicht. Sie müssen verstehen, ich bin im Krieg.« Er sagte es mit Sarkasmus und fügte hinzu: »Ganz, wie mein hochwohlgeborener Mynheer Obrist van Knoor – für die Sache der Staaten – wie ihr, Mynheeren, an den Farben seht.« Van Knoor war ein zu guter Menschenkenner, um nicht sofort Unrat zu wittern. Immer noch liebenswürdig, aber mit zusammengekniffenen Augen, mahnte er den Ankömmling:

»Mynheer Hauptmann, Euer spätes Erscheinen wird seinen Grund haben. Bedenke ich den dauernden Regen des Tages, scheint mir Eure Einkehr, hier in der Herberge, einen wichtigen Anlass zu haben, den, so bitte ich Euch, den Ihr mir schnellstens rapportieren solltet.« Van Armensen hatte die Einladung zum Sitzen ignoriert. Unwillig stampfte er wieder mit dem Fuß und meldete: »So ist es, Mynheer Obrist. Ich habe meine Patrouille, gegen Deventer, heute selber geführt. Zwei Meilen, flussabwärts, gerieten wir in einen Hinterhalt spanischer Dragoner. – Sie haben drei meiner Männer und Pferde getötet. Wir haben sie angegriffen und in die Flucht geschlagen, aber sie sind uns in den Flusssümpfen entkommen. Sie haben ein Dorf angesteckt – jedenfalls vermute ich das. Als wir uns auf dem Rückweg aus den nassen Wiesen befanden, kamen wir durch ein Dorf, das kurz vorab, angezündet worden war. Von den Bewohnern, Gott sei ihren Seelen gnädig, haben wir nichts gesehen, denn wir mussten eilen, um nicht zu spät in die Nacht zu geraten.« »Ach – herrje! – Ist's möglich!«, rief der Obrist und die drei Herren am Tisch stimmten mit ein. Der Obrist malte sich, voll innerer Bestürzung, aus, wie leicht auch er hier Ziel eines Überfalls sein konnte. Schaudernd sah er auf das wenig vertrauenerweckende Getümmel im Raum. Aber van Armensen fuhr bereits fort: »Unterwegs, nach hier, eine halbe Meile von hier, trafen wir auf Wassergeusen.« »Äh wie!«, staunte van Knoor und sah sich fragend in der Runde um. Mynheer van Rofen sagte liebenswürdig: »Mit Verlaub, Mynheer van Knoor, das könnte der Hugo Linksteeden gewesen sein.« »Ja, so nannte er sich, Käpt'n Linksteeden«, warf van Armensen missmutig ein. Van Rofen lächelte und fuhr, mit Mitleid in der Stimme, fort: »Der gute Käpt'n Linksteeden. Früher war er in Deventer zu Haus. Seit die Spanier seine Frau und seine Töchter verdorben haben, zieht es ihn immer wieder aufs Land, in die Gegend. Er hat Rache geschworen – und wehe – man gerät in seine Ungnade. Wahrlich, aus ihm ist ein Gegner erwachsen, den seine Feinde fürchten müssen.« »Ach so ist das«, staunte van Armensen und dachte mit großen Unbehagen an seine heutigen Taten und der Begegnung mit diesem Kapitän. Van Rofen nickte: »Ja, Mynheer van Armensen, so ist das. Da kann aus einem, sonst friedlichen Menschen, schon ein arger Teufel werden. Nicht, dass dies der gute Käpt'n bereits ist. Er steht jedoch für Gerechtigkeit und wird, wo Übles geschehen, zum Racheengel. Ja, so meine ich, ist es wohl gut zu beschreiben. – Ihr erwähntet ein Dorf. Ich meine, es könnte, nein müsste Teervoolde sein.« Van Huelpen stieß einen überraschten Ruf aus:

»Herrje! Das ist ja das Dorf, in dem der Cornelius Oldenstaal, der Libertinerprediger, seit einiger Zeit versucht, eine Gemeinde aufzubauen. Die Mynheeren kennen ihn. Es ist ein guter Freund unseres Freundes Jacobus Arminius – aus Leiden.« »Richtig!«, rief Mynheer Groopes aufgeregt und forschte: »Mynheer Feldhauptmann, habt Ihr den Prediger nicht gesehen?« Diesem wurde es in seiner Rüstung warm und unbehaglich. Bedauernd und Ungnade im Unterton erwiderte er: »Mynheer Groopes, ich muss sehr bedauern. Ihr habt nicht recht zugehört, als ich meinen Bericht gab. Wir haben im Dorf niemand gesehen, denn es wurde bereits dunkel, als wir es passierten. Sicher haben sich die guten Leute beizeiten geflüchtet – und mit ihnen wohl auch dieser Libertiner.« Groopes nickte: »Ja, ja, Ihr sagtet es. Verzeiht. Aber man hat ja seine Sorge. Hoffentlich ist dem aufrichtigen, tüchtigen Mann nichts geschehen. In dieser Zeit sind solche Männer nicht gerade dick gesät. Es sollte mich nicht wundern, wenn aus ihm, sofern er all die Widerwärtigkeiten der Zeit überlebt, etwas ganz besonderes würde. So etwas, wie den Erasmus. Das Zeug hat er dazu.« Der Obrist strahlte die versammelte Tischrunde mit seinem rosigen, runden Gesicht begütigend an und verbarg dabei all seine Befürchtungen, Ängste und Vermutungen. »Es wird diesem Prediger, der Herr sei mit ihm, schon nichts geschehen sein. Die Spanier werden einen der üblichen Requirierungsausritte gemacht haben und, wie man das leider oft genug kennt, wenn nichts gefunden wird, wird aus Zorn gezündet. – Ihr, verehrter Mynheer van Armensen, solltet, nach einem derartigen Tag, nicht verweilen und Euch und den Reitern die wohlverdiente Ruhe gönnen. Ihr habt einen schweren Tag gehabt und, weiß Gott, keine guten Nachrichten mitgebracht. So reitet nur schnell zum Lager und erholt euch. Dem von Stoploch gebt jedoch meinen Befehl kund. Er soll morgen, in der Früh, sein Lager abbrechen und mit seiner Kompanie hier ans Dorf rücken. Wenn der Spanier wieder an zu streifen beginnt – und Euch, van Armensen, gar überraschen konnte, dann ist Aufmerksamkeit geboten. Doch bevor Ihr zieht, solltet Ihr einen Humpen nehmen, wie es sich gehört. – He, Magd«, rief er einer kleinen rundlichen Frauenperson, die sich zwischen den Gästen, unweit des Tisches des Obristen, aufhielt, zu. »Bring dem tapferen Feldhauptmann einen kräftigen Schluck. Er hat es nötig!« Dabei strahlte er größte Sorglosigkeit und Unbefangenheit aus, die ganz im Gegensatz zu dem gegebenen Befehl stand. Van Armensen verließ, nach dem kurzen Umtrunk, eilig die Herberge. Seine Reiter waren abgesessen und standen in der Dunkelheit in kleinen Gruppen beieinander. Man unterhielt sich leise. »Bei meiner Seligkeit, der Hauptmann ist ein arges Schlitzohr«, freute sich einer der Reiter. »Beim Gehörnten, er hat den Geusen, den Wegelagerer, schön verscheißert. Hätten da keine Chancen gehabt.« »Ha – ha! Würde mich totlachen, wenn er sich, für das Scheißdorf, an die Spanier machte«, entgegnete ein anderer, ein großer, bulliger Kerl. – Ein schlanker junger Bursche, wohl kaum zwanzig Jahre alt, gab zu bedenken: »Da freut euch nur nicht zu sehr. Wenn's rauskommt, ist alles, was sag ich euch, Scheiße. Dann sucht man Schuldige – bei uns.« »Bei uns?«, spöttelte der erste Sprecher. »Was soll denn schon herauskommen? – Wir haben gemacht, was der Hauptmann zugelassen, was Kriegssitte und Gebrauch.« »Wir haben keinen erschlagen«, kicherte einer unmotiviert. »Nein, nicht«, spottete der Bullige. Er wies mit dem Daumen über die Schulter zu dem Gaul mit der traurigen Last. »Die drei, der Jöckel, der Georg und der Fredrich sind unserer Verteidiger, wenn es denn doch einer begeiert.« »Wieso die«, mischte sich ein junger hohlwangiger Reiter nervös ein. Es war einer derjenigen, die die dicke Bäuerin traktiert hatten. »Bist du immer so schafsköpfig«, lachte der Bullige. »Kerl, wir sind, wie der Hauptmann sagte, von den Dörflern in die spanische Falle gelockt. Darum haben wir Tote und die nicht, verstanden.« »Ach so.« »Ja! – Ach so.« Der Hohlwangige spuckte aus und murrte: »Darum weiß ich immer noch nicht, warum wir uns den Kopf um die Scheiße heiß machen. Als wir vergangenes Jahr, bei Amsterdam, ein ganzes Dorf, mit Mann und Maus niedergemacht haben, hat keiner von euch zum Profos geschielt. – Was ist mit euch? – Werdet ihr Betbrüder oder Heilige?« »Weder noch«, erklärte der, der das Gespräch begonnen hatte leise: »Seither hat sich viel geändert. Die Staater sehen es nun mal nicht so gerne, wenn wir ihren Bauern den Schädel einschlagen und den Bauch aufschlitzen, ihre Weiber traktieren und die Hütten verbrennen.« »Unsinn! – Es ist Krieg. Da ist es nur recht, wenn wir uns für die Mühen schadlos halten, wie es kommt. Die Staater sollten froh sein, wenn sie uns haben.« »Das sag nicht zu laut«, warnte der erste und der Bulle setzte leise hinzu: »Die lassen dich zappeln, wenn du, wie eben, zu weit das Maul aufreißt. Meutern, nennen sie das.« »Meutern! – Wer meutert, wenn er nur seinen Spaß haben will?« »Aufsitzen!«, schallte die Befehlsstimme van Armensens in die Unterhaltung.

Die Reiter krochen, leise fluchend, auf ihre Gäule.

Im flotten Trab, klirrend und klappernd, verließ der Trupp das Dorf und strebte dem Lager zu.

Der Feldhauptmann, Ritter von Stoploch, erreichte mit seiner Kompanie gegen Mittag das Dorf und stand im Begriff, das Lager auf einer Wiese, zwischen Anger und Kirchhof, aufzuschlagen. Obrist van Knoor und der Feldhauptmann sah, hoch zu Ross, dem Treiben aufmerksam zu. Der Regen hatte aufgehört; ein kalter Wind pfiff über das Land.

»Van Armensen hatte gestern einen schweren Tag«, begann der Obrist das Gespräch.

Sein rundes Gesicht, sonst Wohlwollen ausstrahlend, war gerötet und wirkte irgendwie zerfallen. Dabei war nicht auszumachen, ob der scharfe Wind, der übermäßige Genuss des Bieres und des Weines oder Sorgen die Ursache war. »Kleines Geraufe«, wehrte von Stoploch unbekümmert ab. »Sagt das nicht, Herr Ritter. Ihr, Mynheer von Stoploch, seid ein Bild von ritterlicher Zuverlässigkeit – mit Begriffen von Ehre und Anstand, wie es die Kriegsartikel billigen.

Das sieht man da schon an Euren Kerls. – Aber der van Armensen hat da, Gott sei es geklagt, noch einiges zu lernen.« »Er ist jung, ein Feuerkopf, denke ich.« »So einfach?«, dehnte der Obrist und sein Unbehagen schwang deutlich mit. Von Stoploch grinste spöttisch, ungerührt: »Ein Idiot, Hochwohlgeboren, wenn's denn gefällt.« Der Obrist spuckte, als wollte er seinen Ärger loswerden, aus und knurrte ungnädig: »Jedenfalls hat er mir drei Leute verloren, was nicht gar so tragisch wäre, wenn nicht auch die schönen teuren Monturen draufgegangen wären.«

»Ihr habt die Rösser vergessen«, spöttelte von Stoploch. »Pferde sind zurzeit, weiß Gott, schwerer zu ersetzen.«

»Verdammt, ja! – Es waren meine Tiere«, klagte der Obrist. Um die Ecke des alten Dorfkirchleins kamen die drei Mynheeren, die am Vorabend dem Obristen Gesellschaft geleistet hatten. Von Stoploch winkte ihnen grüßend zu.

»Ah, sieh da! – Ihr kennt die drei Mynheeren?«, staunte der Obrist. »Selbstverständlich. Hannes Groopes nimmt für mich Post mit nach Wien.«

»Wie das, Herr Ritter? – Nach Wien?« Von Stoploch grinste breit.

»Ihr habt recht gehört, Mynheer Obrist. Es wird Euch sicher nicht entfallen sein, dass ich nur bis August neunundachtzig der neuen Rechnung, hier Dienst genommen habe. Nun ist der Reichshofrat Erstenberger eine gute Adresse für neuen Dienst.« »Sapperlot! Das heißt die Seite wechseln«, rief der Obrist sichtlich nervös. »Aber nein, Mynheer Obrist. Ich unterstelle Euch, dass Ihr als guter

Calvinist, Obrist für und in eurem Geburtsland seid.« »Das, so ich es dem Himmel und dem Herrn Jesus Christus schwöre, seht Ihr verdammt recht.«, eiferte der Obrist. Von Stoploch lachte und entgegnete begütigend, aber bestimmt: »Nun, ich bin, wie Ihr wisst, Katholik und Söldnerhauptmann. Mir ist es trotzdem gleich, wie Ihr unser aller Gott verehrt und anbetet. Ich bin kein Priester und mag von dem theologischen Gezänk nichts wissen. Ich kämpfe, wie die Mehrzahl der hier versammelten Männer, nicht für eine religiöse, theologische Betrachtung unseres gemeinsamen Gottes, denn er ist mir allemal in jeder Form der Anbetung mein rechter Herr und Schöpfer. Bei mir gilt, wer zahlt, hat für die Zeit des beschworenen Kontraktes den ganzen Mann. Das ist so Brauch.« Der Obrist biss sich auf die Lippen, spuckte – aus welchem Grunde auch immer, wütend ins Gras und knurrte: »So ist es wohl. Es tut mir leid. Ich hätte daran denken sollen«, setzte er beschwichtigend hinzu. Er wusste nur zu gut, was er an dem alten Söldnerführer hatte. Bei all den ihm unbehaglichen Erkenntnissen gestand er sich ein, war auf diesen Abenteurer wahrhaftiger Verlass – mehr, als auf die patriotischen, religiösen Eiferer. Die Kaufleute waren unterdessen heran geritten. Sie saßen auf prächtigen Pferden und die beiden Offiziere sahen mit unverhohlener Bewunderung, in der freilich Neid schwang, auf die prächtigen Tiere. Verflucht! – Die Pfeffersäcke hatten Pferde, schoss es von Stoploch durch den Kopf, wie sie in diesem ganzen, hier versammelten Kriegsvölklein keines gab. Sie konnten es sich leisten.

Er, der seine Haut für ihre Freiheit auf's Spiel setzte, er musste sich mit schwerfälligen, dennoch teuren Tieren minderwertiger Zucht, zufriedengeben. Die Kaufleute waren indessen grüßend herangekommen und es entspann sich ein kurzes, verabschiedendes Gespräch. Janzoen van Rofen erinnerte zum Abschied: »Und die Karten, beste Ausgabe, Mynheer Obrist, bekommt Ihr sofort, wenn ich wieder einen Kurier nach hier abfertigen kann.« »Das ist sehr gut, sehr liebenswürdig von Euch, Mynheer van Rofen. Sicher wird es nicht sehr lange dauern.« »Ein bis zwei Monate, edler Mynheer Obrist, wird sich Euer Hochwohlgeboren wohl in Geduld fassen müssen – denk ich.« »Lieber Gott! Das ist sehr dumm, sehr lange. Ich hatte eigentlich damit gerechnet, sie alsbald in den Händen zu haben, denn wer weiß, wo ich in zwei Monden sein werde.« »Wenn Euch so sehr daran liegt, Mynheer Obrist, schlage ich Euch vor, dass ihr mir einen zuverlässigen Boten mitgebt. Dann mag es angehen, dass Ihr die Karten in acht Tagen in den Händen habt. Schneller geht aber auch das nicht.« Der Obrist besann sich einen Moment. »Meine Leute muss ich unbedingt hier halten. Da kommt nur ein Knecht infrage, der nicht zu den Kompanien gehört. Doch da will mir sogleich keiner einfallen.« Er sah hilfesuchend zu von Stoploch und bat: »Wisst Ihr, Herr Feldhauptmann, da keinen Rat? Ich entsinne mich da an Euren jungen Reitknecht. Der sollte, so meine ich, wohl dafür geeignet sein.« Von Stoploch schniefte ärgerlich in die andere Richtung, bevor er sich seinem Obristen zuwandte: »Ihr meint sicherlich den Kauzenludwig?« »So mag er heißen. Ich weiß nicht. – Aber sagt, ist er nicht zuverlässig?« »Das steht, bei allen Heiligen, Ihr verzeiht, Mynheeren, ganz außer Zweifel. Doch ehrlich gesagt, die Reise ist nicht ohne Gefahr und ich gebe ihn nicht gern dafür frei. Immerhin, es ist nur eine Woche und für Euch, Mynheer Obrist, mag er, wenn Euch daran gelegen ist, reiten. Doch Zehr- und Wegegeld müsst Ihr ihm schon geben.« »Selbstverständlich«, knurrte der Obrist wenig überzeugend, doch er griff sogleich in seinem Wams und brachte zwei Rheinische-Taler hervor, die er von Stoploch reichte. »Hier, das mag für eine Woche reichen, denke ich.« Von Stoploch grinste boshaft und spottete: »Für sehr viel Futter und Unterkunft ist das nicht gerade. Nun, er wird ja nicht im Luxus leben wollen und damit auskommen, ist er doch selber ein arger Knauser. – Doch den Mynheer van Rofen möchte ich herzlich bitten, den jungen Heißsporn etwas unter die Fittiche zu nehmen.« »Da könnt Ihr Euch ganz darauf verlassen«, lachte der Kaufmann. »Doch waren wir schon im Aufbruch.« »Ich lass den Buben kommen«, versicherte von Stoploch. »Er ist sicher noch nicht im Quartier, weil er sich mit meinen Sachen herumschlägt. Ich lasse ihn sogleich rufen und Ihr werdet sehen, es wird nur geringe Zeit kosten, bis er Euch begleiten kann.«

»Das«, bestätigte van Rofen, »sollte uns sehr recht sein, denn wir wollen heute noch bis Essenburg kommen.«

Ludwig trug über dem Halbharnisch einen abgetragenen braunen Rock, auf dem Kopf einen alten breitrandigen Schlapphut aus gepresstem Filz. Ein alter brauner Mantel verbarg, dass er zwei Blankwaffen herumtrug und damit von jedermann dem Kriegsvolk zuzuordnen war. Seine Erscheinung, hinsichtlich der Bekleidung, machte nicht viel Staat; er sah eher, wie alle Kriegsknechte, die eine Weile im Feldlager gelegen hatten, recht heruntergekommen aus.

Da waren selbst die Knechte der Kaufleute weit schicklicher angezogen. Die Reise nach Leiden hatte man in drei Tagen bewältigt. Es ließ sich im Tross der Kaufleute gut und angenehm reisen. In den Gasthöfen gab es gut und reichlich Essen und Trinken und für die Nacht stand immer eine strohgefüllte Scheune für die Knechte zur Verfügung. Ab Utrecht waren Ludwig mit dem Papier- und Kartenhändler van Rofen und dessen zwei Knechte allein weitergereist.

Der Kaufmann van Huelpen blieb wegen seiner Geschäfte zurück und der Leidender Kaufmann Hannes Groopes, der auch versprochen hatte, den Brief des Feldhauptmanns von Stoploch zu besorgen, hatte sich schon vor Utrecht verabschiedet und einen anderen Weg eingeschlagen. Ludwig erlebte in diesen Tagen eine andere, für ihn neue Welt. Leiden war eine seeverbundene Handelsstadt, in der seit fünfzehn Jahren eine Universität blühte, deren Lehrkräfte ein hohes Ansehen und gelehrsamen Ruhm und Ehre einheimsten. Die tragenden Kräfte der Stadt waren jedoch die Kaufleute und Handwerker, deren zielstrebigen Kräfte die Stadt zu erheblichem Wohlstand gebracht hatte. Im stattlichen Haus des Kaufmanns bekam Ludwig bei seiner Ankunft eine Kammer mit einem richtigen Bett zugewiesen. Das war in diesem Hause kein Vorzug; alle Knechte und Mägde, deren waren es nicht wenige, waren in kleinen Kammern untergebracht und mit richtigen Betten ausgestattet. So sehr ihm die Unterbringung behagte, vergaß er dennoch nicht seinen Auftrag, den Grund seines Hierseins. Doch zunächst musste er sich in Geduld fassen, denn Mynheer van Rofen war ständig in der Stadt unterwegs und für ihn nicht zu erreichen. Nach drei Tagen gelang ihm dennoch das Kunststück, den Kaufherrn in seinem Kontor, wo er zwischen den drei Schreibern an ihren Stehpulten befehlend, diktierend hin und her lief, anzusprechen. »Mynheer van Rofen, mein Obrist erwartet mich schnellstens zurück. Wann kann ich die Karten endlich in Empfang nehmen«, bedrängte er den Kaufmann.

Mynheer van Rofen sah ihn fröhlich, was seiner Art entsprach, belustigt und herablassend mit seinen stahlblauen Augen an.

»Gefällt es Ihm denn nicht bei mir. Ist Er nicht gut versorgt, he? – Regnet es durch oder leidet Er Hunger und Durst?«

»Nein, nein, Mynheer. Doch war es ausgemacht, dass ich sogleich die Karten dem Obristen zuführen sollte.«

»Richtig, junger Mann. Aber gute Karten liegen nicht auf der Straße.«

Der zweiundvierzigjährige Kaufmann war groß, leicht beleibt, behäbig. Sein rundes Gesicht wurde von einem gewaltigen Backenbart, wie von einem Strahlenkranz aus grauweißen Barthaaren eingerahmt, in deren Mittelpunkt eine, von ehemaligen Geschwüren beschädigte Knollennase ein rotglühendes Dasein führte. Er wirkte gemütlich, ruhig – und so waren im Grunde auch seine Geschäftsabläufe. Gelassen erklärte er Ludwig die Situation.

»Die Karten sind noch bei dem Mynheer Raphelengius, dem Drucker und Koloristen. Gar so schnell, wie sich das euer Obrist vorstellt, geht es eben nicht. – Dennoch, Er mag sich freuen«, erläuterte er redselig. »Die Kartenstöcke sind erst vor einem Jahr von Michael Mercator, nach den Zeichnungen seines Vaters Arnold, geschnitten.« »Oh, Mynheer van Rofen, wenn sie vom Meister Arnold Mercator stammen, sind sie beste Arbeit«, rief Ludwig vorlaut. Der Kaufmann lachte und seine Knollennase schien, vor Begeisterung, noch ein wenig mehr Farbe anzunehmen – jedenfalls schien es Ludwig so. »Das, junger Mann, will ich schon meinen. Wir haben gar viele gute Kartographen im Lande. Dennoch, die Mercators sind da eine erste Adresse. – Doch he, junger Freund! – Was wisst Ihr denn vom Meister Mercator?« »Ach, das ist eine lange Geschichte. Ich habe den Herrn Sohn des Meisters in Köln kennen gelernt. Er ließ bei meinem Meister, dem ehrsamen Buchdrucker Veedersmann, einiges auf Druck legen.« »Sieh einer an! – Dann ist Er der Herr Kriegsgesell des Herrn Obristen gar ein fortgelaufener Druckergeselle?« »Lieber Gott, nein, verehrter Mynheer. Ich stehe nicht im direkten Dienst des Herrn Obristen. Ich stehe in Freundschaft und Sold des Herrn Feldhauptmann von Stoploch. Ich bin auch kein Druckergeselle, sondern ein Schreiber, der beim Meister Veedersmann Brot und Unterschlupf fand. Eigentlich bin ich ein vergessener Klosterschüler.« Van Rofen zog ein säuerliches Gesicht und sagte: »So, so – Klosterschüler. Klingt recht papistisch. – Ist nicht gerade mein Fall.« »Lieber Himmel, das ist es sicher nicht. Ich mag über den Streit, um das rechte Abendmahl und die rechte Reihenfolge von Worten nicht streiten. Ich bin, der Herr ist mein Zeuge, ein guter Christ. Weiter nichts. Ihr mögt mir da Pardon geben, werter Mynheer van Rofen.« Die Miene des Kaufmanns erhellte sich wieder und er rief: »Das mag angehen. Gar zu streng, Gott sei meiner armen Seele gnädig, will ich die Unterschiede im Glauben auch nicht sehen, wenn, wie er sagt, er nur ein guter Christ ist. Was sollte es denn auch schon mehr. Da hat Er nur zu Recht. Schließlich bin ich ein Handelsmann und da nicht pingelig und manch einer meiner guten Kunden ein guter Katholik. – Doch soll es nur ein Rat sein, junger Mann. Solange Ihr hier in den Generalstaaten seid, erwähnt Euer Herkommen oder Eure Glaubensauffassung nicht.

Leider sind auch meine Glaubensbrüder, die Calvinisten, nicht toleranter, als die Papisten. – Um jedoch zu den Karten zurückzukommen: Mynheer Raphelengius hat eine Mercator zur Frau. Darum vertritt er auch hier die Arbeiten seines Schwiegervaters in Druck und Vertrieb. Morgen gebe ich Ihm den Hannes, den Lehrbuben aus dem Laden, mit. Dann kann er selber beim Mynheer Raphelengius wegen der Karten nachschauen und sehen, dass es nicht an mir liegt, wenn der Herr Obrist nicht schnell genug zu seinen Karten kommt. Ich habe es ihm ja auch bei unserem Abschied, so ungefähr angedeutet. Na ja, diese Kriegsherrn haben, obwohl sie die meiste Zeit irgendwo herumsitzen, nie Zeit.« »Das ist wahrlich sehr liebenswürdig von Euch, Mynheer van Rofen.« »Keine Ursache. Es geht eben nicht schneller und nach der Zeit, die er im Regen verbringen musste, ist er doch sicher froh, einmal unter einem ordentlichen Dach, in einem ordentlichen Bett, bei guter Speise und Trank, ein paar gute Tage zu verbringen.« Das gefiel Ludwig, trotz dem kleinen inneren Zweifel, ob das im Sinne seines Hauptmanns und des Obristen sein konnte, irgendwie gut, gab es doch so manch neue Erfahrung zu machen. Kleinigkeiten haben auf das menschliche Dasein manchmal ungeahnte Wirkungen. Meister Raphelengius hatte die Karten gerade erst gedruckt und sie hingen noch zum Trocknen, vom Kolorieren war man noch einige Tage entfernt. Vor ein bis zwei Wochen war darum mit der Rückreise nicht zu rechnen. Mynheer van Rofen bot Ludwig, aus unerfindlichen Gründen an, statt zu warten, mit ihm zwei, drei Tage nach Den Haag und Scheveningen zu reiten, wo dieser einen größeren Handel mit Kapitänen abwickeln wollte. Die Aussicht, das Meer und die Schiffe zu sehen, die die Meere durchstreiften, so wie Bruder Tivolio es ihm immer wieder beschrieben hatte, reizten – und er willigte freudig in das Angebot des Kaufmanns ein. »Herrgott!«, staunte er beim Anblick der großen Schiffe – und dann das Meer! – Fasziniert, fassungslos sah er auf die aufgewühlte See – in die schier unendliche Weite. Das war es also, von dem Bruder Tivolio geschwärmt hatte. Deutlich sah er sich wieder in dem kleinen Zimmerchen des Klosters, hörte er die Stimme des guten Bruders mit seinen Belehrungen, Anmerkungen und Kommentaren. Und wie hier, am Hafen, an der Pier, alles roch. Er sog den Geruch von Salzwasser, Holz, Teer, Heringslake, Hanf und tausend ihm unbekannten Gerüchen tief ein. Wie musste es da draußen, in den Weiten des bewegten Wassers sein? Eine englische Viermastgaleone rauschte durch die Hafeneinfahrt. Von fremden Rufen und Pfeifsignalen dirigiert, sausten und quirlten Männer, wilde, abenteuerliche Gestalten, über Deck, über Strickleitern, über Rahen – einem Laien unverständliches Auf und Ab. Die bauschigen Segel verschwanden, hier und da noch einmal aufgeregt, wütend schlagend, knatternd, an Deck oder wurden an die Rahen mit Seilen angeschlagen. Mynheer van Rofen, der Ludwig beobachtet hatte, sah dem jungen Mann spöttisch und etwas neidisch zu. »Jung müsste man sein«, dachte er. »So jung und voller Neugier, bedenkenlos in seinen Sehnsüchten, ohne die Verantwortungen für andere.« Aber alles hatte eben seine Zeit. Seine Zeit der Abenteuer, der Bedenkenlosigkeit waren vorbei, vertan, denn er hatte sie sich nicht erlauben können. Ihm hatte man schon in jungen Jahren die Last des Geschäftes aufgezwungen. Er rief sich zur Ordnung. Was kamen ihm, dem erfolgreichen, angesehenen Kaufmann dafür närrische Einfälle, Gedanken? Immerhin – er schlug Ludwig wohlwollend auf die Schulter. »Komm Er, junger Mann. Drüben im Jammerpott, in der Kneipe dort, treff ich meine Kapitäne. – Da kannst du auch«, er verfiel in die vertrauliche Redeform, die er während der Reise und bis jetzt vergessen zu haben schien, »den Käpt'n der »Lydia«, der Dreimastgaleone«, er wies mit dem Kopf auf ein prächtiges Schiff am Kai, »sehen und hören. Er ist vor vier Wochen aus dem äthiopischen Meer mit Gewürzen und tausend Seltsamkeiten zurückgekehrt. – Wenn du hinsiehst, siehst du lauter braune Gestalten auf seinem Schiff. Es sind Mohren, mit denen er seine Besatzung ergänzt hat, weil zu viele seiner Männer in der Hitze und dem Fieberdunst gestorben sind.«

»Wo, Mynheer van Rofen, liegt denn dieses Land, von dem Ihr eben spracht«, erkundigte sich Ludwig begierig und sog die fremden Gestalten an Deck des Schiffes mit den Augen auf. Dabei waren ihm die braunen Männer nicht einmal fremd. Er hatte vor nicht zu langer Zeit, bei einem Schausteller in Zwolle, auf dem Markt, Mohren – oder Neger, wie man sie auch nannte, gesehen, die dieser, samt Affen und Papageien, der schaulustigen Menge vorführte. »An der Küste«, erklärte der Kaufmann, indem sie der Kneipe zugingen. »Dort

kaufen die Portugiesen, die dort Faktoreien besitzen, Neger als Sklaven, die sie in die Neue Welt als Arbeitskräfte bringen. – Das ist ein gutes Geschäft. Weiße, wie wir, das siehst du an deiner Haut, verbrennen in der großen Hitze dieser Länder. Die Mohren aber sind von Natur, wie verkohltes Holz, wie du dort sehen kannst. So können sie nicht verbrennen und sie können noch bei großer Hitze arbeiten.«
In der Kneipe war es gemütlich warm. Der niedrige Gastraum war, einschließlich der Decke, schön mit gewachsten Holz vertäfelt – weswegen die Kapitäne diese Kneipe bevorzugt aufsuchten und sie unter sich als »die Kajüte« bezeichneten. Bier-, Speise-, Kleidungs- und Körpergerüche mischten sich im Raum mit dem Tabaksqualm aus dem Meerschaum- und Tonkopfpfeifen und dem penetranten Ölgeruch der fünf Ölfunzeln, die ständig brannten, denn durch die Butzenscheiben der kleinen Fenster drang nur wenig natürliches Licht. Um einen großen, weiß gescheuerten Buchentisch, neben dem Schankloch an der Wand, saßen bereits fünf Männer. Ihre Kleidung wies drei von ihnen als Seemänner und zwei als Kaufleute aus. Bei einigen Zinnhumpen Bier hatte man sich gerade über einen Handel geeinigt, als Mynheer van Rofen mit Ludwig hinzutrat. Man begrüßte van Rofen mit freundschaftlichem Hallo. Dieser stellte Ludwig der Runde als Bote eines guten Kunden vor.

»Setzt euch her! – Wir sind uns gerade einig geworden«, dröhnte einer der Seemänner, ein mittelgroßer Mann der Mitte dreißig sein mochte. Van Rofen strahlte wohlwollen und rief: »Das ist sehr freundlich, Käpt'n Linksteeden. Euch hier zu sehen, hätte ich nicht erwartet.« In seine Miene trat Verwunderung und Neugierde: »Sagt, Verehrtester, seid Ihr nicht erst vor ein paar Tagen im Deventer-Land gewesen?« »Ho, ho, Mynheer van Rofen, seid Ihr etwa unter die Spione gegangen?« forschte der Kapitän und kniff die Augen misstrauisch zusammen. Van Rofen schüttelte lachend den Kopf. »Was denkt Ihr von mir, Mynheer. – Nein, Käpt'n, da mag der Himmel mein Zeuge sein; das täte der alte van Rofen nie. Aber Ihr müsst wissen, dass ich erst vor ein paar Tagen von einer Reise zurückkehrte. Just aus jener Gegend. Da hörte ich Euren Namen.«

»Namen, Namen«, knurrte Linksteeden. Er reckte sich auf seinem Stuhl auf und rief, ohne weiter auf das Thema einzugehen, lautstark nach Smelle, dem Schankmädchen. Diese kam hurtig herbei gesprungen. »Was wünscht der Mynheer Käpt'n?« Dieser wandte sich an seinen Nachbarn und fragte: »Was meint Ihr, de Fries?« »Eine Kanne, natürlich«, lachte dieser und schwenkte seine leere

Zinnkanne dem Mädchen entgegen, indem er anordnete: »Bring uns allen noch eine Kanne, Deern. – Oder hat etwa jemand etwas dagegen. Denke, van Rofen und sein junger Mann sind ohnehin nicht hergekommen, um zu verdursten«. Die Bestellung fand regen Beifall und dem Schankmädchen wurden eilig von allen Seiten die leeren Bierkannen entgegengestreckt, die sie mit einer anmutigen Bewegung entgegennahm. Smelle war ein schlankes, hübsches Mädchen von Anfang zwanzig, mit sanften blauen Augen in einem Pfirsichhautgesicht. Eine lange Zopfflechte ihres üppigen blonden Haares hing ihr auf den Rücken bis zur Taille. Das enganliegende Miederkleid verriet wohlgeformte weibliche Proportionen, die sie durch Bewegung und Geste bereitwillig zur Schau stellte. Solchermaßen zog sie immer wieder die begehrlichen Blicke der Zecher auf sich – zum Vergnügen des Wirtes, denn das steigerte erheblich seinen Umsatz. Viele Besucher kamen, genau genommen, nur, um sich an der Smelle satt zu sehen – doch mehr, darüber wachte der Wirt eifersüchtig, war nicht zu erreichen. De Fries behielt sogleich das Wort und führte seine Idee, die schon vor van Rofens und Ludwigs erscheinen Gegenstand der Unterhaltung gewesen sein musste, weiter vor.

»Ich sag euch nur eines, Mynheeren Kaufleute, im Indienhandel liegt die Zukunft. Nicht im Osthandel steckt das große Geld. Die Dänen und die Hanse halten sich gegenseitig im Schach. Bist du mit dem einen Freund, ist der andere dir gram und umgekehrt. Das Spiel kennen wir doch. Zudem, sie sind nach Westen auf uns und die Engländer angewiesen. Was also, so sagt mir, soll es, wenn wir uns mit ihren Zwisten auseinandersetzen und nur gutes Geld opfern. Meine »Lydia« war randvoll, als ich hier anlegte.« »Schon recht, Jocus«, lachte Linksteeden, »doch noch sind die Spanier und Portugiesen am langen Hebel. Sie werden uns die Hölle bereiten, wenn wir in ihre Reviere einbrechen.«

»Unsinn, Hugo!«, schnaubte de Fries. Smelle kam mit den neu gefüllten Kannen und schob jedem eines der Gefäße zu. De Fries guckte irritiert, griff seine Kanne, pustete den Schaum etwas ab und forderte: »Zum Wohl und allzeit gute Fahrt und Geschäft, die Mynheeren!« »Zum Wohl!«, trank die Tischrunde dem Spender zu. De Fries legte sich sogleich wieder ins Zeug: »Die Spanier und Portugiesen sind keine Gefahr mehr – wenn sie es denn je wirklich gewesen sind. Stellt doch König Philipp den Anspruch, unser Herr zu sein.« »Ho, ho!«, schrie die Tischrunde amüsiert. De Fries grinste wölfisch und fuhr fort: »Also, unser allergnädigster Philipp kann mit seinen Hidalgos kaum unterscheiden, wer von uns für oder gegen ihn ist, steht doch unser Glaubensbekenntnis nicht an unseren Köpfen, schon gar nicht an den Schiffen. Somit stehen uns, seinen, äh, Untertanen, das Recht zu, in portugiesischen, spanischen Gewässern und Häfen zu handeln. Sie haben, nach meiner Erfahrung, nicht viel dagegen. Die Amsterdamer Kaufmannschaft ist, so meine ich, gut beraten, wenn sie jetzt, wo die Armada vernichtet ist, Geld und Schiffe in die Ostindienfahrt steckt, ehe uns die Engländer zuvorkommen.« »Da ist was dran«, rief Linksteeden. »Ich habe in London läuten hören, dass Elisabeth der Gründung einer Handelsgesellschaft, mit dem Ziel, England in den Ostindienhandel zu bringen, nicht nur gewogen ist, sondern selber darauf drängen soll.« »Na also!«, röhrte de Fries. »So ist Eile geboten. – Ich habe meine Ladung nicht, wie die meisten glauben, direkt aus Äthiopien geholt. Meine Ladung kam aber daher. Ich habe sie auf St. Helena vollständig einem portugiesischen Indienfahrer abgekauft. – Aber, Mynheeren, dabei entgeht mir mindestens zweihundert Prozent Gewinn.« »Übertreibt Ihr da nicht etwas, Mynheer de Fries«, zweifelte van Rofen. »Übertreiben, ha, ha«, lachte de Fries. »Nein, Mynheeren, es ist, wie ich sage. Fragt doch den Käpt'n Houtmann in Amsterdam. Er ist in seinen jungen Jahren als Pilot bei den Portugiesen gefahren. Er wird meine Erfahrungen bestätigen. Da sind die alten spanischen und portugiesischen Schiffs- und Ladungsreglemente. Sie sind, kaufmännisch gesehen, lächerlich, unmöglich und schaden dem Schiffseigner mit jeder Ladung um Tausende Gulden.« Einer der Kaufleute, ein wohlbeleibter älterer Herr, rief spöttisch: »Wie das denn, Mynheer Jocus de Fries. Ihr tischt uns da gewaltig auf. Ich sage Euch, mit den Portugiesen, die sich im letzten Jahr in Amsterdam niedergelassen haben, ist ein gar zähes Feilschen und Handeln. Sie wissen sehr gut mit der kaufmännischen Kunst umzugehen und ich meine, manch einer von uns fühlt sich von ihnen bei jedem Handel übers Ohr barbiert. Verzeiht, Mynheer de Fries, aber Eure Vorstellung will mir da nicht recht in den Sinn.« De Fries lachte mit unverhohlenem Spott und setzte dann belehrend seine Vorstellungen fort: »Verehrter Mynheer Moers. Ihr kennt meine Wertschätzung, die ich für Euch hege. Doch Euer Weg hat Euch noch nie aus den Staaten geführt.

Ihr erlebt nur die fremden Kaufleute, die sich hier niedergelassen haben. Sie unterscheiden sich freilich kaum von Euch. Die portugiesischen Kaufleute, die sich in den letzten Jahren in Amsterdam niedergelassen haben, sind überwiegend Juden, die der Verfolgung durch die Inquisition in Portugal entflohen sind. Es sind tüchtige Geschäftsleute, wie Ihr. Doch die portugiesischen und spanischen Indienfahrer sind ganz andere Leute. Es sind, von der Krone geförderte Glücksritter. Die Reconquista ist in Spanien und Portugal fast abgeschlossen, die Reste der Mauren und Juden werden von der Inquisition gejagt. Für die Adeligen, die sich nicht an der Plünderung der Mauren und Juden bereichern konnten, bleibt nur der Weg in die fernen Länder, um zu Reichtum und Wohlstand zu kommen. Im eigenen Land würden sie nur Unruhen stiften. So sind auf den Schiffen, die nach und von den neuen Welten gehen und kommen, überwiegend Abenteurer, Soldaten, verkrachte Söhnchen vornehmer Familien oder solche, die nichts zu erben haben. Natürlich auch Handwerker und Händler, der Herrenstrenge und Leibeigenschaft entflohene Bauern und Dienstboten. Letztere stellen, da sie eine Überfahrt gar nicht bezahlen können, meist die ungeübten Seeleute.« Er lachte und fügte bei: »Da können sich die Mynheeren vorstellen, wie die Schiffe gefahren werden. Zudem – man ist, in der Entwicklung des Schiffsbaus, vor fünfzig Jahren stehen geblieben. So fahren bei ihnen, wie ja auch die Armada gezeigt, was zu ihrem Untergang beigetragen hat, unbeholfene, langsame, schwer manövrierbare Schiffe, wie die alten Karavellen, Halbgaleonen, Mystiers und Felukker. Neben den Besatzungen fahren auf ihnen mehr Passagiere und Handelsgüter herum, als auf ihnen Platz ist. Sie sind fast immer überladen und werden damit langsam und unbeweglich. Ich will nicht sagen, dass dies immer schlecht ist. Hat man doch mit ihnen leichtes Spiel, sofern man einen Kaperbrief hat und sie als Priese einfangen will. Bei Sturm geht gewöhnlich ein Teil der Fracht über Bord, was den Ertrag für den Reeder auffressen kann. Da gibt es nämlich eine sonderbare Regel. –

Denkt nur. Die Löhnung der Besatzung, vom Käpt'n bis zum Schiffsjungen, wird in Fracht, in Schiffsraum bemessen. So bekommt ein Vollmatrose einen Frachtraum von einer Elle zum Kubik, den er mit seiner Handelsware füllen kann. Ein Steuermann hat schon deren zehn und mehr – und Piloten und Kapitäne ein mit dem Eigner ausgehandeltes Maß. Natürlich nehmen die, die an Bord sind, sich die Plätze für ihre Ware, die am sichersten sind. Die Ware des Eigners hat also den Vorzug des schlechten Raumes oder der Deckladung – also der Plätze, wo diese zuerst verdorben oder über Bord gehen kann. Weil nun jede Fahrt voller Risiko steckt, verkaufen die Besatzungen ihren Frachtraum vor einer Reise an die Reisenden, Kaufleute, Soldaten, Beamte – kurz an jeden, der sie sofort bezahlt und«, er lachte in sich hinein, »sogar an den Schiffseigner zurück.« Die Runde lachte amüsiert mit und trank sich kräftig zu. Die Erzählung des Kapitäns stieß besonders bei den Kaufleuten auf Unglauben, den van Rofen laut äußerte: »Eure Darstellung in Ehren, Käpt'n de Fries, aber so albern kann doch kein Eigner sein. Wenn ich da an Jörg van Huelpen denke, den die Mynheeren alle kennen und, denke ich, schätzen. Der würde sich auf einen derartigen Handel nie einlassen. – Zudem, mit all den Kaufleuten und Händlern aus dem Süden, mit denen ich im Handel stehe, ist mir ein derartiges Handeln nicht bekannt. – Woher, so frage ich Euch, habt Ihr das Wissen?« Kapitän de Fries unterdrückte nur mühsam seinen Ärger. »Woher, Mynheer, fragt Ihr. Haltet Ihr mich für einen Phantasten?« »Gott bewahre, Käpt'n. Niemand in der Runde wird Euch einen solchen nennen.« Alle, außer de Fries und Ludwig, brachen in ein schallendes Gelächter aus und Moers rief: »Bei Gott, nein! – Ich könnte mir leicht vorstellen, wie Ihr für die Elisabeth, von drüben, mit dem Drake im Geschwader führt.« De Fries quittierte es mit einem geschmeichelten Lächeln und beantwortete van Rofens Frage: »Ihr wollt wissen, woher ich das alles weiß? – Nun, Mynheeren, ich treibe nun seit sieben Jahren mit den Portugiesen Handel und von meiner letzten Fahrt habe ich erzählt. Sie war, ich muss es gestehen, die weiteste. Doch auf meinem Schiff fährt ein Pilot, der Randolf Streeten. Er ist als Schiffsjunge auf einem Portugiesen gefahren. Er ist ein kluges Köpfchen und, er sagt nicht woher, er hat gute Kenntnisse als Pilot für die portugisischen Meere. Er war es, der mich zur letzten Reise überredet hat. Er hat mir in Lissabon einen verkrachten Kerl vorgeführt, der behauptete, er sei Kapitän gewesen. Dieser hat mir von dem, was ich berichtete und von vielen mehr, gegen kleines Entgelt, ausführlich berichtet. So ist, was ich Euch vorstellte, wahr und Ihr solltet meinen Vorschlag, eine Gesellschaft zu gründen, die den Handel nach Indien betreibt, nicht länger aufschieben. Unsere Schiffe sind schneller, besser im Manöver, die Leute in Heuer. Alles Trümpfe, die stechen. Die Engländer wachen auf. Sie haben längst erkannt, dass der Handel mit den neuen oder unentdeckten Ländern mehr Gewinn bringt, als der hiesige. Schaut Euch nur bei der Hanse um. Sie geht, weil kleinlich und auf engen Raum beschränkt, langsam kaputt. Sie haben ihre Zeit verpennt. – Was sagt Ihr, Hugo, dazu?« Linksteeden kratzte sich den Kopf und erklärte bedächtig:

»Ich? Wie kommt Ihr auf mich? – Ich bin nur im Kanal, drüben in England und hier tätig. Natürlich habe ich schon in den Häfen mit Ostindienfahrern und solchen, die in der Neuen Welt waren, zu tun gehabt.« Er wies auf die erkaltete Tonkopfpfeife, die auf dem Tisch lag. Das ist doch etwas, was wir schon eine Weile von den fernen Ländern bekommen und, wie mir scheint, allen gut bekommt. Jedenfalls beginnt der Handel mit dem Tabak recht gut. Aber der kommt ja wohl aus der Neuen Welt. Es ist mal recht, zur Neuen Welt geht die Route geradewegs nach Westen – allemal keine Kunst, irgendwo da drüben zu landen. Anders ist das nach Ostindien. Die Wege sind nur wenig bekannt und viel weiter. Dazu die Hitze. Nein, ich treibe Ostindienhandel, wenn er denn sein muss, wenn ich an die guten Dinge denke, die von dort kommen, lieber im Kanal.« Alles lachte, denn was er damit meinte, war außer Ludwig, jedem Anwesenden der Runde klar. Linksteeden war als Korsar im Krieg gegen Spanier nicht unbekannt. Böse Leute behaupteten, er habe auch manch anderes Schiff bei Gelegenheit mitgehen lassen – nur, dafür gab es keine lebenden Zeugen. Doch Linksteeden fuhr ungerührt fort: »Auf etwas Zeit gesehen, ist vielleicht auch für mich ein Umdenken notwendig. – Der Krieg mit den Spaniern geht, so Gott will, bald zu Ende. Noch stehe ich im Handel mit London und Hamburg. Seit der Däne der Hanse auf die Finger haut, läuft das ganz gut. Aber das muss nicht lange dauern. So könnte ich mir denken, mich in einigen Jahren sehr wohl für Eure Vorschläge zu erklären. – Allerdings brauchte ich dafür ein anderes Schiff.« Er warf van Rofen einen vorwurfsvollen Blick zu und nörgelte: »Zumal hier die einen den Hals riskieren und die anderen damit gute Geschäfte machen.« »Was soll das denn? – Was wollt Ihr damit sagen, Käpt'n«, ärgerten sich die Kaufleute, besonders der bisher schweigsam zuhörende van Meulen, der Geschäfte mit den Südprovinzen und den Spaniern machte, fühlte sich angesprochen. Linksteeden wies jedoch mit dem Daumen auf van Rofen und knurrte unfreundlich: »Da seht! Mynheer van Rofen kommt von einer Reise nach Deventer. Da sitzt der Spanier. Er hat sogar erfahren, dass ich mit meinen Leuten dort in der Gegend war. Vor einer Woche, jawohl!« Er hob die Hände und zeigte, damit alle begriffen, acht Finger und echote: »Vor einer Woche! – Früher hat niemand, auch kein Kaufmann, erfahren, wo, was ein Wassergeuse tat.« Van Meulen lachte laut und witzelte herausfordernd: »Was denn? Niemand? Gewusst, verehrter Käpt'n, hat es schon mancher Kaufmann. Darum fandet Ihr zur rechten Zeit am rechten Ort solche, die Euch abkauften oder verkauften, was Ihr anzubieten oder zu begehren hattet.« Linksteeden schlug mit der Faust auf den Tisch und knurrte: »Bei Gott, es ist wahr. So habe ich es noch nicht gesehen. – Der Deubel soll es holen. Dennoch, wir waren in der Heimlichkeit geschützt. Heute scheint das nicht mehr zu sein. Da kann man sich fragen, was ein echter Seemann in diesen verdammten Landhändeln zu suchen hat.« »Profit«, lachte de Fries. »Ihr, verehrter Hugo, seht, bei all Eurer finsteren Rache an den Spaniern, doch auch auf euren Gewinn. Man sagt, Ihr seid kein unvermögender Mann. Gut, Euch in eine Handelsgesellschaft einzubringen.« »Noch steht bei mir und meinen Leuten der Kampf.« »Pah! – Die »Smoky Hill« war, denke ich, kein Spanier.« »Was wollt ihr damit sagen?« »Nichts, man rechnet sie, so hört man allerorts, Euch zu.« »Das sollte erst einmal jemand beweisen!«, bellte Linksteeden grimmig. Van Rofen befürchtete, dass das Gespräch eine Wendung nehmen würde, die keinem recht sein konnte. Er lenkte ab und sagte ruhig: »Man spricht von einer bösen Geschichte, die Eure Familie betroffen haben soll.«

»So, so! – Spricht man davon?« »Ja, so wurde mir auf meinen Reisen berichtet.« Linksteeden wurde ruhig und wie es schien, betrübt. »Wie, so frage ich, wird ein Handelskapitän zum Geusen, zum Geusen mit Kaperbriefen? Aber, Mynheeren, das wäre doch erklärlich, wie?« Alle nickten und wussten, was er meinte. Man nahm einen kräftigen Schluck aus den Kannen. Linksteeden wischte sich den Bierschaum von den Lippen und sagte versöhnlich zu van Rofen: »Aber sagt mir bitte schön, wie Ihr zu der Nachricht von mir gekommen seid?« »Ach, das ist sehr einfach und keineswegs so, wie Ihr Euch vielleicht gedacht habt.

Ich war mit den Mynheeren Groopes und van Huelpen unterwegs. Da saßen wir im Wirtshaus eines Dorfes bei Deventer. Der Ort war voller Nassauer Reiter, der Obrist, van Knoor, saß bei uns am Tisch, als abends ein Feldhauptmann hereintrat und dem Obristen Rapport machte. Dabei viel Euer Name.« Der Kapitän nickte und sagte ruhig aber böse: »So war das also. – Verzeiht mir mein Misstrauen. Wir hätten mit dem nassauischen Feldhauptmann, wie mit den Papisten verfahren sollen. – Er kam nämlich von einem brennenden Dorf und erzählte uns ein Märchen, nachdem es von den Spaniern angezündet worden sei.« »Diese Schweine!«, ereiferte sich van Meulen und Moers, wie aus einem Mund. »Wen meint Ihr«, lachte Linksteeden grimmig. »Die Spanier, natürlich«, rief van Meulen. »Natürlich«, nickte der Kapitän und fuhr grimmig fort: »Doch sie waren es gar nicht. Die Mordbrenner waren die Kyrasser des Feldhauptmanns und besonders er, just der, den Ihr gesehen habt. Er hat das Dorf überfallen. Wir haben am Morgen danach, bei dem Dorf, den Prediger Cornelius Oldenstaal gefunden. Er hat uns alles erzählt. Dieser Hauptmann und Rittersmann, hoch lebe der edle Scheißer, hat mit seinen Leuten das Dorf überfallen und böse dort gehaust. Als sie gerade den Oldenstaal umbringen, aufhängen wollten, kam eine spanische Dragonerpatrouille dazwischen. Sie haben die im Dorf wütenden Kyrasser beinahe überrumpelt. Darum hatten sie auch Tote. Kurz, aus Wut haben sie das Dorf, nachdem sie vergebens hinter den Spaniern her waren, angesteckt. Das ist nun so. Es wurmt und ist für mich ein Zeichen. Ein Zeichen zum Überlegen. Darum kann es wohl angehen, dass ich bald dem Vorschlag des Jocus de Fries näher treten könnte. – Wenn da nicht noch einige Dinge wären, die ich regeln muss – Immerhin, wenn die Feinde zu Rettern vor den eigenen Leuten werden, ist es Zeit, zu überlegen. –

Es ist ein Trauerspiel, Mynheeren Kaufleute. Ihr bedient Euch bei beiden Parteien; Ihr verdient gleich zweimal am Krieg. – Jeder Gulden, der daran verdient wird, ist in Blut und Schande gewaschen. – Der Teufel hol das ganze fremde Kriegsvolk!« De Meulen schlug ärgerlich mit der flachen Hand auf den Tisch und rief ärgerlich: »Verdammt! – Macht's halblang!« »Ihr verdient am Krieg wie wir. Irgendwie muss es doch weiter gehen. Ohne Euer Familienschicksal zu betrachten, seid Ihr ja nun auch nicht gerade ein Engel. Ich werfe es Euch nichts vor. Es liegt in der Zeit. Doch solltet Ihr nicht nur bei anderen Schuld, Gier und Gewinnstreben suchen und verfluchen. Habt Ihr Euch schon einmal Gedanken gemacht, dass die, die Ihr umbringt, auch zu Haus von einer Familie erwartet werden. Eine Familie, die auch Rächer gegen Euch, uns, hervorruft? – Aber daraus will ich, will hier keiner einen Vorwurf machen. Es ist die Zeit und jeder muss sehen, wo er bleibt. Das Leben ist nun einmal ein Weg der Tränen und der Schmerzen, und nur gar zu selten eine freudige Angelegenheit. Das hat uns unser Herr Jesus Christus doch vorgelebt und vorgestorben.« »Ach du lieber Himmel!«, fuhr de Fries dazwischen. »Jetzt fangt doch nicht an zu streiten. Gott ist immer mit den Starken und Tüchtigen. Das ist doch klar, wenn ich hier so in die Runde schaue. Und was ist schon ein Menschenleben? –

Jeder liebt das seine – das ist doch wahr. Aber der Nachbar ist vielleicht ein Ärgernis und sein Leben achtet man als ein Geringes, man hasst es oder es ist einem gleichgültig.« Es trat ein betretenes Schweigen ein. Das unerquickliche Gespräch hatte die scheinbare Harmonie zwischen den Kaufleuten und den Kapitänen gestört, obwohl de Fries, nach einigen Augenblicken der Stille, mit Schnaps und Bier versuchte, das Gespräch wieder in Gang zu setzen. War er es doch, der für seine Ideen, seine Vorstellungen kapitalkräftige Anhänger suchte. Aber sein Versuch misslang. Die Gespräche lösten sich in geschäftliche Einzelverhandlungen auf. Nur Ludwig, der mit wachen Sinnen dem Disput gelauscht hatte, machte sich schließlich an den frustrierten de Fries heran und fragte ihn über dieses und jenes der Seefahrt aus. Mangels Gehör für seine Ideen, war er überraschend nur zu bereitwillig, Ludwig Rede und Antwort zu stehen. Ja, er lud ihn für den anderen Morgen zu einer Besichtigung seines Schiffes ein. Auf dem Heimweg warnte van Rofen seinen jungen Begleiter: »Ihr hättet dem Käpt'n nicht sogleich für morgen Euren Besuch zusagen sollen.« »Warum, Mynheer. Der Käpt'n scheint ein gar gescheiter Mann zu sein.« Van Rofen lachte. »So scheint es. Immerhin versteht er es, den Leuten Honig ums Maul zu schmieren. Es ist wahr, reden kann er. Wenn es um Geschäfte geht, ist Jocus de Fries ob Helfen ein wahrer Prediger vor dem Herrn, der schon manch einen tüchtigen Kaufmann mit seinen Sprüchen hereingelegt hat. Doch davor seid Ihr, junger Freund, sicher. Nicht sicher seid Ihr vor der ständigen Suche des Käpt'n nach neuen Leuten für seine Besatzung. Ich zeigte Euch vorhin die vielen braunen Kerls auf der »Lydia«. De Fries hat sie nicht nur, weil er auf der Fahrt zu viele Leute an Skorbut und anderen Krankheiten verloren hat. Es ist leider so, dass er hier im Hafen und im Hinterland kaum noch Leute für seine Besatzung findet. So gut er als Seemann ist, so hart ist sein Regiment an Bord. Seine Bootsleute, Steuerleute, der Pilot, dieser Streeten, sind wahrhaftige Teufel, Menschenschinder – wie man allgemein erzählt. Die wenigsten, die mit ihm ausfuhren, kamen je wieder zurück.« Der Besuch am anderen Morgen wurde für Ludwig, trotz der Warnung des Kaufmanns, dennoch ein Erlebnis. De Fries zeigte sich mit seinen Bootsmännern nur als freundlicher Schwätzer. Die Negerbesatzung hatte jedoch auf den nackten Rücken überaus viele alte und neue Striemen, die vom regen Gebrauch der neunschwänzigen Katze, der Zuchtpeitsche, zeugten. – Die Warnung des Mynheer van Rofen schien durchaus berechtigt zu sein. Die »Lydia« hatte zwei Drehbassen als Kammergeschütze[72]. Ludwig sah sie sich neugierig an und lachte: »Die sind nichts wert, Käpt'n.« »Na, na, da bin ich ganz anderer Meinung,«, schmunzelte der de Fries. »Ihr versteht sicher nicht viel von Kanonen.« »Da irrt Ihr Euch, Käpt'n. Einiges weiß ich schon darüber«, prahlte Ludwig wichtig. »Ich habe mir in Bonn das Kanonenwesen genau angesehen und meine, von den Geschützmeistern das wichtigste abgesehen und erlernt zu haben.« »Ich wusste gar nicht, dass in Bonn Kanonen gegossen werden«, verwunderte sich de Fries. »Da habt Ihr freilich recht, Mynheer Käpt'n. Ich habe sie auch nicht in einer Gießerei, sondern sie dort im Krieg kennen und gebrauchen gelernt.« »Alle Wetter, Ihr wart schon im Kriegsdienst und gar an Kanonen? Wohl als Pulverjunge?«, belustigte sich der Kapitän. Ludwig hörte den Spott – aber er war selbstsicher und wollte natürlich etwas angeben: »Nicht so, Käpt'n. Ich war im vollen Dienst meines Feldhauptmanns und ich schmeichle mir nicht, wenn ich sage, mein Rapier war nach dem Kampf stets rot vom Blut und nicht vom Rost.« »Allerdings bemerkte ich an Euch, ungewohnterweise, ein Rapier«, bemerkte der Kapitän liebenswürdig. »Es ist hier zwar nicht Recht und Sitte, eine Waffe zu tragen, aber ich weiß nicht Euren Stand und da der van Rofen es Euch durchgehen ließ, nehme ich an, es gehört zu Euren Stand.« Sie standen am Hinter Kastell, von dem der Pilot, Randolf Streeten, ein großer dunkelhaariger, finster blickender Mann heruntersah und zugehört hatte. Er lachte bei Ludwig Worten laut auf und brüllte respektlos: »Verlaub, Käpt'n! Der Bursche schmiert Euch einiges auf!« Der Kapitän sah zu seinem Piloten hinauf, ohne dessen ungehöriges Dazwischenbrüllen zu tadeln und lachte: »Das könnte er dir doch sogleich beweisen. – Macht, wenn er will, mit ihm doch ein paar Übungshiebe.« Ludwig winkte ab: »Dazu ist nicht mein Sinn und«, er schlug an das Rapier. »Meine Waffe ist zu scharf für Übung und Spiel.« Der Pilot brach in ein grölendes Gelächter aus und höhnte: »Du kneifst, was!« »Nicht im Mindesten. Aber Euer liebenswürdiger Kapitän«, er verbeugte sich leicht gegen diesen«, möchte ja seinen Piloten, von dem er, wie ich hörte, große Stücke hält, behalten, was bei einem Waffengang, sei es nur zur Übung, nicht gesichert ist.« De Fries war ein paar Schritte zurückgetreten und besah sich seinen jungen Gast genauer. Nun fiel ihm plötzlich auf, dass das Wams des Jüng-

---

[72] Hinterlader Kanone, bei der die Pulverladung mit dem Verschluss eingeführt wurde, die aber, wegen des Verlustes an Treibgas, der Verschluss schloss nicht fest genug, geringe Reichweite und Treffgenauigkeit hatten

lings glatt und stramm saß. Es konnte, ja es musste darunter ein Harnisch sitzen. Solche Trageweise hatte er schon oft bei Kriegsknechten gesehen. Verdammt, dass er das übersehen hatte. Es hätte ihm schon in der Kneipe auffallen müssen und wenn er es sich recht überlegte, hatte der van Rofen ihn als Boten vorgestellt. Solche Dienste vertraute man gewöhnlich nur zuverlässigen Leuten an. Außerdem, was tat dessen Jugend. Er hatte in den ständigen Kriegen schon manchen jungen Streithahn kennen gelernt, der gerade erst der Wiege entsprungen zu sein schien. So legte er sich sogleich für Ludwig ins Zeug und rief: »Hört auf, Streeten! Wenn er nicht will, ist es seine Sache. Er ist hier als mein Gast. Doch sicher wird er mir sagen können, was er an den Bassen zu bemängeln hat.« Der Pilot lachte noch einmal auf, brummte etwas abfällig und wandte sich ab. Ludwig wandte sich bereitwillig den Kanonen zu und forschte: »Ihr ladet die Bassen sicher mit Säckchen oder Löffel?« »Mit Papiersäckchen natürlich, auf See schwankt es zu sehr, um mit Löffeln zu laden.« »Das verstehe ich, habe es nicht anders erwartet. Aber seht hier! – Die Kammerstücke sind hier, wie bei allen Kanönchen dieser Art, lose verkeilt.« »Das müssen sie doch«, lachte de Fries, »sonst fliegen sie doch vom Druck aus dem Bett.« »Genau so. Darum sind sie auch nicht für Schiffe geeignet. Seht, die Hälfte der Ladung verpufft im lockeren Lager, ohne Wirkung auf das Geschoss, aber gefährlich für die Schützen. Das Geschoss fliegt nur eine kurze Strecke und ist auf zweihundert Gängen lahm.« »Das ist richtig«, bestätigte der Kapitän anerkennend. »Darum könnt Ihr die Waffen nur bis hundert Ellen zur Wirkung bringen.« »Leider.« »Und selbst da kann man die Kugeln schon beinahe mit dem nassen Lappen auffangen«, lachte Ludwig. »Na ja, so arg ist es nicht, aber Wucht haben die Kugeln da wirklich kaum noch. Wir haben die Bassen auch nur zum Kampf von Bord zu Bord gedacht.« »Da mag es angehen. Doch wenn Ihr so lange und gefährliche Reisen macht, wie Ihr gestern schildertet, Mynheer Käpt'n, solltet Ihr unbedingt schwereres Geschütz, Vorderlader, an Bord nehmen. Zwei Schlangen sind da schon ganz gut«, riet Ludwig gönnerhaft. Der Kapitän kratze sich im Nacken und lachte: »Wenn ich, wie der Lindsteeden, der alte Gauner und Geuse, hier im Kaperkrieg führe, fürwahr, da brauchte ich schon gutes Geschütz, was mein Reeder in Amsterdam, denn das Schiff gehört natürlich nicht mir, sondern einem Reeder, viel zu teuer wäre, um es zu kaufen. Es ist ein Handelsschiff und ein gutes und ein schnelles obendrein. Um gegen Korsaren oder Kaperschiffe anzutreten, bedürfte es eine ganz andere Ausrüstung, die zu Last der Ladung ginge. Ich verlasse mich da lieber auf mein Handwerk. Gut gefahren ist allemal besser, als sich mit jemand auf einen Händel einzulassen. Wir reißen einfach aus.« »Das mag von Euren Auftrag gesehen, wohl richtig sein. Aber die Korsaren, ich denke da auch an Käpt'n Linksteeden, sind sicher genau so gute Seeleute und haben schnelle Schiffe, wie man mir erzählte. Da kann es doch ganz nützlich sein, sie sich mit ein paar Schuss vom Hals zu schaffen.« De Fries lachte. »Bei Gott, so einfach ist das nicht und wenn sie erst durch Kampf gereizt sind, gehen solche Ereignisse für den Kauffahrer tödlich aus. So, ohne große Gegenwehr, kommt man meist mit dem Leben davon.« »Ihr müsst es wissen«, sagte Ludwig anerkennend. »Mir fehlte es auch an geschulter Besatzung«, spann de Fries überraschend den Faden fort. Dazu benötigte ich erfahrene Männer, einen Geschützmeister oder Männer wie Euch.« »Mit mir« lachte Ludwig, »könnt Ihr da wahrhaftig nicht rechnen. Ich stehe im beschworenen Kriegsdienst Eurer Staaten.«

Der nächste Tag brachte den Wintereinbruch. Der Regen, der in der Nacht fiel, ging gegen Morgen in einen Eisregen über, der alles mit einem schweren, glitzernden Eispanzer überzog. Ludwig, voller Ungeduld, sprach wieder bei Meister Raphelenius vor. – Die Karten waren gedruckt und wurden gerade koloriert. Raphelenius galt als kleinlicher Mensch, der es nicht gern sah, wenn man ihm in die Karten guckte. Erstaunlicherweise gestattete er, als er vernahm, dass Ludwig ein Bekannter seiner Verwandten am Rhein war, sich in Werkstatt und Arbeitsverfahren umzusehen, wohl in der Meinung, dass Ludwig, ein Kriegsknecht, ohnehin von dem, was er sah, nicht viel verstand. Ludwig sah sich begierig um. Da standen in dem wandbedeckenden Regal, schön säuberlich nach Herkunft geordnet, Werke der unterschiedlichsten kartographischen Werkstätten, des Reiches, aus England und Frankreich – und gar solche, die mit fremden Schriftzeichen beschriftet waren und die, wie einer der kolorierenden Gesellen beiläufig – aber großartig, als seien die Werke seine eigenen, erklärte, aus den maurischen, morgenländischen Ländern stammen sollten. Da lagen, in Loseblattsammlungen, die Ausgabe »Spiegel der Seefahrt« des einheimischen Meisters und Konkurrenten Lucas Jansz Waghenaer neben denen von Barentszoen Blaeu – und natürlich fand man auch Blätter des verwandten Mercator. Auf einem schräggestellten, pultartigen Kartentisch lag eine Karte, die, noch nicht fertig koloriert, die Länder der Erde zeigten. Fasziniert starrte Ludwig auf das Wunderwerk und sein

Finger glitt, in Gedanken selbst auf Reisen durch die fremden Welten, wie von Geisterhand geführt, über die Meere, die hier schon schön blau, mit seltsamen Ungeheuern und eiligen, schwer beladenen Schiffen bevölkert wurden. Eine seltsame Sehnsucht überkam ihn wie immer, wenn es um Meer, ferne Länder und Schiffe ging. Ob es ihm beschieden sein würde, je ein Schiff zu besteigen und in die Ferne hinauszufahren? Der Geselle, der ihm schon Bescheid gegeben hatte, sah ihn grinsend an. »Bist weit fort, Junge«, schmunzelte er. »Sieht auf einer Karte alles gut, schön, nah und rein aus. Weiß Gott, viel zu schön.« »Wie meint Ihr das?« Der Geselle lachte gluckernd. »Wenn ich umhergehen würde, junger Mann, könntest du sehen, wie ich mein rechtes Bein nachschleppe.« »Es gibt viele Menschen, die nicht gut laufen können, was ist daran so merkwürdig«, sagte Ludwig und besah sich den Mann etwas näher. Sein rechtes Bein, das war klar zu erkennen, gab es zumindest im unteren Bereich, ab Knie, gar nicht. Dort wurde es von einem hölzernen Stelzfuß vertreten. – So verbesserte er sich denn auch sofort höflich:

»Oh, Pardon, Ihr habt, wie ich erst jetzt sehe, Euer Bein verloren.« »Richtig! – aber nicht verloren. Man hat es mir abgehackt.« »Im Krieg?« »Wenn man es so will. Ich meine, es war die Bosheit des Kapitäns.« »So seid Ihr zur See gefahren?« »Das ist richtig. Ich fuhr, mein seliger Vater möge mir verzeihen, gegen seinen Willen zur See, obwohl ich, wie du hier sehen kannst, ein sehr ordentliches Handwerk erlernt hatte. Aber es war gerade dieses Handwerk, was mich, wie du dir denken kannst, wenn ich dich so beobachtete, was mich in die Ferne zog. Bunte Bilder, schöne Träume, Lust auf Abenteuer, ferne Länder und Aussicht, in der Ferne mein Glück zu machen, vielleicht reich zu werden.« »Das klingt verbittert.« »Verbittert? – Nein, nein. Gott ist mein Zeuge, verbittert bin ich nicht. Ich bin geläutert.

Das Schicksal hat mich für meine Einfalt bestraft. Ich habe gegen den Willen meines Vaters gehandelt! So musste ich denn in Gottes Namen hinnehmen, eine Strafe zu erleiden.« »Ihr geht mit Euch ins Gericht«, sagte Ludwig nachdenklich, obwohl er für sich daraus keine Lehre zu ziehen gewillt gewesen wäre. Er bedauerte den Mann, weil er sein Bein verloren hatte. Dieser fuhr, mitteilungsbedürftig, oder wollte er nur warnen, fort: »Ich war schon etwas älter, als du es jetzt bist. Da prahlte ich in einer Kneipe mit meinen Kartenkenntnissen. Das hörte ein englischer Kapitän aus Plymouth. Kurz, er überredete mich, heuerte mich an, als

Pilot, für eine Fahrt nach Süden und Westen. – Ich muss wohl nicht sagen, dass er mir dabei Karten vorlegte, die zwanzig Jahre alt waren und von einem Narren stammen mussten. – Ich habe sie ihm kostenlos einigermaßen verbessert und bin dann auf seinem Schiff in die schöne bunte Welt hinausgesegelt. – Er war, das merkte ich erst, als wir den Hafen von Dieppe verließen, bei Gott, keineswegs ein friedlicher Kauffahrer. – Ich fuhr auf einem Kaper. – Kurz gesagt. Wir segelten, um die spanischen und portugiesischen Schiffe abzufangen. Dabei lernte ich, unter anderen, auch den Käpt'n Drake und Hawkins kennen. – Was sich auf den zwei Kaperfahrten, an denen ich teilnehmen musste, tat, lässt sich an Gräulichkeit nicht beschreiben. Im Sturm wurde mir mein rechter Fuß eingeklemmt. – Das war hier«, sein Finger fuhr auf der Karte, vor der Ludwig stand, auf einen Punkt im schönen Kartenblau, wo ein springender Fisch zu bewundern war, der vor einem Land schwamm, dass man Caribana Guinea beschriftet hatte. »Als der Sturm vorbei war, fehlten zehn Mann, die die See geholt hatte und ein gutes Dutzend, denen die Knochen kaputt geschlagen waren. Der Mast war weg und ich lag zwischen den Tauen, eingeklemmt. Der Zimmermann machte da, weil der Kapitän es befahl, kurzen Prozess. Man kappte die Taue und meinen Fuß mit der Axt. Anschließend wurde er, wie die Wunden der anderen, mit siedendem Öl behandelt und verbunden. Ich weiß nicht, wie ich die Fahrt überstanden habe. Jedenfalls hat mich der Käpt'n, das sei ihm nun doch hoch anzurechnen, statt mich einfach ins Meer zu werfen, was man mit einigen tat, weil sie doch nicht wieder auf die Beine gekommen wären, in La Rochelle an Land gesetzt. Es hat drei Jahre gedauert, bis ich, als Bettler, wieder in Harlem angekommen war. Dort waren, vor Kummer, mein Vater und meine Mutter gestorben. Meine Träume waren dahin und wenn dies nicht mein Beruf wäre, ich würde nie wieder eine Karte zeichnen oder kolorieren, denn sie verführt zu Wünschen und Träumen. Du siehst, junger Mann, Papier ist geduldig. Was du darauf siehst, ist nur Phantasie und Schein« »Aber die Länder sind doch da.« »Sicher, natürlich, manchmal! – Doch niemals so schön – oder vielleicht auch anders und schöner – wie sie jedenfalls auf der Karte erscheinen.« Das Gespräch wurde unterbrochen. Ein Drucker brachte frische Drucke und befahl den Gesellen zum Meister.

Drei Tage später wurden Ludwig die Karten für seinen Obristen ausgehändigt; das heißt, er sah sie nicht einmal. Sie befanden sich in einem Lederbehälter, der gegen Feuchtigkeit und Regen mit einer dicken Wachsschicht überzogen war. Mit dem Behältnis auf dem Rücken trabte er, nach öffnen der Tore, über die vereiste Straße gegen Utrecht. Die Wiesen, Baum- und Buschgruppen waren mit einem dicken Reifmantel überzogen, der die vorhergehende Vereisung noch einmal garnierte. Eine strahlende – aber kraftlose Sonne erreichte immerhin, dass der Morgen in einer strahlenden Märchenwelt verwandelt schien. Ludwig atmete tief durch. Obwohl die rumplige gefrorene Straße wachsames Reiten erforderte, zumal Hunderte Menschen, beladen mit Kiepen und Körben, auf dieser Straße von und zur Stadt zu eilen schienen. Begeistert sah er, wie eine beträchtliche Anzahl der Leute nicht den regulären Weg nahmen, sondern auf den zugefrorenen Kanälen in phantastischer Geschwindigkeit dahinsausten, schneller, als er mit seinem Gaul im tollsten Galopp es fertig bringen würde. Diese Leute glitten auf schmalen Eisenplatten dahin, die sie unter die Holzschuhe geschnallt oder genagelt hatten und die sie Schlitterschuh nannten. Vielen Leuten schien es dabei nicht um das Geschäft, sondern um eben diesem Vergnügen, auf den Eisflächen dahinzurasen, zu gehen. Sie jauchzten und lachten dabei und schienen sich königlich zu amüsieren. Die Straße – oder besser breiterer Dammweg, hatte zu jeder Jahreszeit seine Tücken. Sobald sich die mannigfaltigen Lastzüge begegneten, gab es Schwierigkeiten, denn keiner wollte gerne seine Wagengeleise, tiefe Radspuren, verlassen, denn die Verkantung der schweren Räder in den Spuren hatte häufig zur Folge, dass diese fortbrachen. So gab es allemal Rufen, Schreien, Schelten und nicht selten Handgreiflichkeiten unter den Fuhrleuten. Solche Stellen zu passieren war ungemütlich und nicht leicht, weil die Straße dann zusätzlich von Gaffern und anderen Reisenden blockiert wurde. Die Straße lief, wie viele andere Wege, auf einem künstlichen Damm, an dessen Seiten, alle paar hundert Schritt, Hütten von Landleuten, selten von größeren Bauern standen. Zudem gab es Warften und Verbreiterungsbauten, auf denen Windmühlen ihre Arbeit unter Knarren und Ächzen verrichteten. Je näher Ludwig dem Tagesziel Utrecht kam, umso mehr veränderte sich das Landschaftsbild. Hier gab es, neben den obligaten Ackerflächen, viele Obstbaum- und Schlehdornbuschgruppen. Der Betrieb, der anfangs die Straße so schwer passierbar gemacht hatte, war fast ganz verebbt. Nur auf den Kanälen trieben sich hier und da noch Menschen zu ihrem Vergnügen herum. Es war etwas dunstiger geworden. Aus diesem Nebel, noch weitgehend von einem Dorngebüsch verdeckt, tauchten die Umrisse, graue

Schatten, der Stadt Utrecht auf. Ludwig atmete erfreut tief durch. Bald würde er es geschafft haben. Er war durstig und von der frischen Luft und dem Ritt müde.

Seine Müdigkeit wurde jedoch durch plötzliches Scheuen und Schnauben seines sonst so temperamentlosen Gaules aufgeschreckt.

Vor ihm, am Wegesrand, halb von dem Buschwerk verdeckt, lag ein Bauer mit zwei toten kleinen Kindern im Arm. – Auch der Mann war tot. Klaffende, blutende Wunden zeigten die Todesarten der drei Menschen an. Das Blut war selbst bei diesem Wetter noch nicht ganz geronnen, was bedeutete, dass der oder die Mörder noch nicht weit sein konnten. Er stieg nicht ab. – Sein Blick schoss von Baum zu Baum, von Buschgruppe zu Buschgruppe. Vorsichtig zog er sein Rapier, dann drängte er sein widerwillig schnaubendes Tier vom Weg, zwischen die dornigen Büsche. Hier war es nicht geheuer und das so nahe der Stadt. Langsam, nun gut dreißig Schritt neben der Straße, zwischen lichten, laublosen Büschen und Bäumen, ritt er vorsichtig weiter. Nach knapp dreihundert Schritt gewahrte er zwischen den Bäumen einen jener kleinen Bauernhöfe, wie sie ortsüblich waren, wie er sie heute schon an die dreißig Mal passiert hatte. Vor dem Fachwerkhäuschen standen zwei Dutzend gesattelte Pferde. Ihm lief der kalte Schweiß über den Rücken. Die Angst kroch in ihm hoch. Nur mühsam beherrscht, trieb er sein Pferd noch weiter vom Haus fort, von dem soeben ein markerschütterndes Schmerzgeheul herüberschallte. Entsetzt zügelte er sein Pferd. Wie ein Blitz fuhr es durch sein Gedächtnis, ließ alte Bilder jäh vor seinen Augen erscheinen: »Mein Gott! – Wie damals – zu Haus«, murmelte er. Er hielt wie versteinert, immer wieder von den Schreien und Wimmern aus dem Haus gequält. Mühsam fand er seine Fassung wieder. – Er riss sich zusammen. Hatte er nicht schon Scheußlicheres gesehen? Er musste hier fort. Den Menschen dort, konnte er nicht helfen und viele Hunde waren des Hasen Tod. Wenn sie ihn hier aus Zufall entdeckten, das wurde ihm klar, ging es um sein Leben. Sein Gaul war müde und nicht gerade ein Renner, zudem gute zwölf Jahre alt, also keineswegs taufrisch und mindestens einigen Tieren, die dort standen, sicher nicht gewachsen. Er trieb sein Pferd wieder vorsichtig an. Die Dornen des Schlehengehölzes setzten ihm zu, doch er bemerkte es kaum. – So wachsam er auch späte, er konnte keinen Feldposten entdecken.

Schon glaubte er sich in Sicherheit, denn das Haus lag nun ein Ende seitlich hinter ihm. Da schoss aus einer, zwei Steinwürfe weiten Buschgruppe, eine rot gelbe Feuerblume. Der Knall der Arkebuse ließ sein Pferd erschreckt steigen, dann raste es, erschreckt und von Sporen getrieben, auf die noch nicht sehr nahen Mauern und Türme von Utrecht zu. Flüchtig sah er über die Schulter zurück. Drei Kürassiere, ohne Feldbinde, waren zwanzig Pferdelängen hinter ihm. Er hieb dem armen alten Gaul die Sporen in die Seite und peitschte es mit der flachen Rapierklinge, was es stöhnend und schnaufend aufnahm, ohne indessen viel schneller werden zu können. Zugefrorene Kanäle und Tümpel zwangen ihn zu pausenlosen Richtungswechseln. – Nur langsam kamen die Umrisse der Stadt näher. Sein Pferd, solch einem Rennen nicht mehr gewachsen, fing vernehmlich an zu schäumen, schnaufen und zu pusten – die Sprünge wurden immer unsicherer, kürzer. Auch die Verfolger mussten. Wegen des unsicheren Bodens, Umwege machen und trennten sich, nahm Ludwig undeutlich wahr. Auch gewahrte er auf den Eisflächen hier und da Menschen auf Gleiteisen, Schlitterschuhen, die Richtung Stadt flohen und dabei warnende Rufe ausstießen. Wieder zog er sein Tier um eine kleine Eisfläche herum. Dahinter war Acker und Wiese bis zur Stadt, scheinbar ohne Hindernisse, absolut offen. Mit flüchtigem Blick sah er zwei seiner Verfolger. Sie wurden durch eine kleine Eisfläche gebremst. »Herr! Allmächtiger! Sei Dank!«, brüllte er und preschte auf die freie Fläche hinaus. – doch da entdeckte er den dritten Verfolger; er kam von seitlich vorn. Er hatte irgendwie den besseren Weg gefunden, versuchte ihm den Weg nun abzuschneiden. Auf zwanzig Schritt hielt er die große Reiterpistole, offensichtlich eine Radschlosswaffe[73], auf ihn gerichtet. Er drehte sie leicht, wie es erfahrene Reiter zum Schuss taten. Ludwig presste sich flach auf sein Tier, so tief es auf dem hohen Sattel nur eben gehen mochte und schlug erneut auf das arme Pferd ein. Der Schuss brach – ohne ihn zu beschädigen, dann war der Kürassier heran. Er führte eine breitklingige Streitaxt am langen Stiel. Nur der unsichere tritt seines offensichtlich auch abgetriebenen Pferdes verunsicherte den Schlag des fremden Reiters so, dass Ludwig ihn mit dem Rapier parieren konnte. Gleichzeitig riss er seinen schweren, müden, stolpernden Gaul auf der Hinterhand herum. Das lenkte den Angreifer zur Seite ab. Ludwigs Hieb traf den Gegner nun am Nackenschutz und gepanzerten Oberarm. Der Mann verlor seine Streitaxt und zog blitzschnell

---

[73] Radschlosspistolen zündeten das Pulver, indem ein federgetriebenes Rädchen aus einem Pyrit Stein Funken schlug.

sein Estoc[74]. Sein Schlag kam, da er halb nach hinten schlagen musste und sein Pferd bäumte und drehte, ungenau. Ludwig schlug nun ganz kühl, wie auf dem Übungsfeld, zu. – Dabei fühlte er eine seltsame Ruhe und Gelassenheit. Er fing die Schläge des Gegners ab und zwang ihn zu Hochschlägen, die eine Blöße zwischen Gesäßtasche und Diechling freigab. Ludwig stieß kräftig zu, fühlte, wie die Waffe tief eindrang, riss sie blitzartig in die Parade zurück – es war der letzte, irritierte Schlag seines Gegners. Der Schmerz der Verwundung erlahmte seine Kraft. Ein nächster Schlag Ludwigs seitlich gegen den Kopf des Gegners, fand keine Abwehr mehr. Der Kürassier flog, vom Schlag oder Sprung seines Pferdes getrieben, aus dem Sattel. Doch da kamen die anderen beiden Verfolger gerade auf das Feld hinaus. Auch sie feuerten, auf fünf Pferdelängen, im vollen Galopp ihre Pistolen auf ihn ab, ohne scheinbare Wirkung. Ludwig riss sein Tier herum und trieb es wieder an, so schnell es noch vermochte. Das kalte Grauen stieg ihm wieder im Nacken hoch. Die Hufschläge der Verfolger kamen immer näher, waren nun schon fast neben ihm – da verstummten sie plötzlich. Er sah über die Schulter und zu seinem Erstaunen sah er, wie die beiden Kerle ihre Pferde herumrissen und davonjagten. Als er wieder nach vorn sah, erkannte er die Ursache. Die Stadt lag nun nur noch knappe fünfhundert Pferdelängen vor ihm und dort, schon vor dem Tor, raste eine Kavalkade von Lanzenreitern heran. Offenbar hatte man, alarmiert von fliehenden Leuten, eine starke Patrouille ausgesandt. Erschöpft zügelte Ludwig sein Tier. Zitternd blieb es, weiß vom Schaum, stehen. Er stieg ab. Seine Verfolger hatten es eilig. Sie verschwanden gerade zwischen Büschen und Bäumen der Landstraße – nach dort, wo das kleine Gehöft liegen musste. Die Lanzenreiter jagten ihnen nach. Fünf Reiter aus der Truppe scherten aus und kamen auf ihn zu. Die orangenen Feldbinden wiesen sie als Oranier, als Staater, aus und er beeilte sich, seine aus dem Mantelsack zu ziehen und über das Wams zu streifen. Die Reiter kamen heran. Sie waren dem Dialekt nach Friesen.

»He Mann! – Wer seid Ihr!«, rief der Anführer. »Ein Bote des Obristen van Knoor!« Sie zügelten vor ihm ihre Pferde und sahen grinsend auf ihn herab. »Da hast du aber verdammtes Glück gehabt«, bemerkte der Anführer und wies auf Kartenrolle und Mantelsack. »Ein kleines Stück höher und du hättest nun schon

---

[74] Ein von Kürassieren gern geführtes anderthalbhänder Schwert, dessen Klinge etwas kräftiger als die des Rapier war

das Halleluja im Himmel gehabt.« Ludwig sah verdutzt auf die Einschusslöcher. Nun erst wurde ihm bewusst, wie nahe er an seinem Ende vorbeigeschliddert war. Mühsam presste er heraus: »Lieber Himmel, das war knapp. Ich muss Euch danken. Ohne Euch hätte ich es so oder so nicht geschafft.« »Mit dem Klepper kannst du ohnehin keinen Lorbeer gewinnen«, lachte der Führer, tippte an seine Sturmhaube und rief im Wenden: »Solltest dem alten Knoor einen besseren Gaul aus dem Kreuz leiern, wenn er dich schon auf die Reise schickt. Glück hat man nicht alle Tage!« Er bekreuzigte sich abergläubisch und preschte mit seinen Reitern den anderen nach. In der Richtung des Gehöftes fielen nun einige Schüsse und zeigten an, dass man auf die Marodeure getroffen war. Rufe und Geschrei drangen, immer wieder von Schüssen begleitet, deutlich herüber. Ludwig besah sich den Schaden. Es war nur eine Kugel gewesen, die aber sowohl die Kartenrolle, wie auch den Mantelsack durchschlagen hatte. Er fand das Bleigeschoss zwischen seinem Reiseproviant. Es war ein halbzölliges Geschoss von einer Form, die der Schütze wohl selber erdacht hatte; ihm war die Form jedenfalls noch nie untergekommen. Es war nach vorn spitz zulaufend und hatte nach hinten eine Art Pfeilflügel. Er steckte es nachdenklich ein. Schließlich hatte man nicht jeden Tag ein Geschoss in der Hand, das einem fast das Leben gekostet hätte. Die Kartenrolle war durchschossen, was dem Obristen wenig Freude bereiten würde. Das ganze Ausmaß des Schadens konnte aber nur ein Ausrollen des Blattes zeigen. Er fluchte eine ganze Litanei der ihm bekannten Söldnerflüche herunter – indessen – es half nichts. Um die verdammte Karte vor weiteren Schäden zu bewahren, legte er einen Riemen über das Loch und zog ihn soweit an, dass die Karte nicht beschädigt wurde, aber auch keine Feuchtigkeit sie weiter ruinieren konnte. Sein Pferd war dem Umfallen nahe. An reiten war nicht zu denken. Er konnte froh sein, wenn er das Viech bis zu einer Herberge in einen Stall brachte. Er sah sich suchend nach dem Pferd des Gegners um, den er aus den Sattel geschlagen hatte. Es war verschwunden. Der Gegner lag dort hinten, gut dreihundert Schritt. Ein dunkler Punkt im frostweißen Land. Er schauerte und sah auf sein noch immer entblößtes Rapier, das ihm an einem Handriemen am Handgelenk baumelte. Die blau silbern glitzernde Klinge zeigte noch rostrote Spuren des Kampfes. Blut seines Gegners, des stummen Punktes dort hinten. Resignierend stieß er das Rapier in die Scheide. »Söldlings Glück, Söldlings Ende«, brummte er melodisch, nach dem Text und Melodie eines Liedes, das man häufig im Lager sang. Dabei kam ihm kaum in den Sinn, dass er soeben einen Menschen vermutlich getötet hatte. – Das gehörte schon zu sehr zu seinem jetzigen Tun und Handwerk – war keiner weiteren Gedanken würdig. Stattdessen zerrte er fluchend sein todmüdes Pferd dem Stadttor zu, wo bereits ein kleiner Menschenauflauf voller Neugier seiner harrte. Der Händler van Rofen hatte, wie bereits bekannt, auch in Utrecht einen Laden für Karten. Ersatz gab es für das kostbare Stück nicht. Aber vielleicht konnte man dort den Schaden etwas beheben und die Karte wieder neu verpacken. Als er in das Kontor kam, in dem van Rofen seinen Handel betrieb, traf er auf einen Bekannten. Es war der Reeder und Kaufmann van Huelpen aus Amsterdam. »Oh unser junger Bote«, lächelte er freundlich und bedauerte das Missgeschick, das Ludwig ihm schilderte und ihn nun hier in den Laden führte. Der Kommis im Laden besah sich den Schaden. Die Karten hatten ausgerollt ein dutzend kalibergroße Löcher, die aber zumeist nur ausgefranst waren. Lediglich an einer, der Ausschussstelle, fehlte ein talergroßes Stück. Trotzdem schüttelte der Kommis bekümmert seinen Kopf und lamentierte: »Herrjemine! – Diese Karte ist fast versaut! – Wir haben hier leider keine Mittel, um den Schaden zu beheben. Ihr müsst da schon einen Kartenmacher aufsuchen. Seht! – Hier fehlt ein gar zu großes Stück, in das man getrost, wenn's denn dort hingehören sollte, und ich kenne mich da nicht in der Geographia genug aus, ganze Städte und Dörfer verschwinden können. Selbst, wenn ich es Euch hinterlege, wüsste ich doch nicht, was dort gewesen sein könnte. Da mag denn euer Obrist munter im Kreis reiten und den rechten Ort suchen, der just in dem Loch verschwunden ist.« Van Huelpen hörte belustigt zu und mischte sich schließlich ein: »Ich mach Euch da einen Vorschlag, junger Mann. Wie Ihr wisst, ist der ehrenwerte Kaufherr van Rofen mein Freund. So will ich denn, auch im Gedenken an den Obristen, seinen in Schaden gekommenen Kunden nicht einfach stehen lassen. Ich habe im Hofe einen leichten Reisewagen stehen. Mit dem fahre ich morgen, in der Frühe, nach Antwerpen zurück. Wie Ihr sagt, ist Euer Pferd ohnehin total erschöpft und bedarf wohl einige Tage Ruhe und Pflege. Lasst es hier im Stall des Mynheern van Rofen stehen und kommt mit mir nach Antwerpen. Ich kenne dort den Kartendrucker Jan Moerentorf.« Er grinste bübisch, als er sich verbesserte: »Er nennt sich Moretus – klingt vornehmer und gelehrter. Er ist ein Verwandter Eures Kartendruckers in Leiden. Sicher hat er ein Stück am Lager, von denen man Eure geflickte Karte nachkopieren kann. Dass er sie auch flicken kann, steht ohne Zweifel.« »Ach herrje! – Was sind das nur für Verzögerungen – auf diesem, meinem ersten Botenritt«, ärgerte sich Ludwig bestürzt. Er besann sich aber und sagte: »Wenn es eine Möglichkeit ist, nehme ich Euer großherziges Angebot dankend an, Mynheer van Huelpen.« »Junger Mann, es ist sicher der beste und schnellste Weg, wieder zu brauchbaren Karten zu kommen. Du kannst in Antwerpen so lange in meinem Haus wohnen, bis du die Karte geheilt wiederbekommst.« »Ich weiß nicht, ob ich so viel Großzügigkeit annehmen kann, Mynheer«, beteuerte Ludwig. »Mir ist es höllisch unangenehm, dass mir die Karte zu Schaden kam.« »Das ehrt dich«, lachte der Kaufmann. »Ich kenne viele Dienstboten, die sich da kein Gewissen machen würden. – Immerhin! – Mach dir da mal keine zu großen Sorgen. Der Schaden, das wird euer Obrist einsehen, ist nicht durch deine Schuld entstanden und nicht so groß, dass man ihn nicht beheben könnte.« Er grinste verschmitzt und fuhr fort: »Außerdem ist mir ein so wehrhafter Begleiter, wie du offenbar bist, in diesen unruhigen Zeiten nicht unangenehm.«

In der Aufregung der ganzen Unternehmungen war es Ludwig entgangen, dass es Weihnachtszeit war. Der Dezember neigte sich mit schneeloser Kälte dem Ende zu. Im Hause des Reeders wurde er, wie selbstverständlich, gut aufgenommen. So erlebte er, zum ersten Mal in seinem Leben, die wohlige Behaglichkeit einer wohlhabenden Bürgerfamilie. Da war die neunundzwanzigjährige Ehefrau des Reeders, eine blonde mittelgroße, etwas füllige Person, die fürsorgliche Mütterlichkeit für alles und jeden im Hause zeigte und damit allen eine große Geborgenheit vermittelte. Sie hatte drei Kinder. Die Tochter Janien war zehn Jahre, ein zierlicher Kobold mit fliegenden blonden Zöpfen. Sie hatte die Gabe, das ganze Haus ständig in Aufruhr und Bewegung zu versetzen. Das zweite Kind der Familie war der Kronprinz, der Sohn Roul, dessen achtjährige Fröhlichkeit durch die Lateinschule, die er besuchen musste, etwas gedämpft wurde. Die Tochter Ulrike war sechs Jahre und im Gegensatz zu den beiden älteren Geschwistern, ein ruhiger Typ.

Sie war für ihr Alter schon überaus rundlich, wohl ein Produkt ihrer neugierigen Naschhaftigkeit. Weiterhin lebte im Haus die jüngste Schwester des Reeders. Die sechzehnjährige Clarissa van Huelpen war, bei aller offenen Fröhlichkeit das, was man bereits eine junge Dame nennen konnte. Sie hatte, bis vor kurzer Zeit, fünf Jahre die Ausbildung in einem Damenstift genossen. Sie zeigte sich überaus belesen, sprach französisch und englisch, was wiederum ihrem Bruder, bei seinen vielfältigen Geschäften, gut zu statt kam. Außerdem spielte sie Zupfgeige und sang dazu mit einer lieblichen Altstimme. Ludwig erlebte die Familie am Abend seiner Ankunft in der großen Wohndiele, zu der auch die beiden Hausknechte und die drei Mägde Zutritt hatten. Diese hockten zumeist in der Ecke am großen Kachelkamin, bereit, sofort auf die Winke ihrer Herrschaften einzugehen. Nach dem üppigen Abendessen rief der Hausherr fröhlich: »Komm, Clarissa! Spiel und sing uns etwas auf. Unser junger Gast hat sicher nichts dagegen, einmal eine schöne Stimme zu hören; bekommt er doch bei seinem Obristen nur raue Töne aufgespielt.« Ludwig war verlegen. »Macht Euch um meinetwillen keine Mühe, Fräulein. Ich bin es zufrieden, einen so friedlichen, schönen Abend zu erleben.« »Ach, es soll auch nicht Euretwegen sein«, lachte sie unbefangen, fröhlich, in einer Art, wie er es noch nie an jungen Frauen beobachtet hatte, sah er einmal von den Marketenderinnen und Dirnen ab. Sie fuhr, mit einem schelmischen Blick auf ihren Bruder, fort: »Mein Herr Bruder hört es gern, wenn ich spiele und singe – und – ich mag es auch, weil mir danach ist.« Sie stand graziös auf und holte vom Wandbord das bauchige Musikinstrument. Nach kurzen Abstimmen desselben begann sie ihren Vortrag – lieblich und sanft. Sie sang von Liebe, Weh und Pein, dass Ludwig ganz gerührt war und Jörg van Huelpen schließlich lospolterte: »Schwesterchen, wisst Ihr nicht etwas lustigeres? Selbst unser Gast ist gerührt. Ihm kommen, wenn Ihr weiter so traurig schön singt, sicher die Tränen.« Ludwig wurde rot, fühlte sich ertappt, obwohl der Hausherr ihn beim Kerzenschein sicher nicht beobachten konnte und die Feststellung nur als Redewendung benutzte, denn das Licht reichte kaum aus, die Gesichtszüge der Anwesenden im Raum zu beobachten.

Immerhin, Ludwig musste sich in der Tat verstohlen eine Träne abwischen. Die junge Frau lachte hell und gab ihrer Stimme einen tieferen, rauchigeren Klang, als sie losschmetterte:

»Wir Deernen und Buben in Kriegen,
halten und warten nach lustig Vergnügen
unserer Herrn;
wir Buben laufen

heimtragen was man kann versaufen.
Geschwind mit dem Futter und Gesöff,
so wollen wir essen und trinken wie unserer Herrn;
wir Deernen aus Flandern
geben an Landsknechts und Anderen.«

»Aber Clarissa!«, rief Frau van Huelpen mit gespielter Empörung.
»Was soll der junge Mann von uns denken?« Das Mädchen lachte, warf Ludwig einen koketten Blick zu, der in dem schummrigen Licht jedoch von keinem bemerkt wurde, und sagte: »Er ist doch ein Kriegsmann. Sollte er nicht ein Lied dieser Art kennen?«
»Sicher kenne ich es, verehrtes Fräulein«, beeilte er sich zu versichern.
»Doch die Verse unserer Trossweiber und Marketenderinnen sind da wohl ärger.«
»Da siehst du's, Schwägerin.« »Dass du diese Lieder kennst, ist mir auch neu«, rief der Hausherr. »Aber ich habe sie aufgefordert. Da kannst du nicht schimpfen«, bemerkte er etwas verlegen zu seiner Frau.
Clarissa stach indessen der Hafer und um ihre Schwägerin noch etwas mehr in Verlegenheit zu bringen, stimmte sie noch ein Lied an:

»Wohl her, wohl her auf meinen Kloben,
mein Lockvogel – den tu ich loben.
Er lockt dazu Eulen und Trappen,
aufsitzen, gucken und dilldappen.
Wenn ich sie tue in Kloben bringen,
da lehr ich sie Fortuna singen.
Mit Schlemmen, Röck und Schauben kaufen,
dann müssen an die Ruth mitlaufen.
Wenn sie dann werden ganz dürr und bloß,
ich sie dann aus der Hütte stoß.
Und lass 'ne Feiste einer wandern,
wie wir fröhlich sind – all hier in Flandern.
Geben ein Trappen, ein um den Anderen.«

Man klatschte Beifall, doch der Reeder wollte seine Frau nicht in Verdruss bringen und schlug vor: »Clarissa, ich glaube, wir haben genug der wilden Lieder. Sing uns noch ein Abendlied. Dann mag es genug sein und Zeit für einen letzten Trunk und die Betten.«

Sie warf ihrem Bruder einen spöttischen Blick zu, schlug spielerisch einige Akkorde. Sie schaute kurz auf Ludwig und sang ein schwermütiges Abendlied, was die Gemüter wieder beruhigte und den aufkommenden Unmut der Hausherrin offensichtlich glättete. Danach kam, bei einem Krug Wein, noch ein Gespräch über die Geschäfte des Hausherrn auf. »So habt ihr zwei Schiffe für Euch laufen«, staunte Ludwig voller Bewunderung und Hochachtung. »Ja, zurzeit noch. Es sind zwei Fleuten[75]. Aber in Schelling liegt seit einem halben Jahr eine Halbgaleone auf Kiel. Ich lasse sie nach venezianischer Baukunst und nach englischen Plänen – gut kombiniert – bauen.« »Auf dem Rumpf und den Schnitt der Segel kommt es an, nicht wahr?«, erkundigte sich Ludwig und dachte an die klugen Erklärungen des Bruders Tivolio. »Sehr richtig, junger Mann.«

Der Reeder lächelte bestätigend und fuhr neugierig fort: »Bist du etwa auch schon zur See gefahren?«

»Eigentlich nein. Ich habe mein Wissen von einem klugen Mann und aus Büchern.«

»So, so! – Was es so alles unter dem Kriegsvolk gibt. So bist du also noch nie mit einem Schiff auf See gewesen.«

»Auf See, Mynheer, noch nie. Aber ich bin schon auf einem Schiff gefahren.« »Darf man erfahren, wo das war?« »Sicher. Ich fuhr auf dem Rhein, von Bonn nach Rheinberg.«

»Ach herrje! Das ist doch kein Fahren auf einem Schiff«, amüsierte sich der Hausherr. »So richtig auf dem Wasser wart ihr also noch nie?«

Der Hausherr wechselte, beabsichtigt oder unabsichtlich, in die achtungsvollere Anrede. »Wie sollte ich, Mynheer? – Ich komme aus dem Innenland, aus dem Reich. Ich habe vor einer Woche, in Den Haag, zum ersten Mal das Meer gesehen und mir dann die »Lydia«, die Galeone des Käpt'n de Fries ansehen dürfen.« »Das ist interessant!«, ereiferte sich der Reeder. Er ließ sich von Ludwig

---

[75] Schiffstyp, der Ende des 16. Jh. die schwerfälligen Koggen und andere Zwischentypen ablöste, verdrängte

berichten, was sich zugetragen und was dieser in der Kneipe von de Fries gehört hatte. Es löste bei ihm offensichtlich Nachdenklichkeit aus. Er nickte zu Ludwigs Bericht vor sich hin und murmelte: »Der Mann hat recht. Aber dazu bedarf es einer Gesellschaft. Lange profitieren wir sicher nicht mehr von der Zugehörigkeit zum spanischen Königreich. Da gibt es viele Neuigkeiten aus aller Welt, da heißt es, beizeiten am Platz sein.« Den Frauen wurde das Gespräch zu fade und sie drängten auf Nachtruhe. So begab man sich in die Kammern. Ludwig hatte eine Gästekammer im zweiten Stock des Hinterhauses, das durch einen Umgang mit dem Vorderhaus verbunden war. Auf diesem stieß er, da er keine Kerze benutzte, unversehens im Dunkel auf einen Schatten, der leise quiekte. »Seid Ihr es, Jungfer Clarissa?«, flüsterte er überrascht. »Warum nicht? Mein Bett ist arg kalt und am Herd, in der Diele, liegen noch heiße Backsteine. Wollt Ihr mir nicht helfen, einen zu holen?«

»Ich möchte es schon, Jungfer. Aber was wird man sagen, wenn man uns zufällig sieht?« Da besteht keine Gefahr. Die sind alle in den Kammern, Herr Ludwig. Man kann kaum mit jemand rechnen.« »Na schön. Dann will ich Euch gern behilflich sein«, sagte er mit trockenem Hals und ihm fiel der Abend, vor seiner Verhaftung, beim Bader Wylich ein. Vorsichtig, damit die Dielen nicht knarrten, tappte er hinter dem Mädchen her. Unten, in der Diele, knickte sie stolpernd ein und fiel mit leisem: »Huch!«, gegen ihn. Er fing sie auf und seine Hände kamen, oh Zufall, so um ihren Brustkorb zu liegen, dass er die strammen, nicht übermäßigen Brüste unter dem dünnen Mieder fühlte. Sie seufzte und behielt, die Stellung genießend, die haltlose Schräglage bei, was ihn in arge Bedrängnis brachte. Was sich ihm hier offensichtlich bot, verstieß gegen die Gastfreundschaft und den Respekt, den er dem Reeder schuldete. Andererseits brachte ihn das Mädchen vorsätzlich in diese Verlegenheit. Sie schien den ganzen Vorgang angelegt, inszeniert zu haben. Vor Jahresfrist hätte es ihm Seelenpein und Schrecken verursacht. – Doch jetzt spürte er nur die Wärme ihres duftenden Körpers – und die wohlige Restwärme des Kamins. Er zog sie behutsam enger heran und sie ließ sich das suchende Spiel seiner Hände, genüsslich seufzend, gefallen. Sie drehte leicht den Kopf und suchte seine nahen Lippen mit den ihren. Ihre Hände tasteten rückwärts und erfühlten die Männlichkeit unter seinem Latz. Er stöhnte begierig, was sie erheblich aktivierte. Sie drängte auf die Ofenbank und öffnete die Kordel am Mieder, was augenblicklich die schwellende Pracht entblößte, befreit in seine Hände fiel und seine Lippen zu leidenschaftlichen Küssen reizte. Clarissa besaß offenbar einige Erfahrung.

Als seine Hand suchend unter ihren Rock glitt, war sein Hosenlatz von ihr bereits geschickt gelöst und sie liebkoste und bewegte in derart, dass er sich beeilte, ihrem Verlangen näher zu kommen.

Der Vierhouter-Busch ist ein unübersichtliches Gelände. Wie der Name sagt, handelte es sich um niederen Wald, verfilztes Unterholz, nasse Bruchflächen mit vergilbten hohen Schilf- und Farndickichten, zwischen denen weiße Birkenstämme kahl in den Himmel stachen. Obrist Julius van Knoor zog mit seinem Regiment an diesem miesen Dreikönigstag des Jahres 1590, auf einem Weg, der eher einem sechs Ellen breiten, zerfurchten Schlammband bestand, auf Elspeet zu. Der Obrist ritt neben seinem Tonnenwagen, in dem er, neben seinem Gepäck, eine solide Schlafstelle besaß, mürrisch dahin. Der Wagen rollte von einer Seite zur anderen schwankend. Eigentlich wollte er den Weg in seiner Koje zurücklegen, aber angesichts des Weges war ein Ritt neben dem Wagen, wenn dabei auch der Schlammkleister bis auf den Mantel spritzte, angebrachter, erträglicher.

Hinter ihm trabten, mit eingerollten Fahne, ein Fähnrich und zwei Fanfarenbläser.

Letztere hatten die orangenen Fahnentücher um die Instrumente gewickelt, denn es regnete unablässig, fein und durchdringend. Zwei Tage früher, dachte er Obrist, und der Weg wäre frosttrocken gewesen. – Eine verrückte Idee, vom Nassau, die Truppe so spät ins Winterquartier zu schicken. Um und in Putten sollte es sein und die Quartiermeister waren schon seit Tagen voraus. Quartier! – Der Obrist schnalzte in Gedanken daran mit der Zunge. Er kannte Putten sehr gut und hatte dem Quartiermeister aufgetragen, das seinige im »Fürstenhof«, dem Wirtshaus am Markt, zu requirieren. Das versprach einen ruhigen, angenehmen Winter. Obwohl! – Da war der kurze Bericht dieses Boten, des Kauzenludwigs, der ihm endlich die ersehnten Karten, gerade noch recht, aber im geflickten Zustand gebracht hatte. Er hatte von marodierenden Banden, vermutlich Spanier oder spanischen Söldnern bei Utrecht gesprochen. – ärgerlich, waren doch, so der Bericht des Boten, gerade seine Karten durch das Gesindel beschädigt wurden. Nun, die Karten waren exzellent geflickt. Sie waren somit brauchbar und die kleinen Mängel, die eventuell noch sein mochten, waren nicht zu sehen und nicht schwerwiegender, als die möglichen anderen Fehler, die eine Karte nun einmal enthielt. Immerhin hatte der Vorfall mit dem Boten gezeigt, dass man sich keineswegs in Sicherheit wiegen konnte und stets – mindestens vor Banden – auf der Hut sein musste. Der Weg wurde immer morastiger. Schon stockte wieder einmal der Marsch und van Knoor rutschte ungeduldig im Sattel hin und her, was ihm nur dazu gereichte, dass er an noch nicht durchnässten Stellen nun die Feuchtigkeit eindringen fühlte. »Himmel – Sakrament – Donner und Blitz!«, schnaufte er aufgebracht und riss damit seine im Sattel dösenden Begleitreiter aus ihrer Teilnahmslosigkeit. Weiter heftig fluchend, drängte er sich am Wegrand, gefolgt von seinen drei Paladinen, entlang der Kolonne nach vorn. Schon bald kam er an die festgefahrenen Trosswagen, die bis an die Achsen im Schlamm steckten. Verächtlich ausspuckend ritt er an dem Chaos von schreienden, fluchenden, kreischenden Trossknechten, Trossweibern und Kindern vorbei, vorbei an dem Fluchenden, mit überschlagender Stimmen sich Gehör verschaffenden Hurenweibel und dem düster blickenden Profos, samt seinen Knechten, die ebenfalls mit ihrem Wagen im Dreck steckten. Einer ihrer Wagen war ein Holzgitterwagen für den Gefangenentransport. Der Wagen diente auch jetzt seinem Zweck. In ihm hockten drei abgerissene, wüst anzuschauende, durchnässte Kerle, die, trotz ihrer bedauernswerten Lage, nicht müde wurden, ihren Wächtern höhnische Ratschläge zu erteilen. Die Flüche, die allerorts erschallten, hätten jeden guten Christenmenschen eigentlich beschämen und um Kopf und Kragen bringen müssen, aber wer sollte wen für was schelten oder bestrafen? – Die Schreier waren ohne Unterschied von Rang, Stand, Alter oder Geschlecht und ihre Ausbrüche gleich hemmungslos brutal und ohne jede Moral oder Religiosität. »Das«, so brummte der Obrist verdrossen, »kann einem guten Christen schon die Haare zu Berge treiben, entsetzen oder erbarmen.« Endlich kam van Knoor an die haltende Spitze, die von van Armensen mit seinen Kürassieren gebildet wurde. Die Reiter hatten über ihre geteerten Rüstungen[76] die weiten Leinenmäntel geworfen und dösten stumpfsinnig, gelangweilt im Sattel vor sich hin. Der Obrist sah den Haufen verdrossen an und befahl, an die Spitze sprengend: »Vorwärts, Feldhauptmann! – Wir reiten voraus.« Van Armensen sah erstaunt

---

[76] Wegen des Rostes wurden Rüstungen häufig mit Teer bestrichen (geteert); die so geschwärzten Rüstungen gaben ihren Trägern im Volksmund den Namen ›Schwarze Reiter‹

auf seinen Obristen. Wollte er das Regiment ohne Vorspitze ziehen lassen? – Er sah auf seinen Fähnrich und dieser auf ihn. Der schüttelte vielsagend mit dem Kopf. Van Armensen brüllte: »Doppelreihe! Im T-r-a-b!« Klirrend und klappernd setzten sich die Kürassiere, aus ihrer Ruhe gerissen, zwei zu zwei in den Rotten, in Bewegung – eine finstere Allee von Doppellanzen. Die Hütten von Elspeet kamen aus dem Dunst. In der kleinen Fachwerkkapelle war gerade Gottesdienst. Beim Nahen der finsteren Reiter kam Unruhe unter die Leute und der Prediger eilte an die Tür. Van Knoor sprengte auf ihn zu und rief schon von weiten: »Lasst's gut sein, Leute. Nur keine Angst! Wir sind alle weil gut nassauisch, Staater Truppen.« Der Prediger und die Bauern rangen jedoch die Hände und jammerten und beteten. Van Knoor sah es verärgert und rief: »Hört ihr, Leute! Wir sind Truppen des Nassauers! – Ihr habt nichts zu befürchten. Zudem! Ich lass euch zwei Reiter hier, die für eure Sicherheit sorgen sollen!« Der Obrist gab van Armensen, seinem Feldhauptmann, die nötigen Befehle und sprengte dann davon, dass die schweren Reiter Mühe hatten, dem Obristen zu folgen. Es sah fast so aus, als ergriff dieser die Flucht. Er hörte nicht einmal mehr die dankenden Rufe des Predigers, die dieser ihm im Namen seiner Gemeinde und des Herrn Jesus Christus für die Fürsorglichkeit nach schrie. Der Prediger eilte zu seiner Gemeinde in die Kapelle und versuchte diese zu beruhigen. Doch diese waren keineswegs zu überzeugen. Sie wussten nur zu genau, wenn es ihnen denn schon nicht ans Leben ging, so waren doch die schönsten Versicherungen nichts wert, wenn die Söldner erst einmal im wilden Haufen durch das Dorf quollen; die stahlen alles, was nur erreichbar war. Schließlich blieben, unter dem Schutz des Predigers, die Frauen und Kinder in der Kapelle, während die Männer zu ihren Hütten eilten und versuchten, in der verbleibenden Zeit möglichst jedes Stück Vieh hinter Schloss und Riegel zu bringen. Die Hütten waren zudem ausnahmslos mit Ried gedeckt. Obwohl die Dächer reichlich durchnässt waren, bestand doch immer die Gefahr, dass man versuchte Feuer zu legen und in der Verwirrung dann zu ernten, was man nicht gesät hatte. Die Dörfler hatten da ihre schlimmen Erfahrungen. Dabei kam es gar nicht darauf an, wer und welche Partei durchzogen; sie waren alle gleich. Die abgestellten Reiter hielten an der Kapelle und überbrachten die Anweisungen des Obristen sofort an die Führer der jeweiligen Teile der Marschkolonne, die gerade nahte. Die neue Spitze bildeten nun die Dragoner des von Tütlach. Auch sie waren in ihre Mäntel eingedreht und von den

Schirmkrempen ihrer Helme lief das Wasser. Die Arkebusen steckten in geteerten Futteralen. Sie machten einen harmlosen, apathischen Eindruck – dennoch, von Tütlach kannte seine Burschen. Er raste wie ein Wachhund an der Doppelreihe seiner Reiter vorbei und ermahnte sie, bei schwerer Strafe, zur Ordnung und Disziplin.

Doch dann kamen die Trosswagen und schon ging das Spektakel los. Die Trossfrauen, Kinder und Knechte suchten im langsamen Ortsdurchzug hier und da etwas Essbares zu erstehen. Aber wenn sich die Bauern an den Haustüren auf einen Handel einließen, waren in seinem Stall schon andere eifrig am Werk, um zu stehlen. Feldhauptmann von Bolthusen ritt mit dem Profos und zwei Knechten, um Diebe zu fassen – aber sie erwischten keinen. Die Nachhut bildeten die Dragoner-Lanciers des Feldhauptmanns von Stoploch. Der Prediger hielt ihn an der Kapelle an. Neben sich einen ungemein fetten Bauern. Er hob die Arme und jammerte:

»Mynheer Feldhauptmann! – Hier steh ich mit dem Schulze, dem Gemeindevorsteher van Beer. Der Obrist hat uns Schadlosigkeit versprochen.« »Das, so meine ich, ist euch wohl beschert.« »Herrje! – Nein! – Der Mynheer van Beer hat mir soeben berichtet. Es wurden Enten, Gänse, Hühner und gar ein Schaf gestohlen.« »Wie ist das möglich?«, spielte von Stoploch den Empörten. »So habt Ihr, Mynheer van Beer, die Diebe gesehen oder gar gefasst?« Der Angeredete lief im Gesicht rot an und keuchte: »Nein, das nicht!« Er wuchtete dabei seinen dicken Kopf auf der Fettwulst, die bei anderen Menschen als Hals anders ausgeformt ist, hier aber eher als Verlängerung des Gesichts zum Bauch fungierte. Von Stoploch zog ein erstauntes Gesicht: »Nein! – Eigenartig!« Er wandte sich an den Prediger und fragte streng: »Ja Mynheer, was soll die Rede dieses Dorfschulzen? Er erzählt Euch, hier sei gestohlen worden und mir sagt er, Ihr habt es doch selber vernommen, er weiß von keinem Dieb.« Nun lief auch der Prediger im Gesicht vor Zorn rot an und schrie: »Stehlen heißt doch nicht, den Dieb auch zu fassen! – Ich wollte Euch, den Ritter, bitten, uns bei der Suche nach unserem Eigentum zu helfen. Aber das ist ja wohl kaum zu erwarten!« »Da irrt Ihr, guter Mann«, sagte von Stoploch scheinheilig, jovial. »Ihr und der Mynheer van Beer können sicher das gestohlene Gut erkennen.« »Ich?« – Entrüstete sich der Prediger. »Wenn nicht Ihr, wer sonst?« »Hier, der Mynheer van Beer.« »Ja, natürlich er«, lachte von Stoploch. Er wandte sich wieder freundlich an den Fetten:

»So kommt Ihr mit, um Euer Eigentum, das Diebesgut, zu erkennen. Ich sichere Euch zu, dass Ihr entschädigt werdet und die Diebe schwere Strafe bekommen.« »Mynheer Hauptmann, wollt Ihr uns gar verhöhnen?«, ärgerte sich der Prediger. »Wie könnt)Ihr das annehmen. Ich will nur Euer von Euch vorgetragenes Recht wahrnehmen. – Das kann doch nicht falsch sein. Warum, lieber Himmel, kommt Er mit Seiner Klage sonst zu mir?« »Zahlen sollen sie, zahlen«, brabbelte der Dicke aufgeregt. »Auf Eure Anschuldigung hin? – Mann, wie stellt Iihr Euch das vor? – Mir ist Euer Wort ehrlich, Mynheer Dorfschulze. Doch werdet Ihr Einsehen, dass die bösen Taten erst einmal bewiesen sein müssen. Da steht mir ein Wort eines guten Kriegsknechts gerade so gut, wie das Eure.« Er beugte sich zu van Beer und starrte ihm ins Gesicht und sagte, immer noch scheinfreundlich lächelnd: »Auf Eure Anschuldigung, kann ich gar nichts machen. Wenn Ihr aber das Diebesgut beweisen, erkennen könnt, wie der Mynheer Prediger meint, wird der Obrist sich mit Euch vergleichen. – Das ist doch gut so? – Also, damit nichts offenbleibt, kommt Ihr mit.« »Ich nicht«, keuchte der dicke Mann. »Ich renne doch nicht mit Euch durch den Regen«, protestierte er weiter. »Ihr habt eine Beschuldigung ausgesprochen, die schwer wiegt«, herrschte von Stoploch den Schulzen nun grob an. So eine Beschuldigung darf nicht stehen bleiben. Es bedarf einer Untersuchung. – Punktum!«

Er rief nach zwei Reitern und befahl: »Diesem Mynheer, dem Mynheer van Beer, ist, wie er behauptet, großer Schaden von unseren Leuten entstanden. Er meint, in unserem Zug sei Diebesgut aus dem Dorf versteckt. So etwas darf natürlich nicht geschehen! Da der Zug schon voraus ist, wir ihn nicht anhalten können, wird uns der Mynheer ins Quartier begleiten – um dort nach dem Gestohlenen zu suchen. Nehmt ihn also in die Mitte, damit er geschützt unser Lager erreicht und nicht gar unterwegs Schaden nimmt.« Der Dorfschulze und der Prediger hoben ein lautes Gezeter an – aber es half nichts. Die Reiter drängten den Mann zwischen die Pferde, fassten ihn beim Kragen und ab ging es im leichten Trabe.

Entlang der Zuidersee[77] lagen eine endlose Kette von Burgen und Schanzen, in denen, neben anderen, das Regiment des Obristen untergebracht war. So ver-

---

[77] weitere alte Schreibung: Zuyder Zee

änderte, verwandelte sich das Winterquartier unversehens zum Festungsdienst, der nur durch ständige Übungen und Patrouillenritte unterbrochen wurde. Die leitende Hand des jungen Statthalters von Zeeland, des Generaladmirals Moritz von Nassau, machte sich unversehens bemerkbar. Harte Disziplinierungsmaßnahmen und kräftezehrende Übungsdienste erschreckten die Kriegsknechte, die als wilde Söldnerhaufen aus aller Herren Länder angeworben waren – und neben einen moderaten Kriegsdienst vor allem Beute erhofften. So war es nicht verwunderlich, dass viele Söldner desertierten und als vagabundierende Haufen nach Süden und Westen abzogen; für die Truppen des Fürsten kein großer Verlust – für das Land und seine Bevölkerung eine entsetzliche Plage. So mussten oft Suchtrupps gegen diese Banden ausgesandt werden und das Aufeinandertreffen von Diensttreue, Truppen und Banden verlief recht unterschiedlich; es reichte von Verbrüderung, weil man ohnehin die Schnauze voll hatte, bis zu erbitterten, verlustreichen Gefechten. Nach Letzteren gab es für die Verlierer kein Pardon, egal wer der Sieger war. Dabei war henken und erschlagen noch die mildesten Hinrichtungsformen. Die Kompanie des Feldhauptmanns von Stoploch lag in der sogenannten Fahnenburg, einer Wasserschanze mit breitem Graben und Blick auf die See.

Als Burghauptmann war der Schotte Charles Goldin bestellt.

Er war dreiundfünfzig Jahre, von denen er vierzig Jahre im Kriegsdienst verbracht hatte.

Seit 1566 stand er im Dienst der Oranier. Er hatte sich, was in den meisten Heeren ohne angemessene Herkunft nicht möglich war, vom Trossbuben zu dieser Position hochgedient. Seine Härte, Wildheit und Brutalität war sprichwörtlich – wie sein Hass auf die Spanier, die ihm vor vielen Jahren beide Ohren abgeschnitten hatten. Einen Teil seines Kriegsdienstes hatte er auf Geusen Schiffen zur Zeit Herzog Albas verbracht und so hatte er für die ihm unterstellten Kriegsknechte bestimmte Ausbildungsansichten, die er für alle, ob Reiter oder Fußkämpfer, mit kompromissloser Härte erzwang, weswegen er unter den Söldnern nur unter dem Namen Piratencharley nominierte. So musste jeder mit dem schottischen Langbogen und der Armbrust schießen lernen, was besonders die Reiter und die stolzen Arkebusiere verdross.

Noch ärger fanden alle die Seekampfübungen. Goldin hatte am Strand mit viel Aufwand die Decks zweier Bord an Bord liegender Schiffe aus Holz und

Erde, samt Mast und Wanten, allem stehenden und laufenden Gut aufbauen lassen. Von weitem sah es aus, als seien dort zwei Karavellen bis zum Deck im Sand versunken. An diesen beiden Modellen wurde fast täglich mit viel Geschrei Kampf von Schiff zu Schiff, Entern und Kampf an Deck auf engsten Raum geübt. Selbstverständlich war er selber der Übungsleiter – denn niemand der übrigen Offiziere konnte es ihm recht machen. Aber auch seine Burgmauern und Schanzen, einschließlich der Türme, wurden mehrfach die Woche mittels Enterhaken, Seilen und Sturmleitern erstürmt. Kurz, es gab nicht nur nicht Langeweile, sondern ständig ein laufendes Ausbildungs- und Dienstprogramm und das vom Sonnenauf- bis Sonnenuntergang. Das alles stieß bei den Söldnern auf unterschiedliches Echo. Nach den ersten Tagen hatten sich die, die dieser Drill überhaupt nicht zusagte, gleich heimlich davongemacht; es waren ihrer sieben desertiert. Einige schützen Krankheiten vor und suchten sich mit ständigen Ausreden fortzustehlen, wieder andere machten mehr oder weniger mürrisch mit – und dann gab es da noch andere, die fanden es gut und nützlich, sogar begeisterungswürdig. Ludwig übte, wie alle anderen Knechte, natürlich mit. »Was du hier lernst, kann dir wohl kaum irgendwo anders beigebracht werden. So etwas habe ich noch nicht einmal in meinem langen Kriegsdienst erlebt. Würde es selber mitmachen, wenn es meine alten Knochen noch vertragen würden«, belehrte von Stoploch Ludwig.

»Ein Krieger kann gar nicht vielseitig genug ausgebildet werden. Da ist üben und noch einmal üben das A und O des Überlebens.« Von Stoploch bewunderte den Burghauptmann – allerdings hatte er sich dagegen verwahrt, in die Übungen mit einbezogen zu werden – obwohl er täglich als Zuschauer einige Zeit bei den Übungen zubrachte. Er beobachtete dabei vergnügt den Jungen, den Ludwig und ließ es sich abends nicht nehmen, ihm entweder Lob oder Tadel zu spenden. Anders war es mit Petr, dem Reitknecht. Der hatte sich schon in der ersten Woche die Beine derart verdreht, dass er längere Zeit nur für kleine Dienste zu gebrauchen war und Ludwig die grobe Arbeit bei den Pferden mit übernehmen musste. Ludwig fühlte sich zunächst, wie die meisten Kriegsknechte, über die Übungen erhaben – sah sie lästig, was der gute von Stoploch auch sagen mochte. Doch der Piratencharley war, neben seiner Härte, auch ein vorzüglicher Menschenkenner. Er verstand es, durch Leistungswettbewerbe, den Ehrgeiz, vornehmlich der jüngeren Männer, anzustacheln. Schon bald gab es Wettbewerbe, wer die besten Knoten und Spleiße fertigte, den Enterhaken warf und wer am schnellsten die Wanten oder die Mauern am Seil erkletterte oder wieder daran herunterglitt. Wirklich Ruhe fand die Ausbildung nur bei den Schießübungen. Da wurde pedantisch genau und ruhig gearbeitet. Ludwig fiel abends müde und erschöpft wie nie zuvor auf sein Strohlager – nicht fähig, noch etwas anderes zu denken oder zu tun. Seine Hände hatte eine harte Innenfläche bekommen und seine Gestalt nahm endgültig männliche Formen an. Im Gesicht spross ihm ein erster flaumiger Bart, der, auf Befehl seines Hauptmanns, von Petr sorgfältig gestutzt wurde. Ludwigs Murren übertönte er mit »Potz-Blitz! – Die Knechte mögen herumlaufen, wie sie wollen. Du rennst mir nicht, wie diese herum.

Dein Vater hätte es auch nicht geduldet. Potz-Blitz! Du sollst Eindruck machen, wie es sich – äh – für einen jungen Herrn geziemt.« Dabei blieb es offen, warum und auf wen. Denn er war Knecht, wie auch die Herkunft sein mochte und zu beeindrucken gab es nun wahrlich niemanden, jedenfalls, so fand er, unter den Trossweibern und ihren weiblichen Nachkommen nicht, die mit in der Burg lagen. Doch nachts, wenn sein Unterbewusstsein Träume schuf, fand er es ganz gefällig, Eindruck zu machen, denn diese Träume befassten sich mit Clarissa. Manchmal fuhr er aus den Träumen auf und sah, fragend ihren Namen murmelnd, in das Dunkel, um, ob der Trostlosigkeit seiner Umgebung, wieder enttäuscht zurückzusinken. Das Mädchen hatte ihn tiefer beeindruckt, wie er zu fassen vermochte. Die täglichen Burgandachten, die nach calvinistischen Regeln gehalten wurden, gaben ihm Zeit, an die wenigen Tage mit ihr zu denken. Es stand dann wie im Wachtraum zwischen den Knechten. Er vernahm kaum, was der Prediger sagte, was ihm oft genug den kameradschaftlichen Rippenstoß Petrs einbrachte, denn seine religiöse Unaufmerksamkeit, hätte ihm möglicherweise einigen Ärger bringen können und dies, obwohl die Hälfte der Andächtigen sicher anderen Glaubens oder totale Ungläubige waren. Überhaupt, die religiösen Sprüche glitten merkwürdig an ihm ab, so, als gehörten sie zu etwas Fremden, dessen Bedeutung er kannte, das ihm aber nichts mehr sagte. Schlimmer, je mehr er von den streitenden Parteien und ihren Methoden, ihre Meinung zur Geltung zu bringen hörte, umso mehr begann er zu zweifeln – es verunsicherte ihn und stieß ihn nach und nach ab. Religion – was sagte sie ihm noch? Da war die Schwester des Reeders etwas anderes. Sie ging ihm nicht mehr aus dem Sinn. Sie und nicht die Religion spielte bei seinen Vorstellungen, die allerdings wirr genug waren, eine zentrale Rolle. Ende Februar gab er mit einem fahrenden Händler ein Brieflein auf die Reise. Ein guter Reiter konnte in einem Tag nach Amsterdam reiten. Das würde bedeuten, wenn Clarissa ihm positiv antwortete, einen Tag hin, einen Tag dort, einen Tag zurück. Fluchs wandte er sich an seinen Feldhauptmann mit der Bitte, ihm eventuell in der nächsten Zeit einmal drei Tage Urlaub zu gewähren. Von Stoploch sah ihn erstaunt, dann zornig an und schrie: »Wofür, in aller Welt, willst du Urlaub?« »Es ist wegen einer Sache mit einem Mädchen.« Von Stoploch lachte grob und unwirsch auf: »Potz-Blitz, ein Mädchen hast du gesehen! – Wo, zum Teufel, hast du ein Mädchen gesehen? – In Putten?«

»Nein, in Amsterdam.« »In Amsterdam! – Gleich um die Ecke – he! Glaubst du Narr, ein Mädchen, noch dazu in Amsterdam, wartet auf einen her- oder vorbeigelaufenen Kriegsknecht? – Wenn dich der Hafer sticht und du eine Hure suchst, reite nach Putten. Da gibt es etliche der losen Lieferdje – und sie haben ständig Zuzug. Doch denke, viele haben die spanische Krankheit – was dir ja wohl nicht unbekannt sein dürfte.« »Aber ich will doch gar keine Hure suchen«, protestierte Ludwig entrüstet.

»Was denn, du Narr? – Eine anständige Bürgerliche gibt sich mit unsereins nicht ab«, resignierte von Stoploch und fuhr geringschätzig fort: »Es sei denn, es ist eine von den Sitzengebliebenen – oder den vernachlässigten alten Adelsweibern. Aber selbst die halten sich an Männer von Stand – oder an ihre vertrauten Kerle ihrer Umgebung.« »Das mag recht sein, Herr Feldhauptmann, aber ich kenne in Amsterdam eine wunderschöne Kaufmannstochter.« »Potz-Blitz! – auch das noch! Darum war dein Botenritt wohl so ausgedehnt – he?«, argwöhnte von Stoploch. Nun war Ludwig entsetzt und er stotterte: »Das traut Ihr mir doch nicht zu, meine Pflicht verletzt zu haben?« Das traute er dem Jungen allerdings nicht zu. Dennoch, er hatte die Welt kennengelernt. Gerade der vermutliche Vater des Buben war ein Muster von Unzuverlässigkeit, wenn es um Weibergeschichten ging. Doch so mochte er den Jungen, was er von ihm bisher gesehen hatte, nicht einschätzen – jedenfalls – noch nicht. Etwas sanfter im Ton sagte er:

»Wenn Weiberröcke im Spiel sind, Ludwig, traue ich jedem braven Manne alles zu. Da traue ich weder dir – äh – noch mir. Merke! Wenn die Geilheit steht, ist der Verstand im Arsch!« Die Brutalität, mit der er es sagte, war ein grimmiger Ausdruck seiner Sorge um den Jungen. Nach kurzem Schweigen forschte er eindringlich: »Du sagst, eine Kaufmannstochter? – Ha, so etwas mag ja einmal heimlich angehen, Freundchen. Aber Kaufleute und Handwerksmeister sind mit ihren Weibern noch ehrenvoller, noch kleinlicher, als Fürsten und Könige. Schlag dir den Wahnsinn lieber bei Zeiten aus dem Kopf, dann holst du dir wenigstens keine roten Ohren.« Ludwig schlug nicht und Ende März gab ein Marketender ihm ein Brieflein. Clarissa hatte eine elegante Schrift, und der Brief drückte weniger Liebe, aber viel Gefühl aus. Er beschwor die schönen heimlichen Stunden, die sie, wie sie schrieb, nicht missen wollte, die ihr eine ständige begehrenswerte Erinnerung sein sollten. Aber er endete mit der Feststellung, dass man vergangenes nicht zurückholen und nur Erinnerungen bewahren könne. Ludwig rannte wie ein gefangener Löwe in der Kasematte herum. Was sollte das heißen! – Wollte sie ihm klar machen, dass alles nur Schein, Trug und begehrliches Spiel, Randgeschehen, Zufall gewesen war? Sein sonst so klarer Verstand blockierte seine Überlegungen. Tagelang peinigten ihn seine Gedanken, nachts fuhr er auf und rief den Namen des Mädchens, sein Sinnen drehte sich im Kreis. Von Stoploch sah es mit Besorgnis. Seine Sorge ging dabei über die ihm sonst eigene, meist mit Egoismus gepaarte Fürsorge, die er gewöhnlich seinen Knechten angedeihen ließ, weit hinaus. Petr hatte ihm natürlich von dem Brief, den Ludwig erhalten hatte, berichtet. Das beunruhigte ihn nun noch mehr und er dachte mit Unbehagen: »Hoffentlich dreht der Kerl nun nicht durch und reitet gar ohne Erlaubnis nach Amsterdam.« Der Junge müsste Abwechslung haben, dass er nicht mehr ständig an das Weib denkt. Da kam ihm der Zufall zur Hilfe.

Die Offiziere, Wachtmeister und Feldweibel hockten abends gewöhnlich noch bei Karten- und Würfelspiel – und einem tüchtigen Trunk im Saal, so man das Gemäuer denn so nennen wollte, beisammen. An einem der letzten Märzabende, draußen wehte ein kalter aber trockener Wind, kam zu später Stunde ein Bote. Dieser, ein Bootsmann, suchte den Burghauptmann auf und sie unterhielten sich einige Zeit, bis sie gemeinsam zu den Männern im Saal traten. Goldin rief in das laute Treiben: »Hört mal, ihr Herren. Hier ist der Pilot der »Lütten Deern«, einem unserer besten Kaper. Sein Käpt'n, Mynheer Linksteeden, schickt ihn. Der Käpt'n bereitet einen Anschlag bei Ostende gegen einen spanischen Posten vor, zu dem er noch einige gute Leute braucht.« »Die will er doch nicht von uns«, schnaufte von Stoploch misstrauisch. »Unsere Kompanien sind nun, weiß Gott nicht, für den Geusen Krieg, wenn Ihr, verehrter Herr Kamerad, auch Euer ganzes Können in die Ausbildung unserer Leute gesteckt habt und sie heute sicher den Enterhaken werfen. Unsere Kompanien, sind, Gott sei Dank, wenn Ihr uns nicht noch ein paar Mann da draußen, bei Euren Verrücktheiten kaputt macht, vollzählig.« »Es ist aber so!«, schrie Goldin grimmig. »Der Spanier muss gepeinigt und gezwackt werden, wo er zu zwacken ist! – Das ist auch im Sinne unseres verehrten Kriegsherrn und der Staaten.«

»Die Truppe befehligt der Obrist van Knoor. Ohne den geht nichts! – Gar nicht!«, bellte von Stoploch ärgerlich. Trutz von Tütlach lärmte: »Hört, Goldin, Eure Verrücktheiten hatten bisher Nutzen. Habe sie sogar selber teilweise mitgemacht, obwohl es mir freistand. – Darum war Euch niemand böse. Aber wenn Ihr nun in unsere Kommandos hineinlangen wollt, spielen wir nicht mehr mit, werden wir ungemütlich. Da müssen wir Euch auf Eure Befugnis stutzen.« Charles Goldin sah die Anwesenden mit einem wilden Blick voller Verachtung an. »Ihr wollt euch drücken! – Saufen, Fressen und Herumlungern ist freilich angenehmer.« »Schweigt lieber«, schrie von Tütlach warnend. »Hier ist niemand, der nicht den Teufel am Schwanz ziehen würde. – Ihr seid auf Eure Art gut. Doch wir sind auch nicht ohne. Es sollte mir leidtun, es Euch beweisen zu müssen.« Auch die anderen drückten nun mit lauten Rufen ihr Einverständnis mit dem aus, was von Stoploch und von Tütlach gesagt hatte. Der Burghauptmann erkannte, dass er so zu nichts kam. »Dann eben nicht!«, gab er scheinbar nach und gesellte sich mit dem Bootsmann zu den anderen, um am Kartenspiel und Besäufnis weiter teilzunehmen. Aber mit vorrückender Stunde überredete er diesen und jenen für sein Vorhaben und als die Herren, mehr oder weniger besoffen, kurz nach Mitternacht auseinander taumelten, hatte man sich dahingehend geeinigt, dass pro Kompanie bis zu fünf Freiwillige zu genehmigen seien.

Nach dem neuen Reglement des Oranierfürsten, traten die Kompaniehaufen nun morgens in Gefechtsaufstellung an, um einen kurzen Morgengottesdienst und die Morgenparole zu hören. So geschah es auch an diesem Morgen. Der Himmel blaute und ein eisiger Wind pfiff über die See, ließ das Wasser energisch Rauschen und die ellenhohen Wellen weißgischtig weit auf den Strand rollen. Fröstelnd und zitternd stand die Besatzung im Burghof, wenn man den Freiraum hinter der Schanze als einen solchen anzusehen geneigt war. Piratencharley hielt, nachdem der kälteschlotternde Prediger seine vergeblichen Mühen zur Seelenrettung abgestottert hatte, eine feurige Rede auf den Mut der Männer und auf die Loyalität zum obersten Kriegsherrn, die mit dem Aufruf endete: »Und darum Männer, ist es unumgänglich, die erbärmlichen Widersacher unseres allergnädigsten Kriegsherrn und des Rates der Staaten – aber – auch um die Freiheit unseres geknechteten Glaubens willen – zu schlagen, wo wir sie finden! – Wo! – Wir müssen da nicht suchen.« Theatralisch wies er auf den hinter ihm stehenden Bootsmann. »Da steht ein Mann, der Pilot eines tapferen Seehelden. Er kam, um Auserwählte zu führen. – Hinzuführen, wo die Widersacher, wo der Spanier Übermut unsere Frauen schändet, unsere Kinder peinigt, unsere Männer demütigt, versklavt, in die Knechtschaft treibt.« Aus den Reihen der Besatzung kam hier und da ein amüsiertes Lachen und irgendwo rief einer halblaut: »Himmel, da muss ich aber eilen, um meine Frauen und Kinder einzusammeln.« Das leicht aufbrandende Gekicher wurde vom Burghauptmann böse zur Kenntnis genommen, indem er von seinem erhöhten Platz am Schanzenaufstieg auf die Rotten hinunter brüllt: »Schnauze halten!« Er wies auf den Bootsmann und fuhr fort: »Meint ihr, er ist gekommen, um eure dummen Gesichter zu besehen? – Nein! – Er benötigt Männer, sag ich! – Männer, die bereit sind, einen guten Anschlag gegen den Feind zu führen. Männer, die gewillt sind, ihren Sold durch fette Beute aufzufüllen. Dafür seid ihr doch!« »Kommt zur Sache!« »Lasst die Katze aus dem Sack!«, ertönte es von mehreren Seiten. »Was will der eigentlich genau!«, schrie ein baumlanger Rottmann. Der Burghauptmann wartete ein paar Sekunden, ehe er loslegte: »Der Seeheld, dessen Namen, wie ich schon heimlich vernommen habe, unter euch nicht unbekannt ist. Ich meine den Kapitän Linksteeden. Der braucht ein paar tüchtige Kerls, die unserem Herrn dienen und dem Teufel den Schwanz kraulen können.« »Wie!«, brüllte einer aufgeregt. Wollt Ihr, Herr Burghauptmann, mich, einen Kyrassier, auf ein Schiff verfrachten?« »Was ist dabei?« Ein Geraune lief durch die Truppe. »Wer macht freiwillig mit!«, schrie der Burghauptmann grimmig. Es tat sich nichts. Einer rief: »Ich kann nicht schwimmen!« Und ein anderer höhnte: »Wasser hat keine Balken!« Hauptmann von Stoploch wandte sich leise fragend an Ludwig, der als Knecht des Feldhauptmanns nicht mit im Haufen stand: »Willst du nicht einen solchen Streich mitmachen. Der Käpt'n Linksteeden ist dir doch bekannt.« Ludwig war überrascht. »Ich? – Ich bin doch Euer Mann, Herr Feldhauptmann.« »Dafür würde ich dich beurlauben«, sagte der Ritter und dachte, dass dies genau die richtige Medizin sei, um dem Jungen die Liebesflausen aus dem Kopf zu treiben. Da blieb ihm keine Zeit, sich mit schweren Gedanken herumzuschlagen und an Kaufmannsmaiden zu denken.

Er ahnte in diesem Moment nicht, wie lange der Urlaub währen und wie oft er seinen gut gemeinten Einfall noch verfluchen und bereuen sollte. Ludwig dachte in diesem Augenblick wirklich nur daran, die Gelegenheit zu bekommen und auf einem richtigen Schiff fahren zu können. Gar manche romantischen Einfälle sausten ihm durchs Hirn. »Wenn es denn wirklich Euer Ernst ist, Herr Feldhauptmann, möchte ich da schon mittun. Der Dienst in der Schanze und das Üben ohne rechten Gebrauch, ist wahrlich eine Abwechslung wert.« »Nun, so melde dich schon.« Ludwig trat vor und rief: »Ich fahre mit, Herr Burghauptmann!« Goldin, der seine Felle schon fortschwimmen sah, rief freudig: »Da seht, ihr Kerls! – Einer, der Mumm in den Knochen hat. Dabei ist er nicht einmal im vollen Sold – und der Jüngsten einer!« »Wenn er schon mehr Verstand hätte, ließe er die Finger davon«, lachte ein Dragoner und erntete die grimmigen Blicke des Burghauptmanns. Nun gab es noch eine Weile lautes Durcheinanderreden. Schließlich, Goldin hatte noch ein paar Mal um Meldung aufgerufen, fand sich, nach einigen zögerlichen Anläufen, noch zwei weitere junge Männer. Es waren Holländer, die aus Gebieten stammten, in denen die Spanier Albas und Parmas sich besonders durch Gräueltaten ausgezeichnet hatten. Das Schiff des Kapitäns Linksteeden war ein Bastardtyp zwischen Dogger und Galeone, mit sechs Fünfpfündern und eine Fünfzehner Bombarde auf dem Vorschiff. Auf dem Heckkastell gab es noch vier Drehbassen zu einem Zoll Kaliber. So gesehen, war das etwas über dreißig Ellen lange und zehn Ellen breite Schiff ein zu schwer bestücktes, einigermaßen plumpes Kriegsschiff, wollte man diesen Begriff überhaupt verwenden – aber das sollte es eigentlich auch nicht sein. Das Schiff fuhr überwiegend im Transport von Handelsgütern aller Art, bei denen die offen auf Deck aufgebauten Kanonen als Kisten getarnt versteckt wurden. So transportierte der Kapitän offen und anstandslos Waren, Produkte der Nordprovinzen nach Vlissingen, mitten zwischen die Spanier, und andere wieder nach Ostende, seinem Stammhafen, der fest in der Hand der Geusen war. Auch an diesem schönen Aprilmorgen lief die »Lütte Deern« aus dem Hafen von Vlissingen aus, wo sie acht Tage gelegen, Ladung gelöscht und neue übernommen hatte. Ludwig befand sich seit drei Wochen auf dem Schiff. Von dem angekündigten

Handstreich konnte bisher keine Rede sein. Statt dessen hantierte er als billiger Matrose im Dienst des Käpt'n, mit der Beschwichtigung, man müsse den rechten Augenblick abwarten, zudem habe man, da Charles Goldin ihm nur drei Leute beschafft hätte, nicht genug Mannschaft, für den erdachten Streich. Das war freilich ein Argument. Tatsächlich hatte das Schiff gerade elf Mann, zählte man den Kapitän nicht mit und die, das hatte Ludwig schon mitbekommen, reichten kaum aus, das unbeholfene, schwere Fahrzeug bei starken Wind auf Kurs zu halten. Auf der Schelde trafen sie an diesem Morgen auf eine Reihe spanischer Kriegs- und Handelsschiffe, Galeonen von riesigen Maßen, Handelsgaleeren und eine Unmenge holländischer Dogger, Koggenbastarde und neuere Fleuten. Es war ein reger Schiffsverkehr – und dazu so, als befände sich das Land nicht im Aufruhr und Krieg. Hier herrschte tiefster Frieden, blühte Handel und Wandel und, da die Waren irgendwo produziert oder abgesetzt wurden, konnte man nur annehmen, dass auch im Landesinnern dieser Zustand gegenwärtig sein musste. Querab, Steuerbords, eine Meile, lag Koudekerk. Ludwig sah von seiner Arbeit auf und hinüber. »Komisch«, brummte er verstimmt, »da ist es friedlicher, als um Köln und ich hocke hier auf dem langsamen Kasten als Kriegsknecht.« Eine Meile achteraus lief mit ihnen im Morgenwasser, der Morgenflut, eine portugiesische Tartane. Sie kam, obwohl die Lütte Deern unter vollem Zeug, vier Rahsegel lief, mit ihren hohen, spitzen Lateinsegel am Hauptmast und dem großen Besansegel am kürzeren Achtermast, ungleich rascher voran und schnell auf. Kapitän Linksteeden ließ im Wind weiter abfallen. Die Lütte Deern rekelte sich in den vollen Segeln und legte einen Schritt zu. Die Tartane lief dagegen hoch am Wind nach Westen – und war auf der Höhe von Westkapellen am Horizont der Lütte Deern deutlich voraus. Ludwig hatte das Spiel schon ein paar Mal beobachtet. Ihm kamen erhebliche Zweifel, ob dieses Schiff in der Lage war, als gefürchtetes Kaperschiff der Wassergeusen eingesetzt zu werden. Sicher hatte der gute Käpt'n schon einiges, wie er selber wusste, im Lande angestellt; erstaunlicherweise tat das ihm keinen Abbruch, wenn er hier, in den spanischen Häfen herumfuhr. Ein leichtes Misstrauen keimte in ihm auf. War alles Gerede um den Kapitän nur die halbe Wahrheit? Wieder sah er zu den Schiffen. Die Fleuten und Dogger, Schiffstypen, die nach und nach die alten Koggen abgelöst hatten oder dies noch taten, waren deutlich schneller als dieser Zwitter des Kapitän Linksteeden. Sie segelten viel höher am Wind, gingen damit weniger in die Kreuz und sparten damit Weg und Zeit. Die Schiffe mit den Lateinsegeln liefen aber in jedem Falle den Galeonen und Koggen mit der überwiegenden Rahbesegelung davon. Auf einem Schiff, wie die ›Lütte Deern‹, gab es in den ruhigen Gewässern oft genug Muße, vor allem schon deshalb, weil die Reinlichkeit nicht das oberste Gebot des Käpt'ns war. Ludwig nutzte diese Zeit und versuchte, dem Geheimnis der schnelleren Schiffe auf die Spur zu kommen. Er setzte sich daran und malte die verschiedenen Segelformen mit einem Stück Kreide auf ein Kistenbrett. Dann beobachtete er den Windeinfall und die Bewegungen, die von den unterschiedlichsten Schiffen dabei gemacht wurden, wie sie in die Ruder gingen. »Wir schieben durch das Wasser«, entschied er bald. Die anderen haben nicht nur bessere Takelagen, bessere Segelformen, sondern auch die Schiffsrümpfe waren eleganter, schnittiger – sie teilten das Wasser, während die ›Lütte Deern‹ das Wasser vor sich her schob. Er versuchte, dem idealen Zustand näherzukommen, und fing an zu rechnen – aber da gab es zu viele Faktoren, die ihm fremd waren und er gab es bald auf. Kapitän Linksteeden beobachtete den neuen jungen Mann schon ein paar Tage. Er hatte ihn natürlich als den wiedererkannt, dem er in Gesellschaft des Kaufmanns in Katwijk, in der Kneipe begegnet war. »Bootsmann Aertz, was habt Ihr mir da für einen seltsamen Vogel beigebracht?«, erkundigte er sich bei dem großen bartlosen Steuermann.

»Ich weiß nicht, Käpt'n. Ist etwas verrückt. So'n Hosenscheißer. Sein Herr war ein Feldhauptmann. Immerhin war er der, der zuerst bereit war, mit mir zu kommen.«

»Dann ist er wirklich verrückt«, lachte der Kapitän ironisch. »Immerhin, seine Arbeit macht er gut. Viel zu gut. Er tut so, als sei die Arbeit für ihn eine Freude. Merkwürdig! Habe so einen Kerl noch nie erlebt.« »Vielleicht ist er ein Spion.« »Möglich, aber nicht sehr wahrscheinlich. So eine Ratte würde unauffällig sein wollen. Ne, ne! – Der spinnt etwas. So etwas soll vorkommen.« Ludwig kletterte soeben in die Luvwante und ließ am Rahanschlag ein Hanfbändsel flattern, wobei ihm auffiel, das sich am Segel die ganz unterschiedlichsten Flatterrichtungen des Bändsels ergaben, was nur bedeuten konnte, dass der Druck auf die Segelfläche unterschiedlich war – an mancher Stelle mehr – an anderer weniger. »Seht nur den Narren, Käpt'n«, lachte der Bootsmann. »Jetzt lässt er Fäden flattern, wie ein kleines Kind.« »Scheint so, doch dafür halte ich ihn, weiß Gott, nicht. Der war damals, als ich ihn als Bote in Katwijk sah, in guter Begleitung. Kaufleute geben sich nicht mit Narren ab. Doch wollen wir einfach einmal hören, was er da treibt.« Der Kapitän legte die Hände zum Trichter und rief zu Ludwig hinauf: »He du! – Was treibst du, Bursche, eigentlich da oben?« »Ich wollte den Wind messen, Käpt'n!« »Komm da runter und lass die Scherze! – Meine Segel musst du Narr nicht messen. Sie stehen, wie 'ne stramme Büx. Da braucht es deiner Hilfe gewiss nicht.« Ein Weilchen später, nach einer Segelkorrektur, blieb der Kapitän neben Ludwig stehen, der gerade eines der Taue neu beschlug. »Gut gemacht, Bursche«, sagte er anerkennend. »Doch sag mir, um alles in der Welt, was du hier manchmal treibst und was du vorhin an meinen Segeln zu mäkeln hattest.« »Ich wollte nicht Eure Segeleinstellung kritisieren, Käpt'n.« »Was sonst?« »Mir ist aufgefallen, dass die meisten anderen Schiffe mit weniger Segel und höher am Wind schneller sind, als die Lütte Deern vor oder mit raumen Wind. Es muss also etwas geben, was den Unterschied ausmacht. Da Ihr, Käpt'n, sicher ein erfahrener, wie man sagt, einer der besten Kapitäne seid, muss es an etwas anderen liegen.« Die klug gewählte Rede schmeichelte dem Kapitän. Er kratzte sich, wie es schien, leicht verlegen den Kopf und überlegte laut: »Da ist etwas dran, ist wahr und nicht zu übersehen. Bessere Schiffer, Junge, sind die Welschen schon allemal nicht. In großer und grober See sind wir ihnen über. Das haben wir im vergangenen Jahr gesehen, als die Armada vom Sturm auseinander gefleddert wurde. Die Engländer und natürlich auch wir, hatten da nicht mehr viel zu tun. Wir mussten sie nur fertig machen und einsammeln. Der Sturm hat sie vernichtet, weil ihre Kapitäne nichts taugen.« Er nickte Ludwig noch einmal, wie es schien, freundlich zu und brummte:

»Bist, so scheint es, kein Narr. Solltest einen guten Seemann abgeben.« Nun war schon mehr als ein Monat verstrichen und der angekündigte Handstreich, gegen das spanische Schanzwerk, für den man Ludwig und die beiden anderen Kriegsknechte an Bord gelockt, hatte noch immer nicht stattgefunden. Ludwig beriet sich darum heimlich mit den beiden anderen und diese, ebenfalls des Wartens überdrüssig, traten vor den Kapitän: »Mynheer Käpt'n, wann soll nun der von Euch genannte Streich beginnen, für den Ihr uns an Bord nahmt?« Der Kapitän sah die beiden Männer unfreundlich an und raunzte böse: »Was fragt ihr dummen Kerle? – Geht es euch hier nicht besser, als dort, wo ich euch herholen ließ?« »Oh Käpt'n, das war nicht abgemacht. Wir haben auf Beute gehofft und stehen im Dienst des Obristen van Knoor für die Staaten.« »Narretei! – Ihr steht hier in meinem Dienst! – Auf meinem Schiff bin ich alle Macht der Welt! Vergesst das nicht! – Zudem! – Der Streich wird schon noch geschehen. Aber vorab liegt noch Ware, die zu transportieren ist; das geht vor. Hätte euer famoser Obrist mir mehr Männer gegeben, statt euch drei kläglichen Kerls, dann hätten wir längst zuschlagen können. So fehlt es an genügend Mannschaft und der Anschlag muss warten, bis sich mehr Leute finden und eine bessere Gelegenheit bietet.« »Aber das ist gegen die Abmachung!«, erboste sich Jan Moertz. »Wir wollen, da Ihr wohl auf den Anschlag verzichtet, wieder zu unseren Kompanien.« Der Kapitän lachte wütend auf:

»Ihr wollt? – Hier gilt, ich sagte es schon, nur mein Wille!« »Unsere Hauptleute werden da ganz anderer Meinung sein!«, drohte Jan Moertz. »Eure Hauptleute! – Was sind die schon! – Doch du lausiger Kerl willst Aufruhr, Meuterei!« Der Kapitän wandte sich an die alten Besatzungsmitglieder des Schiffes und befahl: »Zeigt dem Galgenstrick, was einem solchen Kerl zusteht!« Die Männer, der Bootsmann voran, fielen über die beiden Holländer her. Man fesselte sie. Jan bekam die neunschwänzige Katze, eine Peitsche mit neun Knotenriemen, mehrfach über den Rücken gezogen, dann warf man die beiden unten in die Bilge, die, da das Schiff nur einen runden Kiel hatte, so flach war, dass die Deckbretter unmittelbar über den beiden Gefangenen lagen und diese kaum Luft zum Atmen fanden, zumal in dem zur Hälfte mit Wasser gefüllten Bodenraum ein infernaler Gestank herrschte. Der Kapitän befand sich in einem äußerst wütenden Zustand. Er schimpfte, nachdem die beiden Kriegsknechte solchermaßen gefangen gesetzt waren, auf seine übrige Besatzung ein und drohte: »So wird es jedem ergehen, der zu meutern wagt. Es wird jeder gnadenlos an den Rahen aufgeknüpft, der es wagt, meinen Willen anzuzweifeln!«.Dabei schielte er grimmig zu Ludwig hinüber, der sich an dem ganzen Spektakel scheinbar nicht beteiligt zeigte. »Das ist gutes Seerecht!«, schloss er seinen Wutausbruch, bevor er in seine enge Kabine im Achterkastell stampfte. Dies geschah an dem Tage, als sie auf Briel[78] zuhielten. Gegen Abend machte die Lütte Deern am Kai, zwischen einer Vielzahl unterschiedlicher Schiffe fest. Das ganze Anlegemanöver war mit Schwierigkeiten verbunden, denn es war nur mit Wurfleinen und Staken möglich, das Schiff an den

---

[78] alter Name für Brielle; B war damals ein bedeutender Hafen in der Maasmündung (heute Oude Maas)

freien Platz am Kai zu bugsieren. Der Kapitän und der Bootsmann, der zugleich Pilot des Schiffes war, und ein Hafenlotse brüllten sich und der Mannschaft, mit überschlagender Stimme, gegenseitig Weisungen und Befehle zu, bis das Festmachen endlich geglückt war, ohne ein anderes Schiff zu beschädigen. Sodann befahl der Kapitän alle Mann ans Kastell und verbot jeden Landgang. Das gab ein gehöriges Murren unter den Leuten. »Warum, Käpt'n, sollen wir hier nicht einmal die Knochen strecken und ein ordentliches Bier trinken gehen dürfen?«, ärgerte sich einer der alten Seeleute. »Der Hafen ist doch sicher.« »Habt ihr Kerls nicht erst heute erlebt, wie zwei von euch gegen mich aufgetreten sind?« »Lieber Gott! – Das waren doch keine von uns!«, rief ein anderer junger Seemann. Der Kapitän sah abschätzend auf seine Männer und flüsterte dann ein paar Minuten mit seinem Bootsmann, der neben ihm stand. Dabei sahen sie mehrfach zu Ludwig hinüber, der ganz unbefangen am Schanzkleid lehnte, als gehe ihn der ganze Verdruss der Leute nichts an. Er schien über den Ärger der Mannschaft gar belustigt zu sein. »Na schön«, entschied der Kapitän. »Euer Bootsmann ist der Meinung, dass ihr eure Arbeit gut getan habt. So soll denn nur eine Deckwache von svier Mann an Bord bleiben. Den anderen ist es freigestellt, bis zum zweiten Lichtlöschen von Bord zu gehen.« Das war nun freilich auch nicht lange aber es beruhigte zunächst die Gemüter. Natürlich befand sich unter denen, die zur Deckwache eingeteilt wurden, Ludwig. Dieser war keineswegs gewillt, sich von dem Kapitän auf diese heimtückische, verräterische Art anheuern, kassieren zu lassen. Es war klar, dem Kapitän fehlten mindestens zehn Mann Besatzung, wollte er bei Sturm mit dem Schiff bestehen. Nun war das Auffrischen der Mannschaft mit unfreiwilligen Seeleuten in den Häfen üblich; dennoch, die Leute aus einem Kriegsknechtshaufen zu rekrutieren, war neu und ein starkes Stück. Ludwig hatte man die Wache auf dem Kastell zugewiesen, wohl in der Meinung, dass er dort wiederum von den anderen leicht zu beaufsichtigen war, denn diese waren, ganz offensichtlich, vom Bootsmann dazu angewiesen. Wollte er dem Kapitän entkommen, überlegte er, musste es schnell, unerwartet und ohne langes Zögern passieren. Dabei kam ihm für einen Moment ein schlechtes Gewissen, denn indirekt hatte er die beiden, in der Bilge gefangenen Knechte zu ihrer Widerspenstigkeit gegen den Kapitän angeregt. Aber, so dachte er, war man sich ja zunächst selbst der Nächste und was sollte er schon für die beiden tun. Er turnt also, vergnügt pfeifend, um die anderen zu täuschen, auf dem Schanzkleid des

Kastells herum. Tatsächlich schläferte das ihre Wachsamkeit mit der Zeit ein. Sie fanden kein Arg dabei, als Ludwig, um seine Notdurft zu befriedigen, auf dem Mitteldeck herumlief. Er verschwand auch mal kurz im Mannschaftsdeck. Doch kurz darauf war er wieder auf seinem Posten. Niemand hatte bemerkt, dass er seine Habseligkeiten, vor allem seine Waffen, die man ihnen, sei es aus Einfalt oder den Schein zu wahren, gelassen hatte, gebündelt und an einem Tauende über das fordere Schanzkleid außenbords zwischen zwei Taljen geschoben hatte. Sie erkannten nicht einmal, dass er den Harnisch unter sein Wams geschnallt trug. Der Kapitän und der Bootsmann waren schon bald, mit den freigestellten der Mannschaften von Bord gegangen. Kurz vor Einbruch der Dunkelheit kam der Bootsmann zurück, kontrollierte die Wachen und verließ darauf, mit einer Mappe, in der die Konnossemente der Ladung sein mochten, wieder eilig das Schiff. Gespannt beobachtet Ludwig seine Wachkameraden, die, da ihnen der Landgang versagt war, sich Mitschiffs auf eine Taurolle gehockt hatten, wo sie mit einem Würfel zu entscheiden versuchten, wer beim Landgang, wenn sie an der Reihe waren, die erste Zeche zu zahlen hatte. Sie forderten auch Ludwig auf, mitzutun. Der aber sagte, er habe keine Lust und wolle nachdenken, was derben Spott zur Folge hatte. Man ließ ihn jedoch gewähren und vergaß bald seine Gegenwart auf dem Kastell. Die ersten Lichter flammten hinter den Butzenscheiben auf und in den Eingängen der Kontore, vor denen noch Frachtwagen standen, glosten Fackeln. Der Nachtwächter stieß ins Horn und verkündete die Wahrung des Feuers. Aus den nahen Kneipen schallte noch lautes Rufen und schon bald torkelten ein paar betrunkene Seeleute den benachbarten Schiffen zu, auf denen es auch nur Wachen zu geben schien – allerdings nicht in der Stärke, wie auf der Lütten Deern. Es war nun so finster geworden, dass man auf Deck keine Einzelheiten mehr erkennen konnte. Die Würfelspieler hatten sich eine Sturmlaterne angezündet und würfelten noch. Befriedigt sah Ludwig, wie dabei eine Flasche die Runde machte. Es mochte nicht die erste sein, an der man sich, ob des verdorbenen Landgangs, gütig tat.

Lautlos glitt Ludwig über das Schanzkleid des Kastells, hangelte sich an der Bordwand, am Tauwerk und Spanten entlang, bis er sein Eingeklemmtes Bündel mit seinen Sachen erreicht hatte. Vorsichtig band er es sich um und hangelte weiter, bis er die Halteleine erreicht hatte, mit der das Schiff festgemacht war. Nun zeichnete sich der Drill des Piratencharley aus. Mühelos rutschte er über die Leine an Land und tauchte zwischen den Stapeln von Säcken, Ballen und Kisten unter, die am Kai zur Verladung oder zum Abtransport lagen. Hier zog er sich auch um und legte Waffen und Feldbinde der Oranier an, so dass er keineswegs mehr als Schiffsmann, sondern als Kriegsknecht zu erkennen war. Das war wichtig, denn, sobald man sein Verschwinden feststellen würde, würde der Kapitän nichts unversucht lassen, seiner wieder habhaft zu werden, man würde eine Nachsuche veranstalten. Über Nacht war aus Briel kaum ein Fortkommen. So stapfte er selbstbewusst, wie es sich für einen Kriegsknecht gebührt, in ein Wirtshaus.

Der Schankraum bestand aus weißgekalkten Fachwerkwänden. Mächtige Deckenbalken trugen eine Bohlendecke, die man mit bunten Blumen bemalt hatte. Im Schankraum, auf gestampften Lehmboden, standen drei Reihen grober Holztische, deren Beine im Boden eingelassen waren. Sie wurden beidseitig von ebenso derben Holzbänken flankiert, auf denen sich eine Menge Volks, ganz unterschiedlicher Herkunft, fröhlich amüsierte. Es war eine typische Armeleutekneipe. Da gab es Seeleute, Lastträger vom Hafen, Knechte und Mägde, Gelegenheitsarbeiter, Tagelöhner, Huren und Herumtreiber, Fuhrknechte und Gesindel zweifelhafter Tätigkeit, Handwerksgesellen und auch ein paar Söldner, wohl Geleitknechte von Kaufmannszügen. Ein großer Küchenkamin verbreitete Wärme und Licht. Flinke junge Meisjes eilten mit Zinnkannen von Tisch zu Tisch und füllten den Gästen nach. Ludwig sah sich kurz suchend um. Vorn, an der Tür und in der Mitte des Raumes brannten zwei Sturmlaternen und spendeten, dem Kaminfeuer konkurrierend, spärliches Licht. Hinten, in der Ecke am mittleren Tisch, saßen zwei Männer, die der Kleidung nach wohlhabender zu sein schienen, vielleicht Kaufleute sein mochten. Bei ihnen war noch Platz frei. Offensichtlich hatten sich die anderen Gäste von ihnen etwas ferngehalten. Ludwig schob sich, von einigen nur flüchtig zur Kenntnis genommen und gemustert, zu den beiden Gästen durch. Auf die leeren Plätze weisend fragte er höflich: »Erlaubt, Mynheeren, ist hier für einen durstigen Wanderer noch Platz?« Einer der Männer trug einen dunklen Knebelbart. Er sah kurz auf: »Schon möglich. Bisher hat sich da keiner hingepflanzt. Wenn du nicht sabberst – oder uns vollkotzt, kannst du dich setzen.« »Ich verspreche es den Mynheeren«, versicherte Ludwig, ob der groben Antwort belustigt, kletterte über die Bank auf einen der freien Plätze und winkte einem der Meisje und verlangte Brot, Wurst und eine Kanne Bier. Die beiden Männer neben ihm hatten sich wieder ihrem Bier zugewandt, ohne den Ankömmling weiter zu beachten. Sie starrten in die Kannen, als wollten sie daraus die Zukunft lesen. Das Mädchen brachte dem neuen Gast das verlangte und forderte sofortige Bezahlung. Ludwig wurstelte den Rock auf und fummelte unter dem Harnisch seinen Geldbeutel hervor und zahlte. Nun sahen die beiden Männer am Tisch aufmerksam zu ihm herüber. »Stehst du im Dienst?«, wollte der Dunkelhaarige wissen. Ludwig nickte und langte nach seinem Essen. Dabei sah er sich die beiden Gegenüber genauer an. – Die kannte er. Woher? – Musste schon eine Weile her sein. »Soll mich der Teufel holen, wenn ich euch nicht schon einmal gesehen habe«, sagte er mit halbvollem Mund, kauend. »Möglich – schon gut möglich«, erwiderter nun der größere von beiden in süddeutscher oder Schweizer Mundart, der entgegen seinem Partner, einen buschigen blonden Schnauzer trug. »Ich bin euch schon begegnet, das ist gewiss«, lachte Ludwig, nahm einen kräftigen Schluck – und da fiel es ihm ein. »Sicher, ich weiß auch wo.« »Na schön, dann sag es«, spöttelte der Dunkelhaarige. Ludwig deutete auf den Blonden: »Du bist der Würstelhannes, nicht wahr, Mynheer? – Und du der Wildgruber, Adolf.« »Donnerwetter ja!« Beide waren plötzlich hell wach und zwischen ihrem Erstaunen lag Vorsicht und Misstrauen, als der dunkelhaarige Wildgruber weiter forschte: »Woher, zum Teufel – oder bei allen Heiligen, kannst du dir aussuchen, kennst du unsere Namen?« »Na so etwas! – Die Mynheeren kennen mich nicht mehr«, spottete Ludwig. »Nein, – zum Donnerwetter – nein. Wo sollten, nein müssten wir uns denn schon einmal begegnet sein?« »Vor Jahren, vor Köln.« »Vor Köln?«, grübelte der Blonde. »Mensch!«, rief Wildgruber überrascht und schlug seinem Begleiter auf die breite Schulter: »Jetzt erkenne ich dich. Bist du nicht das Pfaffenknechtlein – äh – der Kauzenludwig – äh so nannte man dich doch.« »Richtig und falsch zugleich«, schmunzelte Ludwig. »Was ist falsch?« »Der Pfaffenknecht – doch der Kauzenludwig, das ist schon richtig.« »Na so was«, feixte Wildgruber und der blonde Würstelhannes dröhnte: »Was nennst du ihn so? – Vielleicht nennt er sich heute ganz anders. Das soll vorkommen. Der sieht doch gar nicht mehr so aus, wie wir ihn mal kannten. Scheint unter die Krieger gekrochen zu sein.« »Mag er heißen, wie er will«, entschied Wildgruber vergnügt, »für mich bleibt er der Kauzenludwig. Ist ein vernünftiger, schöner Name. Fast schon schöner als Würstelhannes.« Würstli zog eine Grimasse, die sagen sollte, wenn es dich glücklich macht, dann auch so. Laut brummte er: »Sieht jedenfalls so aus, als sei deine Amtszeit bei den Pfaffen zu Ende.«

»Sie ist es. Sie ist es schon so lange, seit wir uns trennten. Wie ihr euch erinnern werdet, musste ich im Kloster Altenberg zurückbleiben. Da hat es mich nicht lange gelitten und ich bin nach Köln gegangen.« »Sehr vernünftig«, lobte Wildgruber. »Wenn du aber glaubst«, er tippte Ludwig über den Tisch gegen den Harnisch, »du wirst damit glücklich, dann bist du auch auf dem Holzweg.« »Lass ihn doch«, lachte Würstli. »Wir haben es doch auch lange genug getrieben. War manchmal ganz lustig.« Ludwig war froh, dass er in dieser Lage auf die beiden bekannten gestoßen war. Sie konnten ihm möglicherweise nützlich sein. »Es gefällt mir«, sagte er zu Würstli gewandt und fuhr fort: »Eure ehemaligen Weggefährten und Freunde, der Wachtmeister Knipphaus und der Loisel Kamhuber, waren's auch immer zufrieden.« »He, du warst noch mit den beiden zusammen?«, rief Wildgruber überrascht. »Sicher! – Ich habe von ihnen gelernt und mit ihnen manche schwere und fröhliche Stunde verbracht.« Würstli rutschte auf seiner Bank hin und her und fragte aufgeregt: »Sag, schon, du Schlingel, wo sind die beiden jetzt?« »Das weiß ich auch nicht genau. Ich verließ sie mit meinem Hauptmann in Rheinberg, wo sie zur Besatzung übernommen wurden.« »Ach du Schreck!«, lachte Wildgruber, »Gescheiteres konnte denen nicht einfallen.« Nun hob ein großes Fragen und Berichten an. Am Ende schleppten die beiden ihn mit auf ihre Kammer. – Ja, die beiden ehemaligen Sold- und Fuhrknechte konnten es sich leisten, wie richtige Herren, eine Kammer im Wirtshaus zu belegen. »Wie es wohlhabenden und hohen Herren zukommt«, stellte Würstli prahlerisch fest und erntete von Wildgruber einen gehörigen Knuff in die Seite, denn dieser hatte im Verlauf des Abends keineswegs aufgedeckt, wie er, wie sie ihren Lebensunterhalt bestritten. Ludwig blieb noch drei Tage bei ihnen, ehe er sich auf den Weg nach Amsterdam machte. Ihre guten Wünsche begleiteten ihn. »Uns erwarten in Hage[79] und Delft noch ein paar große Geschäfte«, versicherte Wildgruber grinsend. »Wenn wir Zeit hätten, wären wir möglicherweise eine Strecke Wegs mitgekommen. Doch wenn du den Knipphaus oder den Kamhuber triffst, sag ihnen, die Sache, die wir in Köln besprochen hätten, sei gut angelaufen. – Schildere ihnen, wie du uns angetroffen und wie du uns erlebt hast.« Vom Kapitän

---

[79] heute: Den Haag

und seiner Mannschaft hatte er nichts gesehen. Dennoch hatte Würstli herausgefunden, dass man nach ihm gesucht, die Nachsuche aber schnell aufgegeben hatte.

5
Von Brüssel nach Lüttich

Die Straße nach Leyden[80] war stark belebt: Bauern, Handwerker, Händler mit Karren, Schubkarren und Knechte mit schwer beladenen Eseln und dazwischen leichte und schwere Ochsen und Pferdegespanne, Ein- und Zweispänner Bauernwagen, schwere vierspännige Tonnen- oder Planwagen, einfache leichte Reisekaleschen vornehmer Leute und Reiter schoben sich in beide Richtungen, vorbei an den in größeren Abständen stehenden kleinen Häusler Hütten und einer endlosen Kette von Windmühlen. Dabei war die sandige Straße zerfurcht, wie das Antlitz einer neunzigjährigen Urgroßmutter. So ging der allgemeine Verkehr nicht sehr schnell, denn die Fußgänger und langsamen Gespanne wurden immer wieder durch die Warnrufe der eiligeren Reiter und Lenker leichterer Kaleschen beiseite, in das am Wegesrand üppig wuchernde Heidekraut gedrängt. Auch Ludwig hatte sich, als rüstiger Wanderer, viele Male auf den rettenden, schwer befahrbaren Wegesrand geflüchtet. Tümpel und Pfützen von bis zu fünfzig Schritt Ausdehnung zerschnitten die Fahrbahn, engten den Weg noch weiter ein und mussten oft knietief durchfurtet werden. Ein Akt, der den Fußgängern keine Schwierigkeiten machte, weil sie die riesigen Tümpel einigermaßen mühelos umgehen konnten. Just an einem solchen geschah es, dass ein schneller Reisewagen vom Wege abgedrängt, in einen der Tümpel gerutscht war. Obwohl er wieder herausgekommen, zeigte es sich, dass die Radspeichen des einen Rades angeknackst, und so eine Weiterfahrt mit dem Gefährt nicht möglich war. Die Reisenden, eine wohlhabende, schwarz gekleidete junge Frau, mit grauer Burgunderhaube und silbernen Haarnetz, und ein Herr mittleren Alters, in engen schwarzen Beinkleidern, gepuffter spanischer Hose, hellbraunen Rock, der am Hals mit einem brei-

---

[80] Leiden; hier: alte Schreibweise 16. Jh. benutzt

ten weißen Kragen aus feinster Brüsseler Spitze abschloss, standen neben ihrem Gefährt und sahen dem Bemühen ihrer beiden Knechte aufmerksam, ungeduldig zu. Ein Reisender zu Pferde hatte neben dem beschädigten Reisewagen gehalten und bot den Herrschaften seine Hilfe an, indem er versprach, bei nächster Gelegenheit einen Radmacher, Schmidt oder Wagner herauszuschicken. Ludwig sah dem Spektakel jenseits der Furt vergnügt zu, denn jetzt nahte, zu allem Überfluss, noch ein Schäfer mit einer Herde. Die Reisenden flüchteten in ihren beschädigten Wagen vor der Flut blökender Leiber. Hinter der Herde mühte sich ein weiteres Gespann, wie das vorn beschädigt liegende. Sein Zugpferd trug ein weithin vernehmbares, hübsch klingendes Schellengeschirr. Ludwig hatte es nicht eilig. Er hatte sich am Hafen noch einmal davon überzeugt, dass die Lütte Deern des Kapitän Linksteeden bereits wieder ausgelaufen war, er also eine Verfolgung nicht zu befürchten hatte. Vorsichtshalber war er jedoch nach Geervliet gewandert, ehe er mit einem Fährkutter nach Vlaerding[81] übersetzte, um von dort die Straße über Delft nach Leyden zu gewinnen. Das war vor drei Tagen gewesen, nachdem er sich von den ehemaligen Begleitknechten Wildgruber und Würstli getrennt hatte, die von Briel aus über die Maas nach Slurs übergesetzt hatten, denn sie hatten es eilig, nach Delft zu kommen. So ließ er erst die Herde, dann den Reisewagen vorbei, der dann allerdings, jenseits des riesigen Tümpels, neben dem beschädigten Reisewagen hielt, aus dem, nachdem die Herde vorbeigezogen war, die Herrschaften wieder ausstiegen. Ludwig pfiff ein Liedchen, das er bei Clarissa bei seinem damaligen Besuch bei der Reeder Familie gehört und im Ohr behalten hatte.

»Mein Gott«, fiel ihm ein. Sicher hatte sie auf einen Brief, eine Antwort von ihm gehofft oder gewartet. Wie konnte er über die Ereignisse nur das lieblichste, das schönste Wesen, das ihm je begegnet war, vergessen? – Was sie jetzt wohl machte? – Er sollte es sofort erfahren. Denn gerade, als er auf der Höhe der Reisewagen war, stieg die junge Frau in den eben angekommenen Wagen um. Ludwig sah ihr Lächeln, sah ihr Gesicht, hörte ihr herzhaftes Lachen – doch es galt nicht ihm – sondern dem Mann im Wagen. Dieser ließ nun mit Hüh und Bimbim davonfahren. Der zurückbleibende Herr sah ihm seufzend nach. Das konnte doch nicht sein! Ludwig glaubte, geträumt zu haben. Was sollte Clarissa hier auf

---

[81] heute Vlaardingen

der Straße in Begleitung eines Herrn, wobei, wie ihre Unbefangenheit zeigte, es ihr gar nichts auszumachen schien, mit wem sie fuhr. Er musste sich Gewissheit verschaffen, ob er nicht einer Täuschung aufgesessen war. Entschlossen ging er zu dem Herrn hinüber und rief:

»Guten Tag, Mynheer. Verzeiht meine Einmischung. Ich sah euer Unglück und glaubte, da ich die Dame zu kennen vermeinte, Euch meine Dienste eventuell anbieten zu können.« Der Mann hatte seinen breitkrempigen, mit weißen Reiherfedern geschmückten Hut aufgesetzt, an den er, bei Ludwigs Anrede, kurz mit den Fingern grüßend an tippte: »Schönen Dank für die gebotene Hilfe. Aber wie Ihr seht, wird meiner Begleiterin geholfen. Ich werde zu Fuß gehen. –

Was die Dame anbelangt«, er sah Ludwig abschätzend an,« ist es wohl kaum wahrscheinlich, dass Ihr sie kennt, Mynheer.« »Kann wohl sein! Allein, sie hat dann eine sehr große Ähnlichkeit mit meiner Bekannten, dem Fräulein van Huelpen aus Amsterdam.« Der Mann stutzte und erwiderte verblüfft: »Ihr habt recht gesehen. Es war tatsächlich Fräulein van Huelpen. – Darf man fragen, woher Ihr die Dame kennt, Mynheer?« »Gewiss! – Ich war Weihnachten Gast im Hause des Kaufmanns van Huelpen.« »Ah, das erklärt alles. Verzeiht, Mynheer, ich hatte Euch da ganz falsch eingeschätzt,«, entschuldigte er sich – und gab Ludwig dabei eine Lektion fürs Leben, die er nie wieder vergessen sollte. »Wisst Ihr! Eure Kleidung entspricht durchaus der eines Kriegs- oder Lohnknechts und lässt nicht ahnen, wer Ihr sein könntet. – Ihr werdet mir doch meinen Irrtum verzeihen.«

Ludwig erkannte den Vorteil der Fehleinschätzung des Gegenübers und war keineswegs geneigt, diese aufzuklären, war ihm doch daran gelegen, Information über Clarissa zu erhalten, die er als erkannter Kriegsknecht von dem Herrn sicher nicht erhalten hätte. »Sicher!«, entgegnete er etwas gönnerhaft: »Das macht nichts, Mynheer. In mir hat sich schon manch einer getäuscht.« »Ihr seid in Geschäften unterwegs?« »Ja, so kann man es wohl nennen. – Da ich heute Lust verspürte, zu Fuß zu wandern, habe ich meinen Reisewagen nach Amsterdam vorausgeschickt«, log er dreist. »Was, Ihr wollt bis Amsterdam zu Fuß laufen«, entsetzte sich der Herr. »Warum denn nicht? – Es ist doch nur etwa acht bis zehn Meilen und gut in zwei bis drei Tagen zu laufen. Das tut gut und man lernt Land und Leute besser kennen.« »Ach herrje! – Das wäre, weiß Gott, nichts für mich. Da ist, verzeiht mir noch einmal meinen Irrtum, allerdings Euer Aufzug verständlich. Ach, da fällt mir ein, Mynheer, ich habe mich noch gar nicht vorgestellt. Ich bin Arnold Buchelius, Jurist, Advokat aus Utrecht.« »Ganz mein Versäumnis.« Ludwig verneigte sich mit einem höfischen Kratzfuß und säuselte gekünstelt:

»Ludwig Kauz von Sylenstein-Sydekum.« Warum er hochstaplerisch den Namen seines mutmaßlichen leiblichen Vaters unberechtigt einflocht, wusste er später selber nicht zu sagen, aber die Wirkung war auf den Fremden außerordentlich günstig. »Verzeiht mir noch einmal die Fehleinschätzung, Mynheer«, rief der Advokat achtungsvoll, indem er nun so etwas wie eine Verbeugung praktizierte.

»Wenn es Euch genehm ist, bitte ich, Euch bis Leiden begleiten zu dürfen. Ich habe dort morgen eine Vorlesung an der Universität zu halten«, setzte er selbstzufrieden hinzu. »Selbstverständlich gehen wir zusammen, wenn's denn beliebt«, entgegnete Ludwig verbindlich. »So wird der Weg in vielerlei Sinn interessant. Ich höre gern gelehrigen Herren zu, zumal derzeit so unerhört neue Entwicklungen im Gang sind, dass man stets einen Mangel an Neuigkeiten hat.« »So interessiert Ihr Euch etwa für Jura?« »Das ist leider nicht gerade mein Hauptinteresse, muss ich bekennen. Mathematik, Astronomie, Geographie, Alchimie und Medizin sind mir da schon geläufiger.« »Das nenne ich einen Bogen von Interessen, Mynheer von Sylenstein-Sydekum. Fürwahr, für Eure offensichtliche Jugend sehr weitgespannt. Ich wollt, ich hätte es so vielschichtig. Eine mir gut bekannte Familie treibt mit viel Geschick Geographia und Kartographia. Sicher ist Euch als Kenner der Name Mercator schon untergekommen.« »Selbstverständlich, Mynheer Buchelius«, bestätigte Ludwig. »Ich lernte vor einigen Jahren einen der Herrn Mercator in Köln kennen.« »Ist das wahr? – Welch ein freudiger Zufall. Die Familie hatte damals eine böse Zeit. Erst starb, sechsundachtzig im August, die Frau Barbara, die Frau des lieben Gerhardus – und ein Jahr später mein guter Freund Arnold. Er verstarb ganz plötzlich an einer einfachen Erkältung des Rippenfells. – Sicher habt Ihr seine Söhne kennen gelernt?« »Allerdings. Ich war mehrfach bei Herrn Johann zu Gast, der damals in Köln im Begriff stand, eine eigene Filiale zu errichten. Sein Herr Vater, der Herr Arnold, lebte damals aber noch.« »Ja, das ist wohl möglich. Aus dem Geschäft in Köln ist aus mancherlei Dingen nichts geworden. Sie haben sich nämlich für eine Druckerei in Spanien, in Salamanca entschieden und Christoph Plautin, ein Partner und Freund des Herrn Gerhardus, hat das Geschäft dort übernommen. Wissen Sie, der gute Alte meinte, da besser und schneller an die neuesten Informationen zu gelangen –

wegen der Nähe des Westindienrates und so, wenn ihnen das ein Begriff ist. Und in der Tat«, dozierte er förmlich, »ich kenne keine Karten aus Asia, Afrika und der Neuen Welt, die es mit Mercators Karten aufnehmen könnten.« »Ich kann Euch da nur bedingt beipflichten. Erst kürzlich sah ich eine Karte von Arnoldus Fiorentinus, eine vorzügliche Karte vom Süden der Neuen Welt, desgleichen eine von Theodor de Bry über die gesamte Neue Welt, die aber wohl erst in den nächsten Jahren als beschreibendes Werk auf den Markt zu erwarten ist. – Vor Jahren zeigte mir jemand in einem Kloster Karten von einem Bertelli, eines Römers und von Veronese Forlani. Diese Karten waren es, die mein Interesse an Karten, an der Geographia geweckt haben, wecken sie doch die Träume und Phantasien und die Sehnsucht in die Ferne.« »Das mag für Euch wohl unbestritten sein, allein, mir genügen die Entfernungen, die ich hier in den Landen des Reiches zurücklegen muss – Meine Phantasie reicht, wohl wegen meines Berufs, nicht so weit in die Ferne.« Unter derartigen kurzweiligen Gesprächen kam man unversehens nach Leiden. Mynheer Buchelius war von seinem jungen Begleiter sehr angetan. Er war, wie die meisten biederen Menschen, wenn sie auf einen beredsamen nebelhaften Intellekt stoßen, beeindruckt. »Mynheer von Sylenstein-Sydekum, ich mache Euch da einen Vorschlag. Wenn es Euch passt, bleibt ein paar Tage hier. Ich mache Euch da mit einigen angesehenen Professoren der Universität bekannt, die trefflich Euren Interessen nahestehen. Ich denke da an die Mathematik.« »Warum nicht?« »Sagt ja – und ich stelle Euch Simon Stevenius vor. Er ist einer der besten Köpfe dieser Universität. Er hält, unter anderen, Lesungen für Mechanik, Geniewesen und Ballistik.« »Ich möchte schon, Mynheer Buchelius. Allerdings bin ich auf eine derartige Reiseunterbrechung nicht vorbereitet. So werdet Ihr verstehen, dass ich auf den unsicheren Straßen keine größeren Barmittel bei mir habe, eben nur so viel, wie ich eigentlich für meinen unbedingten Lebensunterhalt für nötig hielt.« »Dafür habe ich Verständnis. Doch dort, wo ich absteige, bedarf es nicht viel – und das bei guter Unterkunft.«

»Euer Angebot ist gar zu verlockend. So möchte ich Euer hochherziges Angebot nicht abschlagen – aber wirklich nur für einige Tage in Anspruch nehmen.« »Das freut mich ganz außerordentlich, Mynheer. Vielleicht, so ihr die Luft in unserer Universität geschnuppert, ist sie auch für Euch in Zukunft ein Ort und Hort, um Euer, trotz eurer Jugend, so umfangreiches Wissen noch weiter zu vertiefen.« Der Advokat hatte Ludwig neugierig gemacht und in ihm einen Widerstreit ausgelöst. Da war einerseits die Aussicht, einen, ihm zwar unbekannten, aber wohl hochgeschätzten Lehrer der Mathematik kennen zu lernen; was sicher nicht ohne Reiz war. Andererseits war seine Bekanntschaft mit Buchelius ja aus ganz anderen Gründen aufgebaut. Was hatte dieser Mann damit Clarissa, seiner Clarissa zu tun? Er musste es herausfinden – und zwar schnell. Eine direkte Frage wagte er nicht, um nicht sein Gesicht zu verlieren und seinen Einführungsschwindel aufzudecken. Andererseits stand es mit seinen Barmitteln nicht gerade hervorragend – jedenfalls nicht, um lange den adeligen Sohn einer honorigen Familie zu markieren. Drei klägliche Gulden, einige Kreuzer und Heller waren sein Vermögen. Wollte er nicht auffliegen, möglicherweise in Haft und Strafe für seinen Schwindel genommen werden, musste er sich sehr auf jedes gesagte Wort Besinnen und streng danach leben. Konnte man das in der Gesellschaft dieses Mannes überhaupt? War es überhaupt gut, sich in diese honorige Gesellschaft zu wagen? – Seine Kleidung, das hatte Buchelius ihm doch bei ihrer Begegnung sehr deutlich gesagt, qualifizierten ihn, schieden ihn grundsätzlich aus der bürgerlichen Gesellschaft aus. Der Jurist kannte in Leiden offenbar Gott und alle Welt. Immerhin, auch bei ihm schienen die monetären Güter nicht turmhoch zu sein, denn er führte Ludwig zu einem ordentlichen, bescheidenen Gasthaus, dem »Klonken«. »Wisst, Mynheer von Sylenstein-Sydekum, ich steige lieber in diesen kleinen Gasthöfen ab. Da ist man oft, wie auch in diesem Fall, besser versorgt, als in den größeren. Zudem, die Leute beachten einen nur in dem Maße, wie es gebührlich ist; man hockt da nicht, wie ein Schellfisch auf der Platte, jedermanns Blick preisgegeben. Im Klonken hat der Wirt zudem Kammern, die er zu einem vernünftigen Preis anbietet und die allen Ansprüchen, sofern sie nicht zu hoch gespannt sind, genügen.«

Simon Stevenius hatte seine Lesung beendet und wischte sich mit einem großen roten Sacktuch die schweißbedeckte Stirn. Bedacht zog er das schwarze Barett, mit den angesetzten, rot gefütterten Ohrenklappen, wieder zurecht. Glättend fuhr seine Linke, Eitelkeit verratend, über den schwarzen Talar. Gewichtigen Schrittes verließ er den kleinen Besprechungsraum neben dem Auditorium. Auf dem Gang fand er sich einem jungen Mann gegenüber, der ihm von Mynheer Buchelius vorgestellt worden war. »Hat Er auf mich gewartet, junger Mann?«, fragte er und stellte noch einmal sachkundigen Blickes fest, dass er es hier mit einem zwar jungen – aber doch waffenkundigen Menschen zu tun haben musste; wohl einer jener jungen Adeligen, die von frühester Jugend an als Pagen, Knappen – weiß Gott was alles – zu irgendeinem Herrn in Dienst gegeben wurden, um den Haushalt zu entlasten und oft auch, um das Erbe des Ältesten nicht zu gefährden. Vermutlich, schoss es ihm durch den Kopf, trug das Bürschchen unter dem überaus prallen Rock einen Harnisch und die beiden Blankwaffen zeigten an, dass dieser junge Zeitgenosse das Schwert vermutlich besser denn eine Schreibfeder zu führen verstand. – Er registrierte es mit Sarkasmus – ohne es indessen direkt auf den Besucher – sondern mehr auf die Zeitläufe zu schieben. Doch wer konnte sich schon die Zeit aussuchen, in der er lebte! Der Bursche antwortete mit angenehmer Stimme: »Sehr wohl, Mynheer Professor. Ihr Vortrag hat mich sehr beeindruckt. Aber ich habe da noch eine Frage offen, die mir unlängst durch den Kopf ging, als ich mit Kanonen zu tun hatte.« »Schau an, Mynheer von Sydekum, – äh, so war doch der Name?« »Allerdings«, lachte Ludwig und war froh, dass der Professor offenbar den von Buchelius zuerst genannten Namen vergessen oder überhört hatte. Stevenius hatte es eilig und gedachte keineswegs, seine Zeit mit einem Söldner – oder was der Bursche auch immer sein mochte, zu verbringen. Er sagte darum wenig entgegenkommend und begeistert: »Komme Er ein Stück des Weges mit mir. Er macht mich gespannt, was Er als – äh – Praktiker, das ist Er ja wohl«, er deutete missbilligend auf Ludwigs Waffenarsenal, »noch nicht verstanden hat.« »Es sind zwei Probleme«, erwiderte Ludwig. »Es ist das des Rückstoßes – oder, wie ich meine, des verlorenen Drucks – und die Form des Geschosses.« »Aber Mynheer! – Ich hatte doch gerade auf dieses Thema einiges an Zeit zur Erklärung aufgewandt.« »Schon wahr. Aber erscheint es nicht unbefriedigend, wenn man das Geschütz mit Fender auffangen muss? Ist der Rückdruck nicht ein Teil verlorenen Vorschubs für das Geschoss?« – »Selbstverständlich ist das unbefriedigend«, wehrte der Professor ärgerlich ab. Da auch er keinen praktischen Rat wusste, schalt er unwirsch: »Wie will Er, der Praktikus, es denn machen? – Ich bin kein Kanonengießer! – Meinetwegen sollte man die Kanonen an Federn hängen, falls man solche herstellen könnte, die den Druck abfedern und dennoch mehr zum Vorschub beitragen würden. Doch noch besser, man baut sie so fest, dass sie stabil blieben. Ha, ha, was unmöglich ist, weil das Material zerspringen würde.« Er hatte es doch geahnt. Der Kerl stellte unmögliche, unbequeme Fragen. »Der Rücklauf eines Kammergeschützes ist geringer«, wagte sich Ludwig etwas vor. »Aber junger Mann, wenn er in ein Kammergeschütz einen dichten Verschluss einbauen würde, einen Verschluss, den man nach dem Schuss, wegen der Ausdehnung des Metalls auch wieder herausziehen könnte, dann hätte er das gleiche Resultat – der Rückstoß wäre wieder wie bei der Kanone ohne Kammer.« Stevenius sah den Burschen ungnädig an und spöttelte: »Er kann, statt einer Feder, das Kanonenrohr ja auch auf ein Wasserbett legen. Das Wasser ist schon eine gute Bremse. – Aber das, Mynheer, muss Er schon selbst noch erfinden. Ich bin Mathematiker, Ballistiker, kein Geschützgießer. Gehe Er zu den Türken. Dort so sagte man mir, baut man hervorragende Kanonen. Vor Nicosia, so hörte ich unlängst, sollen sie riesige Kanonen benutzt haben, deren Kammern dicht, deren Rücklauf gebremst wurde. Ob das stimmt? – Wer weiß. Es wird viel erzählt. – Was nun Eeure Frage zur Geschossform anbelangt, erscheint mir die runde Form schon allemal die günstigste und geeignetste.« »Mynheer Professor, ich habe erlebt, wie aus einem Falkon Pfeile verschossen wurden. Das Pfeilgeschoss flog mit gleicher Ladung und Höhe genauer und weiter als die Kugel.« Stevenius blieb ruckartig vor seinem Quälgeist stehen, fasste sich an seinen grauen Kinnbart und knurrte nachdenklich: »Luftwiderstand, Mynheer, der Luftwiderstand ist geringer und ein Pfeil ist durch die Schaftlänge stabiler. Ein Geschoss ohne Schaft trudelt. – Versteht er?« »Ja, schon. Dann müsste man Kanonengeschosse doch verlängern – oder mit einem Pfeil Schaft versehen – nicht wahr?« »Mache Er das! – Mynheer von Sydekum, mache Er das. Dann macht Er sicher bald Kriegsgeschichte und vielleicht bin ich dann eines Tages sein Bewunderer. – Äh, ich muss nun leider zu einer wichtigen Verabredung. Immerhin – nichts für ungut. Wenn Er Erfolg haben sollte, lasse Er es mich wissen.« Ehe Ludwig es begriff, hatte der Professor ihn verabschiedet und ging, leise vor sich hin brabbelnd, lachend davon. Ludwig ärgerte sich. Der hatte ihn für dumm verkauft. Verdammter eingebildeter Narr. Doch was er gesagt hatte, musste er in Ruhe überdenken. Da war einiges sicher nicht falsch, wenn der Studienmeister auch keine Antworten wusste. Auf dem Weg zum Gasthaus musste er über den Marktplatz vor dem Rathaus. Dicht vor dem Platz fiel ihm auf, dass die Menschen eilig alle mit ihm in die gleiche Richtung strebten. So stand er, aus seinen Gedanken gerissen, unversehens in einer Menschenmenge am Rande des Rathaus- oder Marktplatzes, auf dessen Mitte ein Reisig Haufen aufgeschichtet war, aus dem drei Pfähle ragte. An jedem hing ein Mensch, in weißem Hemd und weißer Mütze mit schwarzem Kreuz, angekettet. Die Menge um ihn brodelte, johlte, geiferte und gierte: »Verbrennt die Kröten, die Giftsaat, die Ausgeburten des Satans!« So – und so ähnlich tobte und schrie es allenthalben vom Greis bis zum unverständigen Kleinkind.

Das also war eine Hexenverbrennung! – Neugier, Entsetzen und Abscheu wechselten in ihm und er stand wie angenagelt und sah zu. Das eine Opfer war eine junge Frau; sie hing tot oder bewusstlos am Pfahl. Das andere Opfer, eine alte Frau, stand da, mit Blick auf den Himmel und schien zu beten. Das dritte Opfer war ein Mann in seinem Alter. Er schien bei Bewusstsein, obwohl er an dem Pfahl mehr hing als stand. Das weiße Hemd zeigte unzählige stellen, an denen Blut durchdrang. Er musste unter dem Hemd aus unzähligen Wunden bluten. »Mein Gott«, flüsterte Ludwig und alle seine Schrecken, die er in Köln durchlebt hatte, standen wieder vor ihm. Es war ihm, als höre er noch die Schreie der gefolterten Frau, die Worte seiner Peiniger, der Knechte, der Priester, des Greven und des Henkers; – alles fiel ihm wieder ein. Schlimmer, er schien die Qualen wieder zu spüren, die er damals durchgemacht hatte. Da ging ein Juchzen durch die Menge und am Scheiterhaufen stieg Rauch auf, der sich schnell in eine Flammenlohe verwandelte – aus der ein paar kurze, schreckliche Schreie drangen. »Ha! Hört ihr, wie der Teufel fluchend aus ihnen fährt!« »Wie er kreischt und heult!« – So und ähnlich redeten die Leute und reckten die Hälse, sahen mit gierigen Augen in die Glut, in der die Umrisse der Opfer noch schwach zu erkennen waren. Gewaltsam schob er sich aus der Menge. Ein schlampiges Weib sah ihn mit irrlichternden Augen an. »He du, bleibst wohl da! – Oder bist du auch des Teufels, dass du nicht sehen magst, wie deinesgleichen in die Hölle fährt!« Ludwig sah sie entsetzt und böse an und schlug hart, klirrend an sein Rapier. Erschrocken sprang das Weib zurück – aber einige andere Leute sahen nun auf ihn. Das konnte gefährlich werden. Entschlossen riss er die Initiative an sich: »Wenn noch einer das Maul aufreißt, hau ich ihm den Kopf ab – ihr närrischen Idioten.« Man glaubte es ihm und wandte sich wieder, scheinbar unbeteiligt, dem Schauspiel zu. Aufgeregt und wütend erreichte Ludwig den Klonken. »Ich reise sofort ab«, rief er barsch dem überraschten verwirrt schauenden Wirt zu. »Was ist Euch denn über die Leber gelaufen«, fragte der Wirt arglos und gutmütig.

»Euer Markt stinkt nach Menschenfleisch«, keuchte Ludwig mit nur mühsamer Beherrschung. Er holte seinen Umhang aus der Kammer, bezahlte den Wirt und wandte sich zur Tür, zu der gerade Buchelius mit einem anderen Herrn, dem hohen schwarzen Hut nach, ebenfalls ein Jurist, hereinkam. Sie führten ihren Disput in Latein – über die Auslegung des neuen *Tractatus de confessionibus maleficorum et sagarum*[82]. Als Buchelius Ludwig ansichtig wurde, unterbrach er sein Gespräch und rief: »Wohin so eilig, Mynheer von Sylenstein-Sydekum?« »Fort aus dieser Stadt. Mich leidet es nicht mehr in diesen Mauern, wo finstere Dummheit und grauenvolle Bosheit Menschenopfer fordert!« »Aber, aber! Ihr meint doch nicht etwa die Verbrennung der Bösewichter auf dem Markt?«, ereiferte sich der fremde Begleiter des Herrn Buchelius – und dieser setzte hinzu: »Mynheer, es ist für recht befunden, dass die drei Sünder der Hexerei schuldig waren. Recht muss da Recht bleiben – und wo kämen wir hin, wenn die guten Menschen von solchen Bestien ungestraft heimgesucht werden könnten. Niemand kann da eine ehrliche Hand den finstern Mächten reichen. Soeben haben wir noch eine Handschrift diskutiert, die der Weihbischof von Trier im letzten Jahr verfasst und derzeit in den Druck gegeben hat. Sie wird bald überall erhältlich sein.« Ludwig sah Buchelius bedauernd an. »Mynheer Buchelius, ich hielt Euch für einen gebildeten, freundlichen Menschen. Ich muss mich da sehr getäuscht haben! – Wie könnt Ihr sagen oder glauben, dass der Teufel mehr Macht hat, als Gottvater und Sohn!«

»Das, bewahre, habe ich nicht gesagt!«, entrüstete sich der Gescholtene.

»Doch! Wer dem Hexenwahn anhängt, muss Gott wenig vertrauen. Oder wollt Ihr gar leugnen, dass es nicht in Gottes Hand und Macht liegt, ob er Euch leben oder sterben lässt?« »Doch schon!« Der Fremde mischte sich ein: »Was sollen solche ketzerischen Fragen?« »Ketzerisch«, höhnte Ludwig. »Was ist wohl ketzerischer? Der Glaube, Gott ist allmächtig oder der Gott bedarf der Hilfe von armseligen Menschen?« Die Blicke des fremden Juristen sprühten gefährliche Blitze. Doch ehe er antworten konnte, setzte Ludwig hinzu: »Euch, werter Mynheer, kenne ich nicht. Aber die Ansichten, die Ihr zu hegen scheint, stehen dem Teufel gewiss näher denn Jesus Christus. – Trotzdem, behüte Euch Gott!« Ludwig stieß erregt die Tür auf und ging. Hinter ihm blieben zwei grimmig in Latein diskutierende Juristen und ein sprachloser Wirt zurück.

---

[82] Weihbischof Petrus Binsfeld, Trier 1589; z.dt.: Traktat vom Bekenntnis der Zauberer und Hexen

Ludwig hatte sich bei einem Fischhändler am Achterburgwall für ein paar Kreuzer einquartiert. Seit Tagen war er bemüht, bei dem Kaufmann van Huelpen etwas über Clarissa zu erfahren. Zwei Billetts, die er über eine Magd des Kaufmanns an Clarissa sandte, fanden keine Antwort. Seine Gedanken kreisten unentwegt um sie – und die Stunden der genossenen Liebe, die sie ihm in den wenigen Tagen geschenkt hatte. Sein Herz verlangte nach ihr, nach neuer Bestätigung. Warum wurde er im Hause van Huelpen nicht beim Hausherrn vorgelassen? – Warum kam, wenn schon der Hausherr ablehnend war, von ihr, deren Liebe er zu besitzen glaubte, keine Nachricht. War sie nicht zu Haus? Die Magd hatte keineswegs die Anwesenheit der Schwester des Hausherrn geleugnet. »Ich hätte den Buchelius in meiner Empörung und Wut nicht vor den Kopf stoßen sollen«, warf er sich immer wieder vor. Der Mann wusste sicher viel, wenn nicht alles über die Familie – und damit über Clarissa, die offensichtlich nicht einmal seine Begleitung auf einer Reise als unschicklich ansah. Keine ehrbare junge Frau fuhr mit einem fremden Mann ohne Begleitung einer dritten Person über Land, in der Gegend herum. Was verband sie mit diesem Advokaten? Je länger er darüber nachsann, umso mehr bedrückte ihn diese Tatsache, so wie die, dass sie ungezwungen, nach dem Missgeschick mit dem Reisewagen, mit einem anderen weitergefahren war, als sei dieses die natürlichste Sache der Welt. »Es ist sicher alles ganz einfach aufzuklären«, sinnierte er. Buchelius hätte ihm wohl alles einfach erklären können. Nun, die Chance war vertan, sinnlos, weil er sich über etwas aufgeregt hatte, was doch alltäglich war und ihn gar nicht zu berühren hatte – oder doch? Er sah aus dem kleinen Fenster auf die Gracht hinunter, auf deren stinkendem Wasser, unter seinem Fenster, gerade ein Lastkahn durch gestakt wurde. – Ruhig ging der Schiffer über sein Deck; drückte die Stakstange in den Gracht Grund und trieb im Dahinschreiten den Kahn, wie es schien, fast mühelos über den Stakpunkt voran.

Der Mann hatte Geduld. Geduld und Gelassenheit musste man haben – er hatte sie nicht. Sein unruhiges Blut und sein ungestilltes Verlangen eiferten mit seinem Verstand.

Beim Betrachten des Schiffers kamen ihm die mahnenden Worte des Bruders Tivolio in den Sinn. Deutlich vermeinte er, noch die Worte seines einstigen gütigen Lehrers zu hören: »Ruhig musst du werden, Ludwig. Nur ein Tor übt sich in Ungeduld. Geh in dich und betrachte die Gründe deiner Ungeduld wie ein

Fremder. So, als erzähle dir ein Fremder deine Kümmernisse als die seinen. Du wirst sehen, du beurteilst und erklärst die Ursachen und ihre Möglichkeiten – ja notwendigen Folgen ganz anders. Dazu gehört freilich Disziplin, Selbstbeherrschung! Probleme werden in ihrer Substanz nicht wertvoller und wichtiger, nur weil sie deine Wünsche oder Bedrängnisse sind. Sie dich um! – Jeder hat Probleme, Wünsche Vorstellungen, die wenigsten sind erfüllbar. Da hilft nur Geduld oder Verzicht. Doch vorab muss man die Wünsche mit den verfügbaren Möglichkeiten vergleichen, was nur geht, wenn man sie unvoreingenommen – also von auszustehender Sicht betrachtet. Natürlich sind deine Wünsche Bestand der Prüfung und beziehen sich nur auf diese, dein ich. Das ist natürlich. Jeder ist sich selbst der Nächste – selbst da, wo vom Allgemeinwohl gesprochen, das Ganze hochgepriesen und beschworen wird. Bei näherer Betrachtung sind viele unserer Wünsche und Begierden höchst unedel und eigensüchtig. Da gilt es, die Spreu vom Weizen zu trennen – was, ich muss es gestehen, selbst einem so alten Mann wie mir, nicht immer leicht fällt. Doch es kommt auf das Bemühen an.« Das Bemühen war es – die Dinge im rechten Licht zu besehen. Was hatte er denn wirklich für ein Recht auf oder an Clarissa? – Er glaubte sie – nur sie – zu lieben. Was er für sie empfand, musste das sein, was Menschen mit Liebe bezeichneten. Sie hatte ihm Wärme und Liebe gegeben – unerwartet – für die Zeit ihrer Begegnung. Es war heimliche Liebe – wie es nicht anders sein konnte. – Aber war so etwas dauerhaft? Leiteten sich davon Rechte oder Hoffnungen ab? War ihre Leidenschaft nur ein Spiel, das er nicht durchschaute? Was wusste er denn schon von den Gefühlen, den Leidenschaften der Frauen? Er vermeinte, immer wieder ihre zärtlichen Worte zu hören. Waren sie nur Schmus – nicht mehr, wie die Liebedienerei der Badhausmädchen des Baders Wylich? – Das konnte doch nicht sein! – Sie war doch nicht wie jene, eine billige Hure. – Oder war es gar die Art der Weiber, die er nicht, noch nicht durchschaute? Seine Erfahrungen mit Frauen waren von einem wesensfremden Bild seiner Mutter und von den Erlebnissen in Köln, von den Trossweibern des Heeres abhängig. Er konnte sich kein Bild machen. Alles waren Vermutungen, Spekulationen. Wütend hieb er auf den kleinen wackeligen Tisch. »Ich werde es noch einmal versuchen! – Einmal noch, um beim Reeder van Huelpen Eingang zu finden«, murrte er vor sich hin. Entschlossen stapfte er aus der kleinen Klammer. Dabei blieb ihm selber verborgen, was er wirklich wollte. Sein Denken reichte, trotz aller Vorsätze und Selbstermahnungen, immer wieder nur bis Clarissa – danach kam nichts mehr. Selbst, wenn sie ihn erhörte – oder nur anhörte – was sollte es? Was konnte er bieten? – Wie sollte es weitergehen? Soweit wollte er mit seinen Gedanken nicht gehen, denn sie bedeuteten doch von vorn herein Verzicht. Entlang der Gracht standen unzählige Marktbuden und Verkaufsstände. Teils lagen die Waren, meist landwirtschaftliche Erzeugnisse auf dem ungepflasterten Boden ausgebreitet, teils lagen sie auf Brettertischchen oder auf Schubkarren – oder lagen in Körben und Kiepen. Dazwischen, angebunden, eingepfercht oder in Weidenkäfigen, jede ortsübliche Art von Kleinvieh: Ziegen, Schafe, Ferkel, Gänse, Hühner und Tauben. Ludwig schob sich durch den Lärm und das Gedränge der Marktbesucher, zwischen denen sich Gaukler und Musikanten mühten, ebenfalls ein paar Groschen für den Lebensunterhalt zu ergattern. All das geschäftige bunte und laute Treiben durchdrang seinen inneren Verstandesnebel nicht. Er stapfte wie ein Schlafwandler durch das Gedränge. Plötzlich stand er vor Melke, der Magd der van Huelpen, die mit einem Korb voll Gemüse durch das Gewimmel drängte. Schlagartig fiel seine Benommenheit ab und erfreute Hoffnung wollte sich in ihm breitmachen. War es nicht ein Wink des Schicksals, gerade hier, auf diesem Weg die Magd zu treffen, die ihm die Brieflein besorgt hatte? »Guten Tag Melke«, schrie er fast erleichtert und atmete tief durch. »Ach, der Mynheer Sydekum!«, entgegnete sie und wurde leicht rot. »Ja Melke, es ist gut, dich hier zu treffen. Hast du mein letztes Brieflein an die Jungfer Clarissa besorgt?« »Selbstverständlich«, lachte die Magd ihn, fast, wie es schien, verliebt an. »Na und?« »Nichts und? – Nichts und, werter Mynheer. Jungfer Clarissa hat sie gelesen.«

Sie lachte in Erinnerung. »Hier und da vorgelesen.« »Wa-a-a-s! – Meine Briefe vorgelesen?«, fauchte er fassungslos, verschämt und zutiefst beleidigt. »Nun ja, Mynheer, Ihr sagtet ihr in Euren Brieflein gar schöne und liebe Worte; sehr artige Worte, wie sie mein Jan nicht finden würde.« Sie wurde dabei über und über rot und verlegen. Er sah sie mit weißem Gesicht an und stotterte hilflos: »Das gibt es doch nicht! – Das kann doch nicht wahr sein!« Die Magd deutete, falls sie zu einer Empfindung, wie sie der junge Mann für seine Angebetete hegte, fähig war, Worte und Verhalten falsch. Sie fuhr unbekümmert fort: »Mynheer, ihr braucht mir heute keinen Brief mitgeben. Die Jungfer Clarissa ist nämlich in Utrecht.« »So, so«, sagte er geschockt und abwesend. »Was macht sie denn da?«

»Sie ist bei ihrer Tante. Sie bereitet doch ihre Hochzeit vor.« »W-a-a-a-s! – Wie bitte?« »Nun ja, Mynheer. Es ist Euch wohl nicht angenehm, es zu hören. Die Jungfer Clarissa heiratet Ende des Monats den ehrsamen, wohlhabenden Kaufmann Bartholomäus Dreute aus Brüssel. – Die Heirat hat der Mynheer van Huelpen geknüpft. Das junge Fräulein macht eine gute Heirat«, plapperte sie unbekümmert weiter. Er hörte es nur wie durch einen Nebel. – Sie redete weiter: »Der Kaufmann ist nicht mehr der Jüngste und die Jungfer seine vierte Frau.« »Wie alt ist er denn«, hörte er sich mechanisch fragen. »Na ja, er soll schon sechsundfünfzig sein. Er war ein Freund des Vaters meines Herrn.« Ludwig stöhnte gequält auf und trug der Magd mühsam sprechend auf: »Grüß das Fräulein noch einmal von mir. Sag ihr, ich wünsche ihr viel Glück. – Behüt dich Gott Melke.« Er wandte sich abrupt um und eilte, die etwas verdutzt guckende Magd stehen lassend, fort, seinem Quartier zu. Nur fort von hier! Keinen Menschen sehen. Der Schmerz saß wie ein Elb auf seiner Seele und ließ ihn, den an sich sehr schönen Tag, grau und finster erscheinen. Alles war also Lug und Trug gewesen – ein Hirngespinst – ein Luftschloss! Seine Enttäuschung war grenzenlos.

Der Wagenzug der Kaufleute bestand aus zehn schwer beladenen Ochsengespanne und wurde von zwölf bewaffneten Begleitknechten zu Fuß begleitet. Zwei Kaufleute und vier Faktoren ritten vor dem ansehnlichen Zug. Die Wagenknechte gingen neben den Wagen und hatten sich die langen Doppelzügelleinen um die Oberkörper gehängt. So im Schlepp, schritten sie schwatzend und Strümpfe strickend neben ihren Gespannen einher. Die Wagen gehörten verschieden Kaufleuten aus Ostende, Brügge und Gent und hatten Brüssel als Ziel. Auf dem Bock des ersten Gespanns mit vier schweren Ochsen hockte Ludwig mit einem älteren Mann im dunklen Anzug und modischen, spanischen Rundhütchen. Es war Mynheer Lukas Lübbes, Buchhalter der Flandern-Compagnie, einer kurzzeitig gegründeten Kaufmannsgesellschaft verschiedener flandrischer Städte. Zwischen den beiden Männern stand ein größerer eisenbeschlagener Kasten. Ludwig sah vor sich auf die unbekümmert dahin trabenden Reiter und dachte besorgt daran, was ihnen mit den paar Leuten und den vielen kostbaren Waren, vom Geld in der Kiste ganz zu schweigen, alles geschehen konnte. »Wie weit, Mynheer Lübbes, meint Ihr, ist es noch bis Brüssel?« »Ich denke, in drei Stunden werden wir es geschafft haben.« »Die Gegend ist hier recht unübersichtlich.« »Ihr braucht keine Angst zu haben, Mynheer Sydekum. Unsere Züge sind hier sicher. Die Spanier halten Ruhe und Ordnung. – Obwohl der Farnese irgendwo im französischen Lande sein soll.« »So haltet Ihr viel von ihm?« »Als Feldherr und Zuchtmeister seiner Truppen ist er mir schon lieber, als manch anderer. Wenn ich da an die Truppen des Oraniers denke. Die habe ich zweimal erlebt. Sie sind saufend, raufend, plündernd und vergewaltigend über uns hergekommen – wie die Heuschrecken in der Bibel im Lande Ägypten.« Ludwig wechselte das Thema. »Wie viel Tage werden wir in Brüssel bleiben, Mynheer?« »Die Faktoren bleiben nur so lange, bis die Wagen entladen sind und neue Fracht aufgenommen ist. Mynheer Bois, unser Compagnie Vertreter für Brüssel, er hat dort Haus und Lager – und wir beide, werden wohl bis zur Abwicklung der Geschäfte, die Listen, hat Er doch selber geschrieben, dortbleiben. Ich meine, ein bis zwei Monate wird es schon dauern.« »So werden wir den Verkauf selber tätigen?« Lübbes lachte gutmütig aber überlegen. »Mynheer Sydekum, wir sind Buchhalter. Das heißt ich – Er ein sorgfältiger Schreiberling. – Lernt die Waren taxen und die Buchführung – dann habt Ihr viel gewonnen. Die Geschäfte macht natürlich der Kaufmann mit seinen Gesellen und Faktoren.« Er hüstelte und fuhr belehrend fort: »Wenn Ihr die Buchführung könnt, reicht es allemal für Euer Auskommen.« »Ich hoffe, mein bescheidenes Wissen wird für die Lehre ausreichen.« »Da habe ich keine Sorge. Doch ist das nicht überall und immer ausschlaggebend. – Wie Ihr erzählt, konntet Ihr dem Compagnie Kaufmann Pascual Moor das Leben retten. Das war sehr löblich und sicher nicht zu verachten. –

Er hat Euch dafür eine Arbeit und Lehre angeboten, die viele fleißigen Menschen trotz eifrigen Bemühen nicht erreichen. – Das heißt nicht, dass ich nicht Euer erstaunlich schnelles Lernen und Begreifen, ja schon Können achte. – Aber versteht es recht. Es hat viel Neid erweckt. Nicht jeder in der Compagnie ist damit so recht einverstanden, wie Ihr vielleicht meint. Zudem kommt, dass niemand so recht weiß, wer Ihr seid oder woher Ihr kommt. Wahrhaftig, Mynheer, Ihr habt großes Glück – mit Euren Anfang in diesen Beruf. Es ist wohl der ehrbarste Beruf und nach Eurer Lehrzeit steht Euch mancher Weg offen, der, wenn man kein Vermögen hat und nicht aus einem Kaufmannshaus stammt, mit etwas Glück doch zum Buchhalter oder Faktor einer Gilde oder Kompanie führen kann. Dazu bedarf es viel Fleiß und Können und – es sollte ein ehrliches Herkommen nicht vergessen sein.« Mit einem schiefen Seitenblick setzte er nachdrücklich hinzu: »Ehrlichen Namen und Geburt – sofern man so etwas hat, sollte man offen bekennen.« »Mein Name ist gut, Mynheer Lübbes«, entgegnete Ludwig schroff. »Ich will es Euch wohl gern glauben. – Doch weist es nach und das üble, heimliche Gerede in der Compagnie unter den Gesellen hat ein End. Ist alles ehrlich – lasst es ganz einfach prüfen.«

»Mynheer Lübbes! Mynheer Moor hat mich in diese Stellung gebracht – ohne nach dem Woher und Wohin zu fragen. Wie kann da in der Compagnie Gerede sein. Er hat mich nach meinen Taten und Können bemessen – nicht nach einem Stück Papier. – Ich sagte Euch schon zum wiederholten Mal, mein Name ist allemal so gut, wie der eines jeden anderen«, ärgerte sich Ludwig störrisch. Wie sollte er anders. Er wusste, wo er den Ebelstein zu suchen hatte, aber wer sollte ihm von dort günstige Nachricht bringen? Seine Mutter lebte nicht mehr und wer von der Familie lebte überhaupt noch? – Zudem war ihm nicht einmal der genaue Ort bekannt. Dazu kam, was ihm der Feldhauptmann über seine Herkunft gemutmaßt hatte. Danach war er unehrlich, ein Bastard, wie man zu sagen pflegte. Von der Burgherrin auf Sylenstein, so es sie denn noch gab, war kaum zu erwarten, dass sie sich zum Bastard ihres verstorbenen Mannes bekannte. Also gab es für ihn gar keine Möglichkeit, an das nötige Papier, an Brief und Siegel zu kommen. Werte, die diese Welt immer wieder verlangte – ohne die man eigentlich gar nicht existierte. Ludwig schwieg und starrte verbittert auf die tanzenden Kuhschwänze. »Seht Ihr«, fuhr Lübbes nach einer Weile gelassen fort. »Ihr weigert Euch – aus was weiß ich für Gründen. Steigt daher wie ein verwunschener Prinz, ein Gelehrter oder Edelmann – und wundert Euch, wenn man Euch misstraut.« »Ist es so arg«, fragte Ludwig überrascht und deprimiert. »Nicht gar, aber es gibt eben Anlass. Dabei ist es offensichtlich, dass Ihr gar kein schlechtes Herkommen haben könnt, denn Euer Wissen ist merkwürdig gediegen und groß. – Aber bedenkt die anderen, die sich ihre Position mühevoll erarbeitet, erkämpft, die nicht Eure Vorbildung haben. Sie fühlen sich durch Euch benachteiligt, zurückgesetzt.« »Das ist mir neu. Ich wüsste nicht, wen ich benachteiligt oder zurückgesetzt – oder gar Schaden zugefügt hätte. –

Sagt, Mynheer Lübbes, habe ich dabei auch Euren Unwillen erregt?« »Wohl kaum. Keine Sorge – doch ist mir ein offenes Wort schon lieb. So mag ich es Euch nicht verhehlen, dass es für einen Kaufmannskommis ungebührlich ist, einen Raufdegen herumzuschleppen, gerade so, wie ein Kriegsknecht.« »Gerade der war es, der Mynheer Moor gerettet hat.« »Weshalb man es Euch in der Compagnie und in der Stadt nachsieht – und darüber böse Witze reißt.« »So meint Ihr, ich sollte ihn ablegen?« »Das meine ich allerdings. Legt ihn Euch unter die Schütte und kramt ihn erst wieder hervor, wenn Ihr Faktor«, er wies zu den Reitern voraus, »wie die dort seid und stolz durch die Lande reitet – statt auf dem Bock den Kuh- und Pferdeärschen zuzusehen.« »Und wenn dieser Wagenzug überfallen wird?« »Dafür sind die Geleitknechte da. – Seht, ich habe hier für die letzte Not ein Pistol. Ob es schießt, weiß ich allerdings nicht.« Er lachte verlegen, als er die recht kleine Waffe unter dem Mantelsack hervorkramte und unbeholfen in der Hand drehte. Es war eine einfache Radschlosspistole mit Spanngriff. »Darf ich mal sehen«, fragte Ludwig neugierig. »Gern, seht sie Euch nur richtig an. Vielleicht könnt Ihr mir sagen, wie das Ding funktioniert.« Er sah dabei Ludwig aufmerksam und listig an. Wie der Bursche die Waffe aufnahm, sah es gekonnt aus. So hatte er es sich gedacht. Der Bursche musste sich wohl eine Zeit unter dem Kriegsvolk herumgetrieben haben. Irritierend war nur, dass er gut schreiben könnt. Er stand den anderen Kommis nicht nach – was bedeutete, er hatte eine Schule besucht. Vermutlich war er ein ausgerissener Sohn wohlhabender Eltern, ein verkommener Studiosus. Das war vermutlich auch der Grund, warum er sich über sein Herkommen beharrlich ausschwieg. Mochte der Himmel wissen, was das junge Bürschchen schon alles auf seinem Gewissen hatte. Ludwig gab die Pistole zurück. »Mynheer Lübbes, sie ist ungeladen. So könnt Ihr damit nur werfen«, lachte Ludwig – nicht ahnend, warum ihm der gerissene Alte die Waffe wirklich gezeigt hatte. »Na, das ist besser, als wegen einer Waffe erschlagen zu werden. Aber Ihr könnt mir in Brüssel einmal zeigen, wie ich das Ding für alle Fälle zu handhaben habe.« Die Umrisse von Brüssel wurden, als sie über eine Bodenwelle hinter einem Wald hervorkamen, unmittelbar sichtbar. Stolz lag sie da, die Hauptstadt der spanischen Niederlande. »Noch eine halbe Meile!«, rief Jan Bois vor ihnen und galoppierte mit dem anderen Kaufmann und den Faktoren voraus.

St. Catherinen war, wie immer bei der Sonntagspredigt, gefüllt. Die Spanier hatten in den letzten Jahren viel gelernt und so wurde es auch nach der Rückeroberung von Brüssel, durch den Herzog von Parma toleriert, dass die Calvinisten frei ihren Gottesdienst ausüben konnten. Der calvinistische Prediger in St. Catherinen donnerte auf die Köpfe der Gläubigen stimmgewaltig herab. » ... Darum ist die Welt in Not! Satan ist tausendfach unter uns!« Er beugte sich weit über die Kanzel – als wollte er es jedem einzeln ins Hirn hämmern. »Seine Macht ist überall aufgerichtet. – Er spukt als Fluch Teufel, Saufteufel, Zauberteufel und Hurenteufel unter uns, unter euch, Brüder und Schwestern! – Satan findet überall vielen tausendfachen zauberischen, gierigen, geilen Anhang. – Seid wachsam! – Hütet euch vor denen, die da mit dem Teufel paktieren – und gegen die verzweifelt ringenden Kämpfer Gottes ihren Unrat, Unflat, Kot, Dreck schleudern – sie in ihrem Kampf verlachen, herabsetzen wollen! – Weh! – Wehe! – Wenn sie die Macht haben, mag Satan mit seinem Gesindel heulend und jaulend, mit Pfeifen und Trommeln und fliegenden feurigen Fahnen durch die Welt ziehen. Darum wehret den Anfängen! – Überall! – Zu jeder Stunde. Diese Unholde, diese Zauberpatrone und Hexenplazentiner gehören ins Feuer, wie die Kuppelnden und Buhlen des Teufels! Es wird höchste Zeit, dass der Meister -Achweh-[83] wieder einmal mit harten Besen den Unrat nach kehrt. Er nahm nun theatralisch eine Haltung ein, als wolle er der Gemeinde, die gespannt lauschte, eine schlimme Vertraulichkeit zuflüstern – und dabei brüllte er doch so, dass man ihn in der letzten Ecke des Kirchenschiffs deutlich hören konnte: »Ich war letztlich im Lothringischen. Da vertraute mir der Strafrichter von Nancy, Nicolaus Remigius[84], was sich ihm allerorts im Kampf gegen Zauberei und Satansbrut offenbart hat. – Schauriges! – Schauriges, liebe Gemeinde! – Mitten im Sommer fiel Hagel in die blühenden Felder! – Vieh stürzte auf der Weide plötzlich um, als sei es vom Blitz erschlagen – obwohl die Sonne schien. Eine Frau gebar ein Kind mit zwei Köpfen und einer Kuh brachte ein Kalb zur Welt – halb Pferd, halb Schwein! – Ja! – Alles Volk war da entsetzt und flüchtete – wohin! – In die Kirche! – In die Kirche und tat Buße. Vom Altar flog jedoch eine Eule im lautlosen Flug und als man ihr folgte, verschwand sie geradewegs im Kamin der Ortshebamme.« Er machte ein beredtes Gesicht, eine Kunstpause, ehe er mit fürchterlicher Stimme, verzerrtem Gesicht und wilder Armgestik fortfuhr: »Da! – Ihr Leut'! – Da war es klar! – Satan war im Ort und hatte seine Gehilfen wohl organisiert. Bei der Hebamme, die man ergriff, fand sich jede Hexensalbe, bereitet aus Kröten, kaltem Schleim, Sumpfschlange,

---

[83] Henker
[84] sein eigentlicher Name: Nikolas Remy

Molchsauge, Unkenzehe, Hundemaul, Bilsenkraut Saft, Eidechsenbein, Katzenflaum, Wolfszahn, Drachenkamm, Hexenmumm, Schierlings Wurz, Judenlunge, Eiben Reis, Blut vom Neugeborenen und Kinderfett! – Ja, – Kinderfett! Sie gab die Kinder für tot geboren aus und gewann daraus das Fett und das Blut. In ihrem Rauchfang hingen fünf Neugeborene – gut geräuchert. – So, ihr Leute! Da bleibt euch das Maul vor Grauen auf. Spürt ihr, wie euch das Entsetzen den Magen in die Höhe zieht! – Nun hört! – Ist nicht auch hier allerorts Unerklärliches, Unheimliches, Grauenvolles im Schwange! – Ist da nicht der Gevatter von gestern auf heute todkrank? – Kommt nicht unerklärlich, plötzlich der Tod oder eine bittere Krankheit in die Stube? – Ich sage euch – unter uns«, er wies großartig in die entsetzte Runde, »unter uns ist manch Arglist, manch Zauberer, manch Hex! Gerade die Hexen haben es leicht – ist doch Satan in seiner Buhlschaft lieber Inkubus als Sukkubus. Liebt er doch die Seele, die eine glatte Haut umschließt mehr, denn eine raue. Und da sind es so manche Weiber, die ihm da begierig folgen, denn er kann ihnen mit seiner teuflischen Macht und Kraft so manchen Wunsch erfüllen. So sie ihm einmal zu Willen waren, sind sie ihm hoffnungslos verfallen. – Darum, Gemeinde, gibt es so viele Hexen.« Er wies blitzschnell auf einen alten Mann, dem die Gebrechlichkeit anzusehen war: »Du Mann! Was glaubst du, wie lange du der Lust einer jungen Frau genügen kannst?« Er wartete – und der Alte blickte überrascht, beschämt und verstört. »Ich will es dir sagen – Alterchen!«, höhnte der Prediger. »So lange, wie ein Hahn zwei Mal krähen kann – wenn überhaupt noch!« Allgemeines Gelächter schien aufkommen zu wollen – doch von der Kanzel schallte es unbarmherzig herab: »Hättest du aber, selbst in der Armseligkeit deines Alters, einen Pakt mit dem Teufel, weiß Gott, dir wollte es noch stundenlang, Nacht für Nacht gelingen, deinen ehelichen Lüsten nachzukommen!« Er machte eine Pause, stellte sich in ruhige Pose und fuhr sanft und salbungsvoll fort: »Darum liebe Gemeinde – helft. Helft unserem Herrn Jesus Christus, diese Welt von dem Übel zu befreien. Lasset uns beten.« Wie an jedem Sonntag war Ludwig mit dem ganzen Hausstand seines Kaufmanns, soweit er hier in Brüssel weilte, zur Predigt gegangen, da man es einfach voraussetzte, dass er Calvinist sei. Er hatte sich gehütet, nur irgendein Wort über Religion zu äußern – obwohl nach der Rückeroberung der Stadt die Katholiken wieder die Mehrheit und damit hier das Sagen hatten. Natürlich fehlte es seitens der Katholischen Kirche nicht an sanften Druck auf die Calvinisten, wieder zum alten Glauben zurückzukehren. Aber es geschah nur sanft, fast unspürbar – denn man hatte aus der schlimmen Erfahrung und Zeit unter der Statthalterschaft des Herzogs von Alba gelernt. Die klug eingeleiteten gegenreformatorischen Maßnahmen des Kardinals Granvelle wirkten sich so positiv aus, dass in der Stadt zur Zeit eine Art Burgfrieden herrschte und die Geschäfte und das Wohlergehen der Stadt vor den religiösen Streitigkeiten rangierte.

Der Gottesdienst war zu Ende und das Volk strömte, drängte aus dem Kirchenschiff – bei manchen sah es wie wilde Flucht aus. In Ludwig wogte der Unmut. – So ein verworrener Unsinn und komödiantenhaften Auftritt als Gottesdienst hatte er noch nie erlebt. Mit Entsetzen nahm er wahr, wie viele der Gottesdienstbesucher das Spektakel in sich aufgesogen hatten. Was von der Kanzel verkündet wurde, musste die Wahrheit sein. – So jedenfalls schien es die meisten einfältigen Besucher anzunehmen, zu glauben. Beim Hinausgehen hatte er das unangenehme Gefühl, dass jeder jeden mit Misstrauen beäugte, auf jede Bewegung, auf jedes Wort achtete, ob sich nicht etwas Verräterisches, Teuflisches zeigte. Er ging sittsam einen Schritt hinter Mynheer Lübbes, der seinerseits einen Schritt hinter dem Prinzipal Bois zurückblieb. Bois schritt mit einem französischen Kaufmann, einem Hugenotten, voraus. Die anderen Kommis und Knechte trabten, wie Ludwig, hinterdrein – unter sich aber auch eine Rangfolge behauptend. »Der Prediger, dieser Saint Bodin«, setzte einer der Altknechte an – und der jüngste Kommis verbesserte ihn: »So heißt der doch gar nicht. Der heißt Luis Bekker. Den nennen sie nur Bodin, weil er dem französischen Kronanwalt Jean Bodin alles nachquatscht.« »Du, halt dein freches Maul, du Klugscheißer!«, schimpfte der verbesserte Altknecht und setzte giftig hinzu: »Bist wohl gar einer, der das Treiben der Unholde und Zauberer, der Hexen verteidigt.« »Verdammter Drecksknecht! – Willst du mir das Wort im Munde umdrehen? Ich habe es nicht gesagt. Ich habe lediglich festgestellt, wer der Prediger ist. Aber du bist zu blöd, um zu lesen, was an der Kirchentür stand.« Die beiden stritten sich in dem Ton weiter und die anderen Kommis und Knechte gossen durch Zwischenbemerkungen noch Öl in das Feuer des Streites. Mynheer Lübbes sah es mit großen Unbehagen.

Er wandte sich an Ludwig: »Im Frühjahr hatten wir in Gent schlimme Fälle. Es wurden an einem Tag gleich mehrere Hexer, Zauberer und Hexen verbrannt. –

Ob ihr es glaubt, Mynheer Sydekum, eine Hexe war erst drei Jahre alt.« »Und da glaubt ihr, Mynheer Lübbe, sie war eine Hexe?« »Aber sicher. Sie hatte auf dem Rücken ein fingergroßes Hexenmal. Kein Zweifel, es war eine. Aber das war auch gar nichts Außergewöhnliches. Ihre Mutter war im Jahr vorher schon der Buhlschaft mit dem Teufel und der Hexerei überführt und verbrannt. Sie hatte ihren Nachbarn so verdorben, dass er unter der Pein sterben musste, als er auf einer Überlandfahrt auf seinem Boot vom Blitz erschlagen wurde.« »Aha«, sagte Ludwig finster. »Wer hat das denn gesehen?« »Der Müller. Seine Mühle ging danach auch in Flammen auf, denn er hatte die Hexe gesehen, wie sie auf einem feurigen Ziegenbock durch die Lüfte ritt.« »Ach, Mynheer Lübbe, ich bin nun schon oft bei Nacht und Nebel, bei Hagelschlag und Gewitter herumgelaufen, habe den Blitz einschlagen sehen, aber eine Hexe auf einem Bock ist mir noch nie untergekommen.« »Seid froh, junger Mann. Freilich, gesehen habe ich dergleichen auch noch nicht, obwohl ich, wie ihr, schon oft im Regen durch die Lande gefahren bin. Aber ich möchte, Gott bewahre, nicht dem Teufel und seinem Anhang begegnen.« »Ich auch nicht«, brummte Ludwig und dachte wütend über die Predigt nach. Gab es wirklich den Teufel? Doch sicher gab es den – nur trat er nicht in jämmerlichen Gestalten auf. Wenn Gottvater denn überhaupt mit dem Bösewicht, dem Teufel ringen musste, seine Kraft nicht wesentlich größer war, dass ein Fingerschnippen ihn aus der Welt verbannte, dann war dieser Satan mindestens genau so mächtig wie Gott. Das aber würde doch bedeuten, dass es mehrere Herren der Welt – also Götter – geben musste, Gottvater und Gott Satan? Er schauderte über seine Gedanken. Hatte ihn der Satan schon in den Klauen, dass er so etwas denken mochte? Wenn es denn stimmte, was der Prediger sagte und viele Leute behaupteten, dann konnte Satan Gott, dem gute Gott, Gottvater also, so einfach, mir nichts – dir nichts, die Seelen ausspannen? Dann musste dieser Unhold mächtig sein – denn nur der Mächtigere war fähig, dem Schwächeren zu nehmen, was ihm gehörte. Das bedeutete doch eine furchtbare Konsequenz – auf das allgemeine Verhalten der Menschen – das Verhalten der Mächtigen. Sie alle würden doch danach streben, dem mächtigeren Herrn zu dienen. Lieber Himmel – dann war es doch Zeit, die Fronten zu wechseln. Wütend über sich, schüttelte er den Kopf. Aber das war doch alles blanker – leider blutiger Irrsinn, Unsinn. Gott, der Allmächtige, hatte niemand über sich. Er war der Herr der Welt, des Himmels und der Erde. Er musste seine Macht nicht teilen, er war darum auch nicht furchtsam vor Satan. Was er nicht wollte, dass es geschehe, konnte Satan nicht erzwingen. Gott war auch nicht auf den guten Willen der Menschen angewiesen – sicher umgekehrt. Das schloss freilich nicht aus, dass Satan mit diesem oder jenem einen Handel versuchte. Aber allein der Anruf Gottes musste das Beginnen des Bösen schon beenden. Wer nun aber gar fest im Glauben zu Gott stand, konnte da gar nicht in Not geraten. Das war ganz sicher. Auch stellte sich ihm immer wieder die Frage, was denn ein so übermächtiges Wesen, wie Satan, der dem Gottvater offenbar ins Handwerk pfuschen konnte, mit der lächerlichen Kraft des Menschen anfangen sollte. War er ein König, der Vasallen benötigte? – Wenn ja, wozu? Entschied etwa die Menge der Seelen, die Gott oder Satan hinter sich zu scharen wussten, wer der Herr des Himmels und der Erde war? – Aber auch dann kam immer wieder nur heraus, dass es sich um gleichrangige Parteien handelte, die um die Vorherrschaft stritten – Vorherrschaft am gleichen Ort mit dem gleichen Zweck – oder doch nicht? Eine närrische Vorstellung, der er nicht weiter zu folgen geneigt war. Schließlich waren da noch seine eigenen Erfahrungen, die er im Laufe seines jungen, ereignisreichen Lebens, nicht zuletzt mit den Vertretern Gottes und des Satans hier auf Erden gemacht hatte. Aber auch hier stellte sich sehr schnell wieder die Frage, wer diente wem. An der Kleidung und der Lebensstellung war das sicher nicht auszumachen. Da gab es ganz offensichtlich die Priester und Prediger, Mönche und andere Vertreter der Kirchen, die, wenn man ihr Tun betrachtete, eher zur Garde des Teufels. Denn zu Gott gehörten, denn ihre Taten waren den schauderhaften Vorstellungen, die man von Satan hatte weit aus ähnlicher, als der Güte Gottes. – Auf der anderen Seite standen die armen Menschen, Narren und Toren, die man der Garde des Satans zurechnete, wie eben der Lübbe es dem kleinen Kind unterstellte. Ihnen wurden Dinge unterstellt, die, bei einigen vernünftigen Nachdenken, die Ausgeburten von Verbrechen oder Wahnvorstellungen waren. Wie hatte doch vorhin der Prediger gesagt. Man sei einer Eule gefolgt, die vom Altar fort zur Hebamme geflogen sei. Welch ein Unsinn. Niemand, der in einer Kirche zum Beten hockte, konnte so geschwind diese verlassen und dem schnellen Flug einer Eule folgen. Satan musste, wenn er sich als Eule verkleidete, ein rechter Troddel sein, wenn er seine Widersacher auf diese Weise zu seinen Anhängern führte. Bruder Tivolio hatte immer behauptet, der Mensch sei triebhaft – gleich den Tieren. Nur seine Erziehung und sein Umfeld, seine gesellschaftliche Stellung gebe ihm Richtung und Antrieb, gebe ihm eine Richtschnur des Lebens. Wenn Menschen böses taten, folgten sie ihren natürlichen Trieben. – Einzig die Erziehung im Glauben, Bruder Tivolio ließ darüber keinen Zweifel, welcher es war, erlaube es, Menschen verschiedener Art und Stärke miteinander zu leben. Wo die Richtschnur durchhängt – oder gar verloren geht, da waren die Triebe des Menschen frei und sie äußerten sich zumeist böse. Doch das, so hatte Tivolio immer wieder betont, und sich behutsam nach eventuellen zufälligen ungebetenen Mithörern umgesehen, hatte nichts mit dem Satan zu tun. Das war schon immer im Menschen – in allen Menschen. Noch nie hatte er erlebt, dass sich jemand als Anhänger des Teufels bezeichnete – obwohl seine Taten sich gegen all die Prinzipien richteten, die schlechthin als Menschlichkeit bezeichnet wurden, die der Krone der Schöpfung, wie es vermessen hieß, in jeder Form Hohn sprachen. Deutlich sah er wieder sein Peiniger im Turm zu Köln vor sich, wie sie ihn traktierten, um ihn zu Dingen zu überreden, von denen er nichts – aber auch gar nichts wusste; auch die Schreie der Frau waren ihm immer noch deutlich im Ohr, der man unter entsetzlichen Schmerzen Geständnisse abpresste, die aus diesem Schmerz erst geboren wurden – jeder Tatsache entbehrten. Auch er hatte doch schließlich unter der Folter gestanden, indem er Erfindungen gestand, die, wie ihm der Zufall damals zuspielte, die ihm zur Hilfe gekommen waren, an eine Wahrscheinlichkeit grenzen konnte, die aber genauso gut wieder Unschuldige in die gleiche Zwickmühle bringen konnten. Dabei, das wusste er nun, waren seine Foltern geradezu barmherzige Streicheleien gegen das gewesen, was man Ketzern, Hexern und Hexen, Zauberern und Elben zudachte. Er wurde aus seinen finsteren, wie er sich gestand, ketzerischen Gedanken gerissen. Man hatte das Haus der Kompanie unter debattieren und zanken erreicht. Ludwig hörte, da er nun dicht an seinem Kaufherrn vorbeiging, wie dieser sich von seinem Begleiter, dem französischen Kaufmann verabschiedete und noch leise hinzusetzte: »Immerhin solltet Ihr dringend Acht geben, Messieur Loundrel, Eure Meinung gar zu deutlich zu machen, sonst könnte es Euch leicht wie dem Mynheer van Bläs und der jungen Frau des Mynheer Dreute ergehen, die man, weiß der Himmel warum, kaum, dass sie in der Stadt waren, wegen Zauberei und Hexerei verhaftet hat.« Bei dem Namen Dreute stutzte Ludwig. Wo hatte er den Namen schon einmal gehört? – Er dachte mehrfach darüber nach – aber es wollte ihm nicht einfallen.

Drei Tage später eilte er mit Warenpapieren zum Haus der Brüsseler Kaufmannschaft. Dieses stand auf dem Großen Platz, schräg gegenüber dem Rathaus, dessen Belfried[85] goldfunkelnd die Statue des St. Michael krönte. Im Gegensatz zu dem großartigen Anblick, den der Platz sonst dem Beschauer gewährte, kündigte düsteres Treiben der Stadtknechte Schreckliches. Sie häuften emsig zwei Scheiterhaufen auf. An der Rathausecke, am Eingang der goldenen Straße, stand ein Schuhknecht und machte einen langen Hals. Ludwig fragte den Burschen, was da vorbereitet wurde. »Was Mann, das weißt du nicht? –

Heute werden doch der Zauberer und die Hexe geschmort!«, feixte der Mann und rieb sich vergnügt die Hände. »Wenn du das nicht gewusst hast, musst du fremd in der Stadt sein, sonst hättest du das längst gehört. Alle Welt redet seit Tagen von nichts anderem.« »Das ist nicht falsch, Mann. Ich bin erst einige Wochen hier und ständig in unserm Kontor, wo schon das Gespräch über das Abendessen verboten ist.« Der Knecht lachte. »Das kenne ich. Habe auch schon mal so einen Krauter gehabt. War in Amsterdam. Ich bin dem Kotzbrocken doch schnell wieder davon. Ja, ja, so was gibt's.« »Wer sind denn die Unholde«, erkundigte sich Ludwig vorsichtig.

»Ach, der Zauberer heißt Bläs. Er kommt aus Utrecht und soll ein arger Schelm sein. Er wurde hier gefasst, als er gegen mehrere angesehene Familien einen Zauberfluch bereitete. – Hostien hat er gestochen, zerfetzt und dann den Vögeln verfüttert.« »Und dabei hat man ihn ertappt?« »Woher soll ich das denn wissen. Jedenfalls sagt man das alles von ihm.« »Und wer ist die Frau?«

»Haha, Frau! – Das ist ein Weibsteufel, ein junges Weib. Der alte, ehrbare Dreute hat die calvinistische Hexe vor kurzer Zeit geheiratet. Der arme Kerl wusste nicht, dass er eine Teufelsbuhlin sich ins Bett geholt hatte. Aber es wurde ihm schnell offenbar. Er spürte, wie sie ihm nachts Hexensalbe ans Ohrläppchen schmierte. Ehe die Salbe wirkte, erwachte er und da kannst du dir vorstellen, was er für einen Schrecken bekommen hat. – Er sah gerade noch, wie sein junges Weib auf feurigen Besen aus dem Schlafgemach ritt – durchs geschlossene Fenster – stell dir das vor.« »Ist das wahr«, staunte Ludwig. »So hat wohl gar der Ehemann sein Weib angezeigt?«

---

[85] Turm

»Aber natürlich. Was hättest du denn getan? Hättest du dich etwa mit einer Hexe wieder ins Bett gelegt?«, fragte der Schuhknecht ungläubig und mit Misstrauen in der Stimme. »Bist du toll«, eiferte Ludwig, der den Blick des Mannes aufgefangen hatte. Der Schustergeselle fuhr in seiner Erzählung, an der er sich offenbar selber berauschte, beruhigt fort: »Der alte Dreute fiel, nachdem die Hexensalbe doch noch wirkte, in tiefen Schlaf. Als er am aufwachte fand er sein Weib im tiefsten Schlummer, mit rosigem Gesicht an seiner Seite im Bett. Da hat er sie denn sogleich aufgedeckt und siehe da, an der Hüfte hatte sie ein Teufelsmal.« »Und dann hat sie alles gestanden?«, wollte Ludwig wissen. »Selbstverständlich nicht. Aber bei der peinlichen Befragung hat sie dann doch alles zugegeben und noch ein paar Zauberer und Hexen verraten, die man nun auch in den Turm geworfen hat und wohl«, er schnalzte genüsslich mit der Zunge, »auch in ein paar Tagen in Rauch und Feuer schmort.« »Da gibt es ja viel zu gucken«, schnaufte Ludwig angewidert und rannte quer über den Platz zur Kaufmannschaft. Der Schustergeselle starrte ihm verblüfft nach. »Na so was – der hat es aber plötzlich eilig. Kein Wunder, wenn er das Schönste im Leben nicht mitbekommt.«

Im Kontor herrschte unter dem Dutzend Anwesenden, fast alles Kaufleute oder Faktoren, gespannte Stimmung. »Es ist eine gute Gelegenheit, Mynheeren«, rief ein älterer, unaufdringlich, kostbar gekleideter Herr, unterstützt von einem eifrig nickenden Mann in Schwarz, mit weiß ausgefütterter spanischer Tracht. »Der Herzog sammelt das Heer und wird im Frühjahr marschieren. – Ist es nicht so, Señor Morales«, wandte er sich wieder an seinen Nebenmann. »So ist es, Mynheeren. Navarra hat Mayenne bei Diepe geschlagen und wird nun wieder auf Paris ziehen, um es erneut zu belagern. Seine Majestät, König Philipp, kann es nicht zulassen, dass ein Hugenotte auf Frankreichs Thron kommt.« »Das bedeutet, Mynheeren«, setzte der erste Sprecher wieder ein, »wir können uns die Möglichkeiten sichern, das sammelnde Heer des Herzogs zu versorgen. Das Geschäft machen die, die sofort liefern können. Es muss also schnellstens gehandelt werden, wenn die Brüsseler Kaufmannschaft ihren Teil abbekommen will – und Señor Morales«, er verneigte sich leicht zu seinen Nebenmann, »erbietet sich als unser Anwalt und Vermittler an. – Ich weiß wirklich nicht, was die Mynheeren zaudern lässt.« »Wenn der Höllenhund von Calvinist, der Dreute, uns nicht seine Bettprobleme ins Haus getragen hätte, Mynheeren«, krächzte und nuschelte ein alter, gebückter Kaufmann, der noch ganz und gar spanische Tracht trug, wie sie vor dreißig Jahren Mode gewesen war. »Dann hätten wir jetzt freie Hand. – Nun aber in zwei honorigen Familien die Hexenjagd begonnen hat, steht uns noch einiges ins Haus, das wir noch gar nicht ermessen können.«

»Der Dreute hat recht gehandelt!«, fauchte ein wohlbeleibter Herr mit kugelrundem Kopf und spiegelnder Glatze. »Was heiratet der alte Esel so ein junges Ding«, wetterte der gebückte Alte. Ein anderer höhnte: »Die hat ihm die Hörner aufgesetzt – und er hat in den Spiegel gesehen.« »Und den Teufel entdeckt,«, krächzte der Alte wieder wütend. Die ganze Gesellschaft lachte widerwillig und gequält. Der erste Sprecher ergriff wieder das Wort: »Ich schlage vor, wir sprechen mit Señor Morales alles genau durch und lassen uns von den Ereignissen hier nicht beeinflussen. – Euch, Mynheer Cleber«, wandte er sich an den Alten, »würde ich schon empfehlen, Euer Schandmaul zu halten. – Nicht jeder ist hier Katholik und wir haben uns doch darauf verständigt, den Glauben bei Geschäften aus dem Spiel zu lassen.«

Ludwig hatte die Papiere im Kontor bei einem ihm gewiesenen Schreiber, deren mehrere an verschiedenen Pulten in den Fensternischen standen, vorgelegt und dem Disput der Herren neugierig zugehört, bis diese, außer zwei, in einen Verhandlungsraum nach nebenan verschwanden. Die zwei zurückgebliebenen gingen, an ihm vorbei, im leisen Gespräch mehrfach auf und ab. So konnte er einiges mitbekommen, was ihn eigentlich nicht interessierte, an das er sich später aber noch erinnern sollte.

»Ihr müsst unbedingt alle Zeugen vorstellen, Mynheer Loewenter«, drängte der eine und fuhr eindringlich fort: »Jetzt gar zu behaupten, der Satan habe das Geld in Sand verwandelt, würde uns die ganze Gesellschaft auf den Hals holen – und auch wohl jene Aasgeier mobilisieren, die die Kaufmannsvermögen, mangels eigener Tüchtigkeit, bei jeder Gelegenheit als gute Beute betrachten.« »Aber Mynheer van Selben! – Wie! – Sagt mir um des Himmels Willen, wie soll es denn erklärt werden? – Niemand hatte Zutritt und Schlüssel. Jeder, der Vertrauensleute, konnte mit seinem Schlüssel nur ein – sein Schloss öffnen. – Also ist Diebstahl eines Mitglieds unmöglich.« »Ihr habt noch einmal alle Schlösser und Eingänge im Haus geprüft?« »Natürlich! – Und da die Kiste im Gewölbe steht, ist sie, wie ihr selber wisst, durch vier schwere Eichentüren und eine Eisengittertür geschützt. – Nicht ein Schloss war beschädigt, nicht eines offen.« »Das ist doch unmöglich!« »Es ist, wie ich sagte. Ich weiß nicht, wie es der Gesellschaft zu erklären ist. – Wenn Nachmittag die anderen Herren kommen, können wir es nicht mehr verheimlichen.« »Bei unseren Sicherheitsmaßnahmen und der Tatsache, dass nur fünf Mitglieder zusammen die Schlösser öffnen können, wird man Euch keinen Vorwurf machen können und den Schaden mit tragen müssen.« »Aber in diesen Tagen das Unerklärliche mit Zauberei in Verbindung zu bringen, heißt dem Teufel auf die Schippe hüpfen. – Das darf nicht laut werden!« Im Sitzungssaal wurde laut nach den beiden Sprechern gerufen und sie eilten, um an der Beratung teilzunehmen.

Als Ludwig das Gebäude verließ, hatte sich auf dem Platz bereits eine große Menschenmenge angesammelt. Aus der Oberstadt rollte ein Leiterwagen heran, auf dem zwei weiß gekleidete Gestalten zwischen vier Henkersknechten standen. Irgendwo bimmelte ein Glöckchen für die armen Sünder. Das Volk johlte auf. Dominikanermönche eilten mit vorgestreckten ellengroßen Holzkruzifixen auf die ankommenden Delinquenten zu. Das Geschrei verstummte – aber es war dennoch nicht zu hören, was am Wagen gesprochen wurde.

Ludwig sah mit Schaudern hinüber. Jetzt durch die hysterische Menge zu wollen, war gefährlich und fast unmöglich. Von den nächst Stehenden, drüben am Leiterwagen, der nun unweit der Holzstöße gehalten hatte, drangen Schreie herüber. In der Menge wurden Flüche auf die Verurteilten laut. »Er hat die Mönche zum Teufel gewünscht«, hörte man einige laut lamentieren. Da fing es in der Menge irgendwo an und wurde schnell zum brausenden Chor: »Treibt dem Unhold den Teufel aus! – Treibt ihn aus! Treibt ihn aus!« Zwei Knechte schleppten den Mann über eine Leiter auf den Scheiterhaufen und ketteten ihn dort an den aufragenden Mittelpfahl. Nun erschien ein dritter mit einer glühenden Zange, die er aus einem Kohlebecken, das von den Henkersknechten mitgeschleppt worden war. Man lüftete das Büßerhemd in die Höhe bis zur Brust und der Knecht stieß sein rot glühendes Eisen in den Bauch des Opfers. Ein tierischer Schrei hallte über den Platz. Das Volk brüllte: »Mehr! – Mehr! – Mehr!» – und der Knecht tat ihnen den Gefallen, bis der Delinquent das Bewusstsein verlor. Nun wurde die Frau auf den zweiten Haufen geschleppt und dort gleichfalls angekettet.

Ludwig blieb ein Schrei, der sich ihm bei diesem Anblick entringen wollte, in der Kehle stecken. Die Augen quollen ihm fast aus den Kopf. –

Da stand sie! – Seine geliebte Clarissa. – Die Frau, die er geliebt und begehrt hatte. Sicher, sie hatte ihn enttäuscht – aber das hier! Wieder heulte die Menge gierig und fanatisch auf. – Ein Dominikaner kletterte auf den Haufen und hielt der Verurteilten ein Kreuz hin, was diese offenbar küsste. Der Henker trat darauf hinter sie und zog ihren Hals mit einer Schlinge an den Pfahl. Als er losließ, fiel ihr Kopf auf die Brust. Der Dominikaner schlug ein Kreuz und krabbelte auf der Leiter vom Haufen herab. Den Mann hatte man mit Wasser aus seiner Bewusstlosigkeit gerissen. Er sah zu der Frau hinüber und rief: »Oh, meine Clarissa! – Verflucht seid ihr alle! – Ihr Ausgeburten der Hölle!« Der Platz verwandelte sich in einen wild brodelnden Kessel entfesselter Wut und Mordgier. Der Radau, das Geschrei und Getobe war unbeschreiblich. Der Scharfrichter, der oben bei den Verurteilten seine Handlungsbefugnis und das Urteil noch einmal verlas, blieb unbeachtet und im Toben unhörbar. Er verließ gelassen den Scheiterhaufen und gab den Knechten ein Zeichen. Die schnell aufwölkenden dunklen Rauchfahnen kündigten den Beginn der Verbrennung. »Mein Gott! – Mein Gott! Das sind hier doch keine Menschen«, stöhnte Ludwig. »Herr im Himmel, wie kannst du so etwas zulassen?« Er drückte sich unbewusst in eine Nische der Hauswand. Die Flammen hüllten die Opfer ein. Merkwürdig, der Mann sagte keinen Laut mehr – wie man auch von Clarissa nicht einen Laut zu hören bekam. Ludwig sah alles wie in einem bösen Traum – unfähig, sich von der Stelle zu bewegen. Er stand noch, als sich die Menge verlief und die verkohlten Reste von Scheiterhaufen und Opfern sichtbar wurden. Die Leichenreste hingen nun, fast wie das Bild des gekreuzigten Heilands, mehrere Ellen hoch über der Glut. Knechte eilten, um die Brandstätte, die Glutreste abzudecken, denn gar zu schnell konnte sich durch Funkenflug ein Feuer auf die Häuser[86] am Rand des Platzes ausbreiten. Es wurde dunkel. Ludwig vermochte sich immer noch nicht zu lösen. Zu tief saß der Schock. Er stand, ohne es zu wissen und starrte mit leerem Herz und Hirn.

Plötzlich stand ein Mann, groß und schlank, neben ihm. Eine bekannte Stimme sagte: »Geh, Kauzenludwig! Das ist schlimmer, als gegen Pechnasen laufen.« Ludwig kam aus seiner Erstarrung, sah auf. Mühsam – nur allmählich

---

[86] Die Zunfthäuser, die damals um den Grand Place in Brüssel standen, waren überwiegend holz- und lehmgebaute Fachwerkhäuser. Sie wurden 1695 durch Beschuss vernichtet

rang sich sein Geist durch den Nebel wieder an die Oberfläche des Lebens – in die Gegenwart.

»Du, Würstelhannes?« »Ja, leider. Ich wollt, ich wäre zu dieser unglücklichen Zeit nicht hergekommen. Kanntest du sie?« Der ehemalige Geleitknecht nickte zu den Brandstätten hinüber und sah dann Ludwig scharf an, versuchte, in der aufkommenden Dunkelheit in seinen Gesichtszügen zu lesen. Ludwig nickte und ein tiefes Stöhnen rang sich, gleichsam befreiend, Luft schaffend aus seiner Brust. Er sah zu Würstelhannes auf und fragte leise: »Kanntest du sie etwa auch?« »Maria und Josef, die sicher nicht. – Sie sind mir fremd – aber sie haben mir leidgetan. Aber den Wildgruber haben sie gestern eingefangen.« »Warum das? Was hat er getan?«

»Er hatte im Hirn Blähungen, der Depp. Er hat gesoffen und gequatscht.« »Dann wird er nach seinem Räuschlein doch wieder frei sein.« »Sie haben ihn nicht eingesperrt, weil er stink besoffen war.« »Warum denn?« »Du weißt doch, dir hatte er doch auch schon einmal von seiner Mutter und danach, von seiner Zeit hier in den Niederlanden erzählt.« Ja, schon.« »Siehst du! – Das hat er gestern auch gemacht und dabei hat einer gesehen, dass er etliche Gulden besitzt.« »Aber darum sperrt man doch niemand ein.« »Doch! – Doch hier schon. Weißt du, das ist so. Wer einen Hexer oder Hexe angibt, bekommt einen Teil vom Besitz. So fällt dem Richter, Henker und Angeber jeweils ein bestimmter Anteil zu. Selbst noch die Knechte bekommen einen kleinen Teil. Den Anteil gibt es aber nur dann, wenn der Gefangene auch verurteilt wird.[87] Gestern nun, hatte der gute Adolf, ganz gegen seine Gewohnheit, wegen eines sehr guten Erfolges im Geschäft, gesoffen und dann das große Mitleid und Weh mit sich selbst bekommen. Da hat er wegen seiner Mutter herum lamentiert und dabei alle Pfaffen, Prediger, Richter und verblödeten Menschen zum Teufel, und das hat er wirklich so gesagt, gewünscht.« »Und wer hat ihn angezeigt?« »In der Schänke hockten viele Leute. Die meisten haben über ihn gelacht oder sich gar nicht um ihn gekümmert, denn er war nicht allein stink besoffen. Nur in der Ecke hockte einer, auf den niemand achtete, weil er einfach, wie alle gekleidet und ganz friedlich und still war. – Das war dieser Prediger Bekker, den sie auch den Saint Bodin nen-

---

[87] Die Constitutio Criminali Carolina verbot dies gem. §218, trotzdem wurde es in vielen Landesteilen des Reiches praktiziert

nen. Na, um es kurz zu sagen. Plötzlich, ich war gerade hinter dem Haus zum Pissen, da waren die Stadtknechte da. Sie haben den Adolf wegen Teufelsanbetung und Fluch Teufelei festgenommen. Auch war sogleich von seiner Mutter die Rede. Du erinnerst dich. Er hat es häufig – und auch am Abend wohl erzählt, dass seine Mutter als Hexe verbrannt wurde. Das hielt man ihm vor; schrie es ihm sogleich an den Kopf. Sie nannten ihn einen Satanskuppler und bezichtigten ihn, das würde sich schnell erweisen, vielleicht auch einen Elb[88] zu sein – man werde es schnell herausfinden. – Ja! Da stehe ich nun und habe sogleich mit unseren Sachen das Quartier gewechselt. Aber der Angeber, dieser verdammte Prediger, hat mich sicher auch gemeldet und wer weiß, ob sie mich nicht auch schon suchen.« »Das ist ja entsetzlich«, stöhnte Ludwig, von dem der Schock nun langsam wich. »Aber der Adolf hat doch alles nur im Suff gesagt. Das kann man doch nicht ernst nehmen.« »Das tun die aber. Sie nehmen es verdammt ernst. Im Gegenteil! Sie halten es für ein sicheres Zeichen. – Ich habe es schon früher einmal erlebt. Wenn sie dich haben, kannst du reden, was du willst. Da wird sogleich aus einem Gebet Gotteslästerung. Du bist immer schuldig – musst schuldig sein, wenn du auch noch, wie ich schon sagte, Geld oder andere Habe hast.« »Was willst du nun tun?« »Ich weiß noch nicht. Wenn ich unsere anderen, früheren Gefährten bei mir hätte, den Knipphaus und den Kamhuber, wüsste ich schon, was zu tun wäre. Aber so allein ist man mehr Wild denn Jäger. Ich werde mich hier schnell verdrücken müssen.« »Übermorgen fährt ein Frachtwagenzug meines Prinzipals nach Luxemburg – über Lüttich. Wenn du willst, verwende ich mich für dich. Als Begleitmann wird dich niemand aufhalten.« Würstli winkte bekümmert ab. »Ich kann den Adolf doch nicht einfach, ohne einen Rettungsversuch, in der Scheiße stecken lassen. Das bin ich dem alten Weggefährten und Freund, der auch mich schon einmal aus arger Bedrängnis geholt hat, schuldig. – Wenn es nichts bringt, bleibe ich wenigstens, bis es vorüber ist. Da bekommt er dann wenigstens noch eine christliche Beerdigung.« »Ich denke, die Gerichteten werden nicht herausgegeben?« »Das ist richtig. Doch ich werde ihn mir dann einfach holen. – Schau, wenn das Feuer aus ist, keine Gefahr mehr besteht, bleiben meist zwei Wächter an der Richtstätte zurück. Morgen – oder übermorgen holen sie dann die verkohlten Leichen«, er wies auf die nun kaum noch zu sehenden

---

[88] Hexenkinder

Scheiterhaufen, »und streuen die Reste, schön zerstampft, auf den Schindanger. Also habe ich mindestens eine Nacht Zeit, die Leichenreste zu stehlen und würdig zu bestatten.« Ludwig ging dieser Gedanke durch und durch. Clarissa auf dem Schindanger, zerkleinert wie ein Stück Holz, verstreut, verscharrt! – Nein! Das durfte nicht sein. Gut, sie hatte ihn genarrt – oder? – Aber spielte das überhaupt eine Rolle? Er hatte sie geliebt. Es war seine erste, große Liebe – oder das, was er dafür hielt. »Würstli, du sagst, wenn die anderen Gesellen da wären, wüsstest du schon, was man unternehmen könnte.« »Na ja, so etwa.«

»Würdest du auch mich anerkennen, wenn ich dir meine Hilfe anbiete?« Würstli sah auf den jungen Mann herab. Ihm gingen viele Für und Wider durch den Kopf. Eines stand fest. Der Bursche da, neben ihm, war nicht mehr der, den er vor Jahren als Klosterschüler gekannt hatte. – Zudem, er war allein. Allein konnte er aber kaum etwas zu Adolfs Rettung unternehmen. Bedächtig sagte er nach einigen Minuten des Schweigens: »Was du uns vor fünf Monaten in der Kneipe erzähltest – klang nicht schlecht. Ich möchte es dir schon glauben, wenn du mir schwörst, dass es die Wahrheit war.« »Wie kannst du zweifeln?« »Weil du jetzt offenbar für einen anderen Herrn, einen Kaufmann arbeitest – oder?« »Ja, schon, das ist richtig. Als ich damals nach Putten kam, war der Obrist tot und sein Reiterhaufen, ich meine das Regiment, auf verschiedene andere Regimenter aufgeteilt – oder auseinandergelaufen. Mein Feldhauptmann, der Ritter von Stoploch, sollte mit seinen Reitern in der Nähe von Hertogenbosch – oder an der Schelde streifen. Ich suchte ihn, bis mir das Geld ausging. Ich streifte einige Tage herum, bis mich der Zufall an den Kaufmann Moor brachte. Ich kam dazu, als ihm Straßenräuber ans Leben wollten. Ich habe ihn heraus gehauen. Er hat mich dann, aus Dank, in dieser Kompanie untergebracht. Allerdings, so recht bin ich auch da nicht froh. Sie mögen mich dort nicht. Ich bin ihnen ein Dorn im Auge – was sie mir heimlich oder offen gar häufig zu spüren geben. Ich gehöre einfach nicht zu ihnen.« »Das klingt gut. – Nein, bei Licht besehen, gar nicht schlecht. Du bist ein sehr pfiffiges Kerlchen, mit dem etwas zu machen ist. Zudem, du standest schon zu lange im Heer. Bist schon fast einer der Unsrigen«, brummte Würstli, mehr zu sich selbst – denn zu Ludwig. – »Wenn du mir hilfst – ob wir nun Adolf heraushauen können – oder nicht, und mit mir kommst, sollst du dich nicht schlecht stehen, Kauzenludwig. Hier könntest du nie bleiben, wenn du mir hilfst. Deine Stellung wäre, so nur etwas ans Licht käme, nicht nur hinüber, sondern du säßest selber in der Kacke. Aber zurück zu meinem Angebot.

Ein ehrbares Handwerk oder gar die Vorzüge der Kaufmannschaft, kann ich dir nicht bieten. Was der Adolf und ich gemacht haben, von dem ich auch weiter leben möchte, ist gefährlich – und, wenn du deine Kaufleute hören würdest, sehr, sehr unehrlich.« Er lachte leise und wies zu dem, nun in der Dunkelheit unsichtbaren St. Michael hinauf. Es ist fast immer so, als ob du einen Nachtspaziergang machtest, bei dem du, wenn du geschickt bist und Glück hast, ein gutes Auskommen hast, wenn es schief geht, kostet es den Kopf. Doch immerhin, es ist nicht annähernd so gefährlich, wie der Sturm für einen gierigen Fürsten auf eine feindliche Schanze oder das kriegerische Herumstreifen auf einer Patrouille.« Ludwig schwieg einen Moment und entschied sich, wie immer in seinem Leben, plötzlich. »Ich mache, was du auch immer tust mit, Würstelhannes, wenn du auch mir bei einer gefährlichen Sache, die mir aber am Herzen liegt, die du mir eigentlich erst erklärt hast, hilfst – und zwar noch heute Nacht.« »He, he, was ist mit dir los?«, fragte der Schweizer überrascht. Er sah, der unverwandten Blickrichtung des jungen Mannes folgend, zu den schwach glimmenden Richtstellen auf den Platz und fragte überrascht:

»War da jemand bei, der dir etwas, viel bedeutete?« »Ganz recht.« »So ist das also. Darum standest du hier, wie ein verzaubertes Kaninchen. – Lass mich raten, es war die Frau?« »Ja, die Frau. Es war meine Clarissa – eine Kaufmannstochter aus Amsterdam. Ihr eigener Mann soll sie auf den Scheiterhaufen gebracht haben.« »Ich hörte davon. Scheiß Volk, dieses«, fluchte Würstli. Sie schwiegen eine Weile und jeder hing seinen Gedanken, Wünschen und Hoffnungen nach. Auf dem Platz erschien nun ein Nachtwächter mit einer Laterne und gleich darauf zog eine spanische Patrouille mit festen, klirrenden Gleichschritt über den Platz. Es musste also fast Sperrstunde sein – oder war es schon soweit? Würstli räusperte sich leise und flüsterte: »Du hast es noch nicht geschworen, ob alles wahr ist, was du damals erzählt hast.« »Natürlich war es wahr. Warum, Würstelhannes, sollte ich lügen oder aufschneiden? Ich habe das nicht nötig. Das kann ich schwören und tu es hiermit, bei Gott und meiner Ehr.« »Gut, ich will dir trauen, denn, wenn du falsch spielst, ist mein Kopf in der Schlinge, darum musst du meine Vorsicht verstehen. – Vermutlich willst du, wie ich es vorhin für den Adolf sagte, die Reste deines Mädchens holen – oder?« »Genau! Es ist mir so wichtig, wie es dir für Adolf wäre. Was du dem Gefährten und Freund bereit wärst zu tun, will ich nicht versäumen, meiner Liebe zu tun. Ich hoffe dabei auf deine Hilfe, doch wenn nicht, ist es auch nicht schlimm. Dann werde ich auch allein einen Weg finden.« »Bist du toll? – Natürlich helfe ich dir. Das versteht sich, wenn wir Gefährten werden wollen.

Wenn ich sagte, ich bin mit dir einverstanden, bin ich für dich da, wie ich hoffe, dass du auch für mich da bist. So war es damals unter uns Vieren, so ist es für mich zu Adolf erst recht.« »Es ist mein Wort.« Würstli nickte befriedigt und flüsterte: »So höre. Wir treffen uns um Mitternacht dort am Hause der Teppichweber.« Er wies in eine Richtung, in der die Silhouetten eines weit überkragenden Fachwerkhauses, dessen untere Etage durch hölzerne Säulen zusätzlich Abstützung erfuhren, mehr zu erahnen als sichtbar waren. »Du kennst sicher das Haus. Zwischen den Säulen sind Nischen. In denen ist niemand leicht zu erkennen. Ich werde da sein und bringe alles Nötige, was wir brauchen, mit. Hast du schon bedacht, wo wir das Mädchen würdig begraben?« »Nein, selbstverständlich noch nicht«, gab Ludwig kleinlaut und überrascht zu. – An das Naheliegende hatte er nicht gedacht. Die entsetzlichen Ereignisse, die tiefe seelische Erschütterung nahmen zu breiten Raum in ihm ein, um klar zu entscheiden. Er war Würstli dankbar, Anregung, Weg und Hilfe zu bieten. Würstli fuhr indessen überlegend fort: »Macht nichts, Kauzenludwig. Wir werden sie fürstlich bestatten.« »Was meinst du damit?« »Warte es ab. Ich habe da eine Idee. Ich muss nur nachsehen, ob es wirklich so zu machen ist. Geh du erst einmal nach Haus. Man wird dich sicher schon vermisst haben. Denke jedoch daran. Um Mitternacht und vergiss es nicht, eine Waffe mitzubringen – für alle Fälle.« Er huschte im Nachtschatten davon, lautlos, gekonnt. Ludwig holte tief Luft und flüsterte: »Auf denn – Ludwig – Kauz des Sydekum – oder wie du sonst heißen magst.« Ahnend, dass hier ein Weg begann, der nichts mit den bürgerlichen Gesetzen, ihrer Ordnung zu tun hatte, der sich gegen die Gesellschaft und deren Ansprüche stellen würde. Aber was machte es denn schon? Die Werte der herrschenden Gesellschaft erschienen ihm mehr denn je verachtenswert, eigensüchtig und nicht zuletzt mörderisch für die, denen keine Möglichkeiten zur Gegenwehr gegeben waren. Diese Welt konnte er nicht ändern, aber ihre bösartige Ungereimtheit, ihre Beschränktheit konnte er gegen sie verwenden. Just so, wie die Herrschenden ihre Macht gegen die Massen des Volkes hemmungslos, skrupellos anwandten. Plötzlich wurde ihm bewusst, dass er schon einmal so voller Bitterkeit, Zorn und Hass gegen die Menschheit und die Gesellschaft gestanden hatte. Dennoch hatte er sich halbwegs wieder den Rechtsverhältnissen angepasst, sich zu Eigen gemacht und danach gelebt. Zähneknirschend brummte er: »Ich will nun wirklich nicht mehr hilfloses Objekt derer sein, die mit angeblichen Rechten ihre Ordnung für sich – den anderen aufzwingen – und alles niedermachen, was ihnen dabei in die Quere kommt.« Als er in das Haus der Kompanie kam, gab es erst seitens des Mynheer Lübbes – und dann auch von Mynheer Bois persönlich langatmige Vorwürfe wegen seines langen Ausbleibens. Ludwig hörte sich alles fast unbeteiligt, gelassen an, was die Herrn der Compagnie in gelinde Wut und Ärger versetzte. Noch im Hinaufgehen, auf der Treppe wetterte Mynheer Bois erbost und abfällig: »Wenn du nicht dem Moor das Leben gerettet hättest, weiß Gott, junger Mann, ich würde, ob deiner Zuverlässigkeit, und da bin ich mit Mynheer Lübbes wohl einer Meinung, gern und sofort auf deinen Verbleib in der Compagnie verzichten!«

»Gemach, Mynheer Bois. Ich verlange von Euch nichts, was Euch zu derartigen anstrengenden Überlegungen bringt. – Mir ist schon lange klar, wie gern Ihr mich loswerden, Eurer Pflicht entledigt werden würdet.« »Wirst du auch noch frech!«, erboste sich der Kaufmann, und der Buchhalter raunzte, sekundierend in der Halle: »Wusste ich's doch! – Wusste ich's doch! – Rumtreiber, Kriegsgesindel, Strandgut!« Ludwig überhörte jedoch die Ausbrüche und rief gelassen, jede sonst übliche Unterwürfigkeit, wie sie sonst von einem Kommis gefordert, erwartet wurde, beiseitelassend: »Grüßt mir Mynheer Moor, wenn Ihr ihn seht, Mynheeren. – Ich falle Euch ab morgen nicht länger zur Last. Ich bekomme noch einen halben Gulden Lohn, wie ausgemacht, den Ihr mir schon seit Ankunft in Brüssel schuldet. Bei Sonnenaufgang scheide ich aus Euren Diensten, wenn es denn genehm ist!«

Diese lässige Wendung verschlug dem Kaufmann für Sekunden die Sprache – dann schrie er aufgebracht: »Ach so einer bist du! – Hatten die Gesellen und Mynheer Lübbe doch Recht! – Geh nur! – Je eher, je besser! – Und den halben Gulden mag dir Mynheer Lübbe sogleich geben. Ich will dich morgen hier nicht mehr sehen!« So etwas war dem Kaufmann noch nicht untergekommen; so etwas hatte er noch nicht erlebt. Die Kommis, Knechte und auftragsbedingten Lohnknechte, Tagelöhner traten ihm und seines gleichen stets mit Ehrerbietung und Unterwürfigkeit entgegen. Hier nun trumpfte einer auf, als sei er Gleicher unter Gleichen. – Wo hatte er schon je gehört oder gesehen, dass dies einem seiner Zunft geschehen war. »Unerhört! – Verbrecherisch!«, schnaufte er aufgeregt und warf erregt die schwere Tür hinter sich zu, als er in sein Schlafgemach verschwand. Mynheer Lübbes schoss auf Ludwig zu: »Bist du des Teufels, Sydekum? – Wie kannst du dem ehrbaren Prinzipal so kommen! – Welcher Undank! – Du hast in der Compagnie eine unverdiente Stellung gehabt, wie sie keiner hier von uns je bekommen hat – oder hätte.« Ludwig unterbrach den Alten mit unnatürlicher Ruhe: »Mynheer Lübbe, wie der ehrbare Mynheer Bois sagte, habt Ihr und die anderen mir nie getraut und mich in meiner Stellung, die nun wahrlich nicht anders sein sollte, wie die eines anderen, beneidet und beargwöhnt. Zeitweilig dachte ich, ich hätte zumindest von Euch so etwas wie Wohlwollen zu gewärtigen – jedenfalls schien es mir so, was sich ja wohl nun als nicht ganz richtig herausstellt. – Sei es drum. Ich wollte Euch heute keineswegs Unannehmlichkeiten bereiten. Ihr habt mich, als ich das Haus betrat, sogleich nur mit Anwürfen bedacht, ohne zu fragen, warum ich zu spät zurückgekommen bin. – Nun, die Gründe gehen Euch nun nichts mehr an. Der Compagnie ist durch meine zu späte Rückkehr, denke ich, kein Schaden entstanden.« Der Buchhalter sah den jungen Mann verunsichert an. Er wurde plötzlich beherrscht und ruhig, als sei überhaupt nichts geschehen. Nach den Gründen, fiel ihm ein, hatte er wirklich nicht gefragt. Auch konnte er dem Kommis ansonsten keine Unzuverlässigkeit vorwerfen. Es war eher gegenteilig. Der Ludwig hatte sich eigentlich immer zuverlässig verhalten – oft sogar übertrieben, was ja dann wiederum den Anstoß zum Neid von Seiten der anderen Kommis heraufbeschworen hatte. Dennoch, so etwas, wie den heutigen Abend, hatte er, gleich seinem Prinzipal, noch nie erlebt und er war, trotz seiner abwägenden Überlegungen, zutiefst beleidigt. »Ihr seid so freundlich, und gebt mir meinen schuldigen Restlohn, Mynheer Lübbes.« »Tut mir leid, aber ich kann nicht. Wie du weißt, ist die Kasse abgerechnet und verschlossen – und den Schlüssel hat Mynheer Bois. – Du musst schon bis zum Morgen warten.« »Das ist richtig. Doch ich will am Morgen keine Zeit vertun, um den Staub dieses Kontors von meinen Füßen zu schütteln.« Lübbes funkelte Ludwig wieder erneut erzürnt an und schnaubte: »Warum sollte dir der Prinzipal überhaupt noch einen Pfennig zahlen? – Allein, wie du dich gegen ihn, mir, uns verhältst, sollte man dich mit einen Tritt hinaus befördern oder – noch eher, in den Stock legen lassen – statt dir auch noch deine Frechheit zu bezahlen.« »Ihr mögt es sehen, wie Ihr wollt. – Wie Ihr hörtet, ist Mynheer Bois mit der Auszahlung und mit meinem Abschied einverstanden. Es ist ja auch mein gutes Recht. Seid also so gut, und haltet den bescheidenen Lohn, bei Öffnung der Kasse, für mich bereit. Eine gute Nacht wünsch ich Euch, Mynheer Lübbe«, sagte Ludwig ironisch, ließ den Alten einfach stehen und eilte durch den Gang in das Hintergebäude, wo in einem Anbau die Schlafräume der Gesellen und Knechte waren. Schlafraum war eigentlich übertrieben. In dem schmalen Gang gab es mehrere Alkoven, deren Laden teils ganz, teils halb aufstanden, aus denen hier und da röcheln, pusten und schnarchen drang. Er nestelte aus seinem Gürtelsäckchen leise sein Feuerzeug, schlug Feuer und entzündete einen kleinen Kerzenstummel, der in einer Nische als einziger Beleuchtungskörper für diese Räumlichkeit bereitstand und leuchtete in seine Bettlade. Seine Sachen bestanden nur noch aus dem schnell zu schnürenden Felleisen mit allerdings wenig zu einem Kommis passenden Inhalt, wie etwa ein Buch, und dem – wie ihm von Mynheer Lübbes seinerzeit angeraten, unter der Strohschütte vergrabenem Rapier samt Gurtzeug. Sorgfältig legte er alles bereit, löschte das Licht und legte sich auf die Schütte. Er tastete noch einmal zu seinen Sachen. – Der alte Ritter, der von Stoploch fiel ihm ein, als er einmal zu ihm sagte: »Sieh, die Kiste, das ist alles, was ich zeit meines Lebens zusammengerafft habe.« Ihm ging es wohl nicht besser, wenn er hier die Stätte verließ, an der ihm, bei Wohlverhalten, eine gesittete, ehrbare Kaufmannskarriere gewunken hätte. Er holte tief Luft. Tat er das Richtige? – Was wäre geschehen, wenn er damals seiner Clarissa als Kaufmann – als wohlgeachteter Mann begegnet wäre? – Konnte er es, auch mit einer solchen Lehre, ohne ehrlichen Namen, überhaupt dahin bringen? Die Ereignisse des Tages türmten sich wieder in ihm auf. Ekel gegen die Menschheit würgte ihn. Alles schien ihm verdorben, wüst und verrucht. »Überall nur Aasgeier, Aasfresser, Mörder und Verbrecher im Rock des friedlichen ehrbaren Bürgers oder Priesters«, murmelte er. Er schüttelte sich, als er an die Szene auf dem Rathausplatz dachte, wie die Mönche einer gesprungen sind, mit einem Eifer, der die Henkersknechte noch überbot – und dann erst das Volk! – Nein, diese Menschheit war nicht gut. Sie waren, wenn sie sich selbst in Sicherheit wähnten, Raubtiere. Er stöhnte und seine Gedanken tobten, tobten gegen die Menschheit und das Leben, dem Sinn des Lebens. Schließlich richtete er sich leise auf. Es konnte nicht mehr weit bis Mitternacht sein. Entschlossen zog er seinen alten Rock an, gürtete den Waffengurt. – Nun war er wieder der Kriegsknecht – oder was auch immer. War er ein Vagabund, ein billiger Knecht? Der Buchelius hatte ihm abgenommen, wie er sich mit fremden Federn schmückte. »Kleider und Reden machen Leute«, murmelte er. Hatte er schon kein gutes Papier, das ihn ehrlich machte, so hatte er doch, da war er sich nun langsam sicher, Begabungen, die ihn befähigten, einen Schein aufzubauen, der ihn aus den Kreisen der gewöhnlichen Knechte heraushob. Es gestattete ihm, die, die sich für großartig und privilegiert hielten, zum Narren zu halten. Trotz allen Kummers und Ärgers musste er leise lachen, wie der Buchelius auf seine Aufschneiderei hereingefallen war. Warum sollte er, bei solchen Fähigkeiten, den Knecht und Narren für die, die ihm offensichtlich nicht einmal das Wasser reichen konnten, spielen? »Ich muss meinen Weg gehen. Diesen – und wohl auch andere – und wenn es in die Hölle ist«, flüsterte er im leisen Selbstgespräch. Er hängte sich den Mantel um, stülpte das Barett verwegen aufs Ohr, schnappte sich Felleisen und Rapier und verließ, mit schlafwandlerischer Sicherheit, ohne Geräusch, ohne Licht die Kammer. Dennoch hörte ihn einer der Kommis in der letzten Bettlade und flüsterte schlaftrunken: »Was ist mit dir los? Wo willst du hin?« »Halts Maul und schlaf weiter«, brummte Ludwig unfreundlich. Er verließ das Haus über den Hof, ohne das Tor wieder ordentlich zu verschließen.

6
Diebe, Gauner, krumme Wege, ein neuer Kauzenludwig

Die beiden Männer stemmten sich gegen die angespitzten Rundhölzer. Das flackernde Lichtlein in der Sturmlaterne war so ausgerichtet, dass es auf die feine weiße Marmorplatte fiel, die mit Figuren und Ornamenten geschmückt war. Die Platte rückte – erst ganz wenig – knirschend – dann gab sie langsam nach. »Noch einmal neu ansetzen«, befahl der Größere. Die Stemmhölzer wurden neu eingesetzt und nach kurzem Druck rückte die Platte auf die vorbereiteten Rundhölzer – und ließ sich nun einfach beiseiteschieben. »Geschafft«, seufzte der Kleinere. »So gut wie! Komm! Schieben wir noch etwas mit den Händen nach. – So ist es gut.« Der Kleinere erhob sich aus der gebückten Stellung, nahm die Laterne auf und leuchtete in die freigelegte Öffnung. »Mensch, Würstelhannes! Da unten ist ja ein richtiger großer Raum.« »Was dachtest du denn? Da liegen schon etliche Generationen und der letzte der Sippe liegt hier vorn.« Er nahm Ludwig die Lampe ab und leuchtete nun seinerseits in bestimmter Richtung in die Tiefe, wo ein Sarg sichtbar wurde, der fast neu wirkte. »Woher weißt du das?«, staunte Ludwig. »Ist doch einfach und klar. Das war vom Totengräber doch mühelos zu erfragen. Das versoffene Aas hat mir fast die ganze Familiengeschichte von denen hier erzählt. Aber das ist schon ein paar Tage her und hat mit unserem Tun heute gar nichts zu tun. Damals ahnte ich nicht, wozu so ein dummes Geschwätz einmal gut sein könnte. Du siehst, was dem einen durch Geschwätz schadet – kann dem anderen zum Vorteil gereichen.« »Du verkündest Neuigkeiten«, brummte Ludwig wenig geneigt, jetzt Betrachtungen anzustellen. »Wie soll es nun weitergehen?« Für Ludwig in der Dunkelheit nicht sichtbar, grinste Würstli und sagte spöttisch: »Du springst hinunter – oder hast du Angst?« »Angst? Nein, warum sollte ich. Tote sind die friedlicheren Menschen.« Er sagte es, aber ihm war der Anblick der geöffneten Gruft keineswegs so angenehm, wie er sich gab. Würstli kommandierte: »Schön, dann ist ja alles klar. Steig also hinab. Ich schiebe dann die Leiter mit der verkohlten Leiche, äh, deiner Freundin, nach. – Schaff sie dann zu dem hintersten Sarg. Doch bedenke, dass du nicht viel Zeit hast. Ein kurzes Gebet dürfte – muss reichen, lieber Freund.« Ludwig sprang, nicht ohne innere Erschütterung, in die Gruft, in der es unangenehm roch. »Hier, nimm die Lampe«, hörte er von oben Würstli leise rufen. Im Schein des mageren Lichtleins, das Ludwig auf den Sarg stellte, kam die Leiter herunter, auf der etwas lag, das bei besserem Licht als menschliche Reste hätten erkannt werden können. Ludwig schauderte, zog die Leiter an den Holmen etwas tiefer in die Anlage und löste mit zitternden Händen das Seil, mit dem die verkohlte Leiche auf der Leiter befestigt war. Behutsam nahm er die bröckelnde Last auf und trug sie hinter den hintersten Sarg, wo er sie sanft ablegte. Seine Augen schwammen in Tränen. Leise sprach er ein Totengebet und das Vaterunser. Mahnend kam die leise Stimme Würstlis: »Mach hin, Kauzenludwig, wir müssen hier wieder raus.« Ludwig legte noch einmal die Hand auf die verkohlten Reste und sprach leise – und mit einem schmerzlichen Gefühl – aber auch Erleichterung: »Bleib im Frieden Gottes, des Allmächtigen. In einem Frieden, den dir diese Welt nicht gegeben, den dir die Bösartigkeit der Menschen verwehrt hat.« Er nahm die Lampe auf und stieg die Leiter nach oben. Eine halbe Stunde später war die Gruft wieder verschlossen, die Spuren ihres Besuchs sorgfältig beseitigt. Die Männer verließen vorsichtig die Grabkapelle, die Würstli mit einem eigenartigen Gerät, das er als Schlüssel gebrauchte, verschloss. Mit der Leiter überstiegen sie heimlich und leise einige Mauern, durchquerten Höfe und hinterließen eine Geräuschspur, die von bellenden Hunden gebildet wurde. Endlich war man im Remisen-Hof einer Herberge. Die Leiter bekam, gegen den Protest eines Hofhundes, ihren angestammten Platz – und als der Hahn auf der gewaltigen Miste den Morgen verkündete, lagen die beiden Männer in einer Kammer der Herberge, die Würstli noch gestern Abend für zwei Männer gemietet hatte. »Wird man sich nicht wundern, wo ich hergekommen bin«, fragte Ludwig seinen neuen Gefährten. »Gott bewahre. In der Scheune schlafen mindestens zwanzig Leute – meist nur für eine Nacht. Hier geht sehr viel Volk ein und aus. Ich glaube, der Wirt hat mich nur deshalb wahrgenommen, weil ich voraus und für eine Woche bezahlt habe. Er hat nicht nach meinen Gefährten gefragt. Vielleicht war er auch der Meinung, ich wolle ein Weib mit auf die Kammer nehmen. Die Gäste in der Scheune sind solche, wie die, die wir früher waren, als du mit deinem Propst gen Köln zogst: Gaukler, Schausteller, Fuhrknechte, Wandergesellen, Geleitknechte – wohl auch Kriegsknechte ohne Arbeit – Männlein, Weiblein und Kinder – ein buntes heimatloses Völkchen. Wir aber, ich und du, wir sind Gäste, die gut gelöhnt haben. Auch habe ich dem Wirt gesagt, dass wir, wegen der Geschäfte am Ort, möglicherweise noch ein bis zwei Wochen länger bleiben. Das hat er gern gehört, denn von denen, die sich eine Kammer leisten können und gut bezahlen, gibt es nicht gar zu viele. Die meisten Kaufleute und wohlanständigen Reisenden haben da schon an jedem Ort ihre Spezies oder ihre Niederlassungen, wo sie unterkommen. Sie betreten nicht oft und, wie ich meine, ungern solche Herbergen. Er hat jedenfalls ganz runde und zufriedene Augen gemacht und wird nach nichts fragen.« »Ich muss am Morgen noch einmal zu meinem Kaufmann und mir meinen Lohn einholen.« »Wie viel schuldet er dir denn?« »Einen halben Gulden für die letzten Wochen.« »Was? Für mehrere Wochen? – Da hast du nicht gerade fürstlich verdient«, lachte Würstli amüsiert. »Aber ein halber Gulden ist auch etwas. Damit es kein Arg gibt, fordere ihn nur ein. Doch wasch dich vorher gründlich mit Kernseife. Du siehst aus wie ein Kohlenträger.« »Du siehst auch nicht besser aus«, maulte Ludwig. Sie wuschen sich gründlich an der großen Tränke, was nicht weiter auffiel, weil der lange steinerne Trog morgens für vielerlei Waschkunststücke herhalten musste. Die Frauen wuschen hier auch ihre spärliche Kleidung und die verschmutzten Fetzen, die sie als Windeln ihrer Babys bezeichneten. Seife spielte dabei allerdings eine geringe Rolle und wenn überhaupt etwas aufgefallen wäre, dann die Tatsache, dass sich die beiden Gäste mit Kernseife wuschen. Ludwig machte sich danach sogleich auf den Weg zum Kontor seiner ehemaligen Compagnie.

Er wählte den Weg über den Großen Platz. Da war ein wahrer Massenauflauf. Man hatte das Fehlen der Frauenleiche festgestellt und die Knechte, die am Brand gewacht hatten, gaben, ob ihres Versagens, jedem, der es hören wollte, eine Gruselgeschichte zum Besten. »In der Geisterstunde war es, ihr Leute. Plötzlich stieg aus dem Brand«, er wies auf den weißgrauen Aschhaufen, »eine hell leuchtende Wolke. – Luzifer stand wahrhaftig da und bleckte seine langen gelben Zähne!« »Wie sah er aus!«, schrie ein Mann aus der Menge. Der Stadtknecht fuhr in böse an: »Du Tölpel! Hat dir dein Pfarrer noch nicht gesagt, woran man

Luzifer erkennen kann?« Alle starrten den neugierigen Frager an, der beschämt und kleinlaut davon schlich. Der Knecht fuhr gewichtig fort: »Was soll ich euch unser Entsetzen schildern, liebe Leute. Die Frau des Deute war da plötzlich, wie in ihren besten Tagen – lebendig. Sie umarmte den Teufel und hui – hui! – Da flogen sie lachend und kichernd davon.« Die Leute staunten mit offenen Mäulern – in den Augen entsetztes, furchtsames Flackern. Sie raunten, zischelten, fluchten und einige flennten voller Grauen. Andere wieder standen und redeten lauthals, wie gut es doch gewesen sei, dass man die Hexe bei Zeiten erkannt und so – vielleicht – aus dem irdischen Bereich in die Hölle befördert hatte. Ganz Kluge stellten jedoch schon wieder die Spekulation an, dass man sich nun erst recht in der Stadt fürchten müsse, denn wenn die Hexe so gut Freund mit dem Teufel war, dass dieser sie gar vom Scheiterhaufen geholt hatte, dann war doch auch zu gewärtigen, dass sie weiter in der Stadt ihr Unwesen treiben würde. Einige prophezeiten, nun werde es denen an den Kragen gehen, die mit der Geschichte irgendetwas zu tun gehabt hatten. »Ich möchte nicht in der Haut des alten Dreute stecken!«, brüllte ein großer, klotziger Metzgergeselle, der alle um Haupteslänge überragte. Viele nickten oder riefen ihm Zustimmung.

Die wunderliche Geschichte zog schnell Kreise und am Abend gab es kein Haus in der Stadt, in dem sie nicht bekannt gewesen wäre. Als Ludwig gegen Mittag wieder in die Herberge kam, war von Würstli weit und breit nichts zu sehen. Der Wirt richtete ihm jedoch aus, dass Mynheer Würstli bald zurück sei und er sich nur fleißig auf seine Kosten verköstigen solle. Ludwig machte sich bei einer ausgiebigen Mahlzeit, wie er sie seit Ritter Stoplochs Gastereien nicht mehr genossen hatte, über den einstigen Geleitknecht seine Gedanken. Was hatte die vier Knechte, die doch ein festes Gespann zu bilden schienen, damals in Köln getrennt. Jedenfalls hatten Knipphaus und Kamhuber keine Schwierigkeiten wegen zu vielen Geldes gehabt. Ihr Geldsäckchen war immer mager und schlapp, gerade so wie seines. Schmunzelnd fiel ihm dabei ein, mit welch sauren Gesicht ihm der Buchhalter Lübbe den halben Gulden ausgezahlt hatte. Ganz anders schien das mit Wildgruber und Würstli zu sein, was er schon bei seiner letzten Begegnung mit ihnen bemerkt hatte. Sie schienen keinerlei Geldnöte zu besitzen – und – wie man sah, war das Wildgruber zum Verhängnis geworden. Ludwig musste auf Würstli lange warten. Es wurde später Abend, weit nach der Sperrstunde, bis der Gefährte wieder erschien und ihm frohlockend, seinen

Tagesausflug beschrieb. Der Rosshändler Matthäus Lemper galt allgemein als Schwindler und so bestand seine Kundschaft vorwiegend aus Fremde, Durchreisende, die seinen Ruf nicht kannten und schnell ein Ersatzpferd benötigten. Er war ein kleiner drahtiger Mann, schon Ende der Vierzig – doch vom Gesichtsausdruck erschien er eher wie ein Achtzigjähriger. Sein, von einem schmalen grauen Haarkranz eingefasster Kahlkopf war nicht etwa glatt, wie das gewöhnlich bei einer Glatze der Fall, sondern bestand, wohl in der Folge einer überstandenen Krankheit, aus tausend Runzeln und Falten, die, je weiter sie in seine Gesichtsfläche reichten, an Tiefe und Vielfalt zunahmen. Zwei lange gelbe Zahnruinen der Schneidezähne, die letzten Reste seiner Kauwerkzeuge, verstärkten noch sein greisenhaftes Aussehen. Er konnte sich über zu viel Kundschaft nicht beklagen. Es vergingen manchmal Tage, bis es ihm gelang, seine Tiere an den Mann zu bringen. Dabei war sein Bestand an Pferden, Eseln und Maultieren eigentlich gar nicht schlecht – was ihn freilich nicht von dem Versuch abhielt, möglichst jeden Kunden übers Ohr zu hauen. Seinen zwei Kunden, die schon früh am Morgen erschienen waren, versuchte er mit undeutlicher Sprache und beharrlicher Geduld klar zu machen, dass sie mit den drei Pferden, die er auf dem Hof präsentierte, bestens bedient seien. »Seht, Mynheeren, das Geläuf ist bestens. Und sie sind erst neu beschlagen.« Er riss dem dürren Klepper, neben dem er stand, den Vorderhuf hoch und nuschelte: »Da! Seht! – Ihr seid wirklich mit diesen Tieren gut, sehr gut bedient. Ein spanischer Obrist hat ihn zuletzt geritten. Das will etwas heißen, denn sie verstehen von Pferden eine ganze Menge.« »Vor hundert Jahren«, lachte Würstli und schlug mit der flachen Hand auf die knochige Kruppe des Tieres, das nicht die geringste Reaktion zeigte. »Nee, Freund, wenn du keine besseren Tiere anbieten kannst, muss ich doch bei einem anderen Händler nachsehen.« Er wandte sich mit Ludwig dem Tor zu. Als sie bereits auf der Gasse standen, kam der Händler, französisch fluchend, hinter ihnen her. »Hört, Mynheeren! – Wenn ihr einen guten Preis zahlt, habe ich in einem anderen Stall vielleicht doch etwas Passendes für euch.« »Ach, guter Mann, vielleicht hast du da noch ein paar Viecher, die zweihundert Jahre alt sind«, spottete Würstli. »Glaubt mir doch, Mynheeren. Ich habe erst gestern fünf guter Pferde hereingekommen. Leider sind sie abgetrieben – aber sonst sind sie sehr gut. Wenn ihr es nicht eilig habt, wie ihr sagtet, sind sie in zwei bis drei Tagen wieder erste Güte.« Würstli zögerte und tat überlegend. – Er sah Ludwig fragend an und dieser nickte lächelnd. »Na schön, Mynheer Lemper, wir tun dir noch mal den Gefallen. Aber ich sage dir, zum Bescheißen kannst du dir dümmere Kerle aussuchen.« »Lieber Gott, lieber Himmel, ich werde euch doch nicht betrügen, Mynheeren!«, jammerte er in gespielt beleidigten Ton, was von neugierigen Nachbarn, die nun aus den Fenstern hingen, mit Hohngelächter prämiert wurde und den guten Rosshändler wieder dazu verleitet, in Französisch eine Kette von Schimpfworten gegen die Nachbarn zu schleudern. Lemper führte seine Kunden zwei Gassen weiter, wo im Stall eines respektablen Bürgerhauses, das zum Erstaunen der Kunden dem Rosshändler gehörte, noch weitere zwölf Pferde standen. Lemper führte sie in die nächst liegenden Boxen. Die Pferde, die dort standen, waren allerdings im besten Alter und guter Qualität – aber so abgetrieben, dass sie unmöglich in ein bis zwei Tagen – wohl aber in drei bis vier Wochen wieder leistungsfähig sein konnten. Würstli warf nur einen kurzen Blick auf die Tiere und marschierte unter Protest des Händlers zu den anderen Pferden. »Höre, Mynheer Lemper! – Ich nehme die beiden Braunen und den Schwarzen mit der weißen Hinterhand, wenn wir uns über den Preis einigen können.« »Die kann ich euch nicht verkaufen. Das ist ganz unmöglich!«, schrie der Händler und sein zerknautschtes Gesicht bereicherte sich um einige Faltengebirge mehr. »Warum?«, donnerte Würstli den Händler ungeduldig an. »Sie sind bestellt und für euch viel zu teuer!« »Woher willst du denn wissen, was für uns zu teuer ist, Mynheer Lemper? – Aber behalte sie! Es ist ja nicht nötig, mit dir ein Geschäft zu machen.« Er wandte sich mit Ludwig, der sich aus dem Handel heraushielt, zur Stalltür. Lemper lamentierte, dass Würstli ihn ganz und gar ruinieren wolle. »Behalt nur deine Schindmähren. Die magst du selber reiten. Ein Händler, der seine gute Ware zurückhält, ist ein Schlitzohr.« »Oh, Mynheeren, wollt ihr mich beleidigen?« »Keineswegs, guter Mann. Du beleidigst dich doch selber, indem du uns abgetriebene Gäule unterschieben willst, die, wie du sehr genau weißt, in drei, vier Wochen erst wieder einigermaßen herausgefüttert sein können. Verkauf mir zum vernünftigen Preis die anderen drei Gäule samt Sattelzeug, dann kannst du beweisen, dass du es ehrlich meinst.« »Lieber Himmel! – Nun wollt Ihr wohl gar noch das Sattelzeug als Draufgeld?« »Eigentlich schon. – Aber wenn du uns für die drei Pferde einen ehrlichen Preis machst, will ich da nicht kleinlich sein und dir das Sattelzeug auch ehrlich bezahlen.« Das Feilschen setzte sich bis auf die Gasse fort. Der Händler rang, wie ein Ertrinkender die Hände, forderte, bettelte, fluchte und resignierte schließlich. »Also, gut, Mynheeren, mein letztes Angebot! – Maria und Josef, Ihr macht mich zum armen Mann, Mynheeren. Dreißig Gulden pro Tier und drei für gutes Sattelzeug!« »Schön, Mynheer Lemper. – Dein Angebot kommt meinen Vorstellungen schon näher. Ich will kein Unmensch sein. Du hast uns mit dem Preis dann immer noch schön zur Ader gelassen, aber ich stimme zu, wenn ich mir in deiner Sattelkammer das Sattelzeug selber aussuchen kann.« »Ihr ruiniert mich, Mynheer, vollkommen! – Aber ein Tag, der mit einem schlechten Geschäft beginnt, ist immer noch besser als gar keines. – Kommt, schlagt ein.« Er hielt nach gutem Brauch und Sitte Würstli die Hand hin, doch der verweigerte sie lachend: »Nicht so eilig, Mynheer. – Wenn die Pferde gesattelt im Hof stehen, wird eingeschlagen[89] und auf der Stelle bezahlt.« Lempers Hand wühlte vor Aufregung die Falten und Runzeln seiner Glatze durch – aber er willigte ein. Von der Vorbestellung der Tiere war nicht mehr die Rede. Mittag hielt Würstli und Ludwig mit ihren erstandenen Tieren im Hof der Herberge. Ludwigs Pferd, einer der Braunen, schien Ausdauer zu versprechen und war von der Qualität weit besser als das Tier, das er bei seinem Feldhauptmann zurückgelassen hatte. »Es wird lange dauern, bis ich dir das Tier abbezahlen kann, Würstelhannes.« »Bist du toll? Wer hat das von dir verlangt? – Das Pferd ist dein. So gut, als sei es aus deinem Säckel gezahlt – verstehst du. Also rede nicht närrisch daher. Du bist mein Gesell, wie der Adolf. Das habe ich dir doch gesagt, als wir uns Hilfe und Beistand versprachen. Glaube nur nicht, das seien leere Worte. Du wirst schon sehen, dass du hart dafür stehen musst – wie ich, und wenn der Adolf wieder loskommen sollte, auch er, für dich einstehen wird. Das ist wie ein Schwur vor Gott.« »Verzeih, ich bin es noch nicht gewohnt, dass jemand so zu mir steht – obwohl du es mir gestern ja erst erwiesen hast. Verzeih also noch mal.« »Da ist nichts, Kauzenludwig. Du musst es nur richtig verstehen. Bei uns, dem Adolf und mir, steht jeder auf Leben und Tod zueinander – und die Beute, das Geschäft zu gleichen Teilen.« Ludwig sah beschämt und irritiert auf den großen Mann. »Wann, meinst du, holen wir den Adolf heraus?« »Geduld! Ob wir ihn herausbekommen, weiß nur der Himmel und Gott allein – ich nicht. Aber wir wollen es eben auf jeden Fall versuchen – und koste es mir den eigenen Kopf. Jedenfalls hat

---

[89] Geschäfte dieser Art wurden mit Handschlag besiegelt (diese Sitte besteht bei den meisten Völkern des europäischen Ostens und des Balkans noch heute fort)

der Adolf auch sich selber noch nicht verloren gegeben, wie man aus den Reden des Kerkerknechtes wohl glauben darf.« Als sie die Pferde untergebracht und bei einem guten Mahl an der langen Holztafel im Gastraum saßen, erklärte Würstli leise, damit es die wenigen Anwesenden aber auf gar keinen Fall mitbekommen konnten: »Nachher kommt ein Bettelgesell. Der bringt mir verschiedenes Zeug für dich, damit wir meinen Plan durchführen können.« »Wieso ein Bettler?« »Warum wohl«, lachte Würstli. »Ich habe den Kerl beauftragt, etwas zu besorgen. – Er wird es irgendwo, denke ich, klauen.« Als Würstli Ludwigs verdutztes Gesicht sah, grinste er schief. »Da mach dir mal keine dummen Gedanken. Lern du nur fleißig Latein.« »Das brauche ich nicht lernen, ich denke, ich kann es noch einigermaßen.« »Einigermaßen, einigermaßen – du musst es so können, dass du damit nicht bei einem Advokaten, Amtsperson oder Priester auffällst.« »Ich glaube, so gut kann ich es noch.« »Nun, ich mag das nicht beurteilen. Aber etwas Übung hat noch niemanden geschadet und du schleppst ja dieses Buch mit dir herum, das Lateinische. Jedenfalls muss, wenn mein Plan gelingen soll, alles sehr echt aussehen und klingen.« »Da habe ich keine Sorge«, lachte Ludwig selbstgefällig. »Dennoch, sollst du schon bald merken, dass ich wirklich mein Buch nicht nur herumschleppe, sondern darin lese und mich übe.«

Das Malefizgericht[90] tagte im Keller des Turmhauses des Namurschen-Tores. Man lag im Streit. Der Grund waren die Prozessakten der gebrannten Hexe Clarissa van Huelpen, verehelichte Dreute. Da war der Ehemann der Anzeiger, der aus der Mitgift die Kosten zu erstatten hatte. Der Gerichtsschreiber hatte alle Kosten noch einmal vorgelesen und schloss: »Macht Summa summarum zweihundertsechzig Gulden.« Einer der Räte schrie erregt: »Aber ohne Leiche ist kein Pfennig drin!« »Wieso nicht?«, wollte der Hexenrichter wütend wissen. »Weil der Dreute gegen uns Klage eingereicht hat!« »Ist der von Sinnen?«, schnaubte einer der anderen Beiräte. »Sein Weib ist gerichtet. Was will er noch mehr – oder ist ihm, nun da er dafür zahlen muss, der Handel leid? – Die Sache ist doch bestens gelaufen!« »Aber die Leiche ist fort. Niemand weiß, wo sie hin ist und die Knechte erzählen eine Geschichte, die man nicht glauben mag.« »Foltert sie!«, schrie der Hexenrichter und hieb mit der Faust auf den Tisch. »Von den Knechten einen foltern, sollte uns bald übel aufstoßen«, ärgerte sich einer der Räte.

---

[90] Inquisitions- und Hexengerichtsbarkeit

»Ich habe es einmal erlebt, dass man einen der Brandknechte antastete. Er war wirklich ein übler Halunke. Aber es dauerte nicht lange, da war der Rat, der sich für eine Klage ins Zeug gelegt hatte, selber auf der Tortur. Sie hatten es so hingebogen. Ich brauche den Mynheeren wohl nicht zu erklären, welche Mittel da zur Anwendung kamen.« »Um Gottes willen nicht!«, schrie der erste Sprecher wieder. »Nein, nein, Mynheeren! – Ohne Leiche ist das kein guter Akt und der Dreute hat nun wirklich Angst, dass sein Teufelsweib als Geisterhexe umgeht und ihm Schaden zufügt. – Schlimmer! – Er macht uns dafür verantwortlich und hat durchblicken lassen, dass wir wohl mit dem Teufel im Bunde sein könnten.«

»Der Dreute«, fügte der Schreiber bescheiden hinzu, »hat in der Klageschrift auf den Artikel 218 der *Constitio Criminalis Carolina* hingewiesen. Danach dürfen wir, wie die Mynheeren wohl wissen, keine Konfiskationen gegen die Angehörigen führen.« »So liegt die Schrift schon vor?«, rief es in der Runde. »So ist es«, bestätigte der Schreiber und reichte ein ansehnliches Schriftstück zu dem Tisch hinüber, an dem die Runde tagte. »So ist er selbst des Teufels?«, bellte der Hexenrichter, der sich schon um seinen Lohn betrogen fühlte. Das Schriftstück ging von Hand zu Hand und einer rief: »Warum, bei allen Heiligen, haben wir das nicht schon gesehen?« Der Schreiber wehrte sich jedoch sogleich: »Es kam vor der Sitzung. Als ich es Euch, Herr Richter, geben wollte, sagtet Ihr, ich solle Euch damit jetzt nicht belästigen.« Noch ehe der Richter antworten konnte, rief einer der Räte ärgerlich: »Das ist von einem sehr bewanderten Juristen abgefasst. Das ist niemals auf dem Mist des alten Geizkragens gewachsen. Es sollte uns gar übel bekommen, sich mit einem oder mehreren Advokaten anzulegen. Bedenkt, wenn wir jetzt den geschädigten Dreute, der allgemeines Mitleid bekommt, anklagen, haben die Advokaten ein leichtes Spiel und wer weiß, wer am Ende dann noch von uns hier sitzt.« Einen Moment herrschte betretenes Schweigen. Der Richter stellte schließlich misslaunig fest: »Ob Klage oder nicht. – Zunächst zahlt er. Danach mag er sich an seinen Schwager in Amsterdam halten. – Zudem habe ich meinem Amtsbruder in Amsterdam einen Fingerzeig gegeben. Wo eine Hex' ist, ist die andere nicht weit.« Der Ratsschreiber wagte einzuwerfen: »So gehen wir zu den heutigen Verfahren über?« »So ist es!«, donnerte der Richter wohllauniger und er dachte mit Vergnügen an das schon konfiszierte Geld. Machte man mit dem Fremden kurzen Prozess, kam man wenigstens bei diesem auf seine Kosten. So befahl er kurz: »Man führe den Fremden, wie heißt er doch?«

»Wildgruber, Adolf«, ergänzte der Schreiber. »Ja, den Wildgruber Adolf – richtig – den lasst herbeibringen.« Der Gefangene wurde von zwei Knechten gefesselt herbeigeführt. Wildgruber sah den Richter an und wusste, um was für eine Sorte Mensch es sich handelte: habgierig, versoffen – ohne jede Ehre oder Verantwortungsbewusstsein und über alle Maßen scheinheilig. Es war nach seiner Schätzung einer derjenigen, die aus lauter Bosheit, Blutgier – und wohl nicht zuletzt aus abartigen Trieben Menschen quälten. Der Richter stand nun hinter einem Schreibpult und nur die Räte saßen noch an dem Tisch. Der Malefizrichter war ein mittelgroßer gewichtiger Mann. Sein kantiger Kopf, von einem schwarzen Barett mit Ohrenklappen bedeckt, ging ohne jeden Übergang in den Hals über, so, dass nur der übernatürlich große rote Mund andeutete, wo das Ende des Kopfes und der Beginn des Halses zu vermuten war. Altersbedingt hingen schwere Tränensäcke auf seine Wangen. Die Augen wurden durch dicke graue Brauen überschattet, dass sie tiefer in den Höhlen zu liegen schienen. Der Richter begann das Verhör: »Du bist der Adolf Wildgruber. Woher kommst du und was ist dein Gewerbe?« Wildgruber wusste, die würden ihn so oder so kaputt machen.

Auf die Folter wollte er es auf gar keinen Fall ankommen lassen. Die einzige Hoffnung bestand aus Zeitgewinn. Er musste sie entweder ködern oder schocken. Mit dem Mut der Verzweiflung, sich dabei selber einen Narren nennend ging er zum Angriff über: »Ich komme aus der Hölle und bin der Knecht des Oberteufels. Mein Gewerbe ist, Seelen von falschen Richtern und Räten, samt ihren Knechten durch die Hackfleischwiege zu ziehen und zu feinen Seelenklößchen zu backen, die bei unserem Teufelssabbat verzehrt werden.« »W-a-a-a-s!«, gellte es im Raum aus aller Munde. Die Räte waren aufgesprungen. Dem Richter war vor Verblüffung der Unterkiefer heruntergerutscht. Mit offenem Mund starrte er auf den Gefangenen, dann brüllte er wie ein Stier: »Willst du Schelm uns, das Gericht veralbern!« Wildgruber gab seiner Stimme, trotz der inneren Erregung, eine Tiefe und Ruhe – einen geheimnisvollen Klang und prophezeite: »Ich spaße nicht! – Ab heute sollt ihr jede Nacht zwei Stunden, in stinkenden Schweiß gehüllt, in euren Betten liegen. Mein Meister wird euch erscheinen und eure Seelen zwicken – bis an euer Ende.« Wildgruber rasselte mit seinen Ketten und kicherte böse. – Dann zischelte er: »Selten hat sich mein Meister auf verkommenere Seelen so gefreut – wie auf die euren.« Nun geschah etwas Eigenartiges. Die Versammelten schwiegen. Keiner wusste, wie er sich verhalten sollte. Verflucht hatte man sie schon oft – meist dann, wenn die Gefangenen erkennen mussten, dass sie nichts mehr retten konnten. Hier nun war es ganz anders. Der Gefangene stand vor ihnen, wie einer, der sich nicht nur nicht fürchtete, sondern sich selber als Richter aufschwang.

Niemals hatte sich einer als Diener des Teufels bezeichnet und ihnen dann gleich einen Bann, einen Fluch an den Kopf geworfen und in aller Ruhe die Hölle prophezeit. Die Knechte nahmen von ihrem Gefangenen merklich Abstand und steckten die Köpfe zusammen. Die Räte blickten betreten – nicht frei von Aberglauben. In das lastende Schweigen fielen die Worte des Richters wie eine Erleichterung: »Bringt ihn wieder fort.« Mit einem großen roten Sacktuch wischte er sich den plötzlich ausbrechenden Schweiß von der Stirn. Er hatte kein ausgeprägtes Gewissen und wusste nur zu gut, wie und aus welchen Gründen seine Urteile zustande kamen. Sein Glaube an Hexen und Zauberei war entsprechend gering. Aber er war ein Mensch seiner Zeit und der Aberglaube und die Furcht vor unsichtbaren Mächten wurzelte auch tief in ihm, diente ihm halb geheuchelt, halb geglaubt als Alibi für seine Taten. Was sollte er tun? – Alle Augen ruhten auf ihn. Nun kroch in ihm wirklich so etwas wie Furcht hoch. Das Verschwinden der Dreuterin erschien ihm plötzlich in einem anderen Licht, wie er es vor einer Stunde noch für möglich gehalten hätte. Hatten die Knechte am Brandplatz doch den Teufel gesehen? Er schüttelte sich. –

Hier half nur ein Geistlicher, ein Exorzist. Das musste sofort veranlasst werden, ehe der Unhold noch zu weiteren Schaden ausholen konnte. Vielleicht, so überlegte er fix, konnte man das ganze Verfahren zunächst erst einmal der Geistlichkeit zuschanzen. War dieser Wildgruber erst einmal von den Exorzisten behandelt, war er nur noch ein armseliges Menschlein, dass man dann nach allen Regeln der Schinderkunst so zerfetzen konnte, dass kein Teufel an ihm mehr ein Interesse haben konnte. Man sollte, soweit gingen sofort seine Überlegungen, den Kerl dann mindestens vierteilen und jedes Teil auf einen eigenen Scheiterhaufen verbrennen, damit auch der Teufel sie nicht wieder zusammenflicken konnte. »Den Hunden sollte man sie vorwerfen«, knurrte er – für die anwesenden Räte und dem Schreiber absolut unverständlich. Er starrte auf das

Schriftstück, das vor ihm lag. Es enthielt alle Fragen, die man gewöhnlich an die Hexer Verdächtigen stellte. Der Schreiber hatte das Gegenstück, bei dem nur die Antworten, ja oder nein, offengelassen waren, die man, so der Beschuldigte nicht wie gewünscht antwortete, einfach unter der Folter erpresste. So einfach war das. Und der Henker mit seinen Knechten, im Nebenkeller, hatte für diesen, zu erwartenden Fall, bereits alles vorbereitet. Die Erfolge einer peinlichen Befragung wurden nicht selten, je nach zu erwartenden Gewinn, durch einen Umtrunk gefeiert. Von den Befragten war keine Gefahr des Widerspruchs – der höchstens bei der Hinrichtung noch zu gewärtigen gewesen wäre, zu erwarten, denn wer die Tortur überstanden hatte, war körperlich meist so zerfetzt und geschwächt, dass alle Gegenwehr erloschen war. Zudem, wer hätte sich für die Bösewichte einsetzen mögen, ohne selber in den Verdacht zu geraten, mit ihnen im Bunde zu stehen. So behielt alles einen ehrbaren, rechtlichen Anstrich. Aber auch das war bei dem letzten Brande irgendwie danebengegangen. Am Richtplatz hatte das Volk es noch voller Empörung über die Verstocktheit des Verurteilten aufgefasst, wie dieser sich fluchend äußerte. – Aber es waren Flüche, die, durch das Verschwinden der Frauenleiche, sehr schnell Gerüchte erzeugten, die gar nicht im Sinne der Richter sein konnten. Er schielte auf die Räte und zu der offenen Tür, die in den Raum führte, in dem der Henker mit seinen Knechten hantierte und die sicher jedes Wort mitbekommen hatten. Er zweifelt nicht daran, dass spätestens morgen die Prophezeiung des Gefangenen in der Stadt bekannt war. –

Waren die Knechte auch sonst verschwiegen wie ein Grab, so war ihre Furcht vor bösen Geistern nicht zu unterschätzen und damit würden die Tore des Schweigens sich öffnen, sei es nur bei der Beichte. Fürwahr, ihm war nicht wohl. Ein geistliches Kollegium musste in diesen Fall her. Er wollte da ohne derartige Unterstützung nicht weiter machen. Wütend hieb er auf das unschuldige Pult und bellte: »Das war für heute zu viel. Machen wir morgen weiter.«

Zur gleichen Stunde kam ein Benediktiner von der Abtei St. Denis am Forest, wie er sagte, am Turm des Namurer-Tores an und begehrte den Gefangenen Adolf Wildgruber zu sprechen. Der Kerkerknecht, es war der, der mit Würstli verhandelt hatte, war äußerst unruhig. Ihm war, wegen des heimlichen Handels und der sich längst im Turm herumgesprochenen Begebenheiten bei der Vernehmung, gar nicht wohl. Er schlug fix ein Kreuz und murmelte: »Zu dem wollt Ihr, Vater.« »So ist es, mein Sohn«, kam es salbungsvoll unter der weit herabgezogenen Kapuze hervor. »Man hat nach uns geschickt, denn er will beichten.« »Heiliger Herr-sei-bei-uns! – Den hat man soeben mit fünf Ketten angeschlossen, denn er sagte beim Verhör, er sei ein Knecht des Teufels. Ehrwürdiger Vater, geht nicht zu ihm, wenn Euch Eure Seele lieb ist.« »Mein Sohn, was redest du da? – Meinst du, ein Sohn der Kirche fürchtet sich vor dem Knecht des Satans?« Der Mönch bekreuzigte sich und murmelte salbungsvoll das Glaubensbekenntnis und einen Bannspruch gegen Teufel und schlimme Geister. Der Knecht bekreuzigte sich eifrig mit und jammerte: »Oh lieber Gott, Heilige Mutter, behüte und beschütze uns vor diesem Knecht des Satans.« Der Mönch legte dem schlotternden Mann die Hand auf die Schulter und begütigte mit ein paar lateinischen Aussprüchen, die der Knecht, allein von der Lautfolge, ohne den Sinn zu verstehen, gierig in sich aufnahm, denn ihn plagte wirklich das schlechte Gewissen. »Sei unbesorgt«, mahnte der Mönch. Ich kenne mich im Exorzisieren aus. Vor mir fliehen die bösen Geister, die Teufel, wie die Mäuse vor der Katze. Es ist also höchste Zeit, hier von unserer geheiligten Mutter Kirche einzuschreiten.« Der Knecht bekreuzigte sich neuerdings und murmelte: »Ich weiß zwar nichts von Euch, ehrwürdiger Vater, und Ihr seid offenbar noch arg jung, aber es wird schon rechtens sein und Ihr müsst wissen, was Ihr tut. Mich bekommt so schnell keiner wieder in den Raum, wo der Unhold angekettet ist.« Der vor Angst schlotternde Knecht führte den Mönch zu der Zelle. Diese bestand aus einer Mauernische im viele Ellen dicken Sandsteinturm. Sie war mit einer niedrigen eisenbeschlagenen Eichentür verschlossen. Wildgruber kauerte an der Wand. Die eingelassenen Eisenketten an Händen und Füßen und einen Schließring am Hals ließen es nicht zu, dass er sich auf das faulige Stroh legen konnte. Es stank, wie üblich in diesen Löchern grauenvoll nach Fäkalien und anderen menschlichen Ausdünstungen. Die Zelle war so klein, dass der Bruder, der nun unentwegt lateinische Sprüche aufsagte und ein Kruzifix, gleich einem Schild, vor sich hielt, nicht darin stehen konnte, wenn die Tür geschlossen wurde.

»Die Tür muss auf bleiben«, sagte er bestimmt zu dem Knecht, der einige Schritt zurückgewichen war und gebannt auf den Geistlichen schaute. »Ich habe für die Austreibung sonst nicht genug Platz. – Wenn, wie du sagtest, der Unhold dort ein wirklicher Elb oder Teufelsknecht ist, muss ich, so er angreift, genug Platz haben, um im Namen und Schutz Gottes, vor ihm so weit zurückzuweichen, um ihn erneut zu packen.« Das sah der Knecht ein. Der Mönch warnte:

»Geh bis zum Gangende zurück, damit du nicht in Gefahr gerätst.« »Ist schon recht, ehrwürdiger Vater«, versicherte der arme Mann und zog sich schleunigst bis hinter das Gangende zurück, froh, dem möglichen Zugriff des Malefikus zu entrinnen. Im Abgang murmelte er noch beflissen: »Ihr braucht nur die Tür zudrücken und den Sperrbalken überwerfen, ehrwürdiger Vater – ich gehe zur Wachstube zurück.« »Ich werde es sorgsam erledigen«, versicherte der Mönch und schlug nun wild mit dem Kruzifix Kreuze. Der Mönch begann nun mit einer Litanei, bis er sicher sein konnte, dass der Knecht abgezogen war, dann gab er sich dem Gefangenen zu erkennen. »He Adolf, erkennst du mich?« »Rede keinen Quatsch, Kauzenludwig, ich habe dich sofort erkannt. Er sah Ludwig kurz scharf an und flüsterte: »Wie soll es gehen?« »Ich habe hier«, er lüftete seine Kutte, »einen Dolch, eine Pistole, eine Feile und ein Hebeleisen – dazu etwas Schwefelstein und Feuerzeug[91].« Eilig holte er die Gegenstände hervor und legte sie Wildgruber vor die Füße. Er zischelte: »Wir brechen jetzt die Ketten oder Schlösser auf. Dann gehe ich mit viel Getöse und lenke den Knecht ab. Du entzündest den Schwefel, dass es gräulich stinkt und er meint, der Satan sei höchst persönlich im Anmarsch. – Ich werde ihn so ablenken, dass er dir den Rücken zukehrt. Du kommst und haust ihm eins über den Schädel. Dann ziehst du einfach seine Sachen an und wir gehen. Vor dem Tor wartet Würstelhannes mit den Pferden.«

»Das habt ihr euch fein ausgedacht«, spöttelte Wildgruber, »aber das Brechzeug hättest du fortlassen können. Hinter meinem Fuß liegt ein Holzkreuz mit Bändchen im Stroh, das sie mir gelassen haben, das gib mir in die Hand und sieh, was geschieht.« Ludwig suchte und fand das handflächengroße Kreuz und gab es dem Gefangenen in die Hand. Wildgruber knurrte befriedigt: »Das war meine große Sorge, weil ich wegen des verfluchten Halseisens nicht mehr an das Kreuz kam. – Los Junge, vergiss nicht laut zu beschwören. Der Knecht hat zwar Schiss- aber wer weiß, wie weit er fort ist. Vielleicht steht der Halunke nur wenige Schritte im Gang.« Er grinste schief und fuhr mit bösem Hohn in der Stimme fort: »Schau im Gang nach und dann wirst du erleben, wozu das Mordwerkzeug Kreuz noch gut sein kann.« Ludwig folgte laut lateinischen Unsinn brabbelnd Wildgrubers Anweisung und nickte befriedigend, als er sich von der

---

[91] Feuerstein, Eisen, Zunder

Leere des Ganges überzeugt hatte. Nun stellte sich heraus, das Holzkreuz war nur eine geschickte Tarnung für ein feines Metallwerkzeug, mit dem Wildgruber in unglaublicher Kürze die Schlösser an Hand- und Fußeisen öffnete, den Vorstecker aus dem Halseisen zog und frei war. Ludwig schrie fast vor Begeisterung zwei Paternoster, die Wildgruber ausreichten, um sich seiner Fesseln zu entledigen. Wildgruber grinste wie ein Faun, hob die Pistole und das Eisen auf und zischelte: »Los denn, wir wollen keine Zeit verlieren.« »Willst du nicht den Schwefel …?« »Doch, jetzt aber noch nicht. Ab jetzt, wir haben keine Zeit zum Seibern.« Er schob Ludwig vor sich her bis zur Wachstube. Ludwig trat würdig in den niedrigen kleinen Raum. Doch oh weh! –

Da saßen jetzt drei Knechte und der Kerkermeister brachte soeben einen Herrn im geistlichen Gewand herein. Die Verblüffung war allgemein. Die Knechte wussten offenbar noch nichts von Ludwigs Existenz und der zur Unterstützung des Gerichts herbeigerufene Fiscal[92] sah verwirrt auf die Anwesenheit eines ihm fremden Bruders. Ludwig fasste sich und redete, freudige Überraschung heuchelnd, in gutem Latein auf den Ankömmling ein. – Das verwirrte noch mehr. Der Fiscal war nur eines beschränkten Lateins mächtig, mit dem er seine Umgebung beeindrucken konnte. Hier sprach nun einer auf ihn ein, der es weit besser und recht umgänglich konnte. Verlegen suchte er stotternd nach Antwort. Wie nun alle noch auf die beiden Geistlichen sahen, fing es plötzlich an, böse nach Schwefel zu stinken, und aus dem Gang kam ein grelles Pfeifen, Kreischen und Heulen. Ludwig machte einen entsetzten Luftsprung und schrie: »Wahrhaftig, er ist der Satan selber!« Er stürzte an dem anderen Geistlichen vorbei, riss die Turmtür auf und rannte hinaus. Der Schrei hatte Erfolg. Die von den Geschehnissen aufgeheizten, abergläubischen Gemüter gerieten in Panik. Die Knechte und der Fiscal rannten ihm erst schreiend nach – dann suchte sich jeder zu verbergen, wo er meinte, dem Bösen aus dem Blick und aus der Verfügung zu kommen. Wildgruber spazierte indessen mit einem alten Umhang, den er in der Wächterstube gefunden hatte, ungehindert zum Tor hinaus, wo er Ludwig antraf. Beschaulich plaudernd, als sei gar nichts geschehen, spazierten sie nebeneinander an den arglosen spanischen Wachen im Torgewölbe vorbei, die sich von Ludwig, dem vermeintlichen Bruder, gar noch segnen ließen. Vor dem Tor legten

---

[92] hier: geistlicher Sachverständiger in Hexen- und Teufelsfragen, Ankläger

sie einen Schritt zu und nach einigen hundert Schritt trafen sie, unter einer schattenspendenden, weit ausladenden Ulme, Würstli mit den gesattelten Pferden. Zu dieser Stunde waren jedoch viele Menschen unterwegs und Ludwig musste sich, versteckt hinter den Pferden, der Kutte entledigen. Würstli und Wildgruber klopften sich derweilen überschwänglich auf die Schultern. Die Freude wurde jedoch jäh unterbrochen. Irgendwo auf den Wällen wurde ein Stück[93] gelöst. Der Donner rollte über das Land und ließ die Menschen ängstlich aufschauen. »Los, fort von hier!«, rief Wildgruber und sah zur Stadt zurück. »Das galt uns. Sicher haben sie sich vom Schreck erholt und da sollte es mich nicht wundern, wenn wir gleich eine Patrouille auf den Hacken haben.« Sie schwangen sich eilig auf ihre Tiere und im flotten Trab ging es auf dem breiten Weg ab in Richtung Lüttich.

Die Herberge am Markt von Geldenaken erwies sich für die reisenden Herren ausreichend komfortabel. Man hatte gemeinsam eine große Kammer. Der Blick aus dem kleinen verglasten Fenster erfreute durch die Kapelle Notre-Dame du Marché mit ihrem seltsam gewundenen Glockenturm. Der Wirt zeigte sich freundlich und bemüht, den Herrschaften den Aufenthalt angenehm zu gestalten. So empfahl er, auf Befragen, die nach seiner Meinung besten Handwerker am Ort, denn die Fremden statteten sich, zu seinem Erstaunen, mit neuer Kleidung aus. Die drei Fremden ließen durchblicken, dass dieses deshalb notwendig geworden sei, weil ihre Knechte mit den Kleiderkisten und anderem Gepäck durchgegangen seien. Der Wirt bedauerte sie, ob ihres Verlustes – nicht – ohne die Schlechtigkeit der Menschheit in dieser Zeit zu rügen. Die Fremden zeigten sich großzügig, herrschaftlich. Trotz allen Bemühungen, fand der Wirt keine Befriedigung seiner Neugier, woher die Fremden kamen und welches Gewerbe sie betrieben; sicher war nur, sie kamen irgendwo aus dem Reich. Der Jüngste mühte sich jedenfalls redlich, französische Sprachbrocken zu einer Verständigung zusammenzufügen. Der ältere Dunkelhaarige, der den Ton anzugeben schien, radebrechte ein wirres Durcheinander von flämischen, rheinischen und französischen Worten. Im Hause des Wirtes wurde, wie im ganzen Ort, ausschließlich französisch gesprochen, doch konnte man sich auch durchaus bei den Handwerkern, Händlern und Wirten Flämisch verständlich machen, denn im Umland gab es flä-

---

[93] Kanone abgeschossen

mische Dorfsprengel und durch die nahen großen Städte, die eine sehr gemischte Bevölkerung aufwiesen, war es fast zwingend notwendig, neben der ethnischen Haussprache, noch diesen oder jenen gängigen Dialekt des Nachbarn zu verstehen und zu sprechen. Immerhin reichten die Sprachbemühungen der drei Gäste aus, um schon am dritten Tag mit neuer Kleidung wohl versehen zu sein. Die drei Männer standen am Tienener-Tor und sahen in das sanft abfallende Tal, in dem die Große-Gette, ein Flüsschen von meist weniger als zwanzig Ellen Breite, langsam nach Nordwesten floss – aber schon nach einer knappen halben Meile den Blicken hinter den bewaldeten Hügeln nach Nordosten entschwand. Eigentlich war der Flussverlauf nur an dem saftigen Baumbewuchs, auf den man vom Tor herabsah, im Tal zu verfolgen. Dies war umso leichter, weil die weniger gut im Saft stehenden Laubbäume bereits herbstliches Gelbrot anlegten. Vom Tor aus lief der Hauptkarrenweg durch die dreihundert Schritt entfernte Furt nach Norden, gegen Tienen. Aber von der Höhe am Tor war eine Verzweigung der Wege am jenseitigen Ufer deutlich zu erkennen. Zudem kamen, zwischen den lichten Bäumen sichtbar, auf einem wohl dort verlaufenden Weg, mehrere Bauernkarren angerumpelt. Wildgruber deutete hinüber: »Das müsste der Weg sein, von dem der Schneider sprach. Auf ihm, so meinte er, müsste man nach Osten reitend und nach etwa zehn Meilen[94] nach Lüttich kommen.« Würstle nickte und ergänzte: »Von da aus nach Aachen und Luxemburg kenne ich mich wieder aus.« »Lüttich hat reiche Kaufleute.« »So meinst du, dass wir dort Geld machen sollten?« »Genau das und es ist Gelegenheit, dem Kauzenludwig«, er klopfte Ludwig, der in einem grünen, samtenen, weiß geschlitzten Rock wie ein junger Edelmann aussah, wohlwollend, vergnügt und gönnerhaft auf die Schulter, »etwas von unserer Tüchtigkeit beizubringen. Aber er soll uns auch einige seiner Künste und Fertigkeiten dienstbar machen.« »Was könnte ich da schon tun?«, fragte Ludwig, der bereits genau wusste, wie die beiden Gesellen zu ihrem beträchtlichen Geld gekommen waren. Wildgruber lachte listig: »Du wirst uns etliche gute Papiere schreiben. Solche, die uns als edle Herren oder gute Kaufleute ausweisen – und dazu ein paar gute Geleitbriefe.« Ludwig fuhr erschrocken herum. »Wie, zum Teufel, kann ich das?« »Stell dich nicht so blöd an«, belehrte

---

[94] ein altes, regional sehr unterschiedliches Wegemaß; hier ca. 12000 Schritt = annähernd 7–7,3 km

Wildgruber. »Ich besorge dir dafür echtes Papier aus den Kanzleien. Danach schreibst du sie, auf uns bezogen, neu aus. Die Siegel formen wir ab und hängen sie an unsere Urkunden. Ich will den sehen, der das merkt. Hast du nicht selbst nach Brief und Siegel geschrien?« »Ja aber ...« »Nichts aber, Kauzenludwig. Was sein muss, muss sein. Hast dich doch selber schon für jemand ausgegeben, der du gar nicht warst. Mit Papier, mit Brief und Siegel hättest du es da auch schon leichter gehabt. Außerdem, du bist doch fein heraus. Lügst nicht einmal, wenn du die Papiere für dich auf den Namen Sydekum, oder wie dein alter Feldhauptmann meinte, auf von Sylenstein ausstellst.« – Ludwig wandte sich und rief voller Unbehagen: »Aber das ist doch Anmaßung, Fälschung, Fälschung von Urkunden, das kann, so man es entdeckt, den Kopf kosten.« Würstle lachte leise und mahnte: »Schrei nicht so laut herum. – Was du sagst, kann nur den kleinen Mann erschrecken. – Denke nur an unsere alten Gesellen. Sie wollten es damals in Köln nicht glauben, hatten Ängste und wurden nichts, sind vielleicht schon tot – arm und tot.« Er lachte verächtlich auf und fuhr beharrlich fort: »Sieh doch die geistlichen und weltlichen Herren an! Mit Lug, Trug, Mord und Totschlag vermehren sie ihren und ihrer Familien Wohlstand – und Glück. In Italia sollen selbst die Päpste mit Mord und Tücke sich bereichern. –

Was denen erlaubt ist, soll mir allemal recht sein. Nur aus Einfalt und Furcht vor Strafe wagt der kleine Mann nicht, was die anderen sich mit gottgewollten Recht herausnehmen. Dabei werden alle Menschen auf die gleiche Art gezeugt und geboren. Nur, weil sich niemand aussuchen kann, ob er in einer erbärmlichen Hütte oder im Palast zur Welt kommt, kann doch nicht alles richtig sein, was ihn für sein Leben bestimmt. – Du warst doch bei den Pfaffen! – Du solltest doch gelesen haben, dass Jesus in einer Hütte geboren sein soll. Dennoch war er ein König, der höchste der Menschheit und die Pfaffen in dem verdammten Land, in dem er zum ersten Mal gekräht hat, waren gegen ihn, sind ihm, weil er sich für etwas ausgegeben hat, was er nach ihrer Meinung nicht war, ans Leder gegangen. – das war sein Risiko.« Ludwig unterbrach den erregten Ausbruch des Freundes: »Schon gut, schon gut, was du da sagst. Auch ich habe mir schon lange Gedanken über diese Welt gemacht. Es ist sicher etwas wahr, was du da sagst« »Etwas! – Lieber Himmel, es ist alles so, wie ich es sagte. Du magst es nun glauben oder nicht. Letztlich ist es schon gleich, wenn man mich zum Spitzbuben erklärt und umbringt, oder wenn ich für einen anderen Spitzbuben, der sich Herr nennt, ohne eigene Schuld umgebracht werde. Das Leben ist gefährlich. Lieber reich gefährlich glücklich leben, als arm, auch gefährlich und unglücklich. – Das magst du nun bedenken und sagen, ob du machst, was der Adolf meinte.«

Wildgruber sah Ludwig abschätzend an und forschte: »Machst du es also – oder nicht?« Ludwig sah kurz auf den Fluss hinunter und entschied, wohl wissend, dass damit sein Leben eine entscheidende Wende nehmen würde: »Ich mach's. – Es wird so gut sein, dass es niemand, ohne Nachforschungen an der Quelle, es zu erkennen vermag.« Wildgruber atmete einmal tief durch und nickte. Würstle feixte: »Na also! Das war ein Wort. Da sind wir jetzt gut versehene Gesellen, die diese verdammte Welt aufs Kreuz legen können. Ha, ha – hat man doch bisher stets nur uns aufs Kreuz gepackt.« Wildgruber schüttelte über den freudigen Ausbruch Würstlis nachsichtig den Kopf und unkte: »Beschrei es nicht, Würstelhannes, Hochmut kommt vor den Fall. Übermut tut selten gut. Wir wollen wohl immer die vorsichtigen, braven angesehenen Herren sein. Dazu gehört, weiterhin knauserig zu sein, wie es wohlhabenden Kaufleuten zukommt. Edelleute können wir zwei«, er zeigte auf Würstle und sich, »ohnehin nicht spielen, denn das kauft uns keiner ab.« Er wies mit dem Kopf auf Ludwig und knurrte etwas neidisch: »Dir, Kauzenludwig, nehmen sie es allemal ab. Kannst damit, nein musst damit wuchern. Ansonsten gilt, Vorsicht, Bescheidenheit und geschicktes Taktieren mit dem, was wir haben, denn sonst fällt es gar zu schnell auf und wir dürfen mit dem Teufel am Galgen tanzen.« Seinen Worten folgte nachdenkliches Schweigen, das Ludwig nach einiger Zeit unterbrach: »Wann reiten wir weiter?« Wildgruber rückte an seinen breitkrempigen, Reiherfeder geschmückten Hut. »Ich denke, morgen in der Frühe, beim Öffnen der Tore. Wir nehmen zunächst den Weg, aus dem die Bauern dort kommen. Die Bauern hatten mit drei Gespannen die Furt erreicht. Das Wasser reichte nicht einmal bis zu den Achsnarben. Die drei Freunde sahen das gerne und wandten sich wieder dem Tor zu, vor dem zwei Krüppel bettelten. Würstle gab jedem einen Weißling, ein großzügiges Almosen, was die beiden mit einem Schwall Dankesworten quittierten: »Gott mag es Euch vergelten«, quäkte der Ältere von den beiden, der mit einem Bein und einer Binde über dem linken Auge, ihnen noch nach sah, als sie durch das Tor schritten in dessen Tor Stube zwei Stadtknechte sich die Zeit mit einem Würfelspiel vertrieben.

Es war ein wundervoller Morgen. Planschend trabten die Rösser durch die Große-Gette[95]. Die drei Reiter wandten sich jenseits der Furt nach Osten und trabten hintereinander auf dem schmalen Karrenweg entlang, der durch lichten Buchen- und Kiefernmischwald führte. Jenseits des Flüsschens, durch den lichten Wald immer noch gut zu sehen, grüßte vom Hügel, von der Morgensonne übergossen, Geldenaken[96] mit seinem gewundenen Glockenturm, von dem friedliches Morgengeläut ins Tal herabwellte. Unter einer einzeln stehenden, ausladenden, alten Eiche saßen drei Wandergesellen, der Tracht nach Maler. Sie brutzelten über einem Feuerchen ihre Morgensuppe. Von den Reitern nahmen sie keinerlei Notiz, was eigentlich bemerkenswert war, denn die Wege galten auch in dieser Gegend nicht gerade als sicher. Schon bald zweigten von dem Hauptweg immer wieder nach beiden Seiten schmale Fahrspuren und Viehpfade ab. Der Weg wurde nach und nach schmal und steinig, ging über sanfte Hügel – und wurde damit sehr unübersichtlich. Wildgruber ritt voraus; ihm folgte Ludwig und den Schluss bildete Würstli, der ein wenig müde auf seinem Pferd wirkte, denn er hatte sich erst beim ersten Hahnenschrei wieder bei den Gefährten eingefunden. Plötzlich tat sich der Wald zu einer Lichtung auf, auf der zwei kleine Fachwerkkaten standen, deren grüngraue Strohdächer fast auf den Boden reichten. Die Lichtung wurde mit Getreide bebaut, das aber bereits abgeerntet war. Ein alter Mann zog einen Holzpflug, den seine Frau, eine gewichtige Alte, in den Boden drückte. Sie brachen den Miniaturacker für die Wintersaat. Würstli rief Ludwig übermütig zu: »Willst du nicht wieder Landmann sein, Kauzenludwig? Wenn ich mich recht erinnere, kamst du doch von so einem feudalen Gut!« »Das weißt du doch. Unsere Felder waren indessen wirklich viel größer. Immerhin, wir hatten ein Pferd vor dem Pflug. Wenn ich so den Alten dort betrachte, gelüstet es mich nicht danach, wieder hinter dem Pflug zu gehen. – Wäre das nicht eine echte Aufgabe für dich? Jedenfalls gäbest du einen besseren Ochsen ab – als der da.« Würstli blieb einen Moment still und schnaufte dann laut und unwillig: »Pfui Teifi!« Der Weg senkte sich hinter der Lichtung, die hier zunächst von Schlehen abgeschlossen wurden, schon bald zu einem Bachgrund, der über und über mit Weiden bedeckt war. Es waren geschnittene Weiden, deren Ruten

---

[95] Fluss in Brabant / Belgien
[96] Jodoigne in Brabant / Belgien

in Stiegen gestellt daran erinnerten, dass hier Korbflechter sein mussten, deren man im dichten Grün jedoch nicht ansichtig wurde, von denen kein Laut zu vernehmen war. Der jenseitige Kiefer bestandene Hügelrücken war steiler. Die Pferde gingen im Schritt und versanken mit den Hufen tief im Sand. So kam man fast geräuschlos über die Höhe und Wildgruber riss sein Tier zurück. Er hob warnend die Hand und drückte sein Pferd sanft zurück. Ludwig machte auf seinem parierten Pferd einen langen Hals – aber Wildgruber warnte Leise: »Still Freunde. – Vor uns ist es nicht geheuer.« Er glitt aus dem Sattel und warf Ludwig den Zügel zu: »Wartet, ich will erst sehen, was da los ist.« Unter Ausnutzung der Baum- und Geländedeckung verschwand er vorwärts zwischen den Bäumen. Ein klagender Frauenruf klang undeutlich durch die Bäume. Dann erfolgten erschütternde Schreie eines Mannes, die jäh abbrachen. Wildgruber erschien wieder. – Er war bleich vor Wut. Ludwig reckte wieder den Hals: »Was ist das – da vorn?« Wildgruber trat an sein Pferd, sah beide an und flüsterte: »Wisst ihr, was Malcontenten sind?« Ludwig schüttelte den Kopf und Würstli brummte: »Nie gehört. Was sind das für Leute?« Wildgruber nickte und erklärte leise: »Man nennt sie auch Paternosterknechte. – Es sind Rebellen, Querköpfe, die das Reich Gottes auf Erden errichten wollen. – Manchmal nennen sie sich auch Verteidiger des katholischen Glaubens – andere wieder sind nichts weiter als erbärmliche Räuber und Schnapphähne mit dem Gebetbuch als Feigenblatt. – kurz, sie sind das gleiche Gesindel wie die Geusen im Norden und auf See – nur, wie sie sagen, von der anderen Seite.«

»Und solche Teufel sind vor uns«, stöhnte Würstli auf. Wildgruber nickte bestätigend. »Ich nehme es an. Jedenfalls haben sie die schwarzen Tücher um den Kopf geschlungen, wie man das von den Malcontenten sagt. Sie traktieren da einige Leute, wohl fahrendes Volk, denn da liegt ein Kastenwagen auf der Seite.« »Sind es viele?«, wollte Ludwig wissen. Wildgruber sah die beiden an und sagte entschlossen: »Es sind nur sieben oder acht. – Mag ich sonst auch ein verkommener Hund sein; so etwas will ich doch nicht dulden, wenn ich es zu ändern vermag.« Würstli nickte verstehend und zog seine große Reiterpistole und spannte sie bedachtsam, indem er den Schlüssel noch einmal prüfend andrückte und sich vergewisserte, dass der Schwefelkies richtig im Halter lag. Er grinste etwas verkniffen und brummte leise: »Adolf, Adolf – Deine Tollheiten nehmen kein Ende. Aber in Gottes Namen, hauen wir drauf, wenn es denn ein gottgefälliges Werk ist. Vielleicht rechnet er es uns einst für unsere Torheiten auf.« Wildgruber sah Ludwig fragend an – aber der zog wortlos das Rapier. Wildgruber nickte befriedigt: »Na dann Gesellen – oder – Kauzenludwig, wie sagt man – Gott befohlen.« Er schwang sich in den Sattel und langsam trieben sie ihre Pferde voran, bis sie eine Lichtung von knapp hundert Schritt Ausdehnung übersehen konnten. Dort lag ein Kastenwagen, wie er von Schaustellern benutzt wurde, mit gebrochenen Rad auf der Seite – die Pferde noch im Geschirr. Vor ihnen, am Waldrand, hing eine Frau an ihren Haarflechten aufgehängt, gefesselt an einem Baum. Sechs Kerle, deren Pferde auf der Lichtung neben dem Wagen standen, umstanden einen nackten Mann am Boden, dem sie die Glieder ausgebreitet, angepflockt hatten. Soeben schlug man davor zwei Astgabeln ein und einer zeigte dem Opfer am Boden einen Knüppel und erklärte etwas, was Ludwig und seine Gefährten wegen der noch zu großen Entfernung nicht verstehen konnten, bei dem Gefangenen am Boden und der Frau großes Entsetzen auslöste, denn sie schrien entsetzlich um Gnade und der Barmherzigkeit Gottes – was die wilden Gesellen jedoch nur noch mehr aufreizte und offenbar in einen Freudentaumel versetzte. Sie sprangen begierig schnatternd umher. Vom Wagen kam plötzlich ein siebter Bandit und schrie: »Also – da ist rein gar nichts Brauchbares!« »Doch! – Die Pferde«, rief einer lachend. Er stand am Baum und bohrte mit einem Knüppel der hängenden Frau zwischen den Beinen herum. Wildgruber zischte leise: »Würstelhannes, du den am Wagen; ich nehme den Kerl, der den Mann am Boden traktiert. Kauzenludwig, schnapp dir zuerst den Halunken bei der Frau am Baum.« Er spannte den Hahn seiner Radschlosspistole: »Los!«, zischte er und hieb seinem Pferd die Sporen in die Flanken, dass es erschreckt vorwärts stürmte – die beiden anderen folgten gleichzeitig seinem Beispiel. Der Hufschlag wurde so gedämpft, dass sie auf weniger als zehn Pferdelängen herankamen, ehe der Kerl am Wagen sie zuerst wahrnahm und einen schrillen Warnschrei ausstieß. Die Bande am Baum fuhren herum. Zwei von ihnen hatten Radschlossflinten, die anderen Blankwaffen, Schwerter und Äxte. Wildgrubers Pistole donnerte aus zwei Pferdelängen Entfernung und der Mann an der Astgabel fiel über sein Opfer. Ludwigs Gegner schwang geschickt eine Doppelaxt am langen Stiel. Ludwig riss sein Tier kurz hoch und irritierte damit den Mann. Gleichzeitig warf er sich weit nach vorn über den Hals des Pferdes und hieb zu. Der Mann sprang nach hinten und fiel. Ludwig setzte mit dem Pferd über ihn hinweg und schlug gleichzeitig nach links zu einem, der die Flinte fluchend gegen Wildgruber in Anschlag brachte. Er traf und sah den Mann stürzen. Würstlis Pistole und eine zweite Schusswaffe dröhnten und erschreckten Ludwigs Pferd. Es stieg und er hatte Mühe im Sattel zu bleiben; ihm fehlte die Übung. Sein Gegner mit der Axt war wieder auf und schwang die schwere Waffe. Ludwig riss den Katzbalger aus der Scheide – und indem er das Pferd seitlich am Angreifer vorbeitrieb, ließ er mit diesem die schwere Klinge der Axt des Gegners abgleiten, um gleichzeitig – wie er es gelernt hatte, mit dem Rapier einen Rundschlag gegen den Gegner zu führen. Nur schwach spürte er, wie die Klinge den Kerl traf. Doch dieser stürzte taumelnd zur Seite. Nun wandte Ludwig sich dem übrigen Geschehen zu. Würstli versuchte zwei Berittenen zu folgen, die drüben soeben zwischen den Bäumen verschwanden. Wildgruber hatte im Anreiten den einen Kerl erschossen und sich dann mit drei anderen herumgeschlagen. Es gelang ihm aber nur, noch einen zu verletzen. Zwei gaben Fersengeld und gelangten zu ihren Pferden. Es waren die zwei, die Würstli nun verfolgte. Würstli hatte im Anreiten danebengeschossen und sein Gegner erwies sich als ebenbürtig. Er hatte mit dem Burschen, einem großen struppigen Kerl, schwer zu schaffen. Nur die Überraschung und die Tatsache, dass dieser zu Fuß und nur ein Kurzschwert hatte, gab ihm Überlegenheit und den Erfolg, ihn mit einem Hieb seines schweren Estoc[97] niederzustrecken. Wildgruber sah Ludwig an – dann zu Würstli hinüber, der am Waldrand fluchend die Verfolgung abbrach und zurückgetrabt kam, wobei er kurz am Wagen verhielt. Wildgruber sprang aus dem Sattel und rief: »Kauzenludwig, mach der Frau die Haare los! Ich halte sie.« Ludwig löste vom Sattel aus die langen verknoteten Haarflechten der Frau. Sie wurde von Wildgruber auf den Boden gelegt; dann zerschnitt er ihre und des Mannes Fesseln. Sie waren beide übel zugerichtet. Während die Frau aus Schürfwunden an Armen und Beinen blutete, hatte man dem Mann Schnittwunden zugefügt. Obwohl sie nicht tief waren und nur der Quälerei gegolten hatten, mussten sie schmerzhaft sein. Würstli kam heran und trieb einen stark an der Schulter blutenden Gefangenen vor sich her. Es war einer derer, die Wildgruber verletzt hatte, der sich aber davonmachen wollte. Würstli hatte ihn am Wagen aufgegriffen. Sie untersuchten nun erst die gefallenen Strauchdiebe. Zwei von ihnen lebten noch. Sie wurden mit abgerissenen Fetzen

---

[97] eineinhalbhändiges Schwert

ihrer Kittel notdürftig verbunden und gefesselt. Der Mann mit der Axt, mit dem Ludwig gekämpft hatte, war tot. Doch wie sehr staunte er, als er sich den Kerl näher besah. – Es war, freilich in ganz anderer Kleidung und ohne jeden körperlichen Mangel, der einbeinige Bettler, der vor dem Tor von Geldenaken gehockt, dem sie Almosen gegeben – und der am Abend mit dem Wirt die Schankstube verlassen hatte. Wildgruber wandte sich an die befreiten Leute, die sich weinend und stöhnend erholten. »Warum, um Gotteswillen, haben die Kerle euch, bei denen man sicher keine Reichtümer erwarten konnte, überfallen?« »Ach, Mynheeren,«, jammerte der Mann, der wohl um die vierzig Lenze zählen mochte und trotz seines erbärmlichen Zustands einen überraschend gepflegten Eindruck machte. »Wir waren zu dritt. Meine Tochter«, er wies auf die Frau, »ihr Mann und ich. Just auf der Wiese brach uns das Rad und wir mussten – nein wollten – das Rad auswechseln. Wir hatten sie nicht bemerkt. Sie standen plötzlich um uns. Roberto, mein Schwiegersohn, erhob sich vom Boden, denn er hatte einen Hebebalken unter den Wagen geschoben. Sie brüllten uns an, wir sollten schleunigst unser Geld hergeben. Drei der wüsten Gesellen zerrten hohnlachend und widerlich, gotteslästerlich fluchend Madlein auf die Wiese, wo sie sie zu Boden warfen. Roberto wollte das nicht zulassen. Einer«, erwies auf den von Ludwig getöteten Banditen, »schlug mit seiner Axt zu, dass Roberto die Brust auseinanderklaffte und er tot umfiel. Er liegt dort hinten hinter dem Wagen. – Von mir forderten sie weiter Geld. Doch wir sind arm. Der Anführer, der Mann, der mich dann quälte, befahl, meine Tochter an den Haaren aufzuhängen. Mir wollten sie, wie der Anführer sagte, da sie mein Geld nicht fänden und ich zu dumm oder zu gierig wäre, im Bauch nachsehen, ob ich es nicht verschluckt hätte. Dazu wollten sie mir die Därme aus den Bauch spulen. – Herrgott! – Warum tun Menschen so etwas nur!« Die junge Frau weinte und schluchzte nun hemmungslos. Wildgruber räusperte sich; Würstli fluchte leise in seinem Heimatdialekt vor sich hin und verschnürte die drei Gefangenen noch einmal fester, dass sie vor Schmerz brüllten und fluchten. Sie sammelten die Waffen der Räuber ein und legten dem Kastenwagen das Ersatzrad auf. Eine Arbeit, die Würstli und Wildgruber mühelos bewältigten und zeigte, dass sie derlei Arbeit schon oft gemacht hatten. Die toten Räuber ließen sie liegen, wo sie gefallen waren. Die Leiche Robertos wurde auf die Wagenklappe gelegt, was Ludwig an die traurige Fuhre nach Altenberg erinnerte. Die erbeuteten Pferde und die Gefangenen, die auf jede Frage zähe schwiegen – allenfalls einen Fluch losließen – wurden an den Wagen gebunden. Gegen Mittag konnte man aufbrechen. Bis Tienen oder Hannut, meinte der Wagenbesitzer, ein Puppenspieler, wie sich herausstellte, der von Dorf zu Dorf zog – den Orten mit einer Gerichtsbarkeit, sei es gleich weit – etwa ein bis zwei rheinische Meilen[98]. In der Herrschaft von Hannut sei er gut bekannt. Da dies auf dem Weg der drei Reisenden lag, und man die Überfallenen ohnehin schlecht allein mit den Verbrechern im Busch sitzen lassen konnte, entschied Wildgruber:

»Gut Leute, wir bringen euch und die Gefangenen nach Hannut.« Nach einer halben Stunde erreichten sie ein Dorf, das an einem lebhaften Bachlauf lag und in dem mehr Messerschmiede als Bauern ansässig waren. Überall pinkten, klingelten die Schmiedehämmer und dampften die Essen. Über dem schmalen Bachlauf, auf Stegen, lagen auf Schrägbrettern die Messerschleifer. Unter sich, in einfachen Vorrichtungen, kleine runde Schleifsteine, die durch das Wasser, mittels kleiner Schaufelräder betrieben wurden. Die Ankömmlinge erregten Aufsehen und ein großer, wohlbeleibter Schmied, der sich als Dorfschulze zu erkennen gab, trat dem Zug entgegen. Er erklärte, nach einigen Ausrufen der Bestürzung und des Erstaunens, als er von dem Überfall hörte: »Mynheeren, lasst die Gefangenen nur ruhig hier. Ihr braucht euch nicht mit ihnen zu belasten. Unser gnädiger Herr hat unweit von hier ein festes Haus mit einem gar festen Gefängnisturm. Da sind sie, bis zur Verurteilung, gut aufgehoben.«

Der Mann sah vertrauenerweckend, bieder aus. Da die Gefangenen die Reise behinderten, sehr verlangsamten, entschied Wildgruber: »Gut, guter Mann, wir lassen Euch die Gefangenen hier. Ihre Sachen nehmen wir jedoch mit fort. In Hannut mag der Richter entscheiden, ob sie als Schadensersatz an den Puppenspieler fallen.«

»Hannut ist nicht die Herrschaft, in der das Verbrechen geschah«, wandte der Schulze überraschend ein. »Nur hier, bei unserer Herrschaft, kann der Puppenspieler sein Recht einklagen.« Das gab nun ein langes, lästiges Verhandeln und es wollte Abend werden, ohne dass man zum Schluss kam. Wildgruber war verärgert. Im Anbetracht der Tageszeit schlug er vor, da man ohnehin nicht mehr sehr weit, somit das Tagesziel erreichen konnte, in der sogenannten Ortsherberge, einer kleinen Kate, in deren Stallanbau Gäste gespeist – und das liebe

---

[98] etwa 7–14 km

Vieh, zwei dürre Rinder, mehrere Schweine und unzählige Hühner untergebracht waren, zu übernachten. Auch ergab sich so Gelegenheit, den armen Roberto auf dem kleinen Kirchhof bei der winzigen, dürftigen Kapelle, zu begraben. Die Kapelle stand etwas abseits. Einen Priester gab es nicht, denn der Geistliche der Herrschaft war zuständig und nicht anwesend. So gab es abermals großes Feilschen, bis der Dorfschulze dem Begräbnis auf geweihter Erde zustimmte. Eigentlich wurde das Gewissen des streitlustigen Dorfoberhaupts nur durch einen Silberling besänftigt, das Wildgruber, des albernen Redens müde, dem Schulzen geschickt zuschnippte. Indessen hatte ein Trupp Schleifknechte, auf Befehl des Schulzen, sich mit den Gefangenen auf den Weg zur besagten, gelobten Herrschaft gemacht. Die Puppenspieler, Vater und Tochter, übernachteten in ihrem Wagen, während die drei Freunde in der seltsamen Herberge, nach federstiebenden Kampf mit dem zeternden Hühnerheer, sich einen Strohhaufen zum Schlafen bereiteten. Für ein paar Mariengroschen[99] hatten sie alles Nötige und eine Steckrübensuppe mit geselchten Fleischstücken, sowie Brot bekommen. Auch ein erstaunlich gutes Süßbier war zu haben. Der Wirt, ein gebückt laufendes, zahnloses, stets grinsendes Männlein brabbelte: »Nicht gut – Stall für Mynheeren – hihi! – Hihi – sollten zu gnädigen Herren reiten. Er sehr gastfreundlich – hihi!« Würstli sah dem Alten nach, als er in seine Kate schlurfte. »Ich traue dem alten Strolch nicht«, gab er seine Meinung leise kund. Wildgruber beobachtete zwei Frauen, die zehn Schritte von ihnen am Brunnen hockten und warteten, ob die Herren noch etwas benötigten. Er fasste seine Überlegungen zusammen: »Wenn ich es recht bedenke, ist dieser Ort nicht gerade herrschaftlich. Vielleicht hat der Alte Recht, wenn er sagt, bei seiner Herrschaft wären wir besser aufgehoben.« – Würstli schmatzte vernehmlich. »Hast du dir die Gesellen dieses streitlustigen Dorfschulzen näher angesehen?« »Nein! – Warum fragst du?« »Wenn sie nicht artig am Bach Klingen schleifen oder in der Schmiede arbeiten – weiß Gott – ich würde sie eher für Spießgesellen der Räuber halten, wie nanntest du sie doch – der Malcontenten.« »Du siehst Gespenster, Würstli. Die Arbeit der Leute ist schwer. Da können sie nicht gerade fröhlich aussehen. Die Wandergesellen in den Städten, die Handwerker – wie sehen die denn aus, wenn sie bei der Arbeit sind?«

---

[99] kleine Silbermünze mit Marienbild; in Norddeutschland, Rheinland und Westfalen seit 1505 bis Ende des 17. Jh. weit verbreitet, Wert ca. 25 Cent

»Unsinn! – Ich meine doch nicht das. Die Bauern, lieber Adolf, arbeiten hier in den Dörfern sicher nicht leichter. Schaust du ihnen ins Gesicht, siehst du müde aber gutmütige Menschen. Die Leute hier im Dorf aber – na-ja – mir erscheinen sie nicht geheuer – ich wittere Heimtücke.« »Ach Unsinn.« »Doch, doch. Beobachte mal die Kerle hier am Bach. Die Gesellen sehen mir eher wie verkleidetes Kriegsvolk aus. Damit sollten wir uns doch auskennen.« Wildgruber lachte den Gefährten jedoch aus und verwarf dessen Gedanken. Immerhin gestand er: »Wenn es dich beruhigt, lassen wir die Pferde unmittelbar neben uns. – Wenn es dunkel ist, werden sie mit losen Bauchgurt gesattelt. Sollte etwas geschehen, sind wir im Nu fertig. Obwohl es albern ist – auch die Pistolen und Waffen sollten wir griffbereit legen. – Kauzenludwig, dir müssen wir in Lüttich eine gute Pistole kaufen. Hättest du eine solche gehabt, wären uns die beiden anderen Räuber vielleicht nicht entkommen.« Würstli warf sich in sein Heu Lager und stellte befriedigt fest: »Immerhin, lieber Adolf, hat uns der Kauzenludwig ein Stück aufgespielt, das nicht besser sein konnte.« Er winkte Ludwig gönnerhaft zu: »Du bist ein verdammt guter Kriegsgesell geworden. Du hast da wohl gar manches vom Knipphaus und Kamhuber abgeguckt? – Sauber, sauber. – Ich hätt's wohl in meiner besten Zeit nicht besser gekonnt.« Die Nacht verlief ruhig und mit dem Spektakel der Hühner standen die Freunde gähnend am Brunnen und spülten sich mit einer Hand voll Wasser den Schlaf aus den Augen. – Im Dorf offenbar ein Luxus, der auf spöttische Blicke der schon hier und da herumlaufenden Dörfler stieß. Auch der Puppenspieler sah es verwundert. Er hockte am Brunnen und wechselte die Verbände. – Er hatte es offensichtlich sehr eilig, um aus dem Dorf zu kommen. Die junge Frau lief mit verheulten Augen herum. – Sie bot ein Bild des Jammers. Ihr Vater hatte indessen, sah man von seinen Wunden, die er neu verband, einmal ab, das fürchterliche Erlebnis scheinbar schon wieder vergessen – jedenfalls verlor er kein Wort mehr darüber. Er kam, die drei Gefährten saßen noch bei ihrer dampfenden Kohlsuppe, an gehumpelt. »Die Mynheeren mögen verzeihen, aber ich will sogleich mit meiner Tochter aufbrechen.« Er schielte vorsichtig in die Runde. »Ich sage euch noch einmal meinen Dank. Gottes Segen – und der Muttergottes Hilfe und Schutz auf euren Wegen.« Er neigte devot den Kopf und wollte sich eilig davonmachen. »He! Wieso habt Ihr es so eilig«, erkundigte sich Würstli überrascht. Der Puppenspieler sah misstrauisch zu den Weibern am Brunnen, die dort Wasser aufzogen und sagte leise: »Die Herrschaft gehört einem Boninquetta, einem Burgunder.« »Na und?« »Oh Mynheer, der Baron ist ein unheimlicher Mann. Über ihn und seine Herrschaft sagt man so allerlei.« »Warum, guter Mann, habt Ihr uns das nicht schon gestern gesagt?« »Ich wusste es selbst nicht. Erst heute Morgen habe ich es erfahren, denn der Besitz hat erst kürzlich gewechselt.« Wildgruber mischte sich ein: »So seht, guter Mann, dass Ihr fortkommt. Ich ahne, dass es auch für uns gut wäre, das Feld zu räumen. – Würstelhannes, du hast gestern Abend vielleicht nicht gar zu blöd dahergeredet, wie ich dachte.« Der Puppenspieler fuhr mit Hü und Hott den Weg zum Dorfausgang hinauf und entschwand den Blicken der Freunde schnell unter den Bäumen. »Sehen wir, dass wir fortkommen«, knurrte Wildgruber und späte verstohlen umher. Sie zogen die Sattelgurte an, schnallten ihre Mantelsäcke auf und saßen auf. Der Wirt kam eilig an gehumpelt und krähte: »Hihi! Schon fort! – Hihi – habe noch guten Schluck für weiten Weg für die Mynheeren!« Er hielt den überraschten Reitern eine Kanne Süßbier hin und grinste noch mehr – wie ohnehin. Würstli nahm einen Schluck; Wildgruber und Ludwig dankten und lehnten ab. Der Alte brabbelte irgendetwas Undeutliches und fragte dann: »Wollt nach Hannut – hihi?« »

Nein, nun nicht mehr. Die Gefangenen sind ja bei eurer Herrschaft. Wir reiten nach Sankt Troiden, Alter«, antwortete Wildgruber, an den sich der Wirt mit seiner Frage gewandt hatte. »Wir werden unseren Weg nun direkt fortsetzen. Sagt, wie weit ist es noch bis Attenhoven und wo beginnt der Weg?« Der Alte erzählte etwas, von dem nur sein albernes Lachen, sein Hihi zu verstehen war. Da mischte sich einer der Schmiede ein, der am Brunnen stand und die Unterhaltung gehört hatte. Er kam näher und erklärte: »Reitet den Bach entlang, Mynheeren. Ihr kommt nach einer halben Stunde auf einen Weg, der zur Herrschaft Lindsmeel führt. Von da sind es zwei Meilen bis Attenhoven und vier bis Sankt Troiden. Bei den guten Pferden, die Ihr habt, Mynheeren, könnt Ihr es bis Mittag schaffen.« Wildgruber nickte: »Habt Dank, Meister. Wir werden den Weg, so wie Ihr sagt, sicher leicht finden.« Sie ritten in die angegebene Richtung auf einem schmalen Pfad am Bach entlang, was dazu zwang, dass sie hintereinander reiten mussten. Als sie das Dorf eine kleine Weile hinter sich hatten, rief Würstli, der hinter Wildgruber als zweiter ritt: »Verdammt! – Halt doch mal, Adolf! – Wieso reiten wir hier?« Wildgruber zügelte sein Tier und wandte sich spöttisch grinsend im Sattel: »Du hast wohl Halsschmerzen?« »Wieso?« »Gestern hast du mir dein

Misstrauen in die Ohren geflötet und nun willst du aller Welt sagen, wohin du willst.« »Verdammt! – so machen wir das hier nur zum Schein?« »Kluges Kind«, lobte Wildgruber. »Wir reiten jetzt noch eine viertel Meile und biegen dann nach Osten ab. Ich wette, der Bach macht bald eine Biegung.« Ludwig warf ein: »Und was heißt das?« Wildgruber grinste überlegen: »Zeit, Kauzenludwig, ganz einfach Zeit. – Während wir hier auf Umwegen durch den Busch reiten, kann man auf geradem Weg uns überholen und irgendwo einen Hinterhalt aufbauen. Seit der Schmied uns diesen Weg beschrieben hat, bin ich sicher, dass die Malcontenten mindestens einen Spitzel im Dorf hatten – wenn sie nicht alle mit denen unter einer Decke stecken. – Die Schlappe von gestern werden sie uns kaum vergessen und heimzahlen wollen.« Würstli fluchte bestürzt: »Scheiße! Schöne Aussichten, das!« Wildgruber nickte und ein böses Funkeln kam in seine Augen: »Menschenfreund sein ist meist nicht billig. Los denn! – Weiter und haltet die Augen auf und die Waffen bereit.« Tatsächlich schlängelte sich der Bach und Pfad in endlosen Mäander durch den Talgrund. Die Hänge waren überwiegend licht mit Birken und Kiefern bewachsen. Die Birken hatten ein sanftes, herbstliches Blättergold angelegt und vereinzelt stehende Eichen schimmerten bereits rotbraun. Der Morgen war kühl und die Pferde dampften in der klaren Morgenluft. Sie kamen an einen kreuzenden Pfad, dem Wildgruber ohne Zögern nach Osten folgte. So erreichten sie die nächste, knapp zweihundert Fuß hohe Anhöhe, die das Tal säumte. Oben zwischen den Bäumen angekommen, bot sich bachauf, bachab ein guter Überblick. Drüben, wo der Rauch der Essen aufstieg, lag das Dorf, die Häuser verdeckt durch den dichten Baumbestand in der Bachsenke. Es zeigte sich auch, dass Wildgrubers Überlegung richtig war, denn die Luftlinie zum Dorf war knapp eine halbe Meile, während sie schon mehr als eine Meile am Bach entlang geritten waren. Sie überquerten die dicht bewaldete Anhöhe, die zur anderen Seite vom Kiefern- und Birkenbestand in einen Alteichenbestand überwechselte und schließlich zu einem weitläufigen abgeernteten Acker führte, in dessen Mitte ein steinernes großes Gebäude, eine Art Schloss stand, umgeben von Wirtschaftsgebäuden in einfacher Fachwerkbauweise.

Wildgruber zügelte noch unter den Bäumen sein Pferd und die beiden anderen schlossen neben ihm auf. Ludwig entfuhr, beim Einblick in die Ebene: »Bei Gott, Adolf, ich glaube, du hattest recht.« Würstli nickte anerkennend und witzelte: »Ja, der Adolf ist schon ein Ass. Man könnte meinen, er habe ein zweites Gesicht. – Mit Nachdenken allein kann man doch nicht so viel vorausahnen.« Wildgruber knurrte: »Halt dein spöttisches Schandmaul. Seht euch lieber den verdammten Mist an.« Aus dem Schlosshof jagten soeben zwanzig Reiter – unverkennbar mit den Kopftüchern der Malcontenten. Sie trugen, soweit man erkennen konnte, alle Lanzen, Spieße und vermutlich noch mehr Mordwerkzeug und galoppierten auf einem Karrenweg nach Nordosten, wo man, markiert durch Rauch aus Herdfeuern, wohl ein Dorf zu vermuten war. Auf einem anderen Karrenweg, der von Westen nach dem Schloss führte, kamen noch fünf bewaffnete Reiter an getrabt. »Das ist der Weg, der vermutlich von dem Dorf kommt, wo wir heute Nacht waren«, stellte Würstli fest und Wildgruber wies auf den Reiter an der Spitz: »Und der dort, auf dem schweren Gaul, wenn mich nicht alles täuscht, unser lieber Dorfschulze.« Ludwig gab seine Überlegung dazu: »Warum, wenn es sich bei den Dorfbewohnern um Malcontenten handelt, haben sie uns nicht in der Nacht bequem fertig gemacht?« Wildgruber grübelte ratlos: »Ja, warum? – Ehrlich gesagt, ich verstehe es auch nicht. Vielleicht tut man dem Dorf und der Masse der Leute unrecht und sie wissen nicht, was eigentlich gespielt wird. Aber auch das kann ich mir nicht recht vorstellen. – Freilich könnte es sein, dass sie auch nur ihr Dorf aus der Geschichte heraushalten wollten, denn irgendwann hätte ein Überfall oder Morde doch an anderen Orten bekannt werden können, was ihnen dann wohl schlecht bekommen könnte. – Diese Paternosterknechte sind, wie die Masse der Geusen, nichts weiter, als erbärmliche Straßenräuber. Sie haben kein Gewissen. Den Reichen etwas zu klauen oder abzunehmen, ist eine Sache, andere Menschen aber um des Besitzes des Geldes zu töten ist eine andere.« Würstli ergänzte: »Dabei sind die kleinen Handlanger, die Knechte, immer die Dummen. Den Anstiftern, den Herren geschieht nichts; wehe aber, einer der Knechte wird bei seinen üblen Streichen, die er auf Geheiß seines Herrn ausführt, von der Obrigkeit erwischt, dann geht es ihm schlecht. Seinem Herrn geschieht sicher nichts.« »Halten wir uns nicht mit fruchtlosen Gedanken auf«, bemängelte Wildgruber. »Machen wir, dass wir fortkommen. Nun, da wir wissen, was sie vorhaben, sollte es uns gelingen, ihnen einen Streich zu spielen.« Wildgruber ritt in der Tiefe des Waldrandes an. Schon bald querten sie den Weg vom Dorf zum Schloss. Nun ging es nach Süden, quer durch den nicht sehr dichten Forst. Dennoch war es langwierig, denn sie mussten einige Male Dickungen umreiten und eine himbeerstrauchbewachsene Senke durchreiten, was nur auf einem Wildpfad möglich und sehr langsam war. Aber nach einer Stunde kamen sie an einen Karrenweg, der nach Osten verlief. Wildgruber rief erleichtert: »Seht, hier sind die Spuren unseres Puppenspielers. Das müsste also der Weg nach Hannut sein.« Es ging nun flott voran. – Wieder senkte sich der Weg in ein sanftes Bach Tal, in dem ein Dorf mit den üblichen winzigen, windschiefen Hütten auftauchte. Es war ein Bauerndorf mit den wenigen notwendigen Handwerkern. Sie trabten, Schweine, Ziegen, Hühner und Gänse aufstöbernd, eilig hindurch. Die wenigen Menschen, die sie zu Gesicht bekamen, sahen ihnen ängstlich entgegen – dann nach. Wildgruber bemerkte hinter dem Dorf, als sie eine Strecke nebeneinander reiten konnten: »Die Dörfler scheinen wenig zu lachen zu haben. Habt ihr gesehen, wie die bei unserem Anblick Angst bekamen?« Würstli ergänzte: »Bei der Nachbarschaft wäre mir auch nicht wohl. Ob die hier auch noch zur Herrschaft des Boninquetta gehören?« Ludwig wies auf die Wagenspur des Puppenspielers: »Das muss wohl so sein. Seht, der Puppenspieler hatte es eilig. Ich möchte behaupten, er ist bald schneller gefahren, als seinem alten Karren dienlich ist.« Tatsächlich konnte man an den abgerissenen Spurkanten und den aufgeschleuderten Erdbrocken sehr gut erkennen, dass der Puppenspieler nun sehr viel schneller gefahren sein musste. Wildgruber ärgerte sich und rief: »Jedenfalls hat unser lieber Puppenspieler gewusst, was hier in der Gegend los ist. – Ich möchte wirklich wissen, warum er uns nicht gesagt hat, was er tatsächlich wusste.« »Ich könnte es mir schon denken«, erwiderte Ludwig. »Da bin ich gespannt?« »Ist doch klar. Wir sind vermögend; das sieht man uns an. Er ist es nicht. Das wissen die Halunken nun. Also werden sie, je dümmer und unwissender wir daher reiten, auf uns losgehen. Wir sind also so eine Art Lockvogel für unseren schlauen Puppenspieler. Freilich bleibt auch ihm nicht viel Zeit, denn er weiß, so denke ich, dass die Malcontenten nur ungern Zeugen ihres Unwesens am Leben lassen.« »Gar nicht dumm«, lobte Wildgruber. »Das könnte unter anderem sein. Das sagt mir aber auch, dass ich mal wieder recht dämlich gehandelt habe, indem ich ein Menschenfreund sein wollte und ein gottgefälliges Werk tat.« »Na, na«, rügte Würstli. »Du musst nun nicht schon wieder von deinen guten Taten abrücken. Es sind derer ja nicht gar zu viele – und da kann es schon beim Herrgott zu Buche schlagen, wenn du mal etwas Gutes getan hast.« Das Gelände stieg nun stetig an. Immer wieder wechselten kleine Anbauflächen mit Buchen- und Eichenwald. Vereinzelt erblickten sie Bauern auf den

Feldern und Hirten mit Schafen und Kühen zwischen dem lichten Wald und auf Brachwiesen. Als sie im Wald über eine Bodenwelle ritten, bemerkten sie, eine viertel Meile voraus, zwischen den Bäumen einen wuchtigen Kirchturm aufragen. Ludwig erinnerte sich und rief: »Das muss die Kirche des Heiligen Isidor sein, wo auch der heilige Medardus verehrt wird.« Würstli rief lachend: »Ach du lieber Himmel! Jetzt komm nur nicht mit noch mehr Heiligen. Du hast in Geldenaken zu lange den Leuten zugehört – wie?« Wildgruber fuhr dazwischen: »Lass den Kauz in ruh, Würstelhannes! – Wenn er nun mal gern mit den Heiligen liebäugelt – ist das doch sein Gusto.« »Na so viel habe ich auch mitgekriegt, dass der Kirchenheilige so eine Art Regenmacher sein soll«, maulte Würstli und fuhr fort: »Den Regen, lieber Adolf, können wir jetzt am allerwenigsten gebrauchen.« »Sollst ja auch nicht zu ihm rennen«, spottete Wildgruber. »Immerhin bemerkenswert, dass du, außer der Rothaarigen, gar noch Erkundigungen über Land und Leute eingesammelt und behalten hast.«

Der Weg verengte sich in einer Fahrspur zu einem Hohlweg und die Pferde wurden wieder hintereinander gezwungen. Würstli war der Letzte. Das Krachen der Arkebusen erfolgte so plötzlich, schlagartig, gleichzeitig, dass die Überraschung vollständig war. Würstlis Pferd stürzte wie vom Blitz gefällt und begrub diesen. Ludwig spürte ein Brennen am Bein, ehe auch er von seinem einknickenden Pferd in den Weg geschleudert wurde. Den Schüssen war ein entsetzliches Geheul gefolgt und überall erschienen wilde Gestalten mit den Kopftüchern der Malcontenten. Er war gefesselt, noch ehe er den geringsten Widerstand zu leisten vermochte. Man warf ihn gegen die Böschung. – Es waren über dreißig Mann, die da herumrannten, die offensichtlich toten Tiere entschirrten. Plumpsend landete auch Würstli neben ihm, gerade wie er, zu einem Paket verschnürt. Eilige Hände hatten sie ausgeraubt und ihnen blieb nur Hose und Hemd. Die toten Pferde wurden sofort ausgeschlachtet und in transportable Teile zerlegt und verpackt. Doch so sehr Ludwig auch Ausschau hielt, von Wildgruber und seinem Pferd war nichts zu sehen. Er musste ihnen entkommen sein. Das bestätigte sich sehr bald. Ein Trupp von weiteren zehn Malcontenten kam den Hohlweg herab und fluchte erbärmlich. Sie sprachen alle Französisch und Ludwig war außer Stande, etwas zu verstehen. In gleicher Sprache brüllte sie, begleitet von Fußtritten, ein breitschultriger Kerl an, der einen Harnisch angelegt hatte und unter dem Kopftuch einen Schaller trug. Plötzlich trat Ruhe ein. Auf einem herrlichen

Rappen, kostbar mit rotem Zaumzeug und gleichfarbigen Schabracken aufgezäumt, ritt ein in funkelnder, ziselierter Rüstung gehüllter Ritter heran. Es musste ein Ritter sein, stellte Ludwig fest, denn er trug, was selten genug geschah, goldene Sporen. Er sah aus schwarzbärtigen, finsteren Gesicht auf die Gefangenen hinab und schnarrte in rheinischem Dialekt: »Wo kommt ihr Pfeffersäcke her?« Ludwig antwortete, denn Würstli war durch den Sturz noch reichlich benommen: »Von Brügge. Meine Freunde sind Kaufleute und ich ihr Advokat.« »Haha, so habe ich mir das vorgestellt. – Also Pfeffersäcke und Advokat. Nun, Euer Freund ist entkommen. Doch das nützt ihm nichts. Weit kommt er in meinem Bereich nicht.« Er wandte sich herrisch an den Mittelgroßen mit Harnisch und rief ihm Französisch etwas zu. »Wir sehen uns bald«, sagte er abfällig zu Ludwig und trabte den Weg wieder hinauf – just in die Richtung, in der Wildgruber entkommen sein musste. Die Bande bestand aus einem Fußtrupp, der sich die Beute auflud. Vier Mann bemächtigten sich der Gefangenen. Man löste ihnen die Fußfesseln und stellte sie auf die Beine. Doch Ludwig verspürte nun den brennenden Schmerz im Bein und knickte wieder ein. Als er an sich herunter sah, gewahrte er die zerfetzte blutige Hose. Der Anführer sah es und brüllte für Ludwig unverständlich herum. Schließlich schnitt man Zweige für eine Schleife und warf ihn darauf und band ihn wieder sorgfältig fest. Der Anführer schnitt von dem Pferdefleisch einen Lappen ab und klatschte ihn auf die Wunde. Dann ging es den Weg zurück, den sie gerade gekommen waren. Vor dem Dorf bog man in einen Pfad ab. Der Marsch ging bis in den Abend – dann erreichte man bei Dunkelheit Gebäude. Die Gefangenen wurden in einen viereckigen Turm gebracht. Eine Fackel wurde angezündet. – Ludwig erschrak. – Der etwa fünfzehn Schritt im Quadrat messende Raum wies, ähnlich einem feudalen Stall, an den Wänden Tröge – und darüber, in der Mauer eingelassen, Ketten auf. Diese hatten am Ende Halseisen. Die Ketten waren so niedrig angebracht, dass derartig Angeschlossene, gleich Tieren, nur kriechen konnten. Vor jedem Trog lag etwas Stroh. War die Bedeutung dieser Ausstattung schon klar, so hätte es einer Erklärung auch nicht bedurft, denn im Raum verteilt lagen bereits neun Männer an den Ketten. Der Fäkaliengestank war atemberaubend, entsetzlich. Niemand schien die Ausscheidungen zu entfernen. Man schloss ihn an, ohne sich weiter um die Verletzung zu kümmern. Würstli wurde vier Schritt weiter angeschlossen. Die Kerle, die ihre Gefangenen anketteten, redeten und lachten und bedachten die Neuen, ehe sie gingen, mit ein paar Fußtritten. Sie löschten die Fackel und rumpelnd flog die Tür zu. Würstli rief sogleich: »Kauzenludwig, geht es dir gut?« »Verdammt, nein. Die Wunde schmerzt und dieses Quartier ist, meine ich, nicht die vornehmste Herberge.« Eine tiefe Altmännerstimme kam aus der Schwärze des Raumes: »Die Mynheeren willkommen zu heißen, ist wohl nicht angezeigt.« Würstli antwortete: »Verflucht – nein! – Sagt, lieber Mann, wo wir hier eigentlich sind?« »Nicht so hitzig«, kam es aus dem Dunkel und überall klirrten leise Ketten. Ludwig griff ein, um Würstli gleich richtig einzuschwören: »Hallo Mann! Wer Ihr auch seid. Wisst, wir – mein Gefährte, ist der wohlbestallte Kaufmann Johannes Würstli aus der Schweiz.« Würstli setzte fort: »Aus Aarberg – wenn's beliebt – und handle mit Eisen.« »Und ich bin Ludwig Kauz von Sylenstein-Sydekum, Advokat meines Zeichens und komme aus Köln.« Der Mann im Dunkeln lachte gequält: »Da seid ihr in netter Gesellschaft. Ich zähle sie euch gerne auf: Ich bin der Lambert Moekes aus Amsterdam – Kaufmann. Dann haben wir den Herrn Leonberg aus Frankfurt, den Senior Neretti aus Florenz, den Senior Baroncini, ein Italiker aber aus Sevilla, den Senior Vasallo aus Genua, Messieu Jumelles aus Paris, Herrn Bibrichtal aus Leipzig, Herrn Bösefink aus Koblenz – alles ehrsame Kaufleute – und den Herrn Studiosus Riemenspitz aus Magdeburg. – Und wenn ihr fragt, warum man euch wie ein Schwein ankettet und hält? – Ganz einfach! – Der edle de Boninquetta, unser Gastgeber, ist so etwas wie ein Raubritter. Er begründet das damit, dass ihr durch sein Gebiet gezogen seid, ohne seine Erlaubnis einzuholen. – Er wird euch ein Brieflein an eure Angehörigen schreiben lassen und, falls ein Lösegeld eintrifft, kommt ihr vermutlich frei; wenn nicht, soll es hier Bergwerke geben, in denen schon viele auf diese Art verschwunden sein sollen. – Doch damit gibt der Edle sich nicht ab. Er verkauft die Gefangenen an die Bergwerksherren, die meist in Lüttich residieren. – Nun, was sagt ihr zu euren Aussichten?« Würstli schnaubte und schimpfte laut: »Der Teufel soll diesen Edlen holen. Au, ich habe meine Hand vom Sturz kaputt. Würdest du für mich den Brief, wenn er denn gefordert wird, schreiben, Kauzenludwig?« Ludwig musste trotz der Schmerzen lächeln. Würstli hatte gut reagiert und er rief: »Sicher, Würstelhannes. Wir haben da ja wohl einige Zeit in diesem stinkenden Loch zu warten, bis Adolf uns loskauft.« Würstli verstand ihn – doch der, der sich Moekes nannte, sagte erbittert: »Hoffentlich habt ihr Familienangehörige, die sich nicht die Hände reiben, weil sie euch los sind. Ich warte schon seit dreißig Tagen, obwohl nur fünfzehn für meine Auslösung nötig gewesen wären.« Er seufzte. – Man hörte seiner Stimme die unterdrückten Tränen und die Angst, die Enttäuschung und Verzweiflung an.

Wildgruber hatte, wie durch ein Wunder, nichts abbekommen. Die auf ihn abgefeuerten Schüsse kamen, weil sein Pferd scheute, nicht einmal in seine Nähe. Sein Pferd, vom Lärm erschreckt, jagte mit ihm den Weg hoch, doch es gelang ihm, kaum, dass er den Blicken der Angreifer entschwunden war, das Tier zu zügeln und aus dem Hohlweg hinaus in die Büsche zu treiben. Es war nicht die erste Verfolgung, die er erlebte und er war nur zu gut mit allen Kniffen vertraut, wie man solche abschütteln konnte. So ritt er auch keineswegs den Hohlweg hinauf, wo er, wie er ahnte, von einem zweiten Hinterhalt bedroht sein konnte, sondern er trieb das Pferd gut fünfzig Schritt durch das Unterholz bis in den etwas lichteren Hochwald, in dem er kehrtmachte und in die Nähe des Ortes des Überfalls zurückkehrte. So entging er einem Reitertrupp des de Boninquetta, die dieser oberhalb des Hohlweges aufgestellt hatte. Als de Boninquetta entdeckte, dass ihm einer der vermeintlichen Kaufleute entkommen war, schickte er diesen Trupp, in der Annahme, der Flüchtende suche sein Heil in der Flucht nach Hannut oder Lüttich, in diese Richtung aus. Er selbst ritt mit zwei Knechten, die ihre Kopftücher wohlweislich abnahmen und verbargen, auf dem Hauptweg in Richtung Lüttich voraus. Er erreichte am Abend das Dorf Bierset, dessen Grundherr ihm befreundet war – ohne dass dieser allerdings von den Machenschaften des edlen Marquis und Ritter des Heiligen Römischen Reiches, Laudrin de Boninquetta, etwas ahnte. Für ihn war der späte Besucher der angesehene Halbbruder des im Hause des Erzbischofs von Lüttich ein- und ausgehenden Obristen – der allerdings – ob der Bündnisverpflichtungen des Erzbischofs, meist im Dienst der spanischen Krone unterwegs war. De Boninquetta ließ bei seinem Gastgeber nichts über den Grund seines Besuches verlauten, obwohl seine Knechte bei dem Gesinde vorsichtig nachfragten, ob sie nicht einen Kaufmann oder vornehmen Reisenden im Laufe des Tages gesehen – oder von ihm gehört hätten. Allein, ihre Bemühungen blieben ergebnislos, was sie ihrem Herrn zukommen ließen. Dieser brach, zur Verwunderung des Gastgebers, am Morgen etwas eilig nach Hannut auf. So sehr der Marquis auch suchte, von dem Entkommenen war einfach keine Spur zu entdecken. Seine vielen Gewährsleute und Zuträger, Wirte, Bettler, Handwerker und Bauern am Wegesrand hatten niemand gesehen, auf den die Beschreibung hätte zutreffen können. In schlechter Stimmung ritt er in Hannut ein. Der Ort gruppierte sich um das Schloss. Die Herrschaft war Dreh- und Angelpunkt des dörflichen Städtchens. Vor der Herberge stand ein Puppenspieler mit seinem Wagen und führte, trotz der frühen Tagesstunde, für die Bewohner des Ortes ein lustiges Theaterstück vor. Der Marquis wusste sofort, dass es sich da um die Leute handeln musste, die seinen Leuten entwischt waren. Konnte es sein, dass sie von ihren Rettern – in diesen Fall von dem Flüchtigen etwas wussten? In dem Puppenwagen konnte sich keiner verstecken. Das war hier in Hannut auch nicht anzunehmen. Er ritt um das fröhliche Volk herum. Die Puppenspieler spielten unbefangen – als sei nichts geschehen. Er fand nur bei den Zuschauern einige Beachtung, denn diese verwunderten sich über seinen kriegerischen Aufzug. Der Marquise war sich sicher, dass die Puppenspieler ihn trotzdem genau beobachteten. Solche Leute kamen weit herum und wussten oft viel – viel zu viel – wie ihm dünkte. Natürlich hatte man ihm gemeldet, dass der Puppenspieler gestern fluchtartig sein Dorf verlassen, und wohl erst hier, weit ab von seinem Besitz, den ersten Halt machte. Was wussten sie? Ein Schusterjunge kam aus seiner Werkstatt und blieb bei einem seiner Knechte stehen. Als der Bursche weitergegangen war, kam der Knecht und meldete: »Gnädiger Herr, auch hier ist der Fremde nicht gesehen worden. Aber einige Herren aus Lüttich haben sich hier letzte Woche nach Euch erkundigt.« De Boninquetta nickte seinem Knecht verstehend zu. Er ließ sein Pferd tänzeln, um auf sich aufmerksam zu machen. Es behagte ihm nicht, was er gehört hatte, aber noch mehr ärgerte er sich, dass man von seinem Erscheinen nach seinem Gefühl zu wenig Notiz nahm. So preschte er, von seinen Knechten gefolgt, durch das Brüsseler-Tor aus dem Ort, was nun allerdings von den Bewohnern aufmerksam beobachtet wurde.

Adolf Wildgruber folgte in einiger Entfernung auf dem richtigen Weg den Malcontenten. Er nahm deshalb den richtigen Weg, weil in der Vielzahl der Spuren die seinigen unmöglich auszumachen waren. Erst dicht vor dem Dorf hielt er sich zurück, bog vom Weg ab und folgte abgesessen, das Pferd am Zügel, unter Vermeidung jede Begegnung, den Paternosterknechten. Diese waren, durch ihre Lasten, nicht sehr schnell, was ihm zu statt kam. Schon bald erkannte er, was das Ziel der Bande sein musste. »Also zum Schloss lässt sich der Schuft die Gefangenen bringen«, knurrte er überlegend. Er hatte de Boninquetta, als er im Hohlweg bei den Gefangenen war, aus sicherer Deckung beobachtet und war sofort zu der

Überzeugung gekommen, es hier mit dem Herrn des Dorfes der Messerschmiede zu tun zu haben, dessen Behausung sie ja entdeckt hatten. Den Freunden, das war klar, konnte er nur mit List und etwas Glück helfen. Was von dem kleinen Grund- und Feudalherren zu halten war, stand für ihn außer Frage. Er kannte diese Gesellschaft zu gut. Sie hielten sich, mit Blick auf alle die Menschen, die im Stand unter ihnen waren, für eine unantastbar Gesellschaft und ihre Taten für gottgewollt. Freilich, gestand er sich, gab es auch da gewaltige Unterschiede. Hier nun aber hatte er, das war ihm beim Anblick des Ritters klar geworden – wenn er nicht schon vorher, durch das Auftreten der Malcontenten darauf aufmerksam geworden wäre, es mit einem jener grundsätzlichen Bösewichte zu tun, die für ihre Macht und Reichtum jedes Verbrechen begingen. Ihre Verbrechen bezeichneten sie als notwendige Kontributionen. Was bei dem einfachen Volk Raub, Betrug, Vergewaltigung und Mord hieß, war ihr Herrenrecht, war Leib- und Frondienst, herrschaftliches, väterliches Züchtigungsrecht. Selbst die Gerichtsbarkeit, wobei der Sinn des Wortes schon kopfstand, diente nur dazu, eigene Verbrechen zu begehen. Das, so ging es ihm zornig durch den Kopf, und damit hatte er hinreichend Erfahrung gemacht, war aber auch allen eigen, die Macht über andere erlangten; da waren sich Adel, Geistlichkeit und die reichen Bürger einig. Recht war nicht, was geschrieben stand, sondern das, was man sich kraft seiner Macht und Stellung gegenüber anderen leisten konnte. In seinem aufkommenden Zorn hätte er beinahe einen Schäfer übersehen, der mit einer kleinen Herde dem Dorf zustrebte. Er rief sich zur Ordnung. – Es galt, klaren Kopf zu behalten, denn dieser Grundherr war nicht nur als solcher gefährlich, sondern er stand, wie es schien, der geheimen Gesellschaft der Malcontenten – wenn nicht vor, doch als Anführer sehr nahe. Er ließ die Bande darum ruhig ziehen und suchte sich einen sicheren Weg, jede Deckung nutzend, der in die Nähe des Schlosses führte. Er gelangte schließlich wieder an die große Ackerfläche, in dessen Mitte das Schloss mit seinen Nebengebäuden stand. Es war noch hell und nach einigen Suchen entdeckte er, inmitten eines kleineren Ackers, eine dichte Buschinsel. Behutsam führte er sein Pferd hinüber und drängte sich zwischen die Zweige. Sie boten ihm und dem Pferd guten Sichtschutz – gleichzeitig konnte sich niemand unbemerkt nähern, wenn man einigermaßen wachsam war. Er richtete sich auf einige Wartezeit ein. Sein Pferd, angebunden, bekam so viel Spiel, um an den Büschen zu knabbern. Vorsichtig schwang er sich in einen der

Bäume, die inmitten der Büsche standen. Von dort hatte er einen guten Überblick. Nach Westen fiel das Gelände, hinter dem Acker, als sanfter Wiesenhang, von einigen Buschgruppen unterbrochen, zu einem kleinen Bach ab. Es musste alles Nebengewässer der Große-Gette sein. Der Bach, überlegte er, musste, entsprechend seines Verlaufs, zu dem Bach der Messerschmiede führen. Sorgfältig prägte er sich alle erkennbaren Geländemerkmale ein. Nach Einbruch der Dunkelheit stieg er wieder in den Sattel. Er entschied sich, das Dorf am Flüsschen im Norden zu umreiten. Auf den Wiesen standen zahlreiche Rinder und ein paar Schaf- und Ziegenherden und in kleinen Schutzhütten, mehr Windschirmen aus Stroh und Reisig, hausten die Hirten. Jetzt, bei Dunkelheit, hatte man die Tiere in Hürden getrieben. Das kam ihm zustatten, denn dadurch war hier und da Bewegung im Gelände. Den Hirten konnte er, soweit sie nicht ein kleines Feuerchen unterhielten, mühelos am Geruch der Tiere und deren Unruhe ausweichen. Nur die Hunde machten da wenig Freude. Aber da sie auch bei wilden Tieren kläfften, brachte das keinen Hirten vom Stroh. Gegen Mitternacht hatte er den Punkt am Waldrand erreicht, von dem sie am Morgen den Ausritt der Malcontenten beobachtet hatten. Vor ihm, nur aus der Erinnerung erahnend, mussten das Schloss und die Wirtschaftsgebäude liegen, in denen er die gefangenen Freunde vermutete. Er ritt vorsichtig am Waldrand entlang, bis er eine günstige Buschgruppe fand, wo er sein Pferd anband. »Ich muss erst zu Fuß an die Gebäude heran«, überlegte er laut. Mehr nach Gefühl, denn nach Sicht, schritt er zu den Gebäuden hinüber. Die schmale Mondsichel, meist hinter Wolken versteckt, war nur für kleine Momente hilfreich. Doch er gelangte unangefochten und zielsicher zu den Gebäuden. Eine Meute Hunde fing heftig an zu bellen und zu toben. Eine Männerstimme herrschte sie an – und jaulend gaben sie Ruhe. Das war erfreulich. Offenbar waren die es Tiere gewohnt, fremde Leute im Anwesen zu dulden, wenn sie zur Ruhe aufgefordert wurden. – Nicht so erfreulich war die Aussicht, im Hof eine Wache vorzufinden – überlegte er. Keinem Knecht würde es einfallen, sofort nach dem Rechten zu sehen, wenn die Hunde an zu kläffenfingen. Dazu lag das Schloss zu einsam und es gab sicher genug Getier, das die Hunde mehrfach nachts zum Anschlag reizte. Vorsichtig schlich er von Hauswand zu Hauswand. In den Ställen rumorte das Vieh. In der Mitte des erstaunlich umfangreichen Schloss- und Gutshofes befand sich eine riesige dampfende Miste. Wildgruber ging, zum Schloss hin durch die Miste gedeckt, offen und aufrecht zu dem Misthaufen hinüber – wie einer, der die Notdurft abschlagen wollte. Es geschah jedoch nichts. Geduckt umging er nun den qualmenden, stinkenden Haufen. Neben dem großen Eckturm kam aus einem Fensterloch ein schwacher Lichtschimmer. Dort musste der oder die Wächter zu suchen sein. »Die fühlen sich sicher, wie in Abrahams Schoß«, flüsterte er befriedigt. Der Hof hatte kein Pflaster und so waren seine Schritte in dem knöcheltiefen Sand und Schmutz unhörbar, als er frech und aufrecht zu dem Turm hinüber ging. Über einige Außenstufen führte eine offene Treppe zu dem Wachtraum hinauf, dessen Tür offen stand und aus dem das Schnarchen eines Mannes drang. Er besah sich die Gemäuer. Wenn man hier die Gefangenen verwahrte, dann gewiss in dem Turm. Eine schwere eisenbeschlagene Tür schien seinen Verdacht zu bestätigen und zeigte auf, wo man den Eingang zu suchen hatte. Er besah sich die Tür. Sie war, neben zwei mächtigen Riegeln, tatsächlich mit einem wuchtigen Schloss versehen. Er lächelte und versuchte, es mit seinem Spezialdietrich aufzumachen. Aber zu seiner größten Überraschung stellte er fest, dass er es mit einem Kastenschloss mit höchst komplizierten, massiven und weitläufigen Verschlussanordnungen – kurz, mit einem Meisterwerk zu tun hatte. – Um das Schloss zu öffnen, bedurfte es mehrerer längerer kräftigerer Haken. Das konnte aber auch nur bedeuten, dass dem Schlossherrn diese Tür ganz besonders wichtig war. Vermutlich deshalb, weil er hier seine Gefangenen irgendwo untergebracht hatte. Er lauschte angestrengt mit dem Ohr an der Tür. Es kam ihm vor, als höre er das leise Klirren von Ketten. Noch ehe er einen weiteren Entschluss fassen konnte, vernahm er leises Pochen von Pferdehufen. Lautlos rannte er zur Miste zurück. Keine Sekunde zu früh, denn drei Reiter polterten in den Hof und riefen die Wachen heraus, die sofort eine Fackel anzündeten. Die Reiter trabten zur Wachstube und einer rief etwas zu dem Wächter hinauf, der mit der Fackel in der Tür stand. Es entwickelte sich ein lebhaftes Gespräch. Endlich kamen sie laut debattierend und lachend über den Hof, auf die Stallungen zu. Sie unterhielten sich französisch und Wildgruber konnte zu seinem Leidwesen kein Wort verstehen. Er drückte sich tief zu Boden und die Reiter trabten, ohne ihn wahrzunehmen, keine Pferdelänge entfernt, an ihm vorbei und saßen ab. Eine Tür quietschte – und kurz darauf leuchtete eine Blendlaterne in einem Stallraum auf. Die Reiter führten die Pferde in die Stallung. Die Tür schlug hinter ihnen lautstark zu. Dumpfe Geräusche hinter der Tür verkündeten, dass man absattelte.

Die Hunde fingen wieder an zu kläffen, doch ein Ruf von der Wachstube ließ sie verstummen. Für diese Nacht war hier nichts mehr zu unternehmen. Wildgruber beeilte sich, zu seinem Pferd zu kommen. Mit anbrechendem Tageslicht suchte er sich ein dichtes Buschversteck, wo er sein Pferd anband und ihm den Futtersack umhängte. Auch er war hungrig und durstig. Da man sich auf Herbergen verlassen hatte, besaß er keinen Proviant. Was war zu tun? Er musste sich etwas Essen und Trinken verschaffen – und das Wichtigste; er brauchte möglichst gehärteten, starken Eisendraht. Im Dorf der Messerschmiede musste. Eigentlich alles zu finden sein. Er entschied sich, in der kommenden Nacht das Nötige zu beschaffen.

Die Morgensonne fiel auf die Vorhänge ihres Bettes und zeichnete bewegte Kringel. Sie sah einen Moment hin und erinnerte sich ungern, dass ihr Gemahl gestern überstürzt und eilig davon geritten – und offenbar bis jetzt nicht zurückgekehrt war. Sie rief nach dem Mädchen, das beim ersten Laut ihrer Herrin hereingekommen war. »Die gnädige Herrin hat gerufen?« »Ja, du dumme Liese – komm her und kleide mich an«, befahl die junge Frau. Die Zofe öffnete die Vorhänge und stützte überflüssigerweise die junge Frau beim Aufstehen. Cloudet de Boninquetta war neunzehn Jahre und seit einem Jahr mit dem Marquis verheiratet. Sie war schlank, fast zierlich. Ihre langen dunkelbraunen Haare reichten bis zur Hüfte und mussten für den Tag in einer Zopfflechte eingefangen werden. Ihre rehbraunen Augen hatten einen wachen, neugierigen Glanz, der bisweilen in Strenge, herrische Herablassung umsprang. Die Zofe zog ihr geschickt das Nachtgewand aus und Cloudet drehte sich in nackter Körperlust vor dem venezianischen Spiegel, der über der Toilettenkommode hing. Sie war mit sich zufrieden. Um der Befriedigung näher zu kommen, starrte sie minutenlang, dicht vor den Spiegel gebeugt, in diesen. Er zeigte ihr ein ebenmäßiges, reizvolles Gesicht, was sie hoch befriedigt zur Kenntnis nahm. Immerhin, ihr war das nicht genug. Sie gierte nach Bestätigung. »Sag, Madlein! Bin ich schön?« »Wunderschön, gnädige Herrin«, schmeichelte die Zofe. Cloudet zog verspielt die Haar Flut über die Schulter und streichelte sich lächelnd, die Lippen leckend, die Brüste. »Der Herr ist heute Nacht nicht zurückgekehrt?«, forschte sie. »Nein, gnädige Herrin, wohl nicht.« »Wo ist er?«, forschte Cloudet scheinbar unbefangen. Die Zofe sah ihre Herrin überrascht und zweifelnd an. »Gnädige Herrin, euer Gemahl, der gnädige Marquis, ist mit den Knechten und den Dörflern davon geritten. Er hat seinen Panzer angelegt – wie zum Turnier.« »Närrin! Dumme Gans! Das weiß ich selber«, schalt sie die Zofe und fuhr sogleich mit ihrer Erkundung fort: »Hat er auch den Francua, den Hausknecht, mitgenommen?« »Nein, gnädige Herrin.« – »So hast du heute Nacht mit ihm geschlafen – wie?« Die Zofe zögerte und Cloudet wurde scheinbar böse. Sie stampfte ärgerlich mit dem Fuß auf und fauchte: »Sag es!« »Ja, gnädige Herrin.« Cloudet setzte ihr unbefangenstes, leutseligstes Gesicht auf und verlangte: »Erzähl es! – War er gut? Ich will es genau wissen!« Das Mädchen kannte diese Fragen ihrer Herrin schon und wusste, dass sie nun alles haarklein in allen Einzelheiten zu berichten hatte. Obwohl es ihr zuwider war, tat sie jedes Mal ihrer Herrin den Gefallen, zumal es sich für sie auszahlte, denn je genauer und aufreizender die Erzählung ausfiel, um so zufriedener, ruhiger verlief der Tag ihrer Herrin – und natürlich auch ihrer. So konnte sie es sich nicht verkneifen, um den Neid ihrer Herrin ein wenig aufzustacheln, vielleicht aber auch nur, um etwas zu prahlen, ihre Liebesgeschichten ein wenig auszuschmücken. Die sechzehnjährige Zofe hatte schon vor ihrer Herrin dem Schlossherrn gelegentlich das Bett gewärmt und so kam heute urplötzlich die Frage: »So ist dein Francua ein besserer Liebhaber, als der Marquis?« »Gnädige Herrin, das habe ich nicht gesagt«, stotterte sie überrascht und ängstlich. Doch die Marquise setzte zielstrebig nach: »So gibst du zu, dass der Marquis dich schon geritten hat!« Dem Mädchen stieg die Angst in die Kehle. Worauf wollte die Herrin hinaus? Sie vermochte kaum zu antworten und stotterte: »Gnädige Herrin, das war doch lange, bevor die gnädige Herrin im Schloss war und der Marquis hat doch alle Mägde probiert.« »Dumme Gans, das will ich nicht wissen – kann es mir ohnehin denken«, sagte sie und betrachtete sich abermals im Spiegel – mit einem gierigen Glitzern in den Augen. »Du sollst mir nur sagen, ob der Francua besser ist als der Marquis. – Aber ehrlich!« Seufzend und ergeben gab Madlein zu: »Ja, gnädige Herrin. Der gnädige Herr Marquis ist ein ganz normaler Mann. Der Francua aber ist, wie ein Deckhengst, den man kaum in sich aufzunehmen vermag.« Die Marquise drehte sich strahlend lächelnd zu ihrer Zofe um. »So ist das also. – Komm, reibe mir die Schenkel.« Madlein war, da nun keine Gefahr mehr zu drohen schien, gern zu Gefallen, denn ihre naive Sinnlichkeit kannte genau so wenige Hemmungen, wie die ihrer Herrin. Nach dem Ankleiden frühstückte die Herrin des Hauses ausgiebig und rief dann nach dem Hausknecht Francua. Dieser, ein dreißigjähriger großer, dürrer Mann, war einer jener, die trotz mangelnder Intelligenz auf das andere Geschlecht eine geradezu magische, animalische Anziehungskraft ausübten. Jedes weibliche Wesen im Haus schien die ständige Brünstigkeit, die überstarke Ausbildung seines Geschlechts und Geschlechtstriebes ständig wahrzunehmen – und in den Bann zu ziehen. Francua roch das Verlangen seiner Herrin und war, trotz der Gefahr, die damit unweigerlich verbunden sein musste, nur gar zu gern bereit, ihr einige Herbstblumen aus dem Garten zu holen und, wie sie sagte, in ihr Gemach hinaufzutragen. Madlein bekam indessen den Auftrag, das Erscheinen des Marquis sofort zu melden. So fand Francua, als er mit den Blumen erschien, seine Gnädigste vor dem Spiegel sitzend vor. Sie lächelte ihn begierig an, hieß ihn, die Blumen in die Vase am Fenster stellen und forderte: »Komm her!« Er kam zögernd näher. Trotz seines geringen Verstandes und seiner Begierde wurde ihm für einen lichten Moment bewusst, was geschah, wenn sein Herr Wind von dem bekam, was die Herrin offenbar von ihm wollte. Er blieb auf Armeslänge vor ihr stehen. Sie sah erregt auf den kräftig gewölbten Latz der Dienerhose und begann mit leicht zitternden Händen, ohne zu zögern, diesen aufzuschnüren. Mit dem Fallen der Klappe sprang ihr, wie ein Teufelchen, der zehn Zoll lange, zwei Zoll dicke, gewaltige Penis entgegen. Sie stieß einen leisen, überraschten, begeisterten Schrei aus – und nahm handgreiflich von dem Wunder Besitz. Als Francua fast eine Stunde bei der Herrin im Schlafgemach verschwunden war, hielt es Madlein nicht mehr länger in der Wäschekammer, in der sie einen gestärkten Kragen des Herrn in die zierlichsten Falten gelegt hatte. Verstohlen schlich sie in den Ankleideraum neben dem Schlafgemach und sah ingrimmig durch die spaltbreit geöffnete Tapetentür, wie der entkleidete Francua die nackte Marquise mit Ungestüm auf dem Bett in beidseitiger wilder Lust begattete. Das Bett ächzte und stöhnte fast schlimmer, als die auf ihm tobenden Duellanten. In ohnmächtiger Wut und Eifersucht zischte die Zofe: »Na wartet! Das werdet ihr mir büßen.« Dieser Hure im Herrenbett würde sie es zeigen.

Das Licht sickerte, trotz Sonnenschein, nur dürftig durch ein paar Ritzen in der Tür und einem verdeckten winzigen Fenster hoch oben unter dem Deckengewölbe in den Gefängnisraum und verhüllte so barmherzig die geschundenen Kreaturen, die gleich dem lieben Vieh, aus den Bodentrögen eine Kohlsuppe schlürften. Ludwig hatte in seinem Bein Schmerzen. Mit einem abgerissenen Fetzen seines Hemdes hatte er die nicht gar zu schwere Verletzung, das rohe Fleisch darunter lassend, verbunden. Würstli und die anderen Leidensgenossen suchten ihn zu trösten und Mut zuzusprechen, aber er war zu lange bei Bader Wylich und im St. Revelin in Köln gewesen, um nicht die Gefährlichkeit einer an sich kleinen Wunde zu erkennen, wenn sie nicht richtig versorgt wurde. Er hatte die Wächter, als sie das »Futter« brachten, um frische Weidenblätter gebeten. Tatsächlich brachte ein älterer Knecht gegen Mittag das Gewünschte. Ludwig legte sie als Polster zwischen Verband und rohem Fleisch. Das Fleisch würde die heilenden Säfte ansaugen und an die Wunde bringen – das meinte jedenfalls sein ehemaliger Herr und Meister, der Bader Wylich. Kurz vor Abend erschien ein Abbé[100]. Er fragte die neuen Gefangenen nach Namen und Herkunft aus und bald erschien er aufs Neue und verlangte auf zwei gefertigten Briefen Unterschrift oder Zeichen. Da las Ludwig, dass man von seinen Angehörigen für seine Freilassung hundert Kölnische Mark erwartete und die Angehörigen Würstlis sollten gar hundertfünfzig Große Gulden in Gold zahlen. Sie unterschrieben jammernd die Briefe, wohl wissend, dass niemand die Adressen finden konnte. Den Krakel, den Würstli mangels Schreibkenntnisse aufmalte, veranlasste den Abbé zu der bewundernden Bemerkung: »Ihr habt eine gediegene, Charaktervolle Unterschrift, Messieu.« Würstli wurde von dieser Schmeichelei überrascht und wusste nicht, ob er verspottet werden sollte. Bissig schnaubte er: »Der Teufel, Messieu Abbé, mag Euch für Eure freundlichen Worte danken und segnen!« Das veranlasste den Abbé, seinen Segenswunsch auszudrücken. Er trat Würstli kräftig in die Seite und giftete: »Da habt Ihr meinen Segen und Dank – Ihr widerlichen, stinkenden Bestien.« Als sie wieder allein waren, rief einer der Mitgefangenen warnend: »Mynheer schont Eeuch und Eure Kräfte. – Der Abbé ist in seinem himmlischen Gewand der Hölle noch näher als der Marquis.« »Er ist«, warf Bösefink ächzend dazwischen, »ein scheinheiliger Teufel! – Weiß Gott! – Von den Meinen will er dreihundert Gulden. Das macht mein Geschäft kaputt.« Weinerlich rief der junge Riemenspitz:«Was beklagt ihr euch, ihr Herren. Ihr habt Familie, die euch gewiss auslöst. Mein Vater und seine neue, junge Frau sind mir wenig gewogen. Da mag die Summe von hundert Talern nie zusammenkommen. So werde ich hier wohl krepieren, wie ein streunender Hund.« Er schluchzte und

---

[100] französischer Pfarrer (Weltgeistlicher) der katholischen Kirche

der Pisaner aus Sevilla, Thomasis Baroncini, tröstete trostlos: »Du weinen nicht. Hier nicht schlimm. Barbaresken[101] viel schlimmer. Sehr grausam, wenn nicht gut Post.« Würstli flüsterte Ludwig zu: »Kopf hoch, Kleiner. Bisher haben sie Adolf nicht gebracht. So lange er frei ist – oder lebt, können wir auf schnelle Hilfe hoffen.« Ludwig nickte und klagte leise: »Das mag stimmen, Würstelhannes, aber die Wunde ist gefährlich. Ich muss sie richtig behandeln können. Wenn erst der Brand drin ist, bin ich so gut wie tot.« »Wollen wir hoffen, dass der Adolf schnell kommt.« Der Genueser Kaufmann, Ninguno Vasallo, ein sechsunddreißigjähriger stark verlebter, fast alter Mann, fing wieder, wie häufig am Tage, laut an zu beten. Auch der Florentine, Livio Neretti, fiel von Zeit zu Zeit in die Litanei ein. Sie bildeten einen nerven sägenden Chor der Verzweiflung – wie Vorboten des Jüngsten Gerichts, bis der junge Faktor brüllte: »Nun haltet mal das Maul, sonst kriegt der Herrgott lange Ohren und mag uns schon gar nicht helfen!«

Mit hereinbrechender Nacht begab sich Wildgruber zu dem Dorf der Schmiede. Er hatte alles Überflüssige abgelegt. Seinen Degen hatte er sich schräg über den Rücken gebunden. So hinderte er nicht und er hatte ihn, falls es nötig wurde, schnell zur Hand. Er machte den Weg zu Fuß. Ein Pferd bei Nacht im Wald war eher hinderlich – als vom Vorteil. Schon auf dem Hinweg querte er mehrfach den Bach und ging auch eine Strecke in ihm. Erst dicht vor den Schleifmühlen stieg er aus dem Wasser, zog sich die Stiefel wieder an und schlich sich in das Dorf. Ein Köter fing an zu kläffen und er warf mit einem Stein nach ihm. Das Tier jaulte getroffen auf und schwieg. In den meist zweiseitig offenen Schmieden glimmten überall noch die Essen und verbreiteten unter den Dächern einen ungewissen Schein. Eisen, stellte er schnell fest, gab es überall, aber keine Drahtstücke, die seinem Wunsch entsprachen. Er suchte Schmiede für Schmiede ab. Endlich fand er eine Werkstatt, in der kleine Messer aus Drahtstücken geschmiedet wurden. Bedachtsam wählte er die passenden Stücke und bog sie am Amboss in die geeignete Form. Das dauerte seine Zeit und als er die Schmiede verlassen wollte, schien zu seinem größten Ärger auch noch der Mond. Zwar war seine Sichel noch recht mager, aber die Wolken waren alle vertrieben und mit den Ster-

---

[101] Seeräuber von Algerien

nen zusammen lag das Dorf in einer Beleuchtung, die ihm gar nicht behagte. Er musste durch das ganze Dorf zurück und es konnte nicht mehr sehr lange dauern, bis der erste Schimmer am Himmel den neuen Tag verkündete, denn hier und da hörte er bereits die Bewegungen des Federviehs. Die Sucherei hatte entschieden zu lange gedauert. Von einem Haken am Dachständer nahm er einen Sack, der sicherlich als Regenumhang oder Unterlage für die Messerschleifer diente. Er hängte ihn über den Kopf und marschierte offen los. Sah man ihn, in dem noch ungewissem Licht, würde man ihn vermutlich nicht gleich erkennen. Er kam ungeschoren und unverbellt fast durch das Dorf. Aus dem vorletzten Haus trat ein älterer großer Mann und sah zu ihm herüber. Wildgruber grunzte etwas, was wie ein Morgengruß klingen konnte. Der Mann erwiderte und fragte ihn etwas, was Wildgruber wieder nur mit undeutlichen Lauten beantwortete. Da wurde der Mann ärgerlich und kam angerannt. Als der Dörfler zornig redend vor ihm stehen blieb, schlug Wildgruber blitzschnell mit einem Eisenteil zu. Der Mann fiel, am Kopf getroffen, bewusstlos zu Boden. Er sah verdrießlich auf sein Opfer und brummte: »Verdammt! – Was mach ich jetzt mit dir?« Er zerrte den Mann bis zu einem kopfgroßen Stein am Wegesrand und legte ihn so daneben, als sei er darauf gefallen und habe sich verletzt. »Ein Versuch ist es wert«, flüsterte er. Der Mann blutete aus einer Platzwunde. Das Blut bildete um seinen Kopf eine kleine Lache. Das konnte nur gut sein, bedachte er sich, denn je größer die Lache umso wahrscheinlicher musste man annehmen, er sei hier zusammengebrochen. Eilig stieg er, die Schuhe wieder um den Hals gehängt, in den Bach. Er wiederholte seine Spurenverwischungen noch einige Male und kam, als die Hähne unten im Dorf krähten, wieder in seinem Versteck an. Wildgruber war ein zäher Landsknecht und Fahrensmann. Dennoch machte ihm der Hunger langsam zu schaffen. Seinen Durst hatte er kurz am Brunnen gelöscht. Mehrmals ertappte er sich bei dem Gedankenspiel, wie er an Verpflegung kommen könnte. Doch er verwarf, zu seinem Glück, alle Anfechtungen. Es war fast Mittag, als Hifthorn Schall in der Waldung erklang. Entweder waren Jäger im Wald, was bedeuten würde, dass der Grundherr anwesend sein musste – oder man hatte den verletzten Dörfler ernst genommen und suchte nach ihm. Er bereitete alles zur schnellen Flucht vor und hielt aufmerksam Ausschau. Der Lärm zog sich im Bach Tal hin – Hunde jaulten und kläfften. Hatz-Rufe und Hussa-Schreie kamen näher und näher – blieben aber im Bachgrund – und entfernten sich langsam bachaufwärts. Es vergingen Stunden, da sah er auf dem Wege von Nordwesten, der zum Schloss führte, die heimkehrenden Jäger. Voraus trabte der Schlossherr. Ihm folgten zehn berittene Knechte und fünf Hundeführer zu Fuß mit je einer Koppel Spür- und Jagdhunden. Den Schluss bildeten zwei Dutzend Dörfler zu Fuß mit Spießen, Äxten und Schwertern. Wildgruber pfiff leise durch die Zähne: »Gar viele Hunde sind des Hasen Tod. Hoffentlich reicht es euch für heute. Der Würstelhannes und der Kauzenludwig warten auf mich.«

Loudrin de Boninquetta war in mieser Stimmung. Nicht so sehr, weil seine Jagd auf den dritten Kaufmann so erfolglos verlaufen war, sondern weil er einen Brief seines Halbbruders vorfand, der ihn gar zu gern für einen Kriegszug seines derzeitigen Herrn, des Herzogs von Parma, zu interessieren suchte. Es stand ihm frei, sich zu entscheiden. Aber das Halbbrüderlein hatte ihn an Versprechungen und Verpflichtungen erinnert, die er ungern einlösen mochte, die ihn aber, wollte er Ansehen und Macht erhalten, mehren und dazugewinnen, letztlich doch einlösen musste. Der Brief deutete auch Möglichkeiten an, die ihm hinsichtlich des neuen Königs von Frankreich, schwer auf den Magen schlugen. Heinrich von Navarra hatte bei Dieppe die dreifache Übermacht der Katholischen Liga unter dem Herzog von Mayenne geschlagen[102]. Nun verstärkte die englische Königin Elisabeth den Sieger mit Truppen und Material und König Philipp sah sich gezwungen, die Liga nicht nur mit Waffen und Material – sondern vorzeitig mit Truppen zu verstärken. Sein Bruder legte ihm dringend ans Herz, sich dem Herzog von Parma zur Verfügung zu stellen. »...es geht um den Schutz von Paris und um den Sieg unserer heiligen, allein seligmachenden, katholischen Kirche«, las er verdrießlich. Letztere war dem Marquis, obwohl ein Anführer von Malcontenten, völlig gleichgültig. Paris – das bedeutete ihm schon mehr, hatte er doch dort seine Kinder- und Jugendjahre verlebt. Seine Malcontenten waren für den Anschluss an Frankreich – nicht zuletzt wegen des Glaubens, der Sprache und der Gebräuche. Nun aber ein Protestant, ein Hugenotte auf dem Thron Frankreichs saß, würden sie es kaum verstehen, wenn er sich dem Ruf der Liga oder des Parmas zur Vertreibung des Ketzerkönigs verschlösse. Er kannte seine Leute. – So war er sich sicher, dass jedes Wort des Briefes längst bei seinen Gesinnungsgenossen und Gefolgsleuten bekannt war. Nervös rannte er in seinem kostspielig

---

[102] 21.09.1589

ausgestatteten Schlafgemach herum. Er läutete nach Francua und ließ sich in einen weichen Hausmantel kleiden – dann stapfte er in das Frauenzimmer[103] zu Cloudet. Zunächst verlief die eheliche Zusammenkunft für Loudrin überaus liebe- und temperamentvoll, wie er es in der Leidenschaftlichkeit bei ihr noch nie erlebt hatte. Aber der Rittersmann hatte sehr bald, ob der anstrengenden Tage, erhebliche Leistungsmängel, die Cloudet so begründete, dass er wohl die letzte Nacht, statt bei ihr, irgendwo bei einer Anderen die Matratze traktiert hätte. Sie fing an zu weinen und zu klagen: »Ihr seid ein erbärmlicher Schlappschwanz. Aber kein Wunder! Ihr vergeudet Eure Kraft an Huren und Mägden!« Nun ist es eine uralte Tatsache, dass eine Frau einen Mann nirgends so beleidigen kann, wie im Bett, wenn seine momentanen Mängel der Männlichkeit offensichtlich werden. Loudrin wurde weiß wie die Wand und schlug ihr ins Gesicht: »Du kleine Bestie! Kannst nicht genug kriegen, was! – Oder steht dir gar der Sinn nach einem Hengst wie Francua?« Er schüttelte sie, ohrfeigte sie und warf sie auf das Bett und brüllte: »So etwas wie dich darf man nicht frei herumlaufen lassen! – Ich werde mich nach einem Kloster für dich umsehen. Da magst du dann mit den Nonnen deren Verlobten um Begattung bitten!« Zornbebend stapfte er aus dem Raum. Die Auseinandersetzung hätte vermutlich überhaupt nicht stattgefunden, wenn er nicht tatsächlich von dem Herumjagen angestrengt und von der schlechten Aussicht, sich bald in mehr oder weniger abhängigen Diensten herumschlagen zu müssen, ohnehin erregt gewesen wäre. Er fühlte sich tief gedemütigt. Er hatte nicht nur gedroht. Seine egozentrische Lebensart ließ es nicht zu, mit dem Gedanken fortzuziehen, seine Frau in den Armen eines anderen Mannes zu vermuten. Nicht, dass er Cloudet geliebt hätte und ihn deshalb die Eifersucht quälte. – Nein, sie war sein Besitz, gleich dem Schloss, der Herrschaft. Lieben vermochte er allenfalls sein Ego, solange es ihm, wie in der Kammer seiner Frau, keinen Streich spielte. Da kam dann noch eine gehörige Portion Wut auf seine eigene Unzulänglichkeit hinzu, die sich natürlich gegen andere richtete. So war ihm die Drohung bitter ernst. »Bevor ich zum Farnese ziehe, kommt das geile Luder in ein Kloster«, bestätigte er, die Faust gegen den Raum schüttelnd, aus dem er soeben gekommen war, sich selbst.

---

[103] hier im Sinne des Wortes

Der kleine Raum enthielt eine Strohschütte, zwei Schemel und einen kleinen groben Tisch. In einem Ständer an der Wand standen zwei Hellebarden. An einem Bord hing traulich, neben einem Weinschlauch, eine Armbrust und deren Spannhebel, eine Tasche mit Bolzen und zwei geteerte Regencapes. Dies war bei dem Licht des dürftigen Öllämpchens nur deshalb zu erkennen, weil die Wände Reste eines ehemaligen weißen Kalkanstrichs aufwiesen. Auf der Schütte schnarchte und röchelte mit offenem Mund ein vierschrötiger Knecht, dessen Gesicht, von wild wuchernden Haaren und Bart bedeckt, nur Augen, Mund und Nase sichtbar ließen. Ein anderer kauerte auf dem Schemel neben der Tür, die Arme auf den Tisch gelegt. Sein bartloses Gesicht war auf die Tischplatte gerichtet, so dass nicht zu war, ob er nur nachdenklich darauf starrte oder ebenfalls eine Art Hasenschlaf praktizierte. Das leichte Gleichgewichtsschaukeln des Oberkörpers gab zur letzteren Vermutung Anlass. Das fand auch Wildgruber, nachdem er ihn eine Weile beobachtet hatte. Lautlos trat er hinter ihn und presste ihm mit einer Lederschlinge den Hals zu. Der Mann versuchte hochzuschrecken, aber er wurde unbarmherzig niedergehalten und erschlaffte in Bewusstlosigkeit. Wildgruber fesselte ihn mit seinem eigenen Leibstrick, den der Knecht um den Kittel trug und band ihm eines der Capes vor den Mund und so über den Kopf, dass er, falls er schnell wieder munter werden sollte, kaum groß Geräusche verursachen oder Alarm schlagen konnte. Dann zog er ihm die Hose aus und schnürte ihm damit auch die Beine fest zusammen. Der Schläfer auf der Schütte merkte von all dem nichts. Er erfuhr die gleiche Behandlung. Wildgruber besah mit Genugtuung sein Werk. Er nahm den Weinschlauch und die Armbrust samt Bolzen und Spannhebel und trug sie zur Turmtür. Dann holte er noch die Hellebarden und stellte sie dazu. Nun kam die Hauptsache. Er tastete mit seinen Dietrichen sich Stück für Stück durch das Schlossgewirr, was nicht ganz ohne Geräusche abging. – Endlich schnappte der letzte Bolzen in der Feder. Er schob die Riegel auf und öffnete die Tür. Angeekelt prallte er zurück. Ein entsetzlicher Fäkaliengestank quoll ihm entgegen. Der Raum dahinter, groß und finster, erschien ihm wie der Eingang zur Hölle. In der Finsternis ringsum regte es sich sofort, klirrten leise Ketten. Es mussten also Menschen in dem Raum sein und nicht, wie er zuerst vermutet hatte, nur der Eingang zu weiter innen liegenden Verliesen. Da kam es auch schon leise aus dem Dunkel: »Adolf?« »Klar.« »Hier!« »Gleich.« Er brauchte etwas Licht. Besorgt und wachsam um sich spähend, ging er zur

Wachstube zurück. Die beiden Knechte waren wieder munter und knurrten und murrten unter ihren Fesseln. Er hieb ihnen ohne Mitleid mit dem Messerknauf auf den Schädel. Die Geräusche verstummten wieder. »Ihr müsst noch schlafen«, brummte er. Als er die Lampe aufnahm, fiel sein Blick auf die Wand darunter. Dort hing ein gewaltiger, sehr komplizierter Schlüssel. Er schalt sich einen Narren. Warum hatte er nicht damit gerechnet, dass ein solcher in der Wachstube vorhanden sein musste? –

Die ganze Mühe im Dorf und ein Tag Verzögerung – alles war für die Katz gewesen. Das Licht abschirmend, ging er in den Turm zurück. Was er nun in dem trüben Licht sah, brachte ihn unverzüglich in Bewegung. Es bedurfte nicht viel, die einfachen Steckschlösser am Hals seiner Freunde zu öffnen. Aber nun waren alle munter und bettelten. »Seid still, ihr Leute. Ich mache euch alle los. – Allerdings, wie ihr hier fortkommt, weiß ich nicht. Würstli, bring den Kauzenludwig hinaus. Nehmt die Waffen, die ich neben die Tür gestellt habe. Ich bin gleich bei euch.« Er huschte nun von Mann zu Mann und löste die Fesseln. Aber es erwies sich, dass die Befreiten die gewonnen Freiheit, wenn überhaupt, kaum lange nutzen konnten. Sie waren derart geschwächt, dass sie sich nur mühsam aufrichten konnten. »Ich danke Euch dennoch«, sagte Lambert Moekes. »Ich sage Euch, wenn wir hier nicht fortkommen, weil wir keine Kraft mehr dazu haben, will ich doch lieber gleich umkommen, als hier langsam zu krepieren.« Er dachte dabei grimmig an seine Familie, die ihn bisher nicht ausgelöst hatte. Wildgruber schnitt ihm die Rede ab: »Was Ihr nun macht, Mynheeren, ist ganz in Eurem belieben. Ich kann Euch leider nicht weiterhelfen. Im Stall stehen genug Gäule, vielleicht gelingt es euch, sie zu stehlen. Viel Zeit bleibt euch gewiss nicht und da kann ich nur raten, euch in alle Winde zu verlaufen, damit sie vielen Spuren folgen müssen. – Immerhin – viel Glück und Gott befohlen.« Er flüchtete zu den Freunden hinaus und zischte: »Fort hier. Die armen Kerle kommen nicht weit. Selbst, wenn die Flucht erst am Morgen bemerkt werden sollte, ist hier in der Gegend der Teufel los.« Sie mussten Ludwig mehr tragen als stützen und aufatmend erreichten sie Adolfs Pferd. »Komm, rauf mit ihm«, kommandierte Wildgruber und lauschte besorgt nach dem Schlosszwinger zurück, in dem die Hunde wütend kläfften. Er hob mit Würstli Ludwig in den Sattel, dann ging es im Laufschritt nach Osten. Die ehemaligen Geleitknechte hatten von ihrer körperlichen Ausdauer noch nichts eingebüßt. Eine Weile hörten sie noch das Toben und Heulen der Hunde beim Schloss, was sie zu höchster Eile und Leistung antrieb. Wildgruber hatte sich den Weg gut gemerkt und er führte mit traumwandlerischer Sicherheit, trotz der Nacht. Als die Sterne verblassten und der Morgen vor ihnen auf dämmerte, hatten sie mehr als drei Meilen zurückgelegt. Am Jecker, einem kleinen Flüsschen, waren sie ein Stück im seichten Wasser gegangen, um eine Verfolgung mit den Hunden zu erschweren. Nun aber waren sie ausgepumpt, erschöpft. In einem Wäldchen machten sie halt. Wildgruber fand es an der Zeit, die Reise Art zu wechseln – und vor allem Essen, Trinken und Bekleidung für die Freunde zu beschaffen. »Da vorn läutet ein Glöckchen. Also ist dort ein Kloster oder ein Dorf. Wo das ist, muss auch etwas Essbares zu finden sein«, erklärte er den Freunden. Er schüttelte den erbeuteten Weinschlauch: »Der ist auch fast leer.« Würstli sah seinem Tun zu und forschte nervös: »Willst du etwa zu dem Dorf?« »Ob es ein Dorf ist, wird sich finden. Aber so, wie wir jetzt reisen, holt uns der de Boninquetta sicher noch ein. Wartet hier und haltet euch versteckt. Am besten, ihr klettert dort auf die mächtige Eiche. Sie hat noch genug Laub, um euch zu verbergen, und da oben seid ihr vor Überraschungen sicher. Ich reite jetzt los und sehe, was sich tun lässt.« Er schwang sich in den Sattel und trabte dem Geläut entgegen. Würstli half Ludwig auf den Baum und kletterte selber hinter drein. Nun fand Ludwig Zeit, sein Bein zu besehen. Die Wunde zeigte feine weiße Ränder. Das war nicht gut. Würstli riss ein Stück von seinem Hemd ab und half Ludwig, der sich damit neu verband. »Wenn wir in Lüttich sind, musst du sofort zu einem guten Wundarzt.« Ludwig lachte ärgerlich: »Die Wunde sehe ich und ich kann daran – ohne fremde Hilfe. Bevor ich so einem Bader oder Quacksalber daran lasse, helfe ich mir lieber selber. Wenn Adolf mir beschafft, was ich dafür benötige, geht es schon. Wie ich dir sagte, habe ich in Köln bei einem Bader und Wundarzt – und später im Hospital St. Revelin geholfen. Da habe ich gar manches gesehen und gelernt, was sonst der Kranke nicht sieht. Die Bereitung der Mittelchen habe ich mir sehr gut gemerkt.« »Das mag sein. Doch wenn du erst den Brand in der Wunde hast, kannst du nichts mehr machen. Aber das sehen wir, wenn wir in Lüttich ankommen.« Ludwig seufzte und gab zu bedenken: »Du redest vom Wundarzt. Bedenke, ein wirklich guter Arzt kostet viel, viel Geld – und ich habe nichts. Ein Bettler hat mehr, als wir beide.« Würstli lachte überlegen und verschmitzt und zerstreute Ludwigs Einwand: »Was ich bei mir hatte, haben sie uns wohl abgenommen. Aber Adolf hatte, wie immer, in seinem Gepäck unsere Zahlungsanweisungen. Weißt du, ich gebe zu viel aus, wie der Adolf immer sagt. Darum verwahrt er unser großes Geld.« »Ihr hattet schon teuer berappen müssen, wie ihr mir Pferd und Ausrüstung kauftet. – An die teuren Ausgaben in Geldenaken mag ich gar nicht erst denken. Alles ist nun hin, futsch.« »Ach du lieber Himmel! Das war von dem, was wir haben, nur lächerlich wenig. Nicht der Rede wert. Freilich kannst du das nicht so bei uns sehen. Wir schleppen das ganze Geld ja nicht mit uns herum. Ein Bankkaufmann in Antwerpen, das war vor der Einnahme der Stadt durch den Parma, hatte uns den Rat gegeben. So haben wir schwere Münze gegen Bankanweisungen eingetauscht. Räuber können, wenn sie überhaupt wissen, was sie in der Hand haben, nur dann etwas damit anfangen, wenn sie sich, neben dem Papier, auch noch auf eine bestimmte Art ausweisen können. Doch schau dich um. Glaubst du, die Paternosterbrüder, die uns ausgeplündert haben, könnten alle lesen?« »Sicher nicht.« »Siehst du. Nicht einmal jeder hundertste Bewohner in der Stadt kann lesen und schreiben; hier auf dem Lande kaum einer, vielleicht der Pfarrer. Selbst die adeligen Grundherren können nur selten lesen und schreiben und die Straßenräuber! – Lieber Himmel, sie können es bestimmt nicht.« »Da muss ich dir Recht geben. Allerdings habe auch ich von solchen Einrichtungen und Möglichkeiten noch nie gehört«, staunte Ludwig und ließ sich die Sache beschreiben. Was er da hörte, begeisterte ihn und er rief: »Und so habt ihr fast all euer Geld in leichten Papieranweisungen?« »Genau! – In Lüttich geht Wildgruber zu einem Bankier oder dessen Kontor. Wir haben Anweisungen auf das Haus des Herrn Gibbon, das dort und an vielen Stellen Kontore unterhält. – Du sollst sehen, an Geld wird es uns nicht mangeln.« Es wurde Mittag, bis ein Leiterwagen mit einem alten müden Gaul im Geschirr von einem grinsenden Wildgruber vorgefahren wurde. Sein Reittier ging am langen Zügel hinterher. »Na Freunde! Wie findet ihr diese Karosse«, lachte er vergnügt. Auf dem Karren lag eine tiefe Strohschütte. Er fuhr den Wagen bis unter die Eiche, was einiges Geschick erforderte, denn bis zum Weg war es gut fünfzig Schritt mit lichtem Baumbestand aber einigem Unterholz. »Kommt von eurem Hochsitz schon herab«, rief er und schwenkte einige Bekleidungsstücke, die dem Aussehen nach, schon recht betagt schienen. Es waren dicke Wollstrümpfe, grobe mehrfach geflickte Leinenhosen und ebensolche Kittel. Bekleidung, wie sie allerorts von Bauern bei ihrer Feldarbeit getragen wurde. Selbst zwei langgezogene, spitze Filzhüte fanden sich unter den Mitbringseln. Auch für das leibliche Wohl hatte er angemessen gesorgt: Brot, Schinken, eine Wurst und einen Lederschlauch mit Dünnbier. Plötzlich sah der Tag mit seinen herbstlich, buntem Landschaftskleid und dem nur von wenigen Wolken bevölkerten Himmel darüber, für die Drei freundlich und liebenswert aus. »Das Dorf«, berichtete Wildgruber, »ist bescheiden und klein, die Leute freundlich. Es gehört zu einer Herrschaft, die hier in der Nähe etwas abseits liegt. Der Besitzer ist mit seiner Familie meist in dem von hier drei Meilen entfernten Lüttich am Hof des Erzbischofs. Ich habe mich auch nach dem de Boninquetta umgehört. Er genießt einen üblen Ruf und soll seine Stellung seinem Halbbruder verdanken, der im Dienste des Erzbischofs – und damit auch wieder im Dienste des Farnese als Obrist tätig ist. Der Dorfschulze meinte, er sei ein Parteigänger des dritten Heinrichs[104] und der Liga. Damit gehört er zu den Adeligen, die Brabant an Frankreich bringen wollen. Aus derartigen Verdiensten soll auch sein Besitzstand und Titel stammen. Na wie dem auch sei! Viele Freunde kann er hier nicht haben, was natürlich nicht heißt, dass er für uns keine Gefahr mehr ist.« Sie sollten sogleich daran erinnert werden. Würstli sah durch die Büsche zu dem nahen Weg und warnte: »Still! Da kommen Reiter.« In der Tat; auf dem Weg kamen fünf Reiter angetrabt. Sie trugen die Kleidung einfacher Dienstknechte, doch ihre Spieße sprachen eindeutig eine andere Sprache. Würstli hielt dem Karrengaul die Nüstern zu, gleiches tat Wildgruber mit seinem Reittier. Die Pferde der Reiter schnaubten dennoch, doch ihre Reiter beachteten es nicht. Schon verschwanden sie hinter der Kuppe des Hanges, hinter dem das Dorf lag, in dem Wildgruber Wagen und Sachen besorgt hatte. Wildgruber sah ihnen kurz nach und riet: »Wir sollten hier jetzt verschwinden, denke ich. Kauzenludwig, du kommst unter das Stroh. Spann die Armbrust und halte sie bereit. Würstelhannes, du fährst den Wagen. Ihr fahrt allein, wie Bauern. Ich reite etwas voraus und abseits, damit wir nicht wieder in eine Falle tappen.« »So sollen wir den Reitern folgen?«, wunderte sich Würstli ungläubig. »Sicher! Sie erwarten uns – eh – euch schwerlich in der Aufmachung hinter sich. Es ist genug Stroh auf dem Wagen, unter dem der Kauzenludwig verschwinden kann. Deck ihn nur ordentlich zu, dass er nicht zu erkennen ist. – Ich

---

[104] Heinrich III. von Frankreich wurde am 02.08.1589 von einem Dominikanermönch, Jacques Clément, mit einem vergifteten Dolch ermordet

sehe so keine Gefahr für euch.« Würstli brummte trotzdem sein Missbehagen in den ungepflegten blonden Schnäuzer, der in den paar Tagen stoppeligen Zuzug im Wangenbereich bekommen hatte. Der Schmutz in dem Gefängnis hatte sie so unansehnlich gemacht, dass auf den ersten Blick niemand in Ludwig oder Würstli die feinen Herren aus der Herberge in Geldenaken vermutet oder wiedererkannt hätte. Würstli tat ein Übriges und stopfte sich einen Strohwisch an den spitze Bauernhut. Wildgruber schmunzelte: »Du siehst herrlich erbärmlich echt aus. Stelle mir gerade vor, dass du wohl so ausgeschaut hättest, wenn du in deinem Heimatnest geblieben wärst.« Er wartete Würstlis Ärger nicht erst ab, sondern schwang sich flink auf sein Pferd und trabte zunächst auf den Karrenweg hinaus, wo er den Blicken der beiden anderen schnell entschwand. Würstli zerrte den Karrengaul mit seiner Fuhre zum Weg, ehe er sich auf die Deichsel setzte. Neben ihm lugten, als solche nicht erkennbar, die beiden Schäfte der unter dem Stroh verborgenen Hellebarden für alle Fälle griffbereit hervor. Der Gaul war von seinem Vorbesitzer nur langsamste Gangart gewohnt. Dazu kam, dass er, für einen Karrengaul, ein biblisches Alter hatte. Es dauerte, bis das Gefährt die Anhöhe erreichte. Auf dieser angekommen, konnte man in ein liebliches, wiesengepolstertes Tal sehen, in dem ein kleines Dörfchen sich gleich einem Nest einschmiegte. In der Mitte des Dorfes blinkte ein kleiner Weiher, den einige vom Herbst bereits gezeichnete Buchen umstanden. Ihr Blattgelb verschmolz fast mit den sauber wirkenden Strohdächern. Von Wildgruber war weit und breit nichts zu sehen. Würstli maulte: »Er hätte uns wenigstens ein Zeichen geben können.« »Hoffentlich haben sie ihn nicht abgefangen«, mutmaßte Ludwig und lugte vorsichtig unter seinem Strohhaufen hervor. »Verdammt! – Bleib unten. Man darf dich hier auf gar keinen Fall sehen. – Was den Adolf anbelangt, habe ich keine Befürchtung. Er wusste die Knechte vor sich und wird sich entsprechend verhalten haben. Ein Zeichen wäre schon schön gewesen. Ist nur beschissen, mit diesem alten Karren und dem noch älteren Klepper davor, hier herumzufahren.« »Ich kann so gut wie nichts sehen«, beklagte sich Ludwig wieder. »Unsinn, was musst du sehen können! – Ich sage dir schon, wenn es etwas gibt. Halt du dich nur schön still, was auch geschieht. – Hallo! Da kommen schon ein paar Weiber mit Kiepen auf dem Ast. Hoffentlich bleiben die nicht neugierig, wie sie nun einmal alle sind, bei uns stehen.« Die Frauen, die vom Dorfe herauf kamen, trugen schwere Kiepen auf den gebeugten Rücken, was sie nicht hinderte, eifrig miteinander zu reden. Aber sie verhielten sich ungezwungen, was bedeutete, dass im Dorf die Luft rein sein musste. Würstli trieb die klapprige Mähre an. Das enthob ihn einer eventuellen üblichen Fragerei seitens der Frauen. Diese schimpften und stoben auf die Seite, als das Gefährt plötzlich schneller auf sie zurollte. Hinter dem Wagen tippten sie sich vielsagend an den Kopf, ehe sie, noch laut wetternd, weiterzogen. Der Karrenweg schlängelte sich durch das Dorf, das nun aus der Nähe, seinen Glanz verlor und einen schmuddeligen Eindruck machte. Der Mist lag allenthalben ungeordnet zwischen den Hütten – wie auf den schmalen Fahrweg. Eine Vielzahl von Schweinen, Hühnern, Enten und Gänsen betrachteten diesen Zustand als paradiesisch und bemühten sich, das Chaos zu erhalten und zu erweitern. Ein paar müde Dorfköter lagen beschaulich vor den winzigen Hütten ihrer Herren und hoben, als der Wagen angezockelt kam, kaum den Kopf. Der Schmied in seiner offenen Werkstatt sah kurz auf das Gespann und grinste. Wie Wildgruber später erzählte, hatte ihm der Schmied das betagte Gefährt für teures Geld verkauft. Die Reise ging trostlos langsam voran – aber als der Abend heraufdämmerte, gelangten sie in ein Dorf, das schon in der Bannmeile Lüttichs lag. Von den fünf Reitern, den mutmaßlichen Verfolgern, hatten sie nichts mehr gesehen und gehört. Das Dorf, in einer Talsenke eingebettet, wies durch seine Größe und Struktur schon auf die Stadt hin. Es hatte, da hier mehrere Wege zusammenliefen, drei Herbergen. Eine fand sich am ostwärtigen Ortsausgang, wo gleich sechs Schmiede an einem Weiher ihr klingendes, feuriges Dasein hatten. Auf einer langen, gemütlichen Bank, die einladend neben der Haustür der Herberge stand, saß Wildgruber und genoss den Abend. Er machte einen selbstzufriedenen Eindruck und wirkte in seiner guten Kleidung wie ein honoriger Handelsmann. Die Herberge war ein einstöckiges Fachwerkhaus, dessen Fachwerkfelder nicht nur weiß gekalkt waren, sondern mit kräftigen bunten Bildern das Arbeitsleben eines Bauern und Wirtes veranschaulichten. Seitwärts, nach hinten versetzt, standen je ein längeres Stallgebäude und bildeten so, nach der Rückseite, einen Hof, in dessen Mitte der hier wohl unvermeidliche Misthaufen seinen Wohlgeruch verbreitete. Wildgruber winkte dem ankommenden Gefährt der Freunde herrisch zu und befahl, indem er den beiden Freunden mit den Augen signalisierte, mitzuspielen: »Da seid ihr Faulpelze ja endlich! Das wurde auch langsam Zeit! – Schirrt den Gaul aus und bringt ihn in den Stall zu meinem Pferd.« Er wandte sich an Ludwig, der unter seinem Stroh hervorgekrochen war und rief verdrießlich: »Du Nichtsnutz lebst noch? – Nicht einmal mit der Sense kannst du umgehen! – Wie schön wäre es gewesen, wenn du dich gleich in die Klinge gelegt hättest. Würdest mir keine Mühe mehr machen!« Er drehte sich wieder zu Würstli und brüllte, dass es jeder mitbekam: »Hannes! Bring den Buber mit ins Haus. Hier im Ort gibt es einen Kräutermann. Der mag nach ihm sehen.« »Wie der gnädige Herr befiehlt«, dienerte Würstli unterwürfig und zog eine Grimasse, wie man sie häufig bei Abhängigen sieht, die voll inneren Zorn Ergebenheit heucheln. Wildgruber zog ein noch strengeres Gesicht und knurrte: »Schleimscheißer!« Die Szene veranlasste die neugierigen Knechte und Mägde des Hauses zu solidarischen Grinsen mit dem feinen Herrn. Lieber Himmel, die beiden Knechte, die er da mit sich führte, sahen aus und rochen so verwildert, dass man den Herrn solcher Knechte nur bedauern konnte. Wildgruber beobachtete unauffällig seine Umgebung. Er war mit dem Eindruck, den er geschaffen hatte, höchst zufrieden.

Im Schlosshof, neben der gewaltigen Miste, standen im Abstand von vier Schritt, fünf, sechs Ellen hohe Pfähle in den Boden gepflanzt. An ihnen war je ein nackter Mann mit hochgefesselten Armen so an den Pfahl aufgehängt, dass die Fußspitzen nicht mehr den Boden berührten. Aus den umliegenden, zur Herrschaft gehörenden zwei Dörfern und den drei Außenhöfen pilgerten die Bewohner, befohlener Massen, teils ängstlich, teils schadenfroh, teils widerwillig und mit Abscheu heran und füllten nach und nach den Hof. Zwei Jagdknechte waren damit beschäftigt, in einem Holzzuber Haselruten zu wässern – und der Messerschmied Henneken Clev hockte auf den Fersen vor einem Kohlebecken, in dem rote Glut waberte, die er mit einem ledernen Handblasebalg gut bei Hitze hielt. Bald hatte sich der Hof mit an die vierhundert Herrschaftshörigen aller Altersgruppen beiderlei Geschlechts, vom Säugling bis zum Greis, gefüllt. Neugierig, aber aus respektvoller Entfernung, besah man sich den Grund des Versammlungsbefehls, nämlich die fünf Männer an den Pfählen, über die der Herr richten und ein Urteil fällen – und vollstrecken lassen wollte. Man tuschelte, bisweilen gab es leises kichern und spotten über die Übeltäter – denn man wusste, was man seinem Grundherrn an Loyalität schuldig war. Auf den Stufen vor der Wachstube stand ein Knecht mit einer hohen Fasstrommel[105] und am Hauptportal des Herrenhauses zwei Jäger mit Hellebarden und Hifthörnern. Das vier Stufen über dem Hof liegende Portal des Schlosses flog auf; die Jäger stießen in die Hörner. Es trat beängstigende Stille ein. Edmund Petit, der Haus- und Hofmeister des Marquis, trat auf die Stufen hinaus und gab dem Trommler ein Zeichen. Der hieb einige dutzend Mal auf sein Kalbfell. Das Tam-tam-tam der Trommel legte sich wie eine schaurige Ankündigung auf die Versammlung und ließ selbst die verstummen und erschauern, die, loyal zu ihrem Herrn, vorerst noch die Delinquenten mit groben Hohn und Spott bedacht hatten. Auf ein neuerliches Zeichen schwieg die Trommel und Petit rief mit tiefer schallender Stimme: »Hört! – Euer gnädiger Herr Marquis, Ritter des Königs von Spanien, Ritter des Heiligen Römischen Reiches, Loudrin de Boninquetta – hat euch her befohlen, damit ihr zum Exempel mit anseht, wie Unbotmäßigkeit, Verrat und geile Lästerlichkeit zum einen – und Flucht aus seinem gebotenen Gewahrsam zum anderen – bestraft wird! So hat der gnädige Herr, Gott segne ihn und sein Haus alle Zeit, in seiner unendlichen Geduld und Gnade verfügt – denen da – an den Schandpfählen, nicht das Leben, das sie, weiß Gott, eigentlich verwirkt haben – zu nehmen. Sie sollen, stattdessen, nach milden Maßen – aber deutlich gezüchtigt werden. So ergeht im Namen Gottes, des Allmächtigen, der seine weltliche Fürsorglichkeit in die Hände des Marquis, eures Herrn, gelegt hat, folgendes Urteil: Die entwichenen Gefangenen, Walter Bibrichtal und Fidelius Riemenspitz, werden die Rücken mit je dreißig Schlägen gestrichen. Den unbotmäßigen Knechten, Veit und Jüs, werden die Rücken mit je fünfzig Schlägen gestrichen. Der Hausknecht Francuar«, er machte eine lange beredte Pause, »wird in Zukunft Schweine auf Marilles hüten – denn er ist ein Schwein. Damit er keinen weiteren Schaden anrichtet, soll er kastriert werden!« Er gab dem Trommler ein Zeichen und in das Angstgeschrei der Verurteilten, die laut um Gnade und Barmherzigkeit im Namen Gottes schrien – dröhnte die Trommel ihr monotones Tam-tam-tam! Wieder erschallten die Hörner. Die Trommel schwieg und Petit hieß die Versammelten einen weiten Kreis um die Verurteilten bilden und befahl, in Ergebenheit niederzuknien. Nun erschien neben Petit de Boninquetta. Er schob seine Cloudet vor sich her, wies auf Francuar und rief: »Siehst du den Bastard! Er läuft hier auf dem Hof als unge-

---

[105] auch Landsknecht-Trommel genannt

betener Deckhengst herum. Solch schlechte Zucht mag ich nicht, will es auch nicht leiden! Sieh ihn dir an! – Bei so einem muss Abhilfe geschaffen werden. – Hennecke! – Walte deines Amtes!« Hennecke war weit und breit als Kastrator für das liebe Vieh bekannt. Aber er verstand sich auch auf Menschen. – Er hatte erst letztlich für einen Domherrn mehrere Neun- bis zwölfjährige Knaben für den Chor kastriert, um ihre Stimmen zu erhalten[106]. So wäre jetzt alles recht zügig gegangen, aber Clev wusste, was er seinem Herrn schuldig war. Er riss am Hoden des schreienden Knechtes herum und zeigte mit allerlei groben Späßen, was dem Verurteilten in Zukunft abging. Endlich band er ab und führte unter den wohlwollenden Rufen des Schlossherrn sein Werk aus. Mit einem glühenden Messer traktierte er die Wunde und Francuar brüllte so entsetzlich, dass sich die Cloudet die Ohren zuhalten wollte, was ihr Herr Gemahl jedoch mit brutaler Gewalt verhinderte. Nach dieser schaurigen Prozedur kamen die anderen Opfer an die Reihe. Die gewässerten Haselruten fraßen tiefe blutige Rillen – und das Schreien und Wimmern der Verurteilten erfüllte den Hofplatz, ließ die Leibeigenen, Hörigen immer tiefer in den Dreck, Staub und Schmutz sinken. Marquis de Boninquetta sah es mit Wohlgefallen. So ein Strafvollzug würde lange Zeit in Erinnerung sein – gab es doch nichts, was den Leibeigenen mehr an seinen Herrn fesselte – als die Angst vor Strafe. Befriedigt stieß er seine Cloudet wieder in das Haus zurück, wobei er gehässig frohlockte: »Niemand wird über den Marquis de Boninquetta lachen oder triumphieren. – Auch du nicht! Morgen, mein teures Weib, verschwindest du für den Rest deines Lebens hinter Klostermauern. Sie werden den Namen der de Boninquetta sauber halten.«

Sie wohnten am rechten Maas Ufer Lüttichs, dem Stadtteil der kleinen Leute, der Rebellen und Aufrührer, in der winkligen Rue des Récollets, nahe der Nikolauskirche, bei dem Gewandschneider Tedeus Mouton, in dessen schmalbrüstigen Fachwerkhaus, in der ersten Etage mit separatem Treppenzugang über eine hölzerne Galerie im Hof. Wildgruber hatte dieses Quartier ausgemacht, weil nach zwei Gassen ein Ausgang bestand und der gemietete Stall im Hof für drei bis vier Pferden hinreichend Platz bot. Zunächst stand jedoch nur sein Pferd im Stall. Den

---

[106] diese grausame Praxis wurde in vielen fürstbischöflichen Residenzen zur Erhaltung der Chöre bis ins 18. Jh. durchgeführt

Karrengaul samt Karren hatte er sogleich nach Ankunft in Lüttich wieder verkauft. Man hatte sich wohlhabend, bieder und bescheiden eingemietet, um nicht aufzufallen. Dies war in einem Stadtviertel am rechten Maas Ufer weit leichter möglich, als auf der anderen Seite. Hier lebten derart viele Menschen, die kein Stadtrecht hatten, dass eine Kontrolle des Rates oder des Erzstiftes unmöglich schien. Die kleinen Bürger waren stolz auf ihre Freiheiten und Leistungen, die letztlich durch Hunderte fremder Wandergesellen aus allen Teilen Europas ungeheuer bereichert wurden. In den nahen Bergwerken war jeder zweite Bergmann zugewandert. Die Menschen bildeten eine, der Obrigkeit trotzig und kühn die Stirn bietende Gemeinschaft, wie sie im Reich nur an wenigen Stätten, nämlich in Städten ähnlicher Struktur, zu finden war. Zudem flossen hier mit den Zuwanderern die kulturellen Eigenarten, aber auch mit den Produkten erzeugten Vielfältigkeit des Handels, zu einem fröhlichen, eigenartigen Gemisch zusammen. Man sprach lothringisches Wallonisch, verstand und sprach Niederdeutsch, hatte Italiener, Spanier und Tschechen in den Mauern, die die Zünfte und Gewerbe bereicherten – und letztlich seit unabsehbarer Zeit oft ihre vererblichen Eigenarten in der Lütticher Gesellschaft zurückgelassen hatten und ließen. Ehen beruhten auch hier fast ausschließlich auf dem Versorgungs-, Arterhaltungs- und Arbeitskraftprinzips. Liebesehen waren verschwindend wenig zu finden[107]. Das bedingte, bei der kurzen Lebenserwartung, eine besonders intensive Lebenszeitnutzung, so gut und schicklich das immer machbar war. Im gängig Schicklichen war man in Lüttich sehr großzügig, hatte man doch eine Vorliebe für Frankreich und die französische Art, kreiert von dessen Königen und Adel. Französische Adelige und Kaufleute waren ständig in der Stadt, was dem französischen Einfluss förderlich war – zum Leidwesen der Reichs- und Spanienorientierten. So war, zu Wildgrubers größtem Ärger, der gute Würstli sehr bald in Heimlichkeiten mit der Hausherrin verstrickt. Meister Tedeus Mouton war erst dreiundvierzig Jahre; ein kleiner Mann von drei Ellen, drei Zoll, glatzköpfig, bartlos und dem Urbild der Schneider entsprechend, wie diese gern in der Vorstellung der Menschen auszusehen hatten, Spirre dünn – ja mickrig. Sein Ehegespons, Marie-Louise, war indessen, trotz zweier Kinder von ein und zwei Jahren, mit ihren zwanzig Len-

---

[107] galt für die europäische Gesellschaft bis ins 20. Jh. und findet im Auswahlverfahren der sog. (Geld-) Aristokratie noch heute fleißig Fortsetzung

zen keineswegs proportionierter – aber sie war überdurchschnittlich groß. Die blonde Frau maß über sechs Fuß und konnte damit ihren Ehemann unter dem ausgestreckten Arm durchlaufen lassen. Das war für ihn ein Grund, sich von ihr in der Öffentlichkeit stets in erheblicher Entfernung zu halten. Ansonsten lief die Arbeitsteilung im Haus Mouton hervorragend. Die große Frau verstand es, über den normalen, übliche Rahmen hinaus Kundschaft für ihren Mann zu schaffen, so dass dieser zwölf Gesellen und zehn Mägde beschäftigen konnte – dafür sah er seiner Frau einiges nach. Marie-Louise kümmerte sich um den kranken Untermieter, den jungen Herrn Ludwig. Sie blieb bei ihren täglichen Besuchen fünf Minuten bei Ludwig und kam, wenn Würstli da war, meist eine Stunde später wieder in ihre Wirtschaftsräume zurück. Immerhin hatte sie den Wundarzt Levi Goldstein, ein Jude aus Amsterdam, der jetzt hier, in der Nähe von Lüttich wohnte, für die Behandlung von Ludwigs Wunde heranschleppen können. Das tat auch Not – denn die Wunde hatte sich entzündet und Ludwig lag mehrere Tage im Fieber. Seine Selbstbehandlung mit Gundermann[108] hatte nicht viel genützt. Goldstein war ein guter Wundarzt, darum hatte er sich hier niedergelassen. Unter den Bergleuten und Schmieden gab es fast immer Kunden für ihn – dazu kam eine erhebliche Toleranz gegen Juden, wie sie selten genug in Europa vorzufinden war. Es hätte sicher niemand gestört, wenn er in Lüttich gewohnt hätte. Aber mit dem Wohnen in Städten hatte er keine guten Erfahrungen, so wohnte er vor den Toren, in der Nähe seiner Hauptkundschaft. Ludwig benötigte drei Wochen, bis die Wunde sich geschlossen und Fieber und Erschöpfung soweit gewichen waren, dass man bei ihm von baldiger Genesung sprechen konnte. Wildgruber und Würstli blieben häufig nachts fort – oder kamen erst gegen Morgen wieder. Ludwig forschte: »Wo, zum Teufel, rennt ihr nachts herum?« Wildgruber witzelte: »Wir müssen den Balsam für deine Wunden sammeln. Ich sage dir, er schießt hier kräftig ins Kraut. – Doch werde du erst einmal wieder munter. Ich sorge die nächsten Tage für Papier, Tinte, Feder Sand und Wachs. Dann kannst du deinen Anteil, wie besprochen, an unseren Wohlstand einbringen. Vorlagen schaff ich auch herbei.« Wildgruber hielt Wort. Eines Morgens lagen gesiegelte Originalurkunden, Adelsprädikate, Kaufmannsbriefe, Geleitschreiben und vieles mehr vor Ludwig auf dem Tisch. Im Laufe des Tages

---

[108] Gundelrebe, glechoma hederacea, wurde als Heilpflanze bei Wunden benutzt

beschaffte er Pergament und feines Kanzleipapier samt Schreibutensilien, Wachs, eine Art Kitt und Siegelwachs herbei. Ludwig musste mit den Kopierarbeiten in strenge Klausur gehen – niemand durfte ihn besuchen und selbst die Mahlzeiten schaffte Wildgruber persönlich herbei, was der Hauswirtin gar nicht in den Kram passte.

Es war für Ludwig kein Kunststück, die falschen Papiere herzustellen, wie es Wildgruber scheinbar mühelos gelang, die Siegel herzustellen und an die Fälschungen anzubringen, dass sie, wären sie nicht neu gewesen, von den Originalen, freilich mit anderen Namen, nicht zu unterscheiden waren. Wildgruber betrachtete sie mit Wohlgefallen. »Kauzenludwig, das sind Meisterwerke. Würstlis und meine Papiere machen wir mit Kerzenschmauch und Asche etwas älter. Das Papier, das dich betrifft, muss neuer sein. Da reicht es, wenn du es im Brustbeutel auf der Haut spazieren trägst. – Aber ich habe mir da noch etwas ausgedacht.«

Er marschierte zu seinem Mantelsack, der an einem Haken in der Kammer hing. Er brachte ein feines weiches Lederwams mit Seitenschnürung zum Vorschein, der auf Vorder- und Rückseite, nach innen, mit flächendeckenden, ein bis zwei Zoll breiten Deckeltäschchen versehen war. Würstli sah das Gebilde und rätselte: »Lieber Himmel! Was ist denn das für ein Wams?« Wildgruber sah den Freund überlegen an: »Nun, da staunt ihr!« »Allerdings!«, rief Ludwig. »Die Täschchen sind arg klein. Für die Papiere reichen sie nicht gerade. Aber vielleicht willst du sie zum Kräutersammeln haben?« »Natürlich«, spöttelte Würstli, »Er geht jetzt unter die Kräutermännlein. Jedenfalls reichen sie auch nicht für ein gutes Frühstück.« Wildgruber nahm wortlos – aber überlegen – einen Beutel mit Münzen aus dem Mantelsack und füllte diese Stück für Stück in die Täschchen und zog, sobald die Reihe voll war, die Lasche darüber. Ludwig erkannte, was der Schlauberger vorhatte: »Alle Wetter! – So willst du nun dein Geld auf dem Leib tragen!« »Richtig«, bestätigte Wildgruber und erklärte: »Das meiste Geld taugt nicht, herumgetragen zu werden. Da sind die Anweisungen eines großen Bankhauses allemal leichter und sicherer. Aber nicht überall gibt es Bankhäuser. Ein bestimmter Vorrat gemünzten Geldes ist da schon empfehlenswert. Seht, jede Tasche ist so abgenäht, dass gerade ein großes oder kleines Stück Münze unverrückbar, eine neben der anderen, Reihe für Reihe, hineinpassen. Die Deckellaschen verhüten das Herausfallen. Die Täschchen, wie ihr seht, sind auf ein zartes, haltbares Leder genäht und dieses wieder nach außen mit einer Wildlederhaut so abgedeckt, dass niemand ahnen kann, was darunter steckt.« Würstli brummte zweifelnd: »Na gut, Adolf, diese Kasse ist ja ganz klug erdacht. Doch kannst du dich wohl kaum in eine Schänke setzen und unter dem Wams nach passender Münze suchen.« »Ach Herrgott! – Du hast mich nicht recht verstanden, Würstelhannes. Was in diesen Wams Täschchen steckt, ist doch Vorrat, ist Reserve. – Da magst du nur Geld herausnehmen, wenn du sicher und allein bist. Was du zur Ausgabe benötigst, musst du schon im Geldbeutel tragen.« Ludwig nickte anerkennend und ergänzte: »Dein Einfall ist nicht schlecht, wenn man viel Geld herumträgt, was ich nicht habe. Doch ist so ein Groschen an Groschen gesetztes Hemd auf der Haut gerade so gut, wie ein Kettenhemd.« Wildgruber grinste spöttisch:

»Wahrhaftig! – Nun haben sie dich vom Betbruder zum hitzigen Kriegsknecht gequält. Du siehst überall nur des Kriegers Nutzanwendung. Dennoch, du hast Recht. Für einen Harnisch ist das Geld Hemd allerdings nur bedingt tauglich. Wenn du meinst, einen solchen wieder tragen zu müssen, was ich sehr unschicklich und unpassend für uns halte, hast du hier in Lüttich keine Not. Plattner[109] gibt es in Hülle und Fülle. Sie versorgen von hier Spanier, Franzosen, Bayern – ja, das halbe Reich mit Rüstungen, Waffen und anderen Kriegsgerät.« Würstli schnaufte: »Recht hast du. Ich denke, wir haben jetzt gute Papiere als Kaufleute. Da bedarf es doch nicht des Bleches.« Wildgruber nickte: »So soll es sein und wenn wir hier fortgehen, dann unauffällig und ganz zünftig, wie es ehrbaren Kaufleuten zukommt. Dazu benötigt ihr noch mancherlei an guter Kleidung und anderes Gepäck, gute Pferde. Degen und Pistolen sollten, wie die Erfahrung gezeigt hat, sicher nicht fehlen – doch nur im Rahmen, wie es uns als Kaufleute zukommt und es nötig erscheint, um zu reputieren.« »Ich habe der Marie-Louise gesagt«, frohlockte Würstli, »dass ihr Mann, der mickrige Tedeus, an uns da einiges verdienen könnte. Ich denke, er sollte nachher kommen und für jeden Maß nehmen. Es ist an der Zeit, dass wir uns endlich nach und nach mit dem versehen, was, wie du so schön sagtest, mit reputierlich meintest.« Wildgruber zog ein bedenkliches Gesicht. »Das ist nicht gerade mein Gusto. Tedeus könnte da schnell vor Neugier platzen. Doch soll die Marie-Louise, wenn du

---

[109] Blechschmiede die Rüstungen herstellten

schon mit ihr darüber geredet hast, nicht enttäuscht werden. Da mag das Schneiderlein schlichte Hosen, Hemden, Westen und gute Reiseröcke nähen. – Was darüber hinausgeht, das Teurere, sollte er nicht zu Gesicht bekommen. Je weniger sie über uns wissen, umso besser. Da magst du, lieber Würstelhannes, deine Zunge schön im Zaum halten. – Zudem, für die bessere Ausstattung ist es noch Zeit.« Würstli, der sich fast immer der Führung und Meinung Wildgrubers anschloss, fragte neugierig: »So meinst du, wir sollten hier noch länger verweilen?« »Der Winter in diesem warmen Nest ist angenehmer, als kalte Füße auf des Reiches schmutzigen Wegen«, bestätigte Wildgruber und wandte sich an Ludwig: »Und du, Kauzenludwig, bist bei uns im Bunde. Ich habe euch nun diese, meine Geldweste vorgeführt. Ihr bekommt jeder eine, gespickt mit guter Münze. Unsere Geschäfte liefen bisher gut. Nun müssen wir vorerst Ruhe geben. Den Hauptgewinn wollen wir später, zu unserer Abreise im Frühjahr machen.« Er kramte aus einer Ledermappe einige Papiere: »Hier, Freund! Siehst du, was da steht?« Ludwig sah auf die fast gleichgearteten, gesiegelten Papiere. »Sind das Anweisungen?« »Sehr richtig. So ist es. Es sind Anweisungen auf eine Reihe verschiedener Häuser. Das Bankhaus Curtius, hier in Lüttich, hat mir einen großen Teil unserer Geschäfte verbrieft.« Stolz und vergnügt wies er auf die einzelnen Summen in den Briefen. Ludwig traute kaum seinen Augen. Keine Anweisung war unter einer vierstelligen Zahl. Wildgruber legte die Papiere in drei Haufen. »So Freunde. Hier ist der Anteil eines jeden von uns in Papier. Die Münze gebe ich heraus, wenn ihr eure ledernen Leibwesten habt. – Auch deine Papiere und Geld, lieber Würstelhannes, mag ich nicht immer herumtragen. Wie die letzte Zeit uns lehrte, kann auch mir schnell etwas geschehen – oder wir könnten gezwungen sein, uns plötzlich zu trennen. Dann stündet ihr ohne euer Geld da. Also mag ab sofort ein jeder über das seinige verfügen.« Ludwig protestierte: »Hört, Freunde! Ich habe zu euren Geschäften, wie ihr es nennt, bisher nichts beigetragen. Mir steht also gar nichts zu!« Wildgruber fuhr ihm jedoch grob in die Parade: »Halts Maul, du Narr! – Ohne deine Hilfe säße ich in Brüssel dem Teufel auf der Schippe – und – du bist nun unser Gesell, wie wir es vereinbart haben.«

Er grinste spöttisch: »In guten wie in bösen Tagen.«

Würstli feixte: »Wie bei einer Ehe; bis der Tod uns scheidet.« Wildgruber fuhr abergläubisch herum:

»Bist du wohl mit deinem Schandmaul still, du Narr! Willst du es beschreien?«

Und mit finsterem Gesicht fuhr er leise fort: »Denk an die alte Hexe in Antwerpen, der man das zweite Gesicht nachsagte – und was sie uns flüsterte.«